*Bearn*
*o la sala de las muñecas*

# Letras Hispánicas

Lorenzo Villalonga

# *Bearn*
# *o la sala de las muñecas*

Edición de Jaime Vidal Alcover

**CATEDRA**
LETRAS HISPANICAS

© Lorenzo Villalonga
Ediciones Cátedra, S. A., 1985
Don Ramón de la Cruz, 67. 28001 Madrid
Depósito legal: M. 44364-1985
ISBN: 84-376-0570-9
*Printed in Spain*
Impreso en Selecciones Gráficas
Carretera de Irún, km. 11,500 - Madrid

# Índice

## SEGUNDA PARTE
### La paz reina en Bearn

*Introducción*

## El autor

Conocí a Lorenzo Villalonga el verano de 1951. Él tenía cincuenta y cuatro años y yo veintiocho. Me acogió con generosa amabilidad y entablamos, a partir de entonces, una relación que dio en una constante frecuentación hasta la primavera de 1968, cuando yo decidí instalarme en Barcelona. Durante muchos años tomamos juntos el café después de comer, en el hoy desaparecido café Riskal, que se hallaba en el arranque de la cuesta de Santo Domingo (oficialmente, calle del Conquistador), en los terrenos que hoy ocupan los jardines al pie de la Almudaina, llamados S'Hort del Rei. Era una tertulia que fue, según creo, de compañeros de Universidad, y, por tanto, de médicos en sus comienzos, y que luego se convirtió, gracias a la presencia y a los intereses de L. V., en tertulia literaria. Asistía asiduamente el médico Bernardo Calvet; de vez en cuando aparecía otro médico, Juan Casas y Llompart, ambos compañeros de L. V. Dentro del gremio de las letras, recuerdo a un periodista solitario y castellanohablante, aunque se llamaba Francisco Gual y Espuñes. Venía también de vez en cuando Gabriel Fuster y Mayans, conocido literariamente con el pseudónimo de Gafim; era la contrafigura —según él mismo decía— del personaje de Jaume Cohen de *Mme. Dillon;* había sido compañero universitario de Salvador Espriu y de B. Rosselló-Pòrcel, el cual le dedicó el bello poema titulado «Auca». Asistía regularmente Manuel Sanchis Guarner, el filólogo catalán, nacido en Valencia, que trabajaba entonces en la confección del *Diccionari Català Valencià Balear,* iniciado por mosén Antoni M.ª Alcover y que se continuaba bajo la dirección de Francesc de B. Moll. Y estábamos luego los más jóvenes, Llo-

11

renç Moyà, Josep M.ª Llompart, el cronista de toros, además de intelectual formado —*in absentia,* por supuesto— en la escuela de Ortega y Gasset, Guillermo Sureda Molina, y los pasantes que acudían, digamos, de visita: el boticario e historiador de Santanyí, Bernat Vidal y Tomàs, eficaz promotor de Blai Bonet, Camilo José Cela, seguramente Baltasar Porcel, aunque no le recuerdo allí, y muchos más que no acuden ahora a mi memoria.

Esta tertulia del café Riskal duró bastantes años. Se acabó, entre otras razones, porque a L. V. le dio por no salir de su casa, y teníamos que ir nosotros a verle. De estos cafés caseros, los verdaderamente habituales, los fieles que diría Mme. Verdurin, éramos Llorenç Moyà y yo. Pero pasaron por allí gente joven: Guillem Frontera y Jaume Pomar, Miguel Bauzà, muchachos de Barcelona, personajes de Madrid... El café se tomaba en torno a una camilla en una sala arreglada por L. V. muy a la francesa de la buena época, aunque la sillería fuera isabelina y no hubiera un solo objeto del xviii; pero todos lo parecían o querían parecerlo. En la casa había un gato negro que de vez en cuando entraba en la sala y L. V., poniéndolo en su regazo, lo acariciaba. La conversación era como ya no se dan en la actualidad: ligera e inteligente —y excúsenme, por la parte que me toca, la inmodestia. Se hablaba de literatura y de muchas otras cosas; pero nunca de economía literaria, nunca de si se habían vendido tantos ejemplares de tal obra, ni de si éste había vendido más que aquél, etc. Y no es que el tema no interesara inmediatamente: del año 52 al 61, L. V. no contó con más editor que Moll, de Mallorca, y éste publicaba sus libros gracias a los buenos oficios de Sanchis Guarner, pero con escaso interés por publicarlos. Pero hablar de cuestiones económicas debía de parecerle a L. V. de mal gusto. O quizá viera que no podríamos ponernos nunca de acuerdo sobre la cuestión. Hablo por mí. L. V. admiraba grandemente el talento financiero de Voltaire y la capacidad de Lafontaine para vivir a costa de alguien. Él profesaba una economía a la francesa: hacía sus cuentas antes de gastar un céntimo y luego, si podía, no lo gastaba. Creo que supo acrecentar las modestas rentas de su mujer —él no contaba más que con sus ingresos profesionales— y pasaron siempre por gente acomodada. Llevaban una vida modesta. En la mesa del matrimonio Villalonga-Gelabert se cenaba aún todos los días de sopas, la tradicionales sopas mallorquinas de pan, y de verduras, y huevos, cuando esta cena ya había desaparecido en todo Mallorca, al menos, en cuanto a su habitualidad cotidiana. No comían nunca fuera de casa, en un restaurante. Raramente tenían invitados. Se permitían, eso sí, el solo lujo de viajar. En mis tiempos, no creo que fueran más allá de Barcelona; pero antes del 51 habían estado en Lisboa, en París, en Italia, en Suiza y no sé si en otros países. Todo esto, viajes aparte, es, o era, una manera de vivir muy a la mallorquina: sin ostentación, ni de riquezas, porque no se tienen, ni de miseria, porque no hay de qué.

L. V. era médico titular del Manicomio Provincial o Clínica Mental de Jesús desde pocos años antes de la guerra. Después de algunas vacilaciones, se había decidido por la especialidad de Psiquiatría, en la que se había autorizado con la asistencia a unos cursos en el Hôtel-Dieu de París, en Madrid y en Barcelona. No era un creyente fervoroso de su profesión, y, aunque tuvo consultorio abierto durante algún tiempo, lo cerró así que sus recursos económicos le permitieron vivir desahogadamente de su cargo oficial; creo que el año 51 ya no tenía consulta privada. Colaboraba con regularidad en la prensa diaria de Palma con un artículo semanal, primero en *Baleares,* sucesor de *El Día,* donde publicaba sus escritos antes de la guerra, y luego en el *Diario de Mallorca,* que lo acogió luego que *Baleares* se vio constreñido, en aplicación de la Ley de Prensa del 19, a manifestar su credo falangista. Esta llamémosle defección le valió la enemistad manifiesta del falangismo oficial, en la persona de Juan Aparicio y a propósito de un homenaje a la memoria de Miguel Villalonga que debía presidir aquél. Esto es anecdótico, pero demuestra hasta qué punto el falangismo de L. V, en los tiempos más difíciles era, como él mismo ha dejado entender, un resultado forzoso de las circunstancias y no el de una convicción alcanzada libremente. Estos artículos de L. V. para la prensa constituyen una parte, a mi juicio, importante de su obra y explican con gran suficiencia la génesis y el contenido de su narrativa, esto es, su mentalidad y la evolución de su ideología y de su comportamiento. Cuando yo le conocí, cumplía puntualmente y sin estusiasmo con sus deberes profesionales. Pero la psiquiatría le prestaba buenos servicios para su literatura y para sus ironías. Llevaba una vida ordenada. Iba por la mañana al manicomio y por la tarde no solía salir de su casa; raramente iba al cine, al teatro o a cualquier otro espectáculo. Algunas tardes las pasaba en el Círculo Mallorquín, pero no llegó a ser un contertulio habitual de aquella sociedad. Después de todo, se había reído de los que lo eran. Los veranos se trasladaban, él y su mujer, a Binissalem, donde ésta, Teresa Gelabert, poseía algunas tierras y una casa; casa que él describió, en parte en *Faust* —la escenificación de la 1.ª parte de *Bearn*— y en parte en el prólogo al volumen de narraciones *El lledoner de la clastra.* Le gustaba aquel ocio tranquilo y silencioso que le procuraba la vida en el pueblo, y es esto lo que mejor, o más de acuerdo con la realidad, con su realidad, ha reflejado en *Bearn,* cuando se refiere a la vida cotidiana de Tonet en su última edad. Pero, aunque proclamaba siempre su gusto por la tranquilidad y el silencio, no creo que la soledad le entusiasmara. Muchas veces invitaba a sus jóvenes amigos a pasar unos días en el pueblo; a mí entre ellos. Hablábamos inevitablemente de literatura, lo único que de verdad le interesaba. Paseábamos por los caminos vecinales o nos instalábamos en la sala del piso alto, desde donde espiaba, según explica en el prólogo citado, las idas y venidas de la vida doméstica a través del ramaje de un almez frondoso. Era una vida que a mí al menos me parecía particularmente agradable.

Físicamente, L. V. era un hombre más bien alto y un tanto desgarbado en sus movimientos. Parece ser que en su juventud se dedicó al deporte; pero esta dedicación debió de ser más bien teórica, y no práctica. Cuando le conocí todavía acudía a bañarse a Can Barbarà, un balneario de mar cerca del Terreno; dejó de ir porque cogió una insolación tan fuerte, que tuvo que guardar cama. Pero en sus novelas habla a menudo de aficiones deportivas y sus héroes masculinos suelen ser capaces de realizar proezas de ejercicios físicos. Tenía la voz profunda, que se le aflautaba ligeramente cuando se enfadaba, que era muy pocas veces. Hablaba sin marcadas inflexiones de la voz, con entonación monótona, lo que no quitaba ni un punto a la extraordinaria amenidad de su charla. Era muy divertido, hablando, cuando se hallaba entre personas de su confianza; pero entre gente poco conocida, solía guardar una tímida reserva, lo que daba una imagen de taciturno o de antipático a quien lo tratara superficialmente o sólo en alguna ocasión. No le gustaba discutir en defensa de una verdad, pero sí divagar dialécticamente en torno a cualquier tema, fuesen las aporías de Zenón de Elea y su negación intelectual del movimiento, fuesen las indagaciones sociológicas del padre Teilhard de Chardin. Era curioso: todo le parecía interesante, el comportamiento de su gato, el vestido de una mujer, cualquier cosa. No sentía, en cambio, gran curiosidad por la historia y alcances de parentesco de las familias mallorquinas, excepto la suya, sobre la cual su hermano Miguel, pero también él, edificaron una fábula de grandezas y austeridades muy a la castellana. He hablado de todo esto en mi trabajo *Llorenç Villalonga o la imaginació raonable* y a él remito al curioso lector. Paso, pues, a tratar de la novela que editamos, su obra maestra, para muchos, y la que sin duda le dio entrada en el mundo de la «gente conocida» de la literatura.

*Bearn*

*Bearn* fue redactada entre 1952 y 1954. En julio de 1952, el 28 exactamente, según el colofón, festividad de la única santa mallorquina, Santa Catalina Thomàs, apareció *La novel·la de Palmira*, editada por la editorial Moll, de Mallorca, gracias a los buenos oficios del filólogo valenciano Manuel Sanchís Guarner, que a la sazón actuaba de director literario de aquella editorial[1]. En abril de 1954 apareció la segunda edición catalana —o tercera, si aceptamos la pequeña trampa de marcar como 2.ª edición algunos ejemplares de la primera— de *Mort de Dama,* a cargo de la editorial Selecta de Barcelona, con un pró-

---

[1] Manuel Sanchis Guarner, filólogo valenciano, se incorporó a la editorial Moll para trabajar en la confección del *Diccionari Català-Valencià-Balear,* iniciado por Antonio M.ª Alcover en 1901 y llevado a término por su colaborador, discípulo y heredero Francesc de B. Moll en 1962. Sanchis, residente en Mallorca desde 1943, dio un fuerte impulso y una nueva dirección a las colecciones literarias de aquella editorial.

logo de Salvador Espriu, que fue el mediador para esta edición[2]. Una versión castellana, hecha por el autor mismo, apareció en la revista *Brisas* desde octubre de 1935 hasta mayo de 1936, con prólogo de Werner Schulz, autor, al parecer, de una traducción al alemán que jamás he visto, ni siquiera en casa de L. Villalonga[3].

Fueron precisamente unas desavenencias con la editorial Selecta lo que decidió a L. V. a verter *Bearn* al castellano. La obra estaba casi acabada: faltaban solamente algunos capítulos, tal vez sólo el epílogo, no recuerdo con exactitud los detalles. L. V. sintió que no se entendía con la editorial Selecta y esto le hizo pensar que no se entendería jamás con los editores catalanes; juzgó que no se podía escribir en una lengua en proceso continuo de formación, de discusión, no sólidamente establecida y convenientemente academizada. Su formación cultural era castellana y francesa; desconocía las continuas posibilidades creativas del alemán o del inglés. Tradujo, pues, *Bearn* y lo tradujo con una cierta prisa: se encontraba sin editor, según él —cosa que no era del todo inexacta—, y pensaba encontrarlo en el mundo de la cultura castellana, si se hacía notar por la obtención de un premio de una cierta resonancia. Así es que en 1955 concurrió al premio Nadal, y no lo obtuvo: era la hora del llamado «behaviorismo» o «conductismo», y la novela premiada fue aquello tan cuidadosamente escrito y tan inso-

---

[2] Werner Schulz —definido como «un alemán inteligente y progresista» por J. Pomar en su discurso con motivo de la proclamación de L. V. como Hijo Ilustre de Palma de Mallorca (31 de diciembre de 1984)— fue tal vez el promotor o no sé si incluso el traductor de esa *Mort de Dama* alemana, si es que realmente existe tal traducción: L. V. solía decir: «Sé de alguien que la ha visto», pero ni siquiera él la vio jamás.

[3] La relación entre S. Espriu y L. V. databa, al menos, de 1936, cuando se encontraron ambos escritores en Barcelona y L. V. dio a Espriu un ejemplar de su tragedia *Fedra*, en castellano, y tanto le gustó a éste, no, tal vez, la obra escrita, sino su concepción, su actualización de la leyenda antigua, que la rehízo en catalán —pues no se limitó a traducirla— y sacó de ella una excelente *nouvelle*, que se publicó durante la guerra en un breve volumen titulado *Letízia i altres proses* (Barcelona, 1937). La admiración de los dos hermanos Villalonga por Espriu databa desde la aparición del libro de narraciones de éste *Ariadna al laberint grotesc* (Barcelona, 1935), y de esta admiración, a pesar suyo, da fe Miguel Villalonga en su Autobiografía.

portable que es *El Jarama*, de Rafael Sánchez Ferlosio, el brillante, ameno, fantástico autor de las *Industrias y andanzas de Alfanhuí*. No sé si *Bearn* resultó finalista o si ni tan sólo se clasificó en las votaciones finales. Ignoro también el papel que hizo en los premios Ciudad de Barcelona de aquel mismo año, a los que también concurrió y en los que resultó ganador alguien, aún hoy, perfectamente desconocido[4].

Decepcionado por tanto fracaso, decidió publicar *Bearn* por cuenta propia. En aquel tiempo, el periodista e impresor y hombre con decidida vocación de empresario, Pedro A. Serra, se había lanzado a la aventura editorial desde su imprenta «Atlante», en la que, además, yo trabajaba, más o menos oficiosamente, para ganar algún dinero y para iniciarme en el oficio de impresor. Serra había publicado una novela mía, la que ganó el primero de los premios Ciudad de Palma en 1956 y alguna otra cosa. Con L. V. convinieron que los gastos correrían al cincuenta por ciento entre autor y editor. Yo me encargué de la edición y procuré que saliera lo más correcta posible, cosa que no conseguí, pero me lo agradeció no obstante L. V. en una afectuosa dedicatoria de un ejemplar de la novela, que por cierto y desgraciadamente me ha desaparecido. Para esta edición, L. V. solicitó un prólogo a Camilo J. Cela; éste escribió un texto celesco que no gustó a L. V., entre otras cosas porque en él se insinuaba que L. V. pudiera ser judío, lo cual tiene en Mallorca unas muy singulares connotaciones; pero le parecía incorrecto rechazarlo; de modo que lo conjuró con una breve nota biográfica, de la cual transcribo el primer párrafo:

> Villalonga es un apellido ilustre y vulgar en Mallorca. La rama de los Villalonga de Tofla cuenta con diez bayles reales que entre 1622 y 1804 administraron, desde su salvaje solar, justicia en nombre del Rey; actividad vedada entonces a semitas. Baste con este dato, que nada tiene que ver con la presente novela: su autor no desdeñaría pertenecer, como se insinúa en el prólogo, a la raza inteligente y cautelosa que en veinte siglos ha creado la cultura occidental; pero la Historia es la Historia.

---

[4] En el jurado de aquellos premios, presidido por Luys de Santamarina, figuraban como vocales Vela Giménez, Gironella y no sé quién más de la literatura del momento.

El conjuro fue remachado por una dedicatoria, que no creo hubiera existido sin el prólogo de Cela. Dice así:

> A la Señora X[5]
> Dios y el Diablo se disputan el alma de *Bearn*. Camilo José Cela —príncipe apresurado y resplandeciente, rayo que oscurece cuanto toca— me hace hablar de gardenias wildeanas, tan ajenas a mi rudo solar, para poder replicarme: «Ya, ya...» o «¡Vaya por Dios!» Ante tanta maldad retórica (yo pedí el prólogo: no podía rechazarlo y por otra parte reconozco que es encantador) se me ocurre invocarte:
>
> > ¿Decidme si se enoja Madre Santa María
> > porque un villano sea devoto de su altar?
>
> Entre nosotros existe un malentendido antiguo, que no logré esclarecer en mi artículo «Bavardage oriental» *(Baleares,* 11 de noviembre de 1952). No importa. Sé que tú leerás *Bearn* del principio hasta el fin. Mis personajes se entregan a tu consideración clara, atenta y juiciosa, seguros de que en auténtica baronesa feudal habrás de administrarles justicia.
>
> Ormuz y Arimán logren, pues, vivificar a tales muñecos, comparables a ese enjambre de sombras que en la *Odisea* imploran un poco de sangre al héroe imposible, quien las aparta suavemente con la espada.

La edición, con todos estos preámbulos, apareció, según el colofón, el 24 de septiembre, festividad de la Virgen de la Merced, de 1956. Su resonancia fue escasa. Algunos escribimos nuestras notas de prensa, saludándola, y el grupo «Faula» de Sóller, capitaneado por Jaume Ensenyat y Julià, concedió a la novela el premio a la mejor obra mallorquina publicada durante el año. Pero la cosa no trascendió del ámbito isleño.

---

[5] El original manuscrito que poseo, dice: «A Carmen de Icaza, baronesa de Claret.» La dedicatoria no era tanto para excusarse por su artículo «Bavardage oriental», en el que denunciaba la práctica de ese defecto tan común de charlar sin escuchar y, por tanto, sin conversar, como por el título de la escritora: necesitaba una baronesa para responder a su modo al prólogo de Cela. Pero luego el nombre desapareció: ya se mentaba la condición de baronesa en el texto y L. V. no quiso seguramente arriesgarse a que confundieran su novela con la literatura de Carmen de Icaza.

En 1961 el editor catalán Joan Sales, promotor de la colección «El Club dels Novel·listes», a través de la firma comercial Club Editor, S. L., vino a Mallorca para promocionar los libros de su editorial. Tenía seguramente noticias de *Bearn* por dos conductos: primero, porque era un convencido de que a menudo las obras finalistas de un concurso o no premiadas suelen ser mejores que las ganadoras —y demostró estar en lo cierto cuando se erigió en editor de Mercè Rodoreda, derrotada en la primera convocatoria del premio «Sant Jordi» por su famosa novela *La plaça del Diamant*— y segundo, por Baltasar Porcel, que se hallaba en frecuente relación con él. Porcel había entrado en el mundo literario de Mallorca tempranamente —a los diecinueve o veinte años— y con buen pie; el 1958 obtenía el premio «Bartomeu Ferrà» de teatro de los Ciudad de Palma y el 1961 el «Gabriel Maura» de novela; entre una y otra fecha había establecido una muy afectuosa relación con L. V., iniciada en los baños de Campos, una estación termal llamada la Fontsanta y también, más corrientemente, Els Banys de Sant Joan o de Sant Joan de la Fontsanta, cerca de aquella villa mallorquina, donde Porcel trabajaba de contable y L. V. y su mujer acudían a tomar las aguas. Porcel, además, hacia 1960, se había instalado en Barcelona, después de trabajar a desgana en su oficio de contable para la revista de Cela *Papeles de Son Armadans* y para el periódico *Baleares*. En Barcelona fue bien recibido por todos los grupos intelectuales de la ciudad, y entre ellos por Sales.

Cuando éste llegó a Mallorca, interesado por la novela de L. V., fue advertido por el grupo militante mallorquín pro catalanismo, de que L. V. no era «de los nuestros» y que incluso había hecho profesión y manifestaciones de anticatalanismo durante la República y en la inmediata posguerra, cosa que era verdad a medias. El portavoz del puritanismo catalanista era el autor de teatro y novelista Josep M.ª Palau y Camps; éste había citado a Sales en el bar Bosch y L. V. esperaba noticias en el lugar de su tertulia habitual, el café Riskal. Estos dos cafés o bares se hallan —o se hallaban, porque el Riskal ha desaparecido con la restauración del Hort del Rei, unos bellos jardines al pie de la Almudaina— uno en cada extremo del paseo del Borne. Recuerdo a Porcel yendo de un extremo a otro del paseo, hasta lograr su victoria y obtener para «El Club dels Novel·listes» los derechos de publicación de *Bearn*.

Tras *Bearn*, Sales obtendría los derechos de publicación en exclusiva de toda la obra narrativa de L. V., y así le fue publicando *Desenllaç a Montlleó* (1963), *L'hereva de donya Obdúlia* (1964), una nueva edición de *Mort de Dama* (1965), *Falses memòries de Salvador Orlan* (1967), *La gran batuda* (1968), *La «Virreyna»* (1969), *La Lulú* (1970), *Lulú regina* (1972), *Les ruïnes de Palmira* (1972), *Flo la Vigne* (1974) y *Un estiu a Mallorca* (1975). Y además le encargó la traducción al catalán de *Il gattopardo*, del príncipe de Lampedusa, por la identidad que algunos críticos habían advertido entre esta novela y *Bearn;* y L. V., que nunca se había dedicado a la tarea de traductor, a no ser de sus propias novelas, la tradujo con el título de *El guepard* (1962).

Pero Sales era también novelista y conocía, sobre todo, o creía conocer, los gustos y las solicitudes de los clientes de sus publicaciones. Esto le daba, según él, el derecho y le imponía el deber de intervenir en las obras de los autores de su editorial; y así, *Les ruïnes de Palmira* y *Flo la Vigne* son sendas versiones de *La novel·la de Palmira* (1952) y de *L'àngel rebel* (1960), con el añadido de unos capítulos en los que aparecen la marquesa de Pax y su mundo, personajes de la serie de breves diálogos titulada *Desbarats* (1965), que gustaron especialmente a Sales, y que son realmente amenos e ingeniosos; pero la marquesa, cabeza de la vasta familia de los Serralta, marqueses de Pax, es especialmente seductora. Esta intervención de Sales suscitó en L. V. por un lado, una copiosa correspondencia, mantenida en su mayor parte por la señora de Sales, Núria Folch, y por el otro algunas concesiones del autor a sus editores: el epílogo, sobre todo, quedó grandemente mutilado, hasta casi desaparecer. Hay que decir que cuando la novela se publicó de nuevo en un volumen de Obras Completas, titulado *El Mite de Bearn*, a cargo de Edicions 62, este epílogo fue restaurado tal como lo había escrito L. V. Sería, pues, útil, o interesante para quienes nos gusta leer estas cosas, hacer lo que se llama una edición crítica de las obras de Villalonga, ahora que todavía vive alguien que conoce con bastante precisión las razones de las variantes de una a otra edición de sus novelas.

Nos ayudaría grandemente a establecer esta edición crítica la correspondencia de L. V., especialmente la mantenida con los editores del «Club dels Novel·listes», Joan Sales y Núria Folch de Sales. Jaume Pomar ha publicado recientemente las cartas que poseía de L. V. Pero tengo noticia de que la correspondencia cruzada entre L. V. y Salvador Espriu ha sido destruida, a petición de éste cuando murió L. V. y supongo que los herederos de Espriu, fallecido recientemente, pagarán con la misma moneda. Mueven a esta destrucción razones de un pudor malentendido y lamentable, pero que, por supuesto, hemos de respetar. Como a mí, las posibles debilidades y hasta miserias que puedan revelar estos epistolarios no empequeñecen las figuras admiradas, sino que afirman su paso, «cargados con el orbe de su gloria», como dice Rubén Darío en sus glorias al laboratorio de Canidia, procuraré ser tan indiscreto, en el juicio de esos pudorosos, como me lo permitan mis conocimientos y noticias.

Creo que con lo dicho he puesto en claro la génesis de *Bearn*. En el prólogo a la primera edición catalana, L. V. dice que *«Bearn* fue escrito en 1945 y guardado en un cajón»[6]. Pero como yo asistí personalmente y día tras día a la redacción de la novela, puedo afirmar, como testigo de excepción, que esto no es cierto. Si lo fuera, ¿cómo podía haberla interrumpido para acabarla en castellano con motivo de su disgusto con la editorial Selecta? También asistí a su traducción, por supuesto, aunque nunca me dijo que pensaba presentarla a los premios Nadal y Ciudad de Barcelona, seguramente porque sabía que yo se lo habría desaconsejado, y él, como Tonet, no quería discutir. Traducida, pues, la novela y fracasada en los premios se dispuso a publicarla por su cuenta.

Para esta edición L. V. me pidió —o yo se lo ofrecí— que pasara a máquina su manuscrito —él jamás escribió a máquina—, y sobre el texto mecanografiado hizo numerosas correc-

---

[6] La edición del CN va precedida de una «Nota de los editores» y de un «Prólogo del autor»; en ambos textos no se dicen sino falsedades: no graves mentiras, por supuesto, pero sí inexactitudes. Lo he denunciado en diversas ocasiones. Remito especialmente a mi recopilación de textos sobre V. *Llorenç Villalonga i la seva obra* (Barcelona, Curial, 1980).

ciones —supresiones en general— hasta decidir su *bon à tirer*. No conservo el original manuscrito, que tal vez desapareciera, porque no sé que se haya hallado entre los papeles que se ordenaron después de su muerte, pero sí el mecanografiado por mí. Es sobre éste que he establecido las variantes de esta edición. La mayoría son supresiones, y las consecuentes composturas del texto que estas supresiones exigían. Pero también hay variantes de léxico, como, por ejemplo, la muy frecuente de «mi protector» o «mi benefactor» en sustitución de «el señor». Las registro todas, tal vez con excesiva minucia; pero creo que es la manera de ver y entender lo que podríamos llamar el acabado de un texto.

Sobre este texto corregido rehízo el original catalán para darlo al «Club dels Novel·listes» primero y luego a las Edicions 62 para el volumen de las Obras Completas. Este original, en catalán, no sé si el primero o si el rehecho, obraba en poder del poeta Llorenç Moyà y Gilabert, buen amigo suyo y pariente de su mujer. Llorenç Moyà murió hace unos pocos años, con gran sentimiento por mi parte y por parte de quienes pudieron y supieron tratarle, y parece ser que sus papeles y su biblioteca han sido dispersados; de manera que no sé dónde parará ese original de L. V., que Moyà tenía sobre una cómoda, en su casa de Binissalem, como para ofrecerlo, orgullosamente, a la admiración de sus visitantes. Yo no he cotejado el texto catalán —el que considero canónico, o sea, el de las Obras Completas de las Edicions 62— con el castellano y tal vez debería haberlo hecho; pero no pienso que se hallaran variantes de gran importancia y, en todo caso, me parece trabajo para otra empresa. Acompaño también el texto de algunas notas y procuro localizar los textos de sus citas, que, en su mayoría, no proceden de las obras originales. L. V. no era un lector de lecturas programadas ni de muchos libros; pero era un excelente lector y no solía equivocarse, literariamente, cuando hacía uso de material ajeno, porque sabía hacerlo pasar por el alambique de su personalidad.

En *Bearn* hay mucha literatura y mucho Villalonga. No es, en su conjunto, una novela testimonial del mundo mallorquín donde sitúa a sus personajes y hace que discurra su vida y se promuevan los lances de la historia. Ni es así, ni lo ha sido nunca, el campesinado mallorquín ni jamás se han dado en Mallorca unos señores del estilo de Antonio y María Antonia de Bearn. Pero si este mundo y su gente no han existido nunca, no son, sin embargo, inverosímiles; y así, la buena doctrina literaria predicada desde la *Poética* de Aristóteles y recogida con tanta rigurosa fidelidad, o, mejor diríamos, con *trop de zèle,* por los más ilustres autores del Grand Siècle, queda irreprochablemente cumplida. El procedimiento narrativo de L. V. —en alguna otra ocasión debo de haberlo dicho— es el de la mitificación; el título que se dio al conjunto de la obra de L. V. que integraba el volumen I de una frustrada edición de su Obra Completa, *El mite de Bearn,* fue un acierto: Bearn, o sea, un pueblo de la ruralía mallorquina, como mito, pero no como realidad. La mitificación supone una cosmogonía, una sintética explicación del mundo. Hércules, o, en su noticia más antigua, la Fuerza heracleana, es la expresión, para la mentalidad griega, de la Naturaleza y su fuerza contradictoria, así benéfica, con sus lluvias oportunas y el conveniente calor del sol, así destructora con sus aguaceros que desbordan ríos y torrentes y con sus sequías que agostan las mejores cosechas. Así, L. V. no quiere hacer la novela de una señora llamada María Antonia, de un señor llamado Antonio, de los amores de éste con una sobrina suya, de los escrúpulos de un cura joven y reprimido: todo esto no son sino los elementos concretos de que se vale para su explicación del mundo; explicación que da, por supuesto, desde su Mallorca, desde el país donde nació, vivió y murió, de tal manera que, así como los griegos pusieron la morada de los inmortales en la cumbre del Olimpo, porque era su máxima altura familiar, así él sitúa la morada de sus héroes en un pueblo mallorquín, especialmente conocido y amado. Pero, del mismo modo que los mitólogos griegos no exploraron nunca el monte Olimpo y no alcanzaron a saber qué vida se criaba en su cima, así L. V. no se interesó jamás por la realidad de Bearn, sino solamente por los rasgos que hacían al pueblecito servible para las intenciones de su mito. El Olimpo era alto e inasequible; esto sólo importaba. Bearn era primitivo y, para la mentalidad cultivada de L. V., tan inasequible en su primitivismo como el Olimpo en su altura para los griegos clásicos, y no se requería nada más.

Por esto L. V., con frecuencia, en vez de inventar nuevos personajes, repite los mismos, y aun a diferentes personajes les atribuye iguales o muy parecidos rasgos de idiosincrasia. Así sus tres Fedras —la Fedra propia de su refección de la leyenda en el drama *Fedra*, Silvia Ocampo de la comedia de este nombre, rehecha en la novela *Un verano en Mallorca*, y Alicia Dillon de la novela *Mme. Dillon,* indebidamente corregida y aumentada más tarde y publicada bajo el título de *La heredera de doña Obdulia* o de *Las tentaciones;* así la famosa Obdulia Montcada de *Muerte de Dama* y la disparatada condesa de nombre Xesca que aparece en *La «Virreyna»;* así el marqués de Collera y el doctor Monteleón, etc. Y así el Minos y la Amaranta de los *Despropósitos*, el Minos y la María Antonia de *La novel·la de Palmira* —o de *Les ruïnes de Palmira*— y el Tonet y la María Antonia de *Bearn.* Pero éstos son ya los mismos. Joan Sales, en el prólogo a la 4.ª edición de *Mort de Dama,* escribía:

Algunos de sus personajes y entre ellos los que más quiere —doña María Antonia—, aparecen y reaparecen en sus obras, las extensas y las menores, sin ninguna preocupación de coherencia: el lector curioso puede comprobar cómo doña María Antonia ya es en *Bearn* una dama de cabellos grises y todavía de buen ver en la época de Napoleón III (por lo tanto, antes de Sedan, 1871), mientras que *Mort de Dama* nos la presenta igualmente de cabellos grises y todavía de buen ver hacia los «felices veinte» y volvemos a encontrarla en *L'hereva de donya Obdúlia,* el año 1936, siempre todavía de buen ver y de cabellos grises; sin hablar de otras apariciones que hace en otras obras villalonguianas de menor extensión, todas suponiendo épocas distintas y circunstancias incompatibles. Podríamos decir que más que un personaje es una actriz: una gran actriz que encarna papeles diversos, infundiéndoles siempre el propio carácter inimitable. (...) Villalonga siente sus personajes como independientes del tiempo y de las circunstancias; eternos, pues, en cierta manera[7].

Mi muy apreciado, y hoy llorado, amigo Joan Sales, editor de L. V. y su más eficaz promotor, veía las cosas, pero tal vez no ponía en ellas la atención necesaria. Como tantos lectores de L. V., recogía la leyenda que éste había forjado sobre sí mismo y la creía a pies juntillas. Hacía de alguna manera con L. V. lo que L. V. con el mundo de su literatura; lo mitificaba; gran razón para leerlo con gusto, pero velo espeso para entenderlo bien, para entender las intenciones y la génesis de sus mitificaciones. Como sobre lo que hay de cierto y de falso y lo que tiene de tela de mezclilla tejida con mentiras y verdades la imagen que L. V. da de sí mismo y de su mundo doméstico he hablado en diversas ocasiones, no he de insistir ahora sobre este punto. Pero no puedo aceptar la afirmación de que los personajes de L. V. «son tan reales, que en el caso de la baronesa de Bearn se trata... de una evocación de la propia madre del autor». Precisamente porque no son reales es por lo que son intemporales, «eternos, pues, en cierta manera», como dice acertadamente el texto que acabamos de citar.

El nombre de María Antonia —que suponemos elegido en homenaje o evocación, voluntaria o inconsciente, de la reina María Antonieta de Francia, a quien L. V. [alude frecuentemente en su obra]—, unido al gentilicio de Bearn aparece en la primera novela de L. V., *Muerte de Dama*. En esta obra, el personaje que lleva el nombre de María Antonia de Bearn es baronesa, viuda de un marido que la dejó en una precaria situación económica, abrumada, pues, de deudas, y madre de dos hijos que andan por vías de perdición. La figura se define con mayor riqueza de rasgos en la segunda novela de L. V., *Mme. Dillon*, o, en ulteriores versiones, corregidas y aumentadas, *La heredera de doña Obdulia* y también *Las tentaciones*. Estos nuevos trazos poco añaden, y nada que sea vital, a lo que nació como producto estrictamente literario, hecho de experiencias de lector, no de observador vivo del mundo y su gente. De esta Ma-

---

[7] L. V., *Mort de Dama*, 4.ª ed. (1.ª del CN), prólogo de Joan Sales.

ría Antonia, como de otros muchos personajes de L. V., podría decirse lo que él dijo en verso de la famosa Mistinguett:

Vous n'êtes plus une femme, vous êtes une idée.
C'est pour cela, Madame, que vous n'avez changé[8].

María Antonia de Bearn, en efecto, no conoce cambios espaciales ni temporales: no sale nunca de su ambiente propio y se mantiene en una edad indefinida, digamos en el límite de los cincuenta años, a lo largo de los dos relatos, que, a decir verdad, transcurren entre 1929 ó 1930 (*Mort de Dama*, aparte las brillantes evocaciones de los buenos tiempos pasados de la protagonista) y 1936 (*Mme. Dillon*). No padece tampoco mudanzas psicológicas: sus reacciones ante los acontecimientos o en su contemplación del mundo exterior, y el juicio que le merece son idénticas siempre y sin sorpresa. Es un personaje de literatura.

Anteriormente, en la obra de L. V. hallamos figuras parecidas a la de la señora de Bearn: la protagonista de la tragedia *Fedra* y Felipa, que aparece en la comedia *Silvia Ocampo*, aunque estas dos son agitadas por la pasión que exige la fábula del amor de Fedra por su hijastro Hipólito. En esta primera etapa de su vida literaria (desde 1927 aproximadamente hasta 1936), L. V. parece que va buscando a la mujer que ha de presidir su obra, y que debe ser la que da sentido a la visión que el novelista tiene del mundo y de la humanidad. Finalmente la encuentra, la conoce realmente en 1936. Salvador Espriu, en su prólogo a *La novel·la de Palmira*, hablando de la María Antonia de este relato, dice: «La he conocido en otros avatares literarios bajo el sugestivo nombre de Amaranta.» Este era, en efecto, el nombre bajo el que aparecía la futura María Antonia de Bearn en unas breves piezas dialogadas que, reunidas bajo el nombre común de *Desbarats* —*Despropósitos,* en la versión castellana hecha por J. Pomar para «Cuadernos para el diálogo»[9]—, publicamos en 1965[10]. Pero a Espriu no se le ocurre

   [8] En uno de los *Desbarats,* el titulado *Viatge a París en 1947,* pág. 101 de nuestra edición *(Vid. infra).*

   [9] L. V., *Despropósitos,* prólogo, traducción y bibliografía a cargo de J. Pomar, Madrid, «Cuadernos para el diálogo», 1974, dos tomos.

   [10] Digo «publicamos» porque los *Desbarats* se publicaron a instancias mías y

confundirla con la María Antonia anterior, porque realmente no tienen de común más que el nombre.

Y sin embargo algo se llevó esta María Antonia viva, verosímil, de aquellos pseudoprecedentes librescos: la *retenue,* como gustaba de decir el novelista, una continua afirmación de serenidad, la rigurosa voluntad de no descompasarse nunca por nadie ni por nada. Luego, otro personaje —vivo también y debidamente literaturizado con una gracia de alta cultura— le prestará asimismo algún rasgo. Pero debo explicarme. L. V., en su búsqueda del personaje femenino, halló que a la serena actitud de su María Antonia ideal podía oponer, por las abundantes muestras que veía a su alrededor, el atolondramiento, el disparate. Buena parte de la narrativa de L. V. se explica por la oposición de sensatez y locura. Un segundo volumen de sus Obras Completas, que no llegó a publicarse, había de llevar el título de *La raó i els esperits.* El triunfo de la locura, de los espíritus, sobre la razón es el tema de *Desenlace en Montlleó,* de *La gran batuda* y las restantes novelas del que he llamado «ciclo de Lulú» y, en buena parte, de *Mort de Dama* y de *La novel·la de Palmira.* He aquí el gran pesimismo de L. V., quien decía que en esta vida todo acaba mal, ya que ella misma corre fatalmente hacia la muerte.

Pero hay un punto en esta demencia —que él, como psiquiatra, sabía que era una demostración venial de la esquizofrenia—, y se da cuando el disparate amenaza la existencia sin destrozarla. Esta mentalidad disparatada y divertida es la que define a la marquesa de Pax, protagonista de los mejores *Despropósitos;* y ésta es la que L. V. transmite a María Antonia al final de su novela: «He intentado sobre todo», dice Tonet moribundo, «retratar a doña María Antonia, fijar su graciosa infancia, su madurez llena de talento y serenidad y el desorden mental de la última época...», desorden mental que en algún otro pasaje de la novela califica de delicioso. Así pues, tenemos explicadas la génesis y configuración del protagonista femenino de *Bearn.*

a mi cuidado en la colección «Europa», que yo dirigía, de la ed. Daedalus, creada en 1965 y «antes de tiempo y casi en flor segada» el año siguiente. Fue el número 1 de la colección y llevaba un prólogo mío.

En cuanto al protagonista masculino, ¿nos limitaremos a decir que es puramente autobiográfico? En toda persona se dan dos biografías: la que ella misma se forja y la que ven o le atribuyen los demás. Ambas pueden ser falsas, y sobre todo la primera cuando se trata de escritores, que, como forjadores de fábulas, suelen ser embusteros. El señor de Bearn dice repetidamente que sus confesiones se hallan en sus Memorias. Tonet de Bearn, antes de llamarse así —el nombre aparece por vez primera en *La novel·la de Palmira*— se llamaba Minos, en los *Desbarats*. Tonet es un hipocorístico de Antonio y lo usa alguna familia aristocrática mallorquina. Todos estos datos nos llevan a suponer que en la obra de L. V. se halla, en efecto, su biografía, pero de tal manera compuesta y arreglada, que es, de una parte, la biografía hecha por él mismo, su vida tal como él la ve o la quiere ver, y, de otra parte, es su biografía intelectual, la vida de sus ideas, a través de las cuales podemos llegar a dar con la realidad humana del autor. Como he hablado largamente de esto hace poco, en mi libro *Llorenç Villalonga (o la imaginació raonable)*, publicado por el Ayuntamiento de Palma de Mallorca, en su colección «Biografies de mallorquins», núm. 6 (28 de diciembre de 1984), a él me remito.

Por lo que se refiere a los personajes secundarios de la novela, advertimos detalles de diversa magnitud que se repiten en la obra de L. V. Así, en *Fedra* una pintora extranjera pinta a Hipólito desnudo tendido sobre el mar, como en *Bearn* una pintora inglesa pinta también desnudo al bello rústico Tomeu. Madò Coloma, y el misterio que envuelve su asesinato, es relacionable con los personajes —misteriosos, detestados o temidos por el pueblo, víctimas también de la violencia— que dan, por su apodo, título a la novela *Les Fures* (1967). Xima es un nombre sugerido, con toda probabilidad, por un personaje real de aquella época: una muchacha bella y un poco alocada, atractiva, muy incitante, que malgastó su juventud —y se la malgastaron amigos y familiares— y que vive hoy recluida en una clínica para enfermos mentales. Este personaje aparece en el despropósito *La Esfinge,* configurada como el oráculo que no soluciona nada[11]. L. V. vio en ella una semejanza con el Xim

---

[11] La contrafigura real de esta Xima de *L'Esfinx* era una señora muy bella,

Puigdesaura de *Mme. Dillon* y decidió llamar Xim o Xima a aquellos de sus personajes, cuyo interés estriba casi exclusivamente en su atractivo físico. El marqués de Collera es también, y aún más, un personaje-tipo, y aparece en todas las obras de L. V., ya desde *Mort de Dama*, siempre que haga falta una figura como él.

La despreocupación de L. V. por dar una vida coherente, cronológicamente verosímil, al menos, a sus personajes se extiende asimismo a las localizaciones de sus relatos. El mismo lo dice en las *Falses memòries de Salvador Orlan* (1967), que son unas «verdaderas memorias de L. V.»: no se moleste el lector en situar puntualmente los escenarios de mis narraciones, viene a decir, porque los altero a mi gusto y conveniencia. Parte, sin embargo, de escenarios reales, no difíciles de identificar para quien los conoce. Bearn debe situarse en un pequeño pueblo mallorquín de nombre árabe, Bunyola[12]. Esto —aparte de que estoy seguro de ello— se infiere de algunos pasajes de la novela, en los que se hallan algunos trazos descriptivos del lugar, especialmente en los capítulos 4 y 19 de la segunda parte. En el primero se habla de Puig de ses Llebres, topónimo real, en aquel término, desde bajo cuyas encinas «casi no se distinguía aún, allá lejos, entre la bruma, una sombra rosada, que era la catedral de Mallorca». En el segundo se habla del Puig del Teix, «que se alzaba, avanzada del Norte, ante los balcones del salón azul y dorado». Una tía soltera de los Villalonga tenía una casa en el pueblo de Bunyola. Unos parientes suyos, relativamente próximos, Muntaner de apellido —el padre de L. V. se llamaba Miguel Villalonga y Muntaner—, eran los propietarios de una finca en la montaña, cerca de los bosques comuna-

---

según mis noticias, llamada Enriqueta Albéniz, hija del compositor Isaac Albéniz y casada con el titular de una conocida firma comercial mallorquina. Era una relación de los años juveniles de L. V., aunque el «despropósito» pertenezca a los de la segunda serie, es decir, a los escritos con posterioridad a 1951. Ocupa las páginas 185 a 215 de nuestra edición.

[12] O, mejor dicho, mozárabe, ya que es la pronunciación arabizante de la palabra latina *uineola*, diminutivo de *uinea*, «viña», según Moll; o de *balneola*, diminutivo de *balnea*, «baños», según Corominas; o tal vez, todavía, del árabe *bunia*, «construcción de cal y canto», según Gayangos. Es un topónimo, en Mallorca, anterior al siglo XIII.

les y no tan lejos del pueblo que no pudiera hacerse sin grave cansancio el trayecto a pie. Esta finca miraba hacia el mediodía sobre un extenso valle, al extremo del cual se halla la ciudad de Palma. El Puig del Teix, o simplemente el Teix, cae, en efecto, al norte de la finca. Aquí, pues, la coincidencia de la ficción con la realidad es completa, o mejor dicho, lo sería si no fuera por la casa rural, confusamente descrita y, en todo caso, demasiado atípica, con su hogar en el zaguán y su salón dorado y azul celeste, que son los colores de la Casa de Francia.

Estas lícitas libertades del novelista tienen su excepción en las localizaciones parisienses (las romanas son menos relevantes). Un Grand Hotel du Louvre existía, en efecto, a finales del siglo, en el número 172 de la rue de Rivoli, esquina a la place du Palais-Royal, y leo en un Baedeker de 1907 que «el Palais-Royal encerraba hasta la segunda mitad del siglo xix los restaurants más distinguidos de París», entre los cuales se encuentra un restaurant Véfour. Y hasta supongo que el pintoresco nombre del vapor que condujo a los personajes de la novela hasta Marsella, *Le lion du Louvre et de Belfort,* lo sacaría L. V. de alguna guía de forasteros ochocentista. Como si su afición a París le moviera a recordarlo, o a evocarlo, puntualmente, minuciosamente, de la misma manera que el enamorado evoca, en su ausencia, rasgo por rasgo, los perfiles físicos de su amada.

## Los círculos de Bearn

*Bearn* es una novela compuesta en dos círculos concéntricos en torno a un centro fijo: la relación epistolar de los hechos por el capellán, y tal vez algo más, de la casa, Juan Mayol, a su antiguo compañero de seminario, Miguel Gelabert, sería el círculo exterior; el interior lo constituirían las memorias, o sea, las ideas del señor de Bearn; el centro fijo lo ocuparía María Antonia. El esquema lo halló L. V. en una novela de Jean Schlumberger, componente del grupo fundador de la «Nouvelle Revue Française», titulada *Le lion devenu vieu,* cuya temática son las *Memorias* del cardenal de Retz. Este cardenal, enemigo de Richelieu y de Mazarino, frondista —es decir, partidario de los insurrectos contra la Corte, y especialmente contra la privanza de Mazarino, durante la minoría de edad de Luis XIV, en una guerra civil, que se llamó La Fronde y duró cinco años (1648-1653)—, ofrece, aunque sean remotos, rasgos similares a los de Tonet de Bearn. Fue un hombre de acción en su juventud y pasó los últimos años de su vida ocupado en la redacción de sus *Memorias,* que figuran hoy entre los clásicos de la lengua francesa. Pero su fijación, la declaración de su autenticidad y, sobre todo, el juicio que a través de ellas pueda formarse de su autor son el hilo argumental de la novela de Schlumberger.

La primera parte de *Bearn,* que el autor tituló *Bajo el influjo de Faust,* fue objeto de una primera composición en forma de pieza dramática, titulada *Faust* y publicada en 1956 (ed. Moll, col. «Raixa», núm. 11, Palma de Mallorca), meses antes de que apareciera la versión castellana de la novela. En su paso de prosa dramática a narrativa, el texto se enriqueció, de tal manera que aquella versión teatral no comprende propiamente sino ocho capítulos de la narración, del 8 al 20. La segunda parte, titulada *La paz reina en Bearn,* también fue tratada en forma dramática, pero en este caso la versión teatral es posterior a la narrativa; la llamó *Filemó i Baucis,* por la similitud de vidas y destino que el autor quiso ver entre los señores de Bearn y los buenos ancianos, cuya leyenda narra Ovidio en sus *Metamorfosis.*

Esta tendencia de L. V. a dar un tratamiento dramático a sus narraciones o a componer una previa versión teatral de sus novelas responde a un precepto del realismo y la novela psicológica: no basta decir de un personaje que es gracioso, sino que debe serlo a lo largo de la novela. El precepto es un eco de los argumentos expuestos por Aristóteles para justificar su preferencia por la *Odisea* sobre la *Ilíada* y también, aunque no lo diga expresamente, de la tragedia sobre la epopeya, porque sus famosos principios de la verosimilitud y de la necesidad se cumplen mejor cuando los personajes de la fábula se expresan por sí mismos. L. V. no se propuso jamás hacer realismo —lo rechazó expresamente—, aunque siempre deseó haber hecho «un poco de psicología»; pero sus psicologías eran, en todo caso, las de un psiquiatra. Él admiraba las contradicciones y la imprevisibilidad de los personajes de Proust, pero los suyos, en cambio, eran siempre previsibles y tenían que serlo, porque no eran seres humanos, como ya he dicho, sino mitos, y las circunstancias entre las cuales los hace vivir y morir son mitologías, en el sentido con que Roland Barthes aplicó este término, considerando inteligentemente que «le mythe est un langage». Cuando estos personajes dan alguna sorpresa, se la dan en primer término al narrador o bien a algún otro personaje del relato, raramente al lector. En la primera parte de la novela, Xima ha regresado a Bearn para ver a su tío y éste la insinúa que debe ir a saludar a doña María Antonia, que vive en el pueblo, separada de su marido, pero le aconseja que la visite sin el aparato de carroza y lacayos que ha traído consigo. Cuando María Antonia sube a la finca a reunirse con Tonet, le explica que ha recibido la visita de Xima, pero «ha extrañado la afectada sencillez con que la ha saludado. «¿De qué le sirve andar siempre con dos criados de librea?», comenta. Esto, naturalmente, no son trazos psicológicos, sino recursos de la ironía.

Toda la novela es una exposición irónica de unas ideas, de una visión del mundo y de la humanidad, del juicio que éstos merecen a L. V. Él se desdobla en sus dos personajes: Tonet de Bearn y Juan Mayol. Aquél manifiesta audazmente su inconformismo, roza la heterodoxia y cae en ella a veces. El cura atenúa estas discrepancias del señor, de su protector, respecto al mundo en que vive. Actúa de abogado defensor. Lo malo es que en este pleito no hay fiscal. Alguna vez he pensado en escribir una novela de las dimensiones de *Bearn,* que fingiría ser la respuesta del amigo de Juan Mayol, su compañero de seminario Miguel Gelabert, redactada antes de dar cumplimiento al encargo de aquél cerca del cardenal. La crítica de tono aproximadamente marxista que quiso dirigir la literatura catalana hacia los años 40 y 50 aceptó *Bearn* porque quiso ver en ella la denuncia de la lucha de clases con la derrota de la clase dominante. Nada de esto logro ver yo, ni en *Bearn* ni en la obra entera de L. V. Antes bien: todo lo contrario. Obdulia Montcada, la protagonista de *Mort de Dama,* encarga especialmente a su heredera —que es una sobrina por el brazo plebeyo de su abolengo y se ganó la vida actuando de cabaretera en los music-halls de Barcelona— que, ahora que va a ser rica, mantenga el lustre y el prestigio de la casa. En *Bearn* no se derrumba ningún orden social, sino que, simplemente, se mueren unos señores arruinados y sin descendencia directa. Se comparó *Bearn* con *Il gattopardo* del príncipe de Lampedusa. Pero en ésta sí que se derrumba un mundo viejo y se afirma la nueva Italia garibaldina: chacales en vez de leones, que lo mismo da, según pronostica el protagonista del relato, pero lo cierto es que la caída de la casa de Salina tiene todo un valor de símbolo, histórico y testimonial. Cosa de que carece, sobre todo en su intención, la novela de L. V.[13].

*Bearn* es una novela escrita en una edad muy avanzada de su autor, a los sesenta años. Encabezaban la edición castellana unos versos nostálgicos de Salvador Espriu que, quién sabe por qué, desaparecieron de la edición del CN: «Mis ojos ya no saben / sino contemplar días / y soles perdidos...» Es el comienzo de uno de los breves poemas de *Cemetiri de Sinera,* y dice en los versos que faltan: «No amo / nada más, salvo la sombra / pasajera de una nube / y el lento recuerdo de los días / que han pasado para siempre.» Naturalmente que para L. V., para el L. V. de los sesenta años, desaparece un mundo, «su» mundo; pero advirtamos que es tanta su sed de nostalgia, que sitúa este mundo perdido fuera de su época, en 1890, y más atrás, en pleno Segundo Imperio. Y una buena parte de la obra narrativa de L. V. es la manifestación de esta nostalgia: detesta y condena las doctrinas socialistas, los curas obreros, el arte abstracto, el Concilio Vaticano II, el progreso material y piensa que es del todo preferible el orden, que es algo tangible y eficaz, a la verdad, que siempre es discutible y a menudo contingente.

Cuando, fiel a sus ideas antiprogresistas, publicó *La gran batuda* (1968), el propio editor, Joan Sales, del CN, creyó oportuno adjuntar unas páginas preliminares, en las que se decía, más o menos, que las ideas del autor no eran necesariamente compartidas por su editor. En aquella ocasión intenté una defensa

---

[13] Huelga decir que un símbolo no es un mito. Hércules, por ejemplo, puede simbolizar la fuerza, pero la fuerza no es más que una condición del héroe mitológico, mientras que el mito de Hércules tiene, como diría un lingüista de hoy, un campo semántico mucho más extenso.

de la novela, argumentando que quien no aceptaba, por su ideología, *La gran batuda,* mal podía aceptar la obra anterior de L. V. Pero era tal el clima desfavorable a L. V., o al menos a aquella novela, que la publicación en la que entonces colaboraba me vetó el artículo. En las novelas posteriores, esta actitud reaccionaria de L. V. se acentuó, y *Lulú regina,* concretamente, es una sátira clara contra las monarquías constitucionales dominadas por un gobierno socialista.

Pero esta decisión intelectual de L. V. data de sus primeras obras. Parecía un revolucionario porque satirizaba a la aristocracia —como buen pequeño burgués esnob— y porque hablaba de relaciones sexuales ilícitas en sus novelas, pero era, en realidad, un hombre de orden, como lo fue su admirado Voltaire; sólo que tal vez ni el uno ni el otro aceptaban el orden vigente, y para L. V. los cambios que traía el progreso no eran ni mucho menos los que él deseaba. Y, sin embargo, él, que tanto interés tenía en publicar su obra, no claudicó. Intentó contemporizar, pero no se lo admitieron. En el jurado de los premios «Ciudad de Barcelona», que lo ignoró, como ya he dicho, figuraba como presidente Luys de Santamarina y como vocales Vela Jiménez, Gironella y algunos más que, por ideología política, tenían que haber sido sus amigos y promotores literarios. Pero, evidentemente, la literatura de L. V. no era la que ellos querían, y L. V. no era persona obediente. Todo cuanto concedió, en la vida inmediata, en aras a la comodidad, se negó a concederlo en su literatura. Las renuncias que podemos advertir a lo largo de su obra son debidas a su madurez intelectual, al mero paso de los años, y algunas, pocas, a un intento, siempre frustrado, de entenderse con la censura gubernamental. Pero fue un hombre que escribió libremente: fue tolerante para que le toleraran a él, escuchó para poder exigir ser escuchado. Naturalmente, no logró ni una cosa ni otra. «Ahora que publico mi obra completa, que no la leerá nadie, porque es un libro muy gordo, adquiriré prestigio», me dijo cuando apareció *El mite de Bearn.* Aquel dístico que compuso, «Yo era un viejo liberal, que, si guardaba formas / era precisamente para tener libertad», hubo de cambiarlo en «para decir la verdad», a ver si así le hacían caso: decir la verdad es un deber, tener libertad es un peligro. Obraba como Tonet de Bearn, que fingía trabajar de noche, a fin de que respetaran su trabajo matutino, pensando que dormía, porque de haber sabido que escribía, con seguridad le habrían interrumpido en todo momento.

*Bearn* es la novela del librepensador, no en el sentido histórico, sino en el más propio y buen sentido de la palabra, que fue L. V. No sé con qué gusto la leerán ni cómo la entenderán los lectores de hoy. A mí me parece una de las más felices novelas de la literatura europea de nuestro tiempo. La versión castellana es lingüísticamente pésima, porque L. V. desconocía el castellano, sus agudezas y matices, tanto como conocía bien su catalán de Mallorca: él se expresó siempre en mallorquín y oía, y escuchaba, hablar su lengua a gente culta y a gente iletrada, que conserva la fuerza expresiva de la rusticidad. Teniendo, como tenía, una gran tendencia a la parodia, al *pastiche*, y una notable facilidad para ponerlo por escrito, su expresión en catalán es de una eficacia que difícilmente pasa al castellano, sobre todo en una versión hecha por él mismo. Pero el encanto y la amenidad de la novela se mantienen, por supuesto, y tal vez nuestros reparos lingüísticos no sean sino deformaciones profesionales.

# Nuestra edición

Nuestra edición se basa, como ya he dicho, en el mecanoescrito que se utilizó para la primera edición de *Bearn*. Este texto, macanografiado por mí —porque fui el encargado de llevar a término la edición—, ocupa 298 folios, por una sola cara, y contiene numerosas correcciones de puño y letra de L. V. Estas correcciones son, en su mayoría, fragmentos suprimidos, algunas puras enmiendas y pocas añadiduras. Raras veces la corrección es hecha en vista de una mayor elegancia de estilo; casi siempre se hace en pro de la agilidad y de la justeza de la expresión. Todo lo hemos colacionado minuciosamente; a menudo, tal vez, con sobrada oficiosidad. Pero el interés de esta especie de edición crítica se da, a mi juicio, por la posibilidad de seguir paso a paso la confección de un texto: si no podemos saber cómo nació, sepamos al menos cómo se pulió para llegar a la imprenta. Espero que los futuros estudiosos de la obra de L. V., que los merece, me lo agradecerán. Decir que, además, ello es una muestra de mi afecto y de mi admiración por el ingenioso y ameno novelista mallorquín, creo que es obvio. Y, en todo caso, si nos equivocamos en nuestro celo, que nos sea permitido acogernos al verso de Villon que recuerda el buen cura de Bearn:

Mais priez Dieu que tous vous vueille absouldre!

Me he permitido usar algunas abreviaturas o siglas V. o L. V., Villalonga o Lorenzo Villalonga; CN, «El Club dels Novel·listes», colección de la empresa Club Editor, S. L., editora barcelonesa de L. V.; OC, «Obras Completas», I (Edicions 62, Barcelona, 1966).

# Bibliografía

1. L. V., *Obres Completes. I. El mite de Bearn*, Barcelona, Edicions 62, 1966. Contiene las novelas *Mort de Dama, Les temptacions* —bautizada en una edición anterior para CN con el título de *L'hereva de dona Obdúlia* y que es en realidad un arreglo y ampliación de una novela escrita en castellano y publicada el 1937 con el título de *Mme. Dillon*— *La novel·la de Palmira y Bearn,* dos conjuntos de narraciones breves, *El lledoner de la clastra y De fora Mallorca,* y las piezas teatrales *Silvia Ocampo, Fedra, A l'ombra de la Seu,* adaptación escénica de *Mort de Dama, Faust y Filemó i Baucis,* adaptación escénica de la primera y segunda partes, respectivamente, de *Bearn.* Esta edición creo que se halla agotada, pero Edicions 62 prepara una nueva edición de las Obras Completas de L. V. en diversos volúmenes. En 1980 se hizo una edición de las novelas contenidas en este volumen, con el título de *Les novel·les del mite de Bearn,* a cargo de Edicions 62 y subvencionada por la Caja de Pensiones para la Vejez y de Ahorros de Cataluña y Baleares, no destinada a la venta.
2. L. V., *Mort de Dama,* 12.ª ed., Barcelona, CN, 1982. Esta edición reproduce la 4.ª, aparecida también en CN, en 1965. Esta 4.ª ed. se ha de contabilizar como 3.ª, ya que las 1.ª y 2.ª eran una sola, como explico en mi *Introducción.*
3. Las ediciones en castellano de la novela anterior, *Muerte de Dama,* a las que el lector debe y puede acudir son la de Plaza y Janés (1985) que contiene, además, *La heredera de doña Obdulia o Las tentaciones,* ambas en edición crítica a mi cargo, o a la que publicará, según tiene anunciado, Bruguera de Barcelona, o, muy recomendadamente, a la bilingüe —catalán-castellano— de «Marca Hispánica», con un prólogo mío. Las ediciones Dima, S. A., de Barcelona, de Salvat-Alianza Editorial y las anteriores de Bruguera creo que están agotadas. Todas reproducían mi traducción publicada

en la revista *Papeles de Son Armadans,* en los núms. de enero, febrero, marzo y abril de 1957. La primera traducción al castellano, hecha por el mismo L. V. se publicó en la revista mallorquina *Brisas,* en los núms. de octubre, noviembre, diciembre de 1935 y enero, febrero, marzo, abril y mayo de 1936. Se hizo de ella una separata, difícil hoy de hallar en librerías anticuarias.

4. L. V., *Fedra,* Teatro, Palma, Gráficas Mallorca, S. A., 1932. Otra edición en Palma, imprenta Atlante, S. A., 1954. Ambas ediciones agotadas. La obra se publicó en catalán en el volumen de Salvador Espriu, *Antígona. Fedra,* Ciutat de Mallorca, Moll, col. «Raixa», 1955. Es la versión que S. Espriu hizo, en catalán, de la 1.ª ed., en castellano, que L. V. le dio a conocer en 1936. Temo que también esta edición esté agotada y no sé que se haya publicado nuevamente.

5. L. V., *Un estiu a Mallorca,* Barcelona, CN, 1975. Es una versión novelada de la obra de teatro *Silvia Ocampo,* publicada en *Brisas,* en los núms. de junio, julio y agosto de 1935 —a un acto por mes— y luego vertida al catalán por el propio autor para la edición de las *O.C.* de Edicions 62 (ver el núm. 1 de esta bibliografía). La novela, muy superior a la obra de teatro, es una de las mejores obras de L. V.

6. L. V., *L'hereva de dona Obdúlia,* 4.ª ed., Barcelona, CN, 19. (Ver el núm. 1 de esta bibliografía.) Otra edición en Barcelona, Bruguera, col. «Els llibres del mirador», 1983.

7. L. V., *La novel·la de Palmira,* Palma de Mallorca, Moll, col. «Les illes d'or», 1952. Otra edición con el título de *Les ruïnes de Palmira,* en Barcelona, CN, 1972. Esta edición fue objeto de un inoportuno aumento de algunos capítulos a solicitud del editor. Hay una traducción al castellano de esta novela, hecha por Jaime Pomar, publicada, bajo el título de *La novela de Palmira,* por Júcar, de Madrid, en 1975.

8. L. V., *Bearn o la sala de las muñecas,* Palma de Mallorca, imprenta Atlante, 1956. Es la traducción al castellano hecha por el propio autor del original catalán. Véase, sobre este punto, mi *Introducción.*

9. L. V., *Bearn,* 12.ª ed., Barcelona, CN, 1982. Es posible que haya alguna más posterior a esta fecha, en la misma editorial. Otra edición, fácilmente asequible, en Barcelona, Edicions 62 i «La Caixa», col. «Les millors obres de la literatura catalana», 1980.

10. Otras ediciones castellanas de la novela en Barcelona, Seix Barral, S. A., «Biblioteca breve de bolsillo», 1969, por la misma editorial, en otras colecciones, en 1983 y 1984; y por Bruguera, de Barcelona, en 1981.

11. L. V., *Desenlace en Montelló,* Palma, imprenta Atlante, 1958. Otra edición, por Seix Barral, de Barcelona, en 1971.

12. L. V., *Desenllaç a Montlleó,* Barcelona, CN, 1963. Es la traducción al catalán, hecha por el propio autor, del original castellano.

13. *El lledoner de la clastra,* Narraciones breves, Ciutat de Mallorca, Moll, col. «Raixa», 1958.

14. L. V., *L'àngel rebel,* Ciutat de Mallorca, Moll, col. «Raixa», 1961. Una edición, inoportunamente aumentada, en Barcelona, CN, 1974, bajo el título de *Flo La Vigne.* Una edición bilingüe —catalán-castellano—, la trad. a cargo de J. Pomar, en Barcelona, Polígrafa, S. A., col. «La senda», 1969.

15. L. V., *Aquil·les o l'impossible,* Teatro Palma de Mallorca, Moll, col. «Raixa», 1964.

16. L. V., *Desbarats,* Palma de Mallorca, Daedalus, col. «Europa», 1965. Estos «desbarats» literalmente, «disparates», son unos breves diálogos un tanto disparatados, pero muy divertidos, escritos los de la 1.ª parte entre 1939 y 1950 y los de la 2.ª parte a partir de este año o del siguiente. Algunos de ellos ya se habían publicado, esto es: *Viatge a París de Minos i Amaranta en 1947* juntamente con la versión teatral de la 1.ª parte de *Bearn,* o sea *Faust,* en 1956 (Palma, Moll, col. «Raixa»), *Alta i Bemèrita Senyora* en el volumen de *Aquil·les* (ver el núm. 15 de esta bibliografía) y *Cock-tail a un vell palau* en una col. que habíamos iniciado L. Moyà, J. M.ª Llompart y yo, y que luego se llamaría «La Font de les Tortugues», en 1955 (Palma, imprenta Atlante). Una versión castellana de estos *Desbarats,* en traducción de J. Pomar, apareció, con el acertado título de *Despropósitos,* en Madrid, Cuadernos para el Diálogo, 1974, dos tomos. Tres de estas piezas, traducidas al castellano por José Monleón y por mí, aparecieron en la revista *Primer Acto,* núm. 110 (julio, 1969).

17. L. V., *La marquesa de Pax i altres desbarats,* Barcelona, Club editor, S. L., col. «El Pi de les Tres Branques», 1975. Es una edición lanzada, con la estúpida intención de enmendarme la plana, por J. Sales, el editor de CN, en la que se altera el lenguaje, fijado adecuadamente por mí, en sus difíciles modismos dialectales y familiares, y se añade algún otro «despropósito», que en nada enriquece a los primeros; además de variar el orden en que yo los publiqué, con lo que demuestra haberlos entendido insuficientemente y mal.

18. L. V., *Les Fures,* Barcelona, Proa, 1967.

19. L. V., *Falses memòries de Salvador Orlan,* Barcelona, CN, 1967. No es una novela, sino unas memorias, tan verdaderas y tan falsas como cualesquiera de las que circulan comúnmente bajo este nombre; y por supuesto, Salvador Orlan es L. V.

20. L. V., *El llumí i altres narracions,* Barcelona, Edicions 62, col. «Antología catalana», 1968. Una trad. al cast. por Isabel Mirete, Barcelona, Península, 1983.

21. L. V., *Dos «pastiches» proustianos,* trad. al castellano, por José Zaforteza Delgado, de dos narraciones incluidas en el núm. 13 de esta bibl., Barcelona, Anagrama, 1971. Lleva una nota introductoria de L. V.

22. L. V., *La dama de l'harem,* Ciutat de Mallorca, col. «Gavilans», 1974.

23. L. V., *Narracions,* Barcelona, Dopesa, 1974. De todos los volúmenes de narraciones breves de L. V. (núms. 20, 21 y 30 de esta bibl.), éste es el más interesante, puesto que ofrece material nuevo, aunque procedente, en su mayor parte, de las colaboraciones de L. V. en la prensa diaria desde 1924 a 1973; se trata, pues, de unos textos traducidos al catalán de los originales en castellano supongo que por el mismo que cuida de la edición Damià Ferrà-Ponç, aunque no lo expresa.

24. L. V., *Andrea Victrix,* Barcelona, Destino, 1974.

25. L. V., *El misantrop,* Barcelona, Edicions 62, col. «El balancí», 1972. Es una trad. al catalán, hecha por el propio autor, de un original castellano inédito, que publicará en 1974 Plaza y Janés, S. A., de Barcelona. Otra edición en catalán por Edicions 62 para la Caja de Ahorros y Monte de Piedad de Baleares, Barcelona, 1977.

26. L. V., *La «Virreyna»,* Barcelona, CN, 1969.

27. L. V., *La gran batuda,* Barcelona, CN, 1968. Con esta novela, escrita a partir del cuento *Un capell de París,* se inicia el último ciclo de la narrativa de L. V., el que yo he llamado «ciclo de Lulú», que se completa con las dos novelas siguientes.

28. *La lulú,* Barcelona, CN, 1970. Hay una trad. al cast. de Johanna Givanel en Barcelona, Planeta, 1973.

29. *Lulú regina,* Barcelona, CN, 1972.

30. *Julieta Récamier i altres narracions,* Barcelona, Edicions 62, «L'alzina», 1980.

*Sobre L. V.*

Prólogo

1. ALEGRET, Joan, a *El llumí...* (bibl., núm. 20).

2. ALOMAR, Gariel, a la 1.ª/2.ª ed. de *Mort de Dama,* que no hemos relacionado por considerarla solamente poco menos que una curiosidad bibliográfica. Pero el prólogo de Alomar no se ha reproducido en ninguna de las ediciones posteriores de la novela.

3. ARNAU, Carme, a *Bearn* (bibl., núm. 9, b).

4. BORDONS, Glòria, a *Julieta Récamier...* (bibl., núm. 30).

5. BAIXERAS, Josep Anton, a *Les Fures* (bibl., núm. 18).

6. CRUSAT, Paulina, a *Desenlace en Montlleó*, trad. después al cat. para las versiones catalanas de la novela (bibl., núms. 11 y 12).

7. ESPRIU, Salvador, a la 3.ª [2.ª] ed. de *Mort de Dama* (Barcelona, Selecta, 1954) y a *La novel·la de Palmira*, reproducido en *Les ruïnes de Palmira* y en la edición bilingüe (bibl., núm. 7).

8. FERRÀ-PONÇ, Damià, a *Flo la Vigne* (bibl., núm. 14 b), a *La dama de l'harem* (bibl., núm. 22) y a *Narracions* (bibl., núm. 23). Estos prólogos de Ferrà-Ponç son las aportaciones de más entidad para el conocimiento de L. V., especialmente en lo que se refiere a la cronología biográfica del novelista. El reparo principal que podríamos ponerles es que, siendo la casi única fuente de información L. V. mismo, algunos datos, y sobre todo su interpretación, no son siempre de fiar.

9. LLOMPART, Josep Maria, a *Aquil·les...* (bibl., núm. 15).

10. MOLAS, Joaquín, a *Obres Completes. I. El mite de Bearn* (bibl., número 1).

11. POMAR, Jaume, a la edición de *Bearn* en cast. para Seix Barral, de 1969 (bibl., núm. 10 a), a la edición bilingüe de *L'àngel rebel* (bibl., núm. 14 c) y a su edición de los *Despropósitos* (bibl., núm. 16 b).

12. PORCEL, Baltasar, a la edición de *Bearn* en cast. para Seix Barral, de 1983. Es un texto con inexactitudes y falsedades; lo advertí yo mismo, en su momento, a través de la prensa diaria.

13. SALES, Joan, a la 4.ª [3.ª] ed. de *Mort de Dama* (bibl., núm. 2), a *La marquesa de Pax* (bibl., núm. 17) i a *La Lulú* (bibl., núm. 28). Como Sales fue el editor en exclusiva, para el CN, de L. V., solía acompañar sus ediciones de notas introductorias, de presentación, breves textos para las solapas del libro, etc. Entre estos escritos, es de destacar el que acompaña la edición de *La gran batuda*, en la que Sales justifica la publicación de la novela con aquella excusa de que el editor no se hace responsable de las opiniones del novelista.

14. VIDAL ALCOVER, Jaume, a *Desbarats* (bibl., núm. 16 a).

Otros estudios

1. FERRÀ-PONÇ, Damià, «Cultura i política a Mallorca», en *Randa*, núms. 2 a 7 (1975-1978).

2. — «Notes autobiogràfiques de Llorenç Villalonga», en *Randa*, núm. 15 (1983).

3. LLOMPART, Josep Maria, *La literatura moderna a les Balears*, Mallorca, Moll, col. «Els treballs i els dies», 1964.

4. — estudio sobre *Mort de Dama*, en *Guía de la literatura catalana contemporánea*, Barcelona, Edicions 62, 1973.

5. Massot i Muntaner, Josep, *Els mallorquins i la llengua autòctona*, Barcelona, Curial, 1972.

6. — *La guerra civil a Mallorca*, Barcelona, l'Abadia de Montserrat, 1976.

7. — *Cultura i vida a Mallorca entre la guerra i la postguerra*, Barcelona, l'Abadia de Montserrat, 1978. Todos estos trabajos de Massot i Muntaner, monje benedictino en Montserrat, se ocupan especialmente de la incidencia política de L. V., a través de su obra, en la vida mallorquina de su tiempo. En este sentido, es conveniente citar su introducción y su anotación a la trad. catalana de *Les grands cimetières sous la lune*, de G. Bernanos, hecha por Antoni-Lluc Ferrer (Barcelona, l'Abadia de Montserrat, 1981).

8. Pomar, Jaume, *Primera aportació a l'epistolari de Llorenç Villalonga*, Ciutat de Mallorca, 1984.

9. — *Llorenç Villalonga. Discurs amb motiu de la seva proclamació com a Fill Il·lustre de Palma*, Palma de Mallorca, l'Ajuntament, 1984. Lleva una extensa, aunque muy incompleta, bibliografía de y sobre L. V.

10. Vidal Alcover, Jaume, *Llorenç Villalonga i la seva obra*, Barcelona, Curial, 1980.

11. — *Llorenç Villalonga o la imaginació raonable*, Palma de Mallorca, l'Ajuntament, col. «Biografies de mallorquins», 1984.

*Bearn*
*o la sala de las muñecas*

*A la Señora X*

Dios y el Diablo se disputan el alma de «Bearn». Camilo José Cela —príncipe apresurado y resplandeciente, rayo que oscurece cuanto toca— me hace hablar de gardenias wildeanas, tan ajenas a mi rudo solar, para poder replicarme: «Ya, ya...» o «¡Vaya por Dios!» Ante tanta maldad retórica (yo pedí el prólogo: no podía rechazarlo y, por otra parte, reconozco que es encantador) se me ocurre invocarte:

> Decidme si se enoja Madre Santa María
> porque un villano sea devoto de su altar?

Entre nosotros existe un malentendido antiguo, que no logré esclarecer en mi artículo «Bavardage Oriental» («Baleares», 11 de noviembre de 1952). No importa. Sé que tú leerás «Bearn» del principio hasta el fin. Mis personajes se entregan a tu consideración clara, atenta y juiciosa, seguros de que en auténtica baronesa feudal habrás de administrarles justicia.

Ormuz y Arimán logren, pues, vivificar a tales muñecos, comparables a ese enjambre de sombras que en la «Odisea» imploran un poco de sangre al héroe impasible, quien las aparta suavemente con la espada.

# Prólogo parabólico

## I

Los dos novelistas pasean, a la deleitosa y quizás un poco cálida sombra del pinar de Bellvèr, mientras hablan, por mor del oficio, de la novela y sus problemas. El tiempo del primer verano es seco y ventoso y, en la cabeza de los novelistas, las ideas, a veces, soplan con un énfasis que no quisieran permitirse.

—¡Qué énfasis!, ¿eh?

—Ya, ya...

Uno de los dos novelistas, el menos joven, es alto y escurrido de carnes, rasurado, mediterráneo y paradójico, cuidadoso, galante y cerebral, y vive como un abate francés, en el centro de la ciudad, en una calle recoleta y sombría poblada de señoras piadosas y de gatos capones, meditabundos y mañaneros. Probablemente es judío.

—A mí me gustan los gatos señores, de pausado andar.

El otro novelista, el menos viejo, también es alto aunque ya empezó, quizás prematuramente, a criar barriga. El otro novelista, no el menos joven, gasta barba y es atlántico y turbulento, desaliñado, galante y corazonal, y vive como un futbolista retirado, en las afueras de la ciudad, en una calle bullidora y solana poblada de turistas de licenciosa conciencia y de gatos enteros, maulladores y noctámbulos. Probablemente es wikingo.

—A mí no; yo prefiero los pájaros fritos, de grato y crocante paladar.

A los dos novelistas, mientras deambulan para hablar de sus

cosas, les asalta el escrúpulo de que están hablando de las cosas de los demás, de las gatomaquias y pajarerías al uso, de los temas que más valiera desechar, casi con ira.

—La novela es como un vaso de agua en el que luce su agonía una blanca gardenia.

—Yo creo que no; para mí la novela es como un mar sin orillas, algo que no empieza ni acaba.

—Pudiera ser.

El pintacilgo, pájaro golfo y luminoso, silba en la rama más alta su heroico canto casi desesperado, y un niño de los contornos, infante rubio, poderoso y jayán, mea, displicente y confiado, con un aire apolíneo, uretral y casi fantasmal.

—Doña María Antonia, según he oído decir, aseguraba que la Costa Azul era hermosa porque cultivaba claveles en lugar de avena. ¿Usted sabe algo de esto?

—Eso es literatura, mi buen amigo —observó el novelista de quien se habló primero.

El novelista de quien se habló más tarde hubiera esperado que su colega objetase al tiempo de tomar un polvo de rapé.

—¡Vaya por Dios!

—Perdón, no le he entendido.

—Nada, discúlpeme, hablaba solo.

## II

Lorenzo Villalonga es un rendido paladín de la literatura. Lorenzo Villalonga cultiva el curioso clavel del despropósito en el campo abonado para la tierna, la nutricia, avena del sentimiento.

—¿Leyó *Bearn*?

—Leí *Bearn*.

—¿Puede decirme lo que le parece?

—Sin duda alguna. Me parece un clavel. Yo —usted sabrá disculparme— hubiese preferido ver al Papa sin pasar por París.

—Y yo.

—Me alegro, créame. Con Stendhal, ya somos tres.

Lorenzo Villalonga ama, paganamente, a la diosa literatura y, cuando parece que va a tomar la determinación de retorcerle el cuello, nos sorprende adornándoselo, mimosa y cristianamente, con arracadas de perlas y coral.

—¿Usted cree, como doña María Antonia, que Mozart y Beaumarchais son dos desconocidos?

—Yo sí; no lo puedo evitar.

Lorenzo Villalonga escribe por la misma inexorable razón por la que el clavel florece.

—¿Y usted piensa que eso es malo?

—No; sino más bien que es óptimo. Yo, en bastantes cosas, razono —es un decir— de modo análogo a doña María Antonia.

Lorenzo Villalonga sonrió.

—Gracias.

—De nada.

### III

Después de pensarlo mucho, Lorenzo Villalonga va a dar a las prensas su novela *Bearn*. Algunos amigos que conocíamos el original, le invitamos a que así lo hiciera, y Lorenzo Villalonga —sus parciales seguimos ignorando si displicente y distante o emocionado y caritativo— solía respondernos con un gesto de tan vario y ambiguo valor que también pudiera entenderse como que no significaba nada.

Lorenzo Villalonga es un escritor de difícil encasillamiento, al menos en España. Quede para los críticos la ingrata tarea de situarlo. Antes de *Bearn*, Lorenzo Villalonga había bebido —¿ávidamente?— en las ubérrimas fuentes del esperpento, sacrificando, quizás, su más cínica ternura, su mesura más cruel. Léase su breve novela *La ejemplarizadora muerte de doña Obdulia Montcada* (versión española de su mallorquina *Mort de dama)* que algún día no lejano publicará cierta revista.

Con *Bearn,* Lorenzo Villalonga ensaya la novela novelesca,

con su viejo planteamiento, su anciano nudo y su novísimo desenlace. Si don Juan Mayol, capellán de Bearn y narrador, juega a sorprendernos con su técnica lineal y elemental —*las cosas van así, yo te lo digo*—, sus personajes, esos encarnizados títeres cultos y sangrientos, a cada paso se obstinan en desmentir los supuestos del más avisado lector. Lo cual, dicho sea con el corazón en la mano, es el hallazgo de un venero fértil y prometedor.

A Lorenzo Villalonga, después de *Bearn,* le va a doler el alma de gozo y preocupación.

## y IV

Un amigo de Lorenzo Villalonga, el francés Beaumarchais, dejó dicho: *«Aujourd'hui, ce qui ne vaut pas la peine d'être dit, on le chante.»* Las parábolas, quizás por poéticas, también tienen su algo de confusa canción. Al revés de *Bearn,* clarísima sonata en la que, contra todas las apariencias, nada está dicho. Y todo, absolutamente todo, adivinado.

CAMILO JOSÉ CELA.

ELS MEUS ULLS JA NO SABEN
SINO CONTEMPLAR DIES
I SOLS PERDUTS...

(Salvador Espriu, *Cementiri de Sinera)*

# Introducción

*Carta de don Juan Mayol, capellán de Bearn, a Don Miguel Gelabert, secretario del señor Cardenal Primado de las Españas*[1].

Bearn, 1890.

Querido amigo: Ignoro si cuando llegue esta carta a tus manos, juntamente con el manuscrito que la acompaña, conocerás ya la infausta nueva: los señores murieron hará cerca de dos meses, en circunstancias harto misteriosas. Bearn se ha visto invadido[2] de escribanos, notarios y acreedores[3]. Todos se ocupan de los intereses materiales de los difuntos, que al fin se reducirán a nada, y son pocos los que piensan en rezarles un padrenuestro. Yo mismo[4] no disponía de dos horas seguidas, y cuando, al llegar la noche, quedaba finalmente solo, mi espíritu se hallaba tan conturbado que no me sentía con fuerzas para encomendarlos a Dios, en tal forma que si no fuera por la misa que les ofrezco todas las mañanas creo[5] hubieran pasado al otro mundo bien ligeros de equipaje. En momentos como és-

---

En las notas se ha adoptado la letra redonda para las variantes textuales y la cursiva para las observaciones del editor.

[1] *El destinatario de la carta, es decir, de toda la novela, fue el* secretari del senyor Arquebisbe de Tarragona *en CN; OC restauró el primitivo cargo de* secretario del senyor Cardenal Primat de les Espanyes, *tal como figura en el ms. original.*

[2] Bearn estuvo hace poco lleno de.

[3] acreedores, que levantaban actas y redactaban inventarios. Llevamos una temporada realmente agitada. Todos.

[4] Yo mismo, encargado de guardar la finca, no disponía.

[5] creo que hubieran.

tos, amigo mío, el espectáculo del egoísmo humano parece que cierra las puertas a toda idea de redención. Los sobrinos llegaron un día y medio después de la desgracia, cuando los señores habían sido ya enterrados. Hacía años que no ponían los pies en Bearn. Yo te aseguro, Miguel, que lo de «su desconsolada familia», como publicó *El Adalid*[6], no pasa de ser una figura retórica. Doña Magdalena elogió las porcelanas del salón y los hermanos se interesaron por el pinar de *Sa Cova,* que ellos suponían cortado desde tiempo atrás. No creí necesario decirles que, si no cortado, está vendido y cobrado anticipadamente y rehuí todo lo referente[7] a últimas voluntades hasta que comunicaran de Madrid cuál era[8] el postrer testamento de los difuntos (que, dicho sea entre nosotros, me constaba[9] no hicieron ninguno en toda su vida). Se interesaron también por las joyas de doña María Antonia y por el dinero que pudiera haber en la casa, pero el juez, que se les adelantó, había cerrado y sellado todos los armarios, cosa que me evitó tener[10] que dar explicaciones. La sobrina, a última hora, hubiera querido visitar la famosa sala de las Muñecas[11], y yo, creyendo interpretar la voluntad de los difuntos, hice como si hubiera perdido la llave. Se fueron un poco recelosos y no he vuelto a verles. Hubieran desconfiado doblemente de haber sabido que en un escondrijo de mi cuarto, lleno de papeles y trastos viejos, guardo mil quinientos duros que el señor me entregó hace cosa de medio año, con instrucciones concretas, como irás viendo[12]. En el manuscrito adjunto he intentado exponer un caso de conciencia. Piénsalo antes de emprender su lectura: todo cuanto en él relato has de admitírlo como si fuera una confesión. Si no te hallares dispuesto a recibir mis confidencias (que, te lo advierto, te conturbarán), estoy seguro que sabrás quemar esas[13] páginas antes de pasar adelante.

---

[6]  «*El Adalid» ya figuraba como nombre de un periódico en* Mort de Dama.
[7]  y rehuí todas las cuestiones referentes a.
[8]  hasta que comuniquen de Madrid cuál es el.
[9]  me consta no.
[10]  me evitó el tener que.
[11]  de las Muñecas, que los señores no enseñaron jamás a nadie, y yo.
[12]  viendo. Porque, muertos los señores, tú eres, Miguel, el único ser a quien amo de corazón y al que puedo recurrir en mis dificultades. En el.
[13]  estoy seguro de que sabrás quemar esas páginas.

Tú, Miguel, has sido y eres el amigo de mi vida, en la plena acepción de la palabra. Siempre recordaré[14] tu misericordia cuando, en momentos de angustia, porque la tragedia era reciente, te confié aquella desgracia, por no decir aquel crimen, que contribuyó a hacerme renunciar al mundo[15]. El día que te conocí cumplía una semana[16] de lo de Jaime. Yo, que no he tenido padres ni hermanos, hallé en ti primeramente el cariño fraternal y después aquella milagrosa comunidad de criterio que constituye la merced más grande que Dios Nuestro Señor puede dispensar a dos hombres[17]. Ni tú ni yo *(arcades ambo,* como decía, medio en serio, medio en broma, el Rector[18] del Seminario) olvidaremos los largos diálogos bajo el almez del patio comentando a San Agustín y a Descartes. Nuestras inteligencias se abrían al mismo tiempo ante la maravilla de ese mundo sobrenatural[19] que algunos niegan por frivolidad[20], pero que, cuando se llega a entrever, constituye una palpable revelación de la presencia divina. Don Antonio me decía a veces, porque él era así, que al sentirme[21] viejo y examinar[22] mi existencia, hallaría a faltar en ella, como si se tratara de una salsa picante, un solo ingrediente, que es el Diablo. Eran cosas del señor, que él no decía para que se las tomaran en serio y que, no obstante, obligaban a pensar. Si fuera cierto que el Demonio no ha intervenido en mi vida (y tú y yo sabemos que no lo es) me parecería una gracia especialísima. Don Antonio poseía un alma generosa, confiada y abierta. Todos sus errores, que fueron muchos, provenían de su confianza en la Misericordia y de su amor a las criaturas y a la naturaleza: merecerían atenuantes y disculpas en gracia a las intenciones. Su envoltura mortal es ya polvo (aquella carne a la cual no había regateado deleites) y ahora sólo resta el alma en presencia del Dios vivo que habrá de juzgarla.

---

[14] palabra. Nunca podré olvidar tu.
[15] al mundo para siempre. El día.
[16] una semana justo a lo.
[17] a dos hombres sobre la Tierra. Ni tú.
[18] el viejo Rector.
[19] de ese mundo moral que algunos.
[20] por falta de mecanismo visual adecuado, pero que.
[21] que cuando yo fuera viejo.
[22] examinara.

Necesito exponerte las dudas que me crea esta doble muerte y las instrucciones que recibí del señor, junto con los mil quinientos duros a que hice referencia[23]. Parece imposible que[24] hubiera llegado a reunir una cantidad de tal magnitud, que bastaría casi para[25] sostener a una familia. El esfuerzo que ello debió representarle (aun sabiendo que cuando una de esas[26] casas se arruina siempre se salva algo del naufragio) hace pensar en el enorme interés que debía sentir por los encargos que me ha hecho: él, a quien los años habían apartado[27], al parecer, de toda actividad mundana[28]. Si los acreedores y los abogados que estudian la liquidación de los difuntos se dieran cuenta de que yo, en otro tiempo porquero y hoy pobre capellán sin más beneficio que la misa, escondo tanto dinero en mi habitación, creerían probablemente que he robado y quién sabe si llegarían a atribuirme la muerte de los señores, ocurrida en unas horas de intervalo[29], cuando gozaban, a pesar de sus años de una salud perfecta. Tales peligros nada significan al lado de las preocupaciones de índole moral que se me plantean. El señor Cardenal es la primera autoridad de la Iglesia española y yo, Miguel, confío en ti para someter el caso a su alta jurisdicción[30]. Antes es necesario, empero, que conozcas perfectamente el problema de que se trata[31]. La consulta no es sencilla y me he visto obligado a comenzar la narración desde tiempos atrás. Reseñar[32] las particularidades de aquella vida tan hermosa, a pesar de sus graves errores, ha constituido un lenitivo para mi soledad. He de reconocer, y así habremos de manifestarlo al señor Cardenal, que el móvil de la exposición que se acompaña[33], escrita en el transcurso de estas noches interminables, no

[23] hice alusión.
[24] que un hombre tan indiferente como él en materias económicas, hubiera.
[25] que bastaría para.
[26] estas.
[27] apartado hacía tanto tiempo, al parecer.
[28] actividad vital.
[29] intervalo, sin que nadie le esperara y cuando.
[30] *Esta frase, desde* Tales peligros *hasta* jurisdicción *falta en las ediciones catalanas.*
[31] se trata. El amor y la fidelidad que me inspiraba el señor pueden extraviar mi criterio. La consulta.
[32] Exponer.
[33] de la presente exposición, escrita.

es quizá sólo un escrúpulo moral[34], sino también la fruición de hacer revivir la figura familiar y veneranda que acabo de perder.

Con ella desaparece todo un mundo, comenzando por estas tierras que me han visto nacer y que habrán de subastarse, porque los acreedores ya han notificado que no quieren esperar. Los sobrinos ni tienen dinero para hacerse cargo de las hipotecas ni, acostumbrados a la vida de ciudad, sienten el menor interés por estos lugares. Quedaría una última esperanza: acaba de regresar de América un pariente[35] que ha hecho fortuna con cajas de cartón. Parece increíble que vendiendo cajitas se pueda llegar a ser un personaje, pero él se ha presentado con mucho boato, cargado de cadenas de oro y decidido a deslumbrar a todos con un automóvil eléctrico que corre como desbocado y que ha matado ya dos ovejas. En las tarjetas de visita, según me han contado, aparece, debajo del nombre, la palabra *Cartoenvases*, que nadie sabía lo que significaba hasta que se averiguó que se trataba de las famosas cajitas. Pues bien, este personaje, por decirlo así, se supone si acaso compraría la finca, evitando que fuera a parar a manos extrañas. Comprendo que a los señores esos de *Cartoenvases* no les parecería muy bien, y se dice, además, que la madre del capitalista vivía separada del marido, un Bearn descarriado, cuando nació la criatura; cosa que dio lugar a comentarios. La edad nos enseña a examinar los acontecimientos con filosofía. Para mí, que me hallo a medio camino de la existencia, este Bearn-de-cajas-de-cartón no pasaría de ser un intruso, pero es evidente que en estos mismos instantes se está formando una nueva generación dispuesta a asociar, en su día, estas viejas tierras[36] a la persona del aventurero y a experimentar, delante de tal[37] unión, señor y tierras (que ella creería provista de fuertes raíces), los mismos sentimientos que yo, desde niño, experimenté ante don Antonio. Escudriñando por el archivo de la finca no dejaríamos de hallar casos parecidos al que nos ocupa. Porque

---

[34] no es quizá solamente un escrúpulo de conciencia, sino.
[35] un pariente de los señores que.
[36] en su día, las viejas tierras de Bearn a la.
[37] de esta unión.

la realidad sólo radica en nosotros mismos y extrae, al fin, toda su continuidad de algo tan mágico y tan convencional como es un nombre. Dios, según nos enseñan, creó los mundos por medio del Verbo.

El señor ejerció sobre mí una verdadera fascinación. Su esposa[38], que era tan buena, nunca me inspiró el interés de aquella alma que se disputaban Dios y el Demonio sin que a la hora actual pueda vislumbrarse quién ha ganado en la lucha. Es posible que en esta angustia se base el amor que siempre le he profesado y es posible también que sea ella, la angustia, aquella salsa que, según el señor, necesitan los manjares a fin de resultar sabrosos.

Para la mejor comprensión del problema he dividido mi exposición en varias partes, como si se tratara de una novela. La primera podría titularse «Bajo el influjo de Faust» y responde a la época borrascosa de aquella discutible existencia. La segunda discurre más bien en la calma de estas montañas y se podría designar (aunque[39] en un sentido un poco equívoco, porque la calma era más aparente que real) «La paz reina en Bearn». Respecto a la tercera, constituye un epílogo[40] escrito algo después[41], con motivo de una reciente visita, por demás extraña y desconcertante.

Permite, todavía, una postrer observación: no te asombres de hallar algunas crudezas[42] en el curso del relato. Debes hacerte cargo que estoy obligado a presentar al señor tal como fue, con sus lacras y sus grandezas, y que, desde el momento en que someto su figura al juicio de la Iglesia, nunca reflejaré bastante la realidad de los hechos, aun cuando, por encima de todas las incomprensiones posibles, quedará Dios, que constituye la comprensión infinita.

---

[38] fascinación. Doña María Antonia, que era.
[39] designar (si bien en un.
[40] un breve epílogo.
[41] después de la narración con motivo.
[42] crudezas y frivolidades en el.

PRIMERA PARTE

# BAJO EL INFLUJO DE FAUST

# 1

Puesto que nunca, que yo recuerde, llegaste a venir a Bearn, te diré que se trata de una vieja posesión de montaña, situada cerca de un lugar de unas cuatrocientas almas llamado, también, Bearn. Se ignora si la finca tomó el nombre del pueblo o si el pueblo ha tomado el nombre de la heredad. Cada año, el día de San Miguel, que es la fiesta patronal, el predicador alude a que estas tierras pertenecen a los señores desde la Conquista[1]. «Nuestra estirpe», solía decir don Antonio, «es tan antigua que no data; sus orígenes se pierden en la noche, cosa que nos cubre de prestigio». La tradición, que les hizo respetables e indiscutibles, no ha llegado a ser comprobada de una manera oficial. Los señores fueron[2] indiferentes en materia de erudición, excepto mi bienhechor[3], que salió afrancesado. No hará todavía ciento cincuenta años, uno de los bisabuelos, llamado también don Antonio, era un espíritu primitivo y autoritario[4], del que se cuentan muchas historias, aunque se le atribuyen excesos que seguramente no cometió[5]. Los viejos recuerdan un cantar que decía así:

> Jesús es troba en el cel
> i a Moreria l'infeel.
> A l'Infern hi ha el Dimoni
> i a Bearn hi viu don Toni[6].

---

[1] Conquista. Seguramente es verdad y todos lo admiten así, aun cuando faltan documentos que lo acrediten. «Nuestra estirpe».

[2] fueron siempre indiferentes.

[3] excepto don Antonio, que.

[4] primitivo y brutal, del que.

[5] aunque seguramente se le atribuyen excesos que no cometió.

[6] *estos versos van traducidos a pie de página por mí:* Dios el cielo habitaría / y el

El señor se reía de tales cosas. «Por lo menos», decía, «ése no perdía el tiempo». Los demás antecesores pasaron, por lo general, sin pena ni gloria. Vivían en el campo. Ignoraban o desdeñaban los refinamientos de la Ciudad. La Ciudad, en correspondencia, les ignoraba a ellos.

Desde el lugar a Bearn[7] hay, a pie, cerca de una hora de camino, pero, debido a los accidentes del terreno, no se descubre la casa hasta que se está junto a ella. Bearn se halla, pues, imaginariamente, a cien leguas del mundo. Las tierras son pobres, llenas de rocas y bosques. En estos parajes, hará treinta y nueve años[8], vine al mundo, hijo de un labrador y de una jornalera. No conservo memoria de mis progenitores. De mi madre oí decir[9] que era hermosa, con los ojos negros. Tan pronto tuve uso de razón me destinaron a guardar cerdos, pero el señor dispuso, algunos años después[10], que me enviasen a un colegio de la Ciudad*. Recuerdo[11] cómo ocurrió el hecho. Era un atardecer de estío y había conducido la piara cerca de *S'Ull de sa Font* cuando acertaron a llegar los señores[12]. Pasaban entonces largas temporadas ausentes[13] y, cuando se hallaban en la finca, el respeto, el miedo o la timidez me hacían huir de su presencia. Casi no me atrevía a mirarles más que en la iglesia[14], el día de San Miguel, en que les colocaban dos sillones de terciopelo rojo frente[15] al altar. Doña María Antonia era muy bella y don Antonio, delgado y esbelto, más bien pequeño, se le parecía bastante a pesar de ser feo. Eran primos hermanos.

---

* Aun cuando en la Isla existen varias ciudades, los mallorquines acostumbran admitir una sola, que es Palma, en otro tiempo «Ciutat de Mallorca»; por antonomasia, «Ciutat». *[N. del Autor.]*

---

infiel la Morería. / En Infierno está el Demonio / y en Bearn vive don Antonio; *V los corrigió así:* Jesús se encuentra en el Cielo / y el infiel en Morería. / En Infierno hay el Demonio / y en Bearn vive don Antonio. *Ninguna de las dos versiones pasó a la imprenta.*

[7]  Desde el lugar de Bearn hay.
[8]  parajes, hace ya treinta y nueve.
[9]  De mi madre se decía que.
[10]  algún tiempo después.
[11]  Recuerdo, igual que si fuera ayer, cómo.
[12]  señores. Yo apenas los conocía. Pasaban.
[13]  temporadas en la ciudad y.
[14]  iglesia del pueblo, el día.
[15]  rojo junto al altar.

Aunque sonreían casi siempre, su aspecto imponía, porque parecían de una materia diferente a la de los campesinos, más nueva y luminosa. Todavía hoy no acertaría a explicarlo. Los vestidos influían seguramente, pero creo que se trataba de algo más inmaterial, casi mágico, que se desprendía del nombre feudal y pastoril de Bearn, reverenciado desde el púlpito en el día de la fiesta. Regularmente, hacia San Miguel, acostumbra llover en la montaña y así la historia de la vieja familia va enlazada, en el recuerdo, tanto como a los hechos de armas de los antepasados, a los primeros frescores y al verdor alegre de los primeros pastos.

—Mira, Tonet, qué niño tan hermoso —dijo doña María Antonia.

El señor me miró en silencio. Su esposa parecía un poco inmutada.

—No sé —añadió— a quién me recuerda.

Él callaba. Al día siguiente me enviaron a la Ciudad, interno en el colegio de los PP. Teatinos. No regresé hasta abril, por las vacaciones de Pascua. Mis protectores no se hallaban en la finca. Madò Francina me dijo que el señor «se había embarcado» y que doña María Antonia se encontraba en la posada* de Bearn, que es una casona de piedra situada junto a la iglesia. Me pareció ver algún misterio en sus palabras. Se trataba, en efecto, del hecho más increíble ocurrido en el transcurso de siglos. Todos lo comentaban a media voz[16] y yo, por más que prestaba atención, no lograba enterarme de nada. Por otra parte, lo que entonces hubiera podido averiguar, habría[17] sido únicamente el aspecto externo de la cuestión. Años más tarde, pasada la borrasca y cuando volvían de nuevo a vivir juntos, mi protector[18] me fue descubriendo el mecanismo moral[19] de lo acaecido, en unas conversaciones largas que se parecían a la

---

* Posada en Mallorca se designa por este nombre la casa que, para breve estancia, los terratenientes poseen en el pueblo y aún en la capital de la provincia. *[N. del Autor.]*

[16] comentaban a medias palabras, en voz baja, y yo.

[17] averiguar, hubiera sido.

[18] juntos, el señor, que tenía en mí, como en casi todo el mundo, una confianza ilimitada, me fue.

[19] mecanismo psicológico de lo.

confesión. Ignoro hasta qué punto podrían considerarse como tal[20], y comprendo que te espantará, como a mí me espanta, que a la hora presente[21], después de tantos años como llevo de capellán en la casa y de haberle visto morir en mis brazos, yo no pueda afirmar que el señor se haya confesado una sola vez en toda su vida. Poseía un alma clara y cambiante[22]. Por lo mismo que se trataba de un hombre sincero, nunca se tenía la seguridad de saber cómo era, igual que no es posible adivinar cuáles serán las imágenes que se irán reflejando sobre un cristal. Es desconcertante que los seres que[23] no se encerraron en un sistema, acaso por no prescindir de ningún aspecto de la verdad (tal fue, en su tiempo, el caso de Leonardo de Vinci), se nos aparezcan como los más tenebrosos[24]. Si a esto añadimos que a los señores[25] les acostumbran desde pequeños a las fórmulas amables, que no están hechas para que se las tome[26] demasiado en serio[27], pero que embrollan y convencen a las personas sencillas, tendremos otro motivo que explicaría la desconfianza. Los individuos vulgares, entre los que me cuento, tienden, sin poder evitarlo, a creer que únicamente las malas formas revelan franqueza, porque no saben descifrar los valores convencionales y los sobreentendidos de la cortesía. Para nosotros, él[28] no era fácil de entender. Creo haberte dicho, por ejemplo, que usaba en su última época peluca blanca y hábito gris de franciscano. Quienes relacionaban su vida pasada y sus conversaciones[29], a veces no muy edificantes, con aquel hábito, no captaban sino una disonancia, que ciertamente existía, pero hubieran también debido ver las analogías (vida recoleta, amor a los temas del espíritu) que no dejaban de ser reales... No sabiendo hablar sino una lengua, se admiraban y desconfiaban de quien, habitualmente y casi por instinto, hablaba va-

---

[20] como tales.
[21] a la hora actual.
[22] y cambiante como el vidrio. Por lo.
[23] *Falta* los seres que, *por omisión errónea.*
[24] como los menos dignos de crédito. Si a esto.
[25] señores, cuanto mayor sea su abolengo, les acostumbran.
[26] para que nadie se las tome.
[27] en serio (la verdad, Miguel, no reside en los palacios), pero.
[28] Para nuestros campesinos, el señor no era.
[29] conversaciones de siempre, a veces.

rias[30]. Era fundamentalmente bien entrañado, aunque algunos de sus actos hubiesen sido desastrosos; pero él creía que los desastres eran ocasionados más por insuficiencia mental que por una maldad voluntaria, que se negaba a admitir.

—¿No comprendes —solía decirme— que el tramposo o el estafador difícilmente se consideran a sí mismos como tales? Los tramposos se hacen mil arreglos a fin de quedar en buen lugar, cosa que ciertamente no entraña perversión, sino error. Desengáñate, Juan: el cochero no vuelca[31] el carruaje por maldad, sino por impericia.

Sin duda por ello leía tantos libros, olvidando que la inteligencia también nos extravía en ocasiones. Pertenecía por su formación al siglo XVIII y no sabía prescindir de la *Raison*, a pesar de que, como irás viendo, poseía un temperamento más poético y contradictorio de lo que parecía a primera vista[32].

—Reconozco —explicaba[33]— que la razón es una lucecita débil: esto no debe ser un motivo para intentar apagarla, sino para despabilarla.

El *credo quia absurdum* de Tertuliano (que él, como sus maestros franceses, atribuía equivocadamente a San Agustín) le parecía una aberración. Era hábil sofista y dialéctico. Yo he considerado con prevención sus enseñanzas, pero no siempre he sabido sustraerme a su encanto. ¿Cómo pudiera haber sido de otra manera? El colegio al cual me habían llevado a los ocho[34] años carecía de espíritu. La enseñanza era rutinaria, los modales de mis condiscípulos vulgares y sin elegancia. Cuando volvía aquí[35] me sentía cautivado por el ambiente de libertad y cortesía que se respiraba junto a él[36]. Nunca discutía ni se enfadaba, aunque por uno de los inescrutables designios de su personalidad dual, no había renunciado a castigar corporalmente las faltas de sus inferiores. Yo le he visto azotar con las correas de las caballerías al mayoral de las tierras, una especie

---

[30] varias. El señor era.
[31] no hace volcar el.
[32] poseía un temperamento poético y hasta contradictorio.
[33] —Reconozco —me decía— que.
[34] a los siete años.
[35] volvía a Bearn me sentía.
[36] junto al señor. Nunca.

de atleta que aceptaba los azotes[37] aullando y le he visto seguidamente comentar[38] el castigo con el señor Vicario[39], que condenaba aquellas cosas como propias de *l'ancien régime* y contrarias a la fraternidad cristiana. El hecho ocurría de una manera casi periódica; por lo regular, aproximadamente, cada cambio de luna, porque el mayoral era mal hablado y decía *batuajudes,* vocablo que no encaja ciertamente en el clásico vocabulario del siglo XVIII, por lo menos tal como lo imaginamos en nuestros días. Me horrorizaban y me atraían los preparativos de la escena, la amable naturalidad con que el señor señalaba las correas que pendían detrás de la puerta del zaguán y el modo como el mayoral se las presentaba respetuosamente.

—A ver —decía don Antonio— cuánto tiempo recordarás esto. Quítate la camisa, siéntate en un taburete e inclina la cabeza[40].

El Mayoral inclinaba la cabeza y resultaba desconcertante ver cómo aquel hombre[41] joven y vigoroso se dejaba azotar por don Antonio, que era más bien pequeño y pasaba de la cincuentena. Ya que las leyes físicas y biológicas repugnaban la escena, pienso que aquella sumisión por parte del mayoral, que algunos tildarán de vileza, obedecía a fuerzas morales, a todo un orden de cosas (disciplina, tradición, jerarquía) que honraban igualmente al amo y al criado.

Terminada la ceremonia, el señor recomendaba al doméstico que si la piel le escocía se pusiera aceite del fino y volvía a sus lecturas de los clásicos. Él me enseñó la lengua francesa y me inició en Racine y Molière, y gracias a él, un pobre sacerdote de pueblo que nunca ha querido faltar a sus votos, no morirá sin saber cómo amaba Fedra o cómo sonreía Celimena. Creo que Dios ha de preferir mi sacrificio consciente a los sacrificios de las mentes oscuras, que casi no son, en verdad, sacrificios[42].

---

[37] aceptaba el castigo aullando.
[38] razonar.
[39] Vicario del pueblo, que.
[40] esto. Inclina la cabeza y apoya las manos sobre el arca.
[41] aquel San Pablo joven.
[42] sacrificios. Desde los siete *(corregido en* ocho) a los quince años la influencia del señor fue en mí absoluta, y si bien después he rechazado las falsas doctrinas

Era un hombre extraordinario. Sé que sus detractores podrán reprocharle muchos aspectos y hasta burlarse de su un poco apolillada cultura dieciochesca. A medida que las ciencias vayan adelantando (y el ritmo es acelerado en este final de siglo), su erudición habrá de parecernos forzosamente frívola, de mero aficionado. En realidad, él no pretendió ser otra cosa. Pero su importancia no consistía en la ilustración, sino en sus intuiciones geniales, que en ocasiones hacían de él un precursor. No vacilo en consignarlo, y así lo apreciaron también, en su simplicidad, gran parte de los aldeanos de Bearn: aquel ser razonable, escéptico, abúlico e indiferente parecía tener, Dios me perdone, algo de brujo[43].

---

enciclopedistas, data de aquel entonces el prestigio que mi bienhechor ha ejercido y seguirá ejerciendo siempre sobre mí.

[43] *Este parráfo, desde* Era *hasta* brujo, *es añadido de puño y letra de V al original mecanografiado. Hay algunas rectificaciones:* de erudición *corrige* su ilustración; aficionado *corrige* amateur. Pero su importancia *corrige* Pero la importacia del señor; *y finalmente entre* la ilustración *y* sino *figuraba* ni en sus conclusiones filosóficas (a decir verdad, procuró siempre rehuirlas).

# 2

Juzgo indispensable describirte el escenario en que se ha desarrollado el proceso[1]. Es posible que te sorprendiera su mezcla de casa de labor y de palacio[2], propia de las épocas en que los señores agrupaban a su alrededor las diversas dependencias necesarias a la marcha de la hacienda. Omito hablarte de la almazara, apriscos, pajares y graneros. Mi bienhechor[3], a decir verdad, descuidó bastante esas[4] cosas, arruinando su patrimonio y perjudicando de rechazo a las buenas gentes del lugar[5]. Él mismo se daba cuenta de que su administración no era buena. «Los señores estamos mandados retirar», exclamaba. Se refería a los terratenientes, y en esto coincidía con su enemigo Juan Jacobo Rousseau, pero únicamente en esto, pues en el fondo[6] era aristocrático y parecía colocar[7], como Séneca, el prestigio intelectual por encima de la misma fraternidad humana. No quiero significar que no amara a los campesinos, pero sí que no les concedía trato de igualdad. Él mismo se ha definido diciendo que rehuía «los contactos humanos innecesarios». Con esa[8] frase un poco sibilina, pienso, y tengo mis mo-

---

[1] el proceso. Ya sabes que se trata de una casa grande, o mejor dicho, de un conjunto de edificios levantados en diferentes etapas a lo largo de los años. Después de tanto tiempo que habitas junto a Su Eminencia (dejaste la Isla casi antes de conocerla) es posible.

[2] de labor y palacio.

[3] El señor.

[4] estas.

[5] buena, porque sus actividades navegaban por zonas muy diferentes. «Los señores.

[6] en el fondo de su espíritu era.

[7] colocar, a veces, como.

[8] esta.

tivos, que se refería a los contactos físicos cuando no constituyen fuente de placer. El amor eleva a una pastorcilla hasta un trono, pero esfumado el encanto sensual, de por sí efímero y engañoso, el aristócrata[9] rehuirá el trato de la pastorcilla y con el más frío de los egoísmos la abandonará a su suerte miserable. Transcurrirán los años y tal vez un día la víctima repudiada y el seductor se encontrarán a solas en un camino. Ella, mujer madura y sin atractivos, le saludará humildemente, llamándole *Vuesa Merced*[10], saludo al que corresponderá el viejo amante con lejana jovialidad, sin invitarla a apear el tratamiento. Su conciencia nada le reprocha. Tal vez aquella mujer ha estado enferma y él le envió, por conducto del señor Vicario, un billete de cinco duros. Tal vez protege a la criatura que nació del pecado; acaso no le regatea ni estudios ni alimentos, pero sin concederle lo que vale más que todos los tesoros de la tierra: un nombre honrado, una patente de limpieza. Así son a menudo, incluso aquellos que se tienen a sí mismos por justos, los poderosos de este mundo, fríos y duros como la piedra[11]. Perdona, Miguel, esta digresión inoportuna. En el caso concreto de mi bienhechor he de manifestar que él no se tenía por virtuoso. Nunca fue, por lo menos, hipócrita[12], pero ante el hecho de reconocer las faltas y persistir en ellas ¿qué consecuencias cabe deducir, como no sea el pecado de contumacia?

El escenario que ahora nos interesa es la parte noble del edificio. Se entra por un gran patio orientado al mediodía que en Mallorca se llama *clasta* (de *claustrum*, en latín)[13] en el que hay

---

[9] el señor rehuirá.

[10] *Vuesa Merced*, Vossa Mercè, *es la fórmula del trato de respeto, vigente aún hoy, entre la aristocracia mallorquina.*

[11] piedra viva, *corregido en* dura *y luego suprimido el adjetivo.*

[12] Nunca fue hipócrita, pues poseía un fondo noble, pero.

[13] clasta *procede, en efecto, del latín* claustra, *plural de* claustrum, *y alterna esta forma con la de* clasta, *resultante de un proceso que en filología se llama disimilación. Este nombre designa, en Mallorca, el espacio vacío que deja el conjunto de cuerpos de edificio, «levantados en diferentes etapas a lo largo de los años», ciertamente, a medida que lo exigían las necesidades de la explotación agrícola, pues la denominación se aplica solamente a estos patios improvisados de las fincas rústicas, no a los premeditados de las viviendas urbanas, con ciertas excepciones para los claustros conventuales. (Véanse los diccionarios de Alcover-Moll y de J. Corominas, respectivamente* Diccionari Català-Valencià-Balear, *voz* clastra *o* clasta, *y* Diccionari Etimològic i Complementari de la Llengua Catalana,*

los establos y las habitaciones del Mayoral y de los gañanes. Al fondo, un arco, sin gran importancia arquitectónica, aunque según los eruditos pertenece al gótico del siglo XIV[14], conduce a otro patio menor, en el que se abre un amplio zaguán[15] del que arranca la escalera[16] que comunica con el piso alto. En un rincón de este zaguán existe un hogar de payés aislado del resto de la estancia por un tabique de seis palmos de altura y rodeado de bancos de vulgar mampostería, recubiertos por pieles de cordero. Antiguamente debió servir de cocina, pero al refinarse las costumbres y entronizarse el lujo, ésta se trasladó a otro sitio más recóndito, lo cual no significa que a veces no se utilice todavía para asar un cabrito[17] o calentar alguna olla de agua. En invierno constituye un lugar muy abrigado, aun cuando la puerta, desde la que se divisan los dos patios a que he hecho referencia, no se cierra hasta la noche. Junto a este hogar existe un ventano alto que da a un cuarto interior[18]. Consigno su presencia porque tiene importancia para mi relato. A la izquierda, conforme se entra, aparece una sala cuadrada, con un piano, que comunica con el comedor[19].

Arriba están las salas y las habitaciones de los señores, anchas y alegres. La escalera desemboca en un corredor o galería que ocupa todo un muro del hueco de la misma y presenta tres puertas grandes: una a cada extremo, frente a frente, y otra en el centro, enmarcadas las tres por columnas que sostienen sen-

---

*voz* cloure, *y rectifíquese éste donde dice o se pregunta si la* clastra *no llegaría a designar un cuerpo de edificio diferente del central de la finca y supone que la vivienda del campesino se denomina* casa *y* clasta *la de los señores, remitiendo a un texto del poeta mallorquín Pere d'A. Penya, que, por razones claras, pero largas de explicar, no es nada probatorio.*)

[14] al gótico primitivo y data del siglo XIII.

[15] zaguán amueblado con cuadros devotos y sillones de cuero.

[16] escalera que conduce al piso.

[17] cordero.

[18] un ventanuco alto que comunica con un cuarto interior.

[19] *La casa que describe L. V. es atípica, como ya hice notar en la* Introducción *a mi edición de* Muerte de Dama *y* La heredera de doña Obdulia *(Plaza y Janés, 1985). L. V. concibió esta primera parte de* Bearn *como una obra de teatro y bajo esta forma y con el título de* Faust *la publicó en 1956 (ed. Moll, col. «Raixa», núm. 11, aparecida el 8 de mayo, según el colofón), y, así concebida, no requería sino un solo escenario, que le fue sugerido por la casa donde vivía, en Binissalem, casa que nada tiene que ver con la espléndida vivienda donde quiere que transcurra la acción de su novela.*

dos frontones o remates triangulares[20] al estilo clásico. En esta parte, la casa fue modernizada hará cosa de setenta y pico de años. La puerta central comunica con una estancia ovalada, casi sin muebles, decorada con motivos pompeyanos e iluminada por una claraboya. De ella se pasa al salón principal, perfectamente amueblado y simétrico, con dos balcones (entre los cuales se halla una chimenea de mármol) que dan al jardín. A la izquierda del gran salón está la alcoba nupcial, y a la derecha una puerta que comunica con otros dos saloncitos en los que había instalado el señor su dormitorio y su cuarto de trabajo; dichas habitaciones[21] tienen acceso directo al jardín por medio de una escalera de caracol. El salón es[22] de una gran magnificencia, forrado de seda azul, con espejos y buenas porcelanas. Antaño permanecía siempre cerrado, pues la alcoba principal, a través de varias estancias y de un pasillo, comunica con una escalerilla disimulada que conduce al gabinete de la planta baja, contiguo al comedor; pero desde que regresamos de Roma, en enero de 1884, fue este salón azul la última pieza habitada por los señores. Aquí han muerto en mis brazos, llevándose ella su serena bondad, no siempre efusiva con respecto a mí, y él su gran espíritu y sus enigmas[23] desconcertantes. Antes de 1884 había sido un santuario. Hoy vuelve a serlo[24]. Daría íntegra la fortuna del señor barón de Rothschild para rescatarlo a los acreedores que no han de tardar en venir a profanarlo, inconscientes de cuanto aquí se ha incubado y de lo que representan estas paredes y esta chimenea estilo imperio, junto a la cual él fingía tantas veces dormir la siesta mientras se entregaba a sus lucubraciones[25]. Vivía del futuro y del pasado y ambos tiempos le atraían por igual. El presente, me decía, no existe, es un punto entre la ilusión y la añoranza. Lo cual parecía indicar que en su alma, más bien pagana, no dejaban de existir anhelos de eternidad.

Las dos puertas que se abren en los extremos de la galería

---

[20] sendos triángulos al estilo.
[21] estancias.
[22] es, como digo, de una.
[23] y sus secretos desconcertantes.
[24] a serlo de nuevo. Daría.
[25] sus lucubraciones y a sus recuerdos. Vivía.

en la que desemboca la escalera, comunican la una con un gabinete[26] amueblado modestamente, que sirve de antesala al archivo, y la otra con diversas estancias, entre las que se halla un pequeño oratorio a fin de que doña María Antonia, los días de lluvia, pudiera entregarse a sus devociones sin pasar por la *clasta,* a la entrada de la cual está la capilla. Desde dicho oratorio, que antaño era una habitación de paso, arranca otra escalerilla secreta que asciende a la sala de las Muñecas, de la que te hablaré más adelante y en la que, muertos los señores, nadie de cuantos vivimos, empezando por mí mismo, ha puesto jamás los pies.

Ahí tienes, someramente descrito, el lugar de la acción. Añade por tu cuenta los bosques y las montañas[27], las tierras pobres, en declives rocosos, cubiertos de vegetaciones aromáticas y humildes; puéblalos de tordos en otoño y de ruiseñores en primavera; no olvides los fenómenos atmosféricos, el sol, las nubes y la lluvia, ni las noches de luna, ni las magníficas tempestades en las que, según el poeta, se manifiesta la grandeza del Creador:

Coelo tonantem credidimus Iovem regnare[28].

---

[26] comunican con un gabinete muy alegre, amueblado.

[27] las montañas que todavía recuerdas, las tierras.

[28] *«Hemos creído que Júpiter tonante reina en el cielo», Horacio, oda 5.ª del libro 3.º de sus Odas, según la ordenación tradicionalmente admitida. L. V. no conocía este poema, que canta, en tono de arenga, la misión heroica de Régulo, aquel prisionero de los cartagineses que fue enviado a Roma a negociar la paz y que, en vez de esto, incitó a los romanos a proseguir la lucha hasta la victoria final y, vuelto, en cumplimiento de la palabra dada, a su prisión, halló la muerte. L. V. sacaba sus citas latinas, que utilizaba únicamente para dar color a su personaje, del diccionario francés Larousse, el cual traduce el texto latino así: «Nous avons cru que Júpiter régne au ciel en l'entendant tonner», sentido más adecuado a las intenciones del novelista que el que resulta de nuestra traducción.*

# 3

Hasta después de ingresar en el Seminario no llegué a saber las causas de la separación de mis bienhechores[1], que entonces parecía definitiva. Éstos[2] habían recogido a una sobrina segunda, huérfana, a la que educaban en un colegio de Montpellier. Se llamaba Xima y contaría diez o doce años más que yo. Constituía una belleza perfecta. Era, como decía el señor, lista y cariñosa igual que una gata y poseía también la falta de escrúpulos y la ausencia de sentido moral que La Fontaine atribuye a tales felinos. Corría el año 1859. Lesseps proyectaba abrir un canal en Suez y Gounod preparaba el estreno de *Faust* en la Ópera de París[3]. Don Antonio y su esposa habían viajado y conocían Francia e Italia. En París conservaban algunos amigos que les animaban a ir al estreno. Gounod, siguiendo la política de Luis Napoleón, trataba con aquella obra de congraciarse a los simpatizantes de la Prusia de Bismarck. El Segundo Imperio, por odio a los viejos Habsburgos, que ya no representaban un peligro para Francia, se entregaba a Berlín, que conservaba, según decían, las tradiciones liberales de los Federicos, gratas a la dinastía napoleónica. Aquel funesto error debía tener su liquidación en Sedan, pero por el momento reinaba la despreocupación. Los *boulevards* eran antiaustriacos y nacionalistas. Después de la batalla de Sadowa, el pueblo, incons-

---

[1] separación de los señores, que.
[2] definitiva. Mis bienhechores habían.
[3] el año 1859 y se hablaba del próximo estreno de «Faust» en la Ópera de París.

ciente, había aclamado a los prusianos. Offenbach, tres años antes de Sedan, ridiculizaba todavía en escena a la *Gran Duquesa de Gerolstein*, representación de un feudalismo ya agonizante, favoreciendo así la hegemonía de los reyes de Prusia. El *Faust* de Goethe es el símbolo de una raza apresurada y violenta, que no se conforma con la dicha del otro mundo, sino que quiere obtener el cielo en esta vida, aunque sea pactando con el Maligno. Gounod glosó aquella leyenda, cosa que las Tullerías miraron con buenos ojos. Los periódicos hacían una gran propaganda. El señor comentaba el acontecimiento:

—Tengo ya cuarenta y ocho años[4], María Antonia, y tú tampoco eres una niña. Deberíamos ir a sorprender el secreto del doctor alemán. Nos volveríamos jóvenes.

No se trataba de un secreto, sino de vender el alma al Demonio, cosa que doña María Antonia no admitía ni siquiera como broma.

—No digas disparates, Tonet. ¿Te gustaría quemarte en el Infierno?

—No, desde luego. Pero volver a ser jóvenes...

—Calla.

—Piensa...

—No quiero pensar.

Repentinamente, tío y sobrina desaparecieron: habían huido a París. El señor[5] se convertía en Faust. La campanada fue clamorosa. Doña María Antonia, a pesar de su[6] tendencia a rehuir el drama, no pudo aquella vez hacerse la desentendida. No hubo, empero, escenas desagradables. Cuando él[7] volvió, halló a la esposa instalada en la posada*[8] del pueblo y a las pocas horas se le presentó el señor Vicario para notificarle la separación amistosa y suplicarle que concediera[9] una autorización marital.

---

* Posada. Ver nota del capítulo 1. *[N. del Autor.]*

---

4 cuarenta y ocho, María Antonia.
5 a París. Don Antonio se.
6 de su carácter apacible y de su tendencia.
7 Cuando el señor volvió.
8 *Falta la nota.*
9 que le firmara una.

74

—La señora —dijo el sacerdote— desea de Vuesa Merced que le firme este documento, escrito por su abogado, y me encarga haga notar que no se trata de desconfianza, sino de una mayor comodidad para los dos.

—Doña María Antonia —replicó el señor— no carece de motivos para desconfiar de mí.

Y firmó el documento sin leerlo.

Acentuaba el escándalo el hecho de que la sobrina había quedado en París, en donde era, según se supo, la amante de un joven *lion*, un duque del Imperio. Don Antonio, que tuvo fuerzas para inducir al mal a una muchacha de dieciocho años, no la tuvo para hacerla volver a la Isla. El duque era rico, elegante y mucho más joven que él. Doña Xima, con un cinismo parisién[10] que parecía connatural en ella, se lo confesó todo. Mil veces me lo habrá contado el señor, como si se tratara de una historia ajena a su persona. «Me has descubierto un mundo nuevo, Tonet», le dijo. «No esperes que lo abandone por ahora. Quiero divertirme hasta los cincuenta años. Vuélvete a Bearn y no te ocupes de mí, tú que eres tan comprensivo...[11]» Los personajes más destacados le hacían la corte. Decían que el Emperador quería conocerla. El señor regresó solo, con la esperanza de que doña María Antonia callara como otras veces y dispuesto a quererla más que nunca, a semejanza de esos marinos que al dejar una aventura en cada puerto (son palabras del señor) hacen, durante la travesía, una síntesis de todas ellas y concretan diversas imágenes cambiantes e imprecisas en la imagen eterna y única de la mujer propia. El hecho, sin embargo, había rebasado la medida.

—Dígale, señor Vicario —manifestó don Antonio—, que me hago cargo de todo. Hay cosas que no pueden explicarse con palabras, pero a veces, con el tiempo, se llegan a comprender en el momento más inesperado. Si algún día mi esposa[12] consigue olvidar esta historia (cosa no muy sencilla, ciertamente), yo siempre soy y seré el mismo para ella.

---

[10] parisién que no tenía tiempo de haber aprendido, sino que parecía.

[11] comprensivo...» Hablaba un francés incorrecto, que en boca suya tenía siempre gracia. Los personajes.

[12] Si algún día ella consigue.

El señor Vicario carecía del sentido del humor, pero a don Antonio le pareció descubrir en su semblante una vaga sonrisa. Era necesario, verdaderamente, esperar que la hora de la comprensión llegara por sí sola, como una revelación divina[13].

Transcurrieron diez años que pasaron separados, aunque no a mucha distancia. Doña María Antonia vivía en el pueblo, instalada en la antigua posada de Bearn, que le pertenecía por herencia materna, siendo los esposos, según ya se ha dicho, primos hermanos. Iba cada día a misa, hacía novenas y cosía escapularios. Él no se movía de la posesión y se hallaba siempre rodeado de libros. Yo estudiaba por entonces en el Seminario y venía a pasar aquí todos los permisos. Bearn se me aparecía como un grande y misterioso palacio. Siendo lo mejor que conocía, pensaba que debía ser lo mejor del mundo. El archivo, adornado con espadas antiguas, guardaba en sus pergaminos los hechos gloriosos de la familia. ¿Qué hechos, empero[14], eran aquéllos? Me hubiera gustado descifrarlo. Hubiera querido sobre todo asomarme a aquella recóndita sala de las Muñecas, siempre cerrada, que no podía mencionarse siquiera[15]. Más de una vez, conociendo el resorte que franquea la puerta de la escalera secreta, había subido los catorce peldaños que conducen hasta ella, pero allí existía otra puerta[16] cerrada y era inútil mirar por el ojo de la llave, pues la estancia tenía cortinas[17] y no se distinguía absolutamente nada. A fuerza de preguntar y de recibir pescozones había llegado, por medias palabras de Madò Francina, a deducir que un abuelo de los señores murió loco en aquella estancia[18]. Me intrigaba también oír comentar que mi bienhechor pagaba estudios a algunos muchachos sin poder vislumbrar los motivos.

Durante el otoño de 1866 (acababa de cumplir los quince

[13] divina. El sacerdote resultaba demasiado bueno y demasiado sencillo para entenderlo por medio de explicaciones. Mi bienhechor estuvo con él en extremo amable, a fin de que no se llevara un mal recuerdo de la entrevista, y lo despidió besándole la mano. *Aparte.* Transcurrieron.

[14] pero.

[15] mencionarse ante la señora. Más de una vez.

[16] otra sólida puerta.

[17] cortinas corridas y no.

[18] de los señores había muerto allí loco. Me intrigaba.

años) el señor me presentó a Jaime y me advirtió que debía tratarle como si fuera un hermano menor.

—Ha vivido siempre en un colegio —me dijo— y quizá posee tantas letras como tú, pero nunca ha jugado a la pelota ni sabe lo que es una escopeta ni unas redes para cazar tordos. Ahora que empieza la temporada, conviene que te lo lleves al monte. Necesita correr y respirar...

Jaime contaría dos o tres años menos que yo. Parecía un niño. Yo en cambio era un hombre. A pesar de que las advertencias del señor constituían órdenes para mí, la acogida que le tributé fue más bien hostil. Era rubio y poseía una inteligencia y una sensibilidad muy vivas. Sentía temor de las mulas, de los bueyes y hasta de las ovejas. No sabía nadar ni tirar piedras. En aquel mundo de Bearn que le asustaba yo constituía su único amparo y[19] no me dejaba a sol ni a sombra. No acertaría a[20] explicar exactamente por qué acogí a aquella pobre criatura con antipatía. Yo estimaba que hacía la señorita (lo que en Francia llaman *minauder*) y que sus modales eran impropios de la enterenza masculina. La juventud es puntillosa, como decía el señor, y tiene un exceso de dignidad. «Son los años, Juanito, quienes, al ilustrarnos, nos corrompen y nos convierten en cínicos.» Aparte del orgullo varonil que no transige[21] con las medias tintas, existían los celos que la presencia de un intruso inspiran siempre a las personas de mi condición. Jaime venía a disputarme el corazón del señor[22]. Mi posición en la casa era falsa[23], y dependía del humor del amo. Había también, quizá, alguna motivación más complicada, un instinto de defensa contra peligros que desconocía y que me hacían[24] reaccionar ásperamente ante sus anhelos de ternura. Porque aquel pobre niño necesitaba que le amasen. Intenté, siguiendo las instrucciones recibidas[25], endurecer su sensibilidad e infundirle valor. Aprendió a no asustarse de los tiros[26] y le enseñé a nadar en el

---

[19] amparo y, aunque le tratara con cierta brusquedad, no me dejaba.

[20] No sabría explicar.

[21] que no quiere transigir con.

[22] del señor, que me trataba como un padre. Mi.

[23] en Bearn era falsa, sin derechos, y dependía.

[24] peligros que yo desconocía y que me hacía reaccionar.

[25] siguiendo los deseos del señor, endurecer.

[26] de los truenos de la escopeta y le.

estanque. Me cobró una gran admiración[27]. Al cabo de unas semanas no parecía la misma criatura y el señor, que nos veía de tarde en tarde, me felicitó.

—A ver —le dijo[28]— cuándo llegarás a ser tan fuerte como Juan. ¿No dices que quieres ser artillero?

Aquellas palabras le azuzaron y ya no pensó sino en gimnasia, carreras y trepar a los árboles[29]. A pesar de su evidente debilidad no quería quedar nunca atrás. El sol y el aire habían curtido su piel y ahuyentado su palidez ciudadana. Se trataba de una transformación aparente[30]. Al escalar los montes se le entrecortaba la respiración y tenía que sentarse. Aquello me seguían pareciendo melindres. No podría hoy asegurar si me esforzaba en que me lo parecieran y ya he dicho que los motivos de mi malevolencia eran oscuros. Por otra parte, a medida que le trataba, y al lado de mi desprecio inicial, que subsistía, no podía evitar una especie de admiración hacia aquel niño que se había educado en el extranjero, que hablaba el francés mejor que yo[31], componía alejandrinos y conocía la historia de Roma. Me turbaba que fuera tan rubio y que resultara tan inteligente. Si él trataba de competir conmigo en nuestros juegos de muchacho, yo hubiera deseado poseer las cualidades morales que, gracias a él, entreveía por primera vez. Dicen que la emulación es una fuente[32] de progreso. En aquel caso lo fue de muerte. Después de tantos años todavía no he podido discernir la parte consciente y la involuntaria de lo ocurrido. La verdad era que a pesar de su piel dorada de sol, Jaime se iba desmejorando y yo me daba cuenta. Pasó sus últimos días como electrizado, quemando los momentos que le quedaban de vida y dispuesto a secundarme en cualquier disparate. A medida que se le agotaban las fuerzas, aumentaba su resistencia a darse por vencido. En la lucha le era particularmente doloroso que le derrotara en un momento, y yo prolongaba el juego como el

---

[27] admiración y me seguía por todos sitios. Al cabo.
[28] —le dijo a Jaime—.
[29] a los árboles como un salvaje. A pesar.
[30] Se trataba, sin embargo, de una transformación más aparente que real.
[31] que yo y que, a los catorce años, componía.
[32] una forma.

gato se divierte con el ratón, cosa que, si bien le halagaba, contribuía a aniquilarle. Nuestros pugilatos[33] se efectuaban por lo general en la era, vasto y poético palenque rodeado de encinas*[34]. Aquel día que tú sabes los juegos se prolongaron más de lo corriente. De pronto me di cuenta que el cuerpo de Jaime se relajaba y que su rostro adquiría la blancura del papel. Me dijo que tenía sueño y quedó adormecido sobre la paja. Una hora más tarde, cuando le llamamos para la cena, le hallamos muerto. El señor no perdió la cabeza ante mi transtorno, sospechoso para cualquiera. En aquel asunto, al cual no ha aludido jamás, veía más claro que yo[35]. El médico diagnosticó un ataque al corazón («Pero qué sabe él...», le oí murmurar a mi bienhechor). Yo estaba desesperado. No podía recurrir al consuelo de la confesión porque no sabía exactamente de qué acusarme. Cualquiera a quien hubiera explicado el caso se[36] habría visto obligado a absolverme[37]. Jugábamos. Se había cansado. Había tenido un ataque al corazón. A los quince años yo no sabía hacer un examen de conciencia como ahora. Vislumbraba, sin embargo, que mi culpa era grave[38]. Mis relaciones con aquella[39] criatura fueron en verdad extrañas. Hay en mí un fondo de crueldad y de soberbia que en condiciones normales aparece dormido. Los juegos juveniles, que acostumbramos a mirar como inofensivos, poseen su malicia y serán pocos los

---

* Las encinas, al impedir el viento, dificultarían la trilla. Don Juan no puede sustraerse a veces a la retórica aprendida en el Seminario. *[N. del Editor.]*

---

[33] Nuestras luchas se.

[34] *Falta la nota.*

[35] jamás, estoy seguro que veía más claro que yo mismo. El médico.

[36] se hubiera, *corregido, primero, en* habría *y luego en* hubiese, *que pasó a la edición y hemos corregido nosotros.*

[37] absolverme con demasiada facilidad. Jugábamos.

[38] era grave. Un psiquiatra alemán o suizo acaba de formular recientemente la teoría de las ambivalencias: parece demostrado que, en determinados casos, sin llegar a la alienación mental, se puede querer y no querer una cosa al mismo tiempo. Ignoro todo el alcance moral de la teoría y me atengo humildemente al criterio superior de la Iglesia. Mis relaciones. *El psiquiatra aludido es Paul Eugen Bleuler (1857-1939), recordado y citado frecuentemente por L. V. en sus obras. Debemos perdonar al novelista su leve licencia histórica: Bleuler en 1890, a los veintitrés años, no había dado a conocer todavía los resultados, que le darían fama, de sus estudios y observaciones.*

[39] aquella pobre criatura.

que en la lucha no hayan sentido despertar sus instintos sádicos. Por esto jamás he querido, desde entonces, volver a practicar un deporte esencialmente pagano, demasiado pariente de la sensualidad, que creo reñido con el espíritu del cristianismo[40]. La soberbia de Jaime era tan fuerte como la mía. Yo le había lanzado a la cara, los primeros días de conocerle, un verbo infamante para una dignidad de doce años: *minauder*. En nuestros juegos yo tenía que ganarle siempre, cosa que carecía de mérito. Moralmente él debía enseñarme la lección de perecer como un héroe. Tal vez no le maté de un golpe, pero sí con un verbo. Conocía el francés mejor que yo[41].

---

[40] cristianismo. Cuando pienso que aquí me tienen por un santo siento vergüenza de mí mismo. La soberbia.

[41] mejor que yo. El alma de aquella muñeca de ojos azules y pelo descolorido resultaba más española que la mía.

# 4

Al señor no le gustaba la Ciudad. Había nacido en sus tierras[1] y cursó en Madrid sus estudios[2], poco después de la invasión de los Cien Mil Hijos de San Luis.

—Fueron —decía— años del más zafio absolutismo, a los
que siguió una gran anarquía liberal. Los franceses de la Restauración no creían que sin dictadura pudiera haber aquí orden, y no les faltaba razón. Ellos, sin embargo[3], hubieran im-
plantado por su gusto un régimen más templado, como lo
prueba el hecho de que el[4] duque de Angulema mandara pren-
der al Regente y al Arzobispo de Seo de Urgel. El mismo Chateaubriand, autor de *El Genio del Cristianismo,* había desautori-
zado la Regencia. En fin, a todos les parecía que nuestros absolutistas eran demasiado cerriles. Tanto era así que pronto
Fernando VII no les[5] resultó bastante absoluto y surgió la Su-
blevación Apostólica, incubada en los agrios montes de Cataluña. Yo contaría entonces unos diecinueve años. Fue aquello
una tremenda confusión en que se perseguían a muerte los
mismos que se hallaban unidos para combatir a los liberales.

Poseía un juicio bastante claro para no culpar demasiado a
Don Fernando, cuya memoria, como la de su hija Doña Isabel,
es hoy generalmente execrada.

---

[1] sus tierras, donde sus —*corregido en* los— padres habitaban largas temporadas y cursó.

[2] en Madrid la carrera de leyes poco después.

[3] *Falta* sin embargo.

[4] el propio duque.

[5] no resultó.

—Repara —me decía— que le acusan por los hechos más contradictorios. Lo mismo sostienen que fue un autócrata o que se apoyaba en el populacho; que se aconsejaba con duques de su privanza o con el aguador de la fuente del Berro. Siendo así, los demócratas debieran reverenciar su memoria, pero ¿existen demócratas en España?[6]. Desde la guerra de la Independencia, todo ha sido aquí anarquía pura.

Le costaba algún esfuerzo reconocer que cuando se huye de la unidad religiosa se cae en la incomprensión de la Torre de Babel. Yo me hallaba en la edad en que atraen las polémicas, aun cuando el respeto me refrenaba. Aquella anarquía y aquella confusión que lamentaba mi bienhechor, ¿no era fruto natural[7] de los principios de 1789, hijos directos de la Enciclopedia?

—Piense Vuesa Merced —me atreví a decirle— que los mismos que combatían a Napoleón, proclamaron la funesta Constitución de las Cortes de Cádiz y la libertad de prensa. Vencimos por las armas, pero el invasor nos contaminó con las miasmas de la confusión[8].

—Demonio —exclamó el señor, tirándome de una oreja—, eres muy joven para sacar consecuencias con esta seguridad.

Pero yo notaba, sin saber a qué achacarlo, que aquella seguridad le satisfacía. Le gustaba también, y ponía en ello una vanidad extraña[9], que me criara esbelto y robusto. Había recomendado al señor Rector del Seminario que me permitiera nadar y jugar a la pelota y proponía a mi emulación[10] los bellos atletas de la antigüedad perpetuados en la estatuaria griega. Incluso montó en la casa[11] un pequeño gimnasio a fin de que me ejercitara durante las vacaciones[12]. Aquella veneración por lo

---

[6] en España? El reinado de «El Deseado» fue un puro desastre porque quiso contentar a la mayoría en un país que carecía de ella. Desde.

[7] mi bienhechor, achacándola a la invasión napoleónica, ¿no era en rigor fruta natural.

[8] nos contaminó el virus revolucionario, *en vez de* con las miasmas de la confusión.

[9] una extraña vanidad.

[10] proponía a mi administración.

[11] Incluso había montado en la posesión un pequeño.

[12] vacaciones, que para mí, bien recomendado como estaba, resultaban frecuentes. Aquella.

que hoy se llama *sport*[13] siempre me ha parecido impropia de un sacerdote. Tú y yo, Miguel, lo hemos comentado muchas veces y sin tapujos: un cuerpo vigoroso está destinado fatalmente al amor o a la guerra, dos actividades ajenas a nosotros. Yo no me atrevía a confesarle, porque me daba vergüenza, que la plena acuidad física[14] constituía para mí una especie de martirio. Por otra parte, él[15], que al fin no se hallaba atado por el voto de castidad, no experimentaba el mismo horror hacia la lujuria y como el pagano Gautier hubiera podido interrogar a los monjes disciplinantes de Zurbarán:

Pour le traiter ainsi, qu'a donc fait votre corps?[16]

Cuando no se admite el doloroso misterio del pecado original, caemos en la más profunda de las tinieblas. De ningún modo puedo atribuirle el intento[17] sacrílego de inducirme a delinquir; pienso antes bien lo contrario: aunque no creyera[18] mucho en ciertas cosas[19], hubiera querido verme fuerte y valeroso frente a los embates de las pasiones[20] y vivir, a través de aquel muchacho acogido a su benevolencia, las aventuras morales que le habían negado el paganismo y las complacencias del siglo. Porque él no quería renunciar a ningún aspecto de lo creado. Si deseaba hacer de mí una gallarda criatura, podía obedecer a que su constitución era más bien débil, y puesto que no fue insensible a la fascinación femenina ni a la dialéctica de los sofistas, debía resultarle un espectáculo interesante (como mero espectáculo) el caso de un atleta ingenuo, creyente y casto: una nueva figura de cera consignada en el Museo Grévin de su memoria.

Muchos años antes[21] del escándalo de París, el señor había

---

[13] se llama cultura física siempre.
[14] acuidad física, a los diecisiete años, constituía.
[15] él, señero, que.
[16] *El verso es, en efecto, de Théophile Gautier (1811-1872) y de su libro de poemas* Espagne.
[17] el designio sacrílego.
[18] aunque él no creía mucho.
[19] cosas, sospecho que hubiera.
[20] pasiones, hacer de mi su complemento, su «alter ego» y vivir.
[21] años atrás del.

dejado de relacionarse con casi toda su familia. Aun cuando era discreto en el trato, sus ideas avanzadas habían trascendido. Nadie conocía sus verdaderas creencias[22], pero todos pretendían juzgarlas. Se le llegó a atribuir que por las fiestas de Pascua echó al sacerdote que fue a bendecir su morada, siendo así que lo recibía amablemente y le entregaba un durillo de oro todos los años. También se dijo que había dado dos cachetes a un monaguillo de la Catedral, lo cual era cierto, pero se omitió que el monaguillo estaba riñendo con otro compañero durante la Santa Misa. Los más avisados proclamaban que era masón.

—Si esto sigue así —llegó a decirme— no desconfío de acabar en coplas, como mi antepasado.

Aquella ruindad de espíritu no podía agradarle[23]. Por otra parte, su esposa siempre fue bearnesa de la cabeza a los pies. Tal vez suponía, y en esto se equivocaba, que el campo encerraba menos peligros que la Ciudad. Por una causa u otra, habían ido prolongando de año en año sus estancias en la posesión hasta no salir[24] de ella.

—No sé qué encanto se le puede encontrar[25] al barrio de la Seo —solía decir mi bienhechor—. Concedo que les parezca interesante a los extranjeros, que tienen buen cuidado de no habitarlo. Yo les obligaría a vivir en esos recibidores de más de nueve varas de largo, en invierno, sin ver el sol.

Era sincero al expresarse así. Por otra parte, la Ciudad[26] le despertaba la nostalgia de otras capitales que recorriera con su esposa. Le gustaba Génova, por sus bellos palacios, que anteponía a los de Florencia, y sobre todo París, con su atmósfera moral, a su parecer única.

—Es el país de la inteligencia —solía decir—. Campoamor ha escrito que es

el país del ingenio y de la guerra[27],

---

[22] conocía las verdaderas creencias del señor, pero.

[23] Aunque no concedía importancia a todas aquellas cosas, tampoco podían agradarle y hubiera preferido un horizonte más ancho. Por otra parte.

[24] no salir casi de ella.

[25] encontrar a la ciudad ni al barrio.

[26] Por otra parte, Ciutat le despertaba.

[27] *Es un verso de don Ramón de Campoamor (1817-1901) y de su famoso «pequeño poema» El tren expreso.*

84

sin duda porque recordaba a los Borbones y a Bonaparte a la vez. Pero este último, aunque le hayan hecho reposar ahora en los Inválidos, ni era francés ni representaba más grandeza que la del desbarajuste. Llegó, como tantos dictadores, a desvariar en nombre de Dios. Su poderío no duró ni cuatro[28] lustros y todas las victorias que se le atribuyen en las paredes del Arco de Triunfo (Zaragoza, Wagram, Austerlitz) no son sino derrotas. Era un aventurero, y Francia, precisamente, representa la continuidad. Algún día tendrán que sacarlo de la ilustre rotonda en que lo han colocado ahora.

Le pregunté si era exacto[29] que se ignora en qué sentido reposa el cadáver dentro del sepulcro.

—Es completamente cierto —repuso—. Pero no puedo consentir que no conozcas aquellas maravillas[30]. Todo se edificó bajo Luis XIV y los arquitectos fueron Bruant y Mansart, hombres que trabajaron para siglos. Bonaparte —continuó, pues raramente le llamaba Napoleón— se halla dentro de varios ataúdes, cinco o seis, si no recuerdo mal, uno de los cuales es de plomo. El sarcófago, de pórfido rojo, descansa sobre[31] un zócalo verde, en estilo neoclásico, y está orientado de Norte a Sur, pero como es perfectamente simétrico y los ataúdes que encierra también lo son, no hay modo de saber en qué sentido reposa el General (nunca decía el Emperador). Lo cual parece confirmar que la aventura napoleónica, en definitiva, no tiene pies ni cabeza.

Había anochecido y nos hallábamos en el jardín. Era una apacible noche de verano. Enmudeció[32] y miraba el firmamento. Su[33] peluca clásica, bajo la luna, parecía de plata.

—Hace años, en una noche así... —murmuró. Pero se interrumpió de pronto y se puso a hablar de los palacios de la vieja monarquía francesa.

—Napoleón III —dijo— se halla bien alojado[34], no a causa

---

[28] ni tres lustros.

[29] si era cierto que.

[30] maravillas. Algún día deberíamos llevarte a visitar los Inválidos. El patio de honor es de una gran nobleza. Todo.

[31] El sarcófago es de pórfido rojo sobre un zócalo verde.

[32] de verano. El señor había callado —*corregido en* enmudecido— y miraba.

[33] Su blanca peluca clásica.

[34] alojado, pero no a causa.

de su tío, que no acertó a construir nada, sino de Catalina de Médicis. Las Tullerías son obra personal de una princesa florentina y artista, que quiso vivir apartada del movimiento y del bullicio del Louvre. Luego resultó que convenía unir el Louvre con las Tullerías y se construyó la galería llamada *du bord de l'eau*, célebre porque en ella los reyes de Francia curaban a los enfermos alineados a su paso.

Hice un gesto de extrañeza.

—¿Curaban...?

El señor sonrió.

—No eran médicos ni santos, pero eran reyes. Un grado intermedio. Hoy vivimos en el siglo de la ciencia positiva y resulta difícil entender eso. Sin embargo, la ciencia no podrá, a la larga, desprenderse de su carácter de brujería.

—¿Pero los reyes de Francia, el país de la Razón, eran brujos?

—Te lo repito: eran reyes. Debía ser hermoso verles pasar, vestidos de púrpura y armiño, como en las vidrieras de la *Sainte-Chapelle*, entre los desventurados, tocar suavemente sus cabezas y pronunciar la frase de ritual: *«Dieu te guérisse; le Roi te touche»* [35].

—¿Qué enfermedades curaban?

El señor tornó a sonreír.

—Gozando de facultades sobrenaturales, debieran [36] haberlas curado todas, pero se habían especializado, no sé por qué, en escrófulas y paperas.

Hizo una pausa y añadió:

---

[35] te touche». Carlos X quiso resucitar la tradición, pero lo que era solemne hace cuatro siglos ha debido resultar ridículo en nuestros días. *Aparte.* —¿Qué enfermedades. *Se refiere a Carlos X, hermano y sucesor del primer rey de la restauración monárquica Luis XVIII. Carlos X (1824-1830) fue un rey de tendencias absolutistas, que, a consecuencia de la llamada Revolución de Julio, hubo de abdicar en su sobrino Luis Felipe, duque de Orléans (1830-1848), destronado, a su vez, por la revolución de 1848, que implantó la II República, deshecha por el golpe de Estado de Luis Napoleón (1851), el cual, con el nombre de Napoleón III, reinó sobre Francia, con el título de emperador, hasta la derrota de Sedan, que puso fin a la guerra franco-prusiana (1870), implantándose la III República, que duró hasta nuestros días (1944) y bajo la cual escribe su carta el narrador de esta novela.*

[36] debían haberlas.

—Tal vez la causa fuera que estas enfermedades acaban por curarse solas.

¿Eran, entonces, unos mixtificadores? El señor hablaba ahora seriamente y no me atreví a formular mi pregunta, pero él pareció adivinarla, o quizá se la formuló también, porque repuso a media voz:

—El engaño y la verdad forman parte de un todo. Charcot ha dicho que la comedia de las histéricas es un auténtico producto de ellas mismas, y no puede considerarse, en rigor, como una comedia. Precaución me parece mejor que engaño. Los sabios de tiempos de Alberto el Magno introducían huevos de gallina por el estrecho gollete de una botella. Esto se realizaba por dos medios: o bien se valían de una palabra mágica, o sumergían el huevo durante horas en un baño de vinagre que reblandecía la cáscara. El buen mago es de suponer que se valía de ambos procedimientos.

No pude contenerme.

—Si reblandecían la cáscara para que pasara por el gollete, holgaba el conjuro mágico.

—¿Tú lo crees así, hijo mío? Pero el mago necesita asegurar su prestigio.

Desvió la conversación a fin de evitar que pudiera convertirse en polémica.

—La noche es hermosa —exclamó—. ¿A ti te gustan esas montañas?[37].

—Aquí he nacido —repuse.

La noche era realmente hermosa. Hubiera deseado poderle proponer al señor que rezáramos juntos. Hubo un largo silencio durante el cual cerré los ojos y me recogí. Detrás de nosotros un jazmín aromaba la atmósfera.

—Yo también he nacido aquí —dijo mi bienhechor— y confío en que aquí moriré. La señora un día u otro se cansará de la posada de Bearn y volverá a estos lugares que tanto quería.

Era la primera vez que aludía a su separación.

—Respecto a ti —añadió—, como serás el capellán de la casa, tendrás que ocuparte de nuestros últimos momentos.

---

[37] A ti te gustan estas montañas, ¿no es esto?

Me hallaba sentado a sus pies y me acariciaba una oreja.

—Pero todavía viviremos muchos años, si Dios quiere. Mira que si pudiéramos, en un vuelo, trasladarnos de aquí a París y de París aquí, sin hacer escala en ningún sitio... Llegará un día, seguramente, en que los globos se perfeccionen e iremos surcando los aires...

Le gustaba[38] entregarse a ensueños y desvaríos.

---

[38] entregarse a veces a ensueños.

# 5

En el Seminario teníamos un buen maestro de música[1]. El padre Pi sentía[2] devoción por los autores modernos y era un apasionado de Wagner, entonces[3] casi desconocido en España. Según él[4], Wagner representaba la música del porvenir.

—Lo ha revolucionado todo —me decía con entusiasmo.

Tal admiración no dejaba de ser extraña en un hombre conservador y moderado[5]. Más incomprensible resultaba aún su admiración por Bismarck y[6] la Alemania guerrera y protestante. A decir verdad, son hoy muchos los burgueses que se entusiasman con Sigfrido y la Cabalgata de las Walkyrias.

—El hecho —me decía el señor— no tiene nada de extraño. El príncipe de Bismarck es un hombre de modesta extracción. Guillermo I no[7] es sino el descendiente de unos pobres marqueses de Brandemburgo. El delirio de grandezas ataca de preferencia a los pequeños. Aquella tergiversación de la Historia, un Hohenzollern proclamado emperador en la Galería de

---

[1] de canto. Yo he sido siempre bastante aficionado a la música. El Padre.

[2] Pi profesaba a pesar de sus años, gran devoción.

[3] apasionado partidario de Wagner, por aquellas fechas casi.

[4] Según el padre Pi, Wagner.

[5] y moderado con él. Más.

[6] por Bismarck y por la Alemania.

[7] Bismarck es un hombre de modesta extracción, salido de la nada o poco menos. Guillermo I no pasa de ser un Hohenzollern descendiente. *El señor de Bearn no estaba demasiado bien informado: Otto von Bismarck pertenecía a una cualificada aristocracia rural y los marqueses de Brandemburgo no creo que tuvieran nada de pobres; de otro lado, la estirpe de los Hohenzollern, o Zollern en sus orígenes, se remonta al siglo XI. Guillermo I fue Emperador, o Kaiser, de Alemania desde 1871 a 1888.*

Espejos de Versalles, por fuerza tiene que habérseles subido a la cabeza. Wagner es una consecuencia de este anómalo estado de cosas que no puede durar.

Repitiendo conceptos tomados de mis profesores, me atreví a preguntarle si[8] creía que Alemania era la primera potencia del mundo, lo mismo en cultura que en poderío militar[9].

—No creo, desde luego, nada de eso, y me extrañan tales ideas en boca de un futuro sacerdote. La cultura prusiana no es sino la *kulturkampf* de Bismarck, es decir, la guerra a muerte al catolicismo.

Tenía razón. Pero entonces ¿por qué nos pintaban a Alemania como una nación virtuosa y sana? La juventud exige que todas las preguntas tengan respuesta y yo mismo me la di: «Porque Francia es una nación corrompida.» El diario hablaba cada día de la inmoralidad y la anarquía francesas y en verdad es fuerza reconocer que si la literatura y el teatro son los exponentes de un pueblo, la patria de San Luis no puede enorgullecerse con los nombres de Renan, Compte, Dumas, Emilio Zola y tantos otros.

—Te olvidas —me decía el señor— de Bernardita Soubirous[10] y los milagros de Lourdes; de Chateaubriand, de Jean Croisset, autor de *El Año Cristiano;* de Luis Veuillot...

Siempre puede demostrarse lo que se desea, pues, aparte de Dios, nada hay absoluto. Yo me perdía en la confusión.

—Wagner —seguía el señor— es desmesurado, como Bonaparte[11]. No es, por lo tanto, grande, ya que grandeza significa proporción. Admito que ambos conocían el mecanismo de su oficio y que dentro de la miopía de su especialidad han de-

---

[8] si no creía.

[9] militar. *Aparte.* —La música de Wagner —dije— es la música del porvenir, *Aparte.* —No creo.

[10] Subiron, *por error, que pasó a la ed. 1.ª. Se trata de Bernardette Soubirous, la joven campesina a quien se le apareció la Virgen en la cueva de Masabiéla, o Massabielle, cerca del pueblo de Lorda, o, en francés, Lourdes, en 1858; fue canonizada en 1933; en estas apariciones, como se sabe, la Virgen proclamaba, en gascón y en términos algo rústicos, su concepción inmaculada, cuyo dogma sería solemnemente proclamado por el papa Benedicto XV en 1854.*

[11] como Napoleón. No es.

mostrado mucha pericia, pero ninguno de los dos es hombre de futuro, precisamente porque se les escapa la visión de conjunto de las cosas, a cuya anomalía solemos llamar genio[12], por no decir monstruosidad, que viene a ser lo mismo. La adoración[13] de Wagner tiene que pasar tan deprisa como la de Napoleón[14].

—La visión suprema —exclamé— sólo puede hallarse acercándose a Dios.

El señor pareció no oírme[15].

—Los dos son desmesurados. Desconocen el alma humana. ¿Quién es capaz de soportar las reiteraciones de Sigfrido, el estruendo de las Walkyrias y, sobre todo, la duración de las[16] escenas? Ningún estómago aguantaría una comida de treinta platos[17]. Los franceses en poco tiempo se fatigaron de su héroe. El mismo Béranger, tan bonapartista, interpreta el sentir de su época cuando escribía aquello de

> Terreur des nuits, trouble des jours
> Tambours, tambours, tambours, tambours!
> M'étourdirez-vous donc toujours,
> Tambours, tambours, maudits tambours?[18].

A mí[19] no me interesaba Wagner, del que nada conocía, pero sí el pleito moral de la hegemonía alemana. El señor creía que el imperio de Bismarck no duraría muchos lustros y que la fortaleza de Prusia era más aparente que real. Según él, se trataba de un pueblo de especialistas, incapaces de ver muy lejos y de distinguir[20] las jerarquías del espíritu.

---

[12] de las cosas, a la que solemos llamar genialidad, por no decir.

[13] La popularidad de Wagner.

[14] Napoleón, cuyo esplendor ha durado tres lustros.

[15] no oírme y prosiguió:

[16] de sus escenas?

[17] platos. No dudes de que nos ha tocado vivir una época grosera. Los franceses.

[18] Estos versos de Pierre Jean de Béranger (1780-1857), poeta popularizante, y popular con sus canciones, bonapartista y contrario a la monarquía de la Restauración.

[19] A mí, en realidad, no.

[20] y de conocer el valor de las jerarquías

—Pueblos así —decía— son fáciles de desorientar. Son, en realidad, anárquicos.

Pero la anarquía era la cualidad que mis catedráticos atribuían precisamente[21] a los franceses.

—París —me decía el padre Pi— es la sucursal del Infierno. Se trata de un pueblo de ateos, encenagados en el vicio, sin más ley que el placer. La guerra del 70 fue un aviso de Dios, que de nada les ha servido. Entregados a la demagogia[22] suicida, el socialismo se les ha infiltrado en la República y terminarán en el caos[23].

El padre Pi tenía en la boca siempre los nombres de Voltaire y Renan. Ignoro si conocía a Nietzsche y si, por aquellas fechas, éste había escrito ya su blasfemo *Anticristo*. Desde luego, al hablar del socialismo y de la interpretación materialista de la Historia (y esto no se me ocurrió sino muchos años después) parecía ignorar que Carlos Marx, el inspirador de las revoluciones del 48, fuera alemán[24].

Ya he dicho al principio que el señor me inició en las letras[25] y sus enseñanzas resultaban también, a este respecto, contrapuestas a las del Seminario. Nuestros viejos catedráticos usaban[26] el tono hiperbólico. Las palabras inmortalidad, glo-

---

[21] *Falta* precisamente.

[22] la demagogia más suicida.

[23] terminarán en la confusión más espantosa, *en vez de* en el caos.

[24] alemán. *Aparte.* Por aquellos años yo admiraba la fuerza, pero sólo la concebía en su forma más directa y rudimentaria. La guerra del 70 me parecía un hecho definitivo. En mi ingenuidad de muchacho no me había detenido a pensar nunca en el símbolo del pastorcillo David venciendo a Goliat *corregido en* al gigante ni en la posibilidad de que una delicada jovencita *corregido en* mujer cortara la cabeza del general Holofernes. Los fisiólogos actuales creen que la mujer *corregido en* las mujeres a pesar de su sencilla musculatura, es *corregido en* son más fuerte *corregido en* fuertes que el hombre *corregido en* los hombres y lo cierto es que suele *corregido en* suelen vivir más años. *(Esta frase, desde* Los fisiólogos *hasta* más años *está tachada en el ms., con anterioridad a la supresión del párrafo entero que transcribimos.)* El ejemplo de Jaime, héroe anónimo que con su muerte había sabido derrotarme, me hubiera podido enseñar a valorar ciertas cosas, si lo terrible de la tragedia no fuera que voluntariamente rehuyera su recuerdo. El mundo moral ha terminado siempre por vencer al físico, y así el Cristianismo, que sólo contaba en sus orígenes con unos pobres operarios incultos, había de triunfar de la poderosa Roma pagana *tachadas las palabras* poderosa y pagana, y transformar la faz de la tierra. *Aparte.* Ya he dicho.

[25] letras francesas y sus.

[26] catedráticos de literatura usaban siempre el tono.

ria, laureles[27], abundaban en su vocabulario y se repetían con frígida monotonía. Los[28] adjetivos con que abrumaban a los poetas de la antigüedad resultaban, como hubiera dicho el señor, insignificantes a fuer de desmesurados. El Seminario era, sobre todo, gramático. Continuamente se oía hablar de declinaciones y complementos, de verbos y adverbios. En Bearn, en cambio, no se hablaba nunca de tales cosas.

—Cuidado con la gramática, muchacho —me decía sonriendo[29]—. Los gramáticos son honrados albañiles que van colocando piedras una a una y las afianzan con la argamasa de la sintaxis. El albañil no ve más que eso. El conjunto del edificio, diseñado por el arquitecto, no le interesa; no lo concibe siquiera[30].

Entre los papeles que me confió, abunda la defensa de la contención[31] y de la limitación voluntaria. Era por naturaleza enemigo del Romanticismo, que trata de expresar los sentimientos y las pasiones por medio de gritos. «Lo menos que puede proponerse la Literatura —ha escrito— es expresar en forma inteligible, es decir, inteligente, los estados del alma. El mejor escritor será el que más se acerque a tal fin, que, por otra parte, es inaccesible. Quien ni siquiera se lo proponga[32] (Victor Hugo en *Hernani*, por ejemplo) no llega ni a escribiente.» «Ahora bien —añade—, lo que logra entenderse deja de ser genial para el vulgo, que antepone Chateaubriand a La Fontaine.»

---

[27] gloria y laureles.

[28] Los grandes adjetivos.

[29] sonriendo el señor—.

[30] siquiera. *Aparte.* Parecía, en efecto, a juzgar por lo que nos enseñaban *corregido en* a juzgar por el Seminario que el «glorioso» Virgilio y el «inmortal» Cervantes no habían *corregido en* hubieran tenido más objeto que enseñarnos a declinar. El señor, sin anteponerles nunca epítetos como los reseñados —*corregido en* mencionados—, vibraba ante ellos mejor sin duda *estas dos palabras tachadas* que mis rutinarios profesores. Me hería, sin embargo, lo que yo creía entonces tendencia suya a disminuirlos, sin considerar que el cariño y la comprensión no pueden ser enfáticos. *Aparte.* —El énfasis —me decía— promete lo que no puede cumplir. Por esto es limitado, desmesurado, anodino. *Aparte.* Entre.

[31] los escritos que el señor me confió, acerca de los cuales será necesario consultar al señor Cardenal, abunda la defensa clásica de la contención.

[32] Quien ni siquiera se proponga acercarse a este fin (Victor Hugo.

A propósito de La Fontaine, me decía semanas antes de morir[33], que los literatos se han concedido siempre una excesiva importancia a sí mismos. «Tal vez La Fontaine constituya una de las pocas excepciones a esta regla. Fue, en realidad, un *amateur* que escribía para distraerse, sin juzgarse genial. Buscaba ante todo el placer, y yo creo que el arte es un poco como las criaturas, que no se engendran por medio de razonamientos ni de reglas morales, sino al descuido, en medio de la alegría de una noche...»

Le pregunté si era cierto que había sido un hombre superficial y que su vida estuvo lejos de amoldarse a las moralejas que preconiza en las fábulas.

—Claro que sí —repuso—. En La Fontaine la moral no tiene gran fuerza. Lo importante es el ingenio, la alegría, la variedad del metro y de la rima. Si atribuye a los gatos, por ejemplo, malas cualidades no es porque le interese[34] fustigarlas, cosa que fuera locura, ya que cada especie tiene su fatalidad, sino al contrario, porque le divierten. Él mismo fue un gato, holgazán, egoísta e indómito. Dilapidó sus bienes, vendió el cargo que le legara su padre y vivió siempre a expensas de alguien. Comprenderás que no lo hubiera logrado fácilmente si no hubiera poseído, como el gato, alguna cualidad positiva.

Me abstuve de preguntar cuál podía ser aquella cualidad positiva[35]. El señor prosiguió:

—Siempre contó[36] con algún protector. El más constante fue Mme. de la Sablière. Por cierto, que es curiosa la manera que[37] tuvieron de entenderse. Al perder a un señor poderoso, en cuya casa vivía La Fontaine, salió a la calle antes de que hubieran enterrado el cadáver, porque era necesario hallar un acomodo, y al volver una esquina se topó con Mme. de la Sablière. «Le buscaba a usted —dijo atropelladamente la dama—. ¿A dónde cuenta ir?» «Señora, iba a su casa.»

Aquella falta de dignidad me hizo enrojecer. Aunque no abrí la boca, el señor adivinó los sentimientos que me agitaban.

---

[33] de morir, que de cada día se afianzaba en la creencia de que los literatos.
[34] le interese mucho fustigarlas.
[35] positiva, pues siento una total incomprensión por los gatos. El señor.
[36] —Siempre tuvo algún.
[37] la manera como tuvieron.

—La Fontaine —dijo— no tenía dignidad; es cierto. Pero tenía gracia... Guárdate la ira para mejor ocasión —añadió sonriendo—, y piensa que la dignidad puede ser una forma del orgullo; es decir, un pecado mortal... y una ridiculez.

Aquellas palabras[38] me parecían entonces de una frivolidad inaudita. Una juventud como la mía no acertaba a concebir que el pecado mortal pudiera ser al propio tiempo una ridiculez, y sin embargo, ante la grandeza[39] de Dios, el orgullo tiene que aparecer, en efecto, como el más ridículo de todos los pecados.

Platicábamos bajo las estrellas. Se había hecho tarde y me alargó la mano para que se la besara. Al levantarme[40] me dijo todavía:

—Tienes que reconciliarte con La Fontaine. Si yo volviera a nacer y me dedicara de lleno a las letras, adoptaría como lema uno de sus famosos alejandrinos:

A beaucoup de plaisir je mêle un peu de gloire...[41].

He buscado el alejandrino en las obras completas del poeta y no he podido hallarlo. Está claro que capturar un verso entre todos los que produjo La Fontaine es como hallar un alfiler en un pajar. Yo ignoro si la prodigiosa memoria del señor empezaba a claudicar alguna vez, aunque no presentaba síntomas de ello. De todos modos, si el alejandrino es apócrifo, bien merecería ser real y el haberlo inventado no demostraría sino su compenetración con el espíritu eutrapélico[42] del autor de las Fábulas.

---

[38] ridiculez. *Aparte.* Han transcurrido muchos lustros y los años me van enseñando a transigir. Aquellas palabras del señor me parecían.

[39] ante la sabiduría de Dios.

[40] Al levantarme para ir a la cama me dijo.

[41] *Este verso, que a L. V. le gustaba mucho recordar.*

[42] eutrapélico, sereno y equilibrado del autor.

95

# 6

Por disposición del señor se había[1] instalado mi gimnasio en un entresuelo que comunica con la antesala del archivo mediante una escalerilla oculta en el interior del muro. Es una amplia estancia abovedada, provista de diversos aparatos[2], en un rincón de la cual se halla la estatua de un atleta clásico[3].

—Debes procurar parecerte a este atleta —me había dicho don Antonio[4]—. Tu vocación religiosa en nada se opone a la gimnasia.

Yo discrepaba de su punto de vista, aun cuando mi naturaleza se sintiera solicitada por los ejercicios o *sports,* como se dice hoy. Tú sabes perfectamente, Miguel, cuánto hay de aleatorio por lo que respecta a mi vocación. Él debía saberlo con mayor motivo. Si he buscado un refugio en el seno de la Iglesia no ha sido precisamente por virtud, sino más bien porque mi orgullo[5] no podía aceptar el papel que me hallaba destinado a representar en el mundo. Me di cuenta de ello poco después de cumplir los doce años. Ignoro si los señores sospechaban[6] que mi determinación (a la cual contribuyeron los consejos de doña María Antonia) se hallaba en pugna con mis sentidos y mi temperamento. Es posible que mi bienhechor, a pesar de

---

[1] del señor había instalado.
[2] aparatos, como poleas, anillas y barra fija, en.
[3] clásico, que don Antonio proponía a mi emulación.
[4] *Falta* don Antonio.
[5] orgullo de muchacho no podía.
[6] si los señores se daban cuenta de que.

su[7] hondo conocimiento humano, haya muerto sin llegar a comprenderme, pues nos hallábamos situados en muy diferentes esferas. Para él la existencia[8] fue fácil: todo lo halló ya hecho al nacer y pudo permitirse el lujo de vivir de las reservas acumuladas por sus antepasados[9]. Tales circunstancias hicieron de él un epicúreo, un ser destinado a la dicha en este mundo y quizá también (Dios lo haga) en el otro. La cultura física[10] resultó para mí un martirio. El *mens sana in corpore sano* constituye una máxima atinada para hombres libres, pero no para quien ha hecho voto de castidad. No faltan autores ascéticos que preconizan el cansancio muscular a fin[11] de ahuyentar los deseos de la carne. Ello no es exacto para toda clase de naturalezas. Durante largos años me he entregado intensamente a la caza, escalando montes y comiendo frugalmente sin el menor resultado; antes al contrario. Me atrevo a decir que el ejercicio es el principal enemigo de la castidad, pues, lejos de adormecerlas, excita las funciones vitales. La tendencia actual, tomada del protestantismo norteamericano, que aspira a «modernizar» el clero, puede dar funestos resultados.

No serían aún las nueve de la mañana y me hallaba entregado a mis ejercicios en la barra fija, cuando llamaron a la puerta. Sobresaltado, pregunté quién era, pues no me hallaba en disposición de abrir y me respondió la voz del señor.

—Soy yo, Juan.

Sin darme cuenta de lo que hacía, sudado y casi desnudo, me abalancé a descorrer el cerrojo. Don Antonio apareció en el umbral, sonriente, y me cogió por el cuello a fin de situarme junto a la escultura que he mencionado.

—Excelente —dijo—. Sólo que los griegos (los de mármol, bien entendido) no sudaban.

Enrojecí y pedí permiso para vestirme.

—Calla —dijo el señor—. Ven conmigo.

Él mismo me echó una sábana de baño sobre los hombros y

---

[7] a pesar de su talento y de su hondo.
[8] la existencia (honores y afectos) fue.
[9] de las reservas, así morales como económicas, acumuladas por sus antecesores. Tales.
[10] La cultura física que me atraía como un pecado resultó.
[11] muscular para ahuyentar

me condujo a la ventana, cuyas persianas se hallaban entornadas. No he dicho que el gimnasio daba sobre un patio interior que pertenecía a las habitaciones del Mayoral.

—Desde aquí —dijo[12]— oiremos al veterinario.

Recordé que aquella mañana estaba acordado que el veterinario de Inca vendría a[13] castrar algunos cerdos.

—Ha terminado ya y le traerán agua para que se lave[14]. Veremos qué comentarios hace este republicano.

El veterinario[15] era en efecto, republicano-socialista, enemigo acérrimo de propietarios y «señores». Contaría escasamente unos veinticinco años, pero había venido en un buen carretón de su propiedad y hablaba en tono doctoral. Entró en el patio arremangado, luciendo una camisa de la mejor clase y mientras se lavaba en un lebrillo colocado sobre un poyo, entabló conversación con los que le rodeaban.

—Éste sí que es un lavabo primitivo —dijo.

—El mejor de todos —repuso Madò Francina—. Así no ensuciarás las alfombras.

—Esos señores de Bearn están muy atrasados. No tener cuarto de baño...

Mi bienhechor me apretó el brazo, regocijado.

—Tienen cuarto de baño, con su buena bañera de zinc y su espejo —dijo Madò Francina.

—Una bañera que hoy no se compra por menos de ocho duros —añadió el Mayoral.

—Es raro —exclamó el de Inca—, porque esa gente suele considerar que los baños son pecado.

—Poco a poco —interrumpió Madò Francina—. Yo no he dicho si se bañan o no se bañan, sino que tienen bañera. ¿Quién eres tú para meterte en lo que no te importa?

—La tendrán como adorno.

—Eso no es cuenta tuya.

—En Bearn —intervino el Mayoral— hay todo cuanto pueda haber en Inca y en la misma Ciudad[16].

---

12 —dijo el señor— oiremos.
13 vendría para castrar.
14 se lave. Míralo. Veremos.
15 El veterinario de Inca era.
16 en la misma Ciutat.

—La casa parece grande —repuso el republicano—, pero vuestras habitaciones son viejas y tristes.

El señor acercó su boca a mi oído.

—Ya empieza a soliviantarlos.

—Pues te advierto que no las cambio por las de los señores.

El republicano rió con risa ofensiva.

—Ni ellos tampoco, Mayoral.

—Ni ellos tampoco —saltó Madò Francina—. Cada cual vive conforme a su estado.

—Todo eso de señores son vejeces mandadas retirar —prosiguió el de Inca—. Basta fijarse cómo cultivan las tierras. Al pasar he visto unas viñas que dan pena.

—Las viñas se mueren a causa de un bicho que se come las raíces.

—El bicho son los señores, que esquilman la tierra para gastarse el dinero en la Ciudad[17].

—O en París —murmuró el señor.

El de Inca empezó una diatriba contra los que no trabajan y dijo que él vivía mejor que muchos propietarios (me di cuenta que rehuía la palabra «señores»). A renglón seguido, anunció, con acento altanero, que cobraba medio real más por cerdo que el año anterior. Había terminado de lavarse. Sobre la magnífica camisa se puso una chaqueta nueva de terciopelo y salió en busca de su carretón. He de consignar que no llevaba lacayo para abrirle la portezuela.

—Esa gente —dijo sonriendo mi bienhechor[18]— terminará con nosotros. Vístete y ven a desayunar, que el chocolate aguarda.

Nos levantábamos de la mesa cuando apareció en el zaguán el señor Vicario y en el acto adivinamos el objeto de su visita. Todos los años ocurría la misma escena[19] una semana antes del martes de Carnaval, fiesta que él no toleraba en el pueblo y que, de una manera tácita, venía celebrándose en la posesión.

—El martes[20] se acerca —dijo— y he creído oportuno pasar a saludarle para tratar de este problema.

---

[17]  en Ciutat.
[18]  sonriendo el señor— terminará.
[19]  Todos los años acudía a ver al señor.
[20]  —El Carnaval se acerca.

—Celebro mucho verle, señor Vicario. Si le parece nos sentaremos junto al hogar. Juan, no te vayas. Como pronto serás sacerdote, es conveniente que empieces a familiarizarte con los «problemas»...

Pienso que al señor Vicario no le hacía mucha gracia la presencia de un tercero en un asunto al cual[21] concedía tanta importancia y que sólo podía tratarse por insinuaciones y sobreentendidos. Era una vieja pugna entre la Iglesia y los señores; pugna, naturalmente, encubierta y que terminaba cada año por una transacción.

Don Andrés empezó un breve discurso en el que enumeró los peligros de Carnestolendas, fiestas de origen pagano, e hizo, sin pedantería ninguna, un resumen histórico acerca de la materia.

—La Iglesia —dijo— no puede aprobarlas. El solo hecho de cubrirse el rostro para proferir atrevimientos o, incluso, desvergüenzas que nadie formularía cara a cara...

—Conviene no olvidar —atenuó el señor— cuanto hay de broma, de ironía intranscendente, en tales crudezas.

—Sin duda es así en algunos casos —concedía el señor Vicario—. Ni el baile ni la alegría pueden considerarse, en sí mismos, pecaminosos, y la Escritura nos enseña que David bailó ante el Arca de la Alianza. Pero como, por desgracia, no somos ángeles de pureza, muchas veces las bromas que empiezan siendo, como Vuesa Merced dice, intranscendentes, se convierten en pecaminosas; sobre todo cuando una careta nos defiende, si no de la mirada de Dios, de la de los hombres.

Como cada año, lo que don Andrés desaprobaba, y no le faltaba razón, era la impunidad del incógnito, pero su interlocutor[22] prefería no abordar tal materia porque para él el incógnito constituía todo el encanto de la fiesta[23].

—Considere, señor Vicario —dijo (y ése era un pensamiento muy suyo)—, que si suprimiéramos el Carnaval, suprimiríamos también la Santa Cuaresma.

---

[21] un asunto al que concedía.
[22] pero el señor prefería.
[23] del Carnaval.

—La Cuaresma significa penitencia, no sólo con motivo del Carnaval, sino de cualquier otro pecado...

—No importa la clase de pecado —arguyó sutilmente el señor—, pero es indispensable que exista pecado para que haya Cuaresma.

—Por otra parte —repuso don Andrés, sin recoger el argumento[24]—, el fingir sentimientos que no se experimentan, aunque sea en broma, no conduce a nada bueno. Acostumbra a las gentes a mentir y cuando no otra cosa, el Carnaval es[25], en este sentido, una escuela de falsedades.

El señor parecía ensimismado.

—Cuando Tespis inventó la farsa griega —dijo—, Solón dictaminó que aquel espectáculo era inmoral, precisamente, como usted señala[26], porque enseña el fingimiento. «Acostumbrará a los hombres a negar sus contratos, a mentir...» Pero Solón no consideraba que Tespis no era[27] un brujo que creara algo «nuevo», sino un definidor de algo que ya existía: los hombres iban dejando de ser ingenuos, el alma europea se complicaba y un indicio de tal complicación lo constituía, precisamente, el gusto por contemplar, como espectáculo, aquellos fingimientos que en rigor no ignoraban, pues la mentira es vieja como el mundo: el gusto por verse en un espejo.

—La Humanidad marcha hacia el desenfreno y la licencia —dijo don Andrés.

Ahora fue el señor quien no quiso recoger[28] aquellas palabras y continuó:

—Mucho antes que Tespis, Jacob había engañado a su padre haciéndose pasar por Esaú. Al fin se cubrió[29] las manos con una piel de cordero, pues Esaú era velludo. Se trataba de una estafa para lucrarse, lo cual es sin duda reprobable, pero

---

[24] sin recoger el último argumento del señor— el fingir.

[25] nada bueno. Cuando no otra cosa, el Carnaval es.

[26] como usted dice, porque.

[27] Pero Solón no. Consideraba que Tespis no era un brujo. *Al mecanógrafo se le olvidó el punto después de* Solón no, *y L. V. corrigió la mayúscula de la palabra siguiente y dejó la frase ininteligible* Pero Solón no consideraba que Tespis no era un brujo..., *que pasó a la 1.ª ed.*

[28] El señor no recogió aquellas palabras.

[29] se había cubierto las manos.

Tespis, al encarnar un personaje, no pretendía que le tomaran por tal personaje, sino por un comediante. Aspiraba sólo a jugar, a divertir, y así lo confesaba abiertamente. Contra el parecer de Solón, Tespis es el más sincero de los hombres. ¿No ha pensado nunca, señor Vicario —prosiguió—, que nuestro pueblo se divierte poco? El que trabaja debe tener su compensación. ¿Qué piensas tú, Juan?

Yo pensaba que tales afirmaciones no andaban muy[30] distantes de las que hacía una hora acababa de proferir el republicano de Inca. Reciente aún el efecto que me había producido su rencorosa arrogancia, no podía menos de considerar los peligros de las reivindicaciones demagógicas. El señor Vicario callaba[31]. Don Antonio prosiguió, como hablando consigo mismo:

—Conozco personas, señoras en especial, que nunca han asistido a un baile y que, en cambio, acuden a todos los entierros que se celebran en la Isla. Esto, a la larga, tiene que repercutir sobre el carácter[32]. Cada vez tenemos menos iniciativas y acabaremos por no saber hacer nada, excepto morirnos.

—Dios nos conceda a todos una buena muerte, don Antonio —dijo el señor Vicario.

—Amén —repuso el señor—, pero después de haber vivido un poco. Ahora que ya no soy joven, he de confesarle que siento cierta compasión por esas gentes[33]. El otro día oí a dos muchachos que se hacían confidencias bajo los cipreses del jardín. Yo escuchaba desde la ventana de mi cuarto. Uno de ellos hubiera dado una pierna a cambio de tener un reloj. Decía esta monstruosidad estúpidamente, como quien no ha conocido nunca el valor de poseer un cuerpo hermoso y normal (al decir estas palabras mi bienhechor me miraba fijamente). Le advierto —prosiguió, dirigiéndose al vicario— que no se trataba de niños: ambos se hallaban ya en edad de...

—Bendita inocencia —murmuró el señor Vicario.

---

[30] Yo pensaba que las afirmaciones del señor no se hallaban muy distantes.

[31] El señor Vicario y yo callábamos *(antes había corregido solamente* callábamos *en* callamos).

[32] carácter, sobre todas las actividades humanas.

[33] por esas buenas gentes de Bearn. El otro día.

Don Antonio pareció impacientarse[34].

—Señor Vicario, no condenemos la humanidad al eterno limbo. Esas gentes son pobres, ignorantes y rudas. Viven sin pena ni gloria. No les regateemos, una vez al año, un poco de esparcimiento.

—¿Incluso a cambio de que cometan abusos reprobables?

—Incluso, tal vez, a este precio.

Yo me permití observar que el año anterior había desaparecido una cuchara de plata. El señor me miró con acritud.

—¿No te he dicho que Biel daría una pierna por un reloj? Si desconocen el valor de una pierna, ¿cómo quieres que le den importancia al hecho de distraer una cuchara de plata?

—Por lo mismo que carecen de criterio, es necesario tenerlos a raya, don Antonio. La cara tapada se presta a todo género de desafueros. Vuesa Merced sabe que yo[35] temo esas fiestas.

—Sin duda, señor Vicario, no hay que perderlos de vista y usted en el pueblo no tiene fuerzas para evitar que se desmanden.

—Con un guardia viejo, porque el otro se halla en cama, imposibilitado, y un sacristán...

—Ya lo sé. Aquí hay más vigilancia. Está, sobre todo, Madò Francina, que, en caso necesario, se basta ella sola para enfrentarse con todo el lugar. No es, señor Vicario, que yo tenga interés en que vengan a bailar[36], máxime sabiendo que usted desaprueba el baile...

—Si por lo menos llevaran la cara destapada...

—No hagamos las cosas a medias, señor Vicario. Que vengan como se les antoje. Luego, en Cuaresma, que recen y mediten. Como le decía, yo no tengo interés en que vengan a hacer ruido ni en que me roben las cucharas; pero supuesto que en el lugar no puede celebrarse la fiesta, por razones que usted expone, ya sabe que estoy siempre a su disposición y que Madò Francina no permitirá...

Ignoro si don Andrés se daba cuenta de la habilidad de su

[34] impacientarse un poco.
[35] Vuesa Merced ya sabe que yo, en el pueblo, temo.
[36] a bailar aquí, máxime sabiendo.

interlocutor, que se disponía a acoger en la posesión unos festejos desautorizados por el señor Vicario, pero que sabía presentar su rebeldía como un acto de sumisión. Don Andrés no tenía nada de tonto, aunque a veces, en su modestia, aceptara pasar como tal.

—Le quedo muy reconocido —murmuró.

Don Antonio, vencedor, extremaba las concesiones.

—Conste —dijo— que en el fondo yo tampoco autorizo estos festejos, cuya única excusa es que se celebran una vez al año. En fin, que hagan lo que les parezca. No invito a nadie, pero si vienen el martes y me asaltan la finca, tampoco puedo recibirlos a tiros. Se trata de una broma. En todo el mundo son muy corrientes ahora estos «asaltos»... Así se llaman, precisamente[37].

El asunto terminaba[38], como cada año, por una transacción.

---

[37] *Falta* Así se llaman, precisamente. *Mucho me temo que la palabra* asalto, *en esta acepción, es bastante posterior a 1900.*

[38] El asunto se terminaba.

# 7

Fue poco antes de la Revolución de Septiembre cuando mi bienhechor[1], que había gastado una fortuna con doña Xima, juzgó oportuno vender la casa de la Ciudad, cerrada desde hacía años. A tal objeto, nos trasladamos allí, a fines del verano de 1868. Antes quiso consultar a la señora, por mediación del señor Vicario. La respuesta de doña María Antonia fue clara como ella misma:

—Si algún día volvemos a vivir juntos —dijo—, cosa de la que no deseo oír hablar por ahora, yo pondré la condición de no salir de estas montañas. En la Ciudad abundan las malas lenguas y[2] no tenemos edad para fomentar[3] habladurías. Aquí, como el escándalo fue tan público, ya nadie lo comenta. Creo que Tonet hará bien en vender y salir de deudas, si es capaz de ello.

Permanecimos en Palma[4] cosa de cinco semanas[5]. La venta de la finca disgustó a los sobrinos, que la miraban como propia; sobre todo a doña Magdalena. Era una vieja casa del barrio de la Seo, con un patio gótico y una[6] escalera de piedra. Tenía un recibidor lleno de cuadros y salones muy bien amueblados, con damascos y consolas doradas. Resultaba un poco

---

[1] cuando el señor.
[2] y nosotros no tenemos.
[3] fomentar las habladurías.
[4] Partimos hacia la Ciudad, donde permanecimos cosa de.
[5] cinco semanas, hasta que el señor hubo realizado la operación. La venta.
[6] y una ancha escalera.

excesiva para señores cristianos que, aun cuando[7] muy antiguos y considerados, no disponían de grandes rentas.

—De todos modos —decía mi bienhechor[8]—, los sobrinos tendrían que venderla tan pronto[9] cerremos los ojos. Los muchachos no quieren estudiar ni harán ya nada de provecho. Y ella, casada con un capitán...

Porque doña Magdalena se había casado con un forastero que, según decían, sólo contaba con su carrera. Los hermanos[10] no hacían sino jugar en el Casino y[11] pasear muy elegantes, fumando buenos puros. Eran vanidosos y sólo pensaban en libros de caballerías[12]. Los señores no podían sufrirlos, si bien no querían desheredarlos, porque, careciendo de hijos, deseaban que la sucesión siguiera el curso natural, cosa[13] que les parecía un deber de conciencia. A tal fin, nunca pensaron en hacer testamento. Se limitaban a no verles mucho las temporadas que pasaban en la Ciudad. Con la venta de la casa las relaciones quedaron, de hecho, rotas.

Palma[14] era entonces una población descuidada, llena de callejones y de conventos. La furia revolucionaria del año 35 había destruido algunos, entre ellos el de Santo Domingo, considerado como el más rico y[15] artístico. El reinado de doña Isabel II, que algunos designan por la Angélica, fue pródigo[16] en actos de tal naturaleza. Finalmente, las turbas, que no respetaron los derechos sagrados de la Iglesia, envalentonadas por la indiferencia, cuando no por la ayuda de los dirigentes, no se detuvieron ahí[17], y en la Revolución de Septiembre les hemos visto derribar y arrastrar la estatua de la propia Reina que debía traernos la libertad y que, muy a pesar suyo, porque su co-

---

[7] que, aunque muy antiguos.
[8] —decía el señor—.
[9] tan pronto como cerremos.
[10] Los hermanos, menores que ella, no hacían.
[11] y *falta un trozo de papel: supongo* salir a pasear.
[12] de caballerías. Tanto se disgustaron los tres que no volvieron a aparecer por Bearn. *Aparte.* Los señores.
[13] natural, lo que.
[14] La Ciudad era.
[15] rico y el más artístico.
[16] pródigo también en actos.
[17] no se detuvieron aquí, y.

razón era bueno, sólo acertó a organizar, por decirlo así, el libertinaje.

Asistí a aquel acto de vandalismo, poco después de la batalla de Alcolea. Regresábamos en formación de un paseo por la Muralla[18]. Era una tarde nublada y fresca, que recordaba los otoños de Bearn. Yo pensaba en los tordos y en las tierras sonrientes bajo la lluvia[19], ya cubiertas por el[20] verdor de los pastos. En lugar de aquella visión amada, era una[21] mar como de plomo, inmóvil, y amenazadora, lo que mis ojos habían contemplado desde el muelle[22]. Al enfilar la calle de la Marina vimos[23] en el Borne, junto al monumento de doña Isabel, un grupo de facinerosos que habían pasado una cuerda por la cintura de la Reina y tiraban, entre risotadas y palabrotas, a fin de derribarla del pedestal. Los sacerdotes que nos acompañaban (dicen si cediendo al consejo de unos guardias que contemplaban la escena sin intervenir, quizá[24] porque tenían órdenes de abstenerse) ordenaron volver atrás a fin de costear las murallas y entrar por la puerta de la Calatrava. Yo, que al notar el alboroto me había adelantado[25], no me di cuenta de la retirada y me hallé repentinamente solo. En aquel instante se me acercó un cargador del muelle, negro y recocido, y me dijo, riendo, en tono protector:

—No tengas miedo, muchacho; si fueras el Obispo no saldrías tan bien librado, pero en vista de que todavía no eres nada...

Yo no sentía en aquel momento ningún temor, por lo que respondí lo que mi corazón me dictaba:

—Lo decís al revés, hermano. Por lo mismo que no soy nada podéis hacer de mí lo que os parezca, pero si fuera el señor Obispo no os atreveríais a tocarme un pelo de la ropa.

---

[18] por la muralla, acompañados de los padres. Era.
[19] bajo las primeras lluvias.
[20] el tierno verdor.
[21] era un mar.
[22] muelle. El cielo tampoco ofrecía un aspecto tranquilizador. Los padres *tachado y encima* profesores nos aconsejaron que apresuráramos el paso. Al enfilar.
[23] vimos allá abajo, en el Borne.
[24] quizás: *la s añadida a mano por L. V.*
[25] adelantando algún tanto, no me di.

—Este bestia busca una bofetada —vociferó el cargador.

—No busco eso, pero con este rosario —repliqué enseñándoselo— no tengo miedo de nadie.

Al ver la cruz me dejaron, no sin llevarse un dedo a la frente, como indicando que me hallaba perturbado. Me senté en un banco[26] y empecé a rezar ante las miradas hostiles de aquella tropa. Aún hoy no acertaría a decir qué buscaba con una actitud que los superiores juzgaron imprudente. Por una parte yo me sentía con fuerzas para tumbar a mi interlocutor y[27] me hubiera proporcionado un gran bienestar físico el hacerlo. Sabía, no obstante, que si le hería, los remordimientos no me dejarían en paz. Desde la tragedia de Jaime toda idea de violencia me horrorizaba[28], y puesto en el dilema de agredir a ser agredido prefiero esto último. Aquel hombre negro y pequeño, que en forma tan insolente intentaba protegerme, era probablemente casado. Me representé la escena, vi la entrada del herido en su casa, un hogar miserable, con niños sucios y enfermizos... La facultad de colocarme en el lugar de los demás es sin duda lo que anula en mí los impulsos combativos que me hierven en la sangre. En Bearn apaciguaba estos impulsos escalando picachos, nadando de noche en el estanque o cazando en el bosque. Nada de esto era posible en el Seminario y mi provocación de sentarme a rezar (porque de provocación lo tildaron) debía obedecer al desasosiego que causaba[29] en una naturaleza joven[30] aquella lucha de fuerzas encontradas. En un momento dado, y al mismo tiempo que rezaba por la Reina sin ventura[31], viendo los esfuerzos de aquellos hombres que sudaban y no podían derribar la estatua, porque ni tenían fuerzas ni sabían tirar, fui víctima de una tentación extraordinaria: la de empezar yo también a tirar[32] y realizar lo que ellos no acertaban a conseguir. Como soy más bien delgado, nadie supone en mí, vestido, la fuerza que realmente poseo. Me parecía ver el

---

[26] en un banco del paseo y empecé.

[27] y creo que me hubiera.

[28] horroriza, *con el sufijo* ba *tachado a mano por L. V.*

[29] que causa.

[30] naturaleza de diecisiete años aquella.

[31] sin ventura, fugitiva y condenada a vivir en tierras extrañas, viendo.

[32] a tirar, porque veía claro cómo tenía que hacerse, y realizar.

asombro de aquella multitud que iba engrosando por momentos, escuchar sus aplausos, y el Demonio[33] me sugería que la admiración popular podía resultar conveniente, en tiempos de revolución, a los intereses de la Iglesia[34]. Cerré los ojos y me recogí. Un golpe seco me obligó a abrirlos. La estatua había cedido y tenía a poca distancia de mí el cuerpo de la Reina de las Españas, hecho pedazos, entre el fango del arroyo. Una ciudad ilustre por su abolengo y por su lealtad acababa de deshonrarse.

Aprovechando nuestra estancia en la Ciudad[35], el señor se empeñó cierto día en llevarme a[36] una función de ópera. La compañía era italiana y llegaba precedida de mucho renombre. Representaban *El Barbero de Sevilla*. Todos cantaban admirablemente y la obra en sí no era inmoral (no actuaba, como en otras[37], el cuerpo de baile), pero la artista encargada del papel de Rosina ponía un fuego excesivo, hasta en sus menores movimientos, incompatible con la modestia de una señorita tan joven, educada en el seno de una familia decente. Comuniqué mis impresiones al señor, quien se rió de mi falta de mundología.

—Además, ¿por qué supones que ella pertenece a una familia decente?

¿Y por qué, Dios mío, había de suponer lo contrario? ¿No enseñaban[38] los tratados de Literatura que el teatro debe ser la escuela de las costumbres?

Me mostró, también, el salón del Círculo, cuyas paredes son de espejos y que presenta dos galerías sostenidas por cuatro mujeres gigantescas, algo ligeras de ropa; figuras inspiradas, según me dijeron, en el gusto pompeyano. En aquellas galerías toca la música los días de sarao. Parece mentira que una sociedad más bien morigerada, invulnerable, hasta cierto punto, a las costumbres del siglo, haya transigido tan pronto en fre-

---

[33] y el Demonio, deseando que realizara un disparate, me sugería.
[34] la Iglesia. No era la primera vez que el Enemigo intentaba extraviarme con sofismas. Cerré.
[35] en la Ciudad.
[36] a ver una función.
[37] como en otras obras el cuerpo.
[38] ¿No enseñan.

cuentar un casino que se halla edificado, precisamente, sobre el solar del convento de Santo Domingo.

—Como de todos modos la cosa ya no tiene remedio... —me decían las personas a las cuales manifestaba mi extrañeza[39]. El señor, por su parte, se lo tomaba todo de la misma manera.

—La vida te enseñará a no asombrarte de nada. Todo cuanto ocurre obedece siempre a alguna causa y es, por lo tanto, natural. Cuando seas cura y estés en el confesionario comprenderás muchas cosas.

A la juventud le cuesta trabajo entrar en transacciones. La filosofía de mi bienhechor[40] y la mía seguían caminos diferentes. No sólo nos separaban unos cuarenta años de edad, sino toda una formación cultural[41]. Siempre he dicho, y lo hemos discutido tú y yo mil veces, que la moral de los señores es más acomodaticia que la de los pobres. Fue en el corazón del pueblo, entre los humildes, que comenzó a divulgarse la doctrina de Cristo. Con un sentido muy prusiano de la historia, Nietzsche, el tristemente creador del Superhombre, dice que el Cristianismo no es sino una insurrección de esclavos. Lo afirma en forma despectiva porque se le escapa la hermosura de toda una casta moviéndose al unísono para liberarse de la esclavitud moral en que la tenía sumida el paganismo. El caso es que los señores necesitan poseer mucha virtud para no pecar[42]. Debemos rogar por ellos aún más que por los humildes, ya que de éstos, según está escrito, será el reino de los cielos[43].

---

[39] extrañeza. *Aparte*. El señor.

[40] transacciones. Lo malo es siempre malo y debe ser eliminado de raíz. La filosofía del señor y la mía.

[41] cultural y no me refiero sólo a la adquirida, sino principalmente a la heredada. Siempre.

[42] no pecar, y ésta es la razón, también comentada tantas veces bajo el almez del Seminario, por la cual creo que debemos rogar.

[43] cielos. *Aparte*. Para que veas hasta qué punto creo que la sangre (o, si lo prefieres, la tradición de la soberbia) influye sobre el espíritu humano, te expondré sólo un ejemplo tomado de doña María Antonia, que no parece una señora orgullosa, tal vez porque sabe llevar su orgullo con tanta naturalidad que semeja sencillez. *Tachado previamente, antes de la supresión total del pasaje que transcribimos, desde* que no parece *hasta aquí*. Mil veces yo le había oído decir que la profesión que más admiraba era la de maestro de escuela: *Aparte*. —Aparte —decía—

Los días que precedieron a la batalla de Alcolea se hablaba mucho de política, aunque la prensa local aconsejara prudentemente abstenerse de comentarios hasta que la situación apareciera más despejada. Los comentarios resultaban[44], sin embargo, inevitables. El marqués de Collera pasaba por ser una de las personas más enteradas de la ciudad. Era entonces un hombre joven, que se movía mucho. Hacía frecuentes viajes a Madrid y se hablaba de su influencia con el general Serrano, duque de la Torre. Había sido ya diputado liberal (más tarde lo fue conservador), aunque por poco tiempo, porque las Cortes se sucedían con rapidez pasmosa. Era muy orador y sus partidarios, pues empezaba a tenerlos, y de categoría, opinaban que, de haberle escuchado, doña Isabel II se hubiera afianzado en el trono. La maledicencia suponía si había tenido un *flirt* (entonces empezaba a usarse esta palabra bárbara) con doña Obdulia Montcada, dama muy arrogante, casada con un Bearn de la rama segunda, algo mortecino, que le duró poco, y emparentada, por consiguiente, con mis señores. Conviene consignar que dicha rama, cuyos primogénitos se titulan barones, pretende que los Bearns han tenido alianzas con los príncipes de Némours y con los reyes de Navarra. Según el señor, tal pretensión es infundada y, a decir verdad, nada consta a ese respecto en los archivos. No tenemos derecho, sin embargo, a negarla y don Antonio, al tocar este tema en sus Memorias, peca de ligero. El *flirt* con doña Obdulia no desprestigió al marqués, sino todo lo contrario. Hay que suponer que no

---

*tachado* este decía *entre guiones* que no hay nada tan hermoso como enseñar al que no sabe, necesitan una paciencia de santo para tratar con muchachos que son como-demonios. *Aparte.* Pues bien, años después, comentando la boda *tachado y encima* el casamiento de doña Magdalena, la oí que decía el señor: *Aparte.* —Estoy muy disgustada *tachadas las tres palabras.* Fui a la boda por no dar una campanada *tachado y encima* un escándalo, pero Magdalena no será ya nunca lo que era para mí. El que su marido sólo cuente con la paga sería lo de menos, si se tratara de una familia conocida, pero su padre no pasaba de ser un maestro de escuela. *Aparte.* Yo no esperaba semejante reacción de una señora que oye misa todos los días y que predica siempre la humildad. Sus palabras, además de crueles, eran injustas. Por otra parte, ella no apreciaba lo bastante a doña Magdalena para que ésta sacrificara su boda a los gustos de la tía. *Aparte.* Los días que precedieron.

[44] Los comentarios eran, sin embargo.

pasó[45] nada grave (porque «ambos eran bobos», en opinión del señor) y que el Bearn mortecino no llegó a enterarse de los comentarios que circulaban a su costa. El marqués juntó a su gloria de orador la aureola de Don Juan que conservó toda su vida, a pesar de que los envidiosos, a última hora, hayan insinuado cosas tan monstruosas como increíbles. La alta sociedad es así, y aun diciéndose católica tiene a veces esas complacencias. No siempre es la perversión, sino la frivolidad, tan perniciosa como ella, el motor que mueve a las gentes amables y desocupadas del gran mundo.

Aparte del acto vandálico que he reseñado, las autoridades de Palma procuraron mantener el orden. Ocurrieron, sin embargo[46], hechos insospechados, de esos que obligan a meditar y demuestran cuán poco se debe confiar en la naturaleza humana[48]. Una prima del señor salía de San Cayetano y al llegar a la calle de las *Carasses* se vio obligada a refugiarse en un portal para dejar paso a una «manifestación cívica». A la cabeza de aquella tropa, llevando una bandera y dando voces desacompasadas, desgreñada y ronca, marchaba su cocinera, una mujer de Caimari[49] que llevaba cerca de cuarenta años en la casa. De una viejecita de Pina, que vivía en los sotabancos del Palacio Vivot[50], y que pasaba por ser una santa, me contaron que cuando el señor Vicario de Santa Eulalia[51] marchaba a decir misa, como se le hiciera tarde y apresurara el paso, la anciana le dijo a media voz: «Te estorban los hábitos para correr. Ya te los quitaremos.» Lo curioso del caso, y que da idea de lo transtornadas que se hallaban las inteligencias, es que aquella mujer iba[52] a la misa del señor Vicario y la oyó con la misma devo-

---

[45] que no llegaron a nada grave.

[46] el orden público, y la cosa, a pesar de la agitación latente, no terminó en un día de luto. Ocurrieron, sí, hechos.

[47] meditar y nos demuestran.

[48] humana, efímera y voluble desde el Pecado Original. Una prima.

[49] de Llorito. *Es, como Caimari, un pequeño pueblo mallorquín, cuyo nombre oficial es Lloret de Vista Alegre. Ni uno ni otro llegan al millar de habitantes. Entiéndase lo mismo de Pina, todavía más pequeño, que se menciona unas líneas después.*

[50] sotabancos de casa Vivot.

[51] Santa Cruz. *Una parroquia de Palma, como Santa Eulalia, ésta en la parte alta de la Ciudad, aquélla en la baja.*

[52] iba también a la misa.

ción de siempre. También cuentan, pero de eso ya no puedo dar fe, que el cochero del señor conde de Biniamar dijo a su señor: «De ahora en adelante, yo seré el Conde y Vuesa Merced será el cochero.» Lo que sí es verdad es que a unos señores de Lluchmayor, que tenían una hija enferma del tifus, les avisaron que iban a incendiarles la casa. Metieron a la enferma, junto con la plata, en un carruaje, y ya camino de Palma, desde una colina pudieron contemplar cómo todo el edificio era devorado por las llamas. El incendio fue tan violento que se propagó a varias casas contiguas y destruyó[53] la del que había ideado aquella venganza, que murió del transtorno. Las revoluciones son una fuerza ciega y desencadenada, comparable al rayo. Dios nos libre a todos.

En Bearn hubo también sus conatos de subversión, como el atrevimiento de dos republicanos, que[54] sin permiso del señor Vicario se pusieron a tocar las campanas. Pero aquí la gente tiene sentido común y cuando los dos osados bajaron a la Plaza les recibieron con una cencerrada que todavía se recuerda. Aquello les desarmó y no se atrevieron a maquinar nada más[55].

Tales circunstancias no parecían las más apropiadas para la venta de una finca de importancia, como era la casa de los señores, y en esto no dejaban de tener razón los sobrinos, que aconsejaban un aplazamiento. Don Antonio no escuchó a nadie. Aparte de que necesitaba dinero, tenía prisa en abandonar la Ciudad[56], y sólo deseaba regresar a sus tierras.

---

[53] y destruyó también la del que.

[54] que subieron al campanario sin permiso.

[55] nada más. Fue una suerte para el pueblo y para los señores, porque se decía que aquellos desventurados proyectaban incendiar los pinares de Bearn. *Aparte.* Tales circunstancias.

[56] la Ciudad, en donde sus parientes le consideraban un hombre raro de ideas avanzadas, y sólo.

# 8

El 28 de septiembre, habiendo vendido la finca[1] a muy bajo precio, porque el dinero andaba retraído y también porque no había sabido esperar, el señor emprendió[2] el camino de la heredad. Yo le acompañé; el día siguiente[3] se celebraba la festividad de la casa. Desde que vivían separados, los esposos sólo se veían en aquella ocasión[4]. Se había acordado, a fin de evitar comentarios, seguir poniéndoles los dos sillones[5] frente al altar, uno al lado del otro. Terminados los oficios, don Andrés se acercaba a saludarles y los tres salían juntos del templo y conversaban breves momentos sobre el portal, cara al pueblo. A los pocos minutos, el señor decía[6] en voz alta, después de consultar su reloj:

—Se hace tarde, y de aquí a Bearn hay un buen trecho.

Doña María Antonia replicaba:

—Sobre todo con esos caminos que parecen torrentes[7]. Suerte que las mulas están ya acostumbradas.

Se despedían con amabilidad y no volvían a verse hasta el año siguiente. Aquel día, empero, la conversación se prolongó unos momentos más en atención a los sucesos. Se decía que doña Isabel II había marchado a Francia. No era cierto, pero lo

---

[1] la casa.
[2] emprendió nuevamente el camino.
[3] día siguiente —día de San Miguel—, se celebraba.
[4] ocasión, porque se había acordado.
[5] sillones de terciopelo rojo junto *tachado y encima* frente al altar.
[6] el señor solía decir en voz alta.
[7] Sobre todo con ese camino que parece un torrente.

fue al día siguiente. El señor Vicario se mostraba inquieto. Don Antonio, escéptico, prefería no hablar de política.

—¿Cómo cree Vuesa Merced que reaccionará esa gente si viene la República?

—Seguramente —replicó el señor— de una manera boba. Tendremos que soportar charangas y discursos, pero no creo que ocurra nada de importancia.

Por de pronto, el pueblo[8] se interesaba más por lo que ocurría entre los señores que por la suerte de la reina. Cuando don Antonio se hubo metido en el carruaje y su esposa[9] hubo entrado en su casa, que se hallaba pegada a la iglesia, empezaron, como cada año, los comentarios.

—No parece[10] que estén reñidos.

—¿Quién dice que estén reñidos? Tanto uno como otro no pueden tratarse con mejores modos.

—¿Entonces, por qué no viven juntos?

—Eso ya es otra cosa.

—Hacen como los caballeros de la Ciudad, que llevan pleito y se saludan.

—A ver cuándo volverán a unirse.

—La señora tiene demasiadas ofensas. Lo de la sobrina[11].

—¿Y lo de Bárbara Titana?

—Eso es mentira.

—¿Mentira?

—Mentira y envidias.

—¿También, entonces, será mentira que el señor tenga en su cuarto luz toda la noche? —decía una voz excitada por la indignación y refrenada por el miedo.

—¿Luz toda la noche? —preguntaban las mujeres—. ¿Qué debe hacer a tales horas?

—¿Vosotras no lo sabéis? —profería la voz indignada y temerosa—. Pues yo tampoco.

—Quien sabe algo de todo eso es Madò Francina —replicaba otra voz llena de misterio—. Pero es muy solapada.

---

[8] el pueblo no parecía reaccionar y se interesaba.
[9] y doña María Antonia hubo entrado.
[10] —Verdaderamente, no parece.
[11] Lo de la sobrina fue muy fuerte.

—Siempre he oído decir —exclamaba una anciana— que quien tiene la luz encendida a media noche es que invoca al Demonio.

El señor Vicario se presentaba de improviso:

—Bueno, basta de hablar. La lengua os pierde. Id a vuestras casas a preparar la sopa, que comeréis a mala hora.

La existencia, en[12] estos bosques, se deslizaba monótona en apariencia. En realidad, preñada de vida psíquica. El señor pasaba la vida entre libros y papeles[13]. Le criticaron, sin ningún fundamento, con Margarita, una aldeanita rubia que se le murió antes de un año[14]. Vestía ya por entonces una especie de hábito franciscano y usaba peluca Luis XV porque se había quedado calvo. Estaba delgado[15] y tenía en la cara tantas arrugas como Voltaire. Corrían voces de que se arruinaba[16], pero él sabía razonar las causas de su ruina[17]. Desde las revoluciones marxistas de 1848 creía[18] que el mundo se organizaba de un modo nuevo y que la época de la burguesía capitalista periclitaba. Lo que triunfaría, en su sentir, era el socialismo, y así se lo explicaba cierta tarde al señor Vicario.

—Dios nos libre, don Antonio —replicó éste.

Entonces el señor tuvo una de sus salidas geniales, que parecían proféticas:

—Acaso variará de nombre y le llamarán de otra manera —concedió—, pero los Estados que se propongan combatir la corriente de los tiempos no harán sino apresurarla.

Sobre los señores tenía también ideas que parecían un poco irreverentes, no sé si modernas o feudales. Según él, las familias importantes se forman a sí mismas, por decantación, en el transcurso del tiempo, como los buenos vinos. Los reyes no

---

[12] La vida entre estos bosques.

[13] psíquica. Era cierto que el señor, casi siempre entre libros y papeles, tenía la luz encendida durante la noche. Madò Francina lo había contado a todo el mundo. Le criticaron.

[14] un año. El señor vestía ya.

[15] calvo. Era delgado, más bien pequeño y tenía.

[16] Voltaire. Escribía mucho y apenas se ocupaba de la administración de su hacienda. Corrían voces de que se estaba arruinando, pero él.

[17] su ruina, cosa que le tranquilizaba. Desde.

[18] las revoluciones de 1848 había comprendido que el mundo.

pasan muchas veces de ser unos aventureros, y, sobre todo, ¿qué poder tienen ellos para conceder certificados de nobleza?

—Todavía no está demostrado —le decía al señor Vicario— que Jaime I fuese hijo de su padre.

—Esas cosas horroriza oírlas.

—No lo crea, don Andrés. No interesan a nadie.

El señor Vicario venía de vez en cuando[19] y trataba de convencerle para que destruyera la biblioteca enciclopedista. Don Antonio aludía al permiso que solicitara del Obispado para leer obras prohibidas. La respuesta a la solicitud se retrasaba. No puedo creer[20] que él mismo usara de su influencia en la Curia a fin de ir aplazando aquella respuesta que presumía negativa. Puede[21] suponerse que en el Obispado preferían no negar el permiso, pero no querían concederlo[22]. Creo que, en rigor, más que lo que don Antonio leyera, preocupaba a unos y a otros lo que pudiera escribir. Se decía que trabajaba en sus Memorias. Las personas que habitaban la finca murmuraban que[23] pasaba las noches en vela. Costumbres así, entre gentes sencillas, no son para inspirar mucha confianza y de él se esperaban siempre cosas insólitas[24]. Realmente ha dejado unas memorias desconcertantes[25], como también diversas narraciones y ensayos. Su deseo[26] era que todo se fuera publicando después de su muerte, y, a tal fin, me había ya entregado, semanas antes de morir, los manuscritos y los mil quinientos duros de que te he hablado, advirtiéndome que las Memorias se hallaban

---

[19] de vez en cuando a la finca y trataba.

[20] No puedo creer, aunque lo he pensado a veces, que él mismo.

[21] Puede también suponerse.

[22] concederlo. El señor Vicario se lo tomaba con paciencia. Creo.

[23] La gente que habitaba la finca aseguraba que se pasaba.

[24] insólitas. Por el pueblo comentaban que cuando una moza de Bearn decidió ir a Palma de criada, el señor la despidió con un consejo algo sibilino, que hizo malpensar a los más avisados: «Sé buena, pero si no resultara siempre posible, sé cuidadosa»*. Frases como la precedente, y peores, abundan en las Memorias. *La llamada remite a esta nota\*: Nota del editor: Medio siglo más tarde, ésta es la consigna de algunas madres neoyorquinas a sus hijas cuando salen de noche. Era notable la facultad de don Anonio de anticiparse, en bien y en mal, a su época.*

[25] Porque, realmente, así ha dejado unas memorias voluminosas, como.

[26] y ensayos, acerca de lo cual será necesario tomar una determinación. El deseo del señor era que.

aún incompletas y que me iría dando[27] el resto a medida que lo fuera escribiendo. A decir verdad, poco fue ya lo que pudo añadir. Yo hubiera querido convencerle para que encargara el asunto a cualquier otro[28]. Un sacerdote no me parecía indicado[29] para editar sus obras[30].

—Comprenda Vuesa Merced —le decía— que algunos extremos que hemos comentado no me parecen de acuerdo con los dogmas.

—No lo creas —me replicaba[31]—. Tú sabes bastante teología, y de sobra, para presentarlos por el lado bueno. Yo he escrito siempre sin pensar en teologías, que no me parecen problemas de este mundo, sino del otro; pero tu punto de vista es diferente. Te autorizo a prologar mis obras y a decir de ellas lo que te parezca. Si resultara que son inmorales o antidogmáticas, tú puedes moralizar presentándolas a la consideración del lector como un mal ejemplo, como el ejemplo de «lo que no debe hacerse». Incluso, si mi muerte no fuera «correcta», y muchas muertes no tienen nada de agradable —añadió sonriendo con melancolía, como si presintiera el desenlace que se aproximaba[32]—, la podrías presentar como una consecuencia natural de mi vida[33]. La moral saldría ganando con ello. Pienso que, incluso literariamente, este doble aspecto prestaría interés a mi labor.

—Vuesa Merced no necesita que yo le preste interés. Además...

—Además ¿qué?

—Le comprendo perfectamente. Yo podría escribir un pólogo elogiando su arte literario y lamentando sus errores y locuras.

---

[27] me iría entregando el resto.
[28] a cualquier otra persona. Habíamos hablado de ello varias veces. Un sacerdote.
[29] la persona más indicada.
[30] sus obras, sobre todo teniendo en cuenta que él no quería modificar nada de sus escritos.
[31] —Acaso no —me replicaba— ligeramente. Tú sabes.
[32] como si presintiera la catástrofe que algo más tarde debía llegarle—, la podrías.
[33] de mi vida y de mis creencias.

—Ese prólogo condenatorio quizá te valiera una canonjía. Agradaría al señor Obispo y a mí no me causaría el menor perjuicio. Al contrario...

No le dolía que refutaran y destruyeran sus «creencias», pero entonces, ¿por qué se esforzaba en perpetuar su labor? Yo comprendía demasiado el pensamiento del señor, que con los años evolucionaba hacia un pernicioso escepticismo socrático. Las ideas tenían a sus ojos escaso valor, o mejor dicho, tenían un valor equivalente, sin que necesitara condenar las unas para admitir las otras[34]. Aquella actitud amable entrañaba una fundamental inmoralidad, la inmoralidad que los atenienses condenaron[35] a la cicuta. Era evidente que el señor no podía disgustarse porque le refutaran sus errores. No era defender una doctrina[36] lo que se proponía, sino hacer trabajar el entendimiento, como en un gimnasio, y eternizar por medio del arte todos los recuerdos vividos y a todas las personas amadas. Porque si tuviera que hacer la síntesis de su existencia, la escribiría así: «Vivió y amó.» *Homo sum et nihil humanus a me alienum puto,* escribe Terencio[37]. Sabiendo eso, ¿debía[38] yo tergiversar el problema fingiendo conceder importancia a lo que para el señor era en todo caso accidental y dejando sin comentario lo que en él era transcendente y acaso justificable?

—Yo podría escribir el prólogo que Vuesa Merced me propone —le dije—, y no sé si ganaría con ello una canonjía, pero no en balde me eduqué a su lado: soy demasiado sincero para eso.

Él me pasó la mano por los cabellos con una extraña ternura.

—Hijo mío —dijo—, no tengo a nadie más que a ti. Todos mis amigos han muerto y de los sobrinos no quiero ni[39] hablar. Haz, pues, lo que te parezca.

---

[34] las otras. Para ciertos temperamentos, formados en el sectarismo de la Enciclopedia, la inteligencia será siempre juego, gimnasia mental. Aquella actitud.

[35] condenaron antaño a la cicuta.

[36] una doctrina determinada lo que.

[37] La cita es de la comedia *Heautontimorumenós,* I, 1, 25. Parece que el texto correcto es *Homo sum: humani nihil a me alienum puto.*

[38] ¿podía yo.

[39] ni oír hablar.

Me entregó las Memorias para que las estudiara, así como el dinero a que he hecho referencia y me rogó que le dejara solo. Me parecía, sin que pudiera asegurarlo, ver una lágrima en sus mejillas, pero seguía sereno y sonriente. Le miré con curiosidad. Él se pasó el pañuelo por los ojos y cuando me hallaba ya en la puerta dijo con voz natural:

—Creo que tengo conjuntivitis.

Así pude saber que lloraba.

# 9

Las Memorias constituyen la obra más personal del señor. Imagínate si las habré leído[1] a fondo. El alejandrino que atribuía a La Fontaine,

> A beaucoup de plaisir je mêle un peu de gloire,

parece haber presidido una concepción más bien fruto del placer que del estudio, aun cuando no debe olvidarse que determinados estudios constituían para él un placer. La obra tiene la frescura de la improvisación y el encanto de la sinceridad. Por debajo de su aparente descuido, late, en cada página, el talento, y es, para valerme de un símil, comparable al caballo de raza, que aun parado deja adivinar su empuje interior. No cabe duda que en ellas aparecen cosas reprobables, de una intimidad y a veces de una puerilidad que únicamente en confesión no resultarían cínicas. ¿A qué conduce, por ejemplo, y cómo debemos admitir que un caballero formal nos relate que hallándose vestido para acudir a una cita amorosa se derramó sobre la cabeza una botella de bencina (creyendo que era agua de Colonia) y se hubo de cambiar de ropa? «La piel —escribe— quedó impregnada, pues el líquido[2] se introdujo por el cuello de la camisa, y tuve que tomar un baño. Al llegar a la cita, la dulce amada, aburrida de esperar, había desaparecido y nunca volví a encontrarla: habría hallado seguramente otro galán que

---

[1] leído y releído a fondo.
[2] quedó impregnada de bencina que se introdujo.

no oliera a bencina.» Al lado de tan intempestivo relato, se encuentran pensamientos valiosos, que denotan grandeza de ánimo. Todos, hasta los más humildes, por el hecho de que la existencia es efímera, aspiramos a la inmortalidad, no sólo en la otra vida, sino también en ésta. Tal anhelo vese, en cierto modo[3], realizado en la descendencia[4]. Don Antonio no tenía sucesión, o por lo menos no la tenía reconocida. Su apellido (aquel viejo nombre en el cual alardeaba no creer, aun sabiendo que los nombres constituyen la realidad y la continuidad de la Historia) se acabaría al cerrar los ojos. Es cierto que dispensaba algunas protecciones misteriosas, pero tal altruísmo no podía colmar su corazón. Perdido el nombre, que es un conjuro mágico, ¿qué quedaría de definitivo en las paternidades y las familias? Pienso que el no reconocer a sus hijos ilegítimos fue un acto de crueldad y de soberbia inexplicable en un ser tan fundamentalmente bondadoso. Pero yo, Miguel, soy el menos indicado para juzgar su conducta. Por otra parte, los hombres como él desconfían de verse reproducidos en un organismo físico, que puede defraudarles, y prefieren sobrevivir en el mundo inmaterial que se plasma en las hojas de los libros. Él creía en la *Raison,* y sólo en la *Raison* sentíase seguro de hacer pie y de no ser arrastrado por el fluir inexorable del tiempo. Las Memorias recogen, pues, la parte de inmortalidad que le corresponde; en ellas ha fijado recuerdos y circunstancias; por ellas ha sacrificado, entre otras cosas[5], el pinar de *Sa Cova,* que tanto amaba y que al fin, gracias a la bondad de Dios, no habrá experimentado la tristeza de ver talar. (Pasado mañana empiezan, según acaban de comunicarme hace un momento)[6]. Repito que el hecho de haber reunido estos mil quinientos duros da[7] idea de que situaba las Memorias por encima de todo. Últimamente, la existencia era aquí precaria[8]. Ello no preocupaba a don Antonio, sobrio en la mesa, ni a su esposa, que ha vivi-

---

[3] Tal anhelo puede verse realizado.
[4] descendencia. Quien deja hijos puede decirse que no muere. Don Antonio.
[5] ha sacrificado muchas cosas, entre otras el pinar.
[6] hace un momento los compradores).
[7] duros, que guardo, da una idea.
[8] era precaria en Bearn.

do siempre dentro de una gran austeridad. En ocasiones[9], he tenido que hacer equilibrios para reunir dos reales[10] a fin de que no les faltara por las mañanas su chocolate y sus ensaimadas. Doña María Antonia, aunque desmemoriada últimamente, conservaba el paladar fino y se burlaba de la calidad del desayuno, a veces muy mediana[11].

—Oh, Juan —decía sonriendo—, ¿a eso le llaman chocolate? Yo no puedo creer que sea suizo.

—Hace tiempo que no llega nada de Suiza, señora —le replicaba. Y don Antonio, levantando la cabeza, exclamaba distraídamente[12]:

—¿No llega? ¿Por qué no haces un viaje a Barcelona y compras para todo el invierno?

Los señores eran ricos en bienes raíces, pero pobres en rentas. Los alodios y censos que poseían en el país resultaban más honoríficos que reales. Parte de tales[13] censos gravitan sobre Comunidades religiosas que se dedican a obras de caridad, por lo cual los propietarios habían dejado de cobrarlos. Algunos otros gravan el exiguo patrimonio de gentes que materialmente no pueden pagar[14]. Las principales cosechas, por no decir casi las únicas, que se dan en estas tierras, son las bellotas, que nada valen, y la aceituna, que cuando llega a término produce crecidas ganancias, pero por desgracia las buenas cosechas suelen presentarse raramente. Los pinares constituyen también otro ingreso a largo plazo, en mi concepto el más seguro, siempre que no se corten los pinos antes de tiempo, a lo cual empuja a veces la necesidad.

Tales circunstancias[15], aparte de un vendaval que causó hace años grandes destrozos en el olivar, y de los gastos un poco desmesurados de mi bienhechor, le habían inducido a contraer deudas. Existía, además, otra particularidad. Si bien,

---

[9] En muchas ocasiones.
[10] tres reales.
[11] el paladar muy fino y se burlaba a veces de la calidad del desayuno. *Aparte.* —Oh, Juan.
[12] exclamaba ligeramente.
[13] Parte de aquellos censos.
[14] gentes que positivamente no podían pagar.
[15] Estas circunstancias.

como he dicho, las rentas de la posesión resultaban escasas, el crédito era grande y los vecinos del lugar, tan pronto conseguían ahorrar alguna cantidad, la entregaban al señor, quien les satisfacía unos razonables intereses y disponía del capital, generalmente en cosas necesarias para sostener su estado, pero a veces también, fuerza es confesarlo, en otras superfluas. Tal sistema de administración, a la larga, tenía que resultar ruinoso. Me consta que él aceptaba a veces aquellos préstamos no solicitados por no desairar a las pobres gentes que ignoraban cómo colocar su dinero; pero aun cuando el móvil fuera bueno, las consecuencias eran funestas[16], y un año en que las heladas destruyeron todas las cosechas y varios acreedores reclamaron su dinero[17], el señor se vio obligado a recurrir a un banco de la Ciudad y a contraer su primera hipoteca, a la que siguieron otras. A veces me pregunto qué hubiera hecho de llegar a ser la situación económica desesperada[18], y si hubiera sacrificado el bienestar de su esposa a la publicación de sus escritos. El dilema es tan amargo que prefiero dejar en el aire la respuesta[19]. A pesar de su existencia desordenada, amó siempre a doña María Antonia y al encontrarse ahora viejo[20] y tener ocasión de observarla más atentamente, le profesaba una verdadera ternura. Ella[21] se la merecía, y el despego que haya podido demostrarme durante algún tiempo[22] no debe enturbiar mi juicio. La edad la mejoraba, según aseguraban las Memorias, haciendo resurgir en la última década de su existencia, a la prima de siete años con la cual había jugado en los bosques de Bearn. «Era entonces —escribe— un poco testaruda y propensa a enfadarse, pero el rencor le duraba poco tiempo, cediendo a una gran placidez. Cuando se encolerizaba se volvía fea y parecía bizquear, fenómeno que subrayaba, realzándola, la hermosura que se presentaba al poco rato y el encanto de los labios que sabían sonreír mejor de Europa.»

---

16 eran perjudiciales para la hacienda y un año.
17 reclamaron su deuda a la vez y el señor.
18 desesperada en Bearn y si hubiera.
19 respuesta. El señor, a pesar.
20 viejo y recluido en Bearn y tener ocasión.
21 Ella, desde luego, se la merecía.
22 durante alguna época de mi vida no debe.

124

Cuidadosamente, el señor va trazando su retrato con una técnica de miniaturista y un amor de pintor holandés. Él mismo se da cuenta y escribe el siguiente comentario: «Así como el arte impresionista expresa dispersión, la miniatura significa densidad y concentración, es decir, amor. Millet no sabe amar de cerca, cosa que me parece equivalente a no saber amar de ninguna manera. Las mujeres no son manchas ni efectos de luz y han nacido para ser acariciadas, bien con el tacto, los ojos o el pincel.» Más adelante explicaré cómo razona sus «accesorias» (así las llama) infidelidades conyugales y cómo pretende, más o menos sofísticamente, que la infidelidad puede constituir un monumento a la esposa legítima. Para él sólo existe una mujer, que es la propia. Con este término, que emplea en forma[23] vaga, parece designar, no precisamente a la esposa legítima, sino a la que contempla de cerca y durante mucho tiempo. «¿Cómo es posible —se pregunta— no llegar a amar lo que se llega a conocer?» Este pensamiento optimista es un acatamiento a la perfección y a la grandeza de Dios. Sigue después otro aún más bello, y francamente ortodoxo: «Las aventuras galantes son producto de aquella curiosidad algo alocada por la que nuestros padres fueron expulsados del Paraíso. Don Juan busca, tantea, no llega a encontrar. Para encontrar es necesario tiempo, es necesario defenderse, escoger. Cuando hayamos perseverado la mitad de la vida al lado de nuestra esposa, entonces, sí, podremos afirmar que se trata de la mujer propia.» Aquí ya no se alude a aquellas escabrosas «infidelidades accesorias» que yo intenté, sin conseguirlo, hacerle suprimir. Puedo dar fe que mi bienhechor perseveró largos años al lado de su esposa sin intentar engañarla, pero tampoco, y aquí radica la inmoralidad de su obra, sin un sincero arrepentimiento del pasado fluctuante y desastroso, que para él no es, según afirma, sino[24] una comprobación experimental de su amor hacia doña María Antonia. Tal creencia nos daría la respuesta al dilema[25] que he preferido no dilucidar: Las Memorias, en las que ésta[26] aparece tratada con la minuciosidad, la dulzura y la

[23] en forma un poco vaga.
[24] no es sino, según afirma, una comprobación.
[25] Esta creencia nos daría tal vez la respuesta al amargo dilema.
[26] en las que la esposa legítima aparece.

armonía de los tonos azulados de un Ver Meer de Delft, constituyen seguramente, como él decía[27], un monumento a la esposa legítima. Siendo así, sería necesario pensar que doña María Antonia[28] es ya polvo y que la niña encolerizada de los jardines de Bearn y los labios que mejor sabían sonreír de Europa sólo existen en el manuscrito del señor. ¿Podríamos culparle si para prestarle una sombra de vida le hubiera hecho pasar[29] algunas privaciones económicas?

El caso no llegó, gracias a Dios, porque[30] no se movían de aquí y no hacían gasto ninguno. Tú sabes que entre estas montañas se vive, parcamente, de lo que la tierra produce casi sin cultivarla. Hace ya tiempo, un señor diputado reformista aludió al atraso de nuestra agricultura[31], y combatió con elocuencia los latifundios, abogando por la división de la propiedad. Según él, cada campesino debería poseer una hectárea de tierra para dedicarla a regadío y al cultivo del tabaco, que se daría bien en una isla cuyo clima no deja de parecerse (según el diputado reformista) al de Cuba. «¿Quiénes serán», interpelaba en el Congreso, «esos señores[32] de la cordillera Norte mallorquina, dueños de cientos y miles de hectáreas, que sólo aciertan a producir para la riqueza nacional un poco de hierba y algunas cabras dañinas?» El señor se reía al leer aquellos alegatos en la prensa.

—¿Qué harías, Juan —me decía—, con una hectárea, o sea, poco más de una cuarterada, de montaña? ¿Cuántas cabras «dañinas» pueden vivir sobre una cuarterada de rocas?

En el Congreso desconocían totalmente el problema y resultaba irrisoria la pretensión de cultivar tabaco en un país sin más agua que algunas lluvias otoñales.

Doña María Antonia levantaba la cabeza:

—¿Y a qué viene eso de llamarles dañinas a las cabras, Tonet? Unos animales tan provechosos, que viven casi sin comer, sin que nadie los cuide, y que encima nos dan leche y carne.

---

[27] como decía el señor, un monumento.
[28] pensar que ésta es ya polvo.
[29] de vida hubiera hecho pasar a doña María Antonia algunas.
[30] porque los señores no se movían.
[31] el atraso de la agricultura que se nota en estos lugares y combatió.
[32] «esos propietarios de la cordillera.

La verdad es que en Bearn, por otra parte, hay que reconocerlo, mal cultivado, sobran[33] los ingenieros agrónomos y lo que no se produce[34] espontáneamente (los viejos olivos, las encinas, los pinos o las cabras) no se produce[35] de ninguna manera. Mis bienhechores eran felices en medio de esta[36] naturaleza. Habían nacido para serlo[37] y, en especial durante sus últimos años, se amoldaban a las circunstancias, lo cual constituye una gran sabiduría. Este invierno una tempestad volvió a destrozar parte del arbolado.

—¿No estás satisfecho —le decía doña María Antonia a su esposo— de pensar que tendremos tanta leña para la chimenea?

Toda realidad puede enfocarse desde mil puntos de vista[38] y ambos sabían encontrar el más adecuado. La primera vez que doña María Antonia estuvo[39] en París quedó desconcertada, y con razón, ante las desnudeces de los bailes de la Ópera. Su reacción no fue, sin embargo, desaforada.

—Es cierto —dijo— que las bailarinas salen con poca ropa, pero la luz de las candilejas les hace parecer artificiales, como porcelanas[40].

En sus últimos tiempos estaba bastante desmemoriada y vivía en el más agradable de los desórdenes mentales. Conservaba, empero, intacto su afán de precisión, consecuencia de aquella lealtad escrupulosa que informó toda su existencia; precisión que ella subrayaba ahora puerilmente porque comprendía que se le escapaba de entre las manos. Una tarde de lluvia, sentada junto a la chimenea, decía que ni por quinientos duros bajaría al jardín, pero al cabo de un momento añadió mirándo-

---

[33] sobraban.
[34] agrónomos y que lo que no se producía espontáneamente.
[35] no se producía casi de ninguna manera.
[36] en medio de aquella naturaleza.
[37] para ser todo lo dichosos posible en este mundo y, en especial.
[38] puntos de vista diferentes y ambos.
[39] fue a París.
[40] porcelanas. *Aparte*. Poseía un buen sentido proverbial. A una payesa visionaria que pretendía tener apariciones, le hacía la reflexión siguiente: *Aparte*. —¿Tú no comprendes que no eres bastante buena ni bastante mala para ver estas cosas? *Aparte*. En sus últimos tiempos.

nos con aire interrogativo, como quien desea asegurarse de lo que afirma:

—Bueno, por quinientos duros, sí.

En rigor, ya no sabía lo que representaba aquella cantidad. Una semana antes de su muerte nos preguntaba si sería mejor regalarle a la camarera una sortija de diamantes o un pañuelo de bolsillo. Le aconsejamos que el pañuelo.

—Es cierto —replicó—. Tal vez le guste más.

# 10

La aventura de París había durado[1] cerca de medio año y se terminó el día en que doña Xima comprendió que se iba terminando el dinero. El señor se había llevado mucho, pero la sobrina era fantástica. Resultaba increíble que una señorita de buena casa, educada en un excelente colegio, donde sólo presenciara ejemplos morales, fuera, a los dieciocho años, tan depravada. El hecho tendría explicación si lo pudiéramos atribuir a las malas lecturas que tantos estragos causan en la juventud[2], sobre todo las novelas francesas, románticas y libertinas. Parece, sin embargo, que doña Xima no leía. ¿Y qué necesidad tenía de leer si[3] le sobraba imaginación para eclipsar a Victor Hugo y a Alejandro Dumas juntos?[4]. El espíritu del mal[5] adoptaba en ella las formas de la más refinada inocencia[6]. Bajo aquellas formas ligeras y aladas reposaban el impudor, el egoísmo, la codicia... Decían que tenía buen carácter porque no poseía carácter alguno y el señor ha descrito su *nonchalance* afirmando que era «la mujer que no se enfada» (porque carecía de vergüenza). Perdona, amigo, la crudeza de mis frases: cuando hayas llegado al final comprenderás si soy o no injusto. El tris-

---

[1] *Corrige* duró; *restaura* había durado.
[2] en la juventud contemporánea sobre todo.
[3] si, como decía el señor, le sobraba.
[4] juntos? Ante caos así cabría pensar si determinadas personas *encima* seres vienen al mundo con vocación de maldad, como otros nacen con vocación de santo.
[5] del mal, que la había poseído desde niña, adoptaba.
[6] ingenuidad.

temente famoso Zola, autor de los Rougon Macquart, busca, en casos así[7], las leyes de la herencia para justificar el crimen, porque la última novedad del siglo que expira entre fango y lágrimas es que los delincuentes sean ensalzados y las víctimas resulten[8] culpables. Esta es la tesis de *Los Miserables*, *La Dama de las Camelias* y tantas otras novelas a la moda. Nosotros no podemos admitir tales doctrinas, hijas de un romanticismo que pretende hundir la moral católica, pero he de reconocer, después de haber estudiado a conciencia el archivo de la casa, que entre la familia, al lado de vidas ejemplares, como la del Obispo Rigoberto y de la Venerable María Francisca, hubo sus puntos negros. Algunos han podido mantenerse en secreto. Otros, como la conducta de doña Aina[9], abuela de doña Xima y tía carnal del señor, fueron del dominio público. A mediados de siglo, un Bearn murió en la cárcel[10]. Por esto el canónigo Binimelis, que gustaba designar las cosas por su nombre, solía decir torciendo la boca:

Bearn,
peix i carn[11],

como queriendo significar que en la familia se encuentra de todo. Tal fenómeno es bastante general y se da en las genealogías más ilustres, cosa que debería enseñarnos a ser humildes.

El objeto a la excusa del viaje había sido asistir a la *première* de *Faust*[12]. El París del Segundo Imperio era mucho más rico y ostentoso que el de la tercera República. Yo he vivido la borrachera de aquellos días a través de las páginas de las Memo-

---

[7] en casos como el que me ocupa, las leyes.

[8] resulten los culpables.

[9] la conducta de la abuela de doña Xima.

[10] A principios de siglo, un Bearn murió en un penal de Ceuta. Por esto el canónigo.

[11] peix i carn *en cursiva*\*; *La llamada remite a una nota*\*: Bearn, pescado y carne.

[12] «Faust». El señor esperaba rejuvenecerse con el *añadido de mano de L. V. que debía de pensar en una alteración de la frase antes de suprimirla* aquel espectáculo, porque se acercaba ya a la cincuentena y parece que, en efecto, se operó el milagro. El París.

130

rias[13] y de las largas conversaciones con mi bienhechor[14], a media voz, junto al hogar, mientras doña María Antonia[15] rezaba o tejía algún encaje. Aquellas conversaciones que[16] se hubieran tomado por una confesión, si no fuera porque su objetividad misma[17] impedía que surgiera de ellas, como una rosa mística, el dolor...

—Todos —me decía[13]— sentíanse tentados de vender su alma al Demonio, especialmente los que ya habíamos dejado de ser jóvenes. París, te lo aseguro, era una magia. Circulaba el oro y los *boulevards* aparecían espléndidos de lujo y de mujeres elegantes. En el Teatro de los Italianos triunfaba la Alboni con *La Sonámbula,* en la Ópera se representaba una obra francesa, *El Profeta,* de la que se ha hablado mucho. Lesseps, protegido por Eugenia de Montijo, proyectaba unir dos océanos[19]. Haussmann abría avenidas, se construían ferrocarriles, se inventaban el teléfono y la máquina de coser... Francia, con ser tan rica, nunca había alcanzado un grado tal de lujo y bienestar.

Quizá también, podía haber añadido, de disipación. El vicio, por primera vez en la historia de la Europa cristiana, se mostraba públicamente en la escena, en los palcos y en los soberbios *équipages* que se exhibían desde el Bosque a la Puerta San Martín: Offenbach había creado un género cómico y grotesco que deslumbraba al público amigo de novedades. La Emperatriz[20] era admirada más por sus vestidos que por sus virtudes. La verdadera reina, empero[21], de los *boulevards* era la Rigolboche, una desventurada que bailaba el can-can, que, según Alarcón, no era artista, no era bella, ni virtuosa, y cuya única gra-

---

[13] más rico y «faustuoso», valga la palabra, que el de la tercera República. Qué borrachera la de aquellos días... Yo la he vivido a través de las páginas coloridas de las Memorias.

[14] con el señor.

[15] María Antonia, en el otro extremo de la estancia, al lado de una pequeña camilla, rezaba.

[16] que por su sinceridad se hubieran.

[17] misma, su mismo clasicismo, impedía.

[18] —me decía el señor—.

[19] *Falta esta frase entre los dos puntos y seguido.*

[20] novedades. Eugenia de Montijo era admirada.

[21] pero.

cia consistía en levantar la pierna a tal altura que derribaba con el pie el sombrero de sus admiradores.

El albergue mejor de París era por aquellas fechas el *Grand Hotel,* en el *boulevard* de los Capuchinos, y allí se dirigieron, de primera intención, los viajeros, pagando dieciocho francos diarios por persona. La Gran Ópera, que no era la que hoy conocemos, se hallaba en la calle Le Pelletier, algo más lejos que ahora, pero demasiado cerca todavía, según doña Xima, porque desde el hotel[22] parecía inadecuado ir en coche, lo cual no resultaba lucido. El señor, por otra parte, debido al ruido de los *boulevards,* no podía dormir[23]. Decidieron, pues, alquilar un hotelito amueblado en el barrio de la Estrella, con jardín, baño y timbres eléctricos. Treinta años atrás, aquellos parajes no estaban tan poblados como actualmente y constituían un arrabal aristocrático, de gente rica y desocupada, pero doña Xima, que nada poseía, no se preocupaaba de precios[24]:

—Quiso —me decía mi bienhechor[25]— un abrigo de armiño, vestidos, coche con dos caballos siempre a la puerta... Yo no la contrariaba, aunque todo aquello me pareciera un poco exagerado.

Doña Xima hallaba[26] el ambiente propicio a sus fantasías. Era la época de las entretenidas, que allí se llaman también *cocottes,* de los caballos ingleses y de los espectáculos. Dumas hijo había inmortalizado a Margarita Gautier, en vida María Duplessis, en *La Dama de las Camelias,* obra que entroniza el vicio y lo adorna con los mejores colores. Doña Xima (tuberculosis aparte, porque era sana de cuerpo ya que no de alma) fue, igual que la heroína de Dumas, una reina de la moda, una estrella fugaz y deslumbradora, que brilló[27] en aquella sociedad ficticia, como el Imperio mismo. Circula una anécdota que retrata a Luis Napoleón y que mi bienhechor me aseguraba[28] ser cierta. Napoleón III había sido discípulo del senador Vieillard, cono-

---

22 desde el hotel casi parecía.
23 dormir en un sitio tan céntrico. Decidieron.
24 no se preocupaba del precio de las cosas.
25 el señor.
26 Doña Xima había hallado el ambiente.
27 que brilló un momento en aquella sociedad.
28 y que el señor, que contaba con amistades en París, me asegura ser cierta.

cido francmasón, que tuvo el atrevimiento de regalarle un libro con el siguiente epígrafe: *Le dieu de l'antiquité n'est plus; aujourd'hui l'Humanité c'est Dieu.* El discípulo leyó el epígrafe, miró a su maestro, volvió a leer, meditó un rato y al fin exclamó:

—Es muy atrevido, pero es verdad.

El hombre por encima de Dios. La anécdota da idea del humanismo que caracteriza al Segundo Imperio. Nuestro Alarcón, en su *Viaje de Madrid a Nápoles,* ha descrito aquel materialismo infiltrado en las costumbres, que llegó a ascender las gradas del trono y que ha sido causa de tantas lágrimas.

El escenario no podía resultar[29] más adecuado para el triunfo de doña Xima, belleza mortal y perturbadora, grito de rebeldía y de guerra. Su reinado fue efímero y se hundió[30] con la derrota de Sedan y los horrores de la *Commune.* El Emperador, venturosamente para él, murió al poco tiempo, mientras ella se ha sobrevivido a sí misma para seguir ejerciendo el mal atolondradamente, como era su sino, según verás al final de esta historia.

«*Faust* se estrenó en marzo del año 1859 y, a pesar de la enorme[31] propaganda, obtuvo poco éxito. El público no supo apreciar en todo su valor la hermosa partitura de Gounod hasta diez años más tarde, en que se volvió a poner en escena[32]. El teatro, empero, estaba deslumbrador. El Emperador semejaba, en política internacional, llevar una venda en los ojos (en esto se parecía a Napoleón I) que le hacía desconfiar de la católica Austria para entregarse a los descreídos soberanos de Prusia. *Faust,* como no se ignora, es de todas las leyendas germánicas la más auténticamente prusiana: esto bastaba para que el Emperador, en cierta manera, la patrocinara. La Emperatriz acudió al estreno[33] vestida de blanco y cubierta de joyas[34]. Doña Xima se presentó en un palco contiguo también vestida de blanco y sin ninguna alhaja. Como la entrada fue simultánea, se levantó en el público un murmullo de sorpresa. Casua-

---

[29] no podía ser más adecuado.
[30] fue efímero y declinó con la derrota.
[31] *Falta* enorme.
[32] en escena y fue muy aplaudida. El teatro, empero.
[33] acudió al palco vestida.
[34] de joyas. Se hallaba en toda la plenitud de su hermosura. Doña Xima.

lidad o no, aquello semejaba un desafío, y así lo interpretaron muchos. Doña Xima, más joven y esbelta que Eugenia de Montijo, la superaba también en gracia y distinción natural. «Parecía tan segura de sí misma —escribe el señor—, que el hecho de no llevar joyas (porque no las tenía) se interpretó como lo que en Inglaterra dirían un *handicap,* como una ventaja que Xima concedía en aquel litigio a la soberana. La sociedad es frívola y novelera. El pleito estaba ganado por parte de Xima. Pocos escucharon la ópera, porque la atención se dividió entre las dos españolas y siempre he pensado que ellas fueron la causa de que la representación pasara sin pena ni gloria. En el entreacto fui a saludar a Gounod. Yo quería expresarle mi admiración, pero él sólo me habló de Xima. *"Je vous serais bien obligé, Monsieur, de vouloir me nomer à Madame."* Era un hombre encantador, de unos cuarenta y pico de años, sumamente modesto. Fuimos al palco, y allí, frente a todo París, Gounod la besó en ambas mejillas. Se iniciaron unos aplausos y me pareció que Eugenia de Montijo[35] se inmutaba. Sonrió, sin embargo, enseguida, y la oímos que decía a sus damas: *"Elle est ravissante."* Luis Napoleón había cogido los gemelos y nos contemplaba con insistencia, cosa no muy correcta, puesto que nos hallábamos al lado. Según supe después, le habían dicho que éramos españoles. Suponía que procedíamos de una gran estirpe. París es así de generoso. A los pocos días, Gounod se presentó en el hotel de *l'Etoile.* Le acompañaba un joven *lion* de la corte, allegado a Luis Napoleón y más todavía, según se murmuraba, a la Emperatriz. El *lion* se titulaba Duque de Campo Formio y parecía encargado de una misión especialísima. Su señor era muy ingenuo al confiar ciertas embajadas a un hombre tan rico y tan a la moda.»

Siguen aquí unas consideraciones originales y bastante atrevidas sobre el celestinaje, que prefiero no comentar. Mi bienhechor no trata de ocultar su menosprecio por la nobleza del Imperio y por los modales de aquella sociedad. «Todo era falso —escribe—, imitado, *pastiche,* como el estilo pompeyano, las esfinges y los bronces de Bardienne. Del padre de Campo Formio, erigido Duque por voluntad de Napoleón I, que tocando

---

[35] que Eugenia de Montijo se inmutaba.

a una lavandera con una varita la convertía en princesa (o se lo figuraba), se decía en París que habiendo un amigo preguntado por él, el ayuda de cámara le había contestado: "Ha ido a casa del pintor para encargarle antepasados"[36].»

Es posible que la anécdota sea falsa, porque, cuando se trataba de divertirse[37], don Antonio tenía una gran imaginación. La cosa terminó como se podía esperar entre personas desprovistas de todo sentido moral. Doña Xima se conformó, por de pronto, con el embajador.

—¿...Te haces cargo, tío Tonet, tú que eres tan comprensivo?

El sentimiento puede embotar la comprensión. Para el señor, Campo Formio era un improvisado. No sabía acostumbrarse a sus cortesías insolentes, al monóculo, a los secos taconazos prusianos. Todo aquello resultaba ridículo a los ojos de un viejo señor de Mallorca, pero además[38], la preferencia de doña Xima por un hombre más joven era suficiente para desagradar incluso al filósofo.

—Cuando me canse de Campo Formio —añadió Xima—, me haré presentar al Emperador.

—Con buen ganado te juntas —replicó su tío, que no admitía el primer Imperio ni menos todavía el segundo—. Tu corazón es muy alocado. Haz lo que quieras. Como lo harás de todos modos...

—Así es, tío Tonet. Porque supongo que no me hablarás ahora en nombre de la Moral. ¿No sabías que Lesseps también se ha enamorado de mí?[39].

Se despidieron amistosamente. Él se consoló leyendo las doctrinas de Zoroastro y regresó a Mallorca compartiendo por igual su curiosidad entre Ormuz y Arimán. Para él, no sólo los Bonaparte no tenían derecho al trono, sino que Luis Napoleón no era Bonaparte.

—Todo el mundo sabe que no es hijo de su padre[40].

---

[36] contestado: *Aparte*. Está en casa del sastre probándose la armadura. *Aparte*. Es posible.

[37] de hacer humorismo don Antonio.

[38] *Falta* además.

[39] *Falta la frase entre puntos de interrogación.*

[40] su padre. *Seguido*. Las paternidades.

Las paternidades le parecían siempre discutibles. Al final de su vida, desconfiaba de la paternidad de casi todo el mundo. En aquel caso, la Historia parece apoyar sus convicciones. La reina Hortensia, que tampoco, según él, era reina, había tenido relaciones bastante públicas con el almirante Verhuell y, efectivamente, Luis Napoleón no se parece a Napoleón I, sino que tiene la fisonomía de un verdadero holandés. Es curioso que el señor, para quien sólo regía el derecho natural, hablase de derechos al trono y reprochara a un hombre, es decir, a un espíritu libre, sus orígenes ilegales. El corazón[41] presenta estas contradicciones.

—En realidad —exclamaba otras veces—, todo el mundo[42] es hijo de padre, y poco importa que éste se llame Pedro o Pablo. No existe nada tan adulterado como las alcurnias. Los que creen todavía en ellas son unos improvisados. Si contasen con un archivo de siglos, como el que tenemos aquí, sabrían muchas cosas. No te entristezca, hijo mío —añadía pasándome una mano por la cabeza—, pertenecer a una familia humilde. ¿Puedo yo mismo estar seguro de ser un Bearn?

[41] El corazón humano presenta.
[42] todo el mundo nacido es hijo.

# 11

Doña Xima quedó en París, donde, en pocas semanas, se hizo más famosa que la Alboni y que la misma Rigolboche[1]. Se manejaba como una mujer de experiencia. En lugar de ceder a los avances de Luis Napoleón, replicó al Duque[2] que no había entrado jamás en ninguna casa como no fuera por la puerta grande, y que si el Monarca deseaba verla en las Tullerías no tenía sino ordenar una presentación oficial, en la cual ella sería muy gustosa de ofrecer sus homenajes a los emperadores (y subrayó el plural); Campo Formio restó sorprendido[3] ante aquella respuesta que él, con su título y sus millones, no se hubiera atrevido a soñar, y la transmitió, debidamente atenuada, al Soberano. Parece que también la relató, con más fidelidad, a la condesa de Teba*[4], con la cual se hallaba en excelentes relaciones. Esa señora[5], que era de reacciones vivas y había notado en la Ópera el efecto producido por doña Xima sobre el esposo, quedó altamente reconocida a su compatriota. «On ne ba-

---

* Don Juan designa a veces de esta manera a la emperatriz, sin duda porque su señor la llama así en sus Memorias, anteponiendo el título de condesa española al de emperatriz napoleónica. [N. del Editor.]

---

[1] Rigolboche. Poseía la intuición del mal y el talento de la trapacería y se manejaba.
[2] al Duque el ella no había, *por error evidente*.
[3] Campo Formio quedó deslumbrado ante aquella.
[4] *Idéntica actitud a la de un personaje de la novela del padre Coloma* Pequeñeces... *Véase en la edición de Cátedra, col. «Letras Hispánicas», núm 28 (Madrid, 1982, 4.ª ed.), libro 2.º, cap. II, pág. 187.*
[5] Ésta, que era.

*dine pas avec une dame espagnole»*, le dijo a Campo Formio, el cual, joven y presumido, entró en tentaciones de averiguar hasta qué punto es incorruptible el honor de una española. Por su parte, el Emperador, que no se decidía a la campanada de la presentación oficial, sintió avivársele todos sus deseos ante una respuesta tan inesperada; de suerte que Eugenia de Montijo perdió, de una vez, al esposo y al *«chevalier servant»* *[6].

Entre las aventuras de doña Xima en París, solía relatar el señor un altercado con la celebridad de la época, la ya mencionada Rigolboche. «Ignoro con exactitud —escribe— cómo se inició la rivalidad, porque me hallaba ya en Mallorca[8], pero es muy explicable que no se tuviesen simpatías, puesto que ambas aspiraban a lo mismo. Parece que en el *Jardín-Mabille* la bailarina[9] se había insinuado a Campo Formio en el solo de can-can, a pesar, o tal vez a propósito, de verle acompañado por una señora. Habiendo fracasado en sus intentos, se sentiría humillada, y al publicar por aquel año de 1860 sus Memorias (no escritas por ella, que no sabía, sino por Ernest Blum, un periodista que tampoco era muy perito) intercaló un pasaje ofensivo para Xima y para nuestra familia[10]. La rutina, Juan (es conmovedor que al escribir este pasaje el señor pensara en mí), nos induce a pensar[11] que los Bearns son unos señores honorables,

* Es evidente que don Juan se expresa aquí, como en otros pasajes de su relato, en la misma forma en que habría oído[7] expresarse tantas veces al señor. *[N. del Editor.]*

[6] *Corrige* cavalier; *restaura* chevalier.

[7] se expresa aquí en la misma forma en que había oído expresarse.

[8] en Bearn.

[9] la Rigolboche, que carecía de vergüenza, se había.

[10] familia, en el que nos pinta como unos aventureros. Muchas veces lo he meditado. A primera vista, parece absurdo que una criatura como la Rigolboche se atreviera a tildar de aventurera a una familia como la nuestra. El hecho no tiene, sin embargo, nada de sorprendente. Lo cierto es que los extraños no nos ven nunca como nos vemos a nosotros mismos. Cuando acompañé a Xima a París yo me consideraba todavía joven. Nuestras amistades me decían que me conservaba muy bien y el espejo me acostumbraba gradualmente a las pequeñas variaciones de mi rostro, que vistas a cortos intervalos no se notan, como no se nota el movimiento de las manecillas del reloj. Un día, mientras leía en un banco del Luxemburgo, dos niñas perdieron un balón. «Mira», dijo una de ellas, «está allí, junto a aquel señor viejo». La rutina.

[11] nos induce a creer.

que, si no desde la Conquista, porque eso no se sabe, ocupan dignamente un solar conocido por lo menos desde el siglo xv. Nosotros nos hemos compuesto una estampa con el obispo Rigoberto, con don Ramón de Bearn y con *La Venerable*. Cuántas excepciones, empero[12], a lo que hemos considerado como regla de la familia...

Tú conoces la historia de mi tía[13] doña Aina, la abuela de Xima, y sabes que mi tío don Bernardo murió en la cárcel, un penal extranjero, de pago, con jardines y bañera, pero cárcel al fin. De don Antonio, mi bisabuelo, ya conoces las coplas que le sacaron. Si te entretienes en el archivo (se sigue dirigiendo a mí), hallarás todavía más cosas, pero son episodios voluntariamente olvidados. La leyenda de nuestro escudo (añadida a finales del siglo xviii, cuando en el mundo civilizado ya no contaban estas cosas) reza taxativamente: «Antes morir que mezclar mi sangre.» ...Y el creador de esta leyenda, don Pau de Bearn y Montaner... (Hay tres líneas, tachadas, de las que sólo se pueden descifrar dos palabras: «yo mismo». La narración prosigue.) «Nosotros en París nos seguíamos considerando tan caballeros como[14] entre estas montañas y no faltaban personas bien intencionadas que nos atribuyeran un origen ilustre[15]. Éramos, sin embargo, sospechosos. Gastábamos mucho, sobre todo al principio. Xima era demasiado hermosa, yo excesivamente tolerante. Cuando dejamos de gastar, que fue pronto[16], cuando ella intimó con Campo Formio[17], la cosa quedó clara: éramos unos aventureros. Molesta, empero, que fuera una bailarina de can-can quien nos lo hiciera notar. Xima («la mujer que no se enfada») se ofendió aquella vez. La suerte le deparó pronto[18] ocasión de vengarse. Uno de los «números» más aplaudidos de la Rigolboche, que se repetía cada noche en Mabille, era el de *La toilette de Mam'zelle*. Salía en salto de cama e

---

[12]  pero.

[13]  *Falta* mi tía.

[14]  tan caballeros o más que entre.

[15]  ilustre, porque a París le gusta descubrir genios y estirpes. Éramos.

[16]  pronto, porque el dinero se terminaba.

[17]  Campo Formio, que era una de las primeras fortunas de Francia, y yo desaparecí, oportunamente, la cosa.

[18]  pronto la ocasión.

invitaba a dos señores del público, elegidos por sorteo, a que la peinaran. Poseía una cabellera espléndida que le llegaba muy por debajo de la cintura y no había necio ni *clubman* a la moda que no deseara afirmar que la había tocado y que no era postiza. Tomar parte en aquel sorteo costaba cincuenta francos. La escena agradaba, por ser cosa estúpida. He dicho que la artista se paseaba todas las mañanas por el Bosque guiando un cabriolé. Variaba continuamente de caballos, y a medida que[19] envejecía le gustaban más jóvenes. Aquella mañana lucía un magnífico ejemplar español de cuatro años, con el que realizaba las mismas boberías que con los admiradores de *Mabille*, hasta que dio de morros contra una acacia. Xima, que pasaba en coche, la transportó, desmayada a un restaurant cercano, donde pidió unas tijeras y le cortó el pelo. La sorpresa de los empleados fue tan grande, que cuando se decidieron a impedir el crimen la cosa no tenía ya remedio. Xima le vendó la cabeza cuidadosamente, aunque no presentaba[20] ninguna herida y la resucitó con una taza de café. Extremando la amabilidad, la acompañó en el coche y la despidió con el beso de Judas. El hecho se divulgó con rapidez. La bailarina entabló un proceso, cosa que contribuyó a la popularidad de Xima. La Rigolboche quedó eclipsada. Cuando la cabellera le volvió a crecer, nadie pensaba en ella: estaba muerta por completo y se disponían a enterrarla en tres líneas del *Petit Larousse.*»

Esta última frase[21], más propia de una marquesa de la corte de Luis XV que de un señor de Mallorca[22], es cuanto la muerte le inspira a don Antonio: un entierro de tres líneas en la letra R de una enciclopedia, sin aludir siquiera al alma de la desventurada.

---

[19] que ella envejecía.
[20] aunque no tenía ninguna herida.
[21] frase, elegante y ligera, más propia.
[22] de Bearn.

# 12

Hemos visto que, después del estreno de *Faust*, el señor hubo de regresar solo a Mallorca y que su esposa[1] se negó a vivir con él en la posesión. Así pasaron diez años separados por una legua de camino, pero más unidos, en lo moral[2], de lo que pudiera suponerse. Aquellos años no fueron perdidos para doña María Antonia, quien se ejercitó en la práctica de la devoción y de las virtudes domésticas. Después que se reconciliaron[3], solía decir a su marido[4] (era al fin una Bearn y sabía tratar en broma los temas más serios) que no le había echado mucho de menos porque se distrajo confeccionando una colcha. Hasta cierto punto era verdad, aunque no fuera, naturalmente, toda la verdad[5]. Ella extraía de la religión la fuerza de su temperamento animoso. Estaba segura de salvarse, y yo, que la confesé la noche[6] de morir, tampoco puedo dudarlo. Así como existe una higiene para la salud del cuerpo, basada en el régimen y la gimnasia, hay también una higiene para la salud del espíritu, que se basa en la práctica religiosa. Creen los materialistas[7] que rezar es perder el tiempo (ese tiempo que ellos emplean[8] murmurando en las visitas y en las tertulias de los ca-

---

[1] y que doña María Antonia se negó.
[2] moralmente.
[3] Después que volvieron a unirse, ella solía decir.
[4] esposo.
[5] verdad. Doña María Antonia extraía.
[6] y yo, que la había confesado la noche antes de morir.
[7] Los moralistas de hoy que.
[8] que ellos gastan murmurando.

fés) y que no tiene sentido repetir las cincuenta avemarías del Rosario cuando con una está todo dicho y expresado. Siguiendo su criterio puramente racional, no sería tampoco necesario educar a la juventud, sino que bastaría entregarles una lista de pecados y[9] virtudes para que se amoldaran a ella. Sabemos, sin embargo, que esto no tendría ningún valor moral y que sin el ejemplo y la práctica las reglas no sirven para nada[10]. Un filósofo como Pascal llegó a aconsejar a una dama que si quería tener fe empezara por signarse con agua bendita[11]. Mi bienhechor reconoce que doña María Antonia era fuerte[12] porque «estaba a bien con los ángeles del cielo», mientras[13] él (son sus palabras) «sólo lo había estado con los de la tierra». Sin ninguna duda, los ángeles del cielo inspiraban graciosamente a la señora, que era querida y respetada de todos[14]. La creían franca, sin reservas, «siempre con el corazón en la mano». En realidad, bajo[15] su aparente sencillez poseía[16] la reserva necesaria para[17] habitar diez años en un villorrio sin chocar con nadie. Ella, que en París había disculpado las desnudeces de la Ópera[18], no permitía, ante el aplauso del[19] pueblo, que su camarera fuese a misa con un mantón colorado. Respetaba las creencias del lugar en que vivía, aun siendo[20] tan absurdas como suponer que existen mantones honestos[21] y deshonestos, lo cual casi significa que se guardaba las propias para sí misma. Estaba

---

[9] de pecados y de virtudes.

[10] para nada. No basta creer, sino que es forzoso también practicar y un filósofo.

[11] bendita. El mismo señor reconoce.

[12] era fuerte moralmente porque.

[13] mientras que él.

[14] de todos. El desvío que me manifestó durante varios años no debe nublar mi criterio. La gente del pueblo se reconocía en ella, creyendo descubrir sus mismos gustos y sentimientos. Les parecía franca, sin reservas.

[15] En realidad, doña María Antonia no se dejaba llevar de sus impulsos como suponían las mujerucas de Bearn. Bajo su aparente.

[16] existía.

[17] para poder habitar.

[18] de la Ópera, diciendo que con la luz de las candilejas parecían figuras artificiales, no permitía.

[19] ante la aprobación de todo el pueblo.

[20] aunque fuesen tan absurdas.

[21] mantones deshonestos *por error* y mantones deshonestos.

bien educada, pero no puede afirmarse que fuera del todo sincera. Si lo hubiera sido no hubiera podido parecerlo. El señor, que verdaderamente iba con el corazón en la mano y no ocultaba sus pecados, no se lo parecía a nadie. Para estos buenos labriegos, acostumbrados a vivir un poco a la defensiva, porque el pueblo es pequeño y todo se recuerda demasiado tiempo, lo espontáneo es disimular las faltas y, en general, todo cuanto salga de lo corriente. Se estimaba un absurdo que[22] pasara las noches leyendo, ya que para ellos lo hubiera sido, y a pesar de que era el hombre más[23] comprensivo del mundo, como no le comprendían, les parecía tortuoso. Él se daba cuenta de todo y se refugiaba en la ironía[24].

—Cuando escribas al maestro de escuela[25] —solía decirme— debes poner *abrir,* con h, porque como lo confunde con *haber,* si no lo haces se figurará que eres un ignorante. Es necesario amoldarse...

Pero él no se amoldaba. Al regresar de París fue cuando le pusieron aquella calumnia con Margarita, a la que, muy inadecuadamente, intentaba[26] enseñar a leer y a tocar el piano. Se trataba de una niña rubia con los ojos azul pálido, como debió ser la auténtica Margarita de *Faust*[27]. En Goethe, Margarita, engañada, tiene un hijo y lo asesina. La Margarita de Bearn no tuvo ninguna criatura ni asesinó a nadie. Se murió al año[28] de habitar en la casa. La enterraron en el jardín, debajo de un magnolio, y el señor encargó un monumento de mármol blanco, que no se llegó a construir[29]. Vino, sin embargo, varias veces, el escultor a tomar medidas y estudiar el terreno, lo cual acabó de comprometerle. Ni por un momento se supuso que sus intenciones[30] hubiesen sido puras, ni se admitió la posibilidad[31] de que, no habiendo tenido hijos con doña María Anto-

---

[22] que el señor pasara.
[23] más sencillo y más comprensivo.
[24] en el humorismo.
[25] de escuela de Bearn —solía decirme—.
[26] había intentado.
[27] de «Faust» creada por Goethe. En Goethe.
[28] al año de conocer a la señora. La enterraron.
[29] a construir. Ignoro los motivos: tal vez fueran económicos. Vino.
[30] que las intenciones de don Antonio *corrige* su protector hubiesen sido.
[31] la posibilidad, lógica y natural, de que.

nia, hubiera deseado adoptar aquella criatura. Los republicanos (el clima andaba trastornado y en Bearn ya teníamos dos, envalentonados por el desbarajuste de Madrid) se atrevieron a proclamar en el café que se debía[32] procesar a don Antonio, del cual sólo habían recibido beneficios. «Desventurados», les decía el sacristán que tenía muy buen sentido, «deshonrando al señor, deshonráis, de retruco, al pueblo entero». Pero ellos, encastillados en sus teorías utópicas, no reconocían señoríos, como no admitían papas ni reyes, y lo peor es que no faltaron personas decentes que les escucharan. Don Antonio[33], encerrado entre estas paredes y rodeado de[34] libros, podía ignorar la chismografía, pero a su esposa[35], que vivía en el pueblo, le debía resultar más difícil. Lo conseguía, a pesar de todo, y bien haciendo colchas o cuidando hortensias esperaba pacientemente que el pueblo se cansara de murmurar.

Fue poco después de lo de Margarita que Bárbara Titana, una muchacha delgada, cocida y medio loca, terminó de perder la cabeza, y como venía mucho por la finca, las lenguas lo atribuyeron a que el señor la tenía embrujada.

—Ya lo ves, Juan —me dijo éste—, yo he de pasar ahora por brujo.

—Eso le demostrará a Vuesa Merced —le repliqué algo irrespetuosamente— los peligros del liberalismo al proclamar el sufragio universal.

—No vayas demasiado lejos, hijo mío, ni saques consecuencias con tanta rapidez —repuso[36]—. El pueblo es inculto, intransigente y brutal. La culpa, en gran parte, recae sobre las clases directoras, que hemos caducado hace ya rato. Antes del triunfo total de la democracia, será necesario pasar por una dictadura ilustrada.

Tal dictadura debía ser avanzada y casi socialista, es decir, revolucionaria, pero no podía ser en modo alguno liberal: cosa que se hallaba en pugna, aunque él suponía que transitoria-

---

[32] que había de procesar.
[33] El señor.
[34] rodeado de sus libros.
[35] a doña María Antonia.
[36] —repuso, tirándome de una oreja—. El pueblo.

mente, con su formación ideológica. No intenté expresarle mi poca fe en las interinidades históricas que suponen un mundo mejor para después, como si en historia existieran «después» definitivos. La verdad es que a él le asustaba, con mucha razón, la tontería humana.

—Si yo fuera capaz de embrujar —continuó— no gastaría mis fuerzas en seducir a una mujer tan fea como Titana.

La cual, por otra parte, se había enamorado de él y vivía entregada a una especie de delirio místico en que don Antonio se le aparecía[37] bajo formas angélicas; delirio que le ha durado hasta su muerte, ocurrida hace unos años.

El embrujo de Titana acabó de espantar a estos buenos campesinos, que son, al mismo tiempo, morigerados y brutales y, en más de una ocasión, yendo al pueblo, al atravesar la *Garriga de Sa Creu,* nos apedrearon el carruaje desde unos matorrales, actitud que obligó a meditar a mi bienhechor[38]. «Parece —escribió recordando aquel episodio— que el hombre, contrariamente a las doctrinas de Rousseau, posee una dosis natural de crueldad que o bien se dirige contra los demás, de una manera sádica, o bien contra sí propio[39], y entonces constituye el masoquismo. Hay que vigilar, de todas maneras, a la plebe. Cuando La Fayette preguntó a María Antonieta si no amaba al pueblo que acababa de invadir el patio de armas de Versalles, ella le respondió que sí, *"mais avec les grilles fermées".* A la madrugada se demostró la agudeza de aquella reflexión, porque las turbas, que habían encontrado una verja abierta, invadieron su antecámara para asesinarla. El señor habrá de conservar siempre la iniciativa, ya que esas gentes carecen de discernimiento. Hay que quererles a distancia y no mostrarnos amables sino cuando nos proporciona placer el hacerlo, ya que el amor nos puede aproximar, pero la comunidad intelectual es imposible. Quiero decir que se les puede besar, pero nunca darles la mano.» Y más adelante (siempre pensando en aquellas pedradas que nos rompieron dos cristales del carruaje) escribe estas palabras que recuerdan mejor la filosofía alemana

---

[37] en que se le aparecía el señor bajo formas.
[38] meditar al señor. «Parece.
[39] contra sí mismo, y entonces.

de última hora que las doctrinas de Cristo y en las que parece revivir el espíritu de algún viejo Bearn legendario: «Si el señor no pega, es seguro que el labrador un día u otro se alzará contra él», para terminar en un galimatías científico-optimista muy propio de las fuentes en que se había nutrido: «Quizá todo esto obedezca a un desarreglo nervioso y, andando el tiempo, se descubra una droga que actúe sobre el sistema simpático y nos retorne a la normalidad perdida, según parece, desde Caín.» La droga a que alude el señor y que esperaba[40] hallar en el materialismo de la química, existe hace siglos y se llama fraternidad y humildad cristianas. Pero dejemos esto.

---

[40]  y que él espera hallar.

# 13

Pocas semanas después de vender la casa de Palma (cuyo importe no[1] alcanzó a pagar una mitad de lo que en total se adeudaba) y del exilio de nuestra Soberana, me hallaba aquí[2] con permiso de mis superiores cuando ocurrieron los hechos que relataré. Antes, empero, debo explicar mi vicio de escuchar detrás de las puertas. Otras veces hemos hablado de ello. Se trataba en parte de una costumbre contagiada del señor[3], pero existían otros móviles. Yo contaría dieciocho años[4], y mi ignorancia de ciertos misterios me había hecho extremadamente curioso. A aquella curiosidad natural se unía otra que era producto de circunstancias personalísimas. Tú sabes que no he conocido a mis padres y no ignoras tampoco las suposiciones que se han hecho en torno a mi nacimiento. En cualquier estado, la orfandad[5] es tan grave que ha de influir durante toda la existencia. El amor, no obstante, y los frutos del matrimonio pueden compensar aquella desgracia. En nuestro estado sacerdotal ninguna mujer sustituirá a la madre, como no sea la Madre de todos, a la que sólo se llega por la piedad y las oraciones. A los dieciocho[6] años yo no sabía prescindir[7] de los afectos terrenales y mis ojos se abrían a demasiadas curiosida-

---

[1] sólo alcanzó.
[2] me hallaba en Bearn.
[3] del señor, que era la curiosidad personificada, pero.
[4] Yo contaba diecisiete años.
[5] En cualquier estado, el hecho de carecer de padres es.
[6] diecisiete.
[7] prescindir todavía de.

des. Ahora comprendo la sabiduría de los castigos que me imponían en el Seminario, porque mi afán de saber era totalmente opuesto a la resignación[8]. Aquel día (para concretar, y merece la pena hacerlo, era una noche de noviembre de 1868) el señor se hallaba junto al hogar del zaguán, rodeado de libros y entregado a la ocupación predilecta de redactar sus Memorias. Vestía el hábito franciscano con el que ha muerto[9] y llevaba una peluca Luis XV porque, habiendo perdido el pelo, sentía frío en la cabeza. Tal era, por lo menos, la explicación que me daba. Creo que existía otra, y que para él aquella peluca debía simbolizar la cultura dieciochesca, de apariencias frívolas y en realidad exuberante de fuerzas latentes, cuando el Regente de Francia[10] dejaba a las favoritas para buscar el alma dentro de los alambiques de los químicos y terminaba sus noches en la colina de Montmartre «donde aquel hombre que no creía en Dios, por una contradicción que no puede concebirse sino como un castigo de la Providencia, esperaba ver aparecer al Demonio». Acababan de dar las ocho y habíamos terminado de cenar[11]. Yo salí al campo. La noche era fría. Un rayo de luna iluminaba la tumba de Margarita[12]. Me disponía a rezarle una parte[13] de Requiem cuando descubrí al señor Vicario[14] que se dirigía hacia mí. Don Andrés frisaba ya en la setentena, pero se conservaba todavía fuerte como un hombre de cuarenta. Recordé que por la mañana había anunciado[15] su visita, aunque sin precisar la hora. Se conducía así porque era la delicadeza y la bondad personificadas y no quería que le mandaran[16] el coche. Le parecía un caso de conciencia distraer[17] al

---

[8]  resignación. Escuchar detrás de una puerta es, además, peor que robar una bolsa de dinero, ya que el dinero es algo material y recuperable, mientras que lo primero constituye una violación a la intimidad moral del prójimo, condenada por varios Concilios. Aquel día.

[9]  ha muerto (se dijo si era una promesa para implorar el retorno de doña María Antonia) y llevaba.

[10]  de Francia, cuya vida licenciosa es bien conocida, dejaba.

[11]  de cenar hacía ya un rato. Yo salí.

[12]  de Margarita, la niña sin ventura muerta antes de florecer. Me disponía.

[13]  a rezarle un rosario de Requiem.

[14]  Vicario de Bearn que.

[15]  había enviado recado anunciando su visita.

[16]  no quería que el señor le mandara el coche.

[17]  movilizar al gañán.

gañán y las mulas en tiempo de sementera para «media horita de camino», como él decía, a pesar de que se trata de cerca de una. Venía rezando y caminaba tan abstraído que pasó por mi lado[18] sin verme. Aquella visita, a tales horas y coincidiendo con las murmuraciones respecto a la supuesta brujería del señor, debía obedecer a algún motivo importante[19]. La curiosidad y la zozobra pudieron más que el deber, y atravesando por el portal de la cocina fui a encerrarme en el cuarto interior que tenía un ventano alto abierto cerca del hogar donde escribía don Antonio. El corazón palpitaba como si en aquella entrevista hubiera de decidirse la suerte de los Bearns y, de retruco, la mía propia, tan ligada a la de los señores que todavía hoy, después de cinco semanas de su muerte, me siento desconcertado y como perdido. Siguiendo el ejemplo de mi bienhechor, he querido en vano buscar orientaciones en el estudio y la filosofía. Ayer mismo leía en Corneille que por más que pesen sobre nosotros todos los efectos de la Historia, las circunstancias, *«ou, comme je viens de les nommer, les acheminements»*[20], están en poder nuestro. Cosa que en el mallorquín de la payesía puede traducirse por *«d'es teu pa faràs sopes»*[21]. Nuestra voluntad es libre, como quedó proclamado definitivamente en el Concilio de Trento[22]. ¡Qué abandono tan enorme, si no confiáramos en la gracia de la oración!

Desde mi ventano pude ver la entrada del señor Vicario. En el umbral su figura se destacó, negra, sobre un cielo palpitante de estrellas[23]. Frente al hogar, debajo de mí, aparecía el señor rodeado de libros. Las llamas le iluminaban la cara de

---

[18] rezando el rosario y caminaba tan ensimismado que pasó casi rozándome y sin verme.

[19] importante, porque él, últimamente, no se acercaba mucho por la finca. La curiosidad.

[20] *No localizo el texto preciso, pero Corneille habla de los* acheminements, *o sea, de aquellas circunstancias que justifican la violación del rigor histórico en una obra de arte, en su* Discours sur les trois unités.

[21] *Equivalente al castellano «Con tu pan te lo comas».*

[22] Trento. Las doctrinas heréticas de Jansenio fueron condenadas por Inocencio X. Desde la encrucijada debemos elegir el camino, obedeciendo a esta voluntad tan horriblemente libre que lo mismo puede conducir *corrige* conducirnos a la gloria que a las tinieblas. ¡Qué abandono.

[23] de libros y papeles. Las llamas.

reflejos rojizos. Presentaba así un aspecto inquietante[24]. Jamás he dado crédito a los rumores que circulaban[25] —y circulan todavía, quizá más que nunca[26], después de esta doble muerte misteriosa— referente a supuestos sortilegios, pero él[27] fomentaba, con su conducta, las habladurías. Cerca de su alcoba había instalado un pequeño laboratorio[28] donde practicaba análisis y destilaba jugos. No he podido llegar a saber qué buscaba en sus redomas[29]. El primer sifón que se conoció en España fue el que llegó aquí[30] precisamente por aquellos días[31]. Escandalizaba a Madò Francina hablándole de máquinas de coser y si no llegó a instalar el teléfono[32] fue porque el ingeniero francés que debía dirigir los trabajos le pedía, para pasar a la Isla, cerca de diez mil francos. Él no consideraba que aquellas extravagancias resultaban impropias de un señor que tiene el deber de demostrar sensatez ante los payeses supersticiosos. Incluso llegó a construir un carromato que se movía solo (un *auto-mobile)* por medio del vapor de agua, según los principios de Fulton. Las autoridades eclesiásticas le aconsejaron, por las buenas, que abandonara aquellos trabajos, y él arrinconó el carromato, aunque[33] no se decidió a quemarlo. No sólo no lo quemó, sino que a veces lo sacaba para examinarlo y modificar algún dispositivo. Aquel día había estado observándolo y lo tenía[34] junto al hogar, ante mis propios ojos. Era muy hábil en cuestiones de mecánica y sólo con una olla de agua que hervía en una especie de fogón y un par de tubos de hierro que recogían el vapor y lo transportaban cerca de las

---

[24] inquietante, que hacía pensar en el Fausto de la ópera. Nunca, naturalmente, he dado crédito.

[25] que circulaban por Bearn —y circulan.

[26] más que antes.

[27] él tenía parte de culpa y fomentaba.

[28] laboratorio con alambiques y otros instrumentos de química, donde.

[29] sus redomas. Era excesivamente desinteresado para suponer que fuera la piedra filosofal. De todos modos, aquella curiosa pasión por los inventos daba pábulo a la maledicencia. El primer sifón.

[30] el que llegó a Bearn, precisamente.

[31] días. Lo trajeron unos contrabandistas de Marsella y todo el pueblo acudió a verlo. Escandalizaba.

[32] el teléfono en la finca fue.

[33] si bien no se decidió.

[34] lo tenía allí cerca, junto.

ruedas había conseguido ponerlo en movimiento y dar una vuelta entera al patio. Así lo afirmo porque lo he visto. Desgraciadamente, lo vieron también otros, que lo esparcieron por el pueblo[35]. Quienes hemos cursado estudios[36] sabemos que el vapor de agua constituye una fuerza capaz de mover máquinas potentes y que existen grandes buques dotados de tales dispositivos, llamados, precisamente, vapores. De Palma a Barcelona funciona uno, hace ya[37] lustros, sin que hayan ocurrido desgracias[38]. También circulan ferrocarriles movidos por el mismo sistema. Son invenciones naturales que no tienen nada de diabólico y que están transformando la vida moderna. Id, empero[39], a explicar tales cosas en Bearn, y, sobre todo, en el Bearn de hace un cuarto de siglo. Valga que el señor no salía casi de sus tierras, porque si le hubieran visto a menudo por el pueblo no sé lo que hubiera llegado a suceder y dudo que los dos guardias civiles del término, que se morían de hambre porque no cobraban y, uno de los cuales era cojo, hubieran llegado a defenderle en caso de una agresión. No quiero significar con esto que no le respetaran, pero le habían cobrado miedo y el miedo hace cometer disparates. Los mismos que, a pesar de las aventuras galantes de don Antonio, enviaban a sus hijas a trabajar en la finca (yo no creeré, como decían los dos republicanos que las enviaran adrede), comenzaban a prohibirles que lo hicieran[40], hasta el punto que algunos años las aceitunas quedaron sin recoger[41]. El día en que el *auto-mobile* dio la vuelta al patio, el Mayoral viejo, que era el hombre de confianza de la casa, se despidió y no ha vuelto a aparecer[42].

Don Andrés permaneció un momento inmóvil junto a la puerta. Era un hombre sencillo, de pocas letras, pero de indudable talento natural. Con una mirada lo abarcó todo: el *auto-*

---

[35] por el pueblo, cosa que no contribuyó a incrementar su prestigio. Quienes.

[36] estudios y poseemos algunas lecturas.

[37] hace ya muchos lustros.

[38] sin que haya ocurrido ninguna desgracia.

[39] pero.

[40] a prohibirles que se acercaran *corrige* vinieran allí, hasta.

[41] sin recoger por falta de jornaleras.

[42] a aparecer jamás.

*mobile*, los libros, el hábito franciscano y la peluca blanca, que las llamas del hogar teñían de tonos rojizos. Don Antonio levantó la cabeza:

—Entre, señor Vicario; acérquese al fuego. Le esperaba. ¿Ha venido a pie?

Se expresaba afectuosamente, con su bondad habitual, pero sin moverse de la[43] silla. Parecía que no se levantaba por sencillez, para quitarle solemnidad a la entrevista y facilitar la confidencia[44]. Don Andrés se acercó, halagado.

—Se trata sólo de media horita de camino.

Había cerca de una. El señor le riñó por no haber querido fijar hora. De haberlo sabido, le hubiera enviado el carruaje. El sacerdote sonreía. Había venido rezando el rosario, contemplando la luna... Interrumpió las explicaciones para echar una ojeada a los libros.

—Vuesa Merced siempre estudiando[45]... ¿Cuándo nos decidimos a quemar un par de docenas?

El señor se escabullía[46].

—Usted sabe, don Andrés, que hemos pedido un permiso al Obispado para leer toda clase de obras. Veremos cuando llega, porque parece que no tienen mucha prisa.

—Estas cosas tampoco pueden decidirse con tanta rapidez —replicaba el señor Vicario—. El asunto del permiso está en estudio: lo sé por el propio Secretario de Su Ilustrísima. En Palacio no se oponen, pero...

El señor hacía un gesto indeciso con la mano, muy característico, que significaba paciencia.

—No pasemos el arado delante de los bueyes, don Andrés.

—Eso nunca.

Mi bienhechor[47] se frotó las manos, satisfecho del aplazamiento. Nada era más antipático a su condición testaruda que la discusión. El sacerdote, ya viejo, había por su parte perdido el «mordiente». Las dilaciones de Palacio convenían a los dos.

---

[43]  su silla.
[44]  confidencia. El caso era que no se levantaba. Don Andrés.
[45]  estudiando... Bueno ¿cuándo nos decidimos.
[46]  El señor sonreía.
[47]  El señor.

Don Antonio le ofreció una piel de cordero, gruesa y blanda, para que se sentara con toda comodidad en un banco junto al hogar y preguntó con mucha cortesía a qué debía el gusto de aquella visita. Se trataba de dos asuntos diferentes y el señor Vicario pidió permiso para empezar por el menos importante.

—Los sobrinos —dijo[48]— quisieran cruzarse de no sé qué orden y necesitarían, si Vuesa Merced lo autoriza, consultar el archivo. Las pruebas que poseen hasta ahora parece que no bastan.

—Pues habrán de conformarse con ellas —contestó el señor[49]—. La verdad es que el árbol de la casa sólo se remonta al siglo XVI. Estas tierras las adquirimos en 1504[50]. No es cierto que ningún rey nos las cediera.

—Pero Vuesas Mercedes —objetó el sacerdote, con expresión consternada— descienden de la Conquista. Así lo he predicado siempre el día de San Miguel.

—No está demostrado —replicó don Antonio—. Si los Bearns hubiesen sido verdaderamente «señores de tierras y Casa Fuerte en Navarra», como rezan algunos nobiliarios, no se hubieran quedado en Mallorca. Los principales caballeros que vinieron con don Jaime regresaron a la península.

—No obstante, la tradición...

—Eso sí —dijo don Antonio[51]—. Usted opina como aquella princesa italiana... No recuerdo el nombre. Se trata de una nobleza que pasa por anterior a Jesucristo, tal vez de una descendiente de Rómulo o Remo —añadió sonriendo—. Pues bien, un periodista[52] le preguntó si su genealogía era cierta. «Por lo menos», contestó la princesa, «hace tres mil años que lo afirman».

Madò Francina entró[53] con una embajada del Mayoral[54].

---

[48] —dijo, refiriéndose a los de Palma— quisieran.

[49] el señor, que detestaba aquellas pretensiones—. La verdad.

[50] en 153...

[51] don Antonio—. Lo que la gente cree tiene más fuerza que la verdad. Usted.

[52] un periodista francés, porque en Francia, sobre todo hacia el Norte, que ya son germanos, tienen a veces cosas así, le preguntó.

[53] En aquel momento Madò Francina entró con una embajada.

[54] del Mayoral, que *corrige* quien no creía oportuno presentarse delante del

Aquella tarde, el hombre, desesperado porque no podía pagar a los trabajadores había vuelto a decir una palabra grosera, casi una blasfemia, y el señor le había propinado varios azotes, como venía haciendo desde antiguo[55]. Después de la paliza[56] andaba vivo y atento una o dos semanas y[57] vigilaba la hacienda, evitando proponer problemas o resolviéndolos él mismo, como si la sangre, circulando mejor, le activara el entendimiento; pero hasta el día siguiente evitaba presentarse ante el señor. Ahora Madò Francina, con poderes verbales, preguntaba en nombre suyo si podía vender un poco de trigo para pagar a la gente y si el lunes próximo podían empezar la siembra. Era evidente que, en lugar de decir palabrotas, debía haber empezado por ahí.

—Que venda, que siembre y que pague.

Madò Francina se retiró. El señor Vicario amonestaba con suavidad a don Antonio. ¿Cómo un señor tan ilustrado, sabiendo francés, sabiendo construir hexámetros latinos...? Don Antonio sonreía amablemente. En su interior pensaba: «¿Por qué han de ser incompatibles los hexámetros latinos, y hasta los alejandrinos franceses, con los latigazos?» Reconocía, desde luego, que éstos iban resultando anacrónicos para el siglo XIX.

—¿Pero cuántos años cree usted —preguntó— que tardarán todavía «las luces» en llegar hasta[58] aquí? Esto aparte —añadió—, empiezo a tener una visión del mundo que tal vez no sea[59] la corriente. Quiero decir que con los años he ido construyendo mi filosofía propia, en cierto modo ecléctica: creo que a medida que nos refinemos iremos siendo más crueles, porque todo se halla compensado. El siglo XIX es el siglo de los grandes inventos y el de las guerras más horrorosas. Todo presenta[60] su contrapartida. Lo que tiene anverso[61] ha

---

señor. Había sido día de paliza y el hombre se hallaba urugado. Aquella tarde, desesperado.

[55] desde antiguo, a pesar de que el Mayoral era ya *corrige* se trataba de un hombre hecho, que pasaba de los treinta años. Después.

[56] los azotes.

[57] dos semanas; vigilaba.

[58] en llegar por aquí.

[59] tal vez no es la.

[60] Todo tiene su contrapartida.

[61] anverso por fuerza ha de tener.

de tener reverso. Dios, sumamente misericordioso, condena a muchísima gente.

Don Andrés adoptó una expresión seria.

—Es el Demonio quien condena.

—¿El Demonio? Nunca he visto eso muy claro.

—O, mejor dicho, somos nosotros mismos quienes escogemos el camino del mal. El libre albedrío...

—Bien —desvió don Antonio—, sea como sea, señor Vicario, la Creación siempre es armoniosa[62]. Mire este cielo estrellado.

Mi ventano, situado casi enfrente del portal que daba al patio, abierto de par en par, permitía distinguir un cielo[63] que hacía recordar la «Noche Serena» de Fray Luis.

—Por el camino, mientras venía —dijo el señor Vicario—, lo estaba contemplando. Hace una noche hermosísima.

Hubo una pausa. Mi bienhechor parecía meditar.

—El Universo —dijo— gira acompasadamente, como una gran maquinaria de relojería. ¿Le interesan las máquinas, señor Vicario?

Sentí el ala del misterio que me rozaba, el misterio de las raras coincidencias: en aquel momento yo estaba rememorando los versos del poeta:

> El hombre está entregado
> Al sueño, de su suerte no cuidando,
> Y con paso callado
> El cielo vueltas dando
> Las horas del vivir le va hurtando.

El sacerdote dijo:

—Creo, por lo que vemos, que pueden hacer mucho daño, don Antonio.

—Harán bien y mal. El mundo es una armonía de contrarios. ¿Ve usted lo a gusto que nos encontramos, usted y yo, junto al fuego? Acérquese más, aquí tiene otra piel de cordero[64]. Es porque la noche empieza a ser fresca. Mañana todo

---

[62] armónica.
[63] un cielo sembrado de estrellas palpitantes que hacía.
[64] aquí tienen una piel de carnero.

estará lleno de escarcha. Luego saldrá el sol, fundirá los cristales, y los árboles y las flores quedarán limpios, recién lavados.

El señor sacaba a relucir viejas doctrinas orientales: el Bien y el Mal, dos aspectos de un principio único, de un Ser Supremo[65]. Parecía tocado de maniqueísmo, herejía en la cual se habían extraviado inteligencias tan poderosas como la del propio San Agustín antes de ser santo. Sabía, empero, expresar las cosas sin ofender, sin malicia, sin intentar discutir. Así sus errores resultaban doblemente peligrosos[66].

—Volviendo a lo de antes, señor Vicario —seguía[67] don Antonio—, los sobrinos se mueren de ganas de pasar por *botifarres,* como si esto significara algo. *Botifarres* deriva de *botifleurs*[68]; ya sabe usted, la flor de lis. Son los que se pasaron a los Borbones hace cosa de ciento cincuenta años, únicamente porque habían vencido en la guerra de Sucesión. Y mire lo que fue de los Borbones. Ya ve a dónde ha ido a parar doña Isabel, después de mil disparates con monjas perturbadas y otras cosas que todos sabemos. Yo no me siento obligado a complacer a los sobrinos: todos se alegraron al ver que en esta casa se terminaba el dinero. Por otra parte, no me gusta fomentar tonterías y no comprendo quién puede haberles metido tales ideas en la cabeza.

—El señor marqués de · Collera, que creo es pariente... O por lo menos, así me lo dio a entender doña Magdalena...

—Collera nunca ha sido pariente nuestro. Magdalena es tan

---

[65] Supremo, parecía *corrige* Supremo... Parecía.

[66] peligrosos. *Aparte.* —¿Por qué intentar convencer a nadie? —me decía—. Las convicciones no son obra de un momento, sino fruto de una educación, de una cultura... Si partimos de bases opuestas, los resultados habrán de serlo forzosamente. La polémica, en lugar de acercarnos, sólo sirve para distanciarnos más. *Aparte.* Él, esta es la verdad, no quería alejarse de nadie, en especial del señor Vicario, al que profesaba gran afecto. Sus diálogos se deslizaban, así con la placidez cortesana de los ríos tranquilos. *Aparte.* —Volviendo.

[67] decía.

[68] Botifarres, *literalmente, «butifarras», es el nombre que el pueblo mallorquín da a los aristócratas de la Ciudad. (Fuera de la Ciudad, en los pueblos, no existe una aristocracia propia. Para este punto, remito a mi* Introducción.) *En cuanto a la etimología supuesta por el señor de Bearn, o por Villalonga, es la aceptada, según parece, por filólogos tan dignos de confianza como Moll y Corominas. Debemos decir, sin embargo, que no todos los aristócratas mallorquines eran partidarios del duque de Anjou, es decir, del bando victorioso, en la guerra de Sucesión.*

vana como para creer que esto le da lustre. ¿Es decir, que ahora es Collera quien les encalabrina?

—Parece que se ha ofrecido a recomendar el asunto. Como está tan relacionado en Madrid...

—Castelar y él son los primeros loritos de España —dijo, resignadamente, el señor—. Haría mejor limitándose a contar cuentos en el Congreso.

—Doña Magdalena me encargó que les disculpe si no vienen a verle, pero como no tienen carruaje...

—Dígale que no se preocupen, que ya vendrán cuando puedan.

El señor Vicario se hallaba receloso, porque comprendía que no avanzaba un solo paso.

—Bien. Pero ellos, ¿comprende?, necesitarían, antes de venir, tener la seguridad de ser bien recibidos.

—¿Por qué no, don Andrés? Esta es su casa. Pero nada de archivo. Ya he dicho que no me gustan las tonterías. Esas cuestiones de abolengo...

—Todos somos hijos de nuestras obras —dijo el sacerdote, ya en retirada.

—Así nos lo enseñan la religión y la razón natural —replicó, suspirando, su interlocutor[69].

Continuaron hablando de temas generales, como si intentaran escamotear algo concreto que les interesara a ambos. Yo me daba cuenta de que todo aquello eran preámbulos y no podía imaginar qué iba a ocurrir. De pronto don Andrés exclamó:

—Pasemos a lo más delicado de mi visita —yo me llevé las manos al corazón, tratando de detener sus latidos—. Lo siento mucho, don Antonio, pero mi ministerio me obliga... Hace dos días que ha llegado a Bearn...

El señor le interrumpió:

—Mi sobrina Xima.

---

[69] suspirando, don Antonio.

# 14

Me agarré a la linde del ventano. ¡Doña Xima en Bearn! El señor lo sabía... Ma pareció que la tierra se venía abajo. Doña Xima en Bearn, en los momentos en que mi bienhechor, ya viejo, parecía tranquilo y todos empezábamos[1] a creer que doña María Antonia, más pronto o más tarde, acabaría por volver[2]... Tienes que comprender, amigo, el horror de mis dieciocho años salvajes[3]. Doña Xima, en el apogeo de su belleza[4] y de su depravación, era, en mi fantasía, la encarnación viva del Demonio. Mil veces entre estas montañas había pensado en ella, como San Antonio en el desierto debió pensar en la reina de Saba. Doña Xima era por entonces la mujer de cerca de treinta años, la rosa abierta y codiciable, engendradora de deseos tristes y mortales. La ciudad más disoluta del mundo, la sociedad más desenfrenada, habrían burilado a su imagen aquella pobre alma, nacida para el mal.

Se hizo una pausa[5]. Yo había cerrado los ojos y rezaba. Al recobrarme, el señor Vicario hablaba en voz velada[6].

—Viaja como una reina: carruaje, libreas, qué sé yo... En la

---

[1] tranquilo y en que todos empezaban a creer.
[2] por volver a la hacienda. «Hannibal ad portas...» Qué tragedia más espantosa. Tienes. *La frase latina alude a la presencia de Aníbal, el caudillo cartaginés, en Italia, a las puertas de Roma, en el transcurso de las llamadas guerras púnicas. La reportan Tito Livio, Aub urbe condita, y Cicerón, De finibus.*
[3] mis diecisiete años salvajes... Doña Xima.
[4] su belleza célebre.
[5] una pausa larga.
[6] en voz baja.

posada no disponen de criados bastantes para atenderla. Por las mañanas (así lo cuentan)[7] le preparan un baño tibio[8]. En el pueblo es un *rum-rum* que no se acaba nunca. Lo más triste son los enfermos y las criaturas, que se quedarán sin alimento. Yo mismo me quedé ayer sin ensaimada: la criada me dijo que los cocheros de doña Xima entraron en el horno y se lo comieron todo. Parecen príncipes, llenos de galones. Sólo hablan francés y no se entienden con nadie.

—Pero asimismo saben apoderarse de las ensaimadas —murmuró don Antonio.

Él, sin embargo, no era goloso ni le gustaban las personas muy exigentes en la mesa[9]. En eso, como en otras cosas, no parecía afrancesado, sino hijo de su tierra. De niño le educaron[10] con austeridad, en armonía con estos bosques que parecen creados[11] para deleite de pintores románticos, pero que dan escasas y negras aceitunas. Don Andrés seguía hablando en voz baja[12].

—Todo el pueblo asegura (quiero creer que sin fundamento) que doña Xima ha venido para llevarse a Vuesa Merced.

El señor levantó la cabeza.

—¿Eso dice el pueblo?

Tenía[13] ahora una expresión de dulzura, como si soñara. No era ya el *Faust* demoniaco que anhela robar tierras al mar y conquistar riquezas, sino el poeta que rememora. Pocas veces se dejaba sorprender bajo aquel aspecto. Dijo:

—Comprendo. Hace tiempo que deseo confesarme y llega usted muy a punto, señor Vicario.

Y, como quien se prepara para una larga confidencia, añadió:

—¿Quiere tomar algo? ¿Un vasito de vino rancio?

Don Andrés aceptó[14] un vaso de agua, que le sirvió Madò

---

[7] (así lo cuentan: puede que sean fantasías).
[8] un baño de leche. En el pueblo.
[9] en la cocina.
[10] le criaron.
[11] bosques y olivares silvestres, que parecen brotados para.
[12] en voz baja. Yo no podía, sin embargo, ni una palabra.
[13] Hubo otra pausa. Mi bienhechor tenía ahora.
[14] aceptó solamente un vaso.

Francina. El señor habló sinceramente[15]. Era cierto que doña Xima, con la cual[16] no había dejado de mantener correspondencia, se hallaba en la Isla para tratar de hacer una nueva hipoteca sobre Bearn y marchar luego los dos a París con el dinero reunido.

El señor Vicario había quedado mudo.

—Esta mujer —dijo cuando recobró la palabra— carece de freno. ¿Quién le autorizaba a propósitos tan criminales?

—Yo —replicó don Antonio con voz serena.

Don Andrés enmudeció de nuevo y tuvo que beber un sorbo de agua. Por un instante debió considerar que su misión era estéril y que don Antonio[17] se hallaba decidido irrevocablemente a volverse con doña Xima. Yo, que le conocía algo mejor, no lo interpreté de este modo, a pesar de mi angustia. La respuesta del señor no representaba[18] sino una protesta ante las expresiones de don Andrés. La palabra criminal le resultaba fundamentalmente antipática y aplicada a una sobrina que tenía que parecerle *impertinente*. Los Bearns se hallaban acostumbrados[19] a hacerse responsables de todos los disparates que pudieran cometer las señoras de su convivencia. Don Andrés, además, en el pronto de su indignación, *había dicho «mujer»* en lugar de «señora»[20]. Su interlocutor no era, empero, rencoroso, y cuando el sacerdote terminó de beber, le miró sonriendo.

—Usted me considera sin duda muy maduro para ciertas cosas —dijo—, pero todo es relativo. Hace diez años me creía ya viejo[21] cuando, en marzo de 1859, Xima se empeñó en que la llevara al estreno de *Faust*, lo que en Francia llaman la *première*. Usted recuerda la historia.

Don Andrés[22] recordaba. Y lleno de nostalgia enumeró: en

---

[15] sinceramente, con la objetividad en él habitual, y yo recogía sus palabras con la angustia que es de suponer.

[16] con la cual, por lo visto, no había dejado.

[17] el señor.

[18] no representaba (aparte de las decisiones que pudiera adoptar y que sólo Dios conocía) sino.

[19] acostumbrados, desde la Edad Media, a hacerse.

[20] de «señora». Su interlocutor no era, pero, rencoroso.

[21] todo es relativo, salvo la grandeza de Dios. Hace diez años yo me consideraba ya viejo.

[22] Don Andrés, naturalmente, recordaba.

la Iglesia se hicieron rogativas, para ver de evitar aquellos disparates. Pasearon a San Miguel[23] en procesión. Hubo dos conversiones muy sonadas: la del barbero, que se acababa de declarar protestante... El señor le interrumpió: también a él le gustaba rememorar.

—Hubo dos conversiones, pero yo no me convertí. Mejor dicho, terminé de perder la cabeza. Usted no tiene idea de lo que representa llevar a una señora como Xima —dijo señora, mirando a don Andrés y sonriendo de una manera tan imperceptible que éste no lo notó[24]— a un estreno de la Ópera de París.

Y su verbo colorido hizo desfilar delante del señor Vicario[25] el fausto esplendoroso y disipado[26] del Segundo Imperio. Yo no había estado aún en Francia[27]. Años más tarde, cuando llegué a ir, ya después del hundimiento del Imperio, pude todavía comprobar que las palabras del señor no eran exageradas. Para darte idea de aquellas costumbres[28] transcribiré sólo una anécdota, entre varias que recuerdo de mi viaje, y que me hizo comprender cuánto hay de podrido en una capital tan bella[29], conocida por el sobrenombre de la *Ville Lumière*. Una señora de la mejor sociedad (aunque moralmente deberíamos decir de la pésima) pasea por los Campos Elíseos seguida de un cordero atado con una cuerdecita. Tales extravagancias, según he podido comprobar, no son raras en las capitales que se llaman cultas[30]. Un amigo joven se le acerca y después de besarle la mano con mucha desenvoltura, le pregunta por el marido. «Viene detrás», contesta la dama señalando al cordero. El marido, que, efectivamente, había quedado rezagado, se acerca y saluda al joven con efusión, llamándole *mon cher*. Los viandan-

[23] disparates. El pueblo había respondido con fervor. Pasearon a San Sebastián en procesión.

[24] no lo notó ni sacó conclusión ninguna) a un estreno.

[25] hizo desfilar ligeramente delante de mí (a pesar de que palabras estaban destinadas al señor Vicario) todo el fausto.

[26] esplendoroso y vacuo.

[27] aún en París, y nunca hubiera imaginado que fuera posible tanto lujo y tanta disipación. Años más tarde.

[28] Para darte una ligera idea transcribiré.

[29] tan bella y que es conocida.

[30] cultas y que tendrían obligación de dar ejemplo de sensatez. Un amigo.

tes, que se han dado cuenta del juego, sonríen. Y los tres montan a un carruaje y dan las señas de un restaurant del *Palais Royal* para almorzar juntos.

Don Antonio no omitía lo escabroso ni buscaba paliativos a su conducta. El señor Vicario le escuchaba en silencio. Al llegar a la escena en que el Emperador envía al Duque al hotel de la Estrella, el buen sacerdote quedó petrificado.

—Yo ignoraba todavía este episodio —murmuró.

—Campo Formio —dijo don Antonio— era un improvisado, nobleza del Imperio, aunque rico y apuesto. Luis Napoleón no logró sus propósitos, pero su emisario me desbancó en el acto: contaría veinte años menos que yo.

El señor Vicario quiso aprovechar la ocasión para hacer un poco de moral y sin darse cuenta adoptó un tono ligeramente declamatorio.

—Ay, don Antonio, la juventud no dura —dijo—. Cada día que pasa nos acercamos a la muerte y cuando llegamos a viejos, recordando las locuras cometidas, sentimos remordimientos y tristeza. ¿No es así? —añadió mirándole interrogativamente—. Ceniza en el corazón y amargor en la boca —recomenzó—. Entonces meditamos. ¿Y qué nos dice la conciencia?

Yo[31] presentía alguna respuesta volteriana. Don Andrés me parecía muy imprudente al hacer preguntas tan peligrosas y no me equivocaba. El interrogado levantó la cabeza.

—La conciencia —replicó— no siempre dice lo mismo. Conozco a personas que sienten remordimientos de no haber pecado un poco más, cuando todavía era tiempo.

El fuego volvió a prestarle reflejos inquietantes. Parecía un condenado consciente de que desafía la ley de Dios. Yo quería creer que no decía en serio aquellas palabras terribles, pero ¿quién podría asegurarlo? Don Andrés se levantó de la silla, Dios me perdone, como si se sintiera aludido.

—La Humanidad no es tan depravada —exclamó—. Espero que Vuesa Merced no pueda presentarme ni un solo ejemplo[32].

---

[31] Yo, que conocía de cerca a mi bienhechor, presentía.
[32] ni un solo caso.

La expresión del señor se dulcificó e hizo con la mano su[33] gesto indeciso y característico.

—Claro que no —repuso[34]—. Estamos solos, usted y yo, en la casa...

Con aquella frase me eliminaba. Qué desconsuelo, amigo. No solamente yo vivía en la casa (aparte de los trabajadores, que también son hijos de Dios), sino que el señor conocía, porque se las había relatado, algunas de las complicaciones que, en momentos de desfallecimientos, me inducían a abandonar la carrera eclesiástica. Al sentirme rechazado de aquella manera, la soberbia se apoderó de mí y hubiera querido gritar para poner de manifiesto mi presencia. Pero si él hubiera sabido que le escuchaba no se habría enfadado y entonces ¿no me hiriera[35] doblemente su indiferencia?

Don Andrés[36] hubo de darse por satisfecho, aunque[37] no lo estaba por completo ni se sentía tranquilo[38]. Bajo sus apariencias sencillas y su ausencia de letras no tenía nada de tonto.

—Vuesa Merced había hablado de confesión —dijo.

—Me parece —repuso don Antonio— que me estoy confesando.

—¿Con dolor de contrición y propósito de no reincidir?

El señor escamoteó la primera cuestión y sólo contestó a la segunda.

—¿A mis años? Empiezo ya a sentirme muy agotado.

Disfrutaba de una salud y un humor envidiables. Sin haber sido nunca un hombre fuerte, la verdad es que jamás le vi enfermo. Hablaba de su ocaso físico, como de su ruina económica, por recurso retórico y seguramente para inspirar simpatías, porque, conociendo a los hombres, sabía que fortuna y salud son cualidades que difícilmente se perdonan. Don Andrés, ávido de conocer hechos concretos, se desorientó con las palabras de su interlocutor y no se dio cuenta de que éste no había contestado a lo más esencial de su pregunta. Como ocurre a me-

---

[33] un gesto.
[34] —repuso amainando velas—. Estamos solos.
[35] ¿no me hiriera doblemente.
[36] El señor Vicario hubo.
[37] pero no lo estaba.
[38] tranquilo, porque bajo sus apariencias.

nudo, lo material y contingente desvió la atención del tema espiritual.

—Pero doña Xima —dijo— ha venido para llevarse a Vuesa Merced. ¿Acaso no es así? —añadió, mirándole con temor.

—El próximo enero —observó el señor— reponen *Faust*. Yo le había escrito que me gustaría volver a ver esta ópera. La canta Capoul. La otra vez *Faust* me rejuveneció.

—Pero de qué manera[39] —dijo el señor Vicario.

El aludido sonrió imperceptiblemente.

—A cambio —replicó al cabo de un rato— de yo perder algo, como es natural. La separación de mi mujer[40] me afectó mucho, porque siempre la he querido. Desde aquellas fechas visto el hábito de San Fracisco.

¿Constituía, entonces, una promesa?... Lo dudo. Él no me lo dijo[41] nunca y ha muerto llevándose el secreto a la tumba. Pero si el hábito era un medio para implorar la reconciliación con la esposa[42] ¿qué significado debía atribuírsele a la peluca dieciochesca?

—Su señora —exclamó el sacerdote— es una santa.

—Lo reconozco. Todo cuesta sacrificios, don Andrés. Ya conoce la leyenda: *Faust,* a cambio de juventud, vende el alma al Diablo. Existen, empero, diversas versiones. Según unos, *Faust,* redimido por el amor, se salva. Según otros, se condena.

—Que es lo que yo creo —dijo el sacerdote.

Don Antonio sonreía.

—Tal vez no, señor Vicario. Ya sabe que para salvarse basta un punto de contrición.

—Sí —dijo don Andrés—. Dios es misericordioso.

—Nosotros no se lo hemos de reprochar. Roguemos porque absuelva incluso a los que no lo merecemos.

—Con esa esperanza debemos vivir, don Antonio. Pero crea que *Faust*...

—A usted no le es simpático. A mí tampoco[43]. Es un héroe poco

---

[39] de qué manera, don Antonio —dijo.
[40] de mi esposa.
[41] una promesa?... El señor no me lo había dicho nunca.
[42] con la señora.
[43] A mí tampoco, tal como lo concibe la fantasía germánica. Es un héroe.

claro. No alcanzamos qué se han propuesto los alemanes con este mito, cuyo origen, según los eruditos, es inglés, aunque a mí me parece germánico de pies a cabeza. Seguramente alguna cosa desaforada, como todo lo suyo. Note que las dos versiones de que hablábamos no son más que una única estafa. *Faust,* condenado, es una víctima de Mefistófeles.

—Me agrada oírle discurrir así.

—Pero, *Faust* redimido es un estafador: estafa al Demonio.

—Al Demonio se le puede estafar. No es nuestro prójimo.

—¿No? —dijo el señor—. Y le tenemos siempre tan próximo...

De pronto don Andrés se dio cuenta de que la conversación se desviaba y se hallaban ya muy lejos del asunto por el que había venido a la hacienda.

—Señor don Antonio —dijo—, Vuesa Merced no puede dar otra vez, con diez años más, el escándalo de volver a París. Yo espero que lo medite seriamente. Piense en su señora. ¿No dice que la quiere? Eso cerraría las puertas a toda posible reconciliación. ¿No lo comprende? Ella se halla dispuesta a olvidar, siempre, naturalmente, que Vuesa Merced quiera entrar en razón.

Mi bienhechor[44], sin contestar concretamente, reconocía que, de volver a París, todos supondrían que era[45] a causa de la sobrina y no de la ópera.

—No obstante —añadió—, parece que la verdad debería pesar más que la mentira: sería a causa de la ópera de Gounod.

Empleaba el condicional: no estaba decidido a volver a París. El señor Vicario no sabía qué decir ni qué pensar. Dieron las nueve y de pronto don Antonio exclamó:

—Mi sobrina me ha comunicado que vendría después de cenar. Todavía no nos hemos visto. Se lo digo por si prefiere no encontrarse con ella.

El señor Vicario se puso de pie. ¡Qué campanada! ¿Qué se diría en[46] el pueblo...? Yo me hallaba sobrecogido[47]. Doña

---

[44] Don Antonio.
[45] que sería.
[46] por el pueblo.
[47] sobrecogido. Dentro de pocos momentos vería a doña Xima, a la que casi no recordaba, pero en la que había pensado tantas y tantas veces. Doña Xima.

Xima era para mí una leyenda, como lo es el Don Juan para tantas muchachas seducidas antes de conocerle. Su imagen había conturbado mi espíritu durante años y estuvo a punto de hacerme renunciar a la carrera eclesiástica. La sensibilidad de los adolescentes es muy viva y nunca será extremada la prudencia de los mayores en no despertar antes de tiempo las potencias que duermen. El señor tenía[48], esta es la verdad, miramientos especiales[49]. Entre sus manuscritos he encontrado un estudio en el que se ataca el celibato del clero y se aboga para que éste pueda casarse como en las sectas protestantes, pero conmigo rehuía abordar esos temas, por temor a[50] destruir mi vocación. Pero si sus palabras eran moderadas[51], su ejemplo había sido nefasto. La prudencia y la sana razón me aconsejaban que dejara mi escondrijo y fuera a encerrarme en mi cuarto[52]; yo decidí lo contrario. No me movería del ventano, aunque tuviera que aguardar toda la noche, hasta haber presenciado la entrevista (que a juzgar por el fresco era de suponer que se celebraría junto al hogar) y haber visto de cerca a la viajera[53]. Era más fuerte que yo, y todas las reflexiones del mundo no hubieran conseguido hacerme variar de conducta.

El señor intentó tranquilizar al sacerdote y le suplicó que no se marchara. Antes de llegar la sobrina, oirían el coche, y si don Andrés no quería verla no tenía más que salir por el portal del jardín. Esta solución era más segura que partir antes de que llegara[54], exponiéndose a encontrarla a la entrada de la finca.

—Es cierto —dijo el sacerdote—. Así lo haré[55]. Creo mejor que no nos veamos.

Y bajando de nuevo la voz comenzó a relatar pormenores

---

[48] El señor tenía para conmigo, esta es la verdad.

[49] especiales, porque estimaba que yo debía ser sacerdote. Entre.

[50] protestantes. A pesar de tales ideas heterodoxas, acaso más frívolas que culpables, conmigo rehuía abordar estos temas, no por temor a que yo formara de él un mal concepto, sino por no destruir.

[51] eran prudentes.

[52] en mi cuarto antes de que llegase doña Xima, yo decidí.

[53] a doña Xima. Era más fuerte.

[54] llegara la visita, exponiéndose.

[55] Así lo haré, si Vuesa Merced no lo toma a mal. Creo.

de la estancia de la descarriada[56]. Como ya era viejo, la desa-
probación por las fastuosidades que enumeraba [57] parecía mez-
clarse con cierta admiración involuntaria, hija de aquellas mismas fastuosidades censuradas. Dos días antes de llegar doña
Xima[58] se había presentado en la posada del pueblo\* un caballero de la Ciudad[59], forastero, que chapurreaba el francés, con
un carro grande lleno de muebles y cortinas[60]. La posadera le
había conducido a la sala y alcoba del primer piso, que daban a
la Plaza, frente por frente a la posada de Bearn. Seguidamente,
aquel caballero, que según se supo después era el director de la
fonda principal de Palma[61], ayudado de dos hombres que le
acompañaban, forraron las paredes de damasco, colgaron espejos y colocaron por todas partes floreros y candelabros de
plata. Se corrió la voz de que llegaba el Capitán General y la
posadera fue a la Vicaría a pedir que le prestaran sábanas de
hilo. Don Andrés, obrando con mucha prudencia, no quiso ac-
ceder hasta averiguar de qué se trataba.

—Cuando lo he sabido, naturalmente, me he negado. Y perdone Vuesa Merced si le ofendo por todo lo que he dicho.

—Usted tendría que perdonarme a mí por todo lo que he
hecho —dijo don Antonio.

—Nuestra misión es ésa.

—Y por lo que quizá haré todavía —murmuró el señor, en
tono casi imperceptible.

—Eso ya no.

—Es cierto. Eso ya no.

Y para halagarle, conociendo su punto flaco, porque don
Andrés detestaba el progreso, pero le gustaba que le[62] hablaran de él, abordó el tema de los viajes y los inventos.

---

\* No confundirlo con la posada o apeadero de la hacienda de Bearn. (Ver
nota del capítulo 1.) [N. del Autor.]

[56] de la instalación de doña Xima. Como ya era.
[57] que describía.
[58] de llegar la interesada se había.
[59] de la Ciudad, un forastero.
[60] y cortinas. Pidió que le enseñaran las mejores habitaciones de la casa. La
posadera.
[61] principal de la Ciudad, ayudado.
[62] que hablaran de él.

—La primera vez que fui a París con mi esposa, en lugar de viajar en carruaje, lo hicimos ya en ferrocarril, desde Bayona. En Francia circulan muchos trenes. ¿Usted se da cuenta de lo que es un ferrocarril? Es una hilera de coches enganchados a una locomotora. Estos coches son colectivos. Comprando un billete puede utilizarlos cualquiera. A nuestro lado recuerdo que se sentó un señor de Burdeos que parecía un marqués y que, según dijo, era un tendero.

Don Andrés levantó la cabeza.

—¿Y Vuesas Mercedes no bajaron del coche?[63].

—Ya estábamos en marcha. Y un ferrocarril, cuando marcha, no se detiene por nadie.

—Es decir, que si uno ve un paisaje que le gusta y quiere andar un rato, o merendar junto a una fuente...

—No puede hacerlo. ¿No ve que a lo mejor disgustaría a los demás viajeros?

—Entonces hay que hacer el gusto de los demás en lugar de hacer el propio.

—Exactamente. Esto es el socialismo. Como ve, no se trata ya de una teoría política, sino de una imposición técnica. El progreso conducirá al socialismo, queramos o no. ¿Usted ha enviado ya alguna carta por correo?

—El domingo envié una, dirigida a Su Ilustrísima. Yo mismo hablé con el jefe de Correos, porque ahora en Bearn tenemos un jefe, y los dos le pegamos el sello.

—En otro tiempo —replicó don Antonio— usted hubiera enviado la carta por un emisario, en propia mano. Ahora la ha enviado con otras que no sabe de quiénes son ni en qué términos se hallan redactadas. Junto a la carta dirigida a Su Ilustrísima podrían viajar otras muy diferentes, escritas por protestantes, pongamos por caso.

El señor Vicario hizo notar que no había protestantes en el pueblo, pero que, en cambio, era público que la esposa del secretario se escribía con un joven[64]. Se enviaban versos.

—Es —añadió— quizá el escándalo mayor[65] que se ha visto en cien años.

---

[63] del coche? *Aparte*. Don Antonio sonreía. *Aparte*. —Ya estábamos.

[64] un joven de Palma.

[65] *Falta* mayor, *por distracción sin duda*.

—Aparte del mío —murmuró el señor.

El sacerdote calló discretamente. Después dijo:

—Por cierto, don Antonio: hace un rato me estoy fijando en aquel carrito...

Desde que entró no lo había perdido de vista. El *auto-mobile* contribuía, tanto o más que el hechizo de Bárbara Titana, a la leyenda de brujo que el señor había adquirido en el pueblo. Don Andrés miraba el artefacto con recelo.

—Lo quemaré cualquier día —dijo vagamente mi bienhechor[66].

—No corre prisa —repuso, conciliador, el sacerdote—. Conviene, no obstante... Lo mismo, don Antonio, y permítame que se lo recuerde, esa sala de las Muñecas...

—Está cerrada con llave y no entra nadie en ella —cortó el señor.

Don Andrés no se atrevió a insistir y siguió hablando de los progresos del siglo, que le parecían un tanto diabólicos.

—Son, en todo caso, invenciones peligrosas.

—Que se impondrán tarde o temprano —arguyó su interlocutor[67]—. ¿Usted ha oído hablar por teléfono? Se han realizado experimentos muy notables. Lo mismo que los globos. Desde que la marquesa de Châtelet subió en globo acompañada de Newton...

Y le enseñó un grabado conmemorativo, con unos versos al pie, que siempre me habían llamado la atención[68].

> A côté de Newton, l'immortelle Emilie
> S'élève dans les airs,
> Et parcourant des cieux la carrière infinie,
> Mesure l'Univers[69].

—No sé francés —murmuró el sacerdote—, pero me parece que dice que quiere medir el universo.

El señor asintió.

---

[66] dijo vagamente el señor.

[67] —arguyó mi bienhechor—. ¿Usted...

[68] *Falta esta frase, desde que hasta atención.*

[69] *Estos versos los sacó L. V. del libro de Eugenio d'Ors* El molino de viento *(ed. Sempere, Valencia, 1925).*

—Queme esta estampa, don Antonio.

—Como guste[70] —y la echó al fuego.

En aquel momento oíamos un carruaje. El señor Vicario se despidió precipitadamente[71] y cuando yo esperaba ver aparecer a doña Xima por el[72] portal del patio (involuntariamente había cerrado los ojos para abrirlos en el momento en que la desconcertante figura se dibujara sobre el cielo estrellado) se presentó ante mis ojos una visión muy diferente[73], aunque también maravillosa: un joven esbelto, de aspecto orgulloso, vestido de rojo y dorado que parecía irradiar luz. Ángel o Demonio, yo no hubiera imaginado nada semejante[74]. Años después, recorriendo el Museo del Louvre, he hallado en Poussin héroes y dioses con el mismo perfil clásico y la misma vivacidad francesa. El joven se detuvo y juntando los tacones exclamó con aire insolente:

—*Madame de Vidal demande si Monsieur de Bearn veux bien la recevoirrr*[75]...

Y alargó la palabra *recevoir*, que ya de por sí es[76] enfática, cantándola en barítono y añadiéndole varias erres consecutivas.

El señor se quitó los anteojos que usaba sólo para leer y le examinó de pies a cabeza. El espléndido lacayo se dejaba contemplar sin moverse, lo mismo que una pintura académica. Al cabo[77] de un rato, como para neutralizar la insolencia francesa con el buen sentido mallorquín, el señor contestó en voz baja:

—Dile a la señora que haga el favor de pasar.

Antes de que el lacayo se retirara, invadió la casa una ráfaga

---

[70] —Como guste —replicó el señor. Y la echó.

[71] El señor Vicario desapareció por el jardín y cuando.

[72] por el gran portal.

[73] sobre el cielo palpitante de estrellas) se presentó ante mi vista una visión totalmente distinta de la que esperaba, aunque.

[74] yo no hubiera imaginado nunca nada semejante. Se trataba de una extraña belleza masculina. Años después.

[75] recevoir.

[76] es fonéticamente enfática.

[77] lo mismo que un personaje académico de Poussin. Cuando le hubo mirado un rato.

de aromas y colores. Doña Xima avanzó, sonriente, con los brazos abiertos:

—*Onclo*[78] Tonet...

---

[78] Onclo, *«tío» en el lenguaje de los aristócratas mallorquines y también en el del habla de Pollença; en los otros pueblos de Mallorca, alterna la forma «tío», impuesta por la burguesía palmesana, con las formas «conco» y «blonco», de complicada y nada clara aplicación, pues se usa una u otra según se trate de un hermano del padre o de la madre, de un tío abuelo, etc. El fenómeno de la lingüística diastrática —es decir de las hablas diferenciadas por el estamento social del hablante— es, o ha sido hasta hace poco, muy marcado. El mismo L. V., en su narración* Charlus en Bearn, *incluido en el volumen de cuentos* El lledoner de la clastra *o, en castellano,* El almez del patio, *pone esta observación: «Como nadie ignora —traduzco—, en Mallorca la palabra* onclo *sólo puede usarse para designar a personas botifarres.»*

# 15

La hermosura es una fuerza trágica. Pretende el paganismo que la hermosura es la alegría de la vida. Para mí representó la tristeza. El Renacimiento colocaba la intensidad del placer artístico por encima de todas las cosas[1]. Qué aberración más grande, amigo mío. La divinización del cuerpo humano es un pecado contra Dios. Los antiguos nos han dejado graciosas esculturas de animales: corderos inocentes, nobles caballos y vacas apacibles. Al salir de visitar la fauna que se conserva en el museo Vaticano se siente el alma ligera, como después de un baño de pureza. Los artistas que trabajaron tan hermosas esculturas no pretendieron sacar las cosas de quicio ni actuar sobre nuestra sensibilidad de un modo desmesurado. Ellos sí, fueron unos verdaderos clásicos. El desasosiego y el pecado empiezan con la entronización del humanismo. Se ha dicho que el arte lo ennoblece todo, pero cuanto más artística, cuanto más delicada sea la representación de la belleza femenina, con tanta mayor intensidad hablará a los sentidos del hombre, haciéndole olvidar que existe una belleza moral y ultraterrena que es, en definitiva, la única que ha de salvarnos. La mujer hermosa y modesta, convenientemente vestida, aun constituyendo un peligro, puede ser una nota delicada y consoladora en nuestra vida afanosa. La mujer divinizada, la Venus, constituye un sacrilegio. Quienes afirman que el arte es siempre puro son o hipócritas o retóricos sin sensibilidad. El arte puede ser

---

[1] las cosas, incluso de la religión.

a veces una borrachera. Las tentaciones de San Antonio, las de Pafnuci, se hallan llenas de belleza terrenal y divinizada. Bellas y reprobables son las mujeres[2] del Giorgione, incluso las del Botticelli y las de Miguel Ángel, artistas, los dos últimos, por otra parte, católicos. Satanás sabe revestirse también de belleza y las Escrituras nos enseñan taxativamente que Luzbel era hermoso.

Xima aparecía deslumbradora. Llevaba un abrigo verde veronés y una capota de plumas. Su rostro constituía una porcelana pintada con los más delicados y artificiosos colores. Los ojos eran de una profundidad fascinadora, la boca un hechizo. Luzbel fue bello. A pesar de mi turbación, me di cuenta de que se parecía al señor, que pasaba por feo. Años después, doña María Antonia, cuyas facultades empezaban a declinar, me aseguró que a quien se parecía la deslumbradora criatura era a mí. Misterio de los juicios humanos[3].

² las Venus del Giorgione.
³ de los pareceres humanos.

# 16

—Nuestro hogar... ¿Te acuerdas de nuestro hogar, *onclo* Tonet? —dijo[1] doña Xima, sentándose a su lado—. Me gusta llamarte *onclo*[2].

Se había despojado de su abrigo de viaje y lucía un vestido crema, muy primaveral. Se movía con aplomo y sonreía siempre[3]. Recordé la máscara del primitivo teatro griego, cuando cada personaje era, del principio al fin, cómico o trágico. Había proscrito de su vocabulario la palabra «no». «Xima, la mujer que no se enfada»... Se hallaba acostumbrada a conseguirlo todo por la sonrisa. O no tenía sentimientos y obraba como un autómata o poseía la facultad de comerciar con ellos[4]. A veces he pensado si seres así, tocados de estupidez moral, son plenamente responsables de las catástrofes que desencadenan y si, en vez de condenarse como los criminales conscientes y quemar en el[5] Infierno, continuarán después de la muerte sonriendo por igual a la Verdad y al Error desde las tinieblas del Limbo. El señor la comparaba a una gata y parece evidente que aquella alma no podía ser del todo racional.

—¿No es verdad —dijo la gata, medio enrollada en un ban-

---

[1]   —dijo cariñosamente doña Xima.

[2]   onclo *en cursiva\*. La llamada remite a una nota a pie de página «Onclo». Palabra arcaica mallorquina que significa «tío». Ver la nota del capítulo 14.*

[3]   siempre. *Todo le hacía gracia o lo aparentaba. Recordé.*

[4]   con ellos. *Desconocía la vergüenza y a veces.*

[5]   quemar en infierno. *Es un catalanismo, muy propio del mallorquín: palabras como «infierno», «paraíso», «mar» y algunas otras, en ciertos casos de su uso sintáctico, no llevan artículo.*

co[6]— que me acompañarás a París comò la otra vez? A principios de año redonarán *Faust*[7].

El señor la miraba, un poco inclinado hacia adelante, con
los ojos pequeños y vivos surcados de arrugas, como el Voltaire de Houdon.

—Redonar es un galicismo, Xima.

—¿Acaso yo no soy un galicismo?

—Un galicismo delicioso. ¿Cómo sigue Campo Formio?

—No me hables de él. *Tout à fait snob.*

—Yo te lo decía.

—Todavía se cree enamorado de la Emperatriz. ¿A ti te
gusta Eugenia de Montijo? ¿No te parece una flor demasiado
abierta? Ella, como buena española, es ardiente, pero la virtud
se le sube a la cabeza... Le entusiasma gritar que es honrada.
Como ya no es ninguna niña...

El señor cerró los ojos.

—Critica —dijo.

—Ya está todo dicho. No sabe hacer de reina.

—¿Es que Luis Napoleón sabe hacer de rey?

Xima pestañeó[8]:

—*Il est charmant*[9]. Sabe conservar su dignidad. Figúrate que
todavía no he logrado ser presentada oficialmente. Oh, pero lo
conseguiré este invierno. Tengo su palabra. No quiero entrar
siempre en las Tullerías por la puerta pequeña.

—Sus entrevistas con Bismarck —dijo don Antonio— no
me parece que revelen mucha dignidad. Él, personalmente, no
debía haber accedido a conversar con el Canciller, sino con el
rey de Prusia. Ha humillado a Francia ante el extranjero. Los
Hohenzollerns (que en realidad no son reyes, sino marqueses)
desempeñan mejor su papel.

Doña Xima callaba porque no le interesaba la política. Él[10]
notó que se aburría y le tomó una mano.

—A ver... ¿Esta pulsera?

---

[6]  en un banco junto al hogar— que.
[7]  redarán «Faust».
[8]  Xima protestó.
[9]  «Il est charmant. Es muy distinto. Sabe.
[10]  El señor notó.

Ella le acarició la cara[11].

—Oh, ¿cómo lo has adivinado? Los diamantes son hermosos, ¿no te parece?

—Podrían ser más grandes. Y... ¿qué más?

—Esta sortija.

—¿A cambio de...?

Doña Xima[12] aparentó una indignación que era incapaz de sentir y respondió (hay que decir las cosas tal como son) con una frase cínica:

—*Mais voyons, Monsieur, je suis une honnête femme!*

—Tú vales mucho, Xima —dijo el señor[13]—. Eres una maravilla de Dios.

—Por Bearn dicen que del Demonio. Oh, ven conmigo, Tonet. He comprado el hotel de *l'Etoile,* ¿te acuerdas? Será todo como la otra vez. Con la diferencia de que ahora pago yo. Soy rica.

El señor no respondió. Ella había cogido un libro de versos y comenzó a leer:

—*Un soir, t'en souvient-il?, nous voguions en silence*[14]... ¿Te has hecho poeta? —dijo—. Por eso los diamantes del Emperador te parecen pequeños.

El señor hizo con la mano un gesto indeciso, muy suyo. Ella rió.

—Los poetas son muy generosos. En vez de regalar diamantes regalan lunas y estrellas... El Emperador de Francia, pobrecito, sólo ha podido comprarme esto.

¿Era una petición? ¿Había venido realmente[15] para procurarse dinero? Todos sabían que los señores se hallaban mal de intereses, que sobre sus tierras pesaban cuantiosas hipotecas[16]. Doña Xima, en cambio, llegaba[17] en coche arrastrado por caballos ingleses, con cochero y lacayo. Pero su corazón era así de seco. Yo esperaba que concretara su petición de un mo-

---

[11] Doña Xima le acarició la cara, riendo *corrige* y sonrió *corrige* y rió.
[12] Doña Xima aparentó.
[13] —dijo el señor riendo—. Eres.
[14] *El verso es de un famoso poema: «Le lac», de Alphonse de Lamartine.*
[15] realmente a Bearn para.
[16] pesaba una cuantiosa hipoteca.
[17] había llegado en coche.

mento a otro. Si lo hubiera hecho, temo que el payés que imperaba en mí[18], violento y aferrado a los bienes materiales (porque estas tierras son pobres y porque nos han enseñado que, puesto que se vive pobremente, toda mudanza puede empeorar la situación) habría saltado por encima de las conveniencias y le hubiera dado a la intrusa su merecido, a pesar del respeto que el señor me inspiraba. Pero yo ignoraba entonces que las mujeres como doña Xima no piden, sino que se hacen ofrecer y rogar.

Él[19] levantó la cabeza.

—¿Es decir, que eres rica? Me lo habían escrito, que Campo Formio se arruinaba.

Ella le miró, halagada de que le atribuyera el poder del mal.

—No me irrites, Tonet. Yo no arruino a nadie. Y si le arruinara, siempre tendría un plato en mi mesa. El hotel, ¿sabes?, todavía no lo he pagado, pero le hablé al Emperador y rió. Buena señal, ¿no es cierto?

—¿Así no necesitas ahora nada de mí? Tú me habías escrito...

—Oh —atajó ella rápidamente—, era antes de hablar con el Emperador. ¿No te digo que rió?

Respiré[20]. De pronto apareció sobre el portal la figura exci-

---

[18] creo que el payés de Bearn que imperaba en mí, a los diecisiete años, violento.

[19] El señor.

[20] Respiré. Yo amaba estos bosques que me han visto nacer, esta casa que, ya en vías de desintegración, era la casa de los Bearns, la estirpe rectora, gracias a la cual estos humildes parajes, destinados a la poesía de la pobreza, pero también a todas sus servidumbres, se habían alegrado con un perfume de cortesanía y de liberalismo. *En principio la supresión era hasta aquí.* Que tal liberalismo era peligroso resultaba indudable. Que los últimos Bearns abusaron demasiado *tachada esta palabra* de él no era sino demasiado cierto. Don Antonio especialmente colmó la medida. Una de las anécdotas que quiero que conozcas es lo acaecido con el difunto Mayoral (padre del de ahora). Lo he oído relatar más de una vez. El señor, que entonces era casi un niño, acababa de perder a su padre y recorría las tierras acompañado del Mayoral, que le daba cuenta de todo. Al llegar a una casita abandonada, cerca de S'Ull de sa Font, entrando ya en el olivar, se encontraron con una cama hecha *tachada esta palabra,* en la cual no reparó el señor. Su acompañante, que era tan tosco como su hijo, *tachada la frase entre comas* enrojeció, y como el pecado pesa más que el plomo, empezó a dar explicaciones inadecuadas, hasta que don Antonio comprendió que aquello era la madriguera en

tada de Bárbara Titana, que ya por aquellos días había perdido completamente la razón. Era alta y[21] desgarbada. Iba envuelta en un mantón obscuro que la cubría hasta los pies.

—Oh, Xima, hija mía —gritó—, deja que te bese. Eres un ángel, un serafín. No puedo tocarte con las manos, hija mía...

En su exaltación mística comenzó a hablar en tercera persona:

—Afuera la espera un carruaje conducido por dos generales. Los reyes de la Tierra se inclinan y le ceden el paso. Señor, ¿qué dice Vuesa Merced? En Bearn nunca se vio nada parecido.

—Nunca, Titana —repuso el señor.

Doña Xima la contemplaba con sorpresa[22].

—¿Es Bárbara Titana? No la hubiera conocido[23]...

La loca se encaró con ella:

—Xima, el señor Vicario quiere ponerte sobre un altar.

—Justamente, Bárbara —rió doña Xima.

La loca, extática, la miraba con fijeza.

—Señor —suplicaba en voz baja—, tóquele Vuesa Merced la cara, aunque sea sólo con dos dedos.

Doña Xima concedía, graciosamente:

—Tócame tú, Bárbara.

Ésta se decidió, con cierto temor, a tocarle los brazaletes.

—Oh, qué pulseras...

Se había arrodillado y rezaba a media voz. Doña Xima le sonreía[24] como a un animalito doméstico.

--------

donde se veía con una desventurada. En lugar de mostrarse serio y reprender al culpable, le pasó una mano por el cuello y le dijo riendo y mirándole a los ojos «No me hables más de cama. Yo *tachada esta palabra* No *la mayúscula es corrección sobre una minúscula* quiero saber nada de historias de cama. Nada, nada, nada.» Actitud que el Mayoral, en su tosquedad, interpretó como un pleno permiso, de lo cual no tardó en alardear en el pueblo, comprometiendo el nombre del señor y fomentando un pésimo ejemplo. Conviene recordar que muchos años después, cuando el señor ya había huido con la sobrina y *tachadas estas siete palabras y corregido* hubo adquirido fama de brujo, aquel hombre que siempre había habitado *corrige* habitara en la casa fue el primero en abandonarle el día que vio cómo el «auto-mobile» daba la vuelta al patio. *Aparte.* De pronto.

[21] alta y muy desgarbada.
[22] la miraba sorprendida.
[23] Titana? Oh, cómo se ha vuelto...
[24] la miraba complacida, como si se tratara de un animalito.

—¿Ha perdido la cabeza? —preguntó.

Don Antonio explicó que en el pueblo la consideraban en olor de santidad. Ella pareció alegrarse.

—Bien. Ya tengo una santa de mi parte —dijo. Porque todo se lo tomaba de la misma manera.

—Dios te protegerá, reina —seguía Titana en tono más bien declamatorio—. El bien que has hecho ha de tener su recompensa[25].

—Pero, Bárbara, si soy un demonio...

—¡Ángel, ángel del cielo!... Todos te adoramos —e inclinó la cabeza hasta tocar el pavimento—. Sin ti no habríamos[26] visto nunca una reina.

Era tanta la intensidad de sus sentimientos que parecía comedia. Declamaba como una mala actriz. Después he visto que muchos locos, contra lo que cabría esperar, son afectados. La observación, a decir verdad, pertenece a don Antonio. «Cuando la crítica no domina», decía[27], «todo es teatro de cazuela». Mira, si no, las cartas «sinceras», que se escriben los enamorados del mundo. ¿No nos parecen ridículas? ¿No es Ofelia, la pobre, una cursi modélica, como dirían en Cádiz?[28].

De pronto, Titana se enderezó y besó a doña Xima en la cara. Seguidamente se echó al suelo gritando:

—¡Ya puedo morir tranquila!

Parecía desmayada, pero no tardó en levantarse y se encaró con el señor.

—Bésala[29] —dijo imperativamente, con la cabeza muy alta, como una reina de comedia.

—Basta, Bárbara.

—¡Bésala, bésala! —gritó la loca agarrando una silla para tirársela a la cabeza.

El señor besó a doña Xima y Titana desapareció dando un grito.

---

[25] recompensa. *Aparte.* Doña Xima sonreía. *Aparte.* —Pero, Bárbara.

[26] el suelo—. Sin ti en Bearn no habrían visto.

[27] no domina», solía decir, «todo.

[28] cursi modélica. *Falta* como dirían en Cádiz. *La palabra «cursi» era un neologismo para el cura de Bearn: parece que la palabra empezó a circular poco antes de la penúltima década del siglo XX, hacia 1875-80.*

[29] *Dos palabras tachadas ilegibles, tal vez* Sí, Tonet, bésala.

—No sabía que hubiera perdido la cabeza —dijo la sobrina—. ¿No me decías que se había enamorado de ti?

—Hace tanto tiempo... —concedió el señor.

—¿Y tú?

—Yo un santo.

—¿No te gustaba?

—Siempre ha sido fea.

—Tu santidad la ha conducido a eso.

—Ella vive satisfecha —objetó el señor—. Y hoy de quien parece enamorada es de ti...

Doña Xima, que en París había recogido teorías de última moda, sonrió como un experto.

—No, Tonet. Es que se colocaba en mi lugar.

—*Fotre!*[30] —dijo el señor, un poco sorprendido—. ¿Cómo sabes tanto?

—Allá estamos muy espabilados.

Aquella escena me había dejado el corazón oprimido. Tío y sobrina restaban impasibles, con esa frialdad propia de los poderosos, que a veces nos parece, a los hijos del pueblo[31], el más alto exponente del egoísmo. Eran igual que dos cirujanos, dos vivisectores que hunden el bisturí sin preocuparse del dolor que causan. Por un momento sentí que les odiaba. Eran los «señores», los enemigos. Mi resentimiento duró poco. Cada cual es así como lo educan y ellos resultaban[32] en realidad dignos de compasión. Las damas de la corte de Francia se desmayaban a la vista de una araña y acudían a contemplar el suplicio de la Brinvilliers[33] y el descuartizamiento de Damiens.

---

[30] *Esta palabra, en castellano «joder», propia, en todo el resto del dominio lingüístico catalán, de gente malhablada, en Mallorca no es considerada especialmente grosera y se admite en un lenguaje algo vivaz y desenfadado, pero no soez, entre gente muy correcta.*

[31] del pueblo, como el más alto.

[32] y ellos eran en realidad.

[33] de Brinvilliers. *Marie-Madeleine, marquise de Brinvilliers, fue una envenenadora célebre, a quien degollaron y luego quemaron en 1676, en la plaza del Ayuntamiento, Place de l'Hôtel-de-Ville, llamada antes Place de la Grève, lugar habitual de ejecución de los criminales, en París; el público, naturalmente, asistía a estas ejecuciones. Robert-François Damiens fue un regicida frustrado: atentó contra Luis XV, a quien hirió de un navajazo; fue descuartizado en 1757.*

# 17

Mientras me entregaba a tales reflexiones, doña Xima y don Antonio habían desaparecido. Supuse si habrían ido al comedor a fin de tomar algo y, creyendo que volverían enseguida, me senté en una vieja mecedora y, vencido por las emociones de la velada, quedé dormido[1]. No puedo precisar el tiempo que permanecí en tal estado. Al despertarme, después de un sueño intranquilo, reinaba el más absoluto silencio y volví a mirar por el ventano. No había nadie. Sobre un banco, abandonados entre los papeles y libros del señor, se hallaban el abrigo verde de doña Xima y la capota de plumas. Todos aquellos objetos, iluminados por las llamas del hogar, aparecían[2] llenos de vida latente. Los dueños de tales prendas no tardarían en volver y proseguir sus actividades borrascosas. Entre tanto, abrigo, plumas, libros y llamaradas semejaban[3] palpitar en el silencio de la noche. Llegaron los culpables. No venían del comedor, sino de las habitaciones altas. Doña Xima, como siempre, muy satisfecha, se aposentó junto al fuego y volvió a exclamar, como en el momento de su llegada:

—Nuestro hogar...

Cerró los ojos y sonreía[4]. De pronto preguntó:

—¿Me enseñarás la sala de las Muñecas?

El señor denegó con la cabeza[5].

---

[1] me quedé adormecido.
[2] del hogar, estaban llenos.
[3] parecían.
[4] y sonreía. Hubo una pausa. De pronto.
[5] El señor debió denegar con la cabeza porque no respondió y ella dijo.

—¿Por qué, *onclo* Tonet? Tú sabes que siempre he tenido tanta curiosidad... Yo creía que tú...

Se hizo un silencio y ella comprendió que era mejor no insistir.

—¿Y Margarita? —dijo.

—Murió.

—Ah, es cierto[6]...

—¿Cómo está ahora París? —preguntó el señor.

Hablaban por hablar, como dos personas que no tienen ya mucho que decirse. Ella contestó ligeramente:

—Mejor que nunca. La exposición de hace dos años resultó deslumbradora. El Imperio afianzado por un par de siglos —y nos hallábamos en vísperas de Sedan—. Lesseps se dispone a inaugurar el canal. Offenbach triunfa en los *boulevards*[7]. ¿No conoces *La Grande Duchesse de Gerolstein?*

Y parodió en voz baja:

—Voici,
voici le sabre, le sabre, le sabre,
le sabre de mon père[8]...

—¿Es decir, que Luis Napoleón te paga el hotel?

—¿No te he dicho que rió?

—¿Y... nada más?

—Dijo: «Tendremos que ir los dos a visitar al Ministro de Hacienda.»

El señor hizo con la mano su gesto característico y mostró una ligera sorpresa aprobativa, abriendo un poco la boca e inclinando la cabeza; cosas que podían significar: «Esto ya está mejor.»

—Francia es tan rica... —prosiguió doña Xima—. ¿Qué representan seiscientos mil[9] francos entre todos los franceses? Una miseria...

Y expuso sus proyectos económicos y sentimentales.

---

[6] Ah, es cierto, murió... —murmuró doña Xima sin darle importancia.

[7] de Sedan—. Offenbach triunfando por los bulevares. ¿No conoces.

[8] La Grande Duchesse de Gerolstein, *opereta de Jacques Offenbach, se estrenó en 1867. La derrota francesa de Sedan fue en 1870.*

[9] 600.000 *corregido por mí* seiscientos mil.

—Verás. Hay un dragón...

—¿Cómo?

—Un teniente de dragones, muy joven, alto, pobre...

—Qué buen corazón tienes, Xima —interrumpió el señor[10].

Ella se fingió irritada por la burla[11] y le tiró del pelo.

—¿Por qué te cuento estas cosas? Eres muy malo, *onclo* Tonet.

—No me despeines la peluca. ¿Esos pendientes son buenos?

—Sí. ¿Por qué? Oh, no quiero contarte nada. Parece una confesión.

Él explicó que al llegar el coche[12] se estaba confesando con el señor Vicario.

—¿Dónde lo has metido? —dijo ella—. Bueno. Terminarás de confesarte mañana... Tendrás más cosas que contar. A ver, ¿cómo le dirás?...

—Le diré que entró un demonio...

—¿No soy una maravilla de Dios, un serafín?

—Lucifer también era hermoso.

—Pero no debía ser una criatura de Dios.

—¿Pues?[13].

—Esas cosas —dijo parpadeando— nunca he podido entenderlas.

Don Antonio inició algunas explicaciones y ella le interrumpió[14]:

—No digas herejías, *onclo* Tonet.

El señor prosiguió sin escucharla.

---

[10] el señor en voz baja.

[11] las burlas.

[12] El señor le explicó que cuando ella había llegado se estaba.

[13] —¿Pues? *Aparte*. Aquí el señor incurría en un sofisma, al confundir adrede o inconscientemente, a Luzbel con Lucifer. El primero, creado por Dios, era un arcángel hermoso. Al rebelarse y ser precipitado en el infierno se convirtió en Lucifer y se tornó feo, como consecuencia de sus culpas. Luzbel era una criatura de Dios, pero no Lucifer. Doña Xima pensó un breve momento. *Aparte.* —Esas cosas. *La lucubración del cura de Bearn convenía más a las denominaciones de Lucifer y Satanás, ya que Lucifer y Luzbel vienen a significar lo mismo, «el que lleva la luz», mientras que Satanás es el diablo o sea, «el calumniador».*

[14] Don Antonio le expuso algunas teorías y ella le interrumpió ligeramente.

—Pienso que entre Dios y el Demonio ha de existir por fuerza una coordinación, un equilibrio...

Es muy extraño que una española, aunque de costumbres licenciosas, sea una descreída. Doña Xima restó un momento seria, buscando argumentos que su cerebro no podía hallar.

—Calla, no es cierto —exclamó por fin—. Yo tengo principios.

El señor hizo notar que muy mal aplicados y recobró la risa. De cualquier modo, a ella le halagaba que se ocuparan de su persona[15].

—Pero tampoco debo ser tan mala —dijo.

—Ya oíste a Bárbara. ¿Y qué opina[16] el dragón?

—Que soy un ángel.

—¿Lo ves? Deberíamos intentar ponernos de acuerdo, porque por el pueblo[17] no lo consideran así.

Y con su agilidad acostumbrada preguntó, cambiando de tono[18]:

—Oye, ¿has visto ya alguna máquina de coser?

—Tengo una[19]. Me la trajeron de Londres, pero ya puedes suponer que no coso.

—Y teléfono, ¿tienes?

—Cada día lo uso, desde la cama, para dar órdenes a los cocheros.

Don Antonio repuso[20]:

—¿Sabes que tus criados han dejado al señor Vicario sin ensaimada? ¿De dónde descolgaste al lacayo?

—Es elegante, ¿no te parece?

—Bastante insolente.

—Eso digo. Hace casa grande.

A continuación se puso a explicar que había visto varias veces a tía María Antonia; mejor dicho, que se veían de continuo, pero que se hacían las distraídas, ignorándose, mutuamente.

---

[15] de ella.
[16] qué dice.
[17] por Bearn no.
[18] acostumbrada, que a veces parecía frivolidad, preguntó: *Aparte.* —Oye.
[19] Tengo una —repuso ella—. Me la trajeron.
[20] Don Antonio rió.

184

—Piensa —exclamó— si esto es difícil en un lugar como Bearn.

—Ya me supongo que las dos sabéis hacerlo muy bien[21].

Dijo las dos por cortesía, pero el mérito pertenecía exclusivamente a doña María Antonia. Doña Xima, según explicó ella misma, le hubiera ido a dar un abrazo. Desconocía el rencor, como tantas otras cualidades espirituales. Su tía[22] tampoco era rencorosa, pero sabía mantener las conveniencias. En el difícil arte social de la ignorancia era una gran señora. Al primero que se atrevió a contarle que doña Xima había llegado de París[23], le habló del Sena y de las vidrieras de *Nôtre-Dame*. Como la posada de los Bearns está en la Plaza, contigua a la iglesia, y la posada del pueblo según ya se ha dicho se halla[24] enfrente, desde los balcones de doña María Antonia se dominaba no sólo el portal de la fonda, sino las habitaciones de doña Xima, las cuales, como manifestara[25] el señor Vicario, habían sido forradas de damasco y adornadas con candelabros de plata, lo mismo que una capilla. Pero doña María Antonia no se asomaba nunca a los balcones, que sólo se abrían en caso[26] de procesión. La sobrina tenía siempre el carruaje enganchado en la puerta, pero la tía acostumbraba salir por el portal del jardín, que daba a un callejón apartado[27].

—Te advierto —dijo doña Xima— que todavía se conserva hermosa.

—A mí me lo ha parecido siempre —repuso don Antonio.

Y añadió la siguiente extravagancia, impropia de una cabeza tan clara como la suya:

—Dentro de un cuarto de siglo, tú serás como ella.

---

21  muy bien —repuso el señor.
22  espirituales. Doña María Antonia tampoco.
23  de París, ella le habló.
24  la posada del pueblo se hallaba enfrente.
25  las cuales, como había dicho *corrige* manifestado el señor vicario.
26  se abrían en día de procesión.
27  que se abría sobre un callejón. Nunca puede saberse hasta qué punto este acto es consciente *corrige* inconsciente o voluntario. En el caso de doña María Antonia parecía connatural en ella y debía ser legado de muchas generaciones de señores que, a cambio de haber sabido dominar sus instintos, conquistaron el prestigio mágico y amable que se desprende de las cinco letras de su apellido. *Aparte.* —Te advierto.

Doña Xima callaba, halagada. El señor le acariciaba los cabellos. Ahora sí que parecía un brujo vaticinando la incógnita del Tiempo.

—Cumplirás cincuenta años —explicaba lentamente—, tendrás el pelo gris, te harás respetable, darás limosnas...

Doña Xima sonreía a su hipótetica regeneración[28]. La idea de practicar la virtud a los cincuenta años le parecía bien porque todavía no contaba treinta[29].

—Me haré respetable —dijo[30] aprovechando una pausa, pues[31] mientras se hablaba de ella no interrumpía jamás— y cuando me muera...

—Cuando te mueras, unos buenos funerales... Y al cielo.

Ella le dio un abrazo.

—Qué bueno eres, qué generoso... Ven conmigo a París.

Tal fue la reacción ante el programa moral que le proponía su tío[32]. Él la miró con ironía, acaso con un poco de pena.

—¿Y el dragón? —dijo—. ¿Y el Emperador?

Doña Xima, con la mano, ahuyentó a los dos fantasmas.

—Oh, no inventes dificultades ahora. Tú para quien todo es sencillo[33] y amable...

El señor la seguía mirando con la misma sonrisa que Houdon atribuye a Voltaire. Ella callaba, porque le complacía que la miraran de cerca y temía interrumpir comentarios acerca de su persona. Don Antonio dejó caer en voz baja y clara cinco palabras que me hicieron estremecer de alegría:

—No cuento volver a París.

Sonó una risa argentina, algo exasperada[34].

—Oh, ¿ahora salimos con ésas? Yo que me figuraba... ¿Qué te ha pasado, Tonet? ¿Desde cuándo has cambiado?

—Quizá desde ahora mismo —repuso[35]. Y añadió—. He de

---

[28] regeneración moral. La idea.

[29] treinta. Las facultades proféticas del señor fallaron, por desgracia, en aquella ocasión. *Aparte.* —Me haré.

[30] dijo doña Xima.

[31] porque.

[32] le proponía el señor. Aquella desventurada no tenía enmienda. El.

[33] es ligero y amable.

[34] Ella rió alto. *Aparte.* —Oh, ¿ahora.

[35] repuso él. Y añadió.

decirte algo que todavía no se lo he dicho nunca a ninguna mujer.

Ella exultaba, porque como hace notar don Antonio en las Memorias, era más curiosa que una gata ciudadana.

—¡Oh, Tonet! Qué bueno eres... ¿Quieres confiarme un secreto? ¿Serán cosas íntimas, prohibidas? ¿Y me autorizarás para que lo cuente? La psicología empieza a ponerse tan[36] de moda...

—Tú harás lo que quieras

—Qué bueno eres... Qué maravilloso... Dime. Di. Te escucho, *onclo* Tonet.

Se hallaba enrollada sobre el banco, como una serpiente y le miraba con fijeza, parpadeando ligeramente. El señor dejó caer otras cinco palabras decisivas:

—No me has gustado mucho.

La alegría me cortó la respiración. Dios sea mil veces bendito. Loado sea su Santo Nombre. Doña Xima quedó también paralizada durante unos momentos. Después rió más alto que antes, con estridencia.

—Oh, eres delicioso, *onclo* Tonet... No he conocido a nadie como tú... ¿Y es la primera vez que le dices eso a una mujer? Qué original... A mí también es la primera vez que me lo dicen.

A pesar de su despreocupación había terminado por ponerse seria y buscó un espejo en su bolsa.

—No es necesario que te mires, Xima. Estás hermosísima —le dijo el señor con aire de añoranza.

—Eso es lo que yo creía.

—Puedes seguir creyéndolo. Quien ha variado soy yo. Y tampoco —añadió cerrando los ojos—. Ahora te veo... Calla. Ahora entramos en la Ópera. Tú vas de blanco. Gounod nos saluda. El Emperador también se ha fijado en ti. Coge los gemelos. Claro que te pagará el hotel, si te empeñas. Seiscientos mil francos... Nada. Los diamantes del brazalete son, empero, pequeños. Eres maravillosa, Xima. No hay nadie tan maravillosa como tú.

Soñaba en voz alta, como una sibila. Al verle en una actitud

---

[36]  a ponerse de moda.

tan extraña en él[37], no podía menos de recordar los rumores que circulaban acerca de su hechicería. Algo le pasaba en lo hondo y sus palabras surgían inspiradas y un poco locas, desde el corazón. Ella, mientras tanto, se había levantado en silencio y se asomaba al portal del patio. También acaso se hallaba conmovida. El señor prosiguió:

—No digas nada. Calla. Nunca te había visto tan bien como esta noche. Cuando te besaba no te veía. Para ver hay que situarse un poco a distancia. Dame una mano[38]. ¿Dónde estás? ¡Xima!

Abrió los ojos y se encontró solo. Ella se acercaba ya dulcemente.

—Estoy aquí, Tonet —y se sentó a su lado—. Contemplaba las estrellas. ¿Es decir, que me veías bien, con los ojos cerrados y de lejos?

Pero el señor había terminado de soñar.

—Aguarda un momento —dijo—. Es una sorpresa.

Salió[39] de la habitación. Doña Xima se acercó al armatoste de madera y lo observó detenidamente. La oí que murmuraba:

—¿Un *auto-mobile*?

Don Antonio volvió con un estuche: era[40] un collar de diamantes que había pertenecido a su madre y se lo entregó[41]. Aquella joya constituía[42] el único objeto de gran valor que restaba en la casa. Mi protector me lo había enseñado algunas veces diciéndome que, si no quedaba otra solución, lo vendería para salir de trampas. Ella le saltó al cuello, exagerando una alegría que tenía motivos para ser sincera.

—Un collar de diamantes —exclamó—. *Onclo* Tonet, eres encantador... Oh, qué alegría[43]... Luis Napoleón...

Él sonrió con modestia:

—Los míos son un poco más grandes[44].

---

[37] en él, un enciclopedista discípulo de Diderot, no podía.
[38] Dame una mano. Dama. ¿Dónde.
[39] Y salió.
[40] El señor volvió con un estuche en la mano: un collar.
[41] entregó a doña Xima.
[42] Aquella última joya era el único.
[43] qué alegría más grande...
[44] más grandes —dijo en voz baja.

—Pero ¿por qué me lo regalas? ¿Y no vendrás conmigo a París?

Don Antonio dijo que no con la cabeza.

—Oh —rió doña Xima—, nunca me han dado calabazas con tanta esplendidez. ¿Qué puedo hacer por ti, *onclo* Tonet?

—Divertirte con aquel dragón.

—¿Celoso?

El señor la miró con tristeza. No estaba precisamente celoso del teniente, y lo ha expresado muy bien en sus escritos: acababa de comprender que la eternidad[45] no se logra vendiendo el alma al Diablo[46], sino deteniendo el tiempo, fijándolo. La eternidad que él deseaba (eternidad terrenal, porque era demasiado pagano para pensar en la otra) se la tenía que crear él mismo. Era tarde para repetir, pero no para recordar. No necesitaba ya a doña Xima, sino su imagen[47]: las Memorias, el retiro de Bearn, una pluma, tinta y papel[48].

—Mira —dijo—, de niño me he divertido mucho saltando a la comba. Y, ya mayor, con un trapecio... Ahora todo esto sería absurdo. Y no se trata, sin embargo, de renunciar a mi infancia. Siempre recordaré con gusto lo que llegué a realizar en el trapecio.

—Para el trapecio parece ya un poco tarde —contestó doña Xima.

—No lo creas. Es tarde para repetir, no para recordar... No me moveré de aquí. Veo muy bien lo que tengo que hacer. Supongo que no me entiendes —añadió, mirándola, después de una pausa.

Ella se le acercó con halagos felinos.

—Oh, Tonet, ya sabes que no soy más que[49] una gata de

---

45  la eternidad que anhelaba no se logra.

46  al Diablo, cosa que es una ingenuidad medieval, germánica, sino.

47  su imagen. No la mujer, sino las Memorias.

48  y papel para escribir *corrige* y papel... *Esta idea, netamente proustiana, de la necesidad de escribir para perpetuar las experiencias vividas o para recuperar el tiempo perdido es expresada ya en* La novel·la de Palmira: «*Pero de pronto sentí que a mi felicidad física le faltaba una estilográfica y unas cuartillas que la consignasen*» (final del cap. II). *Pero en* L. V., *más que la idea de perpetuar o de detener, inmortalizar, etc., domina la idea de literaturizar.* «*Sabía que algún día podría hacer algo de literatura sobre todo aquello*», *dice en algún lugar de su obra.*

49  no soy sino una gata.

enero[50]... Y tú, tan bueno, tan comprensivo... Escucha. Ahora sí que estoy avergonzada. Oh, no se me hubiera ocurrido nunca, la vergüenza a los veintiocho años.

Apoyó la cabeza en su hombro y le dijo en voz baja algunas palabras que no pude entender.

—Sí —repuso el señor, cogiendo el collar—. Mira, éste. Le haces una sortija con este solitario. ¿Cuántos años tiene tu dragón?

—Veinte.

Don Antonio había ya cumplido cincuenta y ocho[51].

—Veinte años —pensó en voz alta—. Teniente de dragones. ¿Cómo se te ha ocurrido pedirme permiso?

Ella le besó la mano, emocionada por tanta generosidad.

—Bien —dijo el señor—. No nos pongamos tontos. ¿Te acuerdas de nuestra divisa: «Siempre por encima del corazón»? Ahora son las diez y media. Si quieres hacerme un favor, vuelve enseguida al pueblo. María Antonia estará todavía levantada. Ve a visitarla de mi parte.

—No me transtornes.

—No estás nada transtornada; lo harás muy bien. Le dices que vienes de aquí y que me has encontrado en la cama, enfermo, solo...

—¿Grave? —preguntó doña Xima.

—No demasiado. A María Antonia no le gustan los extremos[52].

—¿Y... que venga?

—No. Eso ya es cuenta suya[53]. Ah, un consejo: en casa de tu tía no te hagas anunciar por ese general de librea.

—¿Cómo debo hacerlo?

—Dejas el coche lejos, entras sola y dices: Tía María Antonia, mañana me embarco. ¿Quiere algo para París?

—Así lo haré.

El señor la ayudó a ponerse el abrigo y se lo hizo abrochar hasta la garganta para que su esposa no[54] la viera escotada. Era

---

[50] de enero, me lo ha dicho mil veces... Y tú.
[51] y ocho. Era tarde para repetir...
[52] las exageraciones.
[53] es cosa suya.
[54] para que doña María Antonia no.

muy delicado y respetaba siempre las conveniencias, por lo menos las pequeñas. Doña Xima desapareció en la oscuridad y se oyó ruido de caballos y de campanillas. Él[55] restó un momento de pie sobre el portal. Después se acercó a una puertecita de escape que daba a la cocina y dijo:

—Madò Francina, hay que preparar la habitación de la señora. Envió recado que viene dentro de un rato. Mira si hace falta algo y ponle Agua Florida en el tocador.

[55] campanillas. Don Antonio.

# 18

Doña María Antonia llegó hora y media más tarde. El señor había ordenado que todo el mundo se acostara, incluso Madò Francina, que se resistía a hacerlo. Yo quedé exceptuado de la orden general[1]. Él esperaba, como así ocurrió, que la señora[2] vendría para no volverse a marchar. Se hallaba muy satisfecho y discurría proyectos a fin de hacerle la existencia agradable.

—Encontrará que la casa está algo sucia, porque es su manía, pero[3] limpiarla la distraerá. Tenemos que decir a Madò Francina que busque mujeres para blanquear.

—¿Vuesa Merced cree que viene para quedarse? —me atreví a preguntar.

—Desde luego —replicó con aplomo—. Así me lo ha enviado a decir. El señor Vicario lo arregló todo. ¿Y tú, que has hecho desde que cenamos? —añadió, mirándome con curiosidad—. La sobrina de París ha estado aquí. ¿No la has visto?

—No señor —respondí temblando.

—¿No oíste el coche? Es extraño, porque lleva muchas campanillas.

Pero se distrajo inmediatamente. La idea de su esposa[4] le obsesionaba.

—Deseará un sacerdote, Juanito, como si lo viera. Lástima

---

[1] general. Mi protector me cobraba de día en día mayor afecto y aquella noche quiso que fuera el único que asistiera a la llegada de la señora. Él esperaba.

[2] que vendría.

[3] pero el limpiarla.

[4] La idea de doña María Antonia le obsesionaba.

que tú todavía no puedas decir misa. También deberías saber jugar al tresillo, que le gustaba tanto.

A cada momento nos asomábamos a la *clasta*[5]. Por fin, en el silencio de la noche, oímos un carruaje[6]. Biel, el cochero y *factotum* de la señora[7], venía hablando con la caballería[8]. Porque, contrastando con el brillante tren de doña Xima, que poseía *landeau* y lacayos uniformados, doña María Antonia[9] llegaba en un viejo carricoche arrastrado por una mula de labranza. Aquel contraste, que hería mi sensibilidad[10], lo he comentado posteriormente con mi protector, el cual parecía no concederle ninguna importancia.

—¿Qué tiene que ver el lujo con las cualidades morales, ni siquiera con la categoría social?

—Su sobrina —repuse, enrojeciendo a mi pesar— no debía presentarse con dos lacayos de uniforme, cuando la señora...

—¿Por qué te enfadas para comentar hechos que son, al fin y al cabo, naturales? Doña María Antonia[11] no necesita deslumbrar a nadie. Xima, en cambio, no pasa de ser lo que en Francia llaman una *cocotte*. ¿No comprendes que necesita rodearse de más aparato que mi esposa? Existe una carta de la emperatriz de Austria a su hija María Antonieta que deberías conocer. Ya sabes que María Antonieta era muy aficionada al lujo y a las modas. Tenía una modista (una judía alemana: Mme. Bertin. Si algún día vamos a París te enseñaré su establecimiento, *rue Saint Honoré)* que la engrescaba y le calentaba la cabeza. En un solo año le hizo estrenar setenta y dos vestidos de seda. Esto[12] motivó que la Emperariz[13] le escribiera la carta a que aludo. En ella le decía que «aquella ostentación era impropia de una reina». El recuerdo de la Du Barry se hallaba todavía reciente.

---

[5] a la *clastra* para ver si llegaba. Por fin.
[6] carruaje. El señor conoció desde lejos la voz de Biel.
[7] de su esposa, que venía.
[8] con la mula.
[9] doña María Antonia, siendo la señora, llegaba.
[10] mi sensibilidad moral.
[11] Antonia es una señora y no necesita.
[12] Ello motivó.
[13] que la emperatriz, desde Viena, le escribiera.

El señor había reconocido la voz de Biel. Antes de que el coche entrara en la *clasta* concibió una idea: me agarró por un brazo y me arrastró al cuarto interior[14] desde el que acababa yo de espiar su entrevista con doña Xima.

—Aquí —dijo— veremos la llegada sin que ella se aperciba. Observaremos cómo entra, qué equipaje lleva (lo de su equipaje ha sido siempre muy curioso) y qué cara pone. Ven conmigo. Y no te olvides —añadió sonriendo— que escuchar detrás de las puertas ha sido siempre una cosa muy fea.

Cuando el coche enfilaba[15] el portal exterior, el reloj daba doce campanadas. Doña María Antonia contaría ya unos cincuenta y cinco años; todavía se conservaba hermosa y tenía un aspecto sencillo que cautivaba.

—Lo primero el reclinatorio, Biel —dijo con voz tranquila y muy segura.

—El espantamoscas[16] y la almohada de velludo ¿dónde lo quiere? —preguntó Biel.

El señor me pasó un brazo por el cuello y me miró sonriendo.

—Todo junto —repuso doña María Antonia—. El Santo Cristo encima de la mesa, con la botella de agua bendita y el pozalito de plata.

Se[17] había sentado junto al hogar y miraba libros. Mientras los ojeaba seguía dando órdenes.

—Las escobas —Biel entraba con seis escobas nuevas— no debes ponerlas junto al reclinatorio. Y el agua de olor tampoco me gusta verla al lado del agua bendita: todo lo que sea cosa de tocador lo colocas en una silla.

El señor me daba golpecitos en el cuello[18].

—¿Manda algo más? —preguntó Biel.

La señora le encargó que al día siguiente fuera a Inca a buscar a un sacerdote y a comprar jabón de violeta.

—Si no encuentras cura —añadió— subes con un Hermano. Siempre servirá para rezar el rosario.

---

[14] interior, que tenía el ventano junto al hogar, desde.
[15] el coche de la señora entraba por el portal.
[16] «S'arruixador» de moscas y la almohada.
[17] Ella se había sentado.
[18] en el cuello, complacido.

—¿Y si no encuentro jabón de violeta?

—Traes otro cualquiera, pero procura que sea fino.

—Buenas noches.

—Adiós, Biel. Cuidado con el recodo de la Cruz, que la mula no ve.

—Mejor que Vuesa Merced. Lo que tiene es picardía.

Al quedar sola, doña María Antonia paseó la mirada por las paredes.

—Bueno, ¿no hay nadie por aquí? —se dijo en voz baja.

Entonces el señor juzgó que había llegado el momento de aparecer e hizo la salida con una naturalidad de teatro. Me parece todavía verle avanzar rápidamente por el largo zaguán, con su hábito gris de franciscano y su peluca azulada.

—¿Cómo estás, María Antonia?

Ella sonreía sin moverse de su sitio.

—Hola, Tonet. Se empieza ya a estar bien junto al fuego.

—Has sido muy amable en venir a estas horas. ¿Te ha transtornado mucho mi enfermedad?

—En absoluto, Tonet. ¿No ves que te conozco?

Eran fuerzas muy igualadas[19]. Él intentó hacer una alusión discreta respecto al pasado y la esposa[20] le interrumpió:

—No hablemos de eso, porque sin querer podríamos enfadarnos.

—Tienes razón. En el tocador encontrarás Agua Florida y tal vez jabón de violeta.

—Es decir, que me escuchabas cuando hablaba con Biel.

—Ya te lo podías suponer.

Naturalmente[21], lo había supuesto. Se conocían de sobra y el conocimiento, la comprensión, solía decir don Antonio, equivale al perdón. Cuando pienso que aquella gran inteligencia y aquella bondad básica le han servido tantas veces para abrazar[22] herejías que acaso le hayan condenado, me parece vivir en el más grande y más trágico de los despropósitos. Siempre recordaré (fue el día que celebré mi primera misa) que[23]

[19] igualadas y verdaderamente se conocían. El.

[20] al pasado y ella le interrumpió.

[21] La señora, naturalmente.

[22] para decir herejías.

[23] que el señor durante.

durante el desayuno, me dijo al oído que entre Dios y el Demonio no existía más que un «malentendido». Si me hubiese dado un puñetazo en pleno rostro no me habría transtornado tanto. Sin saber qué hacía, me levanté de la mesa y me encerré en mi cuarto, ante la estupefacción de los convidados, que no habían oído las palabras sacrílegas. El señor me envió inmediatamente un billete escrito a lápiz: «El chocolate se enfría.» Era una orden[24]. En vez de obedecerla, contesté con un largo protocolo diciendo que cuando el impío Voltaire estudiaba con los jesuitas, ponía pedazos de hielo en las pilas de agua bendita, a fin de que los religiosos encendieran las chimeneas, que permanecían apagadas hasta que el agua de aquéllas se helara; que a mí no me importaba que el chocolate se enfriara, pero que me horrorizaban sus palabras[25], más frías que el hielo, y que no volvería a la mesa salvo en el caso de que el señor, contritamente, pidiera perdón a Dios del despropósito que había pronunciado. Han transcurrido muchos años y todavía ignoro si mis palabras eran dictadas por la virtud o por la arrogancia[26]. Yo no había hecho el sacrificio de mi juventud llena de tentaciones por un «malentendido». El señor debió encogerse de hombros. Leyó el protocolo y me lo remitió con una sola palabra escrita al margen, de su puño y letra: «Perdón.» Con los ojos hinchados de llorar, volví en el acto a la mesa y allí, ante todo el mundo, me propinó riendo dos pescozones que me hicieron ver las estrellas. Después me obligó a beber una copa de no sé qué.

—Los nervios —dijo— se curan así. Lo he leído esta mañana en un libro alemán.

El señor se acercó a doña María Antonia y la besó en la frente.

—Necesitaba —dijo— sorprender tu primera impresión, ver cómo entrabas, cómo mirarías el hogar, qué equipaje llevarías... Eso de tus equipajes ha sido siempre tan gracioso...

—Bueno —interrumpió ella—, hablemos de todo. Xima ha

---

[24] una orden de volver a la mesa. En vez.
[25] Sus palabras, mil veces más frías.
[26] arrogancia. Me sentía el corazón dolorido. Yo no había.

venido a verme. Por cierto que ha hecho una aparición[27] la mar de afectada. Desde el portal de la calle ha comenzado a gritar: «Tía María Antonia, ¿quiere algo de París?» Qué modales, ¿no es cierto? ¿Eso debe estilarse en París?

El señor quedó un poco desconcertado.

—¿Cómo tenía que hacerlo? —murmuró.

—De una manera más natural. ¿De qué le sirve andar siempre con dos criados de librea? Yo la he besado (¿qué tenía que hacer?) y le he preguntado que desde cuándo se encontraba en Bearn, a pesar de que estos días nos topábamos por todos sitios.

—¿Y ella qué te ha dicho?

—Me ha dicho que acababa de enterarse de que yo estaba en el pueblo. Hubieras visto con que cara de niña inocente me ha hablado de tu enfermedad...

—Es una ingenua. Ya sé que se ha corrido la voz de que venía para hacerme hipotecar estos bosques. No sólo es falso, sino que, sabiendo que no tengo un céntimo, me convidaba a ir a París.

—Pobre Tonet —repuso doña María Antonia—. Esos dos días no ha hecho más que ir de un sitio a otro para ver lo que se podía pedir sobre tus tierras, y cuando ha sabido que las tierras bajan de valor y nadie quiere dejar nada, porque las tienes hipotecadas de sobra[28] ha venido a convidarte. Todavía te habrá sacado alguna cosa.

Un collar de diamantes. No le había sacado más[29] que un collar de diamantes que valía[30] tanto como la mejor casa de Bearn, muebles incluidos. Y se lo había sacado sin pedirlo, sino invitando generosamente a su víctima... El señor inclinó la cabeza y respondió un poco confuso:

—El collar de mi madre. Al fin y al cabo era de su bisabuela[31]. De no ir a ti, y tú me lo devolviste el día que nos separamos, parecía natural que... ¿Te sabe mal?

---

[27] una entrada la mar de.
[28] hipotecadas, ha venido.
[29] más, aquella desventurada, que un collar.
[30] valía por lo menos tanto.
[31] era su abuela. De no ir.

—En absoluto. Pero, dadas las circunstancias, puedes estar seguro de que a tu madre no le parecería tan natural.

Él no contestó y se sentó frente al fuego, con la cara entre las manos[32].

—¿Estás segura de que le han dicho que no querían dejar dinero sobre las tierras?

—El Alcalde y el Secretario han venido a contármelo. Si no se habla de otra cosa... Por eso, en lugar de dinero, te ha pedido[33] el collar.

El señor se sentía vencido. Intentó, más que convencer a doña María Antonia, convencerse a sí mismo.

—Tampoco es exacto —dijo levantándose—. Ella no me lo ha pedido.

—Ha preferido que se lo ofrecieras, Tonet. Y ahora ¿quién priva por allá?

—Fijo, el Duque, como siempre. El Emperador parece que tambien la solicita. Y hay un teniente de dragones, joven, de familia pobre...

—Qué historia tan conmovedora —dijo doña María Antonia—. No me sorprendería que el collar fuera a parar a manos del dragón.

—Al dragón —repuso don Antonio— sólo cuenta regalarle un diamante para una sortija[34].

—¿Eso te ha dicho? Pero esta mujer no está en sus cabales. Hay cosas que no se dicen.

—Yo te aseguro que es una ingenua.

—O que ha topado con un ingenuo.

Él[35] había vuelto a sentarse y meditaba.

—Hace un par de horas —dijo—, en este mismo hogar, Xima ha sido sincera. Me ha pedido permiso para regalarle un diamante al dragón. Su sinceridad era real, sin perjuicio de que luego le regale el collar entero. Todo varía, María Antonia; los

[32] las manos. *Aparte.* —¿Qué te pasa? —preguntó doña María Antonia. *Aparte.* —¿Estás segura.

[33] te ha sacado el collar.

[34] sortija. *Aparte.* Doña María Antonia se escandalizó, no del hecho, que no podía extrañarle tratándose de doña Xima, sino del cinismo de confesarlo. *Aparte.* —¿Eso.

[35] El señor había.

momentos de sinceridad pasan como los otros: el eternizarlos depende sólo de uno mismo.

La esposa[36] le acarició como a un niño.

—Eres muy bueno o muy tonto, Tonet.

—Y tú eres maravillosa. Nunca he querido a nadie como a ti[37].

—¿A cuántas has dicho lo mismo?

—Es cierto, pero de otra manera. ¿Te quedarás conmigo?

—Si veo que te portas con sensatez...

—A la fuerza —repuso el señor.

—Si me prometes quemar estos libros... Porque aquí tiene que haber muchas obras malas.

—Según contesten del Obispado. Veremos cuándo contestan.

—Si te confiesas...

—Pero si no deseo otra cosa...

—Si te arrepientes... Si sabes olvidar...

El señor la miró con dureza. Pobre doña María Antonia. A pesar de su inteligencia y de su intuición, ahora sí que no le entendía. No te lo tomes a vanidad, Miguel[38], pero es bien cierto: al señor, que ha corrido tanto mundo y que ha tratado a tantas personas diferentes, no le ha comprendido nadie más que yo. Lo afirmo porque es la verdad y me di cuenta en el instante mismo en que doña María Antonia acababa de rozar un punto peligroso, el único quizá que le convenía dejar en la sombra. Don Antonio lo concedía todo, incluso quemar su biblioteca[39], pero no podía renunciar a los recuerdos[40]. Que tales recuerdos eran a menudo pecaminosos no ofrecía dudas, pero se hallaban de tal manera encarnados en su alma que resultaba imposible realizar la extirpación[41]. Podía intentarse en-

---

[36] Doña María Antonia le acarició.

[37] a ti. *Aparte.* Ella sonrió. *Aparte.* —¿A cuántas.

[38] Miguel, «laus in ore propria vilis est», pero.

[39] biblioteca, si era necesario, pero.

[40] recuerdos, que es lo único que nos queda cuando la edad nos obliga a renunciar a las acciones. Que tales.

[41] la extirpación, como lo resulta por ejemplo la de un tumor de hígado. Podía.

noblecerlos o[42] condenarlos, pero no suprimirlos[43]. La última amante del señor, la más fiel, la que le acompañó en su soledad, fue la Memoria, y a sus Memorias, en efecto, lo ha sacrificado todo: dinero, buen nombre, incluso la belleza de doña Xima. Así, pues, al oír las palabras de su esposa, se levantó y fue a sentarse en el otro extremo de la habitación.

—Eso nunca —dijo—. No me lo pidas, que no puedo olvidar nada.

Pronunciaba con acritud. Ante aquella reacción[44] la esposa tuvo un instante de desaliento y se enjugó una lágrima. Después, sin articular[45] palabra, empezó a reunir su equipaje.

—Tan pronto amanezca me marcho —dijo—. No me voy antes porque temo la oscuridad. Tú me lo enviarás todo, ¿no es esto?

Él se levantó y la abrazó con ternura. Volvía a ser el de siempre.

—Tonta... Me pareces una niña[46]. Te asusta la oscuridad...

Como se hallaban en el extremo opuesto[47] y hablaban en voz baja no lograba entenderles, pero era evidente que venía la reconciliación. Doña María Antonia, aun cuando[48] no podía comprender ciertos aspectos de su marido[49], tenía el tacto de olvidar y dejar, en caso necesario, las cuestiones en el aire. Poseía verdaderas condiciones diplomáticas y lo que pudiera llamarse el talento de la permuta. La negativa del esposo[50] restaba en el equívoco porque doña María Antonia proponía «arrepentirse y olvidar» y él había contestado que «no podía olvidar nada», como si lo importante fuese la segunda parte de la cuestión en lugar de la primera. Parecía bastante claro que no se arrepentía, pero el instinto práctico de la señora, para no tener que admitir una realidad tan dolorosa, corrió un velo sobre

---

[42] intentarse, tal vez, ennoblecerlos (no sé cómo) y hasta condenarlos.

[43] suprimirlos. Lo que había sido no podía borrarse. La última.

[44] acritud y tenía cara de pocos amigos. Ante una actitud tan poco contrita, rara en él, la esposa.

[45] sin pronunciar palabra.

[46] una niña pequeña.

[47] opuesto de la habitación y hablaban.

[48] Doña María Antonia no podía.

[49] su marido, pero tenía.

[50] del señor.

aquel equívoco y empezó a negociar, seguidamente, otros aspectos. Era necesario quemar algunos libros. ¿Por qué esperar la decisión del Obispado? ¿No se sabía que Voltaire era malo, que Diderot fue ateo? Se había acercado al hogar[51] y apoyaba una mano sobre la espalda del señor.

—Quema estas cosas, Tonet. ¿Lo quieres? Mira, éste al menos... Voltaire... Figúrate. ¿Y éste? Renan. *Vida de Jesús*... Oh, éste...

—Si ha de darte gusto...

Sin replicar, el señor iba arrojando al fuego[52] los libros indicados. Aquella docilidad halagaba a la esposa, que sonreía ante la hoguera. «Asimismo» —pensaba—, «Tonet es muy bueno. Tiene cosas raras y reacciones[53] a veces un poco bruscas, como los niños, pero le agrada complacer. No hay que hacer caso de pequeñeces cuando se muestra tan transigente en lo fundamental». Tales razonamientos no eran hijos del análisis ni del amor a la exactitud[54], pero le tranquilizaban y los empleaba para su uso como podía haberse valido de un paraguas, no porque el paraguas nos revela ninguna verdad, sino porque nos defiende[55] de la lluvia. A mí, que seguía detrás del ventano (ahora, en cierta manera, legítimamente, ya que el mismo señor me había inducido a ello), no me engañaba la docilidad de don Antonio. Años después, él mismo me especificó la poca importancia que para él tenían ya aquellos libros.

—Es natural —me decía— que el hombre lea hasta la mitad de su vida, pero llega un momento, cuando la personalidad se halla formada, en que le conviene escribir. O tener hijos. Si nos ilustramos, es para ilustrar alguna vez, para perpetuar lo aprendido.

---

[51] al hogar y doña María Antonia *corrige* ella apoyaba.
[52] al hogar.
[53] raras y salidas a veces.
[54] a la verdad.
[55] nos ampara.

# 19

Hubo un instante en que ella[1] se sintió conmovida ante la condescendencia del señor.

—Pobre Tonet —exclamó— ¿Qué harás ahora sin libros?

—Te tendré a ti. Tú quedas a cambio de los libros[2]. Cuidado, que estás quemando el *Kempis*.

—Oh —se lamentó doña María Antonia—. ¿Por qué me lo decías? ¿Eso qué es?

—La Enciclopedia. Pero estos tomos son *El Año Cristiano*. Es que están encuadernados igual.

—No debiste encuadernarlos igual. ¡Qué hoguera tan hermosa! —añadió, satisfecha.

El señor sonrió con malicia.

—¿Qué dirá don Andrés? Ahora le estropeas la canonjía...

Ella le miró curiosamente y entonces mi protector le colocó una historia, probablemente inventada por él[3], de que si don Andrés hubiera podido presentarse al señor Obispo[4] como autor del auto de fe, Su Ilustrísima lo hubiera nombrado canónigo. Ella se detuvo.

---

[1] en que doña María Antonia se sintió.

[2] libros. La edad de leer ha pasado. Cuidado.

[3] por él (porque cuando se trataba de hacer ingenio no tenía muchos escrúpulos), de que si.

[4] al Palau como autor. *La denominación de Palau, literalmente «palacio», designa a modo de antonomasia la residencia episcopal, mientras que similarmente la residencia del rey es designada por la palabra castellana* Palacio. Anar al Palau *y* anar a Palacio *(aquí sin artículo) supone respectivamente ir a ver al Obispo y al Rey. En la capital mallorquina existen el* carrer del Palau *y el* carrer de Palacio, *hoy rotulado oficialmente «del Palau Real».*

—¿Quién te ha dicho lo de la canonjía? ¿Hablas formalmente?

—Son ideas mías.

—Ah...

La señora siguió arrojando libros al fuego, aunque más despacio. Al fin se detuvo.

—¿Pero, si fuera cierto?

Creo que sentía en aquel instante una especie de remordimientos[5]. El señor le inspiraba lástima[6], y buscaba pretextos para dilatar aquella sentencia que ella misma había exigido. Don Antonio le cogió una mano y le hizo un breve elogio de sus dedos, que eran finos y descarnados[7].

—No sé qué les encuentras[8]. Siempre me lo has dicho, que mis manos[9] parecían hermosas. Pobre Tonet —continuó—. ¿Qué harás ahora sin libros?

—Ahora todo tendré que sacarlo de mí. Goethe era un primitivo[10]. ¿A quién se le ocurre que Faust se redima conquistando terrenos al mar?[11] Está bien que una jornalera de Bearn crea que la dicha consiste en heredar[12] cien mil duros, pero Goethe tenía el deber de profundizar un poco más. Mira, cuando yo era niño recordarás que monté un trapecio...

—Xima me ha dicho que se lo habías contado.

—¿Te lo ha dicho? Así vuestra entrevista ha sido cordial.

—Muy cordial.

—Yo no renunciaré al trapecio, María Antonia. De pensamiento, claro. Ni a nada.

—Pero ¿no me has autorizado para quemar...?

—Sí. Todo[13]. Estos libros ya no representan nada para mí. Ahora escribiré yo. ¡Y verás!...

[5] remordimientos porque el señor.

[6] lástima, no habiendo captado por completo que el destino del esposo no era ya leer, y buscaba.

[7] descarnados; un madrigal digno de un abate francés.

[8] les encuentras —replicó ella—. Siempre.

[9] *Falta* mis manos.

[10] un primitivo, como buen alemán. ¿A quién.

[11] al mar? La Verdad no se halla fuera, sino dentro de nosotros mismos. Está bien.

[12] en tener cien mil duros.

[13] Todo. *Aparte.* Tengo miedo que incendiemos la chimenea —dijo ella. *Aparte.* —Estos libros.

Ella le miró con recelo.

—Espero que no escribirás disparates —dijo.

—Lo procuraré. Quisiera describir[14] la armonía de los mundos y trabajar para la concordia...

—¿Ves? Eso me parece bien —exclamó doña María Antonia sin querer entrar del todo, por si acaso, en el fondo de la cuestión—. La buena armonía...

Y de pronto (al fin era mujer, aunque ya se considerara vieja) le miró con cierta malicia.

—Tienes que contestarme a una pregunta, Tonet. ¿Te ha molestado que Xima tenga un dragón?

—No. Es muy natural.

—Natural para ella —aclaró la señora—. ¿Es debido a eso que no has querido ir a París? Hubieras sido el segundo, pobre Tonet.

—Que yo sepa —replicó éste— hubiera sido el cuarto.

—Oh, Dios mío... ¿Tres antes que tú?

—Cuenta. El Duque, el Emperador y el dragón.

—Asimismo —comentó, ensimismada, doña María Antonia—, tenemos una sobrina muy desquiciada. Y mira que[15] haberme visto obligada a besarla... ¿Pero qué remedio me quedaba?[16].

—Guardar rencor a nadie es una tontería —exclamó él.

—No le tengo ningún rencor. Ahora, que estoy contenta de que se marche y que si ha de escandalizar lo haga lejos de casa.

—Allí[17] no escandalizará. Todo el mundo hace lo que quiere.

—De la madre del Emperador, ¿no se dijo...?

—¿De la reina Hortensia? Desde luego. Y de su tía, Paulina Bonaparte...

—Por lo visto, todos pueden ir con Xima —exclamó[18] doña María Antonia—. Mira que nuestra sobrina ha sabido relacionarse con una gente...

---

[14] escribir.
[15] mira que yo haberme visto.
[16] me quedaba? ¿Qué tenía que hacer?
[17] —Por allí no escandalizará.
[18] —dijo.

Quedó pensativa. Era auténtica Bearn, profesaba, como su marido, la creencia de que las familias se forman[19] en el transcurso de los siglos y no sentía ninguna veneración por la realeza. «Nuestra casa —solía decir el señor— no debe nada a ningún rey. Al contrario. Cuando vino Carlos V de paso para ir a conquistar Argel (que[20] no lo conquistó) nuestros antepasados le regalaron ochenta ovejas y dos mulas. Él se comió las ovejas y no nos dio ni las gracias.» Es cierto que los auténticos Bearns no fueron nunca favorecidos con ninguna merced. Don Antonio lo dice con orgullo y quizá (Dios me perdone) con un poco de resentimiento. La palabra *botifarra* le irritaba y no podía oír hablar de títulos como los de Collera o San Mateo, que se remontan, a lo sumo, a principios de siglo.

—Los reyes son a veces mala gente —dijo la señora.

—Aventureros. Sobre todo éstos.

—Y otros. Mira Isabel II.

—Por esto —replicó el señor— no he querido autorizar a los sobrinos para que vengan a escudriñar en el archivo[21].

—Hiciste muy bien. Todo te lo hubieran revuelto. Llevan muchas quimeras en la cabeza[22]. Hace unas semanas los dos pequeños pasaron por el pueblo y fueron a visitarme. Yo estuve muy amable porque de pronto no les conocía. Ya les había perdido de vista.

—Hacen bien en no venir, si no quieren. Desde que vieron que nos arruinábamos...

—Poco a poco, Tonet. Yo no estoy tan arruinada, a Dios gracias. Ya sabes que te quiero mucho, pero que lo mío nunca te lo dejaré tocar.

El señor reía[23].

—La mujer prudente[24], de sus ahorros plantó una viña. Eres admirable, María Antonia.

---

[19] profesaba, como su marido, la creencia feudal de que las familias se forman ellas mismas, en el transcurso.

[20] Argel (aunque no.

[21] archivo *Aparte.* Doña María Antonia era sumamente ordenada y coincidió con su marido. *Aparte.* —Hiciste.

[22] cabeza. De Magdalena, ni hablar. Dicen que anda loca por enganchar ese militarito forastero, que creo que está tísico. Hace.

[23] El señor la besó riendo.

[24] prudente, según el Evangelio, de sus ahorros.

—No. Que te conozca. Pero no te preocupes, que, mientras yo tenga algo, nunca ha de faltarte un plato de sopa.

—Cómo te pareces a Xima —dijo él[25] en tono más bien melancólico.

La esposa[26] se volvió sorprendida.

—Nunca lo había oído decir.

—Moralmente —aclaró el señor.

—¿Moralmente? ¿Te has vuelto loco?

—No, María Antonia. Tengo la cabeza en su sitio...

No terminó la frase. Lo que[27] pensaba era sin duda que todas las mujeres se parecen un poco. «¿Y qué es lo que no se parece, Juan?», me ha dicho mil veces. Siempre le agradó descubrir analogías entre las cosas y cuando no las hallaba directamente las descubría por contraste. Tía y sobrina, siendo tan diferentes, habían coincidido en una reacción maternal y llena de feminidad: el tierno ofrecimiento de un plato de sopa.

—Bueno —dijo el señor—. ¿Vienes dispuesta a quedarte?

—Sí, mientras te portes bien.

—Yo no quiero vivir en la Ciudad, ni menos en el pueblo. Es aquí que necesito estar. ¿Te aburrirás?

—No, porque trabajaré. Empezaré una colcha.

La cara de mi protector se iba iluminando.

—Trabajaremos los dos juntos, cada cual en lo suyo. Ya verás, María Antonia[28]. Encontrarás el patio de la cisterna lleno de begonias y debajo del parral una hortensia como no habrás visto otra. Además, cuidaremos gallinas. Verás qué dichosos vamos a ser.

La abrazó con ternura.

—Te quiero mucho, María Antonia, pero no conviene que nos lo digamos demasiado. Recuerda...

Volvió a interrumpirse y yo completé su pensamiento: «Recuerda nuestra divisa: siempre por encima del corazón.» Hasta tal punto todo se parece. Prosiguió:

---

[25] —dijo el señor en tono.

[26] Ella se volvió.

[27] la frase, que quedó en suspenso. Ignoro si doña María Antonia lo comprendía, pero lo que el señor pensaba.

[28] María Antonia. Te gustará. Encontrarás.

—Nos dedicaremos a investigar, a tomar el sol... Tendrás que comer lo que haya en la finca.

—Oh, Dios mío, qué me importa —repuso ella—. Eso sí, quiero un sacerdote. Ya he dicho que me envíen uno. Por la mañana dirá misa y si quieres te ayudará[29] a sacar cuentas con el Mayoral... En suma[30], ¿qué es lo que debes?

—Exactamente no lo sé.

—Por lo menos ¿pagas los intereses?

—Cada año, cuando hemos hecho el aceite, vienen los sacerdotes y se lo llevan.

Doña María Antonia meditó un instante.

—El capellán y yo lo arreglaremos —dijo—, porque en lo mío no quiero que te metas, pero yo me cuidaré de todo lo tuyo.

Aquello caía dentro de la ideología del señor: una dictadura ilustrada. No había nada que objetar y él, consecuente, nada objetó.

—Por de pronto —proseguía la esposa— esta casa necesita blanquear.

Lo grande vale tanto como lo pequeño. Las estrellas son, quizá, microbios. Doña María Antonia, que acababa de realizar un acto tan hermoso como olvidar agravios y dedicarse al cuidado de un alma, se proponía, al propio tiempo, blanquear las paredes. De pronto pareció fijarse en el artefacto de madera y se puso seria.

—¿Qué significa ese[31] carrito?

El señor tuvo que explicarle (cosa que saltaba a la vista) que era el famoso *auto-mobile* que la Inquisición, años atrás, había aconsejado quemar: Ella le amenazó con el índice.

—Tonet, Tonet...

Pero la curiosidad pudo más y trató de inquirir detalles acerca de su funcionamiento, actitud que parecía eliminar el enfado. ¿Había llegado a andar?...

---

[29] y si quieres que te ayude a sacar cuentas.
[30] En total.
[31] este.

—Ya lo creo —repuso él satisfecho[32]—. Marcha solo. Por eso se llama *auto-mobile*. ¿Ves? Se llena de esta olla de agua. Se tapa[33] con esta tapadera de hierro, que ajusta perfectamente. Debajo se coloca el fuego. ¿Quieres que demos una vuelta por aquí dentro? En más de media noche. Todos duermen.

—Aunque duerman[34]. Mira que si nos sorprendieran...

El señor, sin decir nada, fue a llenar la olla de agua y la colocó en el hogar.

—El mundo adelanta, María Antonia —dijo—. Dentro de cien años nadie irá en mulas. A propósito, espera, que he de enseñarte algo.

Salió y volvió con un sifón y un vasito. Por aquellos años en España no se conocían aún. Se lo había proporcionado[35] un contrabandista. Como era una novedad, le atribuían grandes propiedades curativas. El agua carbónica, o de Seltz[36], era usada contra las tercianas y las pulmonías. Existía quien incluso se embriagaba con ella.

—Qué botella tan rara —dijo la señora.

—No es una botella. Es un sifón[37]. Pruébalo. Cura todas las enfermedades.

—No estoy enferma.

—De todos modos, prueba. Da alegría.

Ella bebió.

—Es como champán blanco. Se ve que tiene mucha fuerza. Pero, ¿cómo lo habrán metido dentro de una botella tan tapada? ¿No podrá estallar?

Don Antonio aconsejaba[38] tomar algunas precauciones: no golpear el frasco, no dejarlo calentar ni enfriar demasiado. Ella se asustó.

—Llévatelo lejos, Tonet. No, mira, no me gusta.

—En Francia nadie toma otra cosa.

---

[32] —repuso, satisfecho, el señor, que en hablando de inventos parecía una criatura—. Marcha solo.

[33] Se tapa bien con esta.

[34] duerman —dijo doña María Antonia—. Mira que.

[35] proporcionado, según creo ya haber dicho, un contrabandista.

[36] o seltz, como se decía.

[37] Es un sifón. Toma. Pruébalo.

[38] Don Antonio aseguraba que no, pero convenía tomar.

—Pero estamos en España, Tonet.

A todo eso el agua de la olla había empezado a hervir y el señor insistió en lo del *auto-mobile*.

—Hoy —dijo— creo que es el día más feliz de mi vida. ¿Qué inconveniente[39] ves, supuesto que nadie ha de saberlo, en dar un paseo por esta habitación? Desde aquel rincón iríamos hasta el hogar y daríamos la vuelta.

Doña María Antonia miraba el aparato con curiosidad[40].

—¿Gira solo? —preguntó.

—Naturalmente.

—Si que es un aparato perfeccionado. ¿Y no hay peligro?

—Ningún peligro. Si quieres, pondré lumbre del hogar y como ya tenemos el agua que hierve, en un instante se producirá vapor... El vapor sale por este tubo. Aquí hay una válvula...

—No me lo expliques, que no quiero entenderlo. ¿Dices que no hay peligro?

—En absoluto. Sube.

Yo escuchaba con angustia. Doña María Antonia se hallaba a punto de claudicar. La vi que miraba en torno, como queriendo asegurarse de que se encontraban solos. Todos dormían en la casa. Comprendí que terminaría por ceder en aquella aventura desaprobada, si no condenada, por quien podía y sabía. El señor había sido rogado de destruir su invento. Ya he dicho[41] que las máquinas de vapor no presentan en sí nada de pecaminoso[42]. Jamás se ha opuesto la Iglesia a un progreso bien entendido. Pero en 1869 un *auto-mobile* por fuerza había de parecer en Mallorca una cosa diabólica y sobre todo (dicho sea con reservas) de lo que se trataba en realidad era de cortar un poco las alas a don Antonio cuya imaginación resultaba peligrosa. Hacía sólo algunas horas que[43] había mostrado a don

---

[39] ¿Qué mal ves.

[40] curiosidad. Aún no había cedido, pero se hallaba visiblemente interesada.

[41] su invento y él había accedido. Ya he dicho antes que.

[42] pecaminoso y hoy incluso tenemos vapores que van de Palma a Barcelona, en los que viajan toda clase de personas. Jamás. *La primera línea regular de comunicación marítima entre Mallorca y Barcelona la cubrió el vapor llamado «El Mallorquín», para la adquisición del cual se constituyó una sociedad en 1839.*

[43] que el señor había mostrado.

Andrés, como si fuera la cosa más natural del mundo, una estampa en la que la marquesa del Châtelet sube en globo para «medir el Universo». Don Andrés le había pedido que la quemara y él, que era el hombre de apariencias más dóciles que he conocido (siendo, en el fondo, el más irreductible), la había arrojado al fuego: «Como usted quiera.» Doña María Antonia conocía la imaginación del[44] esposo, su debilidad por los inventos y por toda suerte de novedades. El sifón, el velocípedo, las máquinas de coser eran temas que se habían discutido demasiadas veces junto al hogar de Bearn. ¿Podría, por una curiosidad de mujer, olvidar la misión que el cielo le había conferido de atraer a don Antonio a la sensatez? Pero ella tenía recursos para todo, y la acuidad de su instinto halló la forma de armonizar deseo y deber, como el poeta, que, obligado a sujetarse a la exigencia de la rima, sabe extraer de ello una belleza más.

—Consiento en dar una vuelta en el *auto-mobile* a condición de que mañana venga el Vicario y lo quememos en presencia de todos.

El señor la miraba y parpadeó de una manera característica, que recordaba a doña Xima[45].

—No veo ningún inconveniente —dijo.

¿Por qué se mostraba tan dócil, él, el insobornable de los hombres? ¿Qué composición de lugar se estaba operando en su cerebro? ¿Renunciaba verdaderamente al *auto-mobile* o pensaba volver a reconstruirlo más adelante? Ignoro si por aquellas fechas los ingleses le habían tomado la delantera y si en Londres circulaban ya algunos. Si así fuera, es seguro que él lo sabía, lo cual explicaba[46] su docilidad. Porque, de haber creído que su invento era único en el mundo, es seguro que no hubiera con-

---

[44] quiera». Pero no sólo no había condenado las intenciones de la desventurada amiga y discípula de Voltaire, sino que no parecía darse cuenta de la soberbia, de la arrogancia contra Dios, sólo comparable a la de los antiguos que intentaron construir la Torre de Babel, y del disparate garrafal que significa, tanto a los ojos de la Religión como a los de la Ciencia, pretender medir el Universo. Doña María Antonia sabía todas estas cosas. Ella conocía la imaginación de su esposo.

[45] *Falta* que recordaba a doña Xima.

[46] explicaría.

sentido en destruirlo. Pocas semanas después, comentando la quema[47] de los libros, me decía riendo:

—Aunque no seas cura todavía, Juan, te confieso que he engañado a la señora. Ella se ha quedado conmigo a cambio de quemar la biblioteca, y yo no he tenido necesidad, como el califa de la Edad Media, de hacerla copiar antes de destruirla. El gran Guttemberg, con la invención de la imprenta, aseguró la libertad del pensamiento humano de tal manera que hoy quemar libros equivale a difundirlos. Cuantas más ediciones se destruyan[48] en Bearn, más se imprimirán en París.

*Primo avulso non deficit alter*[49], escribe Virgilio en el capítulo VI de la *Eneida*. La diferencia estriba, pero, en que el poeta se refiere a un ramo precioso, mientras don Antonio aludía a los frutos envenenados de la Filosofía.

Los señores habían subido al *auto-mobile* y aparecían, inmóviles y erguidos, uno al lado del otro.

—¿Qué aguardamos ahora? —preguntó ella.

—Hay que esperar que el vapor de agua lleve presión. Sin esto, el aparato carece de fuerza.

—Qué cosas más extrañas... Nunca comprenderé que una olla de agua, por grande que sea, pueda hacer andar un coche. No vayas muy deprisa, Tonet.

—¿Estás[50] asustada?

—No mucho —precisó doña María Antonia—, pero asimismo lo estoy un poco.

El *auto-mobile* había empezado a lanzar silbidos y rumores extraños. Parecía animado de una gran energía interior, como si los espíritus le poseyeran. Podía comparársele a una bestia encadenada, porque sin desplazarse ni un palmo no hacía sino contorsionarse y trepidar lo mismo que los endemoniados de Jaca el día de Santa Orosia. Yo te aseguro que aquello no era

---

[47] la destrucción.

[48] se quemen.

[49] Eneida, *libro VI, verso 43. «Arrancado el primero no falta otro» es la traducción exacta. El pasaje es parte del episodio que Eneas solicita de la sibila de Cumas que le indique el camino para descender al Averno y ella le dice que hallará en un árbol una rama de oro y debe arrancarla, pues «arrancada esta primera rama, brota de nuevo otra, también de oro, que inmediatamente se cubre de hojas del mismo metal».*

[50] —¿Estás muy asustada?

espectáculo para los nervios de una señora. La miré y la vi[51] serena, quizá algo pálida, pero digna y tranquila. La bestia seguía trepidando y de un momento a otro yo esperaba que todo estallara y se desbaratara en pedazos. El señor estaba visiblemente inmutado. La responsabilidad que contraía en aquellos momentos era grande, ya que se jugaba, tal vez, la vida de su esposa. Le vi que vacilaba entre dos palancas, como si hubiera perdido el tino y por fin tiró de una con energía, mientras gritaba:

—¡Agárrate fuerte!

El *auto-mobile* lanzó un lamento y dio una brusca embestida. El zaguán de Bearn es grande. Desde el rincón en que se hallaban los señores hasta el hogar hay sus buenos cuarenta pasos, si no más. El coche se dirigió como un rayo hacia la chimenea.

—No tan deprisa —dijo doña María Antonia.

—Agárrate fuerte —repitió el señor, intentando maniobrar la palanca.

—¡Para, Tonet, que nos estrellamos!

Yo había cerrado los ojos para no ver un desastre. Entonces, en el silencio de la noche, sonó la voz alterada de don Antonio:

—¡No puedo parar!

Ha transcurrido cerca de un cuarto de siglo y todavía me parece escuchar[52] aquellas palabras. «No puedo parar.» Durante años el señor había buscado la Verdad y la Vida en las falsas doctrinas[53] de una ciencia declarada omnipotente. «Cuando las fuerzas de la Naturaleza amenazan al hombre, llega Franklin y detiene el rayo», se lee en una estampa francesa de 1754, justamente un año antes del magno terremoto de Lisboa. Desdeñando el poder de Dios, la filosofía había creado multitud de ídolos, y porque la adoración de Jesucristo la parecía contraria a la Razón, reverenciaba a Diderot, D'Alembert, Voltaire y Condorcet. Y cuando la ciencia fracasaba, cuando el terremoto de Lisboa mostraba la impotencia del hombre ante la cólera divina, cuando el ferrocarril se estrellaba o surgían las más es-

---

[51] y me pareció serena.

[52] oír.

[53] doctrinas enciclopedistas de una ciencia.

pantosas guerras napoleónicas, fruto natural de la Revolución Francesa, entonces la Ciencia enmudecía y sus devotos sólo acertaban a proferir: «No puedo parar.» No puedes parar lo que tú mismo desencadenaste... Lucifer no volverá nunca a subir a los cielos porque nadie puede lograr, Dios mío, que lo que ha sido no haya sido.

# 20

Un trueno seco me hizo abrir los ojos. El *auto-mobile* acababa de embestir contra el hogar. Vi a los señores debajo de mí, caídos entre las brasas y sin saber cómo salté por el ventano y llegué a tiempo para sacarlos de aquel infierno[1]. Aparté primero a doña María Antonia, que no estaba herida y después levanté, en peso al señor, que se hallaba privado. Siempre he sido muy fuerte y ya sabes que en el Seminario era el encargado, los días de fiesta, de trasladar el piano. Desgraciadamente, esta fuerza física, que de nada me sirve, no está relacionada con el valor, que me abandona[2] en los momentos en que me sería más necesario. El señor tenía una herida en la frente y la sangre, que manaba en abundancia, le inundaba el rostro. Doña María Antonia me ordenó que le colocara sobre el sofá de la sala contigua y lo hice con facilidad, porque el señor, para mí, era como una pluma. Seguidamente de haber cumplido el encargo, la cabeza empezó a darme vueltas y caí desmayado tan largo como era.

En el hogar, el *auto-mobile* había empezado a arder.

---

[1] infierno. El fuego no había prendido en su ropa porque era de lana. *Aparte.*
[2] me abandona a veces en los momentos.

SEGUNDA PARTE

# LA PAZ REINA EN BEARN

# 1

Han transcurrido veintidós años, Miguel, desde la noche en que doña María Antonia volvió a la casa[1] y el *auto-mobile* ardió en el hogar. Veintidós años en la paz de estas montañas interrumpidos sólo por un viaje al extranjero en compañía de los señores. De todo iré dando cuenta en el curso de esta segunda parte que se desliza, para ellos, ya que no para mí, en medio de una serenidad perfecta.

Doña María Antonia había comenzado la colcha de ganchillo que tenía proyectada y el señor, sin libros para leer, meditaba y escribía largas horas en su gabinete. Eran raros los días que le veíamos antes de la comida. Madò Francina, que había sido su niñera, le llevaba el desayuno, hasta que, últimamente[2], la reemplazó Tomeu, un gañán joven del cual volveré a hablar más adelante, ya que contribuyó[3], en cierto modo, a desencadenar[4] la tragedia. Porque en toda tragedia, ayudando al Destino, existen causas múltiples, al parecer minúsculas, que lo organizan y lo llevan a término. Tales causas son ciegas y se ignoran unas a otras, cosa que no les impide maniobrar con la exactitud de un instrumento de precisión. Tomeu contará ahora unos veinticuatro años y se casó la semana pasada con Catalinita, la camarera de doña María Antonia. Es[5] moreno, con el

---

[1] a esta casa.
[2] últimamente, molestándole subir la escalera, la reemplazó.
[3] ya que fue.
[4] modo, una de las causas indirectas de la tragedia.
[5] Era.

pelo[6] siempre despeinado, por lo que el señor le amenazaba con hacérselo cortar. Una pintora extranjera se empeñó en retratarlo, siendo todavía muchacho, en un cuadro mitológico, entre ninfas, que expuso en la Ciudad y que constituyó un escándalo. Las mujeres parecen a veces locas o tan distintas de nosotros que no podemos entenderlas. Seis años después de aquel suceso[7] ha ocurrido la catástrofe de ahora: pero no adelantemos los acontecimientos.

Durante los primeros tiempos de la reconciliación me hallaba todavía en el Seminario y sólo venía para las vacaciones. Antes de cumplir los veinte años, la señora, que contaba con amistades en el *Palau*, consiguió que me ordenaran de sacerdote, si bien no canté misa hasta algún tiempo después[8]. Desde entonces no he vuelto a salir de aquí, aparte del viaje en que acompañé a los señores, y aquí hubiera deseado terminar mis días[9], si la Providencia no lo hubiera dispuesto de otra manera[10].

La existencia que llevábamos era al principio[11] monótona, bien distribuida, sin momentos vacíos[12], pero la disciplina se fue relajando y[13] habíamos terminado por vivir en una especie de anarquía confiada, más propia quizá de paganos que de católicos[14]. En sus buenos tiempos doña María Antonia[15] se levantaba antes de las ocho y seguidamente pasábamos[16] a la capilla, en donde Tomeu me ayudaba la misa. Muchas veces ella constituía el único asistente. Después[17] salía al jardín y yo me

---

⁶ con una cabellera siempre.

⁷ de aquel acontecimiento, insólito en la isla, ha ocurrido.

⁸ no canté la primera misa sino algún.

⁹ mis días, entre estas montañas que me han visto nacer, si la Providencia.

¹⁰ manera. Muy pronto, amigo mío, será subastado todo y parece ya suena el nombre de un conocido usurero que se ha dejado decir que el próximo verano cuenta pasarlo en esta finca.

¹¹ *Falta* al principio.

¹² vacíos, por lo menos durante los primeros años, porque la disciplina.

¹³ y últimamente habíamos terminado.

¹⁴ de buenos católicos. El hecho de que doña María Antonia fuera perdiendo la memoria era el principal motivo de aquella relajación. En sus buenos.

¹⁵ *Falta* doña María Antonia.

¹⁶ las ocho de la mañana. Yo la esperaba, entregado a mis rezos, y pasábamos enseguida a la capilla.

¹⁷ asistente. El señor sólo acudía los domingos y fiestas de precepto y enton-

encerraba en el archivo, donde trabajaba o leía hasta cerca de la hora de comer, en que nos reuníamos los tres. El señor bajaba de las habitaciones altas con la peluca bien peinada y el espíritu afilado por los pensamientos agudos que acababa de confiar al papel. Siempre se hallaba de excelente humor. Durante la comida solía recordar sus viajes[18] y me relataba particularidades de Roma y París.

—No tenemos que morirnos, María Antonia, sin volver de nuevo. Es necesario que Juan conozca un poco de mundo. A ver —añadía ante mis objeciones— si te negarás a visitar[19] al Papa. Creo que para un sacerdote resultaría bastante inaudito.

Yo ardía en deseos de ir a Roma, pero comprendía que no podíamos permitirnos tales prodigalidades. A pesar de mi juventud, era, de un modo tácito, el administrador de la hacienda[20]. Doña María Antonia me confiaba los cobros y los pagos. Entre los dos la habíamos saneado algo[21], aunque no hubiéramos conseguido suprimir las principales hipotecas, cuyos intereses se comían la mayor parte de las cosechas. Yo sólo[22] había salido de Mallorca una vez, siendo todavía seminarista, para ir a Montserrat. Barcelona, con sus Ramblas, me había deslumbrado. Constituyen una gran vía llena de flores y de escaparates que desde el mar atraviesa toda la ciudad en dirección al Tibidabo. Cuesta esfuerzo imaginar algo más grandioso, pero comprendía que Roma debía superar aquella magnificencia. Doña María Antonia ni aprobaba ni desaprobaba tales proyectos.

—¿Pero no somos ya un poco viejos, Tonet?

Comenzaba a estar ligeramente pasada y a desinteresarse de los problemas económicos[23]. Si le explicaba que un viaje a

---

ces la ceremonia se celebraba mucho más tarde, cerca del mediodía. Después la señora y yo pasábamos al comedor y una vez terminado el desayuno, ella salía.

[18] sus viajes con la señora y me relataba.

[19] a ver al Papa.

[20] de la casa. Doña.

[21] Entre los dos habíamos saneado algo la administración, aunque.

[22] las cosechas de Bearn. Las deudas pequeñas, eso sí, que son las que desacreditan una casa, se pagaban religiosamente. De todas formas, las dificultades para ir tirando no eran pocas. Yo únicamente había salido.

[23] económicos. Todavía le preocupaban los gastos pequeños, pero los gran-

Roma tenía que desequilibrarnos, y que las rentas no lo aconsejaban, replicaba distraídamente[24]:

—Puede que tengas razón, pero yo creo que un cura está obligado, por poco que pueda —y yo acababa de demostrarle la imposibilidad—, a ir a ver al Papa. Tú calla y no seas niño —añadía dándome un golpecito sobre la mano—. Supuesto que el señor se empeña en llevarnos, nosotros tenemos que aprovecharnos y no preocuparnos por nada. No pienses en gastos. Déjale que se arregle.

Al levantarnos de la mesa, salíamos mi protector[25] y yo a dar un paseo por el bosque. Acostumbrábamos llevarnos las escopetas, pero casi nunca cazábamos, porque preferíamos sentarnos bajo una encina y comentar los poetas de la antigüedad. No sé si decir por una perversión o por una depuración de su espíritu, el señor les anteponía los clásicos franceses.

—Son mejores entre otras razones porque, siendo menos originales, ya que se han nutrido de ellos, han podido superarles. Homero, si es que realmente ha existido, ya que *La Ilíada* y *La Odisea* parecen más bien una colección de narraciones populares, era un verdadero primitivo. Sócrates es como un *nouveau riche* de la Razón. Imagínate: acaba de descubrirla. Históricamente, constituye un puntal de la Humanidad, pero ¿cómo no preferir *Candide* a los diálogos de Platón?

Era un convencido del progreso ilimitado, un optimista de la Creación y, a su manera, un admirador de la grandeza de Dios. Pero muy a menudo su dios resultaba por demás arbitrario y extraño. Me intranquilizaba oírle hablar del sentido religioso de Voltaire.

—Voltaire fue deísta, Juan[26]:

Si Dieu n'existait pas, il faudrait l'inventer.

¡Inventar a Dios! No puede darse una más clara tergiversa-

---

des no la afectaban apenas. *Aparte.* —El domingo —me decía— cambié un duro y no tengo ni un céntimo. Parece mentira que en Bearn se pueda gastar tanto dinero. *Aparte.* En cambio, si le explicaba.

[24] ligeramente.

[25] de la mesa, después de un poco de tertulia, salíamos mi protector y yo.

[26] Juan. *Aparte.* Y me recitaba el famoso alejandrino: *Aparte.* «Si Dieu.

220

ción del problema. ¿Quién es el hombre para inventar a Dios? Voltaire era superficial. De existir hoy, en lugar de un filósofo, sería considerado tal vez como un periodista.

A las siete en punto rezábamos el rosario en la capilla. Todos los trabajadores y también el señor asistían a él. Al salir, si era verano, mi bienhechor[27] solía quedarse un rato en el jardín, acompañado de un perro y varios[28] gatos. En invierno se calentaba en el hogar del zaguán hasta que avisaban para cenar[29]. Se decía que nunca se acostaba antes del alba, pero resultaba difícil saberlo, porque, terminada la cena, se encerraba y ya no se le veía hasta el día siguiente a las dos, en que aparecía[30] muy satisfecho y peinado, como si el mundo constituyera para él una novedad. Después de besar la mano a su esposa, se informaba de cómo habíamos pasado la noche y nos dirigíamos al comedor con cierta etiqueta, doña María Antonia y yo delante y él un poco más atrás y a la izquierda de la señora. Aquel orden de cosas, aquella precisión de convento o de palacio, ha perdurado hasta hace pocos años, en que[31] empezaron a levantarse tarde y a conculcar las horas. Últimamente, al sonar la campana para la comida, doña María Antonia, en vez de bajar al comedor[32], recordaba de pronto que no se había peinado; llamaba a Catalinita y desaparecían por la izquierda. Entonces el señor, que no se había lavado, pedía agua caliente y desaparecía por la derecha. Yo quedaba solo y a los pocos momentos la cocinera, que era vieja y malhumorada, subía[33] a decirme que la sopa se estaba enfriando y que en lugar de arroz comeríamos pasta. Tal catástrofe nos dejaba a todos indiferentes[34]. La verdad es que[35] la existencia en Bearn era deliciosa[36].

[27] el señor.
[28] y dos gatos.
[29] para la cena.
[30] en que bajaba muy.
[31] en que los señores, sobre todo en invierno, empezaron.
[32] *Falta* en vez de bajar al comedor.
[33] salía.
[34] Aquellas catástrofes nos dejaban a todos indiferentes, incluso a la misma doméstica, pero ella tenía el deber profesional de hacer respetar su arte. La verdad.
[35] es que en todo tiempo la existencia.
[36] deliciosa. Nunca podré volver a hallar aquella atmósfera casi mágica que ellos habían creado, cada cual en su estilo. En estos parajes.

En estos parajes, donde habían sucedido tantas cosas (donde sucedían aún, en el plano moral, ya que el señor escribía demasiado y sin ningún freno) nada parecía disonar[37]. Doña María Antonia no puso nunca en duda que aquella tranquilidad estuviera perfectamente consolidada[38]. Por un privilegio de la divina gracia[39], llevaba en sí misma la paz, y el mismo desorden de los últimos años venía a constituir en ella como la forma de un orden nuevo. Bearn[40] fue como una anticipación del Paraíso. Bearn, con los bosques, las ovejas y las puestas de sol; con la vieja casa de piedra dorada por los siglos y su viejo hogar; con las primaveras y los inviernos, las hortensias y las nieves... ¡Cómo añoraré estos parajes[41] cuando dentro de pocas semanas los deje para siempre! Y, sin embargo, Miguel, yo he sufrido aquí como no puede explicarse. Este paraíso no era para mí el definitivo, sino el terrenal, que el hombre acaba siempre por perder. Aquí creció el árbol del Bien y del Mal, pero doña María Antonia no captaba sino un aspecto de la trágica dualidad que informa la obra póstuma del señor, en apariencia tan frívola. Sus ojos azules y tranquilos nada tenían que ver con los ojos pequeños y vivos del esposo[42], surcados de arrugas, ni con los míos, demasiado negros y que pocas veces han conocido la ventura[43]. En su serenidad no superada, ella habría conseguido en cualquier parte hacer revivir la sentencia del viejo Horacio: «De todos los rincones de la tiera, éste es el que mejor me sonríe»[44].

---

[37] disonar. Qué tranquilidad tan maravillosa. Doña.

[38] consolidada. El Demonio carecía de poder para conturbarla. Por un.

[39] gracia, ella llevaba.

[40] orden nuevo. Vivía dichosa porque, siguiendo el célebre consejo de Pascal, siempre se había signado con agua bendita. Así comunicaba la dicha a cuantos la rodeaban. Debes advertir que estas reflexiones me han sido sugeridas en parte por el señor, que siempre constituirá para mí un enigma. Bearn, especialmente en su última etapa, fue.

[41] parajes, impregnados de recuerdos, cuando.

[42] del esposo, todos surcados.

[43] la alegría.

[44] Illi terrarum mihi preater omnis / angulus ridet. *Horacio, Odas, Libro II, oda 6.ª*

# 2

Bearn supo sonreír por espacio de veintidós años: casi una eternidad. Hoy, que lo miro ya desde lejos, es cuando comprendo que se trataba de un paraíso, porque en este mundo no existen más paraísos que los perdidos. Ahora puedo valorar los encinares, las puestas de sol y la gracia de las nieves de Navidad sobre el pinar de *Sa Cova*. Lo mismo me pasa con los ausentes. Les añoro más cada día. El nombre de Bearn, lleno de reminiscencias antiguas y pastoriles, va asociado a los hábitos setecentistas del señor y a la amabilidad parsimoniosa de doña María Antonia. Ésta, en los últimos tiempos, se mostraba conmigo sumamente[1] benévola. Su muerte fue, como relataré después, ejemplar de serenidad, resignación y voluntaria inconsciencia. Sospechando que se moría, no intentó averiguarlo[2] y prefirió dedicar sus postreras energías a una buena y santa confesión. Estoy convencido[3] de que se halla en el cielo. Resultaría imposible concebirlo de otra manera porque pertenecía a esos seres que saben componerse un cielo con los elementos que les rodean. Recordaré que, en cierta ocasión, paseando por el campo, llegamos hasta una cabaña enclavada en una rota*[4] de la finca. La habitaba una anciana llamada Madò

---

\* Se llama «rota» a una pequeña extensión de tierra que el señor de una posesión cede, generalmente gratis, a algún campesino para que la disfrute. *[N. del Autor.]*

[1] Antonia. En los últimos tiempos (perdón u olvido) se mostraba conmigo muy benévola.

[2] averiguarlo con certeza y prefirió.

[3] Estoy seguro (no cabe, por desgracia, afirmarlo del señor) que se halla.

[4] *La* rota *era una extensión de terreno enclavada en una gran propiedad que el dueño*

Coloma. Vivía sola, con una cabra y un perrito bastardo conocido por *Trinchet*. Las personas timoratas pronosticaban que un día la hallarían asesinada, aunque no parecía verosímil[5] que nadie pudiera tener interés en matar a una mujer tan pobre y[6] tan apartada del mundo[7]. Nos explicó que cada semana sus sobrinos, que vivían a cosa de media legua[8], le daban dos panes. Se alimentaba de sopas de leche. Nos mostró también un naranjo que tenía fruta casi todo el año y cuatro granados[9] que, según dijo, ya no existía nada mejor. La cabra y los cinco árboles frutales[10] constituían toda su fortuna. Aparte de tales riquezas, que riquezas son para el que sabe conformarse y se halla en gracia de Dios, poseía[11] una cisterna cuya agua era la más fina de toda la comarca[12]. En cierta ocasión se presentaron dos ladrones, pero al ver que no poseía más que una cabra y de no muy buena casta no se la quisieron robar. («Se la menospreciaron, como si se tratara de comprarla», me dijo el señor.) Rechazó el ofrecimiento de doña María Antonia que le quería enviar tres gallinas ponedoras.

—De todos modos —dijo—, no tendría nada para darles, y ni a *Trinchet* ni a la cabra les gusta ver otros animales en la casa, por lo que prefiero no tener disgustos[13].

—Entonces —dijo doña María Antonia—, te enviaré media arroba de azúcar para tomar con la leche.

---

de ésta cedía a un campesino, no gratuitamente, sino a cambio de una parte de la cosecha que el campesino debía abonar regularmente a manera de censo; el terreno cedido era pobre, normalmente inculto, y ponerlo en disposición de ser cultivado iba a cargo del campesino, llamado roter y considerado como en el más bajo nivel económico de la vida agrícola mallorquina. Rota viene a ser «tierra roturada», es decir, desbrozada de matojos y limpia de piedras a fin de transformarla en tierra de cultivo. La explicación que da el cura de Bearn, o L. V., de todo punto favorable al señor, pero, naturalmente, inexacta.

[5] no parecía probable que nadie.

[6] y que vivían tan apartada.

[7] del mundo. Ella no tenía miedo de la soledad. Nos explicó.

[8] sus sobrinos le daban dos panes.

[9] y dos granados salvajes que.

[10] y los cinco árboles constituían.

[11] poseía también una.

[12] comarca. Los sobrinos habitaban a cosa de una *corrige* media lengua. Si ella se encontraba enferma, lo cual no ocurría nunca, «Trinchet» iba a llamarles. En cierta ocasión.

[13] no tener preocupaciones.

—Eso[14] sí, señora, se lo agradeceré mucho, pero mo me mande tanta porque me figuro que no llegaré al año próximo y si me muero no hay necesidad de que el azúcar se pierda, con lo que cuesta...

Al despedirnos, como una gran señora, nos regaló una granada a cada uno. Cuando doña María Antonia se hallaba ya sobre el portal[15], mi bienhechor me cogió por un brazo y abriendo una puertecita trasera me hizo asomar a un[16] patio. Allá, bajo una parra, me señaló una hortensia magnífica, idéntica a la de Bearn. Yo le interrogué con la mirada. Él sonrió y se llevó un dedo a los labios.

—¿No venís? —preguntó doña María Antonia volviendo la cabeza.

Pero ya el señor cerraba la puertecilla y salimos juntos.

—Oh, Tonet —dijo ella[17]—, qué consuelo tan grande me proporciona esa[18] mujer. Si yo quedara sola y los socialistas me lo quitaran todo, viviría como Madò Coloma[19]. ¿Qué le falta para ser dichosa? No tiene damascos ni espejos, pero tiene una cama y una mecedora. ¿Qué más necesita? ¿Y te has fijado qué hortensia? (El señor y yo nos miramos, porque nos parecía imposible que doña María Antonia la hubiese podido ver.) Yo no sé si es más hermosa que la que tenemos en casa. Oh, Tonet, las primaveras de París... ¿Recuerdas el mercado de flores de la *Cité*? A ver —prosiguió, bajando unos peldaños en su entusiasmo lírico— si serán dulces estas granadas.

El señor marchaba pensativo y no recogió el último comentario.

—Tú —dijo— serías como ella. Vive respetada y está bien con cuanto la rodea. *Trinchet* y la cabra no le quitaban el ojo de encima.

—He notado —dijo doña María Antonia— que lleva una medalla colgada de una cadena de oro.

---

[14] —Esto.
[15] el portal, de espaldas a nosotros, el señor me cogió.
[16] un pequeño patio.
[17] —decía doña María Antonia—.
[18] esta.
[19] viviría con ella. ¿Qué le falta.

—¿Qué sabes tú si es de oro? —murmuró el marido[20].

—La medalla[21] me ha parecido de cobre, pero la cadena es de oro y sumamente antigua. Los hombres no os fijáis... En casa tenemos muchos palmos de cadena igual, que procede de los abuelos[22]. Tú, pobre Tonet, no sabes nada de estas cosas.

Anochecía[23]. Habíamos enmudecido. El campanario tocaba el Ángelus y nos detuvimos para rezar el Ave María. Qué compenetración tan grande la de[24] tres seres dentro de aquel paisaje ennoblecido por la tradición. Por unos momentos nos pudimos creer eternos, articulados con los olivos que habían visto[25] veinte generaciones, con el campanario del siglo xv tallado en piedra[26], nuevo y perfecto como cuando lo edificaron, y[27] con los picos de la sierra[28]. Recuerdo que cantó un ruiseñor. Cuando[29], meses antes de morir, mi bienhechor[30] me entregó, según he dicho, las Memorias, lo primero que hice fue averiguar si aquel recuerdo se halla consignado en ellas. Aparece consignado, en efecto, y es una de las mejores páginas de la obra, la única quizá que en el campo alienta y vive como una criatura. Él, tan poco aficionado a describir paisajes, vibra por una vez ante el encanto del Ángelus, cuando la gente se

---

[20] el señor.

[21] —La medalla —repuso ella— me ha parecido.

[22] los abuelos de Bearn. Tú.

[23] Anochecía y los tres habíamos.

[24] la de los tres.

[25] visto pasar veinte.

[26] en piedra viva, nuevo.

[27] *Falta* y.

[28] de la sierra, que atraviesa la isla de Levante a Poniente para defenderla de las inclemencias del tiempo. Recuerdo. *El texto suprimido viene a ser una paráfrasis del más famoso poema de Joan Alcover,* La Serra, *en los versos que dicen:*

> ...dins la serra inmensa
> que l'illa travessa
> que l'illa defensa
> de la tramuntana.

*Esto es, «...en la sierra inmensa, que la isla atraviesa, que la isla defiende de la tramuntana». Esta cordillera, conocida con el nombre antonomásico de* la Serra *constituye el costado SO-NE de la isla.*

[29] un ruiseñor. He pensado muchas veces en aquel paseo. Cuando el señor, meses antes.

[30] *Falta* mi bienhechor.

retira del trabajo, y ante la poesía de las cabañas donde el fuego comienza a producirse en los hogares, de tal manera que una cita de la Égloga I de Virgilio, intercalada en el paisaje

*et iam summa procul villarum culmina fumant,*
*maioresque cadunt altis de montibus umbrae*[31],

pierde todo carácter retórico o culterano y parece tan natural como si el señor mismo acabara de improvisar aquellos versos célebres. El momento milagroso nos fue revelado (y ha quedado consignado magistralmente en un libro destinado a ser famoso) por la fina epidermis de doña María Antonia, a la que tantos[32] acusábamos de fría. El señor extrae de aquella revelación lo más trascendental de su filosofía. «La compenetración de mi mujer con la dicha de Madò Coloma —escribe— era debida a que ambas amaban su *entourage* "a fuerza de conocerlo". El amor, como es el más extendido de los sentimientos humanos, resulta el más contradictorio y acerca de él caben múltiples teorías. En mi juventud yo he confundido (imitando a nuestros primeros padres, cuando también eran jóvenes) el amor con la curiosidad. El instinto sexual es eminentemente investigador. Nada intriga tanto[33] como saber la reacción de otra persona ante una caricia. Ello es una fuente de placeres y de martirios. Conduce al donjuanismo y puede conducir también al vicio de Sodoma: dos infiernos. Don Juan es el gran atormentado, es el *tourista*[34], como dirían en Francia, que recorre el desierto para saber lo que hay detrás de una duna y se encuentra siempre con[35] otra análoga. También là curiosidad del homoxesual es[36] estéril, ya que el objeto de sus desvelos

---

[31] *Son los dos últimos versos de la égloga y han sido traducidos, citados, comentados, parafraseados e imitados por los mejores autores y pedagogos de nuestro mundo. Su sentido, en castellano, es: «ya a lo lejos humean los techos de las casas y de las alturas de los montes caen cada vez más largas las sombras».*

[32] tantos, y yo uno de ellos, acusábamos.

[33] tanto a una persona joven y de imaginación un poco viva como saber.

[34] turista. *L. V. debió de pensar que a fines del siglo pasado la palabra* touriste *era todavía, no un galicismo, sino una palabra francesa. Téngase en cuenta que los mejores hablantes de Mallorca, los aristócratas, no han incorporado todavía las palabras* garage *y* chauffeur, *que siguen usando en francés.*

[35] se encuentra que detrás de una duna existe otra.

[36] es, al fin, estéril.

sólo reaccionará entregándose (y convirtiéndose, por lo tanto, en la más deplorable de las caricaturas femeninas), o virilmente[37], con el más desagradable de los puñetazos. El amor-curiosidad tiene toda la triste monotonía del folletín[38]. No cabe negar que mientras el *tourista*[39] recorre leguas[40] en busca de lo que no ha de hallar, o mientras el perturbado pretende el amor de un ser viril (que, precisamente por ser viril, no podrá amarle), su imaginación, como la del que tiene fiebre, trabaja a un ritmo rápido, y ha dado lugar, en ocasiones, a notables progresos culturales. En mi concepto siempre serán creaciones enfermizas. Citar el ejemplo de los animales resulta sofístico, porque en nosotros interviene todo un mundo moral que no se conforma[41] con sentimientos tan chapuceros e indiferenciados. El hombre de las cavernas podía prescindir de la mujer, que era peluda y se le parecía. Hoy la feminidad es un producto exquisito y necesario, que debe verse y gustarse de cerca; quiero decir, con toda calma. Los años, al desengañarnos del amor-curiosidad[42], nos hacen apreciar la infinita gama del amor-costumbre, o, si se prefiere, del amor-miniatura. "¿Qué verás en otro sitio que aquí no veas?", se pregunta Kempis[43]. Los maestros de la escuela holandesa, comprendiéndolo así, pintaban con procedimientos de miniaturista, o sea, lo opuesto a esa horrible escuela de Barbizon[44] que está hoy de moda, y

---

[37] o vilmente, *por error, sin duda, del copista.*

[38] del folletín o novela de aventuras. No cabe.

[39] turista.

[40] recorre el desierto en busca.

[41] sofístico. En zoología son naturales la poligamia y la sodomía; la Naturaleza nunca se ha pronunciado sobre ciertos pecados llamados contra natura, pero en el hombre interviene todo un mundo moral que no puede conformarse con sentimientos.

[42] del amor-curiosidad en el que nada veremos, porque nuestra atención es cambiante, nos hacen.

[43] Kempis. La realidad se extrae de nosotros mismos. Los maestros. *La cita de la* Imitación de Cristo *de fray Tomás de Kempis.*

[44] *La llamada Escuela de Barbizon designa una tendencia «realista», contra la «historicista», de la pintura francesa hacia mediados del siglo XIX. Es especialmente representativo de esta escuela, y mundialmente conocido por la difusión de que gozó en copias y reproducciones industriales,* El Angelus *de Jean-Francois Millet. No es creíble que un cura joven califique de «horrible» la Escuela de Barbizon; para él había de representar una cierta vanguardia, y su temario —escenas de una apacible y piadosa vida campesina— tenía que*

no necesitaban buscar temas "interesantes", como en la novela de aventuras[45], porque todo lo que se mira detenidamente es hermoso.»

Leyendo estás páginas, escritas hará solo cosa de un año, pienso que mi bienhechor habría ido progresando en el misticismo que en ellas se insinúa, de no haber sobrevenido la muerte. Dios me hace la merced de abrirme el corazón a la esperanza y voy creyendo que ha de existir alguna ley misteriosa que impida separar en el otro mundo a dos seres que se han querido de veras en éste. En el libro XIII de las *Metamorfosis*[46], cuando Júpiter quiere premiar a Filemón y a Baucis, que le han auxiliado creyéndole mendigo, les da un mismo final y los transforma[47] en árbol para que arraiguen en el mismo sitio[48].

—Está claro que esa ley tiene que existir —decía a veces mi bienhechor[49]—. En el cielo no pueden ser desatentos y si invitan a una señora casada, por fuerza han de invitar también a su marido.

—Suponiendo que éste no sea indigno por su conducta —le replicaba.

—Si ha sido tan malvado...

Todo el problema, justamente, estribaba en eso. Ya he dicho que él[50] no discutía casi nunca porque era en el fondo testarudo y porque, siendo al propio tiempo[51] escéptico, le parecía difícil enmendar, en una simple conversación[52], «todos los errores acumulados —como él decía— en experiencias de siglos[53]». Por lo demás, ¿quién no ha abrigado convicciones

---

*resultarle agradable. En este caso la opinión hay que atribuirla al novelista, o al señor de Bearn (Véase el cap. 9 de la 1.ª parte) más bien que al personaje.*

[45] como los autores de folletines, porque.

[46] las «Metamorfosis» de Ovidio, cuando.

[47] final al transmutarles en árbol.

[48] sitio. Un Dios todo sabiduría casi no podría hacerlo de otra manera.

[49] el señor—.

[50] que el señor no discutía.

[51] tiempo algo escéptico.

[52] conversación, por medios intelectuales, «todos.

[53] de siglos». Le gustaba relatar que cuando vivían en la Ciudad una noche le dijo el cochero: *Aparte.* —Ha venido a verle un señor que se apoda Cilimingras. *Aparte.* —No se apoda Cilimingras —le replicó el señor— porque éste es su apellido. Se trata del Cónsul de Grecia. *Aparte.* El criado no replicó, pero horas

irrazonables, tenidas por absurdas y que a veces resultan realidades? Hace unos cincuenta años la tristemente célebre George Sand trataba de incultos a los mallorquines porque creían en el contagio de la tisis. Pasteur y Koch han dado razón a aquellos payeses ignorantes. Mi mismo protector, tan liberal, tenía sus tabús, sus dogmas que no podían discutirse ni mencionarse siquiera. ¿No se había negado, rotundamente[54], una noche memorable, junto a la chimenea, a esclarecer una curiosidad[55] de doña Xima? Se trataba de la sala de las Muñecas, un punto triste de la historia de Bearn, es cierto, pero ¡de cuántos otros acontecimientos escabrosos no se habla en esas Memorias que él ha dispuesto hacer públicas![56]

---

después el señor le oyó que decía a la cocinera: *Aparte.* —He hablado con un señor que se llama de apodo don Juan *estas dos palabras tachadas* Cilimingras. Y es alto y grueso que no pasaría por este portal. *Aparte.* «Nunca podrá averiguarse —escribe el señor *tachadas estas dos palabras*— por qué un hombre que nada sabía de linajes griegos pensaba que Cilimingras es un apodo, siendo un apellido distinguido; pero el cochero ha muerto en la convicción de que Cilimingras sólo puede ser un apodo.» *Aparte.* La afirmación es cierta, y debo consignar, porque lo sé de buenas fuentes, la manera inhumana como lo averiguó. Mientras el cochero se moría y cuando ya lo habían viaticado, el señor se presentó en la alcoba con el pretexto de tomarle el pulso, porque era entendido en estas materias, y le preguntó si recordaba quién era el cónsul de Grecia. *Aparte.* —Es un señor que se apoda Cilimingras —contestó el cochero. *Aparte.* Y murió. También relataba, en apoyo a su escasa confianza en el triunfo de la Razón, lo que él designa con el nombre de «aventura de los polluelos de incubadora». Era cuando empezaban a conocerse esos curiosos aparatos. Don Antonio había intentado propagarlos entre los campesinos, pero topaba con su tozudez natural. En Bearn *tachadas las dos palabras* existía la creencia de que los polluelos nacían delicados y se morían. *Aparte.* —Esto, señor, es verdad —le decía una anciana—, porque yo haré quince días compré seis en la feria de Inca y se me murieron los seis. *Aparte.* —¿Estáis *corrige* Estás segura de que eran de incubadora? *Aparte.* —¡Y tan segura! *Aparte.* —¿Cómo lo sabéis *corrige* sabes? *Aparte.* —¿Cómo he de saberlo? Pues porque se me murieron los seis. *Aparte.* «Cuando un pueblo se embrolla en un razonamiento tan sencillo —solía decir— hay para dudar de la eficacia de la razón y entregarse a la magia.» Si en vez de magia hubiera dicho religión, nada habría que objetar, pero por él involucraba a veces ambas materias. Por lo demás.

[54] siquiera. Él, que gustaba examinar tantas cosas, ¿no se había negado, una noche.

[55] a satisfacer un capricho de doña.

[56] públicas! La condición primordial de un libro de este género debe ser la sinceridad; hay, no obstante, escenas que se podrían omitir muy bien sin faltar a

Según he averiguado por palabras sueltas y por un documento[57] del archivo, a finales del siglo XVIII don Felipe de Bearn, capitán de caballería destacado en Aranjuez y uno de los jóvenes *liones* de la corte[58], habiendo trabado amistad con un aventurero italiano que fabricaba juguetes, se dedicó a vestir[59] muñecas «exponiendo más de veinte», reza el documento[60], «en el cuarto de banderas del mismo cuartel». «Con sus propias manos», sigue el documento, «confeccionaba todos los vestidos, que eran muy elegantes y tejía los encajes que los adornaban. Expulsado del Ejército, a pesar de los esfuerzos del Príncipe de la Paz, que intentó disuadirle de tan extraña manía, se encerró en Bearn donde pasó el resto de su vida entregado a su delirio. Escribía[61] muchas cartas y parece que se hallaba en correspondencia con personajes de la corte de Carlos IV y de Federico de Prusia»[62]. El señor, sin embargo, no menciona[63] tales hechos en las Memorias. Únicamente, en[64] los últimos capítulos, unas consideraciones generales respecto al afeminamiento que él cree una degeneración romántica, pueden hacer sospechar si[65], al redactarlos, pensaba en su antepasado. «Cuando yo estaba en el colegio —escribe— me llamaba la atención ver cómo algunos de mis compañeros que hablaban y[66] se escribían con muchachas[67] cobraron reputación de afeminados. Ya mayor, observé que los más viriles visitaban las casas públicas para insultar a las vestales y arrojar los muebles por el balcón. En Pamplona[68] las juergas de los

---

ella, como la del frasco de bencina que he relatado en la primera parte de esta narración. *Seguido.* Según.

[57] y por papeles del archivo.

[58] de la corte de la reina María Luisa, habiendo.

[59] vestir veinte muñecas.

[60] rezan los documentos.

[61] su delirio, sin querer ver a nadie. Escribía, eso sí, muchas.

[62] de Prusia.» Los comentarios fueron numerosos y para todos los gustos. El señor.

[63] mencionaba.

[64] en uno de los últimos.

[65] sospechar a aquellos que le conozcan si don Antonio, al redactarlos.

[66] *Falta* hablaban y.

[67] muchachas y hablaban mucho de su madre y de sus hermanas, cobraron.

[68] En Pamplona, donde estuve interno un año, las juergas.

231

gamberros se organizaban prescindiendo de la mujer. Los sábados era costumbre emborracharse y recorrer las calles abrazados, cantando y apedreando los cristales[69]. A mí me tuvieron inquina[70] desde una noche que en casa de la Criolla[71] desaparecí con una muchacha rubia[72]. Mi conducta se atribuyó a miedo (porque, realmente, aquellas juergas, además de desagradables, no dejaban de ser peligrosas) y a falta de compañerismo. "Comprenderás", me dijeron, "que, entre hombres, lo primero es lo primero". Acaso tenían razón, pero pensando que el universo es curvo y que las pescadillas[73] se muerden la cola[74], llegaríamos a la conclusión de que un exceso de virilidad puede conducir a la inversión sexual. Es indudable que en estas materias resulta[75] mejor no dogmatizar. *En el siglo XVIII existían coroneles que sabían bordar y que eran, al propio tiempo, galanes perfectos.*»

He subrayado la última frase y ésta es quizá la única alusión del señor al hecho escabroso. Hecho que psicológicamente se complica porque, según parece, al día siguiente de la visita de un conocido caballero de la Ciudad, don Felipe de Bearn apareció muerto al pie de su lecho, y se dijo si de muerte violenta.

---

[69] los escasos faroles del alumbrado. A mí.
[70] me tuvieron por un «declassé» desde una noche.
[71] de la Mulata.
[72] rubia que era una maravilla. Mi conducta.
[73] las serpientes.
[74] cola, podríamos llegar a la conclusión.
[75] sexual y que una cierta tendencia al afeminamiento nos acercaría a la mujer. Es indudable que todos los extremos son viciosos y que en estas materias resulta mejor.

# 3

Con toda su piedad, doña María Antonia poseía, al igual que el señor, un temperamento pagano, que no en balde eran primos. Lo señalo más bien como mérito, porque sabía sobreponerse a sus instintos. El señor afirma[1] que la leyenda de su escudo, en vez de aludir a sangre y a batallas, hubiera podido ser la siguiente frase, que le atribuye: «No escucharé ninguna voz que me conturbe.» A decir verdad, yo no se la oí pronunciar nunca, pero es indudable que solía practicarla[2].

Poseía lo que se llama buen sentido y se hallaba íntimamente convencida, como los latinos clásicos, de que el hombre es la medida del Universo.

---

[1] sobreponerse, cuando importaba, a sus instintos naturales. El señor afirmaba que.

[2] practicarla. Podría citar muchos ejemplos. Cuando una muchacha se casó con un gañán de la casa y a los cinco meses les nació una criatura, aquel hecho insólito fue comentadísimo en el lugar. *Aparte.* —¿Tú habías visto nunca partos de cinco meses? —preguntó la señora a la comadrona, una anciana bastante pobre de espíritu. *Aparte.* —Oh, sí señora —repuso ésta—. La primera criatura nace a veces de cinco meses, y en ocasiones de menos tiempo todavía. Ahora, los demás ya suelen nacer a los nueve meses. *Aparte.* Tales palabras, más parecidas a una broma escabrosa que a una explicación formal, aun cuando la comadrona las pronunciaba con toda buena intención, fueron admitidas sin comentario por doña María Antonia, que no tenía pelo de tonta y quedó sentado para siempre que, al menos en Bearn, las cosas sucedían así. *La anécdota es real, sólo que en la realidad la comadrona pueblerina y bien intencionada era un médico famoso y socarrón y quien hacía la ingenua pregunta era la madre de un ilustre prócer barcelonés que se casó confiando que podría hacer pasar el embarazo de su mujer como el de un sietemesino, y en efecto lo fue, de modo que la criatura nació a los cinco meses del matrimonio.* Poseía.

233

Columnes sereníssimes t'aixequen una arcada
que retalla la glòria, però emmarca el fracàs[3].

—¿Te gustaría ser reina? —le preguntó un día, de pronto, el señor.

Ella no necesitó meditar la respuesta:

—De Mallorca creo que me hubiera gustado. De un país pequeño. De una nación grande ni pensarlo.

Mi bienhechor, desde años atrás, preguntaba a mucha gente si deseaba[4] ser rey. Casi todas las respuestas eran negativas.

—Es curioso —me decía— que existan tantas personas que solicitan un empleo de veinte duros al mes y tan pocas que quieran ser soberanos. Naturalmente, mis investigaciones sólo demuestran que los hombres no se conocen ni saben[5] lo que desean. Creo que la respuesta más exacta es quizá la de la señora. Sería graciosa ver la corte casera que organizaría[6]. A Madò Francina le confiaría algún cargo importante: ministro de la gobernación[7], o jefe de policía, porque es enérgica y sabe todo lo que ocurre en el pueblo. Las relaciones con la Iglesia las llevaría personalmente, como Carlos V, y temo que[8] a fuerza de religiosa acabaría[9] por chocar con el clero. No demasiado, sin embargo. No asaltaría Roma ni se aliaría con un resentido, como el duque de Borbón. Sabría recurrir a[10] medios más suaves.

Existía, en efecto[11], en lo más profundo de doña María An-

---

[3] *Una llamada\* y, en nota a pie de página* Columnes serenísimas te levantan un arco / que recorta la gloria, pero enmarca el fracaso. (Vidal Alcover). *Tachado a petición mía. Los versos pertenecen a uno de los tres* Sonets per a Maria Antònia, *publicados en 1956, incluido éste en el volumen* Sonets alexandrins *(Manacor, 1981).*

[4] Si desearía.

[5] ni saben de un modo exacto lo que.

[6] organizaría en la Ciudad, o mejor todavía en Bearn. A Madò.

[7] gobernación, por ejemplo, con facultad de quitar y poner alcaldes, o jefe.

[8] las llevaría ella personalmente, como los monárquicos de derecho divino, Carlos V o los Habsburgos de Alemania. En este aspecto temo que fuera igual a ellos: a fuerza.

[9] acabaría.

[10] a otros medios.

[11] suaves. *Aparte.* Estas palabras no dejaban de alarmarme, porque, en efecto, existía en lo más.

tonia algo de insobornable[12]. Cuando murió don Andrés, el Vicario, y nos enviaron, para ocupar su puesto, a don Francisco, joven y lleno de espíritu innovador[13], tuve ocasión de comprobar cómo aquella dama[14], que oía misa diariamente, no hacía el menor caso de sus consejos ni tomaba en consideración ninguna de sus palabras. Ya he dicho que nos comenzaban a llegar del extranjero, y en particular de las Américas, ciertas[15] tendencias «modernistas», en mi concepto reñidas con el *Syllabus*[16]. Esos sacerdotes que van al café o toman parte en unas carreras, no realizan en sí ningún acto delictivo, siempre que no tomen el rábano por las hojas y no concedan a tales vanidades una importancia que no tienen. Pero pretender adaptarse «a la moda» con el fin de atraer gente a la religión lo considero peligroso, porque podrá suceder que en lugar de ser el sacerdote quien conduzca a sus ovejas por el camino de la virtud, sean éstas que le arrastren a la disipación[17]. Puestos en el terreno de la concesiones, don Francisco no había visto inconveniente en fundar una especie de casino donde se podía leer el *Albo y Negro*[18] (que, como su nombre indica, presentaba ambos aspectos) y otros periódicos de Madrid, no del todo adecuados a la

---

[12] de insobornable que nadie sospechaba. Cuando.

[13] innovador, según es corriente hacia los treinta años, tuve.

[14] aquella señora tan católica, que pía.

[15] de las Américas, unas tendencias.

[16] con el «Syllabus», que no han hecho desde entonces sino prosperar *corrige* capaces de desorientar a los católicos *sigue* y que pueden acarrear graves males. La Iglesia no tiene por qué «modernizarse» (suponiendo que esta palabra signifique algo) porque *corrige* puesto que representa valores eternos e inmutables. Esos sacerdotes. *El* Syllabus *es un texto condenatorio de las ideas y de las actitudes progresistas; fue promulgado por el papa Pío IX en 1864.*

[17] disipación y a la locura. Acabo de leer en un periódico francés que se habla de constituir una orden de damas catequistas cuya misión sería *corrige* consistiría en ir a los bailes y lupanares, elegantemente vestidas, y relacionarse con lo más corrompido, tomando parte activa *tachada esta palabra* en sus fiestas y disimulando su misión hasta llegado el momento oportuno (que en ciertos lugares es extraño que llegue) de darse a conocer. Como tales damas deberían ser jóvenes y atractivas, cabe el temor de que los resultados fueran muy diferentes a las buenas intenciones del descabellado proyectista. Puestos en el terreno.

[18] *La alusión al semanario «Blanco y Negro» es solamente por el nombre, que sirve al narrador para acusar la ambivalencia de la prensa progresista. «B. y N.» fue fundada por Torcuato Luca de Tena en 1891.*

235

vida dura y austera de estas montañas. Le gustaba guiarse siempre por su propio criterio y recuerdo el estupor que me produjo un domingo, cuando[19], desde el altar, exclamó dirigiéndose a los feligreses:

—Su Ilustrísima ha enviado una pastoral a todas las parroquias, cuya lectura es obligatoria desde el púlpito; pero resulta larga y yo os explicaré lo que dice.

Y la extractó en un pequeño resumen, muy bien hecho, debo reconocerlo, pero sin amoldarse[20] a lo ordenado, que era leer el texto íntegro[21]. En la fiesta de los señores, desde el primer año, habló de «una devota familia» en vez de «una noble familia».

—Veo, don Francisco —le dijo sonriendo el señor—, que nos ha suprimido la nobleza.

El señor Vicario se disculpó con argumentos de carácter democrático[22]:

—Esas cosas de abolengo —replicó mi bienhechor[23]— son vejeces mandadas retirar. En el siglo xx nadie hará caso de tales simplezas. El socialismo es lo que se impondrá.

Don Francisco deseaba que le concediaran la razón, pero no tanto, y quedó[24] desconcertado. Doña María Antonia sonreía.

—El señor, Juan —me dijo en voz baja—, está muy seguro de lo que sucederá en el siglo xx. Como ya no lo veremos...

—Considere, don Antonio —dijo el señor Vicario volviendo grupas—, que si las doctrinas socialistas triunfaran, nos hundiríamos todos en el caos. Yo he suprimido lo de noble familia precisamente para no dar armas a los dos socialistas que hay en el pueblo y que luego murmuran...

—Ha hecho perfectamente, Vicario[25]. Nosotros seremos los mismos si nos dicen nobles como si sólo nos llaman devotos.

---

[19] me produjo cuando un domingo, desde el altar.

[20] pero que no se amoldaba a lo.

[21] íntegro. En sus predicaciones, hay que creer que bienintencionadas, se apartaba también de las costumbres establecidas. En la fiesta.

[22] democrático: ante Dios, lo mismo representa un señor que un pobre, todos somos hermanos, etc. *Aparte.* —Estas cosas.

[23] mi protector—.

[24] quedó algo desconcertado.

[25] perfectamente, don Francisco. Nosotros.

Don Francisco no se fijó en aquel «sólo», que a mí me parecía tan lastimoso. Doña María Antonia levantó la cabeza.

—Tiene mucha razón el señor —dijo—. De un modo o de otro, quedaremos tal como somos —sus ojos celestes habían adquirido una gran dulzura—. Roguemos a Dios para que quiera absolvernos a todos —añadió un poco incoherentemente, plagiando, sin saberlo[26], el último verso de la *Ballade des Pendus*[27].

El señor Vicario quedó convencido de que la humildad le dictaba aquellas palabras, porque con todo su modernismo no había inventado la pólvora. Los señores no tenían orgullo, pero tampoco eran humildes. Se valoraban exactamente en lo que eran y representaban[28]. Que les discutieran su señorío les parecía, en lo hondo del corazón, una insensatez[29]. Bearn-hacienda fue siempre norma y guía para Bearn-lugar. Quizá no ha existido ninguna muchacha de quince años que no haya soñado casarse con un príncipe, es decir, con un Bearn, ni ningún mozo que no haya admitido como una merced el que una dama de la casa le mirara sonriendo. Fue a través de la casa[30] que el mundo civilizado, el mundo de los modales y de la fantasía, deslumbrador como un salón de espejos, pudo llegar hasta estas tierras, sirviendo de estímulo al progreso y fomentando también el desasosiego y el ansia de salir de la propia esfera. En ocasiones la influencia de mi bienhechor[31] resultó francamente desmoralizadora. Sus protecciones algo intempestivas (porque era generoso y daba más de lo prudente, teniendo en cuenta el estado de su fortuna) hicieron imaginar imposibles[32].

---

[26]  sin conocerla.

[27]  Mais priez Dieu que tous nous vueille absouldre! *dice el último verso del poema de François Villon llamado* Ballade des Pendus *y también* Epitaphe Villon.

[28]  y representaban, quiero decir, con ecuanimidad. El lugar de Bearn constará de un centenar de casas. La finca, entre bosques y peñas comprende muchas cuarteradas. Que les. *La* quarterada *es la unidad de superficie agrícola en Mallorca; equivale exactamente a 71 áreas, 3 centiáreas, 11 decímetros y 84 centímetros cuadrados.*

[29]  del corazón, un absurdo. La historia nos enseña que en Mallorca casi no ha existido, de derecho, el feudalismo, pero la influencia moral de los señores sobre aquel centenar de familias resultaba incontestable. Bearn-hacienda.

[30]  a través de los señores que el mundo.

[31]  del señor.

[32]  imposibles a seres honrados. Se había.

Se había empeñado en que Margarita aprendiera a tocar el piano. A un muchacho pobre, nacido para vivir y morir entre estas montañas, le hizo venir, sólo porque era rubio, un profesor de inglés. Por fin acabaron acusándole de hechicero[33]. Los católicos no creemos en estas cosas, pero el mal que hizo no hubiera sido posible sin el prestigio mágico de las cinco letras que componen el nombre de Bearn. Muchachas honestas, que no habrían claudicado con un joven de su edad, claudicaron con él, que no era joven ni hermoso. Al pensar[34] en aquellas desventuradas (en una sobre todo, que nunca he llegado a conocer), la sangre me hierve todavía y he sentido el impulso de vengarlas, recordando la afirmación pagana de Séneca respecto a que la misericordia es una debilidad del corazón. Un día en que creí caso de conciencia confesar estas cosas al señor —yo era entonces muy joven, no habría cumplido los dieciocho años—, él me miraba fijamente, con expresión entre irónica y curiosa. Tenía los ojos pequeños y penetrantes. Me cogió las manos y mientras[35] estuve perorando, profiriendo inconveniencias, mezcladas, casi, con injurias, progresivamente excitado ante su silencio, me las estrechaba con fuerza, como si quisiera probar mi resistencia física. Después me tocó los brazos y los hombros, un poco admirado y no sé si decir orgulloso de mi constitución. Cuando al fin me callé, espantado de lo que había dicho, me recomendó la lectura de un poema de Heredia, «Le serrement de mains»», que acababa de aparecer en una revista francesa[36]. Me dejó solo. Al llegar al terceto en que el Cid amenaza a don Diego (la tradición ha llegado a decir que le pegó) la revista se me cayó de las manos y rompí a llorar.

Es cierto, sin embargo[37], que constituía un padre para las[38] familias humildes y que conocía y trataba de remediar sus ne-

---

[33] Por fin (y la culpa era suya) le acusaron de brujo. Los católicos.

[34] Pensando.

[35] mientras yo estuve.

[36] Este poema de José María de Heredia (1842-1905) apareció en la «Revue des Deux Mondes» en 1865.

[37] a llorar. *Aparte.* He recordado esta escena porque se enlaza directamente con la intimidad de mi existencia, pero sería muy injusto si pasara en silencio las buenas obras del señor, que fueron muchas. Es cierto que.

[38] para aquellas familias.

cesidades. Ya he dicho que a veces contrajo deudas para favorecer a las gentes del lugar que no sabían cómo colocar sus ahorros, y cuán perjudiciales fueron éstas para la buena marcha de la hacienda. En las disensiones entre vecinos (los payeses desconfían de los abogados de la Ciudad[39] y prefieren, en sus pleitos, acudir al señor)[40] fallaba con un estricto sentido de la justicia, y más de una vez, si el condenado era muy menesteroso[41], le subvencionaba haciéndole prometer el secreto. El asunto, de todos modos, trascendía, cosa que, incrementando su respetabilidad, le hacía pasar[42] por un poco bobo y daba lugar a que algunos desaprensivos, pactados para fingirse litigantes, le sacaran[43] el dinero del bolsillo. En este aspecto doña María Antonia andaba más lista y[44] sólo se dejaba sacar buenas palabras. Dominaba, además, el arte de no entender lo que no quería oír y se le presentaba una sordera oportunísima que le hacía tergiversar los conceptos y le ahorraba muchos quebraderos de cabeza. No quiero decir[45] que hiciera comedia, porque realmente era, a veces, un poco sorda. En otras ocasiones tenía un oído finísimo. Un especialista de Barcelona había diagnosticado el caso de sordera intermitente[46].

---

[39] de su hacienda. Aquí casi nadie vive de la caridad pública: como todos son pobres, es difícil encontrar una persona que se pueda considerar pobre en particular. Siempre existen, no obstante, miserias que aliviar y conflictos morales en que intervenir. Los payeses desconfían de los abogados de la Ciudad, que les cobran dinero, y prefieren.

[40] al señor. Debo advertir que fallaba.

[41] muy menesteroso, el señor le.

[42] pasar algún tiempo por un poco.

[43] le sacaran a veces el dinero.

[44] más lista y por lo corriente sólo.

[45] decir, con esto, que.

[46] intermitente. *Aparte.* —Sí, muy impertinente —replicó la enferma. Pero en boca suya, como hace notar el señor, incluso las impertinencias eran oportunas. «Esta oportunidad», relata, «culminó en la fiesta de disfraces de Mr. Wilson, quien nos había invitado, suplicando que mi esposa acudiera vestida de clavel. Como era un disparate y como nadie sabe en qué consiste un disfraz de clavel, no le contestamos. A última hora decidimos, sin embargo, irle a saludar un momento y nos recibió con una sonrisa de lobo. *Aparte.* —Le agradezco mucho su presencia, señora, aunque no venga usted en regla. Al no recibir respuesta a las indicaciones que le hacía, pensé que no habría recibido mi tarjeta. Ahora veo que me equivoqué, y que ha querido saludarme, aunque no haya accedido en lo del disfraz. Tal vez eso sean costumbres mallorquinas y, de todos modos, siendo

suyas, huelga decir que me parece perfecto *corrige* parecen perfectas. *Aparte.* Era un «snob» insoportable. Mientras hablaba la miraba a través del monóculo. María Antonia sonreía a cada nueva insolencia. *Aparte.* —Es usted demasiado amable, éverdad, Tonet? Nadie sabe recibir como los ingleses, está bien probado. Mr. Wilson, su fiesta es espléndida. *Aparte.* Le dijo tantas cosas halagadoras que él se desconcertó —yo vi el momento exacto en que perdía el "self-control" —y huyó murmurando incoherencias. Había interpretado la sordera de María Antonia como si le hubiera querido decir: "Este es el caso que hago de ti, borrico". En cuanto a saber si mi esposa había pecado *corrige* pecó de lista o de ingenua, es cosa que me pregunté varias veces y que he renunciado a averiguar». *Aparte.* Era necesario renunciar a muchas cosas tratándose de doña María Antonia, las razones de la cual parecían hallarse por encima o por debajo de la lógica. Resultaba difícil comprender que cerrara con llave pequeñas cantidades de dinero y que dejase sus joyas encima del tocador. Pero ella sabía que le escamotearían una peseta y que no le tocarían un diamante, que le desaparecería un objeto del zaguán o de la sala de estar y no de la alcoba, aunque las puertas de ésta se encontraran siempre abiertas. Sabía también muchos otros extremos que eran ciertos aquí, aunque no lo sean en otras partes del mundo. Yo la he oído hablar contra los robos a las jornaleras de la hacienda, porque le gustaba unir la moral a la sensación de seguridad (como a fin de cuentas debe ser), las cuales se mostraban todas conformes en execrarlo, si bien hacían una excepción respecto «al Gobierno». *Aparte.* Robar es siempre robar, aunque sea al Gobierno. Yo, como no me quiero quemar en el infierno, no lo haría por nada. A no ser —concedía— para pagar las contribuciones. *Aparte.* Hacer contrabando también le parecía lícito y le divertía mucho. *Aparte.* —éA quién puede perjudicar esto —se preguntaba— y, sobre todo, por qué han de querer saber si comemos cerdo o gallina? Cada casa es un mundo y cada cual hace lo que quiere en ella, mientras observe los mandamientos de Dios. *Aparte.* La monarquía borbónica había centralizado la adminos y exigía ciertas obligaciones a las provincias españolas, pero ni bajo el reinado de Isabel II ni menos durante la República se habían ocupado gran cosa de construir carreteras y escuelas. Eso de que el Estado (o, como decía la señora, «el Gobierno») necesitara dinero para beneficiar al país, carecía en Bearn de sentido. Por estos lugares, nadie hasta la hora actual, pese a las buenas intenciones de la Restauración, ha visto que el Estado intentara realizar nada de provecho.

# 4

Cierta[1] madrugada de agosto de 1883[2], después de una noche en extremo calurosa y algo agitada, me levanté con el alba para leer las Églogas de Virgilio bajo las encinas del *Puig de Ses Llebres*. Casi no se distinguía aún, allá lejos, entre la bruma, una sombra rosada, que era la Catedral de Mallorca. El sol comenzaba a despuntar, y la luna, toda dorada, no se había decidido a esconderse. El momento era tan indeciso que conturbaba el alma. Me senté pensando en las tristezas de Melibeo, obligado[3] a abandonar la tierra que le viera[4] nacer. Melibeo, joven y desventurado como yo mismo, aparece, en el poema, de pie, mientras contempla a Títiro, es decir, a Virgilio, que está sentado a la sombra de un haya corpulenta[5]. «Eres dichoso, Títiro», le dice Melibeo, «en poderte entregar a esas[6] fruiciones, en[7] descansar a la sombra de esos[8] árboles...» «Pastor», le contesta Títiro, «este descanso me lo ha concedido un dios». «Pobre Juan», me había dicho el señor la primera vez que leí ante él el pasaje, «Pobre Juan, el dios de que habla Virgilio no es el Dios con mayúscula, sino simplemente, un triunviro...

---

[1] Una madrugada.
[2] de 1888.
[3] obligado, como yo, algún día, a abandonar.
[4] Las tierras que le vieron nacer.
[5] corpulenta, acordando la avena que ha de nutrir el ganado con los versos que han de ennoblecer los espíritus. «Eres.
[6] estás.
[7] en poder descansar.
[8] estos.

No hay derecho a que el viejo poeta os haga llorar con enga-
ños, ni a ti ni a Melibeo, alma noble que sabe admirar sin envidia. Virgilio —es decir, Títiro— había ido a Roma donde consiguió por medio de influencias, porque no carecía de astucia,
que Octavio le exceptuara de la incautación general de los
campos»[9]. Voltaire colocaba hielo en las pilas de agua bendita.
Las palabras del señor me hicieron daño.

—¿Quiere significar Vuesa Merced que Virgilio fue un em-
baucador, un alma innoble?

Yo había pronunciado estas palabras con rabia. El señor
alzó la cabeza y me miró con curiosidad.

—No uses palabras desmesuradas, Juanito, que no significan nada. Virgilio tenía talento.

Calló y no me atreví a replicar[10] nada más.

Mientras me entregaba a mis meditaciones me distrajo un
rumor sordo, como de cañonazos lejanos. El ruido parecía venir del lado de la Ciudad, y como por aquellos días volvía a ha-
blarse de insurrecciones carlistas, miré hacia la bahía, pero la
bruma matinal[11] impedía distinguir nada[12]. Me disponía a prevenir al señor cuando los supuestos cañonazos me parecieron
sonar[13] en la parte opuesta, es decir, hacia *S'Ull de Sa Font*.
Subí por la colina, a fin de dominar la otra vertiente y pude
descubrir[14] a unos hombres que se hallaban cortando pinos.
Aquella osadía, a las seis de la mañana[15], era excesiva, y como
me hallaba más cerca de las casas que del pinar, corrí a hablar
con el señor[16]. Al penetrar en la *clasta* se me ocurrió que éste[17]
dormiría y resté indeciso. El Mayoral, al que referí el hecho[18],

---

[9] *Huelga decir que esta interpretación de la primera égloga virgiliana es del todo personal, y por descontado hija del más acendrado racionalismo; pero ni el novelista ni el cura de
Bearn tiene por qué conocer el funcionamiento de la economía romana en los albores del Imperio, y don Antonio la conocerá, si acaso, según la lea en sus autores franceses de la Ilustración. La intención de L. V. es ironizar sobre la «mentira» de la poesía.*

[10] replicarle.

[11] matinal me impedía.

[12] nada. Un poco alarmado, me dispuse a prevenir.

[13] sonar justamente en la parte.

[14] distinguir.

[15] de la mañana, ya levantado el sol, era.

[16] con el señor antes de decirles nada a los leñadores. Al penetrar.

[17] se me ocurrió la idea de que el señor *corrige* mi bienhechor dormiría.

[18] el hecho, quedó sorprendido y propuso.

propuso enviar recado a la guardia civil o bien que fuéramos todos, él y los gañanes con las escopetas y yo con la doble autoridad de administrador y de sacerdote, a reprimir a los malhechores. Ninguna de ambas soluciones acababa de parecerme bien, sobre todo la primera, ya que, sin saber por qué (y después verás que no me engañaba el instinto), me repugnaba mezclar gente extraña en aquel asunto[19]. Al fin no quedó otra solución que despertar al señor[20]. Hubiera dado cualquier cosa por no tener que hacerlo. Llamé suavemente a su puerta, muy azorado, y él contestó en el acto que pasara. Mi sorpresa fue grande al hallarle levantado y vestido. Aparecía sentado frente a su escritorio con la pluma en la mano y examinaba[21] papeles.

—Mira, Juan —dijo, alargándome un dibujo—. A ver si adivinas qué es esto.

Estaba muy alegre y no parecía extrañarse de mi desusada visita. Sin mirar el dibujo intenté disculparme.

—Vuesa Merced encontrará extraño que me haya atrevido a estas horas...

—*Audaces fortuna iuvat*[22] —replicó, riendo—. Siéntate y no digas tonterías. Ya sabes que, en principio, siempre defendí los atrevimientos.

Y se perdió en una divagación literaria, muy ingeniosa y un poco sofística[23], para concluir que nuestros escritores[24] nunca habían sido atrevidos, por lo cual no resultaban, generalmente, divertidos.

—Divertido rima con atrevido —comentó—. Los secretos de la gracia son esencialmente femeninos[25]. Nada puede poseerse (y en especial una mujer) sin un poco de atrevimiento. ¿No te parece?

---

[19] en asuntos del señor. Al fin.

[20] que ir a despertarle. Hubiera.

[21] y examinando.

[22] *Esta máxima medieval de aire virgiliano suele completarse así:* Audaces Fortuna iuvat, timidosque repellit, *esto es, «La Fortuna ayuda a los audaces y rechaza a los temerosos».*

[23] sofística, sobre la libertad de pensamiento para.

[24] que los escritores españoles nunca.

[25] femeninos: son al mismo tiempo poderosos, como la mujer, madre de la humanidad y delicados como ella. Nada.

Me costaba esfuerzo aguantar su mirada y tuve que bajar los ojos.

—Vuesa Merced sabe que no tengo voto en esta materia.

—Así es —replicó[26] haciendo una retirada—. Me gusta que seas tan[27] buen muchacho.

Yo me hallaba intrigado. ¿Cuándo dormía el señor? Hacía años que[28] se comentaba el hecho de que tuviera toda la noche luz encendida[29]. De pronto, ante su verbo ingenioso y fluido, ante la facilidad con que se le ocurrían las citas clásicas, que esmaltaban, como piedras preciosas sus pensamientos, citas siempre oportunas, presentadas con acento ligero, un poco subrayadas de ironía a fin de neutralizar lo que pudieran tener de solemnes, comprendí que don Antonio pertenecía a la casta de los hombres para quienes las primeras horas del día, son las de máxima capacidad intelectual. Aquella capacidad[30] iría menguando en el transcurso de las horas, y a la noche, cuando después de cenar se despedía de nosotros «para ir a escribir», debía caer en la cama muerto de sueño, sin tiempo siquiera para apagar la lámpara. Tal fue la explicación que se me ocurrió en los primeros momentos, si bien después la he ido modificando: es muy probable que el señor se durmiera dejando adrede la lámpara encendida, a fin de que por la mañana, que sería cuando realmente trabajaba, todos le creyeran dormido y respetaran su descanso, ya que pretender que respetaran su trabajo intelectual hubiera resultado excesivo por estos pagos.

El señor seguía conversando animadamente y yo no hallaba medio de explicarle lo que acababa de ver desde el *Puig de Ses Llebres.*

—¿Qué te figuras? —me decía—. Como hace catorce años quemamos tantos libros, ahora me encuentro sin mapas. Aquella noche, la señora y yo fuimos demasiado lejos[31]: des-

---

[26] —replicó el señor ligeramente, haciendo.

[27] que seas un buen.

[28] Hacía muchos años que en Bearn se comentaba.

[29] encendida en la alcoba. De pronto.

[30] del día, contrariamente a lo que sucede a la mayoría de escritores y estudiantes, son las de máxima capacidad intelectual. Aquella capacidad, que yo no había conocido tan esplendorosa como en aquel momento, iría.

[31] lejos: ella destruyó incluso.

truimos incluso el *Año Cristiano* y el *Kempis*[32]. Necesito un plano de Roma y ahora estaba intentando ver si podía[33], de memoria, trazar un croquis. No es tarea fácil, porque Roma, al revés de París, resulta un ciempiés. Los herederos de la cultura latina[34] no son ya los italianos. La claridad y el sentido de la medida son ahora cualidades francesas. Por algo el metro-tipo de platino se guarda en Meudon. Mira —siguió diciendo— esto es la Puerta del Popolo, obra de Miguel Ángel. De esta gran plaza parten tres[35] calles. La de en medio es el célebre Corso, del cual habrás oído hablar: une la Plaza del Popolo con el Capitolio. A pesar de ser, como si dijéramos, el eje de la ciudad, resulta demasiado estrecho y el arreglo no es fácil porque cuenta con edificios notables, acaso no[36] tan artísticos como se ha dicho. De todas maneras, esos *palazzi* son una rémora para cualquier reforma. Roma es hoy una ciudad que bizquea, y a medida que transcurran los años se le acentuará[37] tal anomalía.

Quedó un momento pensativo y lo aproveché para decirle que unos extraños estaban talando los pinos de *S'Ull de Sa Font*.

—A pesar de todo —siguió diciendo, y yo pensé si no me habría entendido—, es una ciudad única, aunque no fuera más que por sus fuentes y esculturas[38]. El pinar de *S'Ull de Sa Font* está vendido —añadió—. Tan pronto haya pasado el calor fuerte embarcaremos para Italia. Un sacerdote[39] tiene obligación de ir a visitar al Papa.

Yo había quedado sin palabra.

—¿Así Vuesa Merced —articulé al fin— ha vendido el pinar? ¿No habíamos decidido[40] que su importe serviría para cancelar parte de las hipotecas? Considere...

---

[32] el «Kempis». Naturalmente, a mis años ya no me hallo en edad de leer, sino de escribir. Deseaba, pero, un plano.
[33] si podía yo mismo, de memoria.
[34] latina, desde hace siglos, no son.
[35] tres largas calles.
[36] edificios buenos, aunque no muchos ni tan artísticos.
[37] se le notará más tal.
[38] y esculturas. En eso sí que son maestros. El pinar.
[39] Un sacerdote, mientras pueda, tiene.
[40] que convenía esperar algunos años y que su importe.

—Así lo habíamos dicho —contestó[41]— o lo habías dicho tú[42]... Pero para viajar hace falta dinero. Por esta vez, Juan, no pienses en hipotecas, pues no cuento distraer ni un céntimo. Además —añadió al ver mi mala cara—, no he vendido todo el pinar, sino tan sólo los pinos gruesos —que eran justamente los más caros—. Consuélate. Esta parte de montaña es muy feraz y dentro de catorce o quince años todo volverá a estar como ahora.

—Dentro de quince años —repliqué— Vuesa Merced tendrá cerca de noventa.

—Si llego —dijo el señor[43].

Yo no sabía lo que me pasaba. Ver al Papa era la ilusión más grande de mi vida. Conocer Roma[44] constituía también un placer especial, pero el pinar de *Sa Font* era la última posibilidad de suprimir parte de las deudas y reducir unos intereses que nos veíamos con dificultades para satisfacer. ¿Cómo había podido realizar la venta sin que nadie se enterara? Mas tarde supe que todo se había llevado a efecto por correspondencia y que yo mismo cursaba las cartas, que para algo ha de[45] servir el moderno invento de Correos. Me atreví a decirle que debía habernos avisado, porque el Mayoral estuvo[46] a punto de llamar a la guardia civil.

—Tienes razón —replicó—; se me había olvidado: la venta se realizó hace ya más de tres semanas.

Supuse que[47], en su aversión por tratar cuestiones económicas, había preferido no decir palabra hasta que el comprador hubiera comenzado la tala y nos encontráramos ante una situación de hecho. El pinar de *S'Ull de Sa Font* sólo se domina desde[48] el *Puig de ses Llebres*. El señor confiaba que no nos diéra-

---

[41] —contestó el señor—.

[42] dicho, porque no me comprometí a nada. Pero.

[43] el señor. *Aparte.* Y empezó a divagar sobre escultura romana. Yo.

[44] Roma, con un guía como el señor, constituía.

[45] tiene que servir.

[46] había estado a punto.

[47] semanas. *Aparte.* Se le había olvidado... ¿Cómo era posible olvidar una cosa de tanta transcendencia? La realidad debía ser algo diferente. Supuse que el señor, en su.

[48] Sa Font» no se ve desde las casas. Uno de los pocos lugares que lo dominan es el «Puig.

mos cuenta de nada hasta al cabo de unos días. La casualidad había querido[49] que me enterara la misma mañana.

—¿Cuándo es la partida?

Él[50] sonrió y me pasó un brazo por el cuello.

—No vayas tan aprisa, querido. Hay mil cosas que arreglar. Lo primero trabajar una audiencia privada con el Santo Padre. León XIII es un pontífice ilustrado y liberal, como lo ha demostrado ya en los cinco años que lleva de Papa[51].

No era la primera vez que[52] demostraba su admiración por el Pontífice *éclairé,* como él decía[53]. Me di cuenta de que encima de la mesa tenía las encíclicas *Diuturnum* y *Humanun Genus,* acabadas de aparecer[54].

—¿La señora sabe...? —pregunté.

—Naturalmente; está enterada de todo.

Recordé[55] que doña María Antonia, días antes, me había anunciado «una sorpresa». Pero, ¿estaba enterada de lo que significaba[56] gastar en un viaje la venta del pinar de *Sa Font?* Decidido a salir de dudas me apresuré a despedirme[57]. Al llegar a la puerta mi protector me llamó.

—Oye, Juan; prefiero que no digas a nadie...

—Conformes.

Me[58] miró con curiosidad.

—¿A ver si te pasarás de listo? ¿En qué estamos conformes?[59]

---

[49] había hecho que.

[50] El señor sonrió.

[51] de Papa. Se dice que quiere abrir los archivos secretos del Vaticano a los sabios del mundo. *Aparte.* No era.

[52] que el señor demostraba.

[53] decía, educado en un colegio de nobles y que como los pontífices *corrige* papas del Renacimiento componía exámetros latinos. Me di.

[54] aparecer, lo cual me hizo concebir algunas esperanzas acerca de su regeneración. ¿Quién, pero, podría asegurar nada? *Las encíclicas* Diuturnum *y* Humanun genus, *dictadas por León XIII, son respectivamente de 1881 y 1884. Se refieren al origen del poder y a la masonería para condenarla.*

[55] Recordé entonces que.

[56] significaba para la casa gastar.

[57] despedirme para ir a conversar con ella. Al llegar.

[58] Él me miró.

[59] conformes? *Aparte.* Habría sido más correcto no mencionarlo, puesto que nos entendíamos perfectamente, pero yo no podía hacerme rogar. *Aparte.* —En que.

—En que no se sepa que Vuesa Merced se levanta tan de mañana.

Don Antonio rió.

—Secreto de confesión. Vete.

Salí al salón de chimenea. Todavía no habían sonado las ocho y Catalinita me dijo que la señora dormía. Se hallaba atemorizada y se limpiaba los labios con la mano. Tenía la boca llena de chocolate. La reprendí suavemente (no contaba aún catorce años) y me senté junto al balcón. A los pocos momentos se presentó doña María Antonia. Su saludo fue éste:

—Juan, ya podemos preparar los baúles.

Sabía por Catalina que habían empezado a cortar el pinar y se hallaba muy satisfecha.

—Eso quiere decir, Juanito, que pronto tocaremos dinero[60]. No me ilusionan los céntimos (como las verdaderas señoras del país, decía céntimos aunque se tratara de grandes cantidades), pero estoy satisfecha de que todavía los encontremos cuando importa. Para[61] ver al Papa puede hacerse cualquier sacrificio. ¿Tú no te alegras?

—Es la ilusión más grande de mi vida. Pero este viaje, ahora...

—Calla —interrumpió pegándome un golpe[62] con su abanico—. No quiero que nos llames viejos. Gracias a Dios estamos sanos y fuertes.

Aquel golpe[63] proscribía toda discusión. Hasta entonces[64] no había sospechado[65] que las facultades mentales de doña María Antonia empezaran a declinar, y aún tardé bastante tiempo en querer admitirlo. La venta del pinar[66] la hacía sentirse optimista y al propio tiempo infantilizada. En realidad, ni

---

[60] dinero fresco. Ya sabes que no me ilusionan.

[61] Para ir a ver.

[62] un golpecito.

[63] y fuertes. *Aparte.* Parecía, ella, tan buena administradora pocos años antes, haber olvidado las dificultades de la casa. ¿Las había olvidado realmente o se pasaba de lista? De un modo o de otro aquel golpe de abanico.

[64] Hasta aquel instante.

[65] sospechado nunca que.

[66] admitirlo. Ahora comprendía que los años no transcurren en vano. La venta del pinar de «S'Ull de Sa Font» la hacía.

el señor ni ella habían sufrido nunca privaciones. Siempre que necesitaron dinero, éste[67] había acudido. Tales experiencias suelen dar seguridad y alguna sequedad de corazón a los poderosos, por lo que Jesucristo cree tan difícil su salvación. Les da también una especie de ceguera[68]. «Vuesas Mercedes se hallan arruinados, las hipotecas les ahogan —hubiera gritado—, todo irá a pública subasta...» Sentía escrúpulos de conturbar aquella alegría y callé[69]. El asunto no tenía remedio.

---

[67] éste, de un modo o de otro, había.
[68] ceguera. El dinero es su salsa natural. Doña María Antonia creía desdeñarlo, pero la noticia de que cortaban el pinar, última reserva de la casa, la llenaba de satisfacción. «Vuesas Mercedes.
[69] y callé. De todas maneras el asunto.

# 5

La' tramitación del viaje duró algunos meses. Obtener la audiencia privada con León XIII no era sencillo. El Sumo Pontífice une a su sólida piedad múltiples actividades culturales. Es al propio tiempo un místico y un humanista. Compone en sus descansos versos latinos. Todas sus encíclicas, notables de concepto y de estilo, están escritas por él mismo. En el mundo, cuando antes de ser sacerdote se llamaba conde Pecci, recibió una educación esmerada. Diplomático hábil, trabaja constantemente por separar los intereses espirituales de la Iglesia de las luchas políticas. Sus numerosas ocupaciones le dejan pocas horas para dedicarlas a visitas particulares. Doña María Antonia se hubiera conformado con una audiencia pública en San Pedro, pero el señor no renunciaba fácilmente a sus proyectos.

—Yo no puedo conformarme con una bendición, María Antonia. Todos los papas dan bendiciones, cuando no... —miró a su esposa y se calló[1], pues no quería mortificarla: había estado a punto de enfrascarse en una divagación acerca de las excomuniones y anatemas del papado medieval—. Todos dan bendiciones —siguió atropelladamente—: Pio IX ya nos bendijo una vez, pero León XIII es un hombre inteligente...

—No digas herejías, Tonet. La bendición está por encima de la inteligencia.

—Como quieras[2]. Pero ya que realizamos el gasto de ir a

---

[1] se calló de pronto, pues.

[2] —Como quieras —replicaba el señor que, como buen testarudo, no discutía—, pero.

Roma —a buenas horas invocaba ahora el gasto—, no debemos privarnos de una entrevista con León XIII. Juan es joven, y estoy[3] seguro de que puede sacar provecho de esta visita. Tú misma te mueres de deseos...

—Eso por descontado[4].

En lo que se refiere a mí, el señor tenía demasiado talento[5] para engañarse con sus propias palabras. Si es[6] cierto que una bendición proporciona[7] provecho espiritual, y lo proporciona de golpe, por gracia divina, una conversación de media hora, obrando por medios racionales, no podía modificar a un hombre hecho, como yo, que contaba ya treinta y dos años.

De pronto doña María Antonia tuvo una idea.

—Collera nos lo arreglará todo.

—¿Collera? ¿Ese fantoche?

Ella protestó de la forma agresiva y rotunda del esposo, propia de algún antepasado legendario.

—Por Dios, Tonet, y qué manera tienes de juzgar a tu prójimo. Tu lengua carece de freno. ¿Collera un fantoche?

Don Jacobo Obrador y Santandreu, tercer marqués de Collera y diputado a Cortes, constituía, ya en su madurez[8], el prestigio máximo de la Isla. Todos los periódicos habían reproducido su discurso contestando a un diputado de la oposición que le tildara[9] de «poeta» porque abogaba por la construcción de una escuadra superior a la inglesa: «Poesía, poesía, yo quisiera sumergirme en ese[10] mundo mágico de la poesía y asistir a la batalla de Lepanto...» Era, según decían, una pieza oratoria digna de Castelar. Latinista, había traducido a Séneca y a Cicerón[11]. Era, también, arqueólogo. «Es que todo le acompaña —afirmaban sus admiradoras, que las tenía y mu-

[3] joven, el mundo se halla lleno de tentaciones y estoy.

[4] por descontado —replicaba doña María Antonia—, pero no sé quién nos podrá arreglar el asunto... *Aparte.* En lo que.

[5] el señor era demasiado inteligente para.

[6] Si es muy cierto.

[7] proporciona un provecho.

[8] a Cortes, era por aquellos días una gloria local, el prestigio.

[9] le había tildado.

[10] en el mundo.

[11] Cicerón a la lengua de Cervantes. Era.

chas en el buen sentido de la palabra—: figura, gesto, elegancia...»[12]. El señor, empero, no podía sufrirle.

—Le conozco perfectamente —me había dicho algunas veces—; es más vacío que un caracol.

Se burlaba, además, de aquel marquesado de poco más o menos, concedido por la Reina Gobernadora.

—Ni ella era reina, ya que carece[13] de número en la Historia, ni eso de Collera tiene sentido heráldico. Hace unos cien años, los Obrador, que éste es el verdadero apellido de la familia, pasaban por ser los individuos más borricos de Seuva. Como sólo abrían la boca para decir disparates, un día, el día del santo del señor, recibieron una collera. Desde entonces les llaman de Ca'n Collera. Ellos no se lo tomaron como ofensa, pues no alcanzaban a tanto y cuando se les ocurrió pedir un título a doña Cristina (que solía[14] concederlos por quinientos duros y por menos) firmaron Obrador de Ca'n Collera. Doña Cristina, que era atolondrada[15], suprimió lo de Obrador y así se han quedado definitivamente en Collera.

Creo que las afirmaciones del señor eran ciertas, porque, aunque dijera que tales[16] cuestiones pertenecían a *l'ancien régime,* se interesaba por la ascendencia de las familias de la Isla. En ocasiones nos sorprendía con afirmaciones que parecían caprichosas y resultaban exactas. Para la mayoría, sin embargo[17], don Jacobo era un personaje. Su cargo (y su mismo título) le valían buenas relaciones en Madrid, y al fin fue él quien

---

[12] elegancia...» Hablaba un castellano purísimo, sin acento regional. El señor.

[13] ya que no tiene número.

[14] que sabía.

[15] atolondrada, como lo demostró casándose con el hijo de una estanquera.

[16] que estas cuestiones.

[17] resultaban exactas. *Aparte.* —Esa costurera que la señora ha hecho subir del pueblo —me explicaba— se apellida Visconti y desciende por rama materna de los Doria de Génova. Seguramente alguno de los numerosos palacios que la familia tenía esparcidos por la ciudad le pertenecía a ella *corrige* le pertenecería, si todo no se hubiese hundido hace ya tiempo. De esto ella no sabe ni una palabra y si doña María Antonia la empezara a tratar ahora de alteza, se figuraría que se había vuelto loca. Ya ves, Juan, la consistencia de las glorias de este mundo. *Aparte.* En el caso de los Collera se trataba de un proceso inverso al de la princesa convertida en costurera. Título y familia nada pesarían a los ojos de los entendidos, que son pocos, pero para la mayoría, don Jacobo era.

consiguió de la Embajada española en Roma que la Santidad de León XIII nos concediera, en principio y salvo mayor obstáculo, una audiencia privada para el último día del año, a las once de la mañana.

Salimos de la Isla el dos de noviembre, aprovechando un vapor francés que hacía escala en la Ciudad y que nos condujo directamente a Marsella. Se decía *Le lion du Louvre et de Belfort* y era, como rezaban[18] los anuncios de la casa consignataria, un verdadero palacio flotante. Los señores, en sus juventudes, habían corrido mundo y no se asombraban de nada, pero a mí, que no había salido más que una vez, siendo seminarista, en peregrinación a Montserrat, aquel vapor me pareció cosa de brujería.

Don Jacobo Collera, no sólo nos había conseguido la entrevista con León XIII, sino que nos recomendó[19] al capitán del barco, el cual salió a recibirnos a cubierta y nos hizo pasar enseguida a un salón alfombrado de rojo, que no sabías lo que mirabas. Por más que me esforzara no acertaría a describirlo. Lámparas doradas, espejos, sillas de peluche, porcelanas, timbres eléctricos... ¡incluso un piano! Allí mismo nos hizo servir una copita de vino con unas pastas y preguntó al señor si quería tener la bondad de «nombrarlo» a doña María Antonia. Según nos explicaron después, esto es una costumbre francesa y aunque supiéramos que nos hallábamos ante el capitán, cosa que se advertía enseguida[20], él fingía, por educación, no ser conocido, sino que la conocida era la señora, a la cual era necesario que le nombraran a él que en aquel mundo fantástico constituía la máxima y soberana autoridad. Para servir el vino aparecieron dos jóvenes bien plantados[21], peinados a fuerza de pomada. Vestían pantalón negro y chaquetillas blancas, sumamente limpias y no recuerdo si guantes. A pesar de que sólo debían llenar cuatro copas, se movían mucho[22] de un lado a

---

[18] como rezaban con mucha exactitud los anuncios.

[19] sino que recomendó el señor al capitán.

[20] enseguida por los galones y por la consideración que todos le demostraban, él fingía.

[21] dos jóvenes altos y bien formados, peinados.

[22] *Falta* mucho.

otro, sin enredarse, sin correrías y sin abrir la boca[23]. En los momentos en que no hacían nada se situaban uno a cada lado de un aparador de caoba que se hallaba adosado a una pared toda de espejos, así que nos parecía ver cuatro, iguales[24], serios y planchados, como si fueran en una procesión. En mi desconocimiento del mundo y de las costumbres de la alta sociedad, yo sólo pensaba que mientras permanecíamos allí bebiendo y hablando, aquellos jóvenes hubieran podido segar dos docenas de gavillas de trigo.

El capitán se retiró alegando que necesitaríamos descansar (en realidad, él tendría sus ocupaciones) y besó la mano a doña María Antonia. Antes de irse ordenó a un mayordomo que nos condujera a nuestros camarotes. El que me destinaron me hizo salir los colores a la cara. Estaba también lleno de espejos, perfumado de violeta, completamente alfombrado y con cortinas de seda color de rosa. Si me hubiese atrevido, habría pedido que me trasladaran a otro. El mayordomo me mostró un botón junto a la cama, que comprendí era un timbre eléctrico, y me dijo que si sonaba una vez acudiría el *valet* y si dos *la femme de chambre*[25]. Antes de salir me preguntó amablemente si necesitaba alguna cosa. Reparé que en el lavabo (porque había un lavabo muy bien dispuesto, con su correspondiente espejo y dos toallas limpias) no se veía jarro para el agua y le rogué que hiciera el favor de enviarme uno. Entonces el mayordomo sonrió, se acercó al mueble y abrió lo que ellos dicen un *robinet:* el agua manó en abundancia.

La travesía fue dichosa. El mar estaba tranquilo y nadie se mareó. Mientras comíamos se abrieron[26] las puertas de cristales que comunicaban el salón con el comedor y desde la mesa escuchábamos el piano tocado por una señorita que[27], según dijeron, había ganado un premio en el Conservatorio. *Le lion du Louvre et de Belfort* procedía del Marruecos francés y conducía moros, judíos y negros, si bien no les dejaban llegar hasta el

---

[23]  la boca, como si fueran muñecos mecánicos. En los momentos.
[24]  iguales, estirados, serios.
[25]  de chambre». Gracias a Dios no necesité utilizarlo. Antes.
[26]  se abrían.
[27]  una señorita que lo hacía muy bien y que, según.

pasaje de primera. Yo les miraba desde cubierta y el señor quiso incluso hablar con uno, antropófago por más señas.

En Marsella, donde se había decidido que descansaríamos tres días, nos hospedamos en el *Grand Hôtel,* que se halla[28] en la famosa *Cannebière,* gran vía llena de cafés, teatros y tiendas de todo cuanto es posible imaginar. La habitación que me destinaron estaba forrada de un papel con flores estampadas, a grupos, rosas y claveles, más propia también de una señorita que de un pobre sacerdote criado entre montañas. Lo mismo que en el vapor, por todas partes se veían espejos, alfombras y cortinajes.

—Estarás muy elegante, Juan —me dijo el señor asomando la cabeza.

Yo me sentía medio asfixiado, como si las flores de las paredes fuesen de verdad y me hicieran perder la cabeza. Hasta la jofaina del lavabo, dotada, como en el vapor, de su correspondiente *robinet,* se hallaba[29] llena de rosas estampadas. Los espejos terminaban de desorientarme. La misma puerta que daba al corredor estaba, por la parte de la alcoba, compuesta de ocho lunas cuadradas[30] y como enfrente se hallaba el balcón con ocho cristales dispuestos en la misma forma, por la mañana, cuando medio vestido quise abrir un poco los cristales, me confundí de vidriera, y en lugar de encontrarme en el balcón, me topé en el pasillo con una señora inglesa que me miró asombrada.

Marsella es una ciudad rica[31], muy adelantada, que disfruta de un clima benigno, parecido al nuestro. Su puerto es quizá el primero del Mediterráneo. Desgraciadamente, la mezcla de razas y la libertad, o mejor el libertinaje, propio de la gente de paso, han ido relajando allí[32] los fundamentos de la Moral[33]. Esto no quiere decir que no existan buenas personas, como en todos los sitios, pero el desenfreno es a veces tan desmesurado

---

[28] que se halla en el punto más céntrico de la ciudad, en la famosa.
[29] estaba llena.
[30] ocho espejos cuadrados.
[31] rica, industriosa y comercial, muy.
[32] *Falta* allí.
[33] de la moral y abundan allí el vicio y las malas costumbres. Esto.

que cuando se celebran fiestas populares las familias decentes[34] suelen marcharse al campo. La gente es asimismo respetuosa y los camareros del hotel[35] al ver mi vestido de sacerdote hacían enseguida la reverencia y me decían *«Monsieur l'abbé»*, cosa que me dejaba lleno de confusión, ya que nunca he sido ni seré, seguramente, abate.

Paso por alto todos los inventos[36] que la civilización francesa ha reunido en algunos[37] años en Marsella, y que no son sino[38] una muestra de los que habíamos de contemplar poco tiempo después. Señalaré sólo el gran uso que se hace de la electricidad, energía que se aplica a la luz, a la medicina, al telégrafo e, incluso y aunque parezca increíble, a la música.

El día 15 tomamos el ferrocarril que había de conducirnos a Ventimiglia y a Roma, pasando por Florencia, donde contábamos detenernos una semana.

—Ya verás —me había dicho doña María Antonia— qué hermosura es la Costa Azul. En vez de sembrar campos de trigo o de avena, los siembran de claveles.

Desgraciadamente[39], la noche se nos venía encima y no pudimos ver nada. Cuando me desperté con el alba el paisaje era sorprendente: árboles altísimos, agua, llanuras de pastos y vacas apacibles, de pieles manchadas. Siempre había oído decir que la Costa Azul recuerda[40] Mallorca y lo que veía era por completo diferente. Incluso el cielo y la luz, de una dulzura infinita, me resultaban extraños. Se lo hice notar al señor en cuanto se despertó.

—Lo que a mí me parece raro[41] —dijo doña María Antonia— es no ver el mar. La otra vez lo fuimos bordeando casi siempre.

El señor sonreía. Miró el reloj, consultó la guía de ferrocarriles, hizo unos números y dijo las siguientes palabras, que nos dejaron atónitos:

---

[34] Las personas decentes, especialmente los señores, si pueden, suelen.
[35] del hotel, que quizá no iban a misa, al ver.
[36] los adelantos.
[37] en pocos años.
[38] una débil muestra.
[39] Desgraciadamente, era ya triste, la noche.
[40] Azul y la Riviera recuerdan Mallorca.
[41] me parece extraño.

—Dentro de seis horas y media, a las tres y dos minutos, llegaremos a París.

—¿Pero no íbamos a ver al Papa[42], Tonet?

—Desde luego —repuso éste[43]—; sólo que nos detendremos a descansar en París.

Dicen que todos los caminos conducen a Roma, pero a la verdad aquél no parecía[44] el más indicado.

—No es ningún atajo —concedió el señor—, pero supongo[45] que a todos nos ha de gustar una semana o dos en París.

Miré a doña María Antonia. El nombre de París me había sugerido instantáneamente el de doña Xima. Felizmente la señora no parecía inmutarse[46].

—Ha sido una gran idea, Tonet. Ya que hemos tenido que embarcarnos y pasar el mar, es mejor aprovechar el viaje. ¿No te parece, Juan?

—En cierto modo —dijo el señor dirigiéndose a mí— representa una economía. Hallándonos en Marsella, nos encontrábamos a mitad de camino.

—Además —corroboró doña María Antonia—, ya somos viejos y no volveremos a embarcarnos.

Ambos me observaban. Como yo no abría la boca, ella[47] me alargó un bombón y empezó a hablar de iglesias.

—Verás *Nôtre Dame*, Juanito. ¡Qué rosetones! Y aquella otra iglesia tan antigua, que también está en la *Cité*... ¿Cómo se llama?

—La *Sainte Chapelle*.

—Justo. ¡Qué filigrana! Aquello sí que son vidrieras. Y luego, la Magdalena... En frente hay un restaurant muy bueno, ya verás... Oh, sólo van personas formales; hombres, en general: embajadores o políticos. Señoras iban muy pocas, ¿verdad, Tonet? ¿Y dónde nos hospedaremos?

---

[42] no íbamos a Roma, Tonet?

[43] —repuso el señor gravemente—, pero nos detendremos.

[44] no parecía ser el más.

[45] pero me parece que.

[46] doña Xima, aunque no podía creer que a sus años y acompañado de su esposa el señor abrigara propósitos inconfesables. Felizmente a ella no se le había ocurrido pensar en la sobrina. *Aparte.* —Ha sido.

[47] la boca, la señora me alargó.

—En el Louvre, como la otra vez.

Desconociendo París, la palabra Louvre me hizo pensar en el palacio de los reyes de Francia, porque[48] desde que salimos de Mallorca el señor me hacía vivir dentro de un círculo[49] en que lo más absurdo resultaba posible[50]; pero el Louvre a que se refería era simplemente un hotel, uno de los más importantes de la capital, sin duda, situado junto al palacio del cual tomaba el nombre, a un extremo de la Avenida de la Ópera[51]. Por cierto, que cerca de la Ópera se encuentra el *Grand Hôtel,* donde en otros tiempos se habían alojado don Antonio y doña Xima. ¿Qué pensaría el señor siempre que pasara por allí?[52] ¿Y cómo doña María Antonia, que se hallaba enterada de todo, consintió[53] después en ir cada tarde al café de la Paix, que se halla en el mismo edificio?[54] Tú sabes cuánto he querido a los señores. La pluma se resiste a censurar nada, pero estoy íntimamente convencido de que a ratos poseían una sequedad de corazón que me parece ser[55] patrimonio general de los poderosos. Los gobernadores, las castas dirigentes (y esto eran ellos[56] todavía)[57], tan amables y pulidos por lo general en sus palabras, no tienen ni pueden tener buen corazón. Leyendo a ciertos autores nos conmovemos ante las bondades de Napoleón[58]. Ay, aquel gran capitán adorado por sus *grognards*[59] y del cual se relatan anécdotas tan conmovedoras évaciló[60] en decla-

---

[48] de Francia, pero desde.

[49] círculo mágico.

[50] era posible. Digo desde que salimos de Mallorca y para ser más exacto debería reconocer que desde siempre. Sus atrevimientos no eran, a decir verdad, menos sorprendentes que la idea de alojarnos en el viejo palacio de la monarquía francesa. Pero el Louvre.

[51] de la Ópera, frente al mismo gran teatro que se halla en el otro extremo. Por cierto.

[52] por allí delante?

[53] consentía en ir.

[54] edificio? Te confieso, Miguel, que me cuesta trabajo entender ciertas cosas. Tú sabes.

[55] ser, te lo he dicho muchas veces, patrimonio.

[56] *Falta* ellos.

[57] todavía los señores, a los cuales, por el hecho de haber nacido señores, respetaban instintivamente los habitantes de Bearn) tan amables.

[58] Napoleón o del rey de Prusia con el molinero de Sans Souci. Ay.

[59] «grognards» a quienes quería como a hijos y del cual.

[60] évaciló nunca en declarar.

rar una guerra, en renunciar a una corona por no enviarles a la muerte? Será forzoso tal vez admitir la tierna leyenda napoleónica, pero los millones de vidas sacrificadas por aquel capitán[61] no es una realidad menos tangible. Me espantaría tener que dar la razón al señor cuando[62] insinúa que el Bien y el Mal reconocen un mismo origen. No, este funesto error está refutado definitivamente y el glorioso San Agustín, que había caído en la herejía, ha sido después el más ilustre defensor de la ortodoxia católica. De todas maneras, la grandeza terrenal entraña crueldad[63]. ¿Y cómo pudiera ser de otra manera? ¿Podría el cirujano amputar un miembro si se conmoviera ante los gemidos del enfermo? La noche en que se quemó el *auto-mobile*[64] yo me desmayé y doña María Antonia tuvo que asistirnos a los dos. Me avergüenza recordarlo[65]; yo era un joven fuerte[66], el más fuerte del Seminario y del lugar[67]. Lo soy todavía. Y fue necesario que una señora ya anciana conservara la cabeza en su sitio para ordenar que engancharan una mula, enviar a buscar un médico y disponer los primeros auxilios. Así ocurrió, Miguel, y la honradez me obliga a reconocerlo: los señores, cuando se comportan como tales, llenan también su misión en este[68] mundo.

---

[61] por aquel conductor de masas no es en realidad.
[62] cuando, siguiendo las falsas doctrinas de Maniqueo, insinúa.
[63] De todas maneras, la esencia de los poderes terrenales entraña dureza. ¿Y cómo.
[64] el «auto-mobile», ante la sangre que manaba de la frente del señor, yo me.
[65] decirlo.
[66] fuerte, de dieciocho años, el más fuerte.
[67] y de Bearn.
[68] en el mundo.

# 6

París en 1883 se había repuesto por completo del doble desastre de Sedan y de la *Commune*[1]. Algunos añoraban el esplendor y la riqueza del Segundo Imperio; para mí, que salía de estos bosques, aquello constituía una magia. La Tercera República alardeada de austeridad. Decían que el presidente Grévy era
una buena persona[2]. Las costumbres de un pueblo necesitan,
sin embargo[3], mucho tiempo para variar. La gente es en París
amiga de novedades y de lujos. En el hotel[4], durante la comida, se movilizaba una verdadera tropa de criados y en el café
de la Paix nos servían un turco auténtico. No hablaré del Café
de París, situado algo más abajo, en la Avenida de la Ópera.
Allí no se paga por lo que se come, sino por los fraques de los
camareros, que les caen como pintados. Todos estos estableci-
mientos son carísimos, lo cual no impide que se vean frecuen-
tados por una[5] parroquia que materialmente tira el dinero.
Aquel gastar[6] sin ton ni son, aquel comer y tomar bebidas

---

[1] y de la «Commune». Quienes lo conocieron en tiempos de Napoleón III
añoraban. *La «Commune» es el nombre de la insurrección popular que conmovió a París
en 1871, durante poco más de dos meses, del 18 de marzo al 28 de mayo, de tendencia netamente izquierdista y que, vencida, fue objeto de una dura represión por el presidente de la
República Louis-Adolphe Thiers.*

[2] persona, dispuesta a entenderse con el Papa y a evitar las estridencias y los
desenfrenos. Sin embargo, las costumbres.

[3] *Falta éste* sin embargo.

[4] En el hotel, para servirnos la comida.

[5] una gran parroquia.

[6] Aquel gasto sin ton.

continuamente, sin necesidad, cuando tantos[7] padecen miseria, no constituye ningún espectáculo edificante. Yo he visto en un establecimiento de los *boulevards* llegar una pareja de enamorados[8], sentarse, pedir los sorbetes[9], tomar una cucharada, estrecharse las manos por debajo de la mesa[10], levantarse, salir y subir a un coche; todo en el espacio de unos minutos[11].

—Los ricos —afirmaba[12] el señor— tienen el deber de hacer rodar el dinero. Gracias al lujo viven muchos pobres.

—¿Pero cómo puedes decir esas cosas, Tonet? ¿Qué ventaja[13] sacan los pobres de que pidas un helado, tomes una cucharada y lo tengan que tirar?[14] ¿No es mejor no pedirlo y regalar los tres reales que cuesta a quien los necesita para comer?

Lo malo era que la señora, que a ratos pensaba tan razonablemente, al recordar los tiempos pasados (sin recordar, empero, que la bolsa era más pequeña), intentaba revivirlos y caía, a su vez, en el despilfarro.

—Creo —dijo un día al salir de su habitación— que debemos ir a comer al *restaurant Vefour*.

Aquel restaurant pasaba por ser el primero y más caro de París. El señor[15] aprobaba. Hice venir un *fiacre* y cuando el cochero oyó el nombre de *Vefour* se echó a reír. El famoso restaurant, instalado en la fachada norte del *Palais Royal,* estaba a dos pasos de nuestro hotel. Subimos de todas maneras al coche[16] que sólo por recorrer la calle de Montpensier nos cobró cerca de dos francos y bajamos frente al establecimiento. Un

---

[7] cuando todos padecen.

[8] de enamorados (los enamorados, y este es otro capítulo, pasean solos) sentarse.

[9] dos helados.

[10] la mesa, pagar, levantarse.

[11] minutos. Doña María Antonia tampoco simpatizaba con aquel desorden.

[12] —decía.

[13] ¿Qué provecho.

[14] tirar? ¿A quién aprovecha? ¿No es mejor.

[15] Velfour *corrige* Vefour. *Aparte.* Quedé aterrado. El restaurant Velfour *corrige* Vefour pasaba por ser el primero de París. El señor, desde luego, aprobaba.

[16] al fiacre.

portero nos abrió la portezuela y se deshizo[17] en reverencias. Subimos por una escalera alfombrada. El comedor[18] se hallaba instalado en un salón regio, con las paredes tapizadas de papel que imitaba terciopelo rojo[19], enmarcadas por franjas de oro. Ocupaba toda la anchura del cuerpo de edificio y tenía balcones que se abrían a la calle, y otros, situados enfrente, al jardín del palacio. El techo era abovedado[20], lleno de pinturas mitológicas[21]. No es necesario decir que todo el salón aparecía alfombrado, igual que la escalera[22]. Tan pronto entramos se nos acercó un mayordomo[23] o *maître,* como allí les llaman, y dos camareros de frac que nos tomaron los sombreros. Pasaré por alto los pormenores de aquella comida servida en platos de porcelana y sopera y bandejas de plata. Uno de los principios fue un faisán dorado. Lo acompañaba una salsa verde, especialidad de la casa[24]. Recuerdo también unos pescados planos, que no podía saberse si estaban fritos o hervidos, con sabor a mantequilla y un vinillo blanco y helado que parecía inofensivo y era, Dios me perdone, tan engañoso como los hijos del Sena. Yo, Miguel, no podía sustraerme a la idea de que todo era como una comedia. Aquel gran palacio, edificado por el Cardenal Richelieu, había pertenecido a Luis XIV, que lo cedió al duque de Orléans. Quizá en aquel mismo salón se estudiaron los puntos de los tratados de Westfalia, obra magistral de Mazarino; quizá el funesto Felipe Igualdad conspiró allí contra Luis XVI: hoy todos aquellos acontecimientos históricos, gloriosos u ominosos, se hallaban eclipsados por una salsa verde o por un vinillo llamado, si no me equivoco, *Sauternes.*

---

[17] Un portero de librea galoneada abrió la portezuela del coche, deshaciéndose en reverencias.

[18] alfombrada, tan blanda que los escalones parecían almohadas. El comedor principal se hallaba.

[19] rojo, como un oratorio, enmarcadas.

[20] abovedado, parecido al del zaguán de Bearn *corrige* aquí, sólo que lleno.

[21] mitológicas, niños desnudos, ninfas y guirnaldas de rosas. No es.

[22] la escalera, con una alfombra de dos dedos de grueso. Tan pronto.

[23] un mayor o «maître».

[24] la casa. Debía ser cosa exquisita, porque lo presentaron con mucha ceremonia, pero yo hubiera preferido una perdiz de Bearn, con coles o en escabeche. Recuerdo.

La amabilidad de mayordomos y camareros era tan extremada que no podía parecer sincera. Uno de ellos, que sería el jefe de todo aquel personal, ofreció a la señora, como entremés, unos caracoles en la siguiente forma:

—*Madame, j'ai six escargots arrivés pour vous de la Bourgogne.*

No terminaría nunca si intentara describir las idas y las venidas de los mozos, las evoluciones innecesarias, los *pardon* y los *monsieur* a cada palabra, para pasarte un plato, para quitarlo, para llenar la copa. El acto de comer adquiría categoría de rito, y rito era, del más pagano materialismo, presentado entre flores y servido en bandeja de plata. Prefiero olvidar tales cosas. Lo que no he olvidado es el precio del cubierto: para comer tres personas gastamos aquel día treinta y dos francos, sin contar las propinas.

La vida que llevábamos en París era bastante ordenada. Después de la misa[25] en *Saint Roch,* paseábamos en coche por el Bosque de Bolonia, volvíamos al hotel, comíamos y los señores iban a sentarse al café de la Paix[26], mientras yo me entregaba a mis rezos. No podía comprender que doña María Antonia se encontrase a gusto es un establecimiento situado en los mismos bajos del *Grand Hôtel.* Es cierto que había transcurrido cerca de un cuarto de siglo desde aquel escándalo, pero doña Xima seguía viviendo en París, aquéllos habían sido sus barrios[27], y por tratarse del sitio más céntrico de la capital se exponían a encontrarla sentada a la mesa vecina en el instante más inesperado. Nada de eso parecía preocuparles. Creo que ni siquiera pensaban en ello. Yo pensaba de continuo. Hacía cerca de quince años que la había visto llegar a Bearn, deslumbradora de sedas y colores, precedida de un lacayo vestido de rojo[28]. En quince años y en una ciudad como París la moda tiene tiempo de variar veinte veces. Las señoras elegantes vestían ahora con más sencillez y usaban colores más oscuros; no faltaban, sin embargo, las que no renunciaban a la exageración

---

[25] en París, aparte de una excursión a Versalles y otra a Fontaine-bleau, que fue lo que me interesó más, era bastante ordenada. Por la mañana, después de la misa, que la oíamos en Saint Roch.

[26] de la Paix para ver pasar a la gente, mientras yo.

[27] sus barrios, tal vez lo eran todavía y por tratarse.

[28] de rojo que la anunciaba en francés. En quince años.

y a la estridencia. ¿Bajo qué aspecto se presentaría doña Xima? Yo calculaba que debía contar por entonces unos cuarenta años bien[29] cumplidos, pero suponía que no se resignaba todavía al papel de mujer de su casa[30]. ¿Es que quizá tenía casa? La última vez que estuvo en Bearn[31] se hallaba en todo el esplendor de su belleza. Quizá todavía era bella. Quizá había muerto[32]. Si así fuera, ¿qué habría sido de su alma? Me invadió una gran piedad hacia aquella desventurada, pervertida en la adolescencia[33] por quien más obligación tenía de velar por su pureza. Cuando me entregaba a estos pensamientos el señor se me aparecía como un verdadero monstruo. Después, estudiando las Memorias, he podido comprobar que su corazón no era tan seco como me hallaba tentado de creer, pero ¡con cuántas reservas todavía hubiera tenido que darle la absolución! Y por otra parte, ¿no llevaba doña Xima en sus venas la sangre de aquella bisabuela que dio tanto que hablar (incluso con el señor, que hubiera podido ser su hijo)? ¿Y no llevaba también don Antonio la misma herencia de aquel otro don Antonio legendario, el nombre del cual corría aún en glosas entre los payeses de Bearn?

> Jesús es troba en el cel
> y a Moreria l'infeel...

Existe en las glosas anónimas que relatan los episodios de los antepasados[34] la misma angustia y el mismo desamparo que un gran poeta de la Edad Media nos ha dejado en *La Ballade des Pendus.*

> Pies, corbeaulx nous ont les yeux cavez
> Et arraché la barbe et les sourcilz[35].

---

[29] bien *tachado, aunque pasara a la imprenta.*

[30] su casa, que le correspondía por su edad. ¿Es que.

[31] casa? ¿Qué clase de vida debía ser al presente la suya? La última vez que vino a Bearn era, en su mundo, un personaje, la amiga de un duque y de un emperador. Se hallaba.

[32] muerto. Aquella idea se me ocurrió de pronto. Si así.

[33] pervertida a los dieciocho años por quien.

[34] relatan las fechorías de los viejos Bearns la misma angustia.

[35] *Versos 23 y 24 de la* Ballade des Pendus: *«Urracas, cuervos nos han sacado los ojos / y arrancado la barba y las cejas.»*

264

Don Antonio de Bearn y Torre Roja había arrancado la honra y la paz a familias humildes y decentísimas que no se merecían aquel trato.

> Plorau i cridau, veinades,
> que vos arriba el fibló.
> Plorau llàgrimes salades[36]...

Dicen, y creo, que las glosas le atribuyen más desafueros de los cometidos y no han faltado eruditos para sostener que algunas de ellas no aluden a Don Antonio, sino a un verdadero huracán que a principios del siglo XVIII destruyó todo el lugar: de tal manera la historia se tergiversa en el transcurso de pocos años[37]. Las responsabilidades se diluyen y acaban por desaparecer cobardemente cuando queremos buscarlas en las acciones de los otros (quiero decir, en los antepasados) en lugar de escudriñar en nosotros mismos. Porque nuestra alma es al fin para hablar en lenguaje moderno, «personal e instransferible», como rezaban nuestros pasaportes[38].

Una noche, en sueños, se me apareció la desventurada. La vi bastante[39] envejecida, hermosa aún, con una gran melancolía en aquellos ojos hondos que doña María Antonia había, en una ocasión, comparado a los míos. Le pregunté si sufría mucho.

—Mi sufrimiento es todavía soportable —dijo—, pero sé que irá en aumento hasta la desesperación final, que será eterna.

Le di a besar la cruz de mi rosario[40]. Ella se negó sonriendo con dulzura.

—Debo veinticuatro francos de habitación —dijo en voz baja.

Me desperté bañado en sudor. El tormento de doña Xima,

---

[36] *Una llamada\* y en pie de página:* «*Llorad y gritad, vecinas, / porque os llega el huracán. / Llorad lágrimas saladas...*» *Tanto estos versos como los de más arriba son invención de L. V. en un intento de imitar la poesía popular, las «gloses», de Mallorca.*

[37] años. De un modo o de otro, las responsabilidades.

[38] nuestros carnets de viaje.

[39] se me apareció doña Xima para decirme que se hallaba condenada sin remedio. La encontré bastante envejecida.

[40] mi rosario, pero ella.

por lo que yo había podido entender, no era[41] el fuego, sino la privación total de la esperanza, el vacío absoluto de un alma desprovista de capacidades prospectiva. Vestía con modestia, y su cuerpo, antes tan airoso, había perdido la gentileza de la juventud[42].

---

[41] no era todavía el fuego.
[42] juventud. Los hombres ya no la mirarían por la calle.

# 7

Después de aquel sueño, doña Xima constituyó mi obsesión. Imaginaba verla por todas partes y como Proteo se me aparecía[1] bajo los aspectos más distintos. A pesar de saber que se trataba de una mujer ya de edad, la encontré en la Avenida del Bosque, encarnada en una muchacha de diecisiete años, vestida de color crema, que jugaba al *diavolo*. En el comedor[2] del Louvre la reconocí en una condesa florentina que viajaba con dos niños y cierta noche en que medio dormido esperaba que los señores volvieran del teatro, se me presentó[3] bajo la forma de una gata de Angora que tenía sus mismos ojos y sus mismos movimientos.

Una mañana, yendo en tranvía eléctrico, me llamó la atención cierta[4] señora vestida de negro, esbelta y bien proporcionada, que miraba libros viejos en el *Quai de la Mégisserie*. Aunque no podía verle la cara[5], experimenté una sacudida[6]. El tranvía corría disparado. Pedí que se detuviera y me replicó el cobrador que la parada[7] próxima se hallaba en el jardín de las Tullerías. La señora[8] iba quedando lejos. Medio minuto más y

---

[1] se me acabó apareciendo bajo.
[2] el corredor del Louvre.
[3] se me apareció bajo.
[4] la atención una señora.
[5] la cara, porque me volvía un poco la espalda y llevaba sombrero y velito, experimenté.
[6] sacudida. Era doña Xima. El tranvía.
[7] la parada más próxima.
[8] La señora que miraba libros iba.

la hubiera perdido. Me preparaba a saltar del coche cuando me agarraron por un brazo.

—Está prohibido, señor[10].

Mi reacción fue involuntaria. No me había sucedido nunca ni creo posible que me vuelva a suceder: di un fuerte golpe a mi interlocutor que resultaba ser un agente de orden público. El tranvía se detuvo a pesar de no ser la parada; sonó un silbido y surgieron dos guardias que me invitaron a seguirles. La cara[11] se me caía de vergüenza[12]. Vi cómo colocaban al agente herido en un coche. Tenía una ceja partida. Al mirarle lleno de sangre me turbé de tal modo que temía perder el conocimiento. El señor me había dicho muchas veces que soy un enigma, porque poseyendo una fuerza física extraordinaria (esta fuerza que tú conoces, porque ya la tenía de muchacho y que sólo me ha servido para transportar el piano los días de fiesta), mi corazón parece tan débil como el de una señorita. Gracias a Dios pude llegar por mi propio·pie a la Comisaría y me introdujeron ante un personaje[13] que al ver mis hábitos me hizo la reverencia y me estrechó la mano llamándome *Monsieur l'abbé*. Después de rogarme que me sentara, me preguntó amablemente si conocía las leyes francesas[14]. Antes de que le contestara se interrumpió sonriendo:

—Porque yo supongo que usted no habría bebido...

Al ver mi asombro rió con mucha cordialidad y me ofreció una copita, que rechacé. Entonces sacó un cigarrillo, que no acepté tampoco. Finalmente dijo:

—*Mais raccontez donc, l'affaire, Monsieur l'abbé, je vous écoute* —y se recostó en su butaca, cerrando los ojos.

Empecé la narración sin omitir detalle. Al oír que había querido bajar del tranvía para reunirme con una dama[15], levantó una ceja.

---

[9] perdido de vista. Me preparaba.

[10] —«C'est défendu, monsieur.»

[11] seguirles a la Comisaría. La cara.

[12] vergüenza. Antes de abandonar aquel lugar dirigí una postrera mirada al puesto de libros: la señora esbelta había desaparecido. Vi.

[13] ante un señor que.

[14] francesas y si sabía la penalidad en que incurre el que agrede a un agente de orden público. Antes.

[15] una señora.

268

—Se trataba —aclaré— de una sobrina de mis señores.

Él abrió los ojos.

—*Mais je ne vous demande pas cela, Monsieur l'abbé.*

Aquella salida me desconcertó.

—Tenía necesidad de conversar con ella. Con el barullo la he perdido de vista y ahora no acertaré a encontrarla.

—¿Usted vino a París acompañando a unos señores? —interrogó—. ¿Y no sabe dónde hallar a la dama de los libros...?

—En efecto.

—¿Es que los señores no le pueden indicar su domicilio?

—Lo ignoran.

—¡Ah! —exclamó el Comisario. Y levantó la otra ceja.

Me daba cuenta de que no creía una palabra. Aquello me turbó y por lo mismo que no acostumbro a mentir todo mi relato pareció ya, desde aquel momento, mentira pura.

—Siento tener que detenerle unas horas, señor —me dijo el Comisario—, pero hasta que los médicos dictaminen respecto a la herida del agente convendrá que no se mueva de aquí. Usted debe saber —insistió— la penalidad en que incurre el que agrede a un agente...

Aquella amenaza, en vez de asustarme, me dio valor.

—No, señor Comisario —repliqué—. Este punto es de la exclusiva incumbencia de usted. Estoy tan avergonzado de lo que acabo de hacer, me parece tan bajo haber usado de la fuerza contra un[16] hombre que no pretendía sino cumplir con su deber, que jamás podré perdonármelo. Sé que Dios tiene que castigarme, así es que la pena que me imponga la ley quizá sirva para atenuar (ojalá sea así) la que me corresponda en la otra vida.

El señor Comisario me miraba con curiosidad.

—Es verdaderamente extraño... —dijo. Pero en aquel momento sonó el teléfono eléctrico[17]. El Comisario habló un momento, con la trompa pegada a la oreja. Después colgó la trompa y se dirigió a mí:

—Los médicos dicen que tiene la nariz fracturada.

—¿Grave?

---

[16] un pobre hombre.

[17] eléctrico, que se hallaba adosado a la pared. El comisario.

—No... Pero serio, de todas maneras, *Monsieur l'abbé*...

Yo tenía el corazón destrozado. En mi angustia sólo se me ocurrió decir:

—Señor Comisario, yo no soy abad.

—Ah —exclamó él—. Pero ¿qué es usted entonces?

Me di cuenta de que estaba a punto de tomarme por un mixtificador.

—Soy un simple capellán de la casa de Bearn.

—*De la Maison de Béarn?* —y me miró interrogativamente. Yo saqué la cartera y le entregué cien francos.

—En nombre del señor le suplico que haga llegar esta cantidad al herido.

—Muy agradecido —replicó—. ¿Dónde se hospedan?

—Hotel del Louvre. Por cierto, que la señora me había pedido que no llegara tarde a comer.

El señor Comisario parecía vacilar.

—Yo podría concederle la libertad provisional —dijo— siempre que le acompañasen dos guardias al hotel. Pero quizá esto chocara a la señora Princesa —añadió interrogativamente.

Como no sabía a qué princesa podía referirse, permanecí callado.

—Bien —concluyó el señor Comisario—. Puede marcharse. Usted tendrá interés en que los príncipes no se enteren del fondo de la cuestión. Otra vez, crea que es un buen consejo, proceda con más prudencia.

El señor Comisario quedaba convencido de que todo aquello se reducía a una aventura galante, típicamente parisién, y como a buen parisién la galantería[18], hasta en un sacerdote, le parecía un atenuante. Pero ¿quiénes eran los príncipes a que aludía? Él mismo me dio la clave del enigma:

—Le suplico que transmita las gracias al señor príncipe de Bearn por su donativo.

Me sentía tan confuso que no acerté a protestar. Era ya tarde y quería ver al agente, que se hallaba[19] en una clínica cerca-

---

[18] galantería, en lugar de inspirarle horror, tratándose de un sacerdote.

[19] que se hallaba, según me informaron, en una.

na[20]. La clínica no estaba tan cerca como[21] me había figurado, y al final, después de[22] hacerme esperar bastante tiempo, no me dejaron pasar a la habitación del herido. Le dejé[23] la medalla de la Virgen de Lluch que siempre llevaba al cuello y alarmado, debido a lo tarde que se había hecho, pedí que me permitieran[24] conversar con el hotel del Louvre por el teléfono eléctrico. Pedida la comunicación, las señoritas de la Central conectaron con el Museo, confusión que me hizo perder unos minutos preciosos, y cuando, por fin, me pusieron con el hotel y había reconocido la voz del conserje[25], saltó una chispa que me hizo perder el sentido y caer al suelo, tan largo como era. Al recobrarme llamé[26] un *fiacre* que me condujo al alojamiento, trastornado y con un cardenal en la frente. Un criado me abrió la puerta de cristales y después de hacerme la reverencia[27] creí entender que me decía que los príncipes me esperaban en el jardín de invierno.

Yo[28] le oía como en sueños. Ignoraba que en el hotel existiera jardín. Felizmente, a través de las vidrieras que daban al salón vecino, alfombrado de rojo y tapizado como un estuche (donde se ostentaban hasta cinco palmeras amarillentas, merced a las cuales le llamaban jardín), distinguí a los señores que rezaban el rosario. Las primeras palabras de mi bienhechor[29], que estaba muerto de hambre, fueron éstas:

—¡Demonio! Creí si te había raptado alguna señora guapa. ¿Qué significa este cardenal?

No recuerdo qué explicaciones le di y terminada la comida corrí a encerrarme en mi cuarto. Necesitaba rezar y recogerme. Debía pensar cómo daría cuenta[30] del dinero entregado al

---

[20] vecina.

[21] como yo me.

[22] de varios recados y de hacerme.

[23] del herido por hallarse descansando en aquellos momentos. Le dejé, para que se la entregaran al despertar, la medalla.

[24] que me dejaran conversar.

[25] conserje, se produjo una detonación seca y saltó.

[26] hice venir *corrige* pedí un fiacre.

[27] reverencia y quitarme el sombrero de entre las manos creí.

[28] Yo no me había recobrado todavía y le oía.

[29] del señor.

[30] cuenta al señor del dinero.

Comisario. En Bearn yo poseía algunos ahorros que si no alcanzaban aquella cantidad no se andarían lejos, pero, mientras tanto, sería forzoso decir que había distraído cien francos, aunque sólo fuera para evitar que gastáramos más de la cuenta[31]. Lo recto y lo noble era confesarlo[32] todo tal como había ocurrido[33], pero no me parecía prudente remover viejas historias y despertar el espinoso asunto de la sobrina. Cansado de dar vueltas a mi tema quedé dormido[34] e inmediatamente se me presentó doña Xima.

—La señora que miraba libros —dijo— no era yo.

Parecía más apenada que en el primer sueño. Yo le pregunté si rezaba.

—No, porque ya es tarde —y desapareció.

Me levanté y salí al balcón[35]. En primer plano, apoyados contra las columnas del Teatro Francés[36], me llamaron la atención dos señores que no quitaban la vista del hotel. No podían ser sino policías, ya que atracadores no parecía probable a aquellas horas y en un sitio tan céntrico. De pronto, uno hizo seña al otro. Don Antonio había salido, cruzaba la plaza y se perdió por la calle de Richelieu. El que hizo[37] la seña se acercó a su compañero, que era más joven, y le dijo algunas palabras. Después entró en el hotel. El compañero quedó solo, encendió un cigarrillo, aparentó que leía los anuncios del teatro y cuando hubo demostrado así su indiferencia (como si hubiera podido adivinar que yo le veía y representara aquella pantomima para mí solo) se encaminó velozmente hacia la calle de Richelieu, porque don Antonio le llevaba ya demasiada ventaja. Algunos momentos después, el que había entrado en el hotel volvió a salir y se apostó en el mismo lugar fingiendo también leer el reparto de los artistas que debían representar *Fedra*

---

[31] de la cuenta y nos encontráramos con dificultades en un país donde no se hace nada sin dinero. Lo recto.

[32] era contárselo *corrige* contarlo todo.

[33] historias, ahora que el señor, al parecer, las había olvidado y despertar nuevamente el espinoso.

[34] adormecido.

[35] al balcón que enfilaba toda la Avenida de la Ópera. En primer.

[36] del teatro de la Comédie me llamaron.

[37] El que había hecho la seña.

aquella noche. Tales maniobras me inquietaron y decidí no moverme de mi observatorio[38]. Al cabo de un cuarto de hora regresó el señor con un paquete de libros. A razonable distancia[39], fumando y fingiendo mirar a las señoras, le seguía el policía joven.

Cuando horas más tarde bajé para cenar, mi bienhechor[40] se hallaba de pie en el *hall* y apostrofaba en mallorquín, porque estaba incomodado, a un botones pequeño, que le miraba con la boca abierta.

—¿De dónde sale ahora este escarabajo con *Monsieur le Prince?* Quítate de delante. Me pareces un gato entre las piernas.

Durante la cena hube de ampliar las explicaciones respecto al cardenal de la frente[41]. Había ya ordenado algunas mentiras, porque un embrollo exige otro[42]. Mientras amontonaba falsedades recordaba aquella jaculatoria que nos hacía recitar el padre Pi:

> En el camino del mal
> lo que viene más al caso
> es no dar el primer paso[43].

Las cosas, sin embargo, se iban encadenando de tal manera que era difícil decidir cuál pudiera haber sido el primer paso. Si una señora esbelta (que, ahora lo veía claro, no era doña Xima) no hubiera ido aquella mañana a mirar libros al *Quai de la Méssagerie*, yo no habría[44] intentado bajar del tranvía en marcha ni agredido a un[45] agente. Pero ¿qué necesidad tenía yo de hablar con doña Xima? ¿Convertirla? ¿Habría hecho caso[46] de un triste capellán de pueblo?[47]. ¿No hubiera podido ocurrir

---

[38] mi observatorio hasta ver en qué paraba aquello. Al cabo.

[39] de libros en la mano. A una razonable distancia, siempre fumando.

[40] el señor.

[41] en la frente y por el retraso de la mañana. Había ya.

[42] otro, que pasaron fácilmente como verdades. Mientras.

[43] *No sé de dónde sacaría L. V. esta especie de sentencia; él solía completarla con un cuarto verso que le había enseñado un amigo suyo médico militar, violento, facistoide, borracho y comecuras, aunque no exento de ingenio: «Porque después ya es igual.»*

[44] yo no hubiera.

[45] un pobre agente.

[46] caso, una mujer como ella, de un triste.

[47] de pueblo sin prestigio ni potestad *punto de interrogación* de ninguna clase?

que intentara ver a los señores, perturbando de nuevo su plácida existencia? Cierto[48] que don Antonio era ya viejo, acababa de cumplir setenta y tres años, pero ¿quién podía asegurar...?[49]. En aquel drama sí que no era posible averiguar la causa primera. ¿Frivolidad de don Antonio, herencias morbosas, circunstancias, azares? Todos estos ingredientes y muchos otros habían contribuido a desencadenarlo[50]. Un poeta profano, muy celebrado en nuestros días, dice que ciertos pecados[51] no ocurrirían de no existir «la humedad y el calor». Campoamor, de origen asturiano, amaba el mediodía. Supongo que en Suecia se podría culpar de lo mismo al frío y a la lluvia. Buscar las causas primeras prescindiendo de Dios me parece locura. Es, sencillamente, querer resucitar el viejo pleito de si fue primero[52] el huevo o la gallina[53].

A los postres se acercó el pequeño botones y anunció que *Monsieur* Garellano llamaba a *Monsieur* de Bearn por el teléfono eléctrico. Justamente yo terminaba de relatar lo de la chispa que me había hecho perder el sentido.

—¿Y ahora —dijo doña María Antonia— has de hablar por teléfono? ¿Quién es ese Garellano? Si quiere algo[54], ¿por qué no viene a verte?

En aquel momento recordé que después de comer[55] el señor le había dicho al botones, pensando que yo no lo oía:

—Esta noche[56] has de venir a la mesa y decir que me llaman por teléfono[57].

---

48  la plácida existencia de Bearn. Es cierto que.

49  asegurar...? Al propio tiempo que pensaba cosas tan razonables, la imagen de doña Xima, condenada irremisiblemente, me conturbaba. En aquel drama.

50  desencadenarlo. ¿Quién y cómo había pervertido a doña Xima? Un poeta.

51  días, don Ramón de Campoamor, dice que muchas cosas de cierta índole no ocurrirían.

52  si primero fue.

53  gallina. *Aparte.* Cuando nos hallábamos en los postres.

54  si quiere hablar contigo, ¿por qué.

55  recordé que cuando después de comer subía la escalera para retirarme a mi habitación, el señor.

56  Esta noche, a la hora de cenar, has de venir.

57  teléfono *Aparte.* Aquella orden tan extraña por fuerza tenía que haberme chocado, pero los acontecimientos de la mañana habían embotado mis facultades. Ahora es cuando.

Ahora es cuando me daba cuenta de la posible gravedad de tales palabras. El señor salió[58] y volvió casi enseguida.

—Ese granuja... —dijo, refiriéndose al muchacho—. Hay que ver que manía[59] de llamarnos príncipes. Hasta que le dé dos pescozones...

Hablaba así para distraer nuestra atención y quitar importancia a la llamada telefónica. Por lo que a mí toca lo logró de momento, pues es muy cierto que un clavo saca a otro clavo. Doña María Antonia acostumbraba tomar una taza de hierbaluisa después de cenar y oí a un mayordomo[60] que decía en voz baja a un camarero:

—La tisana de la señora princesa[61].

Me parecía evidente que el Comisario de policía nos vigilaba y que el título de príncipe de Bearn, mencionado por primera vez aquel día en el hotel, donde llevábamos ya cerca de tres semanas, era cosa de los agentes apostados en la plaza del Teatro Francés. Aquello no me gustaba ni pizca. Tuve un presentimiento y los hechos no tardaron en darme la razón. Nuestra existencia, que deseábamos clara y limpia, se iba enturbiando por instantes. Yo ignoraba si aquellos policías[62] nos montaban la guardia como a pesonajes, o si nos vigilaban como a tramposos. Suponiendo que se tratara de lo primero, no tardaría en ser verdad lo segundo.

—¿Qué deseaba este señor que te ha hecho llamar? —preguntó doña María Antonia.

—Es un compatriota. No le conozco, pero ha sabido que nos vamos a Roma y desea hacerme un encargo[63]. Mañana iré a verle[64]. Vive en Auteuil, así que si llego un poco tarde a comer no os intranquilicéis.

---

[58] salió con el botones y volvió.

[59] qué manía ha cogido de llamarnos.

[60] después de cenar y en aquel momento oí un «maître» que decía.

[61] —«La tissane de Madame la Princesse.» *Aparte.* Los señores no le oyeron. Me parecía.

[62] aquellos agentes.

[63] un encargo. Hemos convenido en que mañana.

[64] a verle por la mañana. Vive.

Aquellas mentiras me dejaron helado. ¿Qué tramaba el señor?[65]. Doña María Antonia parecía contrariada[66].

—Me voy haciendo vieja —dijo— y el mundo ha variado mucho, pero encuentro, Tonet, que todo esto es sumamente incorrecto. Obligarte a ir al teléfono eléctrico ya representa un atrevimiento. ¿Qué sabe él si tú quieres hablar por teléfono? Y luego, hacerte ir a Auteuil...

—No me ha pedido que fuera[67]; soy yo que se lo he ofrecido[68]. Tiene una hija enferma —improvisó.

—Pero tú no eres médico, Tonet. Todo eso —añadió dirigiéndose a mí— es sospechoso. ¿No te parece, Juan? Creo que el señor nos engaña. A lo mejor ni le han llamado por teléfono y se lo inventa para que le dejemos en libertad. Muy bien. Tú y yo iremos a divertirnos. Daremos un paseo por el Sena[69].

No tardaron en marcharse a dormir. Yo me quedé en el *hall*[70]. Deseaba hablar con el encargado de la recepción para ver si deteníamos lo del principado[71]. El Receptor siempre se hallaba ocupadísimo[72]: tomaba notas, hacía números, contestaba a los clientes o hablaba por teléfono. Era un hombre demasiado listo[73]. Todo lo entendía a la primera palabra y, como ya no esperaba la segunda, nunca terminaba de hacerse cargo de un asunto, si bien en compensación resolvía diez en el tiempo que otro habría empleado en uno solo. Aquellas cualidades le hacían antipático a pesar de su sonrisa estereotipada[74]. Aún no

---

[65] el señor? ¿Sería posible, a sus años...? Doña.

[66] contrariada, pero, por suerte, lo enfocaba de otra manera.

[67] que fuera a Auteuil; soy yo.

[68] ofrecido. Parece que tiene.

[69] por el Sena en vaporcito.

[70] en el «hall», pretextando que debía escribir una carta. En realidad quería hablar.

[71] principado. Al mismo tiempo hubiera deseado saber qué había dicho de nosotros el policía que había visto entrar cuando el señor había salido *corrige* salió a comprar libros. Comprendía que no me sería fácil averiguarlo. En primer lugar, aunque lo entiendo y traduzco, me expreso mal en francés. Por otra parte, el receptor.

[72] ocupado.

[73] Era un hombre activísimo, demasiado listo, demasiado atareado y demasiado amable para que su amabilidad pudiera ser verdadera. Todo.

[74] estereotipada, o quizá aquella sonrisa contribuyera precisamente a la antipatía. Aún.

me había acercado al *comptoir* cuando levantó la cabeza y me enseñó todos los dientes, igual que un lobo.

—...*'sieur désire?*

Él había empleado una palabra y media, pero yo no acertaba a responderle con una sola, como hubiera sido mi deseo. En mi ansia por ser rápido, enmudecí, cosa que le molestó.

—*Dîtes, dîtes...* —y mientras pronunciaba estas sílabas hacía números en un papel.

—Perdone si le molesto...

Me miró con rabia y volvió a enseñar los dientes como si estuviera dispuesto a devorarme.

—*Dîtes, 'sieur...* —y se inclinó de lado para hacer la reverencia a una señora anciana cargada de joyas. Era necesario concretar.

—Mis señores desearían...

—*Oui* —silbó fuerte mientras tocaba un timbre y mostraba todos los dientes a dos americanos que salían. En aquel momento entraron seis viajeros, muy elegantes, que acababan de descender de un ómnibus. Los criados portaban las maletas. El Receptor se desinteresó de mí.

—El señor —grité— desea que no le vuelvan a dar el título de príncipe, porque...

El Receptor me miró un segundo y ofreció su sonrisa a alguien que ostentaba un brillante en la corbata.

—*Oui, monsieur* —exclamó vertiginosamente—. *Incognito. C'est compris.*

Vi que ya no sería posible hacerle escuchar ni una palabra más y que debido a su enorme rapidez mental se quedaría[75] sin enterarse de que si el señor no quería que le dieran el título de príncipe era... porque no lo tenía. A cambio de este retrato, quizá demasiado malévolo, que acabo de trazar del Receptor, he de hacer constar que en la semana que pasamos aún en París nadie, hasta el instante de abandonar el hotel, volvió a pronunciar en nuestra presencia la palabra príncipe.

---

[75] se quedaría definitivamente sin enterarse.

# 8

No[1] pude dormir pensando en las incidencias del día. Era necesario comunicar al señor que había sustraído[2] cien francos de los fondos del viaje, pero no sabía cómo hacerlo. De ningún modo estaba dispuesto a nombrar a doña Xima. Yo no poseía más objetos de valor que una cadena y una medalla de oro[3]. La medalla, que representaba la Virgen de Lluch, la había regalado al agente herido y de la cadena sola tal vez no dieran[4] la cantidad que necesitaba. Caso de que la dieran, sería necesario, un día u otro, recurrir a una nueva mentira y decir que la había perdido. ¿Pero no sería necesario, de todas maneras, decir lo de la medalla? Hacia el alba logré conciliar el sueño y dormía profundamente cuando antes de las ocho entró el señor y se sentó en la cabecera de mi cama.

—Vengo —dijo— para que me des trescientos francos.

Yo tenía los ojos abiertos y creía soñar.

—No abras estos ojos —añadió[5]—. Nunca dirías a quién me recuerdas.

Me guardé[6] de preguntárselo. Aunque yo era el administrador y depositario de los fondos, pues no le agradaba saldar

---

[1] Casi no pude.

[2] distraído.

[3] de oro con que me obsequiaron los señores cuando canté la primera misa. La medalla.

[4] no darían.

[5] —añadió, tirándome de una oreja—. Nunca.

[6] Me guardé bien de.

cuentas[7], dos días antes de salir de Bearn me había pedido treinta duros por si alguna vez nos separábamos. Como hasta el presente casi[8] siempre habíamos salido juntos, no acertaba a imaginar qué había hecho con aquella cantidad[9]. Su petición de ahora obedecía tal vez a un asunto galante. ¿Y quién podía ser ella[10], aparte de la sobrina? De pronto me decidí a hablar, y le conté lo que me había ocurrido[11] sin omitir detalle. Él me escuchaba complacido. Al llegar al altercado con el agente me pasó un brazo por el cuello.

—¿Tú has pegado a un policía, querido? ¿Él se había atrevido a cogerte por el brazo? No se lo cuentes a la señora, pero hiciste muy bien. ¿Qué se figuraba ese insolente?

Ante la idea de que un extranjero (aunque los extranjeros, en aquel caso, fuéramos nosotros) se hubiera atrevido a tocarme la ropa, todo su afrancesamiento parecía esfumarse. Quedó un rato pensativo.

—¿Dices que te figurabas haber visto a doña Xima? —preguntó.

—Seguramente me equivoqué. ¿Vuesa Merced sabe por dónde anda?

—No —dijo—. No sé nada de ella —y miró hacia el balcón[12].

Creí que fingía y enrojecí.

—¿Así que Vuesa Merced necesita trescientos francos? Yo di ayer un billete de cien para que se lo entregaran al herido[13]. Hasta llegar a Bearn no podré devolverle esta cantidad.

Y a fin de no dejar nada sin consignar, y para purificarme de las mentiras urdidas (y de las que había estado a punto de tener que inventar todavía), una vez que ya había mencionado

---

[7] de los fondos del viaje, pues al señor no le agradaba saldar personalmente ninguna cuenta, dos días.

[8] *Falta* casi.

[9] cantidad. Me sentía angustiado. Su petición.

[10] ser ella si el señor no conocía ya a nadie en París, aparte.

[11] le conté todo cuanto me había sucedido *corrige* pasado, el día anterior, *añade* mi altercado con el agente, *sigue* sin omitir detalle.

[12] el balcón. *Aparte.* Dios me perdone, no le creí y enrojecí de indignación. *Aparte.* —¿Así.

[13] al herido. No sabía lo que me pasaba. Hasta.

a doña Xima, le conté cómo tambien me había desposeído de la medalla de oro que él y la señora me regalaron. Sonrió.

—Me parece que te interesas mucho por ese policía. Ya no podrás decir que no hayas tenido una aventura en París —me miraba con una expresión de malicia[14]—. Yo también tengo una —añadió—. Dame lo que te he pedido y no pienses en devolverme la cantidad que te has gastado... con el policía. Pobre Juan... ¿no ves que soy mucho más viejo que tú?

Había en sus palabras[15] una indudable bondad que autorizaba a la confidencia, por lo que casi sin darme cuenta me atreví a preguntarle en qué había gastado el dinero que le entregué en Bearn. Lejos de molestarse, sonrió como si mi pregunta no le pareciera extemporánea.

—Me quedan escasamente diez duros —repuso[16].

Comprendí que no debía insistir y me arrepentía ya de mi impertinencia cuando me dijo[17]:

—El señor Vicario tiene el encargo de darle cada domingo un duro a Madò Coloma y hacía ya algunas semanas que no había arreglado cuentas con él. ¿O es que tú y la señora sois tan inocentes de creer que nadie pueda vivir con una cabra y dos panes a la semana?

Saqué la cartera[18] y le entregué los trescientos francos[19]. Una hora después decía la misa en *Saint Roch* en el estado de ánimo que es de suponer, teniendo por único feligrés a doña María Antonia. Acabado el Santo Sacrificio, Dios me envió un consuelo dulcísimo: «Antes de comer», me dijo una voz interior, «tendrás la prueba[20] de que el señor no se halla con la persona que te figuras». A la salida volvimos al hotel[21]. La señora no había renunciado al paseo por el Sena[22]. Partían va-

---

[14]  de malicia que recordaba la de Voltaire—. Yo también.

[15]  en su malicia una.

[16]  —dijo.

[17]  me dijo de pronto.

[18]  la cartera que guardaba debajo del colchón y le entregué.

[19]  francos que me había pedido. Una.

[20]  la prueba evidente de que.

[21]  al hotel para desayunar *tachadas estas dos palabras*, que se hallan a unos pasos, para desayunar. La señora.

[22]  renunciado a la idea del paseo por el Sena y me envió al conserje para que me informara. Partían.

porcitos desde el mismo *Quai du Louvre* cada cuarto de hora. Decidimos ir hacia[23] Passy y desembarcar en alguna de las islas que se encuentran en aquellos lugares.

—Ya verás qué hermosura, Juan. Son islas desiertas[24]. Los domingos están llenas de gente, pero hoy[25] no habrá nadie. Nos sentaremos debajo de un árbol, entre sol y sombra y rezaremos el rosario.

El Sena es, aparte de un río ilustre, un lugar de una gran belleza por la abundancia apacible de sus aguas y la frondosidad de los bosques que lo rodean. Sus márgenes[26] tienen una solemnidad abrumadora. Pasado *Saint Germain* forman un valle que pudiéramos[27] llamar real, surcado de avenidas antiguas, de palacios y muy rico en caza[28]. Desembarcamos en una isla, en efecto, desierta si tenemos en cuenta que no había más personas que nosotros, pero poblada de pájaros cantores[29], que nos obsequiaron con un concierto tan excelente como los de la Gran Ópera. Nos precedía un muchacho[30] del hotel con[31] dos almohadones de terciopelo rojo galoneados de oro (que, según dijeron, sólo se usaban cuando venía la duquesa de Edimburgo). La señora los había pedido para sentarnos en el vaporcito, y había exigido también el[32] botones para transportarlos, cosa que nos cubrió de prestigio a los ojos del personal subalterno[33]. Rezamos el rosario, el muchacho[34] se durmió sobre el

---

[23] de hora y en todos sentidos. Decidimos ir en dirección a Passy.
[24] qué hermosura —me decía doña María Antonia—. Son islas desiertas, cubiertas de vegetación. Los domingos.
[25] hoy, como es día de trabajo, no habrá.
[26] lo rodean. No recuerdo a qué poeta del Romanticismo español pertenece el siguiente endecasílabo: «Desde las tristes márgenes del Sena.» Los márgenes del Sena no son tristes, pero tienen. *El endecasílabo es de la* Epístola al duque de Frías, en la muerte de su esposa, *de Francisco Martínez de la Rosa (1788-1862).*
[27] que podríamos.
[28] en caza. Es también rico en historia y en recuerdos. Doña María Antonia y yo desembarcamos.
[29] de pájaros que nos obsequiaron.
[30] un botones.
[31] del hotel que llevaba dos almohadas.
[32] un botones.
[33] subalterno y que repercutió también en la cuenta. Rezamos.
[34] el botones.

césped y, después de escuchar el canto de las aves, doña María Antonia me dijo, como hablando consigo misma:

—El señor, Juan, tiene cosas muy extrañas[35]. No he llegado a entenderle nunca.

Se hizo una pausa y como yo no abriera la boca, ella prosiguió:

—Ni tú ni yo creemos que haya ido a Auteuil. En otro tiempo[36], decía las mentiras mejor. Ahora, como se ha vuelto viejo... Yo tampoco tengo ya humor de componerme ni de disimular.

Enmudeció[37] y se contemplaba las manos, que habían sido tan bellas y que empezaban a arrugarse. La mirada de sus ojos azules estaba impregnada de[38] melancolía.

—Lo que yo no sé —añadió conversando consigo misma— es si la comedia de Auteuil la ha representado tan mal porque se ha vuelto viejo o porque, como sabe que yo lo soy y que empiezo a estar algo pasada, ha creído que así era suficiente...

La finura de aquel razonamiento me conmovió.

—No tenemos derecho —dije— a suponer que lo de Auteuil sea una comedia.

Ella abandonó su tono pensativo para recobrar la viveza de antaño.

—A lo que no tenemos derecho —dijo— es a ser tontos. Pero ¿qué puede haber tramado, Dios mío, un hombre de su edad? Tú que le conoces mejor que yo...

—¿Yo, señora?

—Sí, Juan. Yo le he tratado más años y más de cerca. Pero tú...

Calló y miró al cielo, de un azul indeciso como el de sus ojos, heredados, según su marido[39], de una antepasada normanda. Eran unos ojos más bien brillantes y en ocasiones un poco duros[40], pero en aquel momento[41] aparecían velados de

---

[35] Yo no he llegado.

[36] En otros tiempos, aun cuando es el hombre más sincero del mundo, decía.

[37] Había enmudecido.

[38] de una vaga melancolía.

[39] según el señor.

[40] duros, como una piedra preciosa, pero.

[41] momento en que se humanizaba aparecían.

tristeza. Lo hubieran estado todavía más si hubiera sabido lo que yo sabía y me hallaba obligado a callar . No hacía tres horas el señor me había dicho: «Yo también tengo una aventura», y me había pedido trescientos francos. Por un momento reuní escenas pasadas, borrascosas, de aquella existencia. Doña María Antonia tenía fama de no querer enterarse de nada desagradable, pero nunca podremos saber hasta qué punto lo conseguía. A la fuerza debía haber sufrido como mujer, aunque no manifestara celos. Ahora mismo yo vislumbraba un sufrimiento más íntimo y más irremediable: el de la incomprensión moral. Dios me perdone si me atrevo a decir que ella[42], en presencia del señor, me daba a ratos la impresión de un salvaje que se encuentra por vez primera frente a un piano. Y, a pesar de todo, eran primos; llevaban el mismo nombre y parte de la misma sangre. Se amaban. «Pero el amor entre hombre y mujer no ha sido nunca la comprensión, sino la fusión de dos cosas opuestas», proclama mi bienhechor[43]. Las últimas palabras de doña María Antonia me habían turbado porque no acertaba qué alcance debía concederles. «Sí, Juan: yo le he tratado más años y más de cerca, pero tú...» Ni ella terminaría la frase ni yo pediría jamás una aclaración. Mi orgullo[44] no impidió que los ojos se me llenaran de lágrimas y besé una de sus manos descarnadas.

—En cierta manera —exclamé— yo soy una ofensa para Vuesa Merced.

Y qué mal dotado, Dios mío, he nacido para convivir con esa vieja familia de Bearn... Hacía catorce años[45] me había desmayado en un momento difícil, junto a un hogar, y doña María Antonia, una señora, había tenido que dar ejemplo de fortaleza. Ahora, la misma señora, a los setenta años cumplidos, volvía a vencerme en una isla desierta del Sena. Al oír mis palabras, sus ojos, que antes de ser de gasa, como el cielo de la Isla de Francia, habían sido de ágata, se convirtieron en dos florecillas primaverales, dos ingrávidas campanillas, dos rami-

---

[42] que doña María Antonia en presencia.

[43] proclama el señor en las Memorias. Las últimas.

[44] Mi orgullo herido no impidió.

[45] de Bearn! Hacía catorce años que yo, un joven fuerte, me había.

lletes de miosotís. Su mirada pareció sonreír y señalar con delicada malicia al botones medio dormido sobre el césped.

—Juan, por el amor de Dios, ese muchacho ya ha visto en el Museo abates besando la mano a las marquesas... Dios mío —añadió—, mira que si el vaporcito no volvía a pasar... ¿No sentiríamos miedo?

Ella no lo sentía[46]. En aquel momento se dejó oír un rumor sordo que parecía venir de Levante. Los pájaros chillaron y huyeron despavoridos. Del lado del Bosque de Bolonia avanzaba por el cielo una especie de globo en forma de puro. Entonces recordé haber visto en un periódico que los hermanos Tissandier anunciaban[47] la segunda ascensión científica en el aerostato-dirigible eléctrico de su invención[48]. Se lo expliqué a doña María Antonia, que me escuchó atentamente[49].

—¿Pero cómo puede dirigirse un globo que está en el aire?

—Dicen que lo mismo que los vapores, por medio de una hélice que gira y de un timón[50].

Ella había quedado pensativa.

—Las personas sensatas —dijo— no podemos aprobar esto, y, sin embargo, quién sabe si con el tiempo terminaremos por viajar en globo. Hace años —añadió— el señor inventó un *auto-mobile* y todos se lo reprochamos[51]. Hoy el *auto-mobile* puede decirse que es un hecho.

Quizá sentía remordimientos por haberse mostrado tan enemiga del invento, ahora que la idea había triunfado. Pero así serán y han sido todas las doñas Marías Antonias del Universo[52]. La señora, fuerte y prudente como la Lía de la Biblia, carecía, por lo mismo, de vuelo.

---

[46] no lo sentía. Interrogamos al botones, quien nos aseguró que el vapor no podía tardar más allá de cinco minutos. En aquel momento.

[47] anunciaban para aquella mañana la segunda.

[48] invención. La primera, verificada semanas antes, había transcurrido sin incidentes, a pesar de los vaticinios desfavorables de muchos técnicos. Lo expliqué.

[49] me escuchó con atención.

[50] y de un timón. *Aparte.* —¿Y quién hace girar la hélice? Hará falta una máquina. *Aparte.* —Sí, señora. Una máquina eléctrica. *Aparte.* Ella.

[51] y todos nos pusimos en contra. Hoy.

[52] del mundo. La señora.

284

El aerostato se iba aproximando. Tenía la forma y el color de un[53] puro, muy abultado en la parte central y terminado casi en punta en los extremos. Podía recordar también una ballena, y ni bajo un aspecto ni otro resultaba grato a la vista. Según supe después, medía[54] veintiocho metros, o sea más de diecisiete varas mallorquinas[55], y estaba lleno de un gas menos pesado que el aire, debido a lo que flotaba en la atmófera lo mismo que un pedazo de madera sobre el agua. Aquel gas, según dijeron, es muy venenoso, además de explosivo. Se distinguía ya perfectamente, colgado de lo que podríamos llamar[56] vientre del aerostato[57], una cesta grande, que parecía[58] tejida de juncos y que llevaba mucha maquinaria y diversos aparatos. Tres caballeros, de pie, conversaban por señas y manipulaban[59]. Dos de ellos, altos y gruesos, con barba y bigotes, parecidos como dos gotas de agua, debían ser los inventores Tissandier. El otro, Dios poderoso, era el señor. Doña María Antonia y yo le reconocimos al mismo tiempo y nos miramos en silencio. La monstruosa ballena pasó lentamente por encima de nosotros, bastante bajo para permitirnos distinguir a sus tripulantes, y desapareció hacia el sur, vibrante y oscilante como un gran abejorro. A pesar[60] del enorme peligro que corría mi bienhechor[61], no pude por menos de experimentar un alivio[62] y de recordar la voz oída después de la misa: don Antonio no estaba con doña Xima. Los trescientos francos no se habían gastado[63] en ninguna aventura galante, sino que habrían ido a parar a los señores Tissandier, ya que en Francia, como en el resto del mundo, no se hace nada por nada.

El vaporcito llegó casi enseguida y sin abrir la boca nos em-

---

[53] de un gran puro.
[54] medía, de punta a punta, veintiocho.
[55] mallorquinas, es decir, tan largo como cualquier vapor de los grandes y estaba.
[56] decir.
[57] del aparato.
[58] que parecía desde lejos tejida.
[59] manipulaban los aparatos. Dos.
[60] A pesar que me angustiaba del enorme.
[61] el señor.
[62] un consuelo dulcísimo y de recordar.
[63] se habían invertido.

barcamos y tomamos tierra en el *Quai du Louvre,* haciendo nuestra entrada en el hotel, precedidos del botones que llevaba las dos almohadas de terciopelo de la señora[64] duquesa de Edimburgo y[65] nos abría paso como a príncipes de verdad[66]. Junto al Teatro Francés los agentes que nos espiaban no perdieron detalle de aquella[67] entrada triunfal y uno de ellos apuntó algo en su cuaderno[68] de notas. Diré de paso[69] que por el «alquiler» de las dos almohadas y por haber dispuesto durante un par de horas del muchacho[70], nos cargaron setenta y dos francos en cuenta y que cuando pedí una aclaración[71], me respondieron que el habernos llevado al botones significaba un «lujo» extraordinario y fuera de toda tarifa. («Oh Señor», comentó doña María Antonia, «un lujo ese chico[72] que no se levanta dos palmos de la tierra y que no hace más que enredar todo el día[73]... Yo creo que con media peseta está todo pagado y bien pagado».)

El señor llegó algo más tarde. Venía muy excitado y como su naturaleza era sincera y no mentía, salvo en casos de extrema conveniencia, ardía en deseos de relatar su aventura. Sabiendo, empero, que su esposa la había de desaprobar, y no queriendo discutir —no hay una sola idea que no lleve en sí su refutación posible, escribe en las Memorias*— precisamente por ser más socrático que Sócrates, como poseía una imaginación fértil, halló[74] la fórmula de compaginar deseo y conveniencia, recurriendo, para ser sincero, a una mentira más.

* La misma afirmación se halla modernamente en un autor francés de principio de siglo, Paul Valery. *[N. del Editor]*

[64] *Falta* señora.
[65] y que nos abría...
[66] de verdad entre los huéspedes impacientes que invadían el «hall» en espera del instante de pasar a comer. Junto.
[67] aquella especie de entrada.
[68] en su carnet de notas.
[69] de paso.
[70] del botones.
[71] una aclaración, porque me parecía que se habían equivocado, me respondieron.
[72] ese muchacho.
[73] el día... Si oyéramos eso en Bearn... Yo creo.
[74] halló con facilidad la fórmula.

El señor de Auteuil —dijo— se ha empeñado en llevarme a ver la ascensión del aerostato-dirigible-eléctrico y me ha presentado a los ingenieros Tissandier[75]. ¿No os habéis enterado? Los periódicos hace días que no hablan de otra cosa. Los Tissandier son amabilísimos[76]. He subido incluso a la barquilla de los tripulantes, que es cómoda, con sillas para sentarse hasta tres personas...

Nuestro silencio pareció desconcertarle, tan cierto es que el pecado pesa más que el plomo. La situación se hacía dificultosa, pero yo no debía intervenir. Al fin intervino doña María Antonia, mientras ponía toda su atención en mondar una manzana, y lo hizo en el tono característico de los Bearns, que parecía ligero y que a mí mismo[77], educado junto a ellos, me ha engañado tantas veces.

—Juan y yo te hemos visto cruzar por encima del Sena, Tonet. ¿No te daba miedo pensar en una catástrofe.

El señor contestó con naturalidad:

—No, porque es un aparato muy seguro. Verás...

Y nos describió el mecanismo. Ella le escuchó con benevolencia. La catástrofe quedaba conjurada.

[75] Tissandier, que tienen el taller allí cerca.

[76] amabilísimos y me han explicado la maquinaria, que es eléctrica. He subido.

[77] a mí mismo, que me he educado.

# 9

Los trescientos francos no se habían gastado con doña Xima. Durante el mes que llevábamos de estancia en París (¿por qué un mes en Francia si el objeto del viaje era a Roma?) nadie parecía recordarla[1]. En cierta ocasión yo había aconsejado a doña María Antonia que la encomendara a Dios. La señora me escuchó[2] sin abrir la boca y sin que en su semblante pudiera leerse absolutamente nada. Nunca, Miguel, llegaremos a comprender a los señores[3]. Son duros de corazón y tal vez no pueden ser de otra manera. Lo que interesa en ellos es, no tanto la persona, como el nombre que la encubre. Así se da el caso de que un aristócrata resulte más ignorante y más tosco en sus costumbres que cualquier individuo[4] de la clase media sin que por esto mengüe un prestigio que no es suyo, sino legado de la tradición y que va vinculado exclusivamente al linaje[5]. El nombre sirve de coraza a la persona, cuando no de cebo, y sintiéndose en cierto modo invulnerable, el poderoso corre peligro de olvidar incluso los principios de la ética y de

---

[1] recordarla. Y, no obstante, sabíamos todos que ella vivía en la ciudad. Los señores, que gustaban pasar las horas muertas en los cafés del bulevard, la hubieran podido encontrar cualquier día sentada a su lado. ¿Se les había ocurrido pensarlo? Doña Xima era una descarriada. Ellos constituían sus parientes más próximos. ¿Intentaron preocuparse de llevarla al buen camino? En cierta.

[2] me había escuchado sin abrir.

[3] los señores. Lo hemos comentado muchas veces en el Seminario, bajo el almez del patio. Son duros.

[4] cualquier empleado.

[5] al apellido.

la religión. Ya he dicho que la vida escandalosa que mi bienhechor llevó durante la primera mitad de su existencia no hubiera sido posible[6] sin el conjuro de las cinco letras que componen su apellido[7]. Por esto proclama Cristo que si deseamos seguirle es necesario abandonar los honores terrenales y abrazarnos a la Cruz. ¿Recuerdas aquella temporada que le llegamos a parecer socialistas al señor Rector? Dios me preserve de caer en las falsas teorías, condenadas por la Santa Iglesia, de Carlos Marx, el judío alemán que acaba de morir en Londres. Este apóstol laico[8], creador del concepto materialista de la historia[9], parece ignorar que hará cosa de diecinueve siglos nació en un portal de Belén el Maestro cuyas doctrinas compendian el[10] amor al prójimo y a la Humanidad que el[11] socialismo proclama como invención suya. Carlos Marx es, además, como buen alemán, incoherente y contradictorio, porque quiere llegar a la fraternidad[12] por la lucha de clases y por la guerra. No son éstos los caminos que nos enseña el Divino Redentor. No; ni tú ni yo podemos ser acusados de marxismo. Por otra parte, Miguel, las objeciones que he hecho a veces a la moral de los señores no significa que no les ame, sino todo lo contrario[13]. «¿Quién no dejará la vigilancia de cien ovejas obedientes para acudir a la que se aparte del camino?» El gran amor que he profesado siempre a mi bienhechor[14] obedece a tal modo de sentir[15]. Quizás no he querido tanto a doña María Antonia debido a que ella no necesitaba de mi solicitud. Es porque me hallo convencido de que ambos eran buenos que me parece inhumano su proceder con respecto a doña Xima. No cabe objetar

---

[6]  posible entre estas montañas sin el conjuro.

[7]  que componen el nombre de Bearn.

[8]  Este apóstol del humanitarismo, creador. *Marx murió en 1883.*

[9]  de la Historia, un sabio laico, según el sentido de sus adeptos, parece.

[10]  el Maestro en cuyas doctrinas están contenidos todos los elementos del amor.

[11]  el moderno socialismo.

[12]  llegar al amor por la lucha.

[13]  no significa (tú lo sabes demasiado bien) que no los ame. Significa precisamente lo contrario, y nos ayudaría a comprender de hecho la parábola de la oveja descarriada. «¿Quién.

[14]  al señor.

[15]  de sentir, natural en el hombre. Quizá no.

que la conducta de ésta no tenía remedio. Aun así, ¿cómo evitar el pensar en ella, el sufrir por ella? Cuando pregunté al señor si conocía por dónde paraba, me contestó negativamente, mirando al aire. Aquella respuesta[16] me indignó[17] porque la creía falsa. Ahora que la sabía verdadera me indignaba bajo otro aspecto[18]. ¿Puede procederse con tal ausencia de caridad hacia una persona a la que se ha querido? El señor no sabía nada de ella; es decir, no deseaba[19] saber nada. Si había ideado aquel viaje a París era, según me confesó abiertamente más tarde, para ponerse en contacto con los ingenieros de Tissandier, que aseguraban haber inventado el aerostato-dirigible-eléctrico destinado a la conquista del aire. Así es el espíritu fáustico. Cuando no ha podido hallar la redención en los pecados de la carne, el Faust germánico la busca en el ansia de dominio, en la acción, ganando terrenos al mar, enriqueciéndose... en cualquier cosa, excepto en la observancia de la ley de Dios[20].

Pocos días antes del fijado para la partida los señores me llevaron a la Ópera para ver *Manon**. Habíamos convenido que[22] escucharía la obra desde el antepalco, que era un saloncito lujosamente dispuesto, con las paredes forradas de damasco rojo[23]. La Gran Ópera constituye un teatro moderno, situado

* No pueden referirse estas líneas a la *«Manon»* de Massenet, que no se estrenó hasta el año siguiente en la Opera Cómica, sino a la de Auber, con letra de Scribe, estrenada en 1856. *[N. del Editor]*[21].

[16] la conducta de la sobrina no tenía remedio, pues tales cuestiones sólo Dios las sabe. Pero aun siendo así, ¿cómo evitar el pensar en ella, el sufrir por ella? Cuando, el día de la ascensión en el globo dirigible, pregunté al señor si sabía por dónde paraba doña Xima, me había contestado, ligeramente, mirando al aire, que lo ignoraba. Aquella respuesta.

[17] me había indignado.

[18] me indignaba en otro sentido.

[19] no quería saber.

[20] de Dios. *Aparte.* Yo seguía pensando en la descarriada. Pocos.

[21] *La* Manon *de Massenet se estrenó, en efecto, en 1884. El viaje de nuestros personajes se realiza en 1883. Auber había muerto en 1871. Hay otra* Manon, *la de* Puccini, *pero mucho más tardía. Huelga, pienso, justificar tan minuciosamente el momento histórico: para el relato, interesaba que los personajes asistieran a una representación de* Manon, *fuere la que fuere, como en otra ocasión interesó que presenciaran* Faust.

[22] que yo escucharía.

[23] rojo. Las personas que llevan luto o los sacerdotes pueden escuchar desde allí sin ser vistos. La Gran Ópera.

en la plaza de su nombre, junto al *boulevard*[24] de Capuchinos. El antiguo teatro[25] de la *rue Le Peletier* se incendió hace ya tiempo, como si Dios quisiera que con el desastre de Sedan se hundiera no sólo el Imperio, sino el mismo escenario que simbolizaba los escándalos de aquella sociedad corrompida. Yo conocía la famosa novela del abate Prévost, la novela romántica antes del Romanticismo, escrita en pleno siglo XVIII por un hombre que no tenía nada de frívolo y que se compadecía profundamente de los errores de sus protagonistas. El nombre de Manón ha quedado como prototipo de mujer ligera y así es[26], en efecto, la heroína[27], que pasa por la obra empujada por un vendaval arrollador. En eso radica principalmente su tragedia y yo no comprendo cómo nadie pueda divertirse con las travesuras más o menos ingenuas de una desventurada que habrá de pagarlas tan caras en la otra vida y que incluso en ésta vivió[28] perseguida por la justicia y acabó miserablemente[29] en los desiertos de la Luisiana.

Doña Xima pertenecía a la casta de las Manón y debía terminar como ellas[30]. En cierta ocasión vi actuar una compañía de titiriteros en la plaza de toros de la Ciudad. Una funámbula bailaba en la cuerda floja a gran altura y sonreía y se balanceaba con inconsciencia del peligro[31], hasta que equivocó un pie y quedó desnucada. Ignoro[32] si los espectadores que la habíamos aplaudido en sus locuras[33] nos dimos cuenta de la responsabilidad moral en que acabábamos de incurrir[34]. Fui a verla muerta y a rezarle un padrenuestro. Tendría a lo sumo dieciocho años y parecía sonreír bajo la aureola de su cabellera dorada. Vol-

---

[24] bulevar.

[25] La antigua ópera de la «rue Le Peletier». *Aquí verían su* Faust Tonet *y* Xima, *en 1859; el actual edificio de la Ópera se construyó entre 1861 y 1874.*

[26] y así era en efecto.

[27] la heroína de Prévost, que pasa.

[28] vivió siempre perseguida.

[29] míseramente.

[30] como ellas. Recuerdo que en cierta.

[31] del enorme peligro que corría, hasta que.

[32] Yo ignoro si todos los espectadores.

[33] sus locuras se dieron cuenta.

[34] incurrir. De mí puedo decir que me he reprochado muchas veces el haber contribuido a aquel crimen. Fui.

viendo a la sobrina[35], yo no podía prever en qué forma se vería obligada a expiar su conducta[36]. Ella me había dicho en sueños que sus padecimientos[37] irían aumentando hasta la desesperación final, que sería eterna. Esos padecimientos debían referirse a la pérdida gradual de belleza y fortuna, sin que le sirvieran de lenitivo los consuelos de la religión[38]. Los éxitos mundanos, para los que había vivido, le irían siendo negados de día en día. Ya resultaba sospechoso, en un mes, no haberla encontrado[39] por los barrios céntricos[40]. El París dorado ignoraba su presencia. Junto a ese[41] París de lujo y de riqueza, que se extiende desde la *Madeleine* a la *Porte Saint Martin,* existen muchos otros[42], en los que las sedas y las flores no sonríen detrás de los cristales de las grandes tiendas[43] ni las luces de gas brillan en la noche[44], ni los diamantes, sobre la[45] piel de las señoras, imitan el rocío de nuestros bosques. En alguno de esos[46] París que no visita el turista, por el arrabal de San Antonio, por más allá del Luxemburgo[47], en alguna pobre habitación empapelada[48], sin otros muebles que una cama, un lavabo de hierro y una silla, doña Xima escondería posiblemente su derrota, su irreparable caída, después de haber deslumbrado[49] a aquel otro París dorado, el París de palco en la Ópera, hotel de *L'Etoile* y carruaje a la puerta. Su protector y amigo, el Emperador[50], había muerto. Los periódicos no se ocupaban ya de

---

[35] a la sobrina de los señores, yo.

[36] su conducta, pero tal expiación debía de alcanzársela. Ella.

[37] sus padecimientos, todavía soportables, irían.

[38] y fortuna: «Debo veinticuatro francos de habitación», me había dicho en voz baja. Los éxitos.

[39] encontrado nunca por.

[40] céntricos, en los cafés elegantes. La dama de la Mégisserie no podía ser ella, que era al presente una mujer de cierta edad. Yo creía verla de continuo, pero esto sólo indicaba que la llevaba en la imaginación. El París.

[41] a este.

[42] existen evidentemente muchos otros París en que.

[43] de los grandes comercios, ni.

[44] en la noche, haciendo competencia al sol, ni los diamantes.

[45] la blanca piel.

[46] de estos.

[47] del Luxemburgo, quizá por La Chapelle, en alguna.

[48] empapelada con papeles mugrientos, sin otros.

[49] deslumbrado durante algunos lustros a aquel.

[50] el Emperador de Francia, había muerto. *Napoleón III murió en 1873.*

aquel elegante *lion* llamado duque de Campo Formio. La belleza y lo que allí designan por *charme*[51] difícilmente resistirían el doble estrago de la desventura y de la cuarentena. Cuando se me ocurrían tales pensamientos buscaba a doña Xima entre las señoras de edad[52], pobremente vestidas, de los barrios apartados. Otras veces no podía sustraerme de evocarla tal como se conservaba en mi recuerdo y ya he dicho que en los Campos Elíseos se me apareció un atardecer bajo la forma de una muchacha que jugaba al *diavolo*[53].

Todas estas apariciones ilusorias, cada vez más claras y precisas, habían de terminar en una aparición real y desconsoladora. Porque el día antes de partir para Roma, saliendo de decir misa en *Saint Roch,* la descubrí por la otra acera de la calle[54], todavía hermosa, pero con el talle ya deshecho y la esbeltez perdida. Caminaba deprisa y parecía preocupada. Llevaba unos zapatos gastados, de tacones torcidos y, en su bolso de tela, asomaban un pan y algunas verduras. Esta vez era verdaderamente doña Xima, en la penúltima fase de su decadencia[55]. Tenía la misma mirada honda y triste que en el sueño. Un ómnibus se interpuso entre nosotros[56]. Mientras tanto, ella había doblado la esquina de la calle de las Pirámides y cuando, después de vacilar unos momentos, decidí seguirla, se había perdido por el maremagnum de la calle Rívoli o había entrado en algún comercio; lo cierto es que no pude descubrirla. Años[57] más tarde, Dios mío, debía volver a verla en Bearn, en esta misma sala en que te escribo; debía volver a verla por vez postrera, el último día de Carnaval, como una máscara trágica[58]... San Francisco de Borja, ante el cadáver de la Empera-

---

[51] por «charme», de la dama, difícilmente.

[52] de edad, modestas, probremente.

[53] al «diavolo». Ahora mismo, esta noche de la Ópera, en un momento en que el señor entreabrió las cortinas del palco, la vi en escena junto al caballero Des Grieux, vestida con una túnica color crema, tal como catorce años antes se había presentado en Bearn, una noche de octubre, para tentar a don Antonio.

[54] de la calle, vestida de negro, todavía.

[55] de la desintegración definitiva. Me miró con la misma mirada.

[56] en el sueño y apresuró el paso. Un ómnibus de turistas ingleses se interpuso entre ambos. Mientras tanto.

[57] Ocho años más tarde.

[58] *Falta desde* San Francisco *hasta* serenamente en el recuerdo. *El texto va en*

triz, hizo voto de no amar sino la belleza eterna, pero el cuerpo inhumado no era ya doña Isabel, sino algo inerte, aparte de la vida, mientras que doña Xima, en aquel día aciago, constituyó el espectro de sí misma. Aquellos ojos surcados de ojeras y aquella boca contraída eran aún sus ojos y su boca. Ante mí no se me representaba una muerta, sino una mujer horrible, cuyos rasgos animados se imbricaban y confundían, no obstante, con la gran belleza desaparecida, imposible en adelante de perpetuar serenamente en el recuerdo[59]. Ya llegaremos a esto. Por ahora he de[60] continuar el hilo de mi narración. Poseído de una mortal angustia me encaminé al hotel[61]. Allí me esperaba la afrenta más grande que he padecido en mi vida, afrenta, Miguel, que no ha de constar en los archivos de Bearn, que ya contienen otras[62]: tan pronto me vio, el conserje me alargó un sobre abultado, que llevaba el timbre de policía, dirigido al señor.

—Es un asunto importante[63] —dijo más bien en malas formas— y no se lo puedo dejar si no me firma este recibo.

Firmé[64] y corrí a encerrarme en mi cuarto. Presentía algo grave[65], pero jamás una vergüenza de aquella magnitud. Estábamos expulsados de París. Expulsados[66] como aventureros, según se especificaba en un largo protocolo que mi razón se negaba a comprender, tan enormes[67] eran las afirmaciones allí consignadas. El español «llamado» don Antonio de Bearn y «la señora que le acompaña» (como dudando que se tratara de la

_____

*un trozo de papel pegado al folio 194 del original mecanografiado, es escrito de puño y letra de L. V. y lleva, a su vez, algunas correcciones, que señalo a continuación.*

[59] ya de perpetuar exactamente en el recuerdo *tachado, corrige* en adelante de perpetuar exactamente *corrige* serenamente en el recuerdo.

[60] debe.

[61] al hotel. Los dos agentes que vigilaban desde el Teatro Francés me miraron con hostilidad. Allí.

[62] otras, suponiendo que los sobrinos piensen en conservarlos, cosa que dudo. Tan pronto.

[63] un asunto urgente —dijo.

[64] recibo. *Aparte.* El corazón me latía descompasadamente. Firmé en nombre del señor y corrí.

[65] Presentía un desastre, pero.

[66] Expulsados ignominiosamente, como.

[67] tan gordas eran.

esposa legítima) juntamente con el abate don Juan Mayol, que confiesa desempeñar el cargo de capellán y secretario particular de los mencionados, eran invitados a abandonar el territorio francés en el término de cuarenta y ocho horas, atendiendo a los extremos que se consignan. Aquellos extremos constituían una odiosa novela. Según el informe policiaco, mis señores se hacían pasar por príncipes de la Casa de Béarn, cuya personalidad suplantaban, exigiendo que en el hotel les dieran tratamiento de alteza y haciéndose preceder, cuando salían de excursión, por un *groom* con los almohadones rojos y dorados de la señora duquesa de Edimburgo. Item más: el «llamado» don Antonio de Bearn había efectuado una ascensión en el aerostato dirigible de los señores Tissandier usando el nombre falso de Bernardo Villar (afirmación que resultó exacta, porque no quería aparecer en la prensa por temor a que doña María Antonia se enterara). En cuanto al *soi-disant* abate don Juan Mayol, resultaba ser un sujeto peligroso, que había agredido a un agente de orden público en el *Quai du Louvre* por cuestiones de faldas.

Los triste, lo desconcertante del caso, es que casi todo lo consignado era cierto, pero sin duda somos muy indulgentes con nosotros mismos y muy exigentes para con los extraños. Nada más asombroso que la discrepancia entre el concepto que formamos de nuestra propia persona y el concepto en que nos valoran los demás. El año 59 una bailarina de triste reputación[68] se había permitido ponerse en boca el nombre de Bearn y ya he explicado que el señor lo consigna así en las Memorias. Para aquella pecadora, don Antonio era... lo que la pluma se resiste a estampar. Y sin embargo, mi protector[69] nos enseña con agudeza que aquel criterio no tenía nada de sorprendente. En París todos los Bearns de Mallorca[70] eran totalmente desconocidos. No lo eran, en cambio, algunos hechos incontrovertibles, como la conducta de doña Xima, las

---

[68]   de triste reputación, la Rigolboche, se había.
[69]   a estampar. ¡Qué sorpresa tan grande! Y sin embargo el señor nos enseña.
[70]   de sorprendente: en estas tierras, entre estos bosques y estos olivos salvajes, los señores se han compuesto, en el transcurso de los siglos, una digna y sólida situación, que perdura a pesar de escándalos y desastres, pero en París eran totalmente.

visitas del Duque y las complacencias de don Antonio[71], seguidas de una oportuna desaparición en el momento mismo en que el nuevo enamorado empezaba a obsequiar a la amada con dádivas valiosas. Todo aquello[72], para los extraños, tenía[73] un nombre, y la Rigolboche se lo había dado. «Yo no creía merecerlo —me ha dicho muchas veces el señor—, pero cuando vi que me lo aplicaban hube de[74] reconocer que no carecían de fundamento. Ignoro si la Rigolboche, que rifaba cada noche sus caricias, hubiera admitido de buen grado otro adjetivo claro y rotundo, que se halla también en el diccionario»[75].

Dios hace las cosas bien. La policía nos conminaba para que partiéramos antes de cuarenta y ocho horas y nuestra marcha estaba ya acordada para la mañana siguiente. Resolví no decir nada a los señores. Yo era el principal culpable de aquella ignominia: era justo que la sufriera solo, por no haber sabido cortar de raíz la funesta historia del principado. No cabía tampoco paliar el caso de mi agresión a un pobre agente de orden público[76]. Quise soportar la afrenta sin compartirla con nadie[77] y ya que partía de la *Ville Lumière* con la muerte en el corazón, lograr que los señores[78] salieran con la sonrisa en los labios, la cabeza alta y honrados como príncipes. Cuando atravesábamos el *hall* esta palabra fue, precisamente, pronunciada por última vez —y con qué sanguinaria ironía— por el monstruo de la Recepción:

—*Bonjour, messieurs les Princes.*

Lo dijo enseñando todos los dientes y como hay Dios sentí un impulso de desbaratarlo a bofetadas. En lugar de esto me

---

[71] del señor.

[72] Todo esto.

[73] tiene.

[74] tuve que.

[75] diccionario». Sin duda la verdad es materia compleja. Los cocineros saben que con elementos escasos pueden prepararse platos muy diferentes. Con *corrige*. A base de tales elementos, que siempre suelen ser *corrige* son los mismos, ponemos *corrige* nuestra débil inteligencia compone la verdad que más nos agrada o la que más nos conviene. Cuando nos apartamos de las ordenanzas de la ley de Dios sólo nos movemos entre tinieblas.

[76] orden público que no hacía sino cumplir con su obligación. Quise.

[77] con nadie ya que salía de.

[78] los señores, quienes seguramente no habían de volver, salieran.

saqué la cadena del cuello y le supliqué humildemente que la aceptara, notificándole que era de oro antiguo. Al notar su peso palideció de codicia y nos hizo una reverencia hasta el suelo:

—¿Pero qué coche has dispuesto para los señores? —gritó al mozo que se hacía cargo de los equipajes—. ¿No había otro más viejo en todo París? Corre a bajar los almohadones de la señora duquesa de Edimburgo para que lleguen con comodidad a la estación.

Los agentes que nos vigilaban[79] se acercaron al ver el acatamiento de los cojines reales (tan fuerte es para las almas bajas el poder del lujo) y apartaron a unos niños que se agrupaban a nuestro paso. Uno de los policías nos cerró personalmente la portezuela del carruaje, y cuando éste arrancó ambos se quitaron el sombrero.

—Qué atentos, que encantadores son esos franceses... —dijo doña María Antonia.

El señor asintió. Y así, ellos sonrientes como príncipes y yo con la muerte en el corazón, abandonamos París.

---

[79] nos vigilaban desde el Teatro Francés se acercaron.

# 10

Roma constituye, al pronto, una desilusión[1]. Cuantos conocen un poco de historia y saben que aquella ciudad ha sido la capital de dos civilizaciones, quedan sorprendidos ante su trazado[2], sus ruinas y el desorden que se respira por todas partes. A mí me resultó especialmente dolorosa la charlatanería y la ausencia de devoción en los templos[3]. Los feligreses, en su mayoría, no se arrodillaban siquiera durante la elevación.

—Otras cosas descubrirás todavía —me dijo el señor—que te harán dudar del sitio y de la Historia. Pero a pesar de todo, Juan, ésta es Roma.

Hasta[5] semanas más tarde no comprendí el alcance[6] de sus palabras.

El señor deseaba hospedarse en el Gran Hotel, pero debido al estado de nuestra bolsa, un poco menguada por los acontecimientos de París, le convencí para que fuéramos a una pensión del Corso[7]. La señora del establecimiento nos recibió con una efusión que desagradó a doña María Antonia y que, a decir verdad, no venía muy a tono. Nos aseguró que tenía las habitaciones más limpias y alegres de la ciudad, pero nuestros

---

[1] Todos cuantos.
[2] su trazado absurdo, sus ruinas.
[3] en los templos y ver que los feligreses.
[4] *Falta* siquiera.
[5] Hasta algunas semanas.
[6] no comprendí todo el sentido de sus palabras.
[7] del Corso que me habían recomendado los canónigos de Mallorca. La señora.

ojos no daban testimonio de sus palabras. El Corso, que constituye[8] la vía principal, como si dijéramos las Ramblas de Barcelona[9], no pasa de ser una calle más bien estrecha y tortuosa[10]. A esta calle daban nuestras habitaciones. El tiempo era húmedo, y entre las piedras de las aceras, por los rincones, crecía la hierba.

El señor quiso mostrarme, primeramente, la Roma antigua[11]. Doña María Antonia quedó en la fonda. Llovía y no encontramos ningún carruaje. Provistos de paraguas, nos dirigimos a la plaza del Capitolio que se halla al extremo del mismo Corso y que es muy bella, como obra de Miguel Ángel. Desde allí descendimos a las ruinas. ¡Qué desolación, qué ausencia de grandeza, comparado con lo que esperaba mi fantasía! El Coliseo mismo me pareció pequeño.

—Roma —me decía el señor— es demasiado antigua. Ocurre como con los vinos: para ser buenos tienen que datar[12], han de tener solera: Pero cuidado que no tengan demasiada, cuidado con pasar el «punto». Roma lo pasó hace mucho tiempo[13].

Se refería a la Roma de los Césares. La de los Papas, loado sea Dios, no ha muerto, según pudimos comprobar poco después.

La entrevista con León XIII estaba acordada, salvo obstáculo mayor, para el último día del año y dedicamos las dos semanas de espera[14] a visitar templos y museos. Tenía razón el señor: aquello era Roma. Nos acompañaba[15] un fraile franciscano, rubio y fuerte[16], natural de la Lombardía suiza. Su expresión no parecía muy amable (según el señor, no le habían enseñado a reír), pero se trataba del hombre mejor intencionado

[8] que es la vía.

[9] de Barcelona o la Avenida de los Campos Elíseos de París, no pasa.

[10] estrecha y algo tortuosa, que nada tiene de alegre. A esta calle.

[11] la Roma antigua y el mismo día de llegar iniciamos nuestro recorrido. Doña.

[12] tienen que ser viejos, han de tener.

[13] tiempo. Nuestro Toledo también lo ha pasado. La imperial Toledo, ¿qué es hoy sino una aldea castellana?

[14] de espera que nos quedaban a visitar.

[15] Nos acompañaba por todas partes un fraile.

[16] fuerte, de aspecto nórdico y que, en efecto, era natural.

y con más deseos de complacer que he conocido. Estaba introducido en la buena sociedad romana y gracias a él visitamos[17] algunos viejos palacios[18] que me dejaron maravillado. Nunca hubiera sospechado que una ciudad tan fea y tan muerta, llena de pobres, guardara en sus callejuelas mansiones[19] de tal importancia[20]. Sería imposible enumerar sus riquezas. Hileras de salones forrados de damasco, con cuadros hasta el techo, llenos de plata cincelada, de arañas y de espadas con las empuñaduras incrustadas de pedrería[21]. Ni en casa de los condes de Montenegro, ni en la del marqués de Vivot, verdaderos museos que causaron la admiración de la tristemente célebre Jorge Sand, se encuentran objetos tan valiosos. Los cuadros, empero[22], no son todos edificantes. Las desnudeces abundan más de lo conveniente y algunos sobrepasan toda medida[23]. No me extenderé en este aspecto, sobre el que habría demasiado que decir. Consignaré sólo lo increíble, sin citar el nombre de la interesada. Yo no lo habría imaginado si no lo hubiera visto[24]: en una elegantísima residencia de la afueras (lo que allí se llama un *casino*), propiedad de unos príncipes[25], se alza un mármol del escultor Canova que representa a una diosa desnuda, medio recostada sobre almohadones, con una manzana en la mano: aquella diosa es el retrato... de la señora de la casa.

—Las italianas —comentaba don Antonio[26]— son generalmente tan pudorosas como las mallorquinas, si no más. Les gusta hablar de honor, como a las castellanas, pero a veces ho-

---

[17] conocimos.

[18] palacios de la aristocracia que.

[19] palacios.

[20] importancia y magnitud.

[21] de diamantes y esmeraldas. Ni en casa.

[22] se encuentran quizá objetos tan valiosos ni en tal profusión. Los cuadros, eso sí, no son.

[23] y algunos, al sobrepasar toda medida, llegan a lo repugnante. No.

[24] visto con mis propios ojos: en una.

[25] príncipes muy distinguidos, se alza. *Se refiere a la escultura de Paulina Borghese, hermana de Napoleón I, esculpida por Antonio Canova como* Venus Vincitrice *por haber obtenido la manzana de oro en el juicio sobre la belleza de las diosas Juno, Minerva y Venus decidido por Paris.*

[26] don Antonio, que en otro tiempo las había conocido— son.

nor y pudor se les caen de golpe cuando menos se espera. Entonces resultaban un tanto extremadas.

Después de comer solíamos llegar hasta el Pincio. Desde la plaza del Popolo[27] se puede ascender en coche por dos rampas monumentales. Íbamos en carretela descubierta y el señor[28] disfrutaba armando un poco de alboroto al ajustar el precio con el cochero. A veces durante todo el paseo estaba discutiendo un real y cuando por fin obtenía la rebaja reclamada le regalaba media peseta de propina.

—Cada cual —observaba[29]— tiene su manera de enfadarse. Los viejos murmuran todo el tiempo y nos dicen cosas horrorosas, pero por respeto las dicen bajo, y como tienen la voz aguardentosa casi no se les entiende. Los jóvenes son a veces más desvergonzados, pero los hay que reaccionan igual que[30] señoritas. El otro día que tú no viniste uno se me echó a llorar. Lo peor fue[31] que soltó las riendas y por poco nos despeñamos. Todo porque le había dicho: *«L'avaro conta sempre i suoi tesori.»* Buena la hice. Después no quería cobrar.

Lo cierto era que, bien debido a estas escenas, bien a la propina que seguía al regateo, tan pronto como nos veían aparecer en la plaza, los cocheros[32] empezaban a disputar sobre[33] quién nos llevaría en su carruaje. El señor se sentaba en un poyo y les miraba sonriendo. Doña María Antonia contemplaba la escena desde lejos, protegida bajo[34] su sombrilla violeta.

—Cuando hayan terminado, ya dirán algo. ¿No es así, Juan? El señor se va volviendo un poco niño. Mira ahora por qué ha de hacer enfadar a estos hombres. Un día acabarán por decirnos cosas que no gustará oírlas.

Cuando habían disputado bastante, subíamos a un coche cualquiera y emprendíamos las rampas de la colina pinciana, cruzándonos con carrozas ocupadas por damas de la buena so-

---

[27] del Popolo, vecina de nuestro alojamiento, se puede.
[28] y el señor, que nunca regateaba, disfrutaba.
[29] —decía—.
[30] que reaccionan con pena, como señoritas.
[31] a llorar como una Magdalena. Lo peor es que.
[32] en la plaza del Popolo los cocheros se agrupaban y.
[33] a disputar entre sí quien.
[34] bajo la sombra de su sombrilla.

ciedad que[35] salían a tomar el sol[36]. Los jardines del Pincio son célebres desde tiempos antiguos y dominan un panorama soberbio. Rosales, cipreses y estatuas componen la más espléndida estampa del Renacimiento que es dado contemplar. No existe sendero, balaustrada, templete o mirador que no se halle guardado por alguna ninfa o por algún césar. En todos sitios blanquean los mármoles[37]. Los personajes de piedra constituyen legiones y al pasar por una avenida umbrosa, donde los pedestales ya casi se tocan, el señor me hizo notar que aquello constituía un peligro.

—En Roma —decía[38]— llegará a haber más estatuas que personas de carne y hueso porque las personas se mueren y las estatuas perduran. Cada generación añade esculturas nuevas, sin contar con las que se desentierran[39] en las excavaciones. ¿Qué ocurrirá el día en que los mármoles dominen a los hombres[40], en que las guías lleguen a anunciar: «Roma, un millón cuatrocientos mil habitantes, las cuatro quintas partes de piedra»?[41].

Viajando se viven episodios raros y aquella sociedad resulta un tanto original. Cada tarde nos cruzábamos[42] con el carruaje de una dama todavía de buen ver[43], desde el segundo día nos sonrió como a conocidos. Al tercero, viendo que habíamos bajado para asomarnos a un mirador[44], nos dijo amablemente: *«Fa molto dolce. Domani avvremo una bella giornata.»* Al despedir-

---

[35] que a aquella hora salían.

[36] el sol de invierno.

[37] los mármoles entre las frondas.

[38] —decía con la expresión soñadora y como profética que algunas veces adoptaba— llegará.

[39] se desentierran continuamente en.

[40] a los hombres, el día en que.

[41] piedra»? *Aparte.* No tenía mucha fe en la unidad romana, ni creía que la monarquía de Saboya lograra hacer marchar un país tan anárquico como el italiano. Acertaba al sostener que la hegemonía política de Italia se había terminado desde el principio de nuestra Era Cristiana *tachada esta palabra,* pero olvidada *corrige* parecía olvidar que la Unidad Romana de la Iglesia es el hecho más transcendente de la historia del mundo. *Aparte.* Viajando.

[42] nos cruzábamos durante el paseo con.

[43] de buen ver y muy distinguida que.

[44] a un mirador, se acercó y nos.

302

nos nos dio una tarjeta y se nos ofreció en cuanto pudiera servirnos. Era una marquesa. A la tarde siguiente nos manifestó[45] que vivía sola y que sus distracciones eran el arte y los paseos en carruaje los días de buen sol. Empezábamos a creerla
una mixtificadora cuando recibimos una invitación para comer
juntos. Habitaba[46] cerca de la plaza de España y nos presentó a
una señora vieja y a dos *comendatori* de aspecto algo tronado.
En el curso de la comida resultó que era prima de los Barberi-
ni, si bien se apresuró a decir que ni les trataba, por lo que ya
no le pedimos que nos hiciera mostrar el célebre *palazzo*. El de
la *marchessa* no era excesivamente rico y resultaba un poco
conventual, pero tenía cierto encanto, como su propietaria. El
señor creía que lo habrían ido despojando de cuadros y tapice-
rías; quedaban aún damascos[47] y algunos muebles interesantes.
Las aficiones artísticas de la dama no podía afirmarse exactamente a qué arte se referían. Parecía cultivada[48]. Tenía un aire
melancólico que le prestaba misterio. Cierta tarde se dejó decir
que conocía a una señora que hacía copias de cuadros y las
vendía baratas, pero no insistió en el tema ni intentó compro-
meternos. De pronto dejamos de verla. Sacamos la conclusión
de que se trataba de una verdadera dama, quizá algo tarada.

Una tarde, aquel cochero joven que había llorado porque el
señor le dijo que el avaro cuenta siempre sus tesoros, al ver
que tomábamos otro carruaje sacó un cuchillo y si no acierto a
sujetarlo[49] se lo clava en el pecho del caballo.

—¿Lo ves, Tonet? —dijo doña María Antonia—. Eso te enseñará a no andar de broma con esas gentes.

—Es una raza sensible —pensó el señor en voz alta.

—Lo sensible —dijo ella— será que nos suceda una desgracia[50]. ¿Tanto te divierte oírlos?

Creo que, en efecto, de eso se trataba. El señor, que negaba
el pan y la sal a la literatura italiana (más vacía, según él, que

---

[45] Al día siguiente nos dijo que.
[46] Habitaba un «palazzo» cerca.
[47] damascos, blasones y algunos.
[48] cultivada y vestía bien.
[49] a sujetarlo a tiempo se.
[50] una desgracia. ¿Por qué tienes que meterte con los cocheros? ¿Tanto.

un caracol y más retórica que un ramillete de monja), era, en cambio, un enamorado de la lengua por lo que tiene de musical, y de las reacciones del pueblo por lo que tienen de primarias o histriónicas[51]. «Que no escriban —decía[52]—. Nunca sabrán expresar un análisis delicado. El mundo del pensamiento les viene ancho. Que no escriban, pero que nos dejen escribir acerca de ellos.» En consecuencia, les obligaba a hablar y como no dominaba el italiano[53] les lanzaba, a manera de reactivo, cualquier frase cogida del Método de Ahn. *«Non se conosce mai meglio l'uomo che nell'ubriachezza»*, les decía de pronto. Y los interesados[54], creyendo que les trataba de borrachos, protestaban con grandes gesticulaciones[55] y nos obsequiaban, como había previsto doña María Antonia, con poco gratos comentarios. Pero se trataba más de la euforia de las palabras que del fondo de la cuestión.

—¿Conocéis nada más gracioso[56] que *aria* o que *Andrea Doria?* —nos decía don Antonio.

—¿Quién era Andrea Doria? —preguntaba su esposa—. ¿No la pintó Rafael?

—No era una mujer. Es un hombre —replicaba el señor.

Y como Italia le hacía soñar, añadía:

—Tenía que ser un hombre joven, enérgico, un capitán. Su piel se hallaba tostada por el sol, pero mira, el viento le despeinaba y llevaba siempre la frente llena de rizos[57].

---

[51] tienen de primario, de histriónico.
[52] —dice en sus «Memorias»—. Nunca.
[53] la lengua italiana.
[54] los interesados, demasiado sensibles, creyendo.
[55] gesticulaciones de melodrama y.
[56] más gracioso (aparte de su significado) que.
[57] de rizos. *Aparte.* Aquellos paseos por el Pincio le inspiraron un poema que después transcribiré porque revela el *corrige* un aspecto poético de don Antonio *tachadas estas tres palabras* poco conocido, ya que él prefería no mostrarlo, y únicamente en Italia, donde los capitanes llevan rizos y los cocheros lloran y matan al mismo tiempo, le parecía lícito darle salida en forma lírica (el lirismo no siendo, tal vez, para él sino «el desarrollo de una exclamación» como acababa de proclamar un muy *tachada esta palabra* joven escritor francés, estudiante todavía en el Liceo de Montpellier*). *En pie de página*. ¿Paul Valéry? En 1890, en que está escrita la presente narración, sólo contaría veinte años. (Nota del Editor.) *Sigue.* Yo hallaba extraño que dada su admiración por la hermosa lengua italiana hubiera compuesto sus versos en castellano en lugar de usar el mallorquín, que

Sin duda a don Antonio le pasaba lo mismo que al siglo XVIII: era demasiado lúcido para parecer lírico, pero el lirismo se daba en él como se da en la música de Rameau. Lo que[58] detestaba era el lirismo sin aliñar, el vocerío y los signos de admiración.

—¿Tú has visto que los latinos —solía hacerme notar[59]— emplearan admiraciones en literatura? Si las desconocían[60]... Bien está gritarle a la *Gitana* (una mula de Bearn), porque de otro modo no se entera. Naturalmente, el público romántico también es duro de oreja. Ya se lo decía Voltaire a Rousseau: «Leyendo sus obras, terminaríamos por andar a cuatro patas.»

En general, Italia le parecía un país de gestos desmesurados.

—Cuando estos gestos son[61] la Capilla Sixtina —decía— debemos[62] admitirlos y agradecerlos. El genio tiene privilegios. Pero existen pocos artistas como Miguel Ángel. Él mis-

---

es más mediterráneo, pero él daba sus razones. *Aparte.* —La lengua más parecida al italiano es la castellana. Fonéticamente los idiomas se dividen en dos castas: los que están constituidos por palabras limpias, separadas unas de otras, como bolas de vidrio y los que parecen de pasta, con las palabras indistintas y entremezcladas, ligadas entre sí (recuerda las famosas «liaisons» francesas) formando una masa semifluida. Entre los primeros citaríamos el italiano y el castellano. Entre los segundos, el francés y el mallorquín. *Aparte.* El poema fue concebido un atardecer, en que habiendo despedido el carruaje nos sorprendió la luna entre aquellas avenidas pobladas de mármoles, que semejaron, en la penumbra, adquirir una vida inquietante *tachado desde* que. Lo transcribo porque no figura en las «Memorias». *Aparte.* «La avenida del Pincio que domina horizontes / Y muestra bajo el sol mil estatuas gloriosas / Atalayaba a Roma sobre sus siete montes / Entre pinos y rosas. / El parque está desierto. Allá, en Vila Borghese / Paulina Bonaparte yace serenamente. / Sobre el estanque un cisne, el cuello en forma de ese, / Al ocultarse el sol interroga al poniente. / Fue rápido el ocaso. Aquellas espesuras / se poblaron de pronto de formas pululantes / Y en sus mil pedestales clamaron las blancuras / De mil reyes inquietos, capitanes y amantes. / Era al morir la tarde cuando tornó a la vida / El marmóreo y confuso enjambre legendario. / Asomaba la luna y vi a Roma sumida / En un pasado torvo, ingente y milenario.» *Aparte.* Sin duda.

[58] Lo que él detestaba.

[59] sin aliña, las exclamaciones y los gritos. *Aparte.* —El romanticismo ha abusado de los signos de admiración —me dijo muchas veces—. ¿Tú has visto que los latinos emplearan.

[60] desconocían... Esto hubiera sido como empezar a dar gritos en un salón. Bien está.

[61] son los frescos de la Capilla.

[62] —me decía— tenemos que admitirlos.

mo no siempre es genial. La escultura del Moisés[63], gigantesca por el tamaño, no posee mucha grandeza. Es más bien[64] una caricatura. La sociedad italiana del Renacimiento fue, en general, histrionesca[65]. ¿Conoces nada de peor gusto que el banquete ofrecido por Chigi a Juan de Médicis? Los platos eran de oro, y Chigi, una vez usados, los arrojaba al Tíber. Había, pero, hecho colocar una red y al día siguiente la vajilla de oro se hallaba de nuevo en su poder. ¿Te explicas que Juan de Médicis quisiera tratarse con caballeros así? Naturalmente, los Médicis, aunque se dijeran príncipes, no pasaban de ser mercaderes. En este aspecto podían ir con los Chigi. ¡Qué diferencia, Juan, de los señores de España!

Los españoles son patriotas en el extranjero. España, de la que solemos hablar tan mal, cobra un gran encanto vista desde fuera. Es a distancia como se aprecia la grandeza de El Escorial o de la catedral de Mallorca. Me parecía que don Antonio empezaba a repartir demasiados pescozones a los *grooms* y a sacudir demasiado a los cocheros descarados. Inconscientemente, quizá, afirmaba así nuestro poder[66] sobre un país en el que habíamos dominado tantas veces. Tenía[67] la mano dura y se hacía respetar más todavía por *l'élan,* como dirían los franceses. A mí me preocupaba que algún día alguien se nos insolentara y me viera obligado a tener que intervenir.

—No tengas miedo —replicaba[68]—, pones tan mala cara[69] que les asustas. La otra tarde, al entrar el camarero con la cuenta, incluso enseñaste los dientes, que no hacías muy buena facha. Yo le quería decir: «Don Juan te tirará por el balcón, como si fueras un piano», pero no supe traducirlo.

—Piense, señor, que mi misión no es ésta —repliqué.

—Ya lo sé —repuso—, y a veces me sabe mal que seas tan bueno, porque estoy seguro que te gustaría...

---

[63] del Moisés, tan ensalzada en nuestro siglo, gigantesca.

[64] Es casi una.

[65] del Renacimiento (genios aparte) era histrionesca. Hoy hablamos mucho de los «nuevos ricos», pero ¿conoces.

[66] afirmaba así el poder de nuestra patria sobre.

[67] veces. Viejo y menudo, tenía sin embargo la mano.

[68] —replicaba el señor—, pones.

[69] cara cuando esas gentes empiezan a discutir que.

Se calló de pronto y[70] enrojecí. Era cierto que el Demonio[71] me tentaba despertando mis sentimientos pendencieros. La cosa había empezado en París, en el *Quai de la Mégisserie*, el día que el guardia me sujetó por un brazo; continuó[72] en el hotel, cuando el Receptor nos despidió dedicándonos en voz baja una ironía cruenta, y ahora, aquella misma mañana, había sentido removerse mi sangre al oír[73] a unos estudiantes que habitaban pared por medio y que durante un cuarto de hora repitieron[74] en todos los tonos del pentagrama, golpeando los cristales del balcón: «*Sono tre spagnoli, icaramba!*» Las dos habitaciones podían comunicarse[75] por una puerta cerrada con llave. De un empujón yo la hubiera echado por tierra[76]. La Virgen me dio fuerzas para ponerme a rezar el rosario. Cuando terminaba la letanía, oí que mis vecinos, dos napolitanos a los que no conocía aún más que por referencias de la camarera, salían de su cuarto y corrí a la puerta, sin saber lo que hacía[77]. Nunca mis ojos habían contemplado nada tan bello[78]. Imagínate dos figuras griegas de museo, dos adolescentes de la buena época, dotados[79] de una movilidad que a cada instante los hacía aparecer diferentes. Estas diferencias expresivas, esta fugacidad constante, acababa por prestarles una tal semejanza que no he podido después recordarles uno por uno, sino en conjunto. Al verme se detuvieron para cederme el paso[80] y la gravedad que se pintó de golpe en sus semblantes les ennobleció el perfil y les hizo aparecer más hombres. En aquel instante un gato lanzó un maullido y ambos[81] se confundieron en una movilización de risas blancas, ojos medio cerrados y rizos tallados en

---

[70] y yo enrojecí.
[71] el Demonio de algún tiempo a esta parte me tentaba.
[72] había continuado.
[73] al tener que escuchar desde mi cuarto a unos estudiantes.
[74] estuvieron repitiendo.
[75] podían ponerse en comunicación por.
[76] por tierra y con dos manotazos los estudiantes hubieran volado por el balcón. La Virgen.
[77] lo que me hacía para toparme con ellos. Nunca.
[78] tan bello. Eran mucho más jóvenes de lo que había supuesto. Imagínate.
[79] dotados, empero, de una.
[80] el paso respetuosamente y la.
[81] y los dos napolitanos se.

piedra anteriores a Nuestro Señor Jesucristo. Por un momento, sus cuerpos proporcionados, ya varoniles, se contorsionaron como los de dos niños y para no caer se agarraron el uno al otro dándose manotazos. Inmediatamente se restituyeron a la estatuaria griega y se estamparon contra la pared, exclamando con voz de barítono: *«Prego, signore.»* Yo les dije que éramos vecinos de habitación y entonces sonrieron como señoritas de buena familia[82]. Se ofrecieron cortésmente y se fueron muy serios. A medio pasillo, empero[83], ya se abrazaron y tan pronto hubieron enfilado la escalera sus voces melodiosas la emprendieron otra vez con aquella canción estólica que minutos antes me había enfurecido y que ahora me llenaba de dulzura: «Sono tre spagnoli, ¡caramba!».

---

[82] familia. Los ojos del uno, o quizá de los dos, recordaban los de doña Xima. Se ofrecieron.

[83] A medio pasillo, pero, ya se.

# 11

El día de Nochebuena recibimos una nota de la Secretaría de la Embajada española recordando y confirmando que Su Santidad nos concedía la audiencia solicitada[1]. A la nota se acompañaba el aviso de la Antecámara Pontificia concebido en los siguientes términos: «Se previene al señor don Antonio de Bearn, a su señora esposa y a su sacerdote y secretario Don Juan Mayol, que la Santidad de León XIII se dignará recibirles[2] el próximo día 31 a las once de la mañana. Traje de etiqueta. Se ruega la presentación del presente aviso al llegar a la antecámara.»

Propuse a los señores que dedicáramos la semana al más absoluto recogimiento y empezáramos unos ejercicios espirituales como preparación a la merced que íbamos a recibir. Doña María Antonia se mostró conforme; el señor hizo algunas objeciones.

—Creo —dijo— que el recogimiento espiritual es muy conveniente, pero no todos lo entendemos de la misma manera. A la señora y a ti, lo que principalmente os interesa es la bendición papal...

—Tonet —repuso Doña María Antonia—, ya sabes que no me gusta interrumpir, pues de pequeña me enseñaron que no hay nada tan feo, pero ahora te interrumpiré y te pregunto:

---

[1] nos concedía para el último día del año. A la nota. *Se trata de una omisión errónea, involuntaria, del copista.*

[2] se dignará darles audiencia el.

¿qué puede interesar de un papa sino su bendición? Responde. Me agradará ver cómo contestas a esto.

Sus ojos claros le miraban[3] con una atenta seriedad. El señor le cogió una mano y con el dedo índice le acariciaba una uña. Al fin dijo:

—La costumbre de interrumpir arranca, me parece, de los días de la República. Es un vicio romántico o, si quieres, anárquico, propio de gente indisciplinada. Hay que reconocer que antes existía más educación. Tu abuelo, María Antonia, que era el mío, me contaba que, de pequeño...

—Sí, lo de la caña —interrumpió por segunda vez Doña María Antonia.

El señor la miró fijamente y soltó su mano.

—Juan tal vez no lo sabe, María Antonia —y dirigiéndose a mí, explicó—: En casa del abuelo eran cinco hermanos. Su padre, don Ramón, les hacía sentarse una hora cada día en la sala de respeto, con su madre, las tías y el capellán. La señora iniciaba el diálogo[4] hablando del tiempo. Seguía el capellán, que aprovechaba la ocasión para sacar alguna consecuencia de orden moral —aquí el señor me miró—. Las tías intervenían y hacían intervenir a los mayores[5]. Don Ramón presidía el acto[6] con una caña en la mano. Si alguno de los niños interrumpía, les pegaba un golpe en la cabeza.

—Así es —repuso Doña María Antonia—. Don Ramón era un hombre muy recto.

—Si no fuera —objetó su esposo— que en la vejez se alocó algo[7], como los reyes de la Biblia...

—Dios mío, Tonet, ¿a qué viene ahora citar a los reyes de la Biblia? Deja en paz a los muertos. El interrumpir —continuó— es un vicio feo y yo acabo de hacerlo dos veces, pero a pesar de la historia de la caña (que Juan la sabía, porque se la has contado otras veces) y de que ahora ya mezclabas a los

    3 le miraron.
    4 les hacía ir a sentarse a todos, grandes y pequeños, una hora cada día en la sala de respeto, de siete a ocho de la noche, con su madre, las tías de la casa y el capellán. La señora iniciaba la conversación hablando.
    5 a los mayores con alguna pregunta adecuada. Don Ramón.
    6 el acto sentado en un sillón con una caña.
    7 se alocó un poco, como.

reyes de la Biblia, y a pesar de que empiezo a estar desmemoriada, sé muy bien por qué te he interrumpido: has dicho que la bendición del Papa no es el objeto principal de nuestro viaje, y yo te he preguntado que nos explicaras, a Juan y a mí, cómo hemos de entender estas palabras. Ya sé que para todo tienes salida y que si quieres me embrollarás, pero me gustaría oír tus explicaciones.

El señor volvió a cogerle la mano y le acarició la misma uña del dedo índice. En la imposibilidad de huir del asunto[8], aceptó de buen grado entrar en materia.

—En primer lugar —dijo poniendo orden en su discurso, como en los tiempos anteriores a la República—, estás dispensada por tu interrupción, que sólo ha sido una y no dos, que yo recuerde —recordaba perfectamente que habían sido dos, pero sentía que doña María Antonia se hubiera dado cuenta de los motivos por los cuales él había soltado su mano dejando de acariciarle el índice—. En segundo lugar —continuó—, no he dicho que la bendición del Papa no sea el objeto principal —o el único— del viaje de Juan y también del tuyo. Pero León XIII es, además de Papa, un hombre ilustre y un hábil político. Yo he de escribir algún día algo sobre esta figura que acaba de abrir los archivos secretos del Vaticano a los sabios y los historiadores. Quisiera conocerle personalmente y como no podrá concedernos muchas horas necesito pensar lo que debo[9] preguntarle. Por esto, María Antonia, te he dicho que el recogimiento espiritual que proponía Juan no lo entendemos todos del mismo modo. A vosotros os conviene principalmente rezar, porque vuestro credo es más bien de orden mágico, mientras el mío, aunque dentro de la ortodoxia —aquí yo miré al Señor, que me aguantó la mirada—, es más racional.

—Hasta ahora, Tonet, todo iba bien, pero no sé por qué tienes que mezclar la magia. Ni Juan ni yo hemos hecho nunca brujerías —dijo doña María Antonia. Y tácitamente pasaron a hablar de otra cosa.

Los días que precedieron a la audiencia, el señor tomaba no-

_____

[8] del asunto, que era lo que hubiera preferido, aceptó.
[9] y como este señor no podrá concedernos muchas horas, necesito recogerme a pensar lo que considero me convendría preguntarle.

tas y parecía reconcentrado[10]. Yo decía la misa en Santa María dei Miracoli, en la plaza del Popolo y lo mismo que en San Roch de París mi único feligrés solía ser Doña María Antonia. A la salida[11] dábamos unas vueltas por la plaza inundada de sol, mientras rezábamos el rosario, y nos restituíamos[12] a nuestro *albergo* de donde no nos movíamos hasta anochecido, en que volvíamos a Santa María[13]. Al señor sólo le veíamos en la mesa. Doña María Antonia no hacía ningún comentario[14]. El día anterior a la audiencia, saliendo del templo[15], me comunicó su decisión.

—Mañana, Juan, no iré con vosotros a ver al Papa.

Aquellas palabras me consternaron.

—¿Lo ha pensado bien Vuesa Merced?

Ella sonrió débilmente, como para sí misma, y en lugar de contestarme, porque hacía días que lo pensaba y yo hubiera podido adivinarlo[16], replicó:

—Pasado mañana hay bendición pública en San Pedro, y como a mí lo único que me interesa es esto, iré a recibirla pasado mañana. Tú y el señor es otra cosa.

Comprendí que no debía insistir[17]. Aquel plural, «tú y el señor», era pura fórmula para no poner más en claro lo que ya lo estaba demasiado[18]. No era por mi causa que la señora renunciaba a ver al Papa. El señor también debió comprenderlo, porque se guardó de inquirir los motivos.

Pasé la noche sin cerrar los ojos. Los napolitanos se retiraron tarde[19]. Venían muy alegres y los sentía reír a través del tabique[20]. No se hallaban solos. Me parecía oír voces femeni-

---

[10] notas, escribía y parecía algo reconcentrado, cosas que no dejaban de intranquilizarme. Yo.

[11] salida del templo dábamos.

[12] nos reteníamos, *sin duda por error.*

[13] Santa María Miracoli para hacer una estación.

[14] comentario, pero estaba preocupada. El día.

[15] saliendo de misa, me.

[16] adivinarlo, conociéndoles a los dos, replicó.

[17] insistir y por otra parte tampoco era necesario. Aquel.

[18] demasiado. Me pareció (y eso me lo llegó a confirmar más adelante) que hubiera preferido que el señor *corrige* su esposo no fuera. No era.

[19] se retiraron a la mala hora. Venían.

[20] tabique. Habían asistido a un baile de máscaras. No se.

nas. Yo empezaba a estar curado de espantos, pero aquello me pareció excesivo y resolví ponerlo al día siguiente en conocimiento de los señores. Distinguía unas voces de falsete y enseguida las risas de ellos llenas de concupiscencia. Aquellos muchachos[21], perdidos en una ciudad como Roma, llena de vicio, me producían desasosiego. De pronto comprendí el error: se hallaban solos y representaban[22] escenas de marionetas. Tal[23] descubrimiento debía haberme tranquilizado, pero[24] la idea de que se hallaran completamente solos, riendo de aquella manera, me era quizá más dolorosa que la de suponerlos acompañados. Convencido de que no podría[25] dormir, salí al corredor y llamé[26], suavemente, a la puerta. Se hizo el silencio y me abrieron enseguida. De pie, encima de la cama, aparecía la figura de uno de los estudiantes envuelta en una colcha color de rosa, la cara y los ojos pintados desaforadamente. El que había abierto iba de soldado romano. Les rogué que tuvieran la bondad de no alborotar y rompieron a reír sin venir a tono[27].

—Le presento a *Madame* Angot —dijo el que iba de soldado—. Yo soy el marido y me engaña con todo el mundo.

*Madame* Angot daba pataditas y chillidos sobre la cama, la cabeza llena de plumas, como un caballo de coche fúnebre.

—*Io non la inganno que trois fois par settimana, signore Bartolo. E tutto normale in France, tutto normale, tutto normale.*

Intenté poner orden en aquel desbarajuste recordándoles que ya no eran niños[28]. El soldado me acercó[29] una silla. Su compañero seguía gritando[30]. El soldado le hizo caer tirándole de un pie. Entonces rodaron por el suelo, dándose manotazos. Comprendí que habían bebido y me retiré[31]. Durante algunos

---

[21] muchachos tan jóvenes, perdidos.
[22] el error: mis vecinos, excitados por la fiesta, estaban representando escenas.
[23] Tal.
[24] tranquilizado; ignoro por qué no fue así; la idea...
[25] no podía.
[26] y toqué.
[27] a cuento.
[28] niños y haciéndoles ver la inconveniencia de todo aquello. El soldado.
[29] me acercó respetuosamente una silla.
[30] gritando con voz de marioneta. El soldado...
[31] me retiré para no autorizar aquello con mi presencia. Durante.

minutos se oyó a través del tabique el ruido de una lucha mezclada con risas[32]. Después se hizo[33] el silencio. Apagué la luz y llené silencio y tinieblas de escenas absurdas, producto de mi desasosegada fantasía[34].

Cuando al día siguiente subí con el señor al coche que debía conducirnos al Vaticano, me sentía profundamente turbado. Igual que doña María Antonia[35], hubiera preferido no acudir a la audiencia. El señor me dijo[36]:

—Mira, Juan, yo ignoro cómo se desarrollará la entrevista ni de cuánto tiempo dispondremos. Tú ya sabes que a mí me gustaría hablar a solas con el Papa...

El coche avanzaba dando tumbos por las mal pavimentadas calles de Roma y yo veía desfilar los viejos palacios como si me hallara en una nube. Las últimas palabras del señor me sacaron de mi ensimismamiento. Le dije[37] que renunciaba a la audiencia y que le esperaría en San Pedro. Él me pegó un pescozón que me azaró, porque el carruaje era descubierto.

—No digas disparates —exclamó—. El viaje se ha hecho por ti[38], para que veas personalmente a León XIII. Lo único que te pido es que, si se presenta la ocasión de dejarnos un rato... No sé si esto será posible, desde luego... Tú eres listo y verás la cosa como pinta.

Calló y llegamos al Vaticano. Al pie de la *Scala Regia*, decorada por Bernini, se hallaba la guardia suiza con los vistosos uniformes de Rafael. Arriba, todo el servicio era ya eclesiástico y vestía ropa talar, de color morado. Atravesamos estancias suntuosas, llenas de graves personajes, y después de haber enseñado el aviso varias veces[39], fuimos invitados a pasar a un

---

[32]  risas ahogadas. Después.

[33]  se hizo repentinamente el silencio.

[34]  fantasía. Nunca será bastante encarecida la vigilancia que los padres de familia tienen obligación de ejercer sobre los hijos y los peligros a que les expone una libertad mal entendida en una edad en que la imaginación es viva y los sentimientos se hallan demasiado despiertos. *Aparte.* Cuando.

[35]  Antonia, creo que hubiera.

[36]  me dijo lo siguiente.

[37]  ensimismamiento. A pesar de la lección de la caña, todavía fresca, la interrumpí para decirle que renunciaba.

[38]  se ha hecho para ti.

[39]  veces y haber acreditado nuestros nombres, fuimos.

gran salón dorado, de donde vino a sacarnos al poco tiempo un familiar que nos introdujo en otro salón forrado de damasco rojo. Allí hicimos una corta antesala, porque al dar las once se acercó un sacerdote con un papel en la mano y[40] nos dijo amablemente.

—Tengan la bondad de pasar. Su Santidad les aguarda —y nos abrió una mampara.

No describiré mi emoción. El señor, que marchaba delante de mí, introdujo la cabeza[41] y dijo en mallorquín, con el mismo aplomo que si se hubiera encontrado en la *clasta* de Bearn:

—Yo aquí no veo Papa ni veo nada.

El sacerdote sonrió[42] y con el gesto nos animó[43] a pasar, cerrando enseguida la mampara. Entonces, detrás de una mesa que la puerta nos había ocultado, descubrimos a León XIII que nos bendecía. A pesar de mi intensa emoción[44], el parecido del Pontífice con don Antonio me sorprendió[45] vivamente. Porque aquel parecido, Miguel, me recordó otro que nunca había supuesto y que después he visto comentado, con más o menos buena intención, en ciertos periódicos: la del más santo y más ilustre hombre de nuestro siglo con cierta escultura de Houdon que se conserva en el vestíbulo del Teatro Francés.

---

[40] en la mano y después de haber vuelto a pedirnos los nombres, nos dijo.
[41] la cabeza por la mampara y dijo.
[42] sonrió cortésmente y con.
[43] nos invitó a pasar.
[44] de la intensa emoción que experimentaba, el parecido.
[45] don Antonio (parecido que ya había notado en las fotografías, sin concederle mayor importancia) me conmovió vivamente.

# 12

Después de las tres reverencias que marca el ceremonial, el señor[1] hizo ademán de besar[2] la sagrada sandalia, pero Su Santidad declinó el acatamiento y le alargó la mano. La misma escena se repitió conmigo. Seguidamente, igual que si la conociera, preguntó cómo no tenía el gusto de ver a la señora de Bearn. No habíamos previsto aquella pregunta[3], pero el señor salió del paso diciendo[4] que se hallaba indispuesta. Así las primeras palabras que dirigió a León XIII fueron una mentira. Más de una vez se las he tenido que reprochar, obligado por mi ministerio[5].

—Pero ¿cómo era posible explicar en un momento un proceso tan complicado y que a él, además, no le interesaba?

—Reconozco la dificultad[6]; lo que no creo es que[7] nada justifique una mentira. Se le podía haber dicho que se trataba de razones complejas.

—Pero entonces —argüía el señor— León XIII hubiera supuesto que la señora no deseaba verle, o tal vez que no era una buena católica; falsedades más grandes que mi arreglo.

—Tal vez hubiera supuesto que estaba un poco desequilibrada.

---

[1] el señor, siguiendo el rito antiguo, hizo.
[2] de besarle.
[3] pregunta, cuya respuesta era en verdad complicada, pero.
[4] diciendo con toda naturalidad que.
[5] ministerio y él siempre me ha contestado razonablemente.
[6] —Reconozco que la dificultad era grande; lo que no creo.
[7] que ni esto ni nada pueda justificar una.

—Pues bien, yo le he dicho que estaba enferma.

El discurso del señor era irreprochable. Yo encontraba, sin embargo, en falta un poco de dolor por haber tenido que mentir frente al representante de Jesucristo en la Tierra[8]. ¿Por qué no explicar toda la verdad, decirle, como en confesión, que doña María Antonia desaprobaba el racionalismo de su esposo y que éste era el motivo por el cual no había querido acompañarle? Resulta evidente que ciertas cosas, si queremos que se entiendan, no pueden explicarse en dos palabras, pero aunque León XIII sea hoy quizá el personaje más ocupado de Europa, la salud de un alma no podía dejarle indiferente.

—El Padre Santo, ante el mal entendido que en el fondo reina entre Vuesa Merced y su señora, tal vez hubiera hallado una solución.

—O tal vez nos hubiera echado a la calle, Juan. ¿No ves que existen muchos millones de almas? ¿Cómo quieres que se ocupe personalmente de cada una? Si el Papa ha preguntado por la señora, ha sido por cortesía, porque en el informe recibido de la Embajada[9] (y que tenía delante todo el tiempo que conversaba)[10] figuraban tres nombres y nosotros sólo éramos dos. Tienes que acostumbrarte[11], si algún día llegas a salir de Bearn —aquellas palabras, dichas sin intención[12], me transtornaron más que una amenaza de muerte—, a saber que existen preguntas puramente retóricas[13].

Era cierto que la Embajada había enviado un protocolo a León XIII y todo el tiempo que estuve presente en la entrevista, Su Santidad lo consultaba sonriente:

—Mallorca —decía[14]— *bello paradiso*. Yo estuve allí hace ya muchos años... Qué espléndida bahía... ¿Siguen dando vueltas los *bianchi mulini*? ¿Ustedes habitan[15] en Bearn? Esos dominios,

---

[8] Tierra. Cualquier cosa era preferible a esto. ¿Por qué
[9] Embajada española (y que.
[10] conversaba con nosotros) figuraban.
[11] acostumbrarte, Juan, si.
[12] sin intención alguna, me.
[13] retóricas que pueden contestarse así como se quiera, porque la respuesta no se escucha. *Aparte*. Era cierto.
[14] —dijo—.
[15] habitan siempre en Bearn?

si no me equivoco, les pertenecen desde la conquista —aquí don Antonio iba a protestar, pero León XIII prosiguió amablemente—. Bearn es un nombre ilustre. El señor marqués de... Collera —siguió leyendo, pero se interrumpió para preguntar qué significaba Collera, porque era muy aficionado a la etimología.

El señor y yo nos miramos.

—Es un apellido antiguo —dijo don Antonio.

El Pontífice se dio por satisfecho.

—Ya sé —dijo dirigiéndose al señor— que usted es un gran publicista. —«¿Pero qué diablos ha escrito este memo de Collera?», murmuró por lo bajo don Antonio—. Y sé también que don Juan es un enamorado de los clásicos latinos. Ahí cerca —y señaló un portalito— tengo una pequeña biblioteca donde se conservan valiosas ediciones de Virgilio.

—Oh, Santidad —exclamó don Antonio aprovechando la ocasión[16]—, Virgilio es una de sus debilidades.

—También lo es mía —dijo León XIII—. La biblioteca está a su disposición.

—Nadie ignora —replicó don Antonio— que[17] Su Santidad ha abierto los archivos secretos del Vaticano a los eruditos de la Tierra. Si su Santidad le autoriza, el Padre Juan (era la primera vez que me daba este título) estaría encantado de echar un vistazo a esos Virgilios.

—Nada más sencillo —repuso León XIII, que cazó al vuelo los deseos de su interlocutor[18]—. Vaya, hijo mío, y examine lo que guste. Le avisaremos cuando el señor de Bearn haya de marcharse.

Hice una reverencia y me dirigí a la biblioteca, donde permanecí unos tres cuartos de hora, hasta que me llamaron. Era una estancia octogonal, con *boiseries* verde pálido enmarcadas por listones dorados[19]. Tenía un balcón que se abría sobre un parque. El techo, muy alto, de bóveda, estaba decorado al fresco[20]. Empotrados en las paredes, ocupando cuatro de los ocho

---

[16] la ocasión—, si le habla de estas cosas se le volverá loco. Virgilio.
[17] a los sabios de la Tierra. Así es que si Su Santidad.
[18] los deseos del señor—. Vaya.
[19] dorados, conforme a la moda de Versalles. Tenía.
[20] al fresco por algún maestro del Renacimiento. Empotrados.

testeros de la estancia, había sendos armarios de libros con las vidrieras también pintadas[21] y doradas. El centro se hallaba ocupado por una mesa redonda sostenida por cisnes. Constituía el conjunto más armónico que se pueda imaginar. De pronto, como al entrar había cerrado cuidadosamente, me di cuenta de que no sabía dónde estaba la salida. La puerta se hallaba disimulada entre las *boiseries*. Intenté buscarla[22], pero no distinguía ninguna cerradura ni ningún picaporte que pudiera darme indicio. Parecía cosa de magia[23], por uno de aquellos recuadros tan bien disimulados yo había penetrado hacía unos instantes. Al fin, después de varias vueltas y cuando ya empezaba a ponerme[24] nervioso, me apoyé casualmente contra una moldura y la puerta se abrió: daba a un escondrijo lleno de carpetas y botellas[25] de tinta. Volví a cerrar, ya tranquilizado, ahora que conocía el secreto, y entreabrí, con precauciones, otro recuadro[26]. Un rayo de sol me hirió los ojos. El Papa y el señor habían desaparecido y en lugar del despacho empapelado[27] y de la mesa de escritorio tenía frente a mí una alcoba diminuta, una verdadera celda de monje[28], con un lecho de hierro, un Santo Cristo y un ventano alto por entre cuyas rejas se veía[29] la punta de un ciprés. Colgado de un clavo aparecían un hábito blanco y unas disciplinas. Retrocedí espantado, como quien acaba de violar alevosamente un secreto. ¿Sería cierto que León XIII, el Papa *éclairé*, como decía el señor, que recordaba físicamente la escultura de Houdon, llevara su misticismo hasta el extremo de un monje de la Edad Media? Yo sabía que el Sumo Pontífice[30] vive, en la intimidad, pobremente. El mis-

---

[21] pintadas de verde y las molduras doradas.

[22] las boiseries. Antes de ocuparme de los libros intenté buscarla, porque no me gustaba sentirme prisionero, pero.

[23] cosa de magia o de sueño, porque.

[24] ponerme algo nervioso.

[25] carpetas, papeles y botellas llenas de tinta.

[26] recuadro sin hacer ruido, a fin de que mi maniobra no fuese notada por el Pontífice. Un rayo.

[27] empapelado de oscuro y de.

[28] de monje, encalada, una verdadera celda de monje, *repetido por error* con un.

[29] se veía el cielo de azul intenso y la punta.

[30] Pontífice, que posee el primer palacio del mundo, vive.

mo despacho en que nos recibió contrastaba[31] con los suntuosos salones que habíamos atravesado[32]. Silencio por lo que toca a la intimidad de cada cual, que es, para el buen católico, sagrada. Hacía años, siendo aún seminarista, yo había escuchado en Bearn[33] toda la conversación del señor con doña Xima. Había sido más fuerte que yo y cometí[34] aquella mala acción con plena conciencia de mis actos, es decir, con plena rebeldía. Esta vez, más que los Virgilios, era también la conversación del señor lo que me atraía. La conciencia me presentaba mil disculpas razonables. ¿No era mi obligación vigilar por la salud de un alma a la que nunca he llegado a entender?[35]. El espionaje hubiera podido darme luz y facilitar[36] la misión. Lo que se aparta de la moral[37] está mal hecho. Tuve fuerza para enfrascarme en las ediciones clásicas y no acercarme a los recuadros que me quedaban por registrar[38]. No te figures que no me costara sacrificio, pero[39] siempre tendré la satisfacción de no haber cometido aquella mañana un acto delictivo en las estancias del Vaticano. En medio del consuelo que me inspiraban tales pensamientos, Dios dispuso, no obstante, que un libro[40] me sorprendiera dolorosamente, porque al hojear la Egloga II[41], mi imaginación, excitada tal vez por la noche sin dormir y por el recuerdo de los napolitanos, descubrió de pronto en Coridón[42] conceptos tan escabrosos, tan diferentes de la interpretación metafísica aprendida en el Seminario[43], que me parecía estar

---

[31] despacho empapelado en que nos recibió era pequeño y estaba empapelado, contrastando con los.

[32] que habíamos tenido que atravesar. Silencio.

[33] en Bearn, desde un ventano que se abría junto al hogar, toda la.

[34] y había cometido aquella.

[35] entender? La *corrige* Aquella entrevista del señor con León XIII hubiera podido.

[36] facilitar tal mi misión, *erróneamente por* tal vez.

[37] la moral católica está.

[38] registrar, desde donde hubiera quizá llegado a oír algo de aquel diálogo. No te.

[39] pero vencí y siempre.

[40] un libro de la pequeña biblioteca me.

[41] la Égloga II, que yo conocía casi de memoria.

[42] en la amistad de Coridón por Alexis conceptos.

[43] en el Seminario, y que siempre había aceptado como natural, que me.

soñando. Aún hoy no me atrevo a atribuir aquellos conceptos al gran poeta de Mantua, sino que preferiría creerlos[44] fruto de una tergiversación. Los libros antiguos han sufrido, en el transcurso de los siglos, alteraciones profundas[45]. El viejo Heráclito asegura que no se puede mirar dos veces un río, porque el agua que corre no es la misma. Todo es mudable y efímero. ¿Quién podrá estar cierto de poseer la edición definitiva de las cosas?[46].

Me senté a la mesa[47] y me dispuse a rezar en espera de que me llamaran. Ahora me sentía orientado. Estaba seguro de haber penetrado por uno de los recuadros de la derecha. Delante de mí distinguía la[48] perspectiva de un jardín principesco, con fuentes y estatuas, pero no acertaba a[49] olvidar aquella otra visión de un ciprés desolado sobre la azul inmensidad del cielo, captada desde una pobre celda de monje. Un reloj sonó las doce. Al poco rato[50] oí ruido y un familiar apareció por una puerta de la izquierda. Me había fallado nuevamente el sentido de la orientación. León XIII nos despedía con mucho cariño:

—Usted es joven —me dijo— y sé que tiene talento. La Iglesia espera mucho de los sacerdotes que se hallan en sus condiciones.

Atravesamos de nuevo los salones que conducen al vestíbulo de la *Scala Regia*. Una señora[51] hablaba con dos cardenales. Llevaba la cara cubierta con un velo y no podía distinguir sus facciones. Experimenté un sobresalto. Al pasar junto al grupo, uno de los cardenales presentaba la dama:

—*La marchessa d'Acqua Tinto*...

Respiré. Y sin más incidencias regresamos al *albergo*.

---

[44] sino que prefiero creer son frutos.
[45] profundas y lamentables. El viejo.
[46] *La Égloga II de Virgilio es una bella lamentación por un amor no correspondido:* Formosum pastor Gorydon ardebat Alexim, *esto es, «El pastor Coridón ardía por el hermoso Alexis —o lo deseaba ardientemente». Siendo Virgilio el poeta de la Antigüedad más apreciado y mejor aceptado por el Cristianismo medieval, no es extraño que se diera una «interpretación metafísica», distante de la más inmediata y lógica, al hermoso poema.*
[47] a la mesa, frente al balcón y me.
[48] la magnífica perspectiva de un.
[49] y estatuas de mármol, pero no alcanzaba olvidar.
[50] Al cabo de unos instantes oí.
[51] Regia. En uno de ellos había una señora que hablaba.

# 13

El señor rehuía[1] hablar de León XIII. Cuando doña María Antonia le preguntó[2] cómo se había desarrollado la entrevista[3], se limitó a decir que el Papa había estado muy amable y que nos retuvo[4] cerca de una hora. (En realidad, se había dignado concedernos una hora justa.) No era aquél el estilo de un hombre[5] que detestaba las frases hechas y descoloridas[6]. Su Santidad habíase mostrado ciertamente amable, pero tanto doña María Antonia como yo, instalados[7] en el vagón que había de conducirnos cómodamente a Ventimiglia, atravesando media Italia en menos de veinticuatro horas, esperábamos que nos[8] especificara qué formas de amabilidad le había dispensado León XIII y de qué habían tratado[9] durante tanto tiempo[10]. En lugar de esto, el señor nos hablaba de Miguel Ángel, del Bramante y de Julio II[11]. Doña María Antonia se hallaba recelosa y fingía interesarse por el Renacimiento, que no le interesaba mucho, confundiendo Borgias y Médicis. También ella

---

[1]  Durante nuestro viaje de retorno a Mallorca, el señor rehuía hablar.

[2]  le preguntó, por el bien parecer, cómo.

[3]  la entrevista, el señor se limitó.

[4]  y que nos había retenido cerca.

[5]  un hombre como mi bienhechor, que.

[6]  frases hechas, descoloridas e insignificantes a fuerza de usadas. Su Santidad.

[7]  instalados ya en el vagón.

[8]  que el señor especificara.

[9]  amabilidad había tenido para con él León XIII y de qué habían hablado durante.

[10]  tiempo y qué consultas le había hecho don Antonio. En lugar.

[11]  Julio II, figura que le era particularmente grata. Doña.

deseaba huir del tema en que pensábamos todos. Sólo una vez su sentido práctico y al mismo tiempo escrupuloso se impuso a sus recelos.

—Debiste haberle preguntado, Tonet, si engañar al Gobierno es un robo.

Nunca le había gustado pagar consumos[12]. Don Antonio, que en el fondo sentía como ella, trataba, por puro juego, de justificar los impuestos.

—El Gobierno necesita dinero. ¿Cómo sostendría[13] a los soldados y la marina?

—Todos necesitamos dinero. Que lo pida por las buenas, pero que no exija. Que se conforme, si es pobre, con lo que voluntariamente le den.

—Cuando vino Carlos V —decía el señor, perdiéndose en una divagación histórica— no exigió nada, pero todos le dimos algo. En Bearn nos salió por más de setenta ovejas.

—¿Ves?, así me parece bien —replicaba doña María Antonia—, que cada cual dé lo que[14] pueda, pero nada de esas exigencias de hoy, que[15] no son sino mala educación.

Él[16] torcía el cuello y hacía con la mano su gesto vago y característico que significaba, en aquel caso: «Me doy por vencido»[17]. Estaba interiormente satisfecho de que le refutaran su tenue defensa de los estados socialistas. Para él los modernos políticos constituían lo peor de cada casa, embaucadores sin cultura ni sentido estético, pero en tal aversión[18], más que el espíritu de justicia, entraba su temperamento de escritor. Políticos y filósofos enfocan el mundo de diferente manera. Los

---

[12] consumos, no sólo por espíritu de economía, sino porque le parecía indiscreta e incluso inmoral la intervención del Estado sobre el individuo. Don.

[13] ¿Cómo pagaría los.

[14] lo que quisiera o lo que pueda.

[15] que, en rigor, no son.

[16] Por lo regular, el señor torcía.

[17] vencido». Aunque para expresar esto adoptara un aire más bien resignado, estaba.

[18] estético. Tales juicios eran acertados a veces y todos hemos visto y experimentado los desastres de la demagogia. Por no citar otros, recordaré que en Mallorca los republicanos aseguraban al pueblo que al subir al poder suprimirían las quintas. Pero en la aversión inveterada del señor hacia toda clase de gobierno, más que.

primeros son hombres de acción; los segundos persiguen la verdad de las cosas. Cualquier intelectual, incluso el más pagano, se encuentra más cerca de Dios[19] que el político, quien, para alcanzar sus fines, ha de mentir casi siempre. Debido a ello, era un inconformista con el poder. Esta vez, empero, al oír que debía de haber interrogado a León XIII sobre tales problemas, no supo disimular un gesto de contrariedad.

—¿Y qué querías que contestara el Papa, querida? Engañar siempre será engañar.

Cerró los ojos[20]. Doña María Antonia y yo nos mirábamos.

—Tiene sueño —dijo ella. Y se puso a contemplar el paisaje. Pero ni podría afirmar[21] que lo viera ni era cierto que el señor se encontrase fatigado. Quería solamente que no le distrajeran, quería estar solo y a tal fin había pronunciado en pocos minutos dos frases vacías, más propias de un marqués de Collera que de un hombre cultivado.

Lo que él pensaba[22], mientras el tren expreso corría a cuarenta kilómetros por hora atravesando la pintoresca Toscana y la feraz Liguria, no parecía difícil de adivinar, y[23] algún tiempo después terminó por relatármelo. Yo estaba seguro que así lo haría[24] y me abstenía de provocar ninguna confidencia. Siem-

---

[19] cerca de la religión que.

[20] los ojos para que no le molestáramos y se sumió en una honda y lejana meditación. Doña.

[21] Pero ni podría decir que.

[22] cultivado como él. El sofisma último parecía demasiado superficial. Engañar está siempre mal en principio, pero es muy humano en ciertas circunstancias, por ejemplo, cuando una fuerza bruta nos amenaza, procurar salvarse por medio de la astucia. No era éste el procedimiento seguido por los mártires del Circo que tan glorioso ejemplo dieron bajo el Imperio Romano. No todos, sin embargo, somos héroes, ni todas las circunstancias exigen que lo seamos. El hecho de pasar una gallina o un par de perdices sin pagar consumos no reclama ninguna tragedia. Sin duda los ricos harían mejor en pagar, sobre todo cuando los poderes son justos y están regidos por una monarquía legítima como la que hoy nos gobierna, pero no puede sostenerse que sea un pecado el no hacerlo, ya que pecado es oponerse a lo que ordenen los Mandamientos y las leyes de la Santa Madre Iglesia, que son eternas, mientras todas las demás son contingentes y variables *corrige* todo lo demás es contingente y variable. Aparte. Lo que pensaba el señor mientras.

[23] adivinar y él mismo, algún.

[24] que lo haría así.

pre serán un misterio los motivos por los cuales durante algunos meses[25] no quiso aludir la entrevista privada con el Sumo Pontífice. Evidentemente él habría expuesto, en el transcurso de[26] aquella hora, muchas cuestiones y la conversación tenía que haber sido muy densa. La superficialidad del señor era aparente y sólo se refería al estilo y a la forma. Su temperamento no tenía en el fondo nada de frívolo y le preocupaban tantos asuntos espirituales que, debido a ellos, había ido descuidando la administración de la hacienda hasta el punto de arruinarse. No transigía, empero[27], con el aspecto solemne de las cosas y no exponía ninguna idea seria si antes no la había elaborado y revestido de un ropaje que la hiciese aparecer más inconsistente y aérea.

—¿Tú crees —me decía a veces— que *Madame* de Pompadour, aunque vistiera de color rosa, era una mujer vacía? Quien favorecía esa[28] creencia, y él sabía por qué, era Federico de Prusia, que la apodaba Cotillón II. (María Teresa de Austria era, para él, Cotillón I.) Los revolucionarios glosaron a su manera la entrevista de la favorita con Kaunitz en la quinta de *Babiole*. Comprendo que ese[29] nombre, que significa juguete, les despistara, porque eran gentes de poco mundo. Pero lo que Kaunitz y *Madame* de Pompadour trataron como en broma, tomando café en un saloncito de aquella casa de muñecas, fue *le renversement des alliances,* la amistad de la Casa de Borbón con la Casa de Austria. Si la República y los dos Imperios napoleónicos hubieran respetado aquella política, Prusia no habría invadido Francia hace trece años y Francia conservaría aún Alsacia y Lorena.

Pienso que tal vez el señor no se decidió a hablar de León XIII, que positivamente le había impresionado, hasta que, ya sereno, recuperó su tono natural, su amable quinta de *Babiole*. Ello no pasa de ser una suposición mía. Si así fuera, cabría señalar los peligros que una tal transmutación sentimen-

---

[25] meses el señor no quiso.
[26] expuesto durante aquella hora.
[27] pero.
[28] esta.
[29] este.

tal, casi estoy por decir una tal «traducción», pueden significar para la verdad. ¿Hasta qué punto el fondo puede separarse de la forma? Durante los meses transcurridos en la elaboración de aquella entrevista, el señor, en la delectación artística de «componer», habría ido retocando insensiblemente los conceptos vertidos, o por lo menos su atmósfera, su tono, hasta convertirlos, de buena fe, en algo bastante distinto[30]. El ejemplo respecto a la política de *Madame* de Pompadour no resulta del todo convincente, porque, si bien es cierto que los acontecimientos han demostrado que *le reversement des alliances* hubiera podido ser provechosa, cabe suponer que ni *Madame* de Pompadour ni el abate Bernis calaban tan hondo y que Cotillón II, como decía el rey de Prusia, obraba sólo inspirada por la vanidad de que María Teresa de Habsburgo le escribiera cartas en que la trataba de «amiga». El hábito acaba por crear al monje[31]. Los conceptos que en las Memorias se atribuyen a León XIII deben ser considerados con toda clase de reservas. Yo, a quien Dios había deparado la merced de contemplar la alcoba privada del Pontífice, con[32] las disciplinas colgadas de un clavo, puedo dar fe de que el paganismo que le supone el señor es falso de pies a cabeza. El hecho de conservar en el Museo Vaticano ciertas esculturas antiguas no significa en modo alguno conformidad con su simbolismo reprobable y tanto es así que la mayoría de aquellas obras se hallan en el Museo Secreto, lejos de las miradas curiosas o lascivas. Pero el señor parece no comprenderlo al atribuir al Pontífice la afirmación[33] de que «el arte todo lo ennoblece» y otras parecidas. Tampoco es posible que León XIII, ante la proposición del señor («La Fe nos con-

---

[30] bastante diferente.

[31] al monje. El mundo que nos rodea influye sobre nosotros y por alguna razón los españoles nacemos morenos y rubios los ingleses. Muchos animales toman el color del sitio que habitan y esto se conoce en Historia Natural por «mimetismo». La posición del señor era difícil, como lo es la de ciertos sacerdotes mundanos que a fin de compenetrarse con la juventud se entregan a actividades reñidas por completo con su sagrado ministerio. Pienso que las naciones «modernas» que se ríen del misticismo eclesiástico, un día u otro se darán cuenta de la aberración que representa una tal inversión de términos. Los conceptos.

[32] con el hábito blanco y las disciplinas.

[33] la afirmación, sacada de su propio temperamento, de que.

duce a la verdad o al error, mientras que la Razón sólo nos conduce a la verdad»), sonriera amablemente, como quien acepta la afirmación de que hace buen sol, y empezara a hablar de las fuentes de Bernini.

El viaje transcurrió sin incidentes. La mayor parte del tiempo fuimos solos en el departamento. Ya de día, cerca de la frontera francesa, Italia quiso despedirse[34] en forma de una señora exuberante, cubierta de velos y joyas, que llevaba de la mano a una niña como de unos ocho años. Su entrada fue precedida por frases cantarinas[35] y musicales dedicadas al revisor que las acompañaba. Después se hicieron presentes ante nuestra vista todos los colores del Renacimiento.

—*Intra bambina, saluta questi signori. Bon giorno, signori. Capiscono l'italiano? Ah, benissimo! Romanese? Spagnoli? Ah, la Spagna, quel paese cosí bello, cosí meraveglioso... E da quale comarca? Forse andalusi? Adoro l'Andalusia...*

Y canturreó *Il Barbiere di Siviglia*.

—Qué temperamento de pájaro... —murmuró por lo bajo el señor.

Era un pájaro de gran tamaño, con plumas de pavo real. El rostro, un arco iris. En pocos minutos, nos relató intimidades de su vida, en cierta manera contradictorias y bastante[36] escabrosas. El tren corría entre colinas verdes, entraba y salía atravesando túneles. El paisaje de Liguria es accidentado y lleno de sorpresas[37]. Pasaban nubes ligeras y blancas, seguidas de otras negras y amenazadoras[38], y la luz a que daban lugar en sus correrías eran tan pronto foco milagroso, parecido al que en los viejos retablos ilumina a un santo diluido entre niebla, como gasa primaveral que repartía su dulzura luminosa sobre las colinas circundantes. Había momentos en que la tempestad parecía a punto de estallar. Se oían truenos lejanos y el viento aportaba frescores de tierra mojada. Salía el sol, que reía ale-

---

[34] despedirse de nosotros en forma.

[35] precedida por una ráfaga de aromas y de notas musicales.

[36] y algo escabrosas.

[37] sorpresas. El cielo, más inconstante aún que el de París, mudaba a cada instante de aspecto. Pasaban.

[38] y amenazadoras, como niñas perseguidas, y la luz.

gremente, hasta que la gasa grata al Botticcelli lo tamizaba y nos obsequiaba por pocos segundos con una lluvia tan fina que sólo conseguía esmaltar los cristales del departamento con gotas del tamaño de puntas de aguja. Después, el sol aparecía de nuevo.

—Sé que he sido criticada —exclamaba la señora del temperamento de pájaro—, pero ¿es que me he de encerrar en un convento porque mi marido me haya abandonado? Ah, no; *la vita è bella*. Soy todavía joven. Quiero divertirme. Me debo a mi hija. Nadie, pero, ha tenido nada qué decir de mí. Soy honrada...

Y se enjugaba una lágrima y reía y lloraba alternativamente. Al llegar a la frontera nos despedimos. La dama exuberante abrazó y besó a doña María Antonia. Cuando ya nos habíamos separado, volvió atrás:

—*Ho ancora una parolina a dir-li, signora. Lei a la bellezza degli trenta anni.*

Y la besó de nuevo.

# 14

Llegamos a la Ciudad el día doce de enero del año 84, con los ojos llenos y la bolsa vacía. En diez semanas[1] habíamos gastado la enorme suma de mil setecientos duros, es decir, cuanto nos habían dado por la venta del pinar. La cosecha de aceituna se presentó escasa y para pagar los intereses de las hipotecas no quedaba[2] más solución que intentar hacer otra hipoteca[3]. Todas estas contrariedades no parecían preocupar a los señores. Doña María Antonia se mostraba de día en día[4] más optimista.

—Ya verás, Juan[5]; con un buen año todo se arregla y podrás desquitar esta última deuda. ¿A cuánto has dicho que asciende? ¿Mil y pico de pesetas?

—Duros, señora. Mil y pico de duros.

—Bueno, pues procuraremos ahorrar. Pide una buena cosecha y no se hable más.

El señor levantó la cabeza.

—¿A quién tiene que pedirla?

—Oh, Tonet —repuso ella—, qué cosas más raras tienes a veces...

Y no se volvió a hablar del asunto.

Los sobrinos habían ido a esperarnos al muelle[6]. Conocían

---

[1] semanas de viaje habíamos.
[2] no quedaría.
[3] *otra hipoteca nueva.*
[4] se mostraba de año en año más.
[5] —Ya verás, Juan, cómo con un buen año.
[6] al muelle y nos llevaron a desayunar a su casa. Conocían.

el día de nuestra llegada[7] y a pesar del distanciamiento en que vivíamos nos atendieron con amabilidad. Se trataba, de todas maneras, de las sonrisas del conejo. Doña Magdalena había enviudado. Vivía con dos hermanos solteros en el barrio de la Seo[8]. Como siempre había oído[9] que se hallaban arruinados[10], me produjo cierta sorpresa ver que vivían muy bien y que el comedor donde nos sirvieron el chocolate estaba lleno de plata[11]. Doña Magdalena iba muy elegante, quizá un poco exagerada y a pesar del luto (no hacía tres años que perdiera al[12] esposo) sólo hablaba de óperas y de aristocracia[13]. Los dos hermanos, tan pronto hubimos desayunado, se disculparon: tenían ocupaciones y desaparecieron. Resultó[14] que estaban empleados en el Banco Agrícola.

—Se aburrían de no hacer nada y como les vinieron a buscar... A mí no me gustaba, pero[15]...

—El trabajo —exclamó Doña María Antonia, dando a entender que se lo parecía un poco— no es ninguna deshonra.

—Yo he dicho hace ya años —replicó don Antonio— que los señores se acaban.

Doña Magdalena[16], para darse importancia, empezó a hablar del marqués de Collera.

—Hace quince días que ha llegado de Madrid. A veces viene a tomar café con los muchachos. No hace más que preguntar[17] cómo les ha recibido el Papa.

---

[7] llegada por gente de Bearn y a pesar.

[8] del conejo. Eran dos hermanos solteros y una hermana, doña Magdalena, todavía joven, que había enviudado hacía poco. Vivían los tres juntos en el barrio de la Seo. La entrada de la casa era un típico patio mallorquín, que presentaba buen aspecto. Como.

[9] oído decir que.

[10] arruinados y llenos de deudas, me produjo.

[11] de plata. Ellos también debían saber que sobre Bearn pesaban hipotecas, esas carcomas de las casas de señores, que les roen las entrañas. Doña.

[12] que había perdido a su esposo).

[13] de aristocracia, porque era vanidosa. Los dos.

[14] Resultó, según terminó por confesar doña Magdalena, que estaban.

[15] pero... Hoy muchos hombres se dedican a trabajar en algo.

[16] se acaban. *Aparte.* Palabras que no podían gustar a doña Magdalena, quien, para darse.

[17] preguntar por Vuesas Mercedes. Desea saber cómo.

—El Papa nos ha recibido muy bien —dijo el señor—, pero Jacobo es un charlatán. Bueno, ya dicen que es el primer orador de España. ¿A qué hacer creer que[18] soy un gran publicista cuando no he publicado nada?[19].

—Tonet —replicó su esposa—, me parece que esto no viene ahora a cuento. No harías nada de más si fueras a darle las gracias.

En aquel momento se abrió la puerta y apareció el señor Marqués. Era una bella estampa de caballero.

—Mis queridos parientes —dijo con desenvoltura, creyendo así halagar a los señores (porque lo del parentesco no era verdad), mientras besaba la mano a doña María Antonia—. Mis queridos parientes... Acabo de enterarme de su regreso. Cuenten, cuenten...

—Ahora mismo —dijo el señor— pensaba ir a darte las gracias y a tirarte de las orejas. ¿Por qué hiciste creer a León XIII que soy un publicista?

El señor Marqués se echó a reír[20].

—Pero don Antonio, ¿ese figura que porque vive encerrado en Bearn no conocemos sus actividades? Vuesa Merced pasará a la Historia como el primer escritor de la Isla y quizá del reino. No lo dude.

Su benevolencia no dejaba de chocarme, pues me daba cuenta de que encerraba una vaga protección[21]. El señor lo notaba también y sonreía[22].

—Eso —repuso— sería muy posible, pero tendremos que esperar a que me haya muerto.

—Qué ideas más fúnebres —exclamó el señor Marqués, abrazándole con una jovialidad de hombre de mundo—. Vuesa Merced llegará a los cien años. Nos enterrará a todos.

—No lo creas. Los políticos y los loros no os morís nunca.

—Perdónale, Jacobo —intervino su esposa—. Ya conoces sus salidas. Está hecho un salvaje.

---

[18] que yo soy.
[19] publicado nada jamás?
[20] a reír, enseñando una dentadura hermosísima, que, según me dijo después mi bienhechor, era postiza.
[21] protección que no venía a tono. El señor.
[22] y sonreía irónicamente.

—El día antes de embarcarnos[23] —dijo el señor— escribí un comentario sobre tu oratoria. Cito aquel discurso que comienza: «Poesía, poesía... Yo quisiera sumergirme en este mundo mágico de la poesía...»

El señor Marqués había escuchado muy sonriente[24] lo de los políticos y los loros, pero al oír que don Antonio citaba su discurso se le apagó[25] de repente la risa. Yo creo que era más inteligente de lo que cabía suponer a juzgar por sus intervenciones en el Congreso. Seguidamente mudó de conversación.

—No he querido decirle —exclamó el señor cuando el visitante hubo salido— que el Papa se interesó por la etimología de Collera.

—¿La etimología de Collera? —preguntó doña Magdalena.

—Sí. Collera es, como sabes, los que llevan las best...

—Roma es preciosa —exclamó[26] precipitadamente la señora—. Hay aquel Museo Galliera...

—El Museo Galliera se halla en París, María Antonia.

—Hay aquel Capitolio...

—Eso sí.

La sobrina deseaba[27] que nos quedáramos a comer, pero decidimos partir. Había venido Tomeu a buscarnos en el coche. Llegamos a Bearn pasadas las cuatro, casi al anochecer. Por el camino, Tomeu nos enteró de la novedad del pueblo: una señora inglesa acababa de alquilar una casa junto al Ayuntamiento. Le habían pedido ocho duros al año[28], pero ella creía haber ajustado el contrato por semanas y le entregaba al propietario ocho duros cada sábado. No se hablaba de otra cosa. Sólo comía carne magra y no quería nada hecho en aceite[29]. Era pintora.

—Y me pinta —concluyó Tomeu, con cierta vanidad.

Tomeu contaría entonces unos diecisiete años y siempre le

---

[23] de embarcarme.

[24] muy sonriente, porque era hombre de mundo, lo de los.

[25] se le terminó.

[26] —interrumpió.

[27] Los sobrinos querían que.

[28] al año de alquiler, pero ella.

[29] aceite. Había estado en Bearn y dejado una carta escrita para los señores. Era pintora.

tuvimos por un muchacho feo. Había nacido en la casa y de pequeño tenía las orejas separadas y era negro como un beduino. La costumbre de verle despeinado y sin modales, porque estaba avezado a hablar sólo con las mulas, nos impedía darnos cuenta de que aquel[30] salvaje se iba convirtiendo en un hombre en cierta manera hermoso, bien plantado y decidido, aunque su escasa inteligencia le impidiera saber a qué se decidía. Quizá era su misma incapacidad de discurrir lo que le prestaba cierto encanto. La pintora[31], que venía recomendada a los señores, al mirarle con ojos nuevos, en vez de juzgarlo por un pasado que desconocía, lo hizo por aquel presente inédito, que nadie[32] (salvo, tal vez, Catalina) sabía aún captar. Ya he señalado el escándalo a que dio origen[33] el cuadro en que el modelo aparece[34] al lado de unas ninfas. Lo curioso del caso es que ella sólo le había retratado la cabeza y un trozo de tórax y, todavía, con camiseta; pero como esas artistas saben tanto, en el cuadro lo hizo aparecer completamente desnudo. Tomeu, cuyo fondo no era malo, quedó tan avergonzado al saberlo que se escondió[35] en el pajar y pasó un día y una noche sin comer. El señor Vicario vino a vernos y a dolerse de que hubiéramos consentido aquello (nosotros, que éramos tan inocentes), y si bien pudimos convencerle de la verdad, otros no se convencieron y han seguido atribuyendo aquella indecencia a teorías y extravagancias de don Antonio. Me consta que doña Magdalena fue quien más murmuró en la Ciudad.

—Como él se cree tan artista y como ha estado hace poco en Italia...

Cuando[36] llegamos de Roma el cuadro estaba ya terminado y la autora lo expuso días después, pero la maledicencia[37] no repara en medios. Seis o siete años más tarde, el funesto atractivo, esta vez ya sin excusa artística, de Tomeu sobre una des-

---

[30] aquel muchacho salvaje.
[31] La pintora inglesa que.
[32] que nadie en Bearn (salvo.
[33] a que dio lugar el cuadro.
[34] aparece desnudo al lado.
[35] se encerró.
[36] Cuando nosotros llegamos.
[37] la maledicencia es así y no repara.

venturada, debía desencadenar en ésta un ataque mental que contribuyó a su muerte y de una manera fortuita a la de los señores, con el hundimiento definitivo de la casa, conforme iré relatando[38].

La pintora inglesa, llamada *miss* Moore, era una señora algo perturbada, con la cabeza llena de teorías extrañas, que se presentó en la posesión el mismo día de nuestra llegada con una carta para los señores[39]. Doña María Antonia ordenó que le hicieran un puchero de té y *miss* Moore habló toda la tarde. En pocas palabras, aunque ella lo relatara con muchas[40], vino a explicar que había sido pudorosa y muy tímida hasta los cuarenta y cinco años, en que visitó Italia y se sintió transformada radicalmente.

—¡Aquella *Piazza della Signoria!* —decía con un candor cínico que me desconcertaba—. ¡Ah, señor, aquella estatuaria genial, aquellas ninfas y aquellos atletas desnudos bajo el sol, a la vista de todos, desnudos con todos sus atributos! Era el mes de mayo. Mayo en Firenze, señor. Flores y mariposas... —siempre se dirigía al señor. Doña María Antonia, por fortuna se había adormecido en su butaca—. Yo venía de Londres, en donde llovía continuamente. Volví enferma al hotel. A los pocos días, en Nápoles, experimenté la más extraordinaria de mis aventuras. Espero que usted lo comprenda. Frente a mi *albergo,* situado en una placita que servía de mercado de flores, había un estanco donde acudía a franquear mi correspondencia. Me despachaba una señorita. Aquella mañana (el aire era tibio y las rosas de las floristas parecían una catarata roja) no estaba la dependienta. Al fondo del establecimiento apare-

[38] iré relatando. *Aparte.* Si hace dos meses me hubieran dicho que dentro de *corrige* en una criatura como Tomeu podía existir fuerza bastante como para hundir todo un mundo, lo hubiera considerado una locura. Hoy, no obstante, sé que es así, y eso nos enseña a no despreciar a los humildes. El hecho de que el muchacho no se diera cuenta de nada, como la niña inocente y realmente pura no se da cuenta de su pureza, hace aún más trágica esa fuerza ciega que nadie, empezando por el propio interesado, sospechaba. *Aparte.* La pintora.

[39] llegada y se puso a contar a los señores lo que ella llamaba «su caso». Doña.

[40] con muchas, porque eso de que los nórdicos no hablan no siempre es cierto, vino.

cía sentado un hombre del pueblo que contaría unos treinta años. Tenía el pelo negro y rizoso —y al decir esto me miró—. Llevaba una camisa verde con el cuello desabrochado, un cuello fuerte, quemado de sol[41]. Yo bajé los ojos, reclamando la dependienta: *«Signorina...»* *«E un machio!»*, replicó el hombre. Y rió, mostrando unos dientes deslumbradores. Salió, en efecto, un viejo empleado. Ah, señor, usted es culto y sensible, usted lo entenderá todo. A los cuarenta y cinco años yo era aún una señorita de buena casa. Jamás un hombre me había hablado sin conocernos. Jamás había escuchado una inconveniencia como la que acababa de oír. La sonrisa desvergonzada y la palabra *machio* establecían una especie de complicidad entre aquel hombre joven, en la plena virilidad de sus esplendorosos treinta años —y al decir estas palabras volvió a mirarme— y yo, una *miss* descolorida y marchita. Regresé al *albergo* y me senté en el salón con los ojos cerrados. En mi retina sólo se dibujaban colores fuertes y definidos: verde, rojo, blanco... Rosas encarnadas, dientes blancos sobre una piel encarnada, verde metálico de una camisa entreabierta[42]... Me sentía ebria, congestionada. El doctor que avisaron me preguntó si había estado mucho tiempo al sol. No era el sol, había sido una frase... Unas palabras banales, desvergonzadas, que me mostraban un mundo nuevo. ¡Y yo contaba cuarenta y cinco años! cuarenta y cinco años perdidos, perdidos para siempre. Resolví no volver a Inglaterra. Desde aquel día, señor...

Don Antonio asentía con la cabeza. Yo experimentaba[43] vergüenza y piedad. En el curso de la narración había intentado salir discretamente, pero la extranjera me rogó que me quedara.

—No se marche, se lo ruego. Su presencia me hace bien. ¿Comprenden ahora por qué pinto? —preguntó envolviéndome en aquel plural—. He venido al mundo ya vieja. Sólo puedo ser una espectadora...

---

[41] de sol. Me sonrió *corrige* miró y bajé.

[42] entreabierta... Verde, encarnado y blanco. Me sentía.

[43] El señor asentía con la cabeza, mirando a doña María Antonia *corrige* su esposa, que dormitaba. Yo sentía vergüenza.

—*Carpe diem* —exclamó el señor tan pronto nos encontramos solos—. El puritanismo ha hecho mucho daño, Juan. He conocido casos análogos en los que se pasa sin transición de la mogigatería al desenfreno. Los protestantes deberían leer a Horacio y aprenderían a aprovechar los días de la juventud[44].

---

[44] la juventud. *Aparte*. Decían que era una gran artista. Es posible que fuera cierto, pero también lo es que el arte sirve para encubrir muchas inmoralidades. *Tachada esta frase entre los dos puntos y seguido.* Según notamos más tarde, todas *tachada esta palabra* las figuras femeninas de sus cuadros se le parecían: todas eran blancas, rubias y hermosas, como habría sido ella en su juventud. Los hombres eran todos morenos, como el italiano visto en el estanco de Nápoles. El arte es generalmente autobiográfico y tanto más subjetivo cuanto menos se ha vivido. *Aparte.* No era éste el caso del señor, que, habiendo vivido plenamente, nos ha dejado unas Memorias muy objetivas, donde todo lo suyo aparece como si se tratara de los otros. En esto estriba su valor de humanidad, que contrasta con lo que él designaba atinadamente como «el salvaje egoísmo romántico». En esto también *falta alguna palabra como «se mostraba»* su insobornable espíritu cristiano: si no trató a veces al prójimo con mucha piedad, siempre, en cambio, se trató a sí mismo sin favorecerse, como si fuera el prójimo.

# 15

*Miss* Moore vino dos veces más[1], pero después del escándalo del cuadro había dejado de ser grata a doña María Antonia, y el señor, por su parte, tampoco experimentaba[2] hacia ella gran interés.

—Está guillada —decía—. Su caso es lamentable. Dostoievsky o Ibsen la utilizarían para componer alguna heroína de las que gustan ahora, pero yo prefiero no verla[3]. Si vuelve, cuídate de que le digan que no estamos en casa.

El recado era difícil de transmitir, porque en estos lugares los señores no pueden hallarse sino en su casa[4]. No hubo necesidad de hacerlo, pues no volvió a aparecer. La vida que llevaba era excéntrica. Por lo regular no salía sino de noche[5], por caminos apartados. Recibía y escribía muchas cartas. Supe por el señor Vicario que había intentado penetrar en la iglesia con la cabeza descubierta y que el sacristán tuvo que sacarla del templo.

—No entiendo su lengua —le dijo ella en inglés.

—Pues debe aprenderla —replicó en mallorquín el sacris-

---

[1] más a Bearn, pero.

[2] sentía.

[3] no verla. *Aparte.* Sentía una gran incomprensión por la literatura norteña y por los monstruos. *Aparte.* —Como son salvajes —decía— se figuran que un reloj descompuesto es más rico y «complicado» que un reloj de funcionamiento normal. Si vuelve.

[4] sino en casa.

[5] La vida que llevaba en el lugar era un tanto misteriosa. A veces no salía en todo el día y en cambio se la veía sola, a altas horas de la noche, por caminos.

tán, quien desde luego no sabía inglés, pero tuvo el buen sentido de cogerla por un brazo y acompañarla, con todo respeto, hasta la puerta.

Por otra parte, no parecía carecer de sentimientos humanitarios. Enterada de que Madò Coloma había caído enferma, se presentó en la rota y la cuidó como una hermana de la Caridad. Durante unos días edificó al pueblo con su conducta. Después comenzó a susurrarse que el móvil no era la caridad, sino un sobrino-nieto de la anciana, a quien la extranjera trataba de retratar. Por último se supo que la dulce hermana había agredido a la enferma[6]. Al llegar la noticia, los señores enviaron a Madò Francina a la rota y la vieja sirvienta volvió a la par desolada y airada. Aquella tarde, por ausencia del señor Vicario, yo me hallaba en el lugar[7] y a mi regreso el señor me relató lo ocurrido:

—Ha sido una gran escena de teatro clásico —me dijo—. Estábamos[8] en la sala del piano y la señora trataba de recordar *Il re pastore*, que ya no lo recuerda, cuando la dueña, dolorida, ha irrumpido en el patio. Llegaba entonando sonoros clamores, como el coro de trompetas de *Aida*, y preguntaba a gritos dónde nos hallábamos. No faltaba sino que hablara en verso:

> Plorau i cridau, veïnades,
> que vos arriba el fibló...

La señora ha dejado de tocar y me ha mirado: «¿Qué ocurre, Tonet?» «Que llega un huracán.» Ella ha cerrado el piano y ha cruzado las manos sobre la falda, como si tuvieran que hacerle una fotografía, en esa actitud interrogativa y expectante que tan bien conocemos. Madò Francina ha entrado descompuesta y desde la puerta nos apostrofaba[9] exigiendo justicia, como Inés de Vargas en la leyenda de Zorrilla: «¡Señor, ordene a la extranjera que se marche ahora mismo! ¡Vuesa Merced tiene la culpa de todo por tolerarla en el pueblo![10] ¡No pido más que

---

[6] a la enferma, quien intentaba disuadirla de su empeño. Al llegar.
[7] en el lugar para dar clase de doctrina a los párvulos y a mí.
[8] Nos hallábamos.
[9] nos ha apostrofado.
[10] en el pueblo, que es un escándalo! ¡No pido.

lo justo!» Yo no respondía por miedo de interrumpirla. Doña María Antonia, menos aficionada a la psicología, ha levantado la cabeza: «Hola —ha dicho con la vocecita suave y lenta de cuando se encoleriza—, ¿qué gritos son esos? Me pareces muy osada hablando así delante del señor. Vete a la cocina, hazte una tisana y acuéstate.» «Sepamos de que se trata», he replicado, pues temía que Madò Francina obedeciera y nos quedáramos sin conocer la historia.

El señor se regocijaba con aquellas cosas. En pocas palabras: la inglesa había golpeado a Madò Coloma dejándola molida. El sobrino-nieto, al intentar oponerse, había recibido también lo suyo.

—Rompió el puchero de calentar el agua —seguía[11] Madò Francina— y al salir dio un puntapié a la cabra, que desde entonces no ha vuelto a tener leche. Esta mujer será la destrucción de Bearn y Vuesas Mercedes tendrán toda la culpa.

Consiguieron que se marchara a la cama, y don Antonio, que era versado en estas cosas[12], le hizo tomar unos polvos que, según supe después, eran bromuro.

El móvil del escándalo había sido, en efecto, un retrato que la extranjera pretendía hacer[13] al sobrino-nieto de Madò Coloma. Ésta, que se hallaba enterada de lo que había ocurrido con Tomeu, trató de impedirlo. El señor Vicario[14] fue a la Ciudad con[15] objeto de ver al gobernador y lograr una orden de destierro[16], pero el Gobernador, que pertenecía al partido liberal y que, según decían, estaba vendido a las logias y al oro inglés, estimó el pleito de muy diferente manera. Según él, el arte se hallaba por encima de todo y *miss* Moore era en su país, aunque no en el nuestro, una personalidad sumamente considerada y famosa.

Es lamentable que, ocupando el trono de San Fernando un

---

[11] —seguía vociferando Madò.
[12] cosa y siempre tenía medicinas, le hizo.
[13] en efecto, un cuadro mitológico en el cual la extranjera pretendía retratar al sobrino-nieto.
[14] Vicario, a petición de los vecinos del lugar, fue.
[15] con el único objeto.
[16] destierro, cosa que hubiera sido sumamente justa, pero.

rey tan bondadoso como era Alfonso XII[17], la moral pública se hallase[18] al capricho de algunos políticos sin escrúpulos. La Constitución, que no representa[19], en suma, sino la desconfianza de las democracias ante su natural señor, esteriliza la buena voluntad del monarca mejor dotado. Que me perdone el señor Sagasta, pero si él es verdaderamente un hombre leal y adicto a la Monarquía, como ha dicho más de una vez[20], no debiera haber dado al soberano[21] el «trágala» de imponerle[22] un gobernador masón. En los momentos en que escribo estas líneas, muerto don Alfonso[23] y desempeñando la regencia una señora modelo de virtudes, su actitud contemporizadora respecto a los enemigos del altar y del trono me parece doblemente lamentable. Hará[24] cien años que los girondinos franceses, diciéndose monárquicos, colocaron al infortunado Luis XVI en un[25] callejón cuya única salida fue, según es sabido, la guillotina. En política es muy raro que la cobardía merezca misericordia y el poder que capitula ante el enemigo podrá ser juzgado en sus móviles desde diferentes puntos de vista, pero lo indudable es que dejará, *ipso facto,* de ser poder. Así, en nuestros días[26], entre la libertad de prensa por un lado y la oposición parlamentaria por otro, el separatismo cubano va levantando bandera y nadie puede prever cómo terminará el espinoso problema de nuestra soberanía en Ultramar.

Si el señor tuviera vida para leer estas líneas, replicaría que el problema terminará[27] con la pérdida de nuestras colonias y aún que ello caerá dentro del orden natural y de la lógica evo-

[17] Alfonso XII, educado en los sanos principios de la religión y casado con la más santa e intachable de las reinas, la moral.

[18] se halle.

[19] que no es, en suma.

[20] más de una vez en sus discursos, no debiera.

[21] al rey.

[22] de hacerle aceptar un gobernador.

[23] don Alfondo XII.

[24] doblemente culpable. Tales contemporizaciones no pueden conducir a nada bueno. Hace escasamente cien años.

[25] en un verdadero callejón.

[26] días, vemos con angustia, entre...

[27] terminará seguramente con la pérdida.

lución de los tiempos. Hasta tal punto era racionalista, que todo cuanto se englobara en un sistema general le parecía, en principio, aceptable y equitativo. No obstante las reservas mentales que siempre me inspiró su ortodoxia, creo que tal modo de ser indica sumisión a los designios del Supremo Hacedor y revela, por tanto, un espíritu fundamentalmente religioso. Lo que he llamado a veces su «epicureísmo» podría interpretarse como conformidad[28], y la Iglesia tiene para designarlo una hermosa palabra, que es la de «resignación». Debido a tal filosofía, él no sentía como tragedia ni la ruina de su casa ni la falta de descendientes. Estaba convencido de que los señores no tendrán razón de ser en la próxima centuria, de que, aun cuando existan ricos y hombres de ciencia, el pueblo dejará de considerarlos como arquetipos, y que el marxismo, tal vez con otro nombre y adoptando otro ropaje, será el sistema social del siglo que se avecina, por lo menos en Europa. Pero huelga decir que a sus ojos Europa constituía todo el planeta. Este era para él un dogma incontrovertible[29].

—¿No comprendes —decía en cierta ocasión en que yo trataba de satisfacer mi curiosidad acerca de los países orientales— que aquí[30] hallarás todas las formas de vida posibles?[31]. Si te interesa lo primitivo, en Castilla o en ciertos pueblos de Italia verás faquires y santones. En París mismo, el autor de *Hernani* o de novelas tan absurdas como *Los Miserables,* es un verdadero santón. Hasta se permite profetizar, en prosa o en verso. En cambio, lo que no hallarás ni en África ni en la India, es un Abate o un Anatole France[32].

Aun cuando aquel desdén por lo que él llamaba «orientalismos» me parecía y me sigue pareciendo injusto (de Oriente llegaron, precisamente, el Antiguo y el Nuevo Testamentos), no he de negar que[33] sus palabras me tocaban, como tantas veces,

---

[28] conformidad, así ante la buena como ante la mala ventura, y la Iglesia.

[29] incontrovertible. Lo llevaba a tal extremo que nunca le vino a la imaginación la idea de visitar otros continentes.

[30] que en Europa hallarás.

[31] posible? En los restantes continentes, en cambio, sólo hallarás alguna. Si te.

[32] France. Esto te lo aseguro.

[33] que esas palabras.

en lo más vivo. En todos los países, incluso en los más cultos[34], existen individuos primitivos comparables a los propios negros del corazón de África. Pese a la educación esmerada que quiso darme mi bienhechor, yo constituyo una prueba de ello. La misma tragedia, o tal vez crimen, de lo acaecido con Jaime lo evidenciaría. A pesar de tu caridad, que nunca agradeceré bastante, yo sé a la hora actual que obré impulsado por instintos confusos y feroces, propios, no diré de un hombre salvaje, sino de una alimaña. El caso de *miss* Moore, educada y honesta antes de los cuarenta y cinco años, nos mostraría hasta qué punto la naturaleza puede sobreponerse a la cultura y también que en un individuo puedan coexistir los mismos[35] desniveles evolutivos que entre dos países tan diferentes como las Islas Británicas y la isla de Madagascar. El hombre reproduce en sí mismo toda la historia del Universo.

*Miss* Moore no se marchó del lugar, aunque debía saber que nadie se congratulaba de su presencia, y continuó en Bearn hasta que quiso, con el beneplácito del gobernador liberal impuesto por Sagasta y quizá por otros poderes más ocultos y tenebrosos. Desafiando la hostilidad que despertaba[36], siguió, impertérrita, en sus paseos solitarios, acompañada de un perro rarísimo, tergiversando las horas de comer y de dormir, tomando apuntes, anotando observaciones en su cuaderno[37], asomándose a las puertas de todas las casas, pues era sumamente curiosa, y comportándose, en fin, como si se hallara en[38] país conquistado.

---

[34] cultos y civilizados, existen.
[35] coexistir idénticos desniveles.
[36] que despertaba entre estas gentes sencillas, siguió.
[37] en un carnet.
[38] en un país.

# 16

Algún tiempo después de nuestro viaje, adquirí la certeza[1] de que las facultades mentales de doña María Antonia declinaban[2]. Dios es armónico en todos sus actos. Parece a primera vista que una criatura dotada como la señora no debería envejecer jamás. Parece, también, que el sol no debiera ocultarse nunca. Pero si el mediodía es espléndido, los crepúsculos son dulces y las noches están llenas de suavidad.

Recuerdo que en Marsella tuve ocasión de contemplar[3] un aparato muy curioso: una caja de música movida por la electricidad[4], que era, al mismo tiempo, una especie de linterna mágica. Se iluminaba interiormente[5] y sobre una gran placa de cristal deslustrado[6] aparecía un paisaje hermosísimo[7] visto al rayar el alba. La luz del sol se insinuaba detrás del monte Vesubio y a los pocos momentos aparecía el astro rey que se iba remontando por el cielo[8] al mismo tiempo que sonaban las notas de una melodiosa canción napolitana. Los árboles eran color de esmeralda, el cielo transparente, el mar parecía de da-

---

[1] viaje, me di completa cuenta de que.

[2] declinaban. Por más que intentara ocultármelo a mí mismo, los progresos resultaban ya evidentes. Dios.

[3] Recuerdo que cuando estuvimos en Marsella nos recomendaron un café donde se exhibía un aparato.

[4] electricidad (porque en Francia todo es eléctrico) que era.

[5] Se encendían unas luces interiores y sobre.

[6] deslustrado de más de siete palmos de longitud aparecía.

[7] hermosísimo con el mar, el cielo y las montañas visto.

[8] cielo y todo lo encendía de gozo y de vida al mismo tiempo.

masco. Cuando el sol declinaba, aquellos colores se apagaban[9], pero al perder luminosidad no puede afirmarse que perdieran belleza, sino que adquirían una belleza diferente, complementaria de la primera: todo se difuminaba y parecía tamizado como a través de una niebla dulcísima. Las notas de la canción sonaban más lánguidas y pausadas; a la alegría de la hora meridiana seguía el hechizo de las horas serenas, precursoras del descanso, y cuando[10] el sol, ya puesto por la izquierda, se apagaba definitivamente y la música dejaba de oírse, el alma del que había seguido aquel espectáculo sentíase ennoblecida y reconfortada, como quien ha vivido el proceso natural de las cosas llegadas a su término.

La existencia de los señores hubiera podido ser tan armónica como el día y la noche y mi existencia casi tan apacible como la suya, sin la zozobra del infierno que me hace temblar siempre que pienso en don Antonio. Respecto a su esposa[11], ya he dicho que me siento tranquilo. Ambos se embarcaron en aventuras muy diferentes. Ella siguió siempre los senderos conocidos y era tan imposible que pudiera extraviarse como que llegara a ningún resultado glorioso. Él[12], por lo contrario, quiso descubrir territorios nuevos, doctrinas inéditas. Así fueron algunos santos y bastantes herejes. Yo no puedo[13] saber lo que decretará la posteridad acerca de la figura de este último Bearn de su rama[14], y digo último porque el de Méjico no tiene sucesión y los hermanos de doña Magdalena no llevan camino de casarse. Creo indudable que por lo menos la historia de Mallorca, no muy rica en materia de escritores, aparte de los poetas, que los hay, y buenos, tendrá alguna cosa que decir. Pero ¿qué cosa? Es posible que el brillo parlamentario de un marqués de Collera, diputado a Cortes y maestro en la semifácil pi-

---

[9] se iban apagando.

[10] y cuando al fin el sol.

[11] Respecto a doña María Antonia.

[12] glorioso. *Aparte.* —Anhela ir al cielo —decía su marido—, pero no demasiado pronto ni ocupar un sitio demasiado distinguido. Le pasa lo mismo que con las sillas del paseo: siempre, en el Borne, elegía la segunda fila, ignoro si por humildad o si por comodidad. *Aparte.* El señor, por el contrario.

[13] Yo no puedo, a la hora actual, saber.

[14] *Falta* de su rama.

rotecnia de los fuegos fatuos, esté destinado a eclipsar duran-te[15] años la obra del señor. Éste así lo creía y no parecía morti-ficado ante la idea de que la primera calle que se abriera en el Ensanche de Palma se llamara Collera y no Bearn[16]. Como se entregaba de verdad a las letras y el trabajo le absorbía[17], le quedaban pocas horas para el resentimiento. Pienso, sin em-bargo, que un criterio tan objetivo como el suyo no podía aceptar sin alguna protesta una tal tergiversación de valores. ¿Y la Santa Iglesia? ¿Cuál será la actitud de la Iglesia al juzgar al señor? Según él, León XIII aprobó el plan general de las Memorias[18], y no tuvo reparo en reconocer que el Bien y el Mal se complementan. Haría falta saber[19] cómo le fue formu-lada la consulta y cuáles fueron las palabras exactas de su San-tidad. La obra del señor, aunque plagada de páginas escabro-sas, no parece atacar abiertamente ningún dogma; su estilo, sin embargo, es capcioso y puedo perderme en él, como se deso-rientarán otros. Sólo Dios lo ve todo tal como es y juzga con pleno conocimiento de causa.

En los útimos años, durante el invierno, se levantaban tar-de, por lo que la misa no se decía nunca antes de las diez de la mañana y raras veces en la capilla, sino en el pequeño oratorio del piso alto. Como es natural, los trabajadores no podían asis-tir a ella, pero los señores no sentían[20] escrúpulos en privarles del Santo Sacrificio. Mi bienhechor[21], que nada tenía que ha-cer, no asistía tampoco, salvo los días de precepto. Yo espera-ba a la señora, rezando junto a la chimenea del salón. Era, se-gún he dicho, una espaciosa estancia[22] con dos balcones que se abrían sobre el jardín más descuidado y más patético que pue-

---

[15] durante largos años.

[16] Bearn. Las charangas y los platillos han de pertenecer forzoso *corrige* for-zosamente a los diputados y a los logreros. Como.

[17] le absorbía («La literatura», me dijo en una ocasión, «es el mejor medio de escamotear la vida») le quedaban.

[18] «Memorias», que le expuso en su entrevista secreta, y no tuvo.

[19] saber, en todo esto, como.

[20] pero doña María Antonia, a pesar de su bondad, no sentía escrúpulos.

[21] El señor.

[22] de precepto, por el cual el único feligrés solía ser la señora. Yo la esperaba rezando en la sala de la chimenea. Al lado del fuego. Era, según he dicho, una espaciosa estancia con dos balcones.

das imaginarte: un gran jardín robado más de cien años atrás al bosque y que hacía ya cerca de treinta se estaba convirtiendo en bosque de nuevo. Matas, encinas y olivos silvestres iban ahogando los rosales y las dalias[23] ciudadanas. Las adelfas[24] salvajes sobrevivían al abandono y esponjaban valientemente sus ramos como ciertos niños criados[25] a golpes, cuyos cuerpos resultan más hermosos y[26] diestros cuando más dificultades hayan tenido que vencer en su desarrollo. Este jardín era particularmente bello[27] (y digo «era», Dios mío)[28] en el otoño, cuando las nieblas grises valorizaban los verdes tiernos e impregnaban la atmósfera de dulzura. Lo era, sobre todo, en los días de lluvia, visto a través de los cristales, desde la chimenea[29].

—Si no fuera porque no está bien —decía doña María Antonia— no me movería de aquí ni para ir a comer. Lástima que Margarita se te muriera, Tonet —y no ponía ninguna malicia en aquel posesivo—, cuando empezaba a saber tocar el piano. Qué bien vendría ahora un poco de *Barbero de Sevilla*...

—*El Barbero de Sevilla* —decía el señor, perdido en sus lucubraciones— es un plagio de *Le Nozze di Figaro* de Mozart, que está inspirado en la comedia de Beaumarchais.

Ella se escandalizaba de lo que creía un juicio temerario.

—¿De dónde sacas esto? ¿Rossini tenía que plagiar a dos desconocidos? Tienes muy mala lengua, Tonet.

—¿Por qué dices que Mozart y Beaumarchais son dos desconocidos?[30].

—Porque no les conozco —replicaba plácidamente doña María Antonia.

Conmigo sostenía largas conversaciones[31] cuando el señor se encerraba a trabajar en su cuarto. Era ya muy vieja. A ratos,

---

[23] y las camelias.
[24] las adelfas, más salvajes, sobrevivían.
[25] criados de cualquier manera, tratados a golpes.
[26] y más diestros.
[27] hermoso.
[28] Dios mío) como si no lo fuera todavía más que nunca) en el otoño.
[29] desde junto a la chimenea, que se encendía antes de las nueve de la mañana.
[30] ¿Desconocidos? ¿Por qué dices.
[31] conversaciones junto al fuego cuando.

sin embargo, el rostro se le iluminaba de juventud y malicia. Entonces parecía que le habían quitado medio siglo de encima. En ciertos momentos semejaba una verdadera niña. No puedo dejar de consignar una de aquellas metamorfosis, tan misteriosas y poéticas como puedan ser las de Ovidio[32]. El milagro se operó un atardecer en que don Antonio afirmaba que en los teatros modernos las buenas localidades están numeradas. Nos hallábamos en el jardín. Ella se le acercó sonriendo:

—¿Qué sabes tú, Tonet, si están numeradas...?

El señor se disponía a replicar. Ella repetía, acercándose más, con una sonrisa llena al mismo tiempo de malicia y pureza:

—¿Qué sabes tú...? ¿Qué sabes tú Tonet?[34].

El tiempo se había vuelto atrás y se había detenido, fijando, como en un daguerrotipo, un momento pretérito.

La prevención embozada que me tenía antaño y que me había inducido a decirle una frase inconveniente en una isla del Sena («Yo soy una ofensa para Vuesa Merced»), frase que ella no había querido recoger, parecía haberse borrado por completo. Ahora que el cerebro declinaba, el corazón se mostraba tal cual era, lleno de naturalidad y de franqueza.

—¿Tú sabes, de pequeña, qué temporadas llegamos a pasar en casa, Juan? Una plaga[35] había arruinado las viñas y tuvimos que contraer deudas... Pero muchas... Además, se quemaron no sé cuántas cuarteladas de pinar. Ya no[36] me acuerdo. Durante dos años, por Navidad, ni siquiera comimos pavo. Y una vez, el día del Corpus, no pude estrenar vestido. De esto sí que me acuerdo, y bien. Figúrate: acababa de cumplir quince años. Ahora veo que lo del pavo, como lo del vestido, sería[37] para no gastar. Es ahora que lo pienso. Mis padres no me lo decían. Gallos sí que matábamos, porque los teníamos. Y el vivir tres años seguidos en la posada de Bearn, teniendo casa en la Ciu-

---

[32] Ovidio, que constituían el encanto del señor. El milagro.
[33] estaban.
[34] *Falta la segunda interrogación.*
[35] Juan? La filoxera había.
[36] Yo me acuerdo.
[37] debía ser.

dad, también debía ser por lo mismo. Y yo era una Bearn, una *pubila* de buena casa... Todo el mundo ha pasado lo suyo, Juanito. ¿Qué te figuras? Tal vez tú... —se disponía a hablar de mi infancia, pero el instinto la detuvo—. Ya ves, decían que vivir en el pueblo me probaba para la salud, yo, que nunca estuve enferma. En aquellos tiempos los señores no querían confesar que no tuvieran céntimos —siempre, siguiendo una costumbre del país, decía céntimos cuando hablaba de dinero, aunque se tratara de miles de duros—. Como si todo el mundo no lo supiera. La posada de Bearn es triste. ¿No te parece? Sólo se ven las paredes de la Iglesia. A mí me gustaba, sin embargo. Yo me decía, porque pensaba mucho, que me convenía casarme con el señor, a fin de volver a juntar las dos herencias. Además, nos habíamos criado juntos. Lo malo es que a fuerza de casarse primos con primas a veces los hijos resultan bobos o locos. Nosotros, empero, no tuvimos descendencia. Por eso, Juan, no me cansaré nunca de dar las gracias a Dios de que la boda saliera tan bien. Cuando pienso que todo nos sobra y que no debemos un céntimo a nadie...

No veíamos de deudas. Sólo yo sabía los esfuerzos que costaba ir pagando los intereses de las hipotecas.

—Con el señor —proseguía— he sido dichosa. No faltaban malintencionados que dijeran si le gustaban las muchachas, pero todo era mentira. Fuimos a París en viaje de novios. También he estado en Roma, y en Ginebra, y me parece que en Portugal. De esto no estoy segura, he de preguntarlo. El Tajo, ¿no pasa por Lisboa? Ves, pues sí que estuve. El agua del Tajo es verde. En Lisboa hay la casa del Labrador y tienen el mejor museo de coches del mundo. ¿Tú fuiste a Roma con nosotros? Me lo parecía. El señor reñía con todos los cocheros, que no son nada respetuosos. Un día uno quería matarnos el caballo con una navaja. Los gondoleros de Venecia también son muy malos. Yo en Italia siempre he pasado miedo, aunque lo disimulara. Ahora que soy vieja puedo decirlo. Menos mal que iba con Tonet. Cerca de Roma hay un santuario con una Madre de Dios que si la adoras te concede descendencia. Estuvimos, pero no hemos tenido hijos porque se ve que no convenía. Si tenían que nacer idiotas o malvados, ha sido mucho mejor... ¿No es cierto? Mira don Felipe...

Doña María Antonia, antes tan decidida y segura, hablaba ahora a menudo en interrogantes. Hizo una pausa y yo quise aprovecharla para ver si lograba averiguar algo respecto de aquel personaje.

—¿Es verdad que la locura le dio por vestir muñecas?

—Sí. Le gustaban mucho las jovencitas. Dios le haya perdonado.

Cortó en seco y no pude sacarle ni una palabra más.[38]

---

[38] *A continuación seguirá este capítulo que, tras una serie de correcciones y supresiones, el autor decidió suprimir por completo.*

Don Francisco solía venir una vez por semana a ver a los señores, casi siempre los lunes por la tarde. *Después de* venir *corrige* a la finca cada quince días. He dicho que tenía ideas más bien democráticas, pero profesadas de una manera que disgustaban a don Antonio *corrige* mi bienhechor. Muchas veces, pensando en la *corrige* recordando la simpatía que el difunto Vicario le había inspirado *corrige* inspirara, estuve a punto de sacar la conclusión de *corrige* he pensado que las ideas tienen menos valor que la persona que las sustentan. Tal conclusión parece que no sea del todos ortodoxa y es también opuesta a la filosofía de Platón, aquel pagano *previamente tachadas estas tres palabras*, que en tantos aspectos presintió nuestra religión sacrosanta. *Toda la frase, desde*. Tal *suprimida*. Don Andrés había sido un hombre de escasa cultura *corrige* un muchacho sin ninguna cultura *corrige* un hombre sin cultura, criado en estas montañas, de las que no salió que para encerrarse entre los muros del Seminario *desde* de las que *tachado*, pero era *tachada esta palabra* claro y comprensivo. Don Francisco, en cambio, leía la prensa progresista y vivía en una especie de contradicción que le hacía parecer desleal. En ocasiones su modo de discurrir *corrige* su manera de actuar era más propio *corrige* era la propia de un pastor protestante que de un sacerdote católico *tachadas estas cinco palabras*. La Reforma, refutada hace siglos por los doctores de la Iglesia, no renuncia a la lucha y, sintiéndose impotente en la dialéctica, no trata ya de atacar de frente nuestro credo ni de suscitar polémicas en torno a unos dogmas que, fuerza es confesarlo, dejan fríos por lo general a creyentes y herejes. El Enemigo prefiere hoy minar la moral y relajar las costumbres, consciente de que la concupiscencia de Enrique de Inglaterra y la ambición de los príncipes germanos fueron los más eficaces propagadores de la herejía. *Tachado desde* La Reforma. *Sigue*. Por todas partes presenciamos innovaciones peligrosas y oímos abogar por libertades que gradualmente conducen al *corrige* degeneran en libertinaje. Lo doloroso es que tales tendencias hallen acogida en el seno mismo de la Iglesia y que no falten sacerdotes bienintencionados que les faciliten el juego. *Desde* Lo doloroso, *tachado*. Nuestra regla, Miguel, es muy estrecha, incompatible con los deleites terrenales. Aunque ello en sí no constituye pecado, un sacerdote no debe ir a los cafés por sistema ni asistir a espectáculos públicos, acaso lícitos para las gentes que viven en el siglo. Si de los protestantes se ha sicho que constituyen una fase intermedia entre la religión y el ateísmo, con idéntica razón podría sostenerse que el clero liberal lleva en sí el germen de su propio aniquilamiento. Es fatal que quienes se hallen en posesión de la verdad absoluta sean intransigentes. El geómetra no puede aceptar de ninguna manera que la suma de los ángulos de un triángulo no equivalga a dos rectos. Aparte de estas cuestiones de principio, el liberalismo sería para nosotros, sacerdotes católicos *estas dos palabras tachadas,* una insoportable fuente de padecimientos. Los pastores protestantes, que se casan como los demás mortales, pueden ir al teatro y leer novelas en las que se describen toda suerte de heroínas románticas. Como presumen de «humanos» (ellos, cuya misión pastoral estribaría en ser depositarios de las verdades reveladas) empiezan por vestirse igual que los seglares y bajo pretexto de llevar por la buena senda a las almas descarriadas se colocan a su nivel y comparten sus disipaciones. Con lo cual, si no logran redimir al pecador, siempre conseguirán hundir el sacerdocio. Yo he sufrido particularmente en esta *corrige* en la lucha entre mi deber y la convivencia con el señor, para quien era un dogma de fe (pues también los liberales tienen dogmas) el «mens sana in corpore sano» de los antiguos. Si la tierra fuera el centro de las almas, tendrían razón los paganos; pero, considerando que esta vida es sólo un tránsito para un mundo mejor y que dicho tránsito entraña una lucha entre la materia y el espíritu, se comprenderá cuán difícil resulta el equilibrio que preconiza el precepto clásico. No hace mucho publicaba un periódico inglés: «Todos nuestros grandes boxeadores son estúpidos.» *Tachado un largo fragmento, a partir de* Aunque ello. en sucesivas supresiones: primero hasta en el siglo; *luego desde* Si de los protestantes *hasta* hundir el sacerdocio; *luego desde* Yo he sufrido *hasta* el precepto clásico; *y desde* No hace mucho *hasta* estúpidos, *finalmente. Sigue.* El señor quiso hacer de mí un erudito y un atleta, y veía, al mismo tiempo, con buenos ojos mi piedad, pero no comprendía que tales cualidades resultan, en cierto modo, incompatibles. Dejo a la consideración de inteligencias más capacitadas que la mía el discernir los grados de frivolidad o de transcendencia que entrañaba su actitud. Bajo lo que llamamos frivolidad se oculta *corrige* puede alentar toda una filosofía. Recuerdo que *tachadas estas dos palabras* En una *corrige* cierta ocasión, hojeando una historia del arte romano, llegó a proponerme que para andar *tachadas estas dos palabras* por Bearn trocara la sotana negra por un hábito y una capa blanca.

—Te parecerías a Marco Antonio —murmuró.

Don Francisco no desaprobaba tales extravagancias. En muchas religiones, decía (en muchas, pero no en la nuestra), los sacerdotes visten de seglar. En los Estados Unidos andan por la calle en mangas de camisa y *desde* andan *tachado* frencuentan, alternando con toda clase de gentes *desde* alternando *tachado,* los cafés y las cervecerías. Aquel estado confuso, lejos de parecerle lamentable, se le antojaba una superioridad moral. A la señora la consideraba vieja, sin pensar que nada hay tan viejo, según nos enseñan las Escrituras, como el Caos. Le gustaba, además, discutir, y no siempre tenía en cuenta la edad ni la situación social de las personas que trataba. Un año en que doña María Antonia se quejó de que durante *corrige* de la escasa recaudación obtenida durante las fiestas de San Miguel sólo se habían recogido unas veinte pesetas de limosna *desde* sólo *hasta* limosna *tachado* estuvo algo *corrige* se mostró bastante inconveniente. Ya sabes que los señores sufragan las fiestas patronales, que duran tres días, pero las limosnas que se recaudan son para ellos. Esta costumbre patriarcal revela la buena armonía que debe reinar entre las personas piadosas. Es, además, sumamente *tachada esta palabra* equitativa. Señores y payeses, cada cual en su estado, son aquí igualmente pobres y no parecería justo que los primeros tuvieran que pagar lo que no pueden. En otro tiempo, se recogían de seis a siete duros, limosna *tachada esta palabra* que servía *corrige* servían para ayudar al oficio solemne y a las Cuarenta Horas; pero el lujo y el afán de querer aparentar terminan por destruir la economía de los hogares. Las hijas de familia no reparan hoy en comprar lazos ni sedas ni pañuelos vistosos y son bastantes los jóvenes a los que no les falta su reloj de plata. *Desde* Las hijas *tachado*. Sin que yo *esta palabra tachada* intente criticar ahora la obra de don Francisco, al que creo lleno de buenas intenciones, la verdad es que desde que fundó el casino, donde no faltan ni el «Albo y Negro» ni otras revistas, la juventud ha variado de un modo radical. No hace mucho oí por la ventana de mi cuarto *desde* por *tachado* como un jornalero encargaba a Inca una boquilla de ámbar. Don Antonio, que era don Antonio, ha muerto sin poseer ninguna. Y todo marcha hoy por el mismo estilo. Naturalmente, como la bolsa no alcanza a satisfacer los caprichos, por algún sitio tiene que romperse la cuerda y las limosnas recogidas en la Iglesia se resienten de tal estado de cosas. Pues bien, como doña María Antonia se lamentara de aquella recaudación, él sonrió mirándome y queriendo significar que se hallaba pasada (de lo cual no dejó de darse cuenta el señor *corrige* mi bienhechor) y le contestó, medio en serio medio en broma, que dar dinero a los señores era lo mismo que hacer limosna a la Seo. Yo me abstuve de replicar, pero la verdad es que a la Seo se le hace y se le debe hacer limosna a fin de que pueda sostener los cultos que como catedral le corresponden. Todos nos necesitamos unos a otros y los pobres, por el hecho de ser más numerosos, se encuentran a veces *tachadas estas dos palabras* en condiciones de ayudar sin hacer tanto sacrificio. Sólo con que cada payés diera tres perras gordas al año, los señores no hubieran tenido que desembolsar casi nada, consta que a veces les venía muy mal pagar la cuenta de la cera consumida, que ascendía a bastantes pesetas. El rey mismo, que no puede trabajar por sus brazos, no tendría que comer si los súbditos, un poco cada uno, no le sostuvieran. En este aspecto, Bárbara Tirana, que como loca tenía a veces sus salidas, decía que el rey en su palacio es como las bestias encerradas en el establo, que todo se lo tienen que llevar al pesebre. En tiempos de guerra, cuando lo que posee no le basta para vestir y calzar a sus soldados, que necesitan combatir con decoro, *desde* que necesitan *tachado*, ¿qué hace el Monarca, sino pedir la ayuda de su pueblo? Muy oportunamente, don Antonio recordó estas cosas al señor Vicario, siempre dentro del tono de broma que era natural en él para tratar los asuntos serios *desde* para *tachado*. Pero don Francisco, en disculpa de quien podía alegarse su juventud, *desde* en disculpa *tachado*, no quiso entrar en lo que no entendía ni suele aprenderse leyendo el «Albo y Negro».

—El Estado no pide —dijo— porque puede exigir.

Yo abrí la boca para decir que los reyes de la Casa de Austria, la dinastía quizá más ilustre de Europa, no sentían vergüenza de pedir a sus vasallos, poniendo cepillos en las mismas puertas de las iglesias.

—Felipe III y Carlos II... —inicié. Pero el señor, que sabía lo que iba a exponer, me hizo seña para que me callara.

—Esto es lo malo, don Francisco —exclamó ligeramente—, que nos exigen a veces lo que no hay derecho... ¿Usted ha oído hablar a cuánto se pagan este año las algarrobas?

Y huyó del tema porque no quería malgastar su erudición en quien ignoraba tan profundamente la historia de España. Se hizo el silencio. *Tachada esta frase.* Al cabo de un rato, doña María Antonia, a la que creíamos dormida, dijo, como quien ha ido siguiendo un ritmo interior:

—Eso de exigir, Vicario...

*Para el pasaje donde se habla de dar limosna a la Seo, debo advertir que se trata de un modismo o paremia muy usada en Mallorca: «Fer llimosna a la Seu» significa dar a quien tiene de sobra; naturalmente, se alude a las considerables rentas que solían tener los cabildos catedralicios.*

# 17

Madò Coloma, aquella anciana que vivía sola y de la cual decían las gentes[1] timoratas que terminaría asesinada, amaneció[2] muerta a los pies de su cama, al parecer de muerte violenta. Los sobrinos, avisados[3] por *Trinchet*, la hallaron aún caliente y pudieron comprobar que el móvil no había sido el robo: nada faltaba en la cabaña, ni la cabra, ni la ropa, ni la cadena de oro[4], si bien ésta se hallaba rota y no pudo encontrarse la medalla que pendía de ella. El espanto fue grande y los mismos que habían pronosticado atolondradamente aquel crimen resultaron quizás los más sorprendidos. ¿Quién podía tener interés en asesinar a una mujer que no parecía ya de este mundo, y que no se metía con nadie? En el lugar, desaparecida Bárbara Titana, no existía ningún loco[5]. La gente, sin embargo, necesitaba un criminal y pasados los primeros momentos de estupor me enteré de que *sotto voce* se iban perfilando dos nombres. El primero era la pintora inglesa[6]. El segundo[7] (y Dios me es testigo de que el saberlo no me produjo ninguna sorpresa, porque siempre temía cosas así) era el del señor.

---

[1] Las personas.

[2] apareció una mañana muerta.

[3] avisados al rayar el alba por los ladridos de «Trinchet».

[4] de oro, valiosa y antigua, si bien.

[5] loco. Los golpes que presentaba Madò Coloma podían tal vez haber sido producidos por una caída. La gente.

[6] inglesa que las noches de luna acostumbraba, como buena lunática, salir a pasear por la montaña.

[7] El segundo nombre.

Nunca nos preguntaremos bastante qué ha hecho más daño en el mundo, si la maldad o la estupidez. Mi bienhechor pensaba[8] que, en último término, la maldad puede reducirse a insuficiencia mental. Creo que sus afirmaciones caen dentro de la ortodoxia, porque verdaderamente ponerse a mal con Dios es siempre un pésimo[9] negocio. En el caso que ahora me ocupa, la ignorancia era la principal culpable.

—Se pasa las noches sin dormir —se decían las gentes[10].

—Invoca al Demonio.

—No va a misa.

Yo puedo asegurar que los días de precepto no dejaba nunca de asistir a misa, e incluso que en la alcoba nupcial (en los últimos tiempos ocupada sólo por doña María Antonia) había mandado abrir un ventano que daba sobre el oratorio para, en caso de enfermedad, poder presenciar el Santo Sacrificio. Es cierto que lo hizo después de un viaje a El Escorial, donde la sombra de Felipe II le había impresionado profundamente. De todas maneras, para que la Historia y la Literatura influyeran sobre él en aquel sentido, parece que había de tener convicciones religiosas, y sé que las tenía, aunque un poco a su manera. En cuanto a las prácticas de hechicería, nada parece más irrisorio que acusar de ellas a un hombre tan afectado por las «luces», que había hecho suya la divisa de Diderot: «La Razón es una luz muy débil: viene un nigromante y me la apaga»[11]. En la ola de impopularidad que lo iba envolviendo, llegaron a acusarle (más que por maldad, por absurda tergiversación de los hechos) de prestamista cuando era el pueblo quien le prestaba a él, según ya se ha visto, y siempre a buen interés[12].

---

8 creía.

9 mal.

10 las gentes al hablar del señor.

11 la apaga». No obstante sus laudables esfuerzos por alcanzar la claridad, resultaba, entre estos campesinos, una figura turbia, *entre líneas* y la culpa en parte era suya. *Sigue.* Lo que hoy llamamos, usando el lenguaje de los políticos, opinión pública, carece de consistencia. En la ola.

12 interés. Hoy se va perdiendo aquel respeto antiguo hacia los señores, tal vez exagerado, pero que mantenía el orden y la paz en la vida de las repúblicas. Cualquier iletrado se siente capaz de fantasear acerca de lo que no entiende y así se llega a conclusiones tan monstruosas como la del sufragio universal, por ejemplo. Me han contado que en Vilarrupit, durante las recientes elecciones, el

La medalla que llevaba al cuello la difunta apareció a media legua de distancia de la cabaña, envuelta en un pañuelo que sus familiares reconocieron como de Madò Coloma. Al examinarla el Sr. Juez, resultó que no se trataba de ninguna imagen religiosa, sino de una pieza de bronce con signos que nadie pudo descifrar y que parecían orientales, tal vez masónicos. Aquello dio lugar a muchos comentarios y como estos asuntos de masonería son siempre diabólicos nadie se atrevía a salir de casa una vez anochecido. Por sí o por no, se pidió nuevamente al Gobernador que expulsara a la pintora[13] y, aunque no se atrevieron con el señor, la mancha que ha caído sobre la casa[14] será ya difícil de borrar[15]. El misterio de la muerte de Madò Coloma[16] me pareció un aviso, como un presentimiento. El Mal vela y surge cuando menos lo esperamos y las existencias más apacibles están sujetas a sus bruscas acometidas[17]. Encomendémonos a Dios y confiemos únicamente en su misericordia. Esta regla, que como sacerdote he predicado siempre, doña María Antonia solía practicarla mejor que yo.

—No sé —decía al oír hablar de política— por qué os preocupáis de esas cosas. ¿No veis que no sucederá sino lo que deba suceder? Yo creo que si sólo pensáramos en lo de cada día, sin querer disponer del futuro, todo iría mucho mejor. ¿Por qué reñir con nadie por lo de Cuba? Las guerras son un pecado, aparte de que uno se expone a perderlas.

—Cuando los reyes de Francia se vieron impotentes para

---

alcalde le decía al pueblo: «Debemos elegir entre don Fulano, que quiere el abandono de las Antillas, y don Zutano, que quiere conservarlas.» Aquellos payeses se preguntaban unos a otros qué eran las Antillas, hasta que la mujer del carabinero, que había estado en Madrid de cocinera, aseguró que se trataba de un plato de repostería. El pueblo, indignado, resolvió, con muy buen sentido, no votar. Si la suerte de Cuba y demás posesiones se ha de confiar a la fluctuación de este caos que constituye la opinión pública, es seguro que las perderemos sin tardar muchos años. *Aparte*. La medalla.

[13] la pintora inglesa.

[14] la casa, unida a todo lo pasado, será.

[15] de borrar. El señor y su esposa coincidieron, pero, esta vez en no quererse enterar de nada. El misterio.

[16] Coloma ha quedado sin aclarar. A mí me pareció.

[17] acometidas. El ritmo que regula tempestades y bonanzas nos huye de entre las manos. Encomendémonos.

contener las invasiones normandas, en lugar de combatirlas, nombraron a su jefe duque de Normandía —replicaba don Antonio—. Al cabo de poco tiempo, aquellos salvajes se habían adaptado a las costumbres francesas.

—¿Ves? Pues fue una buena idea. Yo hubiera hecho lo mismo. En Normandía ¿no vimos la tumba de Chateaubriand?

—En Bretaña. En Saint Malo.

—Creía que era Normandía.

Había renunciado, como el señor, a reconocer las diferencias entre lo que diríamos cosas grandes, que todas le parecían lo mismo, y daba en cambio mucha importancia a las que acostumbramos a calificar de pequeñas. No podía hacerse a la idea de que don Antonio, «sin ninguna necesidad», pasara tantas horas escribiendo.

—Perderás la vista y te volverás viejo antes de hora. Y todo ¿para qué? ¿Para distraer un poco a tus sucesores? Con tantos libros como existen en el mundo...

El señor sonreía al oír lo de que se volvería viejo antes de hora, porque se acercaba a los ochenta años.

—Escribo sobre ti, María Antonia —le replicó en cierta ocasión—. Y de mis escritos diré lo mismo que Corneille de sus versos:

> *Je pourrais sauver la gloire*
> *des yeux qui me semblent doux*
> *et dans mille ans faire croire*
> *ce qu'il me plaira de vous.*

—Oh, Tonet, ¿Corneille creía de buena fe que sus versos se leerían dentro de mil años? Pero, además, ¿qué nos importa lo que puedan pensar de mí dentro de tanto tiempo?

—Quien dice mil años dice doscientos, o ciento cincuenta —rebajaba el señor, más escéptico que Corneille—. Nuestro mundo se va, María Antonia, y a mí me parece ahora tan luminoso, tan suave, que desearía hacerlo durar un poco más. Eso es todo.

—Me gustaría ver lo que escribes, pero casi no entiendo tu letra. ¿Únicamente escribes sobre mí? ¿No hablas de nadie más?

—Hablo de otras señoras, pero todas se reducen a ti. Jamás te he engañado...

Ella abrió dos ojos asombrados.

—Oh, Tonet...

—Quiero decir que no te engañé con nadie que no se te pareciera.

Ella restó un momento silenciosa, como si meditara.

—¿Pues por qué me engañabas, si era lo mismo?... ¿O es que no lo sabías por anticipado?

El señor denegó con la cabeza.

—¿No? —siguió inquiriendo doña María Antonia—. ¿No se sabe hasta después?... Pero —continuó—, ya que hemos sacado esta conversación, ¿en qué se me parecía Xima?

—En su buen corazón. Ambas me hubierais dado un plato de sopa.

—¿Y *miss* Bernal?

—Tenía tu mismo pie.

—¿Y aquella italiana?[18].

—Parpadeaba exactamente igual que tú.

Yo me disponía a retirarme, dado el sesgo íntimo que iba tomando la conversación, cuando doña María Antonia lo advirtió y me miró maliciosamente, con su mejor sonrisa de los treinta años:

—¿No te parece, Juan, que el señor está siempre de broma? —y por miedo a que me marchara me tiró de una manga—. Acerca una silla[19] y me ayudarás a devanar una madeja. Cuéntame lo que dice el diario. ¿Sabes que he leído el de antes de Navidad creyendo que era el de ayer?

Es cierto que las Memorias constituyen un homenaje a doña María Antonia. «Puedo asegurar —escribe el autor— que cada vez que, por decirlo así, la he engañado, he vuelto a encontrarla en la misma persona con la cual la engañaba.» El esposo[20] ve en ello como un símbolo de fidelidad conyugal. ¿Resultaba, sin embargo[21], necesaria aquella constatación delictiva? Él

---

[18] polonesa?
[19] una silla baja.
[20] El señor.
[21] ¿Era, pero, necesaria.

mismo se contesta: «Una vez comprobado que María Antonia[22] era, moral y psicológicamente, la mujer propia, la comprobación resultaba innecesaria, como lo es el termómetro cuando hemos averiguado la temperatura de nuestro cuerpo. Para saber, empero, si era necesario ponerse el termómetro... no queda otro recurso que ponérselo.» Yo creo, y[23] lo he visto con mis ojos, que después de cada experiencia se iba identificando más con su mujer. De todos modos, me costaba[24] esfuerzo admitir la afirmación paradoxal de que no pueda asegurarse que Filemón fuera fiel a Baucis precisamente porque nunca le había engañado.

—Eso —me atreví a decirle— equivale a proclamar que la luz es oscura.

—Los griegos —me replicó— llegaron a demostrar que la nieve es negra.

Los sofistas griegos, evidentemente. También Zenón demostró que el movimiento no existe. ¿Era el señor un humorista que se reía de todo? A pesar de las apariencias, creer tal cosa sería completamente falso. Su amor por la esposa, encarnada en doña María Antonia[25], y por las letras, a las que consagró la mitad de su vida, nos lo presentan como lo contrario de un escéptico. Me sorprendía incluso[26] verle admitir algunas de las más vulgares supersticiones del pueblo. Creía, por ejemplo, en las lunas y en los efectos de los cambios atmosféricos sobre la salud y el humor de las personas. Es cierto que lo creía quizá por falta de fe en las verdades de la ciencia oficial[27].

---

[22] que mi esposa.

[23] creo, supuesto que el señor lo asegura, aparte que lo he visto.

[24] De todos modos, el fin (suponiendo que sus infidelidades persiguieran tal fin) no justifica los medios. Proclamaba Napoleón que sus guerras tenían por objeto conquistar la paz, pero la paz sólo fue un hecho en Europa cuando él se halló recluido en Santa Helena. Y tuvieron que ser las viejas monarquías, Habsburgos y Borbones, quienes dieran a nuestro continente una tranquilidad de cien años, exceptuando la episódica guerra franco-prusiana, producto de un Hohenzollern guerrero que era, a su modo, un Napoleón muy pequeño. Volviendo al señor y a pesar de toda su dialéctica, a mí me costaba gran esfuerzo.

[25] Antonia, símbolo viviente de tantas otras esposas, y por.

[26] Me sorprendía a veces verle.

[27] oficial. *Aparte.* —¿No ves —me decía— que la medicina no es una ciencia ni lo será nunca? Desde el momento en que el café, que se da para despabilar, produce sueño a veces, ¿por qué hemos de empeñarnos en negar que una infu-

—Toda la medicina —solía decir[28]— es brujería. Si fuera una ciencia, el médico podría tratar a sus clientes a distancia, como un ingeniero construye un puente sin moverse del despacho. Habría unas[29] píldoras para el dolor de cabeza, otras para la tos, etc. Resulta, pero, que no existe una sola clase de dolor de cabeza, sino muchos, según la enfermedad de que se trate, y que existen tantas enfermedades como personas. El médico, ante cada caso, ha de «adivinar». ¿No has oído decir: «este médico me ha acertado»?

Aproveché la ocasión para referirle algunos de los rumores que corrían por el lugar respecto a la muerte de Madò Coloma, a la medalla que llevaba colgada del cuello y a la supuesta brujería del señor.

—¿Creen quizá que yo la maté? —me preguntó fríamente.

Quedé desconcertado, porque yo no le había confesado tal cosa.

—Son habladurías, señor, que lo mejor es no querer escucharlas.

—No lo creas —dijo—. Todo es sumamente curioso. A mí me agradaría saber[30] el proceso en virtud del cual un viejo enciclopedista como yo se está convirtiendo en un brujo peligroso a los ojos del pueblo.

También yo, Dios mío, hubiera querido saberlo[31]. Mencioné la luz de su alcoba después de medianoche y el número de cirios que se consumían en la finca, cuyo importe ascendía, al cabo del año, a un buen puñado de duros. Él me escuchaba en silencio.

—Sí —dijo al cabo de un rato—. Basta muy poco... Hace trescientos años, una abadesa muerta en olor de santidad, se apareció a sus hijas y les dijo que estaba condenada. «Un día», explicó, «mientras rezaba con las manos cruzadas, comprendí que mis manos eran hermosas...».

Le hice notar que la Iglesia no admitía aquella aparición.

sión de oro puede rebajar la fiebre? *Aparte.* Yo le objetaba que creer en las infusiones de oro de la Edad Media era creer en brujerías. *Aparte.* —Toda.

[28] *Falta* solía decir.

[29] Habría más píldoras.

[30] conocer.

[31] *Falta desde* También *hasta* saberlo.

—Lo sé —replicó—. Mucha gente, no obstante[32], la admite sin hallar extraordinario que se castigue tan cruelmente a una pobre monja que se envaneció de sus manos. La medalla que llevaba Madò Coloma —añadió—, es, en efecto, masónica[33].

—¿Cómo lo supo Vuesa Merced?

Tardó un rato en responder. Por fin dijo:

—Porque hace muchos años yo se la regalé.

—¿A Madò Coloma?

Él sonrió con melancolía.

—Madò Coloma ha sido joven. Y yo, una de las veces que estuve en Francia, me hice masón. Está tranquilo, Juan, y no pongas esa cara. Lo fui poco tiempo. Ignoro lo que la fracmasonería haya podido ser en otra época. En la mía era completamente ridícula. Coloma, Madò Coloma —rectificó de prisa— se enamoró de la medalla y le regalé medalla y cadena. También le cedí la rota. Todo esto —añadió— son historias pasadas.

Se hizo un gran silencio y yo no acertaba a romperlo. Madò Coloma, tenida casi por santa, ¿había sido una mujer culpable? El señor, con su penetración habitual, se dio cuenta de lo que ocurría en mi interior y quiso consolarme:

—No pienses mal, Juan —dijo acariciándome bondadosamente la nuca—. Aparte del regalo de la medalla, no hubo nada. Hace más de cincuenta años, Dios mío... —luego repitió por dos veces—: Nada, nada... —y en voz muy baja, como para él solo, me pareció que añadía—: ...o casi nada.

Levanté la cabeza.

—¿Por qué el día que la vimos en la rota la comparó Vuesa Merced a doña María Antonia?

—Tienes el sentido de la veneración —me replicó— y esto habla en favor de tu generosidad. Es raro que un hombre fuerte, tan guapo y maravillosamente conformado como tú, sea tan humilde y respetuoso. Eres, al fin y al cabo, joven —hablaba lentamente y por un instante pensé que en lugar de joven iba a decirme que no era más que un criado—. Los años

---

[32] Mucha gente, pero, la admite.
[33] masónica. *Aparte*. Yo iba de asombro en asombro. Aparte. —¿Cómo.

te enseñarán que todo se parece un poco y que, a fin de cuentas, todo es necesario.

Pedí permiso para retirarme y el señor me indicó una silla.

—Siéntate y escucha —dijo—. No me hubieras interrogado. Cuando[34], hará más de veinte años, nos reconciliamos la señora y yo, doña María Antonia[35] tuvo una temporada de desasosiego. Nadie se dio cuenta porque[36] supimos ocultarlo. En Bearn ha habido otros perturbados —la sombra dieciochesca de don Felipe, con uniforme celeste de caballería, una rosa en la mano, parecía flotar, esbelta y elegante, como en un cuadro de Van Loo—. Al intentar firmar, en vez de su nombre, escribía Xima. Como esto le ocurrió varias[37] veces, empezaron a entrarle manías y llegó a caer en una neurastenia. Los médicos de la Ciudad se hallaban desconcertados y me decidí a escribir a Charcot, relatándole con minuciosidad todos los antecedentes, de los que se hallaba enterado en parte, por habernos conocido y frecuentado en París a doña Xima y a mí. Le envié, incluso, fotografías de la señora, una de frente y otra de perfil. Charcot me contestó, cosa que ya sabía, que los transtornos de mi esposa obedecían a un golpe moral (ellos le llaman *shok*, en inglés) y añadió (y esto sí que no se me había ocurrido) que la enferma, por temor de perderme, se sentía como si fuera la sobrina, «a la cual (añadía Charcot) se parece somáticamente y con la que se corresponde, en lo moral, como en la fotografía se corresponden el positivo y el negativo».

—¿Y Vuesa Merced hizo caso de tales aseveraciones?

—Ahora que está pasada —prosiguió el señor— y tiene menos inhibiciones, ya has visto cómo ella misma me ha preguntado en qué se parece a doña Xima.

—Ese médico de París que juzga sin ver siquiera a los enfermos ha de ser a la fuerza, aunque haya estudiado en París, un hombre muy frívolo —exclamé.

El señor me miró. Después dijo con calma, lo cual era muy Bearn.

---

[34] Cuando, pronto hará veinte años.
[35] Antonia, tan equilibrada al parecer, tuvo.
[36] porque tanto ella como yo supimos.
[37] bastantes veces.

—Mañana, si no llueve, podremos ir a cazar tordos.

Me levanté y esta vez no me retuvo. Necesitaba recogerme y rezar. A medida que transcurrían los años creía vislumbrar[38], en tantas analogías y tantas armonías de contrarios como propugnaba don Antonio, un peligroso retorno al fatalismo oriental[39].

Aquel crimen, aquellos misterios y aquella confusión, contrastando con la paz aparente de Bearn, me parecían como un presentimiento. ¿Se trataba de un preludio de lo que, empleando términos militares, llamaríamos una movilización general? El señor acababa de manifestarme que no quería hablar sino de tordos. Aunque no hubiera desviado la conversación, yo no le habría[40] preguntado aquel atardecer si creía en la identidad de Dios y el Demonio. Hubiera temido alguna respuesta disparatada, absurda y tajante[41].

---

[38] los años me parecía descubrir, en tantas.

[39] oriental. Días pasados, comentando el refrán mallorquín «s'assemblen com un ou a una castanya»* *la llamada remite a pie de página donde se halla la traducción al castellano del modismo.* * Se parecen como un huevo a una castaña. *Sigue.* le había oído afirmar que los huevos y las castañas se parecen realmente. *Aparte.* —Pues yo —replica Tomeu— siempre oí decir que no se parecen en nada. *Aparte.* —Tú no hagas caso de lo que has oído decir —replicaba don Antonio—. Tu obligación es ver con tus propios ojos. ¿Ahora no te das cuenta de que se parecen más que no se diferencian? Ambas cosas son redondeadas. *Esta frase tachada.* Y si las castañas fueran blancas (que lo son, peladas) la semejanza se haría aún más patente. *Aparte.* Tomeu llegó a quedar convencido. Mi bienhechor no veía el peligro de aquellas teorías. *Esta frase tachada.* Yo, en la imposibilidad de convencer al señor, fui a encerrarme en la capilla. Aquel crimen.

[40] yo le hubiera.

[41] Hubiera tenido miedo de que me contestara que sí.

# 18

Pienso a veces que soy injusto con él, pero el no poderle llegar a definir[1] me ha atormentado siempre[2]. No me queda siquiera[3] el consuelo de atribuir algunas de sus últimas excentricidades a lo avanzado de la edad[4]. Era más inteligente cada día y[5] a medida que las pasiones se le amortiguaban, se iba perfeccionando en el conocimiento de los hombres y de las cosas. Sus errores resultarán por eso mismo más difíciles de perdonar[6]. Imagino que en él la paz de los últimos años debía resultar[7] más aparente que real, al revés de lo que le ocurría a doña María Antonia, que ha muerto en gracia de Dios. El espectáculo de su decadencia (más humana que la plenitud intelectual, un poco monstruosa, del señor) era observada con ironía y ternura por el esposo, pero constituía también una fruición para el sacerdote[8].

—Hoy el diario viene[9] muy interesante —me decía algunas

---

[1] con el señor, pero el no poder llegar a definirlo me ha.

[2] siempre y me impide ver claro lo que debo hacer respecto a sus disposiciones. No me.

[3] *Falta* siquiera.

[4] edad. Para ser sincero, debo reconocer que era.

[5] y que a medida.

[6] de perdonar. Si bien suele ser cierto que la edad infantiliza, para mí, que le he observado de cerca, no tenía nada de niño. Imagino.

[7] debía ser más.

[8] para el sacerdote y para el psicólogo, por tratarse del ciclo natural que asegura la armonía del Universo y a veces la salvación del alma.

[9] el diario es muy.

mañanas mientras desayunábamos—. ¿Tú sabes las cosas que trae? «Es posible ir a la luna.» «Excursionista salvado por un perro.» «Cuestan muy caras las mujeres del harem.» Quiero deir, que todo esto me lo he de leer.

Después no lo leía, porque no volvía a acordarse o porque se lo imaginaba a su manera. La consideración de las comodidades de su cuarto, junto al gran[10] salón de chimenea[11], le satisfacía mucho.

—Aquí —solía decir— tengo[12] cuanto necesito. No falta nada —y después de pensar un rato sin hallar algo más importante[13] que consignar (pero para ella todo lo era) se le ocurría descorrer una cortina—. Ya veis: una percha, que es la comodidad más grande.

En su optimismo, llegó a afirmar que había resuelto la cuadratura del círculo.

—¿Eso os parece tan difícil? A mí me parece que no es necesario ser ningún sabio de Grecia. Se hace un círculo de hilo encima de una tabla y después, con cuatro alfileres, se va estirando hasta convertirlo en cuadrado...

Su buen sentido se sobreponía a las dificultades teóricas e idealistas. Al final de sus días, ya en pleno desbarajuste[14], llegó a afirmar cosas tristes y escandalosas[15]. Ignoro si el escepticismo del señor[16] tenía parte en tales desvaríos[17].

—Yo, Juan, ni puedo asegurar que sea una Bearn. Dios mío, pueden haber sucedido tantas cosas... De mi padre y mi madre sí que soy hija, porque mi madre era una santa. Pero ¿qué sé yo de los antepasados? Han circulado tantas historias... El señor habrá leído cosas en el archivo, sólo que no las dice... Es muy solapado...

---

10 Falta gran.
11 de chimenea, abierto sobre el jardín, le.
12 tengo todo cuanto.
13 algo más muy importante.
14 desbarajuste, una semana antes de morir, llegó.
15 y escandalosas que en otros tiempos no hubiera dicho, aunque no puedo asegurar si las hubiera pensado. Ignoro.
16 del señor (quien había llegado a creer que casi nadie es hijo de su padre) tenía.
17 tales afirmaciones.

Nos hallábamos en el jardín que se iba convirtiendo en selva. Era una mañana nebulosa[18]. Doña María Antonia se apoyaba en mi brazo y me miró con afecto. ¿Había perdido la cabeza o se humillaba cristianamente a fin de que yo no me sintiera rebajado? Acaso, considerándose próxima a la muerte, quería borrar de su alma la ausencia de afecto (después de todo, tan humana) con que durante algún[19] tiempo me había tratado[20]. Por otra parte, se había vuelto algo testaruda, y, como las injusticias le sublevaban, a ratos no podía transigir con la objetividad científica del esposo[21]. Recuerdo su postrer enfado con motivo de los[22] emperadores de Turquía.

—Tenían una etiqueta peculiar —me explicaba el señor—. Cuando un Embajador solicitaba audiencia, llamaba a su Visir y le decía: «Alimenta y viste a ese embajador.» Una vez hecho, ordenaba: «Deja pasar a ese perro.»

Doña María Antonia que[23] se hallaba al lado de la chimenea y parecía dormida, levantó la cabeza.

—¿Y a eso le llamas etiqueta, Tonet? ¿Pero de dónde sacas esas cosas, quieres decírmelo? No lo creo, ni creeré nunca que un rey, aunque sea hereje, pueda decir tales indecencias. Y si las dijera, tú no deberías repetirlas. No lo creo y no lo creo.

Se hallaba congestionada y tuvimos que distraerla hablándole de Roma.

—¿Cómo es, Tonet —preguntó—, que no fui con vosotros a ver al Papa?

—Porque estabas acatarrada —replicó tranquilamente el señor.

—Me acuerdo. Fue una lástima.

Aparte de algunas raras salidas de tono, como la que acabo de mencionar, su[24] vida se deslizaba cada vez más apacible a medida que nos acercábamos al desenlace. ¿He dicho que la muerte de Madò Coloma fue, entre estos montes, como un

---

[18] nebulosa, sin frío, calmada y dulce. Doña.
[19] durante mucho tiempo.
[20] mimado.
[21] del señor.
[22] los viejos emperadores.
[23] *Falta* que.
[24] la vida.

preludio del final que se estaba organizando? Resulta sencillo profetizar *a posteriori*. La verdad es que aquellos meses discurrían espléndidos de serenidad. El último invierno (tus designios, Dios mío, son inescrutables) fue el más dulce que se haya vivido aquí. He señalado[25] al principio de esta segunda parte que la disciplina de doña María Antonia, al relajarse, lo había hecho con tanto tino, que su desorden[26] parecía un orden nuevo[27]. Los señores se levantaban cada vez más tarde y las horas[28] se iban transtornando de tal manera que el desayuno, coincidiendo casi con la comida, hacía retroceder ésta a media[29] tarde, o sea, el momento[30] en que, en otro tiempo, la señora tomaba su infusión de hierbaluisa y sus galletas; cosa que, o bien hacía imposible el piscolabis, o suprimía la cena. Las horas nos huían de entre las manos y sin salir de los aposentos altos, ni recibir visitas, no teníamos nunca tiempo sobrante.

Te escribo desde el mismo salón rectangular que comunica a la derecha con la alcoba del señor y a la izquierda con la de doña María Antonia. Ya[31] he dicho que en una de las paredes más largas del rectángulo, la que se halla enfrente del portal de la entrada, está la chimenea y a cada lado de ésta[32] un balcón que da al jardín. Necesito recordarte, Miguel, la decoración en que se ha desarrollado el final de la historia[33]. A las nueve, Tomeu, o yo, para no estorbarlo de las labores del campo, encendíamos[34] la chimenea. Después me entregaba[35] a mis devociones hasta que el señor se levantaba. Sobre la chimenea hay un gran espejo encuadrado dentro de una decoración clásica, que

---

[25] son bien inescrutables) ha sido el más dulce que se haya vivido en Bearn. He insinuado al principio.

[26] que el desorden que les rodeaba parecía.

[27] nuevo. Este pasado invierno, que fue muy lluvioso, los señores.

[28] las horas de las comidas se iban.

[29] a media hora más tarde.

[30] a la hora en que.

[31] Ya te he dicho.

[32] de ella.

[33] la historia porque los señores, últimamente, sólo se me hacían visibles entre las cuatro paredes de este salón. A las nueve.

[34] del campo, aunque lo hacía sin decirle *falta* nada *por omisión errónea* a los señores) encendíamos la chimenea.

[35] me sentaba y me entregaba.

recuerda[36] las del Trianón o, más bien, las del palacete de la Moncloa. Este espejo refleja el portal de entrada, de manera que mientras uno se calienta, es posible ver si llega alguien sin necesidad de volver la cabeza. Al mismo tiempo, por los balcones, provistos de vidrieras, se contempla el jardín que se está convirtiendo en selva y se ve llover a dos palmos de distancia sin que el agua le moje a uno y sin que le llegue el frío de afuera. Tanto las tres puertas del salón, que constituye una magnificencia, como los balcones, tienen cortinas de damasco amarillo[37]. La sillería y las butacas son azules, con muelles a la moda de Francia[38]. Te parecerá extraño que los señores habitasen a diario un salón así[39]. Yo había intentado convencerles de que se instalaran[40] en un cuartito pequeño que hay en el mismo rellano y que sirve de antesala al archivo, amueblado con sillas de paja, menos delicadas que las de seda azul, porque mi bienhechor[41] tenía el vicio de pasear el tintero por toda la casa[42]. No pude lograrlo, y ahora pienso que hacían bien en disfrutar, ellos, que no tenían hijos, de lo que bien suyo era[43] y constituía su comodidad, al paso que mantenía la ilusión de una desvanecida grandeza. Porque debes saber, Miguel, que en este salón se ha estado a punto de pasar hambre. Hacía meses[44] que en Bearn sólo se cocinaban habas y todos comíamos lo mismo que los gañanes, aparte de algún plato de repostería y alguna copita de vino rancio que yo procuraba no faltara a los señores.

Mientras rezaba, asistía a los preparativos de su despertar y les sentía surgir a la luz de la consciencia desde el fondo del sueño.

---

[36] que recuerda un poco las del.

[37] damasco rojo.

[38] Francia. Sobre la chimenea están dos jarrones de porcelana que valen cien duros cada uno. Te parecerá

[39] así. Hasta hace algún tiempo preferían calentarse en el hogar del zaguán o en el brasero de la antesala del comedor, en la planta baja, pero al final no descendíamos apenas las escaleras. Yo había.

[40] de que estuvieran en.

[41] el señor.

[42] la casa. Como ya nada les importaba, no logré convencerles, y ahora.

[43] hijos, lo que era bien suyo y constituía.

[44] hambre. Suerte que ya no se daban cuenta de nada. Hacía cerca de un año que era en Bearn.

—¿Deben haber dado las nueve, Tonet? —decía, desde la izquierda, la voz aún no despierta de doña María Antonia.

—Me parece que hace ya rato —replicaba el interpelado desde la derecha.

Se hacía el silencio y poco después surgía el comentario admirado, entre contrariado y dichoso, de la señora, que hablaba en voz baja, para sí misma:

—Oh, Jesús... Y qué aprisa corre el reloj a estas horas... Y qué bien se encuentra una en la cama... El Demonio nos tienta por la pereza... Oh, Dios mío... No quedará más remedio que pensar en levantarse...

Se oía el ruido de una botella sobre el mármol de la mesa de noche, seguido de una ola de perfume, la señora se frotaba las sienes con agua florida para terminar de despertarse. Por el espejo de la chimenea avanzaba Tomeu, moreno y esbelto, y se acercaba al portal de la derecha.

—¿Señor, quiere beber café?

Esta expresión (era un modismo local) de «beber café» constituía un vicio que no le habíamos podido corregir. «El ganado "bebe café" (suponiendo que le guste) —le decía siempre el señor—, pero las personas lo "toman". Toman café y toman leche. A ver hasta cuándo te acordarás.» Pero la cosa no tenía remedio y habíamos ya renunciado a que se enmendara[45].

—Entra, Tomeu[46]. ¿Qué tiempo hace?

—Llueve —decía Tomeu.

Y desaparecía por la derecha con una tacita entre ambas[47] manos, como si sostuviera el peso de unas cuantas arrobas. Con el pelo africano y la piel tostada, parecía penetrar en el dormitorio el sol de los esplendorosos días mallorquines, almacenado en la estructura física de Tomeu. Catalina se dirigía a la puerta de la izquierda y preguntaba a doña María Antonia si quería el desayuno.

—¿O no he desayunado? —replicaba la señora—. Me figuraba que me habías entrado chocolate con ensaimada.

—No, señora. Era ayer.

---

[45] se enmendara. El señor se lo perdonaba porque tenía buen corazón.
[46] Tomeu —replicaba— ¿Qué tiempo.
[47] entre dos manos.

—¿Ayer?

—Todavía hay ensaimada. ¿Se la subo?

—Entra y abre el balcón. Ya lo creo, que quiero ensaimada. ¿Quién no quiere, hija mía, si es una cosa tan rica?[48].

Tomeu pasaba lacónicamente el parte del día al señor.

—La mula joven se ha renegado y no quiere ni paja ni alfalfa.

—¿Qué quiere, entonces?

—Sólo quiere grano.

—Esta mula nos sale muy señora. Entra y abre la ventana.

Llegaba Catalina, ingrávida, rubia y blanca, con el desayuno de doña María Antonia, y mientras le presentaba la bandeja preguntaba con su mejor sonrisa, aunque faltaban todavía varias semanas para el Carnaval:

—Señora, ¿me dará permiso para disfrazarme?

—Más zorra y peor que los señores —decía la voz masculina y decidida de Tomeu desde la derecha—. Y la culpa es de Vuesa Merced que todavía le da terrones de azúcar.

—O tuya, que no la sacas de paseo.

—Porque Vuesa Merced no quiere que le pegue.

—¿Te gustaría a ti que te pegaran?

—Si me lo merecía, sí, señor.

—Bien dicho. Pues anda con cuidado.

Se hacía una pausa y yo volvía a enfrascarme en mi devocionario.

—¿Y de qué te gustaría disfrazarte? —preguntaba la señora—. Si quieres te dejaré mi vestido de boda. Mira, no quiero ensaimada —añadía sin acordarse de que la había pedido—. Dile a Tomeu que diga al señor que se la coma de mi parte.

Catalina ponía gran misterio en su voz:

—Señora, el señor no come nada. Sólo bebe café.

Estaba enamorada de Tomeu y ya no habría[49] manera de hacerla hablar bien. A través de los novios[50] la ensaimada pasaba al cuarto de don Antonio. En medio del silencio, yo distinguía la voz baja y clara del señor:

[48] tan buena?

[49] ya no había.

[50] de ambos enamorados la ensaimada.

—¿Ensaimada? Ni pensarlo. Cómetela tú, sin decir nada. Date prisa, que ahora la señora te llamará. Ahora querrá que le digas qué día hace.

—¿Qué día hace, Tomeu? —exclamaba la voz de doña María Antonia.

Catalina intentaba salvar al amado.

—Llueve, señora.

—No te lo pregunto a ti. Es a Tomeu a quien quiero oír. ¿O se ha vuelto mudo? Jesús, y qué desgracia. Tendremos que enviar a buscar un médico de la Ciudad —y en un aparte, como de teatro, añadía para sí misma—: Me toman por boba y yo todavía no me siento ni tan boba ni tan pasada.

Poseía momentos de gran lucidez[51]. A veces parecía que, lo mismo que el señor, se veía desde afuera.

—Mira que nosotros tenemos pocos problemas —me decía—. No tenemos ni uno...

Y a los pocos momentos, levantando la cabeza y adoptando el tono interrogativo que era habitual en ella desde que habíamos regresado de Roma:

—¿A ver si nos ocurrirá algo?

No lo decía con mucho temor, sino más bien para que le aseguráramos lo contrario[52]. Quien sentía pánico en aquellos momentos era yo. Resultaba claro que, viviendo tan dichosos, a la fuerza nos aguardaba algo terrible. Si nos sucedía espontáneamente, nosotros mismos organizaríamos la tragedia. ¿Cómo nos llegaría el infortunio? ¿Enfermedades, desavenencias, guerras, ruina definitiva? La espada de Damocles no amenaza sólo a los tiranos: la Humanidad entera vive bajo la angustia del mal, que es necesario, parece, para la salvación eterna[53].

---

[51] Tenía momentos de una lucidez extrema. A veces.

[52] aseguráramos que no, seguridad que ella se hallaba dispuesta a admitir y que nosotros nos apresurábamos a darle. Quien.

[53] la eterna salvación.

# 19

Aquellas largas horas junto a la chimenea... Con cuánta dulzura[1] se deslizaban dos existencias que semejaban próximas a la paz eterna, no quiero significar[2] a la del sepulcro, sino a la bienaventuranza de los escogidos. Los recuerdos aparecían a veces tan brumosos como el cielo o como el *Puig del Teix* que se alzaba, avanzada del Norte, ante los balcones del salón azul y dorado. Doña María Antonia confundía fechas, viajes y acontecimientos y así sus relatos se hallaban teñidos de la poesía que presentan los sueños. El señor acudía a deshacer los errores y a restablecer la verdad[3], y por otro camino me hacía sentir la poesía que según Pitágoras se desprende de los números y del[4] concierto de las estrellas. La niebla corría y descorría alternativamente su cortina ante el *Puig del Teix* y ante aquellas dos vidas que trataban de detener el tiempo y fijar, de una vez para siempre, lo Absoluto. El señor, empero, me había explicado muchas veces que no hay nada tan absoluto como lo convencional, y que el metro de platino que se conserva en Meudon es metro por la razón única de que nosotros lo designamos como a tal. Una vez más, el nombre sería el creador del Universo. Él sabía que aquellos recuerdos, aquellos

---

[1] a la chimenea, los días de lluvia... Con cuánta apacibilidad se.
[2] no quiero decir.
[3] acudía a restablecer la verdad y a deshacer los errores y por otro.
[4] de los números y de la música que informa el concierto.
[5] en el museo de Meudon.

viajes y aquellas anécdotas[6] tenían la realidad de ser hijos de su fantasía y del Verbo que le daba forma.

—Nadie ha visto realmente —solía decirme— la Plaza de la Estrella y las doce avenidas que de ella parten. Esto sólo lo verá quien, como el arquitecto[7] que la ha trazado, se la imagine sobre un plano dibujado a lápiz. El que[8] intente verla desde ella misma, no puede abarcarla y sólo contempla fragmentos inconexos. La Plaza de la Estrella[9] únicamente es hermosa con los ojos cerrados.

Yo bajaba los míos para recordar que una noche, más de[10] veinte años atrás, junto al hogar de la planta baja, el señor contempló[11] cómo doña Xima vestida de blanco entraba en un palco de la Ópera. «¿Es decir, Tonet», había murmurado[12] la pecadora, «que me veías bien con los ojos cerrados y de lejos?»

Puedo asegurarte, Miguel, que este salón desde el cual te escribo, que he habitado con los señores y en el que continúo refugiándome, no es ya el mismo de antes[13]. Cuando lo miro me es imposible reconocerlo y sólo durante la noche o en las altas horas de la madrugada se me aparece[14] en la soledad de mi alcoba tal como lo viví en los últimos tiempos, y vuelvo a oír en sueños aquellos diálogos, que me llegan truncados, horadando los días desvanecidos:

«¿... qué nos cobraron, Tonet, de aquel faisán en el Palais Royal?»

«Restaurant Vefour. Estaba tapizado de rojo.»

«Tomeu dice que la mula joven se reniega a comer.»

«No me fío de los gondoleros de Venecia».

---

[6] anécdotas que se corrían o descorrían ante nosotros como una cortina de niebla, tenían.

[7] el urbanista que.

[8] Quien intente.

[9] de la Estrella, como todo, únicamente.

[10] *Falta* más de.

[11] el señor había contemplado, a ojos cerrados, como.

[12] había exclamado.

[13] y de lejos?» *Aparte.* Te escribo, Miguel, desde el salón donde vivieron y murieron los señores, salón que he habitado durante más de un año y en el que continúo refugiándome: a pesar de todo, puedo asegurarte que no es el mismo. Cuando.

[14] se me parece.

«Rossini plagiaba a Mozart.»

«¿Qué sabes tú, qué sabes tú, Tonet, si las butacas están numeradas?»

El *Puig del Teix* se cubría de sombras y aquel presagio de tormenta acentuaba la paz en el salón cerrado.

—El tiempo es de nieve —decía el señor—; válganos la chimenea.

Yo abro[15] los ojos para ordenar a Tomeu que llene[16] la leñera y me restituyo[17] vertiginosamente a la realidad: nunca más será[18] ya necesario encender la chimenea. Torno a adormecerme y los amables fantasmas, vencedores del tiempo, siguen dialogando a mi vera:

«¿...no te gustaría oír ahora *Manon?*»

«Los Hohenzollern nunca han sido reyes.»

«No les conocí. Por esto estuve tan amable...»

«Cásalos, Juan.»

«...estoy satisfecha de pensar que no debemos un céntimo a nadie.»

«Las doce. ¿Quieres que recemos las tres Avemarías?»

«Enciende un cirio...»

Después de la comida, que nos servían allí mismo, doña María Antonia quedaba adormecida. Yo aprovechaba aquellos momentos para atraer al señor al seno de las prácticas religiosas.

—¿Cuánto tiempo hará que no se ha confesado Vuesa Merced?

—Según a lo que llamemos confesar. Yo creo que me confieso continuamente. Por otra parte, mis Memorias serán todo lo exactas posible.

Yo le señalaba que una confesión no es una simple enumeración de los actos cometidos, sino que necesitaba dolor y propósito de no reincidir. Él se escabullía como un pez.

—¿A mis años? ¿Cómo quieres que volviera a marcharme a París con una sobrina?

---

[15] Yo abría.
[16] que llenara.
[17] me restituía.
[18] sería.

—¿Pero si contara[19] treinta o cuarenta menos...?

—Cuarenta años menos... Oh, querido, tú no puedes tener idea de ciertas cosas...

—A mí, señor, desde niño[20] me encerraron en un Seminario.

El señor me miró, incorporándose en la butaca[21].

—Comprendo que soy un egoísta —dijo—, pero es que me cuesta[22] ponerme en el lugar de otro. Debido a esto, nunca seré lo que más me hubiera gustado ser: un buen novelista. No puedo hacerme a la idea de que tú, un hombre fuerte, joven, bien formado...

No era la primera vez que aludía a mi supuesta superioridad física y creí mi deber atajarle.

—Vuesa Merced olvida que soy un sacerdote.

Me agarró un brazo y lo acarició con fuerza, como si quisiera darme un masaje.

—Estoy seguro de que eres un hombre sincero —replicó—. Siempre, incluso a los ochenta años —añadió, dejando de apretarme el brazo—, se aprenden cosas nuevas, hijo mío.

Me pareció tan ensimismado que no me atreví a replicarle nada. Ambos pensábamos en aquel gran escándalo, en aquella belleza mortal y deslumbradora que había, durante algún tiempo, conmovido la capital del mundo.

—Ya sabes que el emperador le regaló un hotel cerca de la Estrella. Había arruinado a Campo Formio. Aquellos triunfos duraron poco. Antes del año se hundía el Imperio.

—¿Vuesa Merced no pensó en ella la última vez que estuvo en París?

—Procuré no pensar. Hacía ya tiempo que no nos escribíamos.

Yo estaba asombrado, porque no sospechaba que el señor le hubiera vuelto a escribir desde que se reconcilió con su esposa. Él adivinó mi asombro[23].

---

[19] —¿Pero si tuviera treinta.
[20] señor, a los trece años, me encerraron.
[21] butaca. Vestía una hopalanda blanca y recordaba la escultura de Houdon.
[22] me cuesta trabajo ponerme.
[23] Él adivinó lo que pensaba.

—Algunas veces me escribió dándome noticias y pidiendo dinero. Los revolucionarios quemaron al mismo tiempo las Tullerías y el hotel de la Estrella. En las Memorias explico su salida de París. ¿No acertarías a saber cómo huyó?... Pues huyó con Eugenia de Montijo. El hecho no es público aún, ni conviene que se divulgue por respeto a Eugenia, que es tía de la casa de Alba. Naturalmente, con el tiempo, lo que hoy es chismografía se convertirá en historia.

Yo no salía de mi asombro. El señor prosiguió:

—La Emperatriz, dicho sea entre nosotros, estaba muerta de miedo. Se afirma que no quería abandonar las Tullerías, pero era porque no sabía a dónde ir y porque los *communards* tenían sitiado el palacio. Entonces apareció Xima y, disfrazadas, salieron por la plaza de *Saint Germain l'Auxerrois* y tomaron un *fiacre* que las condujo a casa del dentista de la Emperatriz, un norteamericano, Mr. Evans. Esto ya es conocido, la Historia lo consigna. Lo que no dice la Historia es que Evans las sacó de París, no por lealtad a Eugenia de Montijo[24], sino porque era el amante de doña Xima. De esto, Juan, ni una palabra por ahora.

—Pero la Emperatriz...

—Lo sabía todo —interrumpió—. Estas son las grandezas de la Tierra[25].

Luego empezó a contarme, por centésima vez, el estreno de *Faust* y a explicar la gloria de Gounod.

—En un siglo como el nuestro, que ha dado tantos músicos, se dirá que Gounod no fue un innovador. Para mí tal objeción no pesaría gran cosa. Gounod es un inspirado y hábil compositor que trabaja con materiales aportados por otros. Wagner, sin duda, ha revolucionado muchas cosas, pero no tiene su sentido de la medida, no sabe cortar lo que sobra en sus composiciones desmesuradas. Para algunos, esto se llama genio. Yo le llamo torpeza. ¿Qué importa, ante un delicado palacio como el *Petit Trianon*, pensar que Gabriel no ha puesto allí ni una columna, ni una vidriera que no se hallara inventada des-

---

[24] de Montijo (de la cual malas lenguas dijeron si era el amante, ya que ella había puesto algunas fincas a nombre del dentista), sino.

[25] grandezas de este mundo.

de mucho tiempo? Precisamente por esto, porque todos aquellos elementos estaban inventados y eran bien conocidos, es por lo que Gabriel pudo usarlos con tanta maestría.

Doña María Antonia abrió los ojos.

—No habléis de emprender obras. No quiero ver albañiles, porque todo lo llenan de polvo.

—Hablábamos de óperas.

Ella amenazaba al esposo, entre sonriente y enfadada:

—Tonet, Tonet... No me gusta oír hablar de óperas.

—No me vengas ahora con historias pasadas.

—¿Pasadas? No lo sé, si son pasadas.

—¿Es decir, que no te parece que lo estamos, bien pasados?

Ella volvió a sumirse rápidamente en las tinieblas del sueño, mientras murmuraba:

—Ya lo sé que está arrepentido... Como no le queda otro remedio...

# 20

Domingo de Carnaval, después de una semana que fue para mí interiormente muy agitada, el infotunio empezó a concretarse: alguien había esparcido[1] que doña Xima acababa de llegar a la Ciudad. Pretextando que necesitaba ver al señor Vicario, corrí al lugar[2]. Llovía y los caminos parecían torrentes. Puede decirse que hablé con casi todos los vecinos y no logré sacar sino confusión. Mercaderes de paso[3] habían llevado la nueva, desapareciendo enseguida[4]. Se ignoraba con exactitud a qué feria se dirigían. Sus manifestaciones habían sido[5] tergiversadas. Dos ancianas me dijeron que se trataba de una parienta de los señores que pedía limosna; otros aseguraban que era la reina de Francia[6].

Regresé desolado. Pese a las contradicciones, era evidente que se trataba de doña Xima. En toda la noche no logré cerrar los ojos. ¿Cómo sería ella al presente? En París yo la había soñado bajo formas distintas, antes de encarnarse en una señora ya derrotada frente a la iglesia de *Saint Roch*. «Debo veinticuatro francos de habitación», me dijo[7]. Llevaba zapatos viejos,

---

[1] esparcido por el lugar que.
[2] corrí a Bearn para inquirir noticias. Llovía.
[3] de paso, que iban a una feria cercana, habían
[4] desapareciendo seguidamente.
[5] sido, además, tergiversadas.
[6] Francia. *Aparte.* —El emperador —dijo, adivinando, el maestro de escuela— se había casado con una española que tal vez se hallaba emparentada con los Bearn *corrige* señores. *Aparte.* Regresé.
[7] de habitación», me había dicho, en sueños. Llevaba.

con los tacones torcidos. Yo había visto unas hojas de lechuga asomando por la boca de su bolso de tela. La reina de Francia... Una mendiga... Se trataba de ella. Y supuesto que se había decidido a volver a Mallorca, era evidente que intentaría ver a los señores. A los cincuenta años cumplidos le correspondía jugar la comedia del arrepentimiento. ¿Pero tenía yo derecho a suponer que su arrepentimiento[8] habría de ser[9] comedia? Uno de los más grandes poetas de nuestros días* ha escrito, en[11] versos de un escepticismo desolador,

> que después que se extinguen las pasiones[12]
> yo he visto sorprendentes conversiones
> a la moral y a la virtud cristianas[13].

Todo el ingenio campoamoriano no destruirá[14] el hecho de que existen pecadores verdaderamente arrepentidos y tocados de la gracia. Que esta gracia divina llegue generalmente cuando se pierde la gracia mortal, he aquí un tema que se presta a las ironías de los incrédulos; pero los creyentes saben que la carne es efímera y el alma perdurable[15].

El lunes amaneció despejado. Lucía un sol estival. Me le-

---

* El párrafo íntegro que aparece en el original es el siguiente: «Uno de los más grandes poetas de nuestros días, don Ramón de Campoamor, cuya gloria sólo puede parangonarse con la del pintor Horacio Vernet...» Hemos creído oportuno moderar tan extraño e hiperbólico juicio, que puede desvirtuar ante el lector la personalidad de don Juan, hombre culto y de talento, pero que pertenecía a su época. *[N. del Editor]*[10].

---

[8] que el arrepentimiento de doña Xima hubiera.
[9] ser una comedia.
[10] *En la nota a pie de página, las siguientes correcciones:* en el manuscrito es el siguiente y la del genial pintor. *Horace Vernet (1758-1836) fue un famoso pintor de caballos y de las batallas napoleónicas: Marengo, Austerlitz, Rívoli, etc..., una buena muestra de las cuales —Jena, Friendland, Wagram— se halla en la llamada «Galerie des Batailles» del palacio de Versalles.*
[11] escrito unos versos
[12] desolador: *Aparte. ...*después que.
[13] cristianas. *Aparte.* Como sacerdote yo no podía admitir *corrige* admitía tal manera de pensar. Todo.
[14] no echará por tierra el hecho.
[15] perdurable. No cabe deplorar la pérdida de una belleza carnal si es a costa de salvar una belleza eterna.

vanté sereno. La angustia se había instalado de tal manera en mí que ya nada podía turbarme. Me confié a la voluntad de Dios y abriendo la ventana me asomé al antepecho. Catalina y Tomeu conversaban en la *clasta*.

—La señora dice que tenemos que disfrazarnos de novios —comentaba la muchacha.

—Eres una charlatana —replicaba Tomeu—. El señor ya sabe que yo tenía que darle broma. Me ha hecho avergonzar.

—¿O te figuras que no te hubiera conocido?

—Claro que no me hubiera conocido.

—Cuidado. Te hubiera tomado por una muchacha guapa.

—Guapa o no guapa, con la cara tapada le hubiera sacado para los caramelos.

—Mira que con esas manos y esos hombros... Y válgate todavía que tienes la cintura airosa.

—Apártate. Déjame.

Recordé que Catalina había confiado misteriosamente a la señora los proyectos de Tomeu.

—No, pues no quiero que le dé broma —le[16] replicó doña María Antonia—. Esto nos faltaría, ahora que está tranquilo... ¿Por qué no se disfraza de novio? Tú te pones mi vestido de boda y dais una vuelta por el patio. Yo os miraré desde arriba.

Aquellas palabras, dichas con la mejor intención, eran[17] un poco imprudentes. El señor, que veía más claro, había, delante de mí, llamado la atención del gañán, reprendiéndole a su manera:

—Cuidado con Catalina, que luego me lo cuenta todo y yo no quiero saberlo.

—Yo le juro...

—No jures. Eres un descuidado. No sabes nunca cerrar una puerta.

De una manera implícita, aquello era una autorización para toda clase de transgresiones. Valga que Tomeu no tenía inteligencia para comprenderlo. Tenía, sin embargo, instinto para pasarse sin autorización y más de una vez yo me había visto en

---

[16] *Falta* le.
[17] eran tal vez un poco.

el caso de avisar al señor, quien, como acababa de decir, prefería no enterarse de mucho.

Horas más tarde, sin querer, tuvo que enterarse de todo, porque no basta cerrar los ojos al mal para evitar que se manifieste. Nos hallábamos[18] sentados al lado de la chimenea[19], cuando entró la señora acompañada de Catalina.

—A ver si conocéis a esta novia, que ha venido a hacernos una visita. Tenéis que mirarla de pies a cabeza.

Estaba hermosa. Parecía, toda de blanco y con los ojos bajos, la imagen de la pureza. Las flores de azahar que coronaban sus cabellos rubios no eran más blancas que su piel. El señor la contempló unos momentos y dijo[20] bruscamente:

—Me parece que llevas mucha cola.

—Es mi vestido, Tonet —replicó doña María Antonia—. ¿O no te acuerdas?

—No he de acordarme, querida. ¿Y Tomeu, por dónde anda?

La niña bajó más los ojos. El señor empezaba a divertirse.

—Mira que si te quedas sin novio...

—No necesito ninguno —repuso[21].

—Eso no lo digas, que yo sé cosas...

Ella se hallaba a punto de llorar, entre triste y rabiosa. Doña María Antonia intervino.

—No la avergüences, Tonet.

—¿Avergonzarla? Que haga las cosas bien —murmuró el señor.

La niña rompió a llorar.

—¿Lo ves, Tonet, a lo que conducen tus salidas? No sé por qué has de meterte con esta criatura.

—Pues dejémoslo. Si he de reprenderla, lo haré en inglés: *Be good and if is not posible, be careful.*

—No le he entendido, Juan —exclamó, desconcertada, doña María Antonia—. ¿Y tú?

---

[18] Nos hallábamos, él y yo, sentados.
[19] chimenea, comentando la ausencia de doña María Antonia, a la que suponíamos peinándose, cuando.
[20] dijo algo bruscamente.
[21] —repuso la niña.

—Sí, señora —repuse con tristeza—, pero no se lo puedo traducir ahora[22].

Doña María Antonia empezaba a perder la paciencia.

—Bueno, no llores. ¿A qué llorar si no le has entendido?

—Demasiado, que le he entendido —gritó Catalina.

—¿Pero qué ha dicho?

—Ha dicho que sabe cosas... Y todo es mentira.

—Catalina —reconvino la señora—, mira lo que hablas. ¿Qué es mentira?

La muchacha daba patadidas, como una niña. La corona de azahar se le había caído de la cabeza.

—¡Lo que ha dicho el señor, que no puede ser verdad de ninguna manera!

—Pero qué sabes tú, boba, lo que puede ser verdad o no puede ser verdad.

En aquel momento entró Tomeu.

—Acércate, Tomeu —dijo doña María Antonia.

La novia gritaba, ya en pleno ataque:

—¡No lo nombre! ¡No quiero verle!

Doña María Antonia la miraba torciendo el cuello. Frágil y menuda, parecía una muñeca antigua.

—¿Hola? ¿Qué modales son esos? —dijo con calma—. ¿Y para esto te he vestido de novia? Desagradecida... Juan —añadió, dirigiéndose a mí—, acompaña a esta borriquita al establo y mándame a la cocinera. Ahora estará tres días sin verme. Y nunca más me subirá el desayuno.

Era cierto, Dios mío, que nunca más había de subirle el desayuno. Envié a la muchacha a la cocina y dirigiéndome a Tomeu le interrogué aparte[23].

—Habla. A ti corresponde explicarte. Aclara qué es lo que no puede ser[24].

El señor asomaba, sonriendo, desde el portal de su cuarto. Doña María Antonia había desaparecido.

—Yo no he hecho nada —murmuró Tomeu[25].

---

[22] traducir delante de la muchacha.

[23] le interrogué con energía *corrige* aparte, con energía *corrige* aparte.

[24] no puede ser. Mi misión es enterar al señor. ¿No tienes nada que decirme antes de que le llame?

[25] —gritó Tomeu.

—¿Quién te dice que hayas hecho algo?

—Yo le juro...

—Bien —repuso el señor—. Sepamos lo que juras.

—Yo...

El señor parecía divertirse.

—Interrógale, Juan. Me gustaría saber...

Abordé la cuestión bruscamente:

—¿Qué ha pasado entre tú y Catalina?

—Nada.

—¿Entonces, ella por qué lloraba?

—No lo sé.

—¿Ni lo sospechas?

—No.

El señor se sentó junto a la lumbre.

—Y lo bueno, Juan —dijo atizando el fuego— es que este bobo a lo mejor no lo sabe. Mira, por si acaso —añadió volviéndose a Tomeu—, lo mejor es que os caséis. Cásalos, Juan.

—Pero...

—¿Ahora no ves que celebraron Pascua antes de Ramos?

Había en sus ojos una extraña y desconcertante malicia. Empezó a tomar notas en su cuaderno y me hizo seña para que saliéramos. (Estas notas han aparecido después tachadas en tal forma que no he podido descifrar ni una palabra.) Me llevé a Tomeu al cuarto del rellano con la idea de averiguar exactamente lo ocurrido[26], pero no pude sacarle nada.

—Bueno —terminé por decirle—, ¿quieres casarte con ella?

—Ella dice que no tenemos ropa —fue la respuesta.

Yo estaba desesperado de ver tanta tontería, tanta inocencia o tanta maldad.

—¿Y si os nace una criatura?

—Tal vez no nacerá —dijo Tomeu.

—¡Ah! ¿Entonces quieres decir...?

Pero no quería decir nada, absolutamente nada. Lo miré. Le vi bellísimo, alto, proporcionado, moreno, decidido, con los cabellos negros y rizados que le caían sobre la frente. A medida que aumentaba en hermosura, parecía disminuir en inteligencia, por lo que recordaba la fábula del busto y la zorra.

---

[26] exactamente lo que había pasado entre él y Catalina, pero.

(Quince días más tarde, el médico de Inca[27] me aclaró mis dudas y los casé[28] enseguida.) Mientras nos hallábamos en éstas, entró la señora.

—¿Por qué no te has disfrazado?[29] —dijo—. Oh, Jesús, no sé cómo te atreves a presentarte ante mi vista tan despeinado, que no sé qué pareces. Ahora comprendo que Catalina no quiera oír hablar de ti. Vete[30] y no subas hasta que estés presentable.

Después de estas palabras, que demuestran la inseguridad del criterio humano, me propuso jugar a la brisca[31].

—Creo —manifestó[32]— que el señor me hace trampas en el juego. No pueden fiarse demasiado de él, y lo peor es que[33] te lo razona y te hace ver lo blanco negro. Le conozco muy bien, como no tienes idea. Una vez, siendo niños, me dio un beso. Mira si era malo. Yo todavía no lo había dicho nunca. Fue en un corredor...

El señor, que dormitaba en un sillón y que parecía no oírnos, murmuró como en sueños:

—Los besos se suelen dar por los corredores...

Ella prosiguió:

—Venía mucho a la posada de Bearn para jugar conmigo. Era negro, pequeño y malo. No sé de qué me enamoré, Juan. Claro que, desde que nacimos, las dos familias habían acordado que nos casáramos. Como las haciendas se hallaban tan mezcladas... Decían que si no nos casábamos podíamos tener un pleito horroroso y quedarnos todos sin nada. Mira qué disparate, mover pleitos para quedar arruinados. Pero tú sabes que muchos señores lo hacen. Además, era natural que la posada de Bearn y la posesión se volvieran a unir. No sé por qué, bien mirado[34]. Una vez muertos sin hijos[35]...

[27] de Bearn.
[28] los casamos.
[29] la señora. *Aparte.* —¿Cómo no te has vestido? —dijo—. Oh, Jesús.
[30] Vete abajo y no subas.
[31] a la brisca al lado del fuego.
[32] —me dijo—.
[33] es que luego te lo razona.
[34] bien mirado, porque una vez.
[35] hijos... Aparte. Sus ojos azules estaban llenos de poesía. Yo.

Yo pensaba que sus preocupaciones por la sucesión eran inútiles, porque los acreedores se apoderarían de todo.

—Por otra parte, ¿con quién tenía que casarme, si no con él? Hemos vivido muy dichosos. En tanto tiempo no haber tenido nunca un disgusto serio —añadió[36]—. Él es sumamente bueno, sobre todo ahora. Mira que Dios arregla bien las cosas, hacer que nos volvamos buenos cuando somos viejos, a fin de que nos podamos salvar. Porque yo creo que Tonet se salvará, ¿no es eso? ¿Tú que piensas?[37].

Era la primera vez que hablando conmigo lo designaba por su nombre de pila en vez de decir el señor. Me miraba curiosamente, con mezcla de ansiedad. Necesitaba que la tranquilizaran. Me hubiera parecido un crimen no hacerlo.

—El señor es bueno por naturaleza —repuse.

Ella sólo se hallaba pasada a ratos.

—Ya lo sé —replicó—, pero todos pecamos. ¿Se habrá arrepentido de sus faltas?

Aquellas preguntas me torturaban.

—Sí, señora —repuse.

La cara se le iluminó de alegría.

—¿Ves? Así todo[38] queda borrado y tendremos una buena muerte, que es lo importante. Sólo pido a Dios que podamos terminar juntos.

Hacía un rato que el señor dormitaba en su butaca, pero no sé por qué me asaltó la duda de que su sueño era fingido[39]. Lo señalé interrogativamente a doña María Antonia. Ella sonrió.

—Tonet, ¿no nos oyes?

Él roncó débilmente. No quedaba ya duda de que estaba despierto[40].

—No nos oye —dijo doña María Antonia—. Hoy he terminado una novena al Cristo de la Buena Muerte, porque ya no podemos vivir mucho.

---

[36] —añadió, olvidando generosamente los diez años de la separación—. Él es.

[37] qué crees?

[38] Así todo va bien. Todo queda.

[39] fingido y que nos estaba escuchando. Lo señalé.

[40] despierto, porque tenía un sueño tan ligero que le desvelaba una mosca.

[41] mucho tiempo.

Le repliqué que tenían buena salud y que podían aún vivir largos[42] años.

—Será lo que Dios quiera —contestó. Y en una transición que parecía brusca, pero que no lo era, porque representaba el fruto de un ritmo interior, añadió—: Mira que trabajo poco. Tan poco que no trabajo nada. Entre jugar a la brisca, que es un vicio, andar por el jardín y rezar... Oh, Dios mío... No sé cuántos años hace que empecé una colcha. Creo que fue cuando me reconcilié con Tonet —volvió a decir por segunda vez Tonet—. A ver si no la terminaré antes de morirme.

No la terminó. No volvió a cogerla entre sus manos, pero Dios le concedió lo que pedía, la muerte de los justos y no sobrevivir[43] al esposo.

---

[42] vivir muchos años.
[43] y no sobrevivió al esposo.

# 21

Hacia mediodía comenzó a llover de nuevo y después de comer nos refugiamos junto a la chimenea, donde los señores quedaron traspuestos. Abrí el breviario y me dispuse a rezar. A cada momento levantaba la cabeza para escuchar el silencio, este silencio[1] tan maravilloso que de un momento a otro podía quebrar la adversidad. «Si tienes riquezas», dice Kempis, «no te gloríes en ellas, que son perecederas, sino en Dios, que todo lo da». Yo esperaba que aquella calma[2] se rompiera: estaba cierto que así sucedería y no experimenté ninguna sorpresa cuando una voz gritó desde abajo:

—Don Juan, aquí tiene una visita[3].

Hice la señal de la cruz y salí del salón. Abajo aguardaba doña Xima, pero ¡en qué estado! Venía empapada de lluvia[4], con los zapatos cubiertos de barro. Había adelgazado mucho desde que la viera[5] en París, frente a *Saint Roch*. Al primer golpe de vista, su delgadez, que la hacía esbelta, semejaba prestarle juventud, pero se hallaba[6] hecha una ruina. Tenía la cara llena de rojeces, como herpética. Al verme intentó sonreír:

—He aquí una visita que no esperabas, Juan. ¿Cómo están los tíos?

Yo había quedado sin palabra. Al fin pude articular:

---

[1] este silencio de Bearn tan.
[2] que aquel silencio se.
[3] visita. *Aparte.* Los señores dormían y no se dieron cuenta de nada. Hice.
[4] de lluvia, derrotada, con.
[5] la viera siete años antes en París.
[6] pero estaba hecha.

—Vuesa Merced llega a pie[7]...

Ella me miró con malicia que no venía a tono, como si aún se considerara una mujer deseable.

—*Footing* —dijo—. He dejado los caballos en el pueblo para que los cocheros no se mojaran. Me encanta la lluvia —y canturreó:

> Il pleut, il, pleut, bergère,
> presse tes blancs moutons...

Iba sumamente pintada[8]. Hablaba con escasa coherencia y gesticulaba torciendo la boca, como si padeciera[9] de los nervios. Aquella volubilidad, aquella ausencia de sentido común[10], constituía lo que veinte años atrás, cuando era joven y bella, la hacía fascinadora (de tal manera los sentidos nos arrastran) y la había puesto de moda entre la sociedad francesa del Segundo Imperio. Al reír, el tic de la boca se le acentuaba y entonces su expresión era dolorosa.

—Haga el favor de esperar un momento, iré a prevenir a los señores.

Encontré a don Antonio despierto y me miró con curiosidad. Yo debía tener la cara transtornada.

—¿Ocurre algo, Juan? —preguntó[11].

—Abajo tiene una visita: doña Xima.

—¿Qué dices? ¿Doña Xima?

Yo le hacía señas de que hablara bajo, indicándole la señora.

—No, no; es mejor que lo sepa. ¿A qué vendrían ahora los tapujos? María Antonia, abajo está Xima.

La señora quedó repentinamente despierta. Vi cómo su cara se transfiguraba: se volvió terrosa y los músculos se le relajaron. Nunca hubiera imaginado que un rostro pudiera variar de aquella manera.

---

[7] llega a pie con este tiempo!

[8] pintada. Las manos le temblaban. Hablaba.

[9] padeciera alguna enfermedad nerviosa. A ratos parecía una demente. Aquella volubilidad.

[10] común, pensé, constituía.

[11] —preguntó—. Te encuentro muy activo hoy.

—Oh, Tonet —dijo con voz estridente, una voz que yo no le conocía—. ¿Y qué haremos ahora?

—Lo que tú quieras.

—¡Oh, qué desgracia tan grande! Lo peor que podía sucedernos. Ya me lo habían dicho, que intentaban darte broma...

—Pero mujer...

—Ahora que vivíamos tan[12] tranquilos... En esta casa, sin salir de estas montañas...

Los ojos se le habían llenado de lágrimas. El señor la miraba y me miraba a mí[13], sin comprender lo que ocurría.

—¿Pero qué importancia tiene eso? A nuestra edad...

Se había pasado la vida tratando de eliminar lo maravilloso de su existencia y ahora lo maravilloso se vengaba presentando un desenlace insospechado que él ya no podría entender. ¿Por qué doña María Antonia pareció presentirlo? Se trataba, efectivamente, del desenlace. Sólo Dios es eterno. Todo lo demás[14] ha de tener un final y el final había llegado. Ella se acercó a su marido, frágil y menuda.

—¿Quieren llevarte otra vez a París? —preguntó en voz baja.

Él[15] la besó con ternura.

—Juan[16], dile que se marche. ¿Ha venido a pie?

—Sí, señor. Y con el aguacero que cae.

Doña María Antonia dejó de llorar[17]. Volvía a ser ella, interesada por los sucesos nimios.

—¿A pie?[18]. ¿Y para qué quiere tantos carruajes y tantas libreas?

—¿Carruajes? —replicó el señor—. Si se encuentra en la miseria. ¿No[19] lo sabes?

—¿Xima en la miseria? No, no lo sabía. ¿No éramos noso-

---

[12] tan bien, tan tranquilos.
[13] a mí, como sin comprender.
[14] lo de este mundo ha de tener.
[15] El señor la besó.
[16] —Juan —exclamó—, dile.
[17] de llorar y nos miró con curiosidad. Volvía.
[18] —¿A pie? —interrogó—. ¿Y para qué.
[19] ¿O no lo sabes?

tros, Tonet, que nos habíamos arruinado? ¿Qué le ha ocurrido?[20].

—Pero si lo hemos comentado mil veces... Los comunistas
le quemaron la casa, el Emperador murió. Campo Formio...

—Oh, pobre Xima, yo no sabía nada. ¿Tú lo sabías, Juan?
¿Y qué aspecto tiene? ¿Ha llegado mojada?

—Completamente.

—Pues esto es muy malo —replicó con viveza—. Que suba
y se calentará.

—¿Tú quieres que suba? —preguntó el señor.

—¿A ver si la dejaríamos en el zaguán? Que suban una botella de jerez y un trozo de ensaimada. ¿En la miseria? Yo lo
ignoraba. La mujer más elegante y más hermosa de Mallorca,
Oh, Dios mío...

De pronto desapareció toda su tristeza y puso una mano sobre la espalda del esposo[21].

—Siempre has tenido buen gusto, querido —dijo.

Hice entrar a doña Xima y me retiré a rezar. No podía[22] fijar la atención en las oraciones y cuando, al cabo de media
hora, volví[23] por si necesitaban algo, los hallé a los tres muy
satisfechos, charlando junto al fuego. Tenían delante una mesi-
ta con ensaimada y vino. Hablaban de París.

—¿Todavía existe aquel restaurant tan famoso...? Ya no me
acuerdo... ¿Cómo se llamaba, Tonet? —preguntaba doña María Antonia—. Estaba cerca del Louvre. ¿No sabes? Pedimos
faisán y nos lo sirvieron con plumas...

—*Restaurant Vefour,* en el *Palais Royal* —replicaba el señor.

—Había dos camareros gemelos, guapísimos.

—¡Que iban a ser gemelos! Iban vestidos igual.

—Vestidos y peinados, de frac. ¿Todavía sirven allí?

Doña Xima reía, con una copa[24] en la mano.

---

[20] *Falta* ¿Qué le ha ocurrido? *Sigue, aparte.* —No tiene donde caerse muerta.
*Aparte.* —Oh, pobre muchacha... ¿Que le ha ocurrido? *Aparte.* —Pero si.

[21] del marido.

[22] No podía, pero.

[23] volví a entrar por si.

[24] copa de jerez en la mano.

—Bueno, si eran tan guapos, supongo que servirán en alguna parte...

Doña María Antonia no pareció darse cuenta de aquella respuesta cínica. De pronto, preguntó.

—Dime, el Emperador ¿ha muerto?[25]

La sobrina quedó[26] desconcertada. El señor sonreía y acudió en su auxilio.

—¿Así ahora te quedaste sin empleo? —le preguntó—. Porque tú estabas con él de secretaria.

—Gracias, Tonet —dijo doña Xima, rápidamente, en voz baja. Y en un tono más alto añadió—: Me cuidaba de la correspondencia española.

—Lo que yo todavía no me explico —decía pausadamente la señora[27]— es por qué te fuiste a París tan joven.

Doña Xima torció la boca en un gesto que pretendía ser una sonrisa[28]. De pronto se levantó y vino hacia mí como si fuera a decirme algo, pero volvió a sentarse enseguida. El señor preguntó de qué había muerto el Emperador.

—No pudo aguantar la derrota.

—¿A cuál[29] derrota te refieres?

Ella parpadeó como cuando era joven.

—No le comprendo, tío Tonet.

—¿Qué ha sido de aquel dragón de veinte años?

Doña Xima cantó:

> Il repose au Père Lachaise
> par un prix exorbitant.

—¿Cómo?

—Murió.

—¿Quién murió? —preguntó la señora.

—Un ayudante de Luis Napoleón.

Doña Xima se secaba los ojos.

---

[25] ¿murió?
[26] quedó un poco desconcertada.
[27] la señora, como hablando consigo misma —es por qué.
[28] sonrisa, pero que la desfiguró dolorosamente. De pronto.
[29] —¿A cuál derrota.

—¿Y Campo Formio? —inquirió el señor.

—Rehizo su fortuna en negocios. Ahora es jefe del partido socialista. No quiere saber nada de mí.

—¿Y Offenbach? Tú tenías buena voz. ¿No llegaste a representar operetas?

—He perdido la voz. He perdido también la figura, la juventud...

Doña María Antonia la contemplaba[30] cariñosamente.

—Oh, por Dios... Si eres una niña, Xima.

—Vuesa Merced me mira con buenos ojos.

—Pero si eres una chiquilla. Y tan guapa, tan elegante...

La sobrina rompió a llorar en una crisis histérica.

—Cállese, tía María Antonia. Estoy hundida, deshecha, abandonada de todos. Debía haberme muerto hace tiempo.

—Pero hija mía...

Cuando se calmó, comenzó a explicar su situación con bastante coherencia. En la Ciudad la echaron[31] de la fonda porque no pagaba. Los conocidos no querían saludarla. La noche anterior[32] había dormido escondida en un confesionario de la Catedral.

—Oh, Jesús —decía doña María Antonia—, ¿pero eso es posible? ¿No tener dinero ni para la fonda?[33]. ¿Y te han echado porque no pagabas? Pero es que tú ya no debías haber ido a una fonda. ¿Te has olvidado de quién eres? ¿Y no tienes nada, nada? Tú tenías alhajas...

—Sí, tía. Todo me lo gastaba en diamantes. Cuando el franco bajó, después de la guerra, decían que era la mejor inversión.

—Pues vende los diamantes —dijo el señor.

—Es que los he vendido hace tiempo.

Los últimos años fueron tan terribles para ella que sólo le consolaba la idea del suicidio. A tal fin no abandonaba una cajita con tres bombones venenosos que le había procurado una

---

[30] la miraba.

[31] la habían echado.

[32] anterior se había escondido en Montesión y había dormido en un confesionario. *Aparte.* —Oh, Jesús.

[33] la fonda? Yo nunca había oído una cosa semejante. ¿Y te han.

mano criminal. Con aquellos bombones, que eran de chocolate, explicaba[34], no podía morirse nunca de hambre, porque, una vez consumidos, se dormiría para no despertarse[35].

—Huela qué perfume, tía María Antonia; el chocolate parece excelente.

Se los enseñaba sonriendo, como si se los ofreciera. Doña María Antonia cogió uno y yo, sin saber lo que hacía, le sujeté la mano.

—No pienso matarme, Juan —dijo ella—. Me encuentro muy bien en este mundo[36].

Doña Xima se hallaba de nuevo inexplicablemente alegre y canturreaba[37]. No sé por qué se apoderó de mí la idea de que intentaba envenenar a los señores, pero eran tan absurdos que deseché aquellos pensamientos. De pronto, empezó a exponer combinaciones financieras. Un médico[38] le había propuesto explotar juntos un procedimiento[39] para curar la tuberculosis, inyectando sangre de caballo[40] a los enfermos. Para ello se contagiaban primero los caballos. Se necesitaba[41] disponer de capital...

—¡Oh, Jesús, qué disparate tan enorme! —exclamó doña María Antonia.

El señor escuchaba con atención.

—¿Cómo sabes que es un disparate? —preguntó.

—¿Es decir, que a un tísico todavía hay que darle sangre de caballo tísico? Eso sería como darle agua a un ahogado.

—Pues[42] si yo tuviera diez mil duros, tía María Antonia[43]...

—¿Cómo se llama ese médico? —preguntó el señor.

—Bueno —repuso doña Xima—, yo creo que no es médico, pero es un individuo que entiende mucho...

---

34 explicaba la desventurada, no podía.
35 para no volver a despertarse. Estaban preparados con un fuerte narcótico.
36 mundo. *Aparte.* Se hizo el silencio. Doña.
37 canturreaba en francés. No sé.
38 Un médico suizo le había.
39 procedimiento nuevo para.
40 caballo tísico a los.
41 Se necesitaba, pero, disponer.
42 —Pero si yo.
43 Antonia... *Aparte.* —¿Te gastarías diez mil duros en contagiar caballos? *Aparte.* —¿Cómo se llama.

—Criar caballos tísicos —proseguía doña María Antonia—, unas bestias tan nobles y que son tan necesarias...

—Pero es para curar personas, tía[44].

—Mira, eso no me gusta —decretó mi bienhechor—. ¿No se te ocurre otra cosa?

—Sí[45]. Montar una fonda. Ahora en la Ciudad comienza a haber muchos ingleses, sobre todo en invierno.

—Eso ya está mejor. Yo pondría una fonda cerca del Borne, pero una fonda de las buenas, con bañera y todo. Nosotros te podríamos ayudar, ¿no es cierto, María Antonia?

—Claro que sí. Es una buena idea[46]. En París, en el hotel del Louvre, había baño. Eso sí, me parece que no debes admitir más que a señoras solas.

Don Antonio hizo notar que en las fondas suele ser costumbre admitir hombres y mujeres.

—Pues no me gusta —replicó su esposa—. Xima siempre ha sido una buena muchacha y no es cosa de que ahora se exponga a que la critiquen.

Tío y sobrina se miraron. Doña María Antonia prosiguió:

—Señoras solas, sabiendo quiénes son y de dónde proceden, bien. Siempre que vayan a misa.

—Si empezamos a exigir tantas cosas, no sé cómo irá el negocio. Los huéspedes no quieren...

—Pues que se marchen a otra fonda, que no hacen ninguna falta. Xima no tiene por qué aguantar gentuza. Que se quede aquí a vivir con nosotros. Nos hará compañía.

Doña Xima le besó una mano.

—Oh, gracias, tía, pero no puede ser —parecía realmente emocionada.

—¿No puede ser? ¿Y por qué?

—Vuesa Merced recordaría siempre...

—Calla —repuso el señor en voz baja—, que creo que no lo recuerda.

—¿Pero no dices que has quedado sin nada? —insistió la

---

[44] Tía María Antonia.

[45] —Sí, tío Tonet. Montar.

[46] que sí. Me parece bien. No tengo nada que objetar. Ni respecto a la bañera. En París.

tía—. Siendo así, es obligación nuestra... Además, encuentro que una muchacha joven no ha de tener una fonda[47]. En fin —añadió[48]—, lo consultaremos con Juan. Con don Juan —corrigió—. Nosotros, sabes, le llamamos Juan porque le conocemos de pequeño.

Doña Xima, a través de su locura, me contempló[49] con un resto de impertinencia mundana.

—Tranquilícese, tía María Antonia, que para mí será siempre don Juan.

Sentí que la sangre se me agolpaba al rostro y le sostuve la mirada.

—Yo, señora, era porquero de la casa.

Don Antonio, que hojeaba[50] un periódico atrasado, levantó la cabeza:

—Juan, no seas orgulloso. Hay humildades que no me gustan nada.

—Cada cual, Juan, es hijo de sus obras —repuso doña María Antonia.

—Bueno, eso tampoco es del todo cierto —replicó el señor, y volvió a hundir la cabeza en el periódico. Al cabo de pocos momentos le oí que refunfuñaba—: ¿Qué diablos pone aquí de que el rey ha salido de caza, si hace no sé cuántos años que ha muerto?

---

[47] no ha de tener una fonda donde se admiten hombres. En fin.
[48] —añadió mirándome— lo consultaremos.
[49] —me miró con.
[50] que leía un periódico.

# 22

Terminada la cena, me retiré a mi cuarto. Casi no había rezado en todo el día. Acababa mis obligaciones[1], cuando doña Xima llamó. Consulté[2] el reloj. Era cerca de medianoche. Abrí y se arrojó a mis pies. No puedo consignar lo que me dijo. Aunque no se tratara de un secreto de confesión, tampoco lo haría. Me besó las manos y me las bañó con sus lágrimas. Durante aquella escena de nervios, que me dejó agotado, su desconsuelo era profundo, el arrepentimiento parecía sincero. No hacía sino alabar la bondad de los señores y la misericordia de Dios, que se había apiadado de ella.

—De hoy en adelante empieza para mí una nueva existencia —dijo cuando le hube dado la absolución[3].

Me dejé engañar, tal vez porque era dulce el engaño[4]. Me parecía que con el arrepentimiento de aquella pecadora se conjuraba un gran peligro, no sólo para su alma, sino para nosotros mismos.

—Ahora que su vida está resuelta y que ha hecho el firme propósito de no volver a pensar en locuras —le dije— es indispensable que destruya los bombones que hubieran servido, no para el descanso que Vuesa Merced anhela, sino para su condenación eterna.

Me dijo que ya lo había pensado y se disponía a arrojarlos

---

[1] obligaciones, que duraron largo tiempo, cuando.

[2] llamó a la puerta. Constaté.

[3] absolución. *Aparte.* En su rostro aparecía la serena expresión de una buena conciencia. Me dejé.

[4] el engaño y me parecía.

por la ventana, pero opiné[5] que un acto tan transcendental y
como simbólico reclamaba un poco más de solemnidad, aparte
de que temía que pudieran perjudicar a alguien, niño o animal.

—Mañana me los entregará después de la comunión —repuse—. La espero en la capilla a las siete y media. Dedique
estas horas que restan a meditación, con la caja delante y cuando haya comulgado me la entrega y yo mismo la arrojaré al
fuego[6].

Despuntaba el día cuando nos separamos. A la hora señala-
da no se presentó en la capilla y después de esperarla largo
rato mi sorpresa fue grande cuando la hallé junto a la chimenea conversando animadamente con el señor[7]. Permanecí de
pie sobre el portal. Vista a contraluz, delgada y esbelta, parecía
aún joven. Por un momento echó la cabeza atrás y rió cerrando los ojos en un abandono bastante inconveniente, que me
recordó la frase pronunciada tiempos atrás[8] junto al hogar del
zaguán: «Oh, Tonet, ya sabes que no soy más que una gata de
enero»... Me disponía a retirarme cuando el señor me llamó:

—Entra y siéntate, que espantarás a doña Xima, tan alto y
vestido de negro.

Ella me envió un saludo con la mano.

—Don Juan —dijo (y me pareció que había una ligera ironía en el don)— tiene que dejarme una sotana para disfrazarme.

Hice como si no la hubiera oído y me senté en el extremo
opuesto, abriendo mi breviario. Ellos seguían dialogando.

—Yo lo que quisiera saber —decía mi bienhechor— es
cómo la Emperatriz se decidió a huir contigo, después de todo
lo ocurrido[9]. Tú siempre fuiste muy embustera, Xima.

—¿Yo, Tonet?

—Sí. Todo te lo tomas a broma[10]. Sentiría haberme dejado
embaucar por ti en las Memorias.

---

[5] pensado y que los iba a arrojar por la ventana, pero yo opiné.

[6] fuego. *Aparte.* Quedamos así. Despuntaba.

[7] El señor. Oí que reía. ¿Dónde había ido a parar aquel dolor profundo de
horas antes? Permanecí.

[8] pronunciada veinte años antes junto.

[9] todo lo que se había comentado. Tú siempre.

[10] a broma. Pero yo sentiría.

Ella rompió a cantar:

—La paix c'est faite,
ma foi, tant pis.

El señor prosiguió:
—Salisteis por la plaza de *Saint Germain l'Auxerrois*.
—Y desde allí —replicó ella— tomamos una barca.
El señor la interrumpió, enfadado:
—Tomasteis un coche de punto.
Ella seguía canturreando. En aquel momento entró Tomeu con una brazada de leña.
—Este tunante —dijo el señor levantándose— nos ha hechizado a una muchacha.
Doña Xima miró al gañán con una expresión maravillada que no olvidaré. El rostro pareció iluminársele[11].
—Las mujeres sois siempre las mismas. Porque mira que es feo.
—¡Pero si es guapísimo, Tonet!
Él no la oyó porque se había metido en sus habitaciones. Doña Xima se encaró con el gañán.
—Tú eres de Bearn —le dijo sonriendo.
—Sí, señora.
—¿Cuántos años tienes?
—Cumplo veinticuatro por Pascua.
—Entonces, veintitrés. ¿Qué prisa tienes en[12] envejecer? ¿Es verdad que hechizaste a una muchacha? —prosiguió mirándole provocativamente.
Tomeu inclinó la cabeza y no respondió. Ella siguió[13] su interrogatorio descarado, a pesar de que no ignoraba mi presencia.
—¿Te gusta vivir aquí?
—Sí, señora.

_____

[11] *Falta* El rostro pareció iluminársele.
[12] tienes por envejecer? *Aparte.* Sonreía con la misma seguridad de cuando era bella, sólo que la boca se le torcía y el rostro se le llenaba de arrugas. *Aparte.* —¿Es verdad.
[13] Ella prosiguió.

—¿En qué trabajas?

—En lo que me mandan.

—Tendrás que levantarte temprano.

—Al rayar el alba.

—¿No has sido soldado?

—Salí por hijo de viuda.

—¿Nunca estuviste en la Ciudad?

—Iré por Ramos.

—¿Tienes novia?

—No, señora.

—¿Cómo es eso?

—No tenemos ropa.

—¿Te gustaría vivir en una Ciudad? Harías de *valet*, con un uniforme bonito.

—¿De qué?

—De criado, pero no para trabajar.

—¿Pues?

—Muy elegante, con galones dorados...

—¿Pero qué tendría que hacer?

—Saludar. O, si alguien fumaba, encenderle el cigarrillo.

—¿Y nada más?

—Si te preguntan algo, contestar.

—¿Y si no sabía?

—Eso qué tiene que ver... La cuestión es contestar sonriendo[14], con gracia.

El diálogo[15] iba tomando un cariz peligroso que me desconcertaba. No hacía aún cinco horas que aquella misma mujer, postrada a mis pies, deshecha en llanto, había formado propósitos firmísimos de enmienda. Tosí para hacer acto de presencia, pero ella me miró sin inmutarse, hasta tal punto había olvidado aquellos propósitos.

—¿Contestar riendo? —preguntó Tomeu—. ¿Y si se enfadaban?

Doña Xima tenía una expresión soñadora[16]. Estaba casi hermosa y parecía feliz. De pronto se abalanzó hacia Tomeu.

---

[14] contestar riendo.

[15] El diálogo, dados los antecedentes de doña Xima, iba tomando.

[16] soñadora, altamente poética. Estaba.

398

—¿Cómo es que te falta un diente? Tendré que hacer que te lo pongan postizo.

Le había cogido la cabeza entre las manos y le miraba fijamente. Él se desprendió con rapidez[17].

—Eso no —exclamó[18]—. Dicen que son de muerto.

---

[17] *Falta* con rapidez.
[18] —dijo—.

# 23

Los acontecimientos se precipitaron. El martes[1] después de comer empezaron a llegar disfrazados. Ya he dicho que el señor les daba asilo por un convenio tácito con el difunto Vicario, que no aprobaba aquella fiesta. El actual, don Francisco[2], tenía la manga más ancha, pero de todas maneras el pueblo se hallaba habituado a celebrar el baile[3] en la posesión y nadie veía motivo para variar la costumbre[4].

La tarde aparecía radiante. Desde la ventana de mi cuarto, el jardín que se iba convirtiendo en selva anunciaba[5] una próxima primavera. El cielo era de un azul adamascado. Qué cielo, Dios mío, y qué sol tan esplendoroso. Qué indiferencia la de aquella naturaleza bellísima, atenta sólo a sí misma... Parecía que nos halláramos[6] en los comienzos del verano. Zumbaban las abejas, los[7] árboles hinchaban sus botones en las ramas tenues y la tierra se cubría de florecillas[8]. Sobre una encina un pájaro lanzaba voluptuosos trinos[9]. Le respondían, lejos, desde otro árbol. Flores, abejas y pájaros[10], todo era rítmico y

---

[1] se precipitaron. Era el martes de Carnaval. Después de comer.

[2] aquella promiscuidad de hombres y mujeres con la cara tapada. El actual Vicario, don Francisco, que presumía de liberal, tenía.

[3] celebrar la fiesta.

[4] costumbre. *Aparte.* El día amaneció despejado. Desde.

[5] anunciaba, bajo el sol cálido, una.

[6] que nos hallábamos.

[7] del verano. Los árboles. *Falta* Zumbaban las abejas.

[8] florecillas, en torno de las que revoloteaban las abejas. Sobre.

[9] un pájaro daba voluptuosos gritos. Le respondían.

[10] y pájaros, cada cual iba a lo suyo, todo era.

armonioso. Debajo de aquella armonía aparente se incubaban hondas desventuras: los pájaros destruían los insectos, las ovejas devoraban las flores. Pude, en lo alto, distinguir un milano que apresaba a una paloma. La naturaleza continuaba sonriendo en medio de la destrucción inevitable. Reía el agresor y reía la víctima hasta que la vida se le quebraba en un grito de espanto. Una tarde así, en el Gólgota*[11], Cristo tuvo un instante de desfallecimiento: «Dios mío ¿por qué me has abandonado?»

El desenlace se aproximaba. Convencido de que nada podía contra la fatalidad, empecé a rezar con tanto anhelo que la fatiga me cerró los ojos y quedé privado. Cuando me desperté después de un sueño opaco[12] era ya noche oscura. El campo había enmudecido. La casa en cambio vibraba de chillidos de máscaras, tan agudos que parecían vencejos. Me asomé a la *clasta*. Estaba invadida por el gentío. En el lugar sólo debían haber quedado los viejos o los impedidos. Todos iban con careta, envueltos muchos de ellos en sábanas y colchas, de[13] manera que resultaba difícil adivinar el sexo y la edad, lo que podía ocasionar situaciones equívocas[14]. Quienes vemos el Carnaval entre bastidores, es decir, desde el confesonario, conocemos sus peligros[15]. El señor nunca quiso considerarlos[16], cerrado como era a cuanto le desagradaba. Un año, después de la fiesta, faltaron dos ceniceros y una cuchara de plata, pero tampoco concedió importancia a aquellos hechos, que la tenían[17], no sólo por el valor, sino por la malignidad que entraña todo robo.

---

* Jesucristo no pronunció su frase en una tarde como la descrita. Don Juan, hombre inteligente, no acierta, sin embargo, a desprenderse de la aprendida retórica. *[N. del Editor.]*

[11] *Falta esta nota.*
[12] opaco, comparable a la muerte, era ya.
[13] de tal manera que.
[14] situaciones peligrosas. No dar la cara ha sido siempre algo mal hecho; los defensores del Carnaval alegan que se trata de una broma intrascendente, pero cuántos ejemplos podríamos aducir en contra de sus afirmaciones. Quienes.
[15] el confesionario, sabemos que el impúdico lo aprovecha para sus expansiones amorosas, el cobarde para proferir el insulto y la injuria que no se atrevería a sostener abiertamente, la celestina para lanzar el anzuelo con que atrapar víctimas para su comercio infame. El señor.
[16] considerarlo así, cerrado.
[17] aquel hecho, que lo tenía, no sólo.

Dando[18] una vuelta por la casa, pude percatarme[19] del desorden introducido, como una apoteosis final, en el solar de los Bearns. En la cocina la lumbre se hallaba apagada y la cocinera había desaparecido. Vi, eso sí, dos jamones sobre la mesa y unos pellejos[20] de vino del mejor, que por la mañana se hallaban llenos y aparecían ahora casi vacíos[21]. Subí a enterar al señor, que dormitaba junto a la chimenea.

—Ven aquí, hijo mío —dijo al oírme.

Le conté lo del vino y levantó los hombros.

—Déjalos que se diviertan un poco —y tornó a aletargarse.

—¿No se encuentra bien?

—Divinamente —replicó[22].

Doña María Antonia avanzaba, frágil y satisfecha.

—Abajo, qué animación... ¿Duermes, Tonet?

—Sí.

—Oh, señor... Nunca he visto que contestara una persona que duerme. ¿No te gusta oír las máscaras? «Piripipiu, retipiripipiu...» Parecen pájaros.

Un grupo asomó a la puerta del salón chillando y pidiendo caramelos.

—Idos —dijo el señor sin abrir los ojos—. Id a la cocina que os den vino rancio.

Al oír esto salieron en tropel. Algunas máscaras se atrevían, no sólo a subir las escaleras, sino a penetrar en los aposentos íntimos. Me di cuenta de que una pareja había invadido el gabinete del señor, aprovechando sin duda la escalera de caracol, que comunica aquellos aposentos con el jardín, y hube de intervenir y afearles su conducta.

En la *clasta* se estaba organizando[23] el baile. Un individuo muy alto, que no podía ser de la casa, repartía jamón y vino a

---

[18] robo. En una palabra, el Carnaval lleva siempre consigo el pecado de su origen pagano. Sin necesidad de esperar a que el confesionario me ilustrara, sólo dando una vuelta.

[19] pude darme cuenta.

[20] eso sí, un jamón sobre la mesa y una botella de vino.

[21] se hallaba llena y aparecía ahora casi vacía. Subí.

[22] —replicó con viveza abriendo los ojos. *Aparte.* Volvió a cerrarlos enseguida y me pareció que su respiración era fatigosa. Doña.

[23] se había organizado el baile.

los concurrentes. Habían encendido una hoguera y las risas y gritos aumentaban. Más que aquel escándalo y aquel despilfarro me transtornaban las parejas que buscaban la intimidad, las situaciones equívocas. Volví a la sala. Como[24] era inútil decir nada al señor, me senté en un extremo, procurando hacerme invisible. Tres máscaras asomaron por el portal y se detuvieron. Iban vestidas iguales, pero una, más frágil, podía parecer mujer. No abandonaba el falsete y en realidad llevaba la iniciativa en una especie de seducción muy inconveniente. Desde mi rincón se me escapaban la mitad de las palabras.

—¿Qué hablan esos charlatanes?... —oí que decía a media voz el señor.

Ni ellos lo sabían. Podían compararse a aquellos gorriones oídos después de comer y que anunciaban la primavera.

—Venid conmigo, tenéis que sacarme a bailar —decía el que parecía una muchacha.

—Primero necesitamos estar seguros de que seas[25] hembra —replicaban, riendo, los otros en voz varonil.

Se hizo el silencio. Después oí risas ahogadas.

—A ver... Enseña las manos. Buen macho...

Volvieron a reír. Medio en sueños, el señor daba la réplica para sí mismo:

—Buen macho y lo están sobando... —decía entre dientes—. Les tocaría estar avergonzados, pero no lo están... —y volvió a dormirse.

Me levanté y al verme huyeron escaleras abajo. Les seguí disimuladamente. En el zaguán hallé[26] una máscara que intentaba esconder entre sus vestiduras un candelabro de plata. Se lo quité de un manotazo. Doña Xima se me acercó muy agotada.

—Juan —dijo—, ¿dónde está Tomeu?

—¿Para qué quiere saberlo?

—Porque me ha dado palabra de casarse conmigo.

Se hallaba excitadísima[27]. Desde el primer momento doña

---

[24] equívocas. En broma o en serio se acercaban unos a otros más de lo conveniente y sostenían conversaciones misteriosas y de doble sentido. Volví a la sala, pero como era.

[25] seas una hembra.

[26] En el zaguán me hallé con una.

[27] *Falta* se hallaba excitadísima.

Xima me había parecido una perturbada. Ahora tenía la convicción de que estaba loca.

—No diga esas cosas, señora —repuse en voz baja.

—Vamos ahora mismo a ver a los tíos —replicó. Y desapareció corriendo. No me atrevía a seguirla y me senté en el zaguán, esperando ver qué sucedía. Al cabo de pocos instantes el señor me llamó, como yo esperaba.

—¿Qué disparates cuenta doña Xima, Juan?

Ella comenzó a gritar, congestionada[28], y a decir incongruencias.

—No es necesario que grites porque no estoy sordo —advirtió el señor—. No te casarás con Tomeu porque ni él te quiere ni yo lo consentiría.

Entonces se desbocó. De pie contra la chimenea vomitaba injurias. Parecía que iba a darle un ataque[29]. En una pausa oímos la voz sonora y clara de Tomeu que decía desde abajo:

—Esa vieja que ha venido de fuera está tocada de la cabeza. Parece una bruja. ¿No oís como chilla?

Doña Xima palideció como si aquellas palabras crueles la volvieran a la realidad[30]. Me pareció que vacilaba y sacó del seno la cajita de bombones venenosos. Llegué a tiempo de impedir que se los llevara a la boca y la obligué a soltarlos sobre la chimenea. Durante el forcejeo la cajita había perdido la tapa, pero no puedo asegurar si contenía los tres bombones que nos había enseñado la tarde anterior o si faltaba ya alguno[31]. Reaccionaba contra mí con verdadera furia, invocando, entre lágrimas, el nombre de Tomeu[32]. Yo la sujetaba, y al no poder desplazarse se revolvía como una poseída. Cuando la solté huyó corriendo. No la volvimos a ver. Según supe después, la Guardia Civil la recogió en mitad de la carretera y la transladaron[33] al Hospital de Palma, en donde ingresó ya cadáver[34]. Tal vez es mi último recuerdo de doña Xima. Nótalo bien, querido

---

[28] Ella comenzaba a exaltarse y a decir.
[29] un ataque. El señor la observaba en silencio. En una pausa.
[30] *Falta desde* como si *hasta* la realidad.
[31] alguno. Ella reaccionó contra mí.
[32] *Falta desde* repitiendo *corrige* invocando *hasta* Tomeu.
[33] y la encerraron en el Hospital.
[34] Palma, donde murió al día siguiente.

Miguel: más desventurado que el duque de Gandía, no fue ella lo que perdí aquel martes aciago, sino la imagen de la belleza pura, que ahora se me aparecerá ya siempre involucrada con lo espantoso[35].

Doña María Antonia, frágil y menuda, entró hablando pausadamente.

—Oh, Tonet, si te asomaras... Todo Bearn está aquí. ¿No te gusta ver el baile? Catalinita llora junto al hogar. Que llore, que llore —añadió, satisfecha—. Nunca más volverá a entrarme el desayuno.

Al cabo de un rato repuso:

—Mañana le regalaré esta pulsera. ¿No te parece, Tonet? Oh, Jesús, he perdido el rosario...

La vi que buscaba sobre la chimenea y aquel debió ser el momento en que, desmemoriada como estaba, tomó alguno de los bombones de doña Xima. Poco después caía en un estado de somnolencia que de momento no me llamó la atención[36], pero cuando vi que era tiempo de acostarse y no se movía avisé[37] al señor e intentamos despertarla. Al no conseguirlo comprendimos que se trataba de algo serio. En el lugar no existe médico, y el barbero, que hace sus veces, se había roto una pierna el día anterior. Era ya muy tarde. Las últimas máscaras se habían retirado y reinaba en la casa el silencio más absoluto. No quise despertar a nadie. Bajé a la cocina para hacer café fuerte y al volver a la sala la hallé en los brazos del esposo[38].

—Esto se termina, Juan —me dijo tristemente.

Le hicimos tomar café muy caliente y reaccionó. El señor parecía a su vez aletargado y lo atribuí al transtorno. A él, empero, le costaba mucho perder la consciencia. Doña María Antonia, en los instantes que tuvo[39] de lucidez, nos preguntó si se moría. No experimentaba ninguna molestia[40] y se encontraba perfectamente; «como en el cielo», fueron sus palabras. Le ase-

---

[35] *Falta desde* Tal es *hasta* lo espantoso.

[36] de somnolencia. De momento, aquello me parecía *falta un no seguramente, pero puede que sea un* ya *lo que falta,* pero cuando vi.

[37] llamé la atención del señor.

[38] del señor.

[39] la conciencia. En los instantes que la esposa tuvo todavía de lucidez.

[40] se moría. No le dolía nada, según me dijo, y se encontraba.

guramos que no había tenido sino un ligero desmayo (yo mismo quería convencerme de ello) y le di la absolución. Parecía serena y valerosa. Creí que mis palabras la habían engañado, pero no era así, porque cogió una mano del señor y le dijo de pronto:

—¿Pero tú que harás, Tonet?

Sus ojos claros parecían de vidrio, secos y angustiosos. Quedamos fríos. Ella se recobró enseguida.

—Bueno, te distraerás con tus papeles.

Quiso darle un abrazo y sonrió[41]. La muerte se apoderaba de ella. Pero ¿existe la muerte? Ovidio no la admite y para la Iglesia se trata simplemente de un «tránsito». Aquel postrer abrazo[42] me recordó el poema de las *Metamorfosis*. Por unos segundos, sus miembros frágiles y temblorosos[43] me parecieron dos ramas de árbol, como en la fábula de Baucis. ¿Era el hálito de la transformación quien los agitó antes de que cayeran desmayadamente en torno a su cuerpo? Los ojos se le cerraron y se durmió en la paz del Señor. Fue entonces cuando se me ocurrió contar los bombones[44]: la cajita estaba vacía. Miré a mi bienhechor[45]: se hallaba adormecido, con los mismos síntomas de su esposa.

—Señor —grité—, ¿qué ha hecho Vuesa Merced?

—Nada —murmuró con los ojos cerrados.

—Doña Xima había dejado[46] una cajita con tres bombones.

No me contestó. ¿Qué había ocurrido durante el tiempo que estuve en la cocina?[47]. Indudablemente, el señor, ante el letargo súbito de su esposa y sabiendo que carecía de memoria para los hechos recientes, tuvo mi mismo pensamiento y se le ocurrió examinar la caja de bombones. Su desconsuelo habría sido grande al notar que faltaba alguna y, pagano como era, habría preferido el suicidio a la soledad de una existencia que, a sus

---

41 y sonrió dulcemente.
42 abrazo de doña María Antonia me recordó.
43 los brazos frágiles y temblorosos de la señora me parecieron.
44 los bombones, que se hallaban sobre la chimenea: la cajita.
45 al señor.
46 dejado aquí una cajita.
47 cocina? *Aparte*. Indudablemente.

años, no se sentía con fuerzas para llenar de nuevas afecciones. Recordé que días antes me había dicho durante un paseo:

—Creo que con los pliegos que te entregaré hoy, mis Memorias se hallan virtualmente terminadas. Todo está dicho y de la mejor manera posible: no sé escribir mejor de como lo hice. Cuando las publiques —nunca se le ocurrió pensar que yo pudiera no publicarlas— hallarás, naturalmente, algún descuido de estilo y tal vez algunas libertades e infracciones gramaticales. Cuidado, hijo mío, al corregirlas. Piensa que no soy un erudito ni un escritor en el sentido estricto de la palabra, sino un hombre que no ha tenido hijos —al decir esto me apretó el brazo con ternura— y que desearía sobrevivirse algún tiempo, perpetuando la vida de cuanto ha querido. He intentado sobre todo retratar a doña María Antonia, fijar su graciosa infancia, su madurez llena de talento y serenidad y el[48] desorden mental de la última época, que a ratos hace revivir a la niña de ocho años con quien he jugado en estos mismos lugares. Esto es lo que me he propuesto y para lograrlo he tenido que sacrificar a veces la gramática y la moral en gracia a la exactitud. No te autorizo —añadió riendo[49]— a que modifiques más solecismos que[50] los que afectan a la ortografía. No me interesa el problema de las «ges», y las «jotas» ni el de las «haches», que en Italia han sido ya suprimidas. Respecto a la sintaxis, uso la mía; no lo olvides, la que mejor corresponde a mis necesidades. En fin, doy la obra por terminada. Sé que el dinero que te entregué bastará para la edición, que no deseo lujosa, sino tan sólo correcta. Edítala en París[51].

Le noté triste y creí adivinar el motivo. Él mismo me lo confirmó, sin que se lo preguntara:

—Mi vida ahora carecerá de objeto.

—Existe la señora —le dije.

—Claro que sí —repuso.

La señora ya no existía y las Memorias se hallaban terminadas. La idea del suicidio se impuso con fuerza.

---

[48] y el delicioso desorden mental.

[49] riendo, pues era su modo de tratar los asuntos transcendentales —a que.

[50] solecismos de los que.

[51] *Falta* Edítala en París.

—Señor —grité—, la caja está vacía. Si ha tomado Vuesa Merced algún bombón, es necesario que se confiese en el acto. Va en ello su salvación eterna. ¿Ha intentado suicidarse Vuesa Merced?

No abrió los ojos, pero me pareció que sonreía imperceptiblemente. Su respiración se debilitaba. ¿Habría entendido mis palabras?

—Suicidio... —murmuró.

—¿Ha tomado Vuesa Merced algún chocolate de sobre la chimenea? Si no puede responderme, hágame un signo con la mano.

Hizo un gesto indeciso, que podía interpretarse como una negación, y sentí renacer la esperanza.

—¿Confiesa, pues, que no ha querido matarse?

Esta vez la mano denegó con más claridad.

—¿Pide perdón a Dios por todos sus pecados, se arrepiente de ello y me autoriza para que suprima de sus Memorias lo que un consejo de moralistas estima pertinente a mejor servicio de Dios y bien de su alma?

No continué porque había perdido el sentido. Estuvo aletargado hasta la madrugada, en que entreabrió los ojos y recobró momentáneamente la palabra. Intenté cofesarle y él, como otras veces, se remitió graciosamente a su obra.

—Mis escritos, Juan, son mi confesión. No tengo miedo —añadió sonriendo—. Dios es muy bueno.

Recuerdo como si fuera ahora el tono de estas palabras.

—La existencia de Vuesa Merced —repliqué[52]— ha sido, a pesar de sus graves errores, hermosa. Pida contritamente perdón...

—Mira —interrumpió incorporándose—, me acuso de haber sentido[53] envidia de Jacobo Collera.

Noté que vacilaba y le sostuve en mis brazos. Estaba muerto.

---

[52] —repliqué *y una palabra ilegible, que pudiera ser* conmovido.
[53] sentido, tal vez, envidia.

# EPÍLOGO

Escrito lo que antecede, ayer, al declinar la tarde, me anunciaron que unos caballeros deseaban hablar conmigo. Se trataba de dos miembros del Centro Imperial de Investigaciones Masónicas y Teosóficas de Prusia. Sobre las tarjetas aparecía el viejo emblema de los Rosenkreuz, es decir, una cruz rodeada de una corona de rosas[1]. Uno de ellos, corpulento y pletórico, se titulaba Dr. Wassmann. El otro, cuyo nombre no logré entender, me fue presentado como su secretario. Manifestaron que, enterados de la muerte del señor de Bearn, habían venido delegados por el príncipe Bismarck para entrevistarse conmigo e inquirir unos datos que interesaban a Su Alteza.

Desconcertado[2] por lo insólito del caso, les hice pasar al salón azul y después de servirles unas copas de vino generoso y de cerrar todas las puertas, expusieron[3] el objeto de su visita. Se expresaban en un castellano correcto[4] y científico, y sólo en el acento descubrían[5] su origen alemán. Iban provistos de sendos cartapacios y mientras hablaban consultaban documentos diversos. Se trataba de las andanzas de don Felipe[6], y empezaron por enseñarme la partida de su nacimiento, ocurrido en Ciudad de Mallorca el 16 de abril de 1780.

---

[1] de rosas, símbolo del infinito. Uno de ellos.
[2] Algo desconcertado.
[3] las puertas, no sin antes ordenar que no nos molestaran para nada, expusieron detalladamente el objeto.
[4] en castellano correctísimo.
[5] se les descubría.
[6] don Felipe de Bearn y empezaron.

—A fines del siglo XVIII —dijeron— los Rosenkreuz constituían el 8.º grado de la francmasonería[7] y ya sabrá usted que
don[8] Felipe de Bearn era francmasón.

Aguanté el golpe sin pestañear.

—En la familia de Bearn —continuó el Dr. Wassmann—
han existido varios francmasones. Su Alteza el Príncipe...

Levanté la cabeza y le atajé en seco:

—Nací en la casa. He pasado la mitad de mi existencia en el
archivo, lo conozco a fondo. Su Alteza el Príncipe, fundador
del Imperio, tiene asuntos demasiado importantes para ocu-
parse de una oscura familia mallorquina.

Sin duda pronuncié estas palabras con demasiada vehemencia, pues mis interlocutores[9] se creyeron en el caso de dar explicaciones.

—Le rogamos que nos perdone —dijeron— y que nos haga
el obsequio de creer que no hablamos a capricho. El archivo
de la finca, que usted conoce a fondo, fue expurgado por don
Antonio de Bearn según nuestras noticias —y consultó un documento— en 1866[10], aproximadamente unos años después
de su ingreso de usted en el Seminario. Pero nos desviamos
del asunto. Nuestros estudios se limitan a la personalidad de
don Felipe.

—Puesto que el archivo fue expurgado —interrumpí—, no
creo que éste[11] sea el lugar más a propósito para sus investigaciones. Por otra parte, es mi deber manifestarles que mi ministerio me impide colaborar con la masonería.

—Muchos masones —replicaron— son cristianos y por lo
que atañe[12] a nuestra secta hemos adoptado, siguiendo a Chretien Rosenkreuz, el signo de la cruz.

—Puede que se crean ustedes cristianos, pero no acatan los
dogmas de la ortodoxia y son, por tanto, herejes.

—Eso sí —contestaron a coro, como si les hubiera dedicado un elogio.

---

[7] francmasonería (12.º grado de la escocesa) y ya sabrá.
[8] *Falta* don.
[9] mis interlocutores me miraron inquietos y se creyeron.
[10] en 1865.
[11] no creo que Bearn sea.
[12] cristianos fervorosos y por lo que respecta a.

Yo no acertaba a comprender que un personaje[13] de derechas como Bismarck tuviera tratos con masones, ni que el príncipe, que acababa de dimitir su cargo de canciller y que no se llevaba a bien con el joven kaiser, pudiera hablar en nombre del Centro Imperial de Investigaciones Masónicas y Teosóficas[14] de Prusia. Los doctores sonrieron ante mis dudas.

—El asunto no es quizá tan sencillo[15]. El príncipe proclamó el Imperio el 18 de enero de 1871, coronando a Guillermo I en la *Galerie des Glaces* de Versalles. Aquel día, la[16] casa de Habsburgo sufrió un rudo golpe. Sedán ha repercutido más hondamente en Viena que en París. Los Hohenzollern deben mucho al viejo canciller. Prusia le debe más todavía...

Siguieron hablando con erudición y he de reconocer que su charla demostraba una cultura nada común[17]. No siempre, sin embargo, acertaba a hallar una cohesión y un sentido a sus sagaces afirmaciones. Por un momento llegué a pensar si la enemistad del kaiser Guillermo II con Bismarck era sólo aparente, y si éste, tras cortina, seguía, de hecho, en su cargo de canciller.

—Nada más inexacto —me replicaron—. El kaiser es liberal y el príncipe conservador. Bismarck no es sólo un militar, un elemento de fuerza; es ante todo un gran político que engañó a Napoleón III y, en cierto modo, al propio Guillermo I. Usted conoce sin duda la historia de lo que se designa por *la depeche de Ems,* origen de la guerra del 70, algo destinado a quedar más célebre, por su trascendencia, que el *bellissimo inganno*[18] de Sinigaglia de Cesar Borgia. Siendo conservador, el príncipe es enemigo de los viejos y caducos Habsburgos, pero no hay en ello contradicción alguna. Todo credo es una fuerza que se puede aplicar de muy diferentes maneras, según el lugar y las circunstancias. El Príncipe es conservador en Alemania porque quiere conservar el Imperio que fundara en Versalles, pero

---

[13] un personaje tan de derechas.
[14] Centro Imperial de Estudios Masónicos y Teosóficos de Prusia.
[15] tan sencillo como usted lo enfoca. El príncipe.
[16] la funesta casa.
[17] común que me tenía en suspenso. No siempre.
[18] que el bello engaño de.

favorece la masonería que ha de introducir la disgregación en Austria.

Aquel pragmatismo que de una manera tan cínica exponían mis interlocutores me disgustaba[19], si bien me abstuve de hacer comentarios[20]. Guillermo II y Bismarck, aunque enemigos, coincidían de un modo tácito en la manera de exterminar la Casa de Austria; pero tampoco acertaba yo por completo esta vez.

—Para el Kaiser —dijo el Dr. Wassmann— la disgregación de Austria debe llegar por un camino opuesto al que preconiza Su Alteza, es decir, por un conservadurismo caduco, a lo Francisco José, que acabará por secar las fuentes vitales del país; y parece que realmente los Habsburgos se muestran cada vez más incapaces para amoldarse a las necesidades del siglo.

A medida que escuchaba[21], mis ideas se iban haciendo más confusas.

—Entonces —balbuceé—, ¿cómo Su Majestad favorece?...

—Su Majestad no favorece la masonería, sino que la preside[22]. Como emperador y árbitro supremo, reconoce su existencia, sin fomentarla directamente.

—Pero sin perseguirla.

—Del mismo modo —replicó el doctor— que no persigue los caminos de hierro ni las diligencias, que se hacen la competencia entre sí. Por otra parte, el aspecto tiene, no dos, sino varias caras, y si bien puede ser cierto el punto de vista de Guillermo II respecto a que para hundir a Austria conviene aumentar allí el poder personal de los Habsburgos, este exceso de poder, al degenerarlos más y precipitar la caída de la dinastía, podría coincidir con un resurgimiento del pueblo austriaco, cosa que es necesario evitar a toda costa[23].

Apuró su vaso, que volví a llenar, pues notaba que el vino le excitaba a hablar, y prosiguió:

—En cambio, el problema varía[24] por lo que respecta a

---

[19] me disgustaba profundamente, si bien.
[20] hacer ningún comentario.
[21] que escuchaba con más atención, mis ideas.
[22] preside. Son dos conceptos diferentes. Como.
[23] a todo trance.
[24] varía radicalmente por.

Francia, país que resurgió demasiado pronto de la derrota de Sedán. No sería absurdo suponer que la masonería librepensadora, que afianzaría tal vez[25] la unidad del Imperio austriaco, fuera un elemento disgregador entre los franceses, seres decadentes e indisciplinados. Lo mismo podría acontecer en Italia, joven nación a la que tampoco conviene perder mucho de vista.

Mi interlocutor hizo una pausa, y yo, estremecido, pensé ahora que lo que se proponían[26] conservadores y liberales prusianos era en realidad la destrucción de Europa[27]. Su conversación me resultaba cada vez más desconcertante.

—A ese respecto —exclamó el secretario del doctor— Rosenkreuz, francmasones y carbonarios se hallan en estrecho contacto.

—El Príncipe, y me excuso, señor —prosiguió Wassmann obsequiándome con una inclinación de cabeza—, ha sostenido siempre contra la Iglesia (y esto es otro aspecto del problema) la guerra religiosa conocida por la *Kulturkampf,* y ello es un motivo más que le une a nosotros. La *Kulturkampf* presenta también un doble aspecto: por un lado es nacionalista, netamente prusiana, y tiende a la supremacía del Imperio alemán surgido «por el hierro y por el fuego»: como usted ve, nada más lejos, a primera vista, del liberalismo que propugnamos los Rosenkreuz, aunque, por otro lado, la hegemonía de Prusia (pero esto nos llevaría ahora muy lejos) se apoya en un elemento intuitivo y vital, puramente mágico, al que nosotros no somos ajenos. Ya sabe que durante casi dos centurias nos hemos llamado «los invisibles». El propio Chretien Rosenkreuz practicó la nigromancia y fue, a principios del siglo xv, el precursor de la física positiva.

El doctor notó en mi rostro un aire de extrañeza y se apresuró a darme la explicación que yo no pedía.

—La ciencia moderna deriva de la magia —dijo— y aun cabe sostener que es, en su esencia, magia pura. Nada sabemos de las causas de la electricidad, por ejemplo, energía que utili-

[25] tal vez (y hablamos sólo en hipótesis provisional) la unidad.
[26] se proponen.
[27] la destrucción del mundo.

zamos continuamente. El Universo está lleno de fuerzas misteriosas que el Ser Supremo sólo libera de tarde en tarde a
los hombres cuando éstos se hacen dignos de ello o cuando
—sonrió— son bastante audaces para arrebatárselas. A este
respecto le recordaré que un monje alemán robó el rayo a los
dioses con la invención de la pólvora. Nosotros, librepensado-
res, abogamos por el principio de la democracia y la libertad
humanas, impuestas, si es necesario, por la violencia, pues no
retrocederemos ante nada. Somos anticatólicos y nos empare-
jamos con los propugnadores de la *Kulturkampf*. El catolicismo
(y le ruego otra vez que me perdone) es el principal enemigo
de Bismarck. El Kaiser y el Príncipe[28] tienen un enemigo común y en este sentido son aliados, pero sólo en este sentido.
Cuando el enemigo común haya sucumbido ¿a dónde irá a parar esta pretendida amistad?

Se hallaba algo congestionado por el alcohol y también por
su propio discurso. Hizo otra pausa y creí comprender ahora,
aunque seguí guardando silencio, que lo que el fuego de Prusia
destruiría, una vez abatidos sus enemigos, sería a sí misma[29].

Se hacía tarde, llovía y me vi obligado a invitarles a cenar.
Me había propuesto no preguntarles nada, pues habiendo observado que no[30] eran insensibles al vinillo rancio de Binisalem, supuse que en el transcurso de la cena se explayarían por
sí mismos, como sucedió.

—Estas viejas posesiones mallorquinas —dijo el Dr. Wassmann— tienen un gran encanto. ¿Es cierto que Bearn se halla
en venta?

Le expliqué en pocas palabras la situación[31], que no era un
secreto para nadie.

—¿Usted, señor cura, sentirá dejar estos lugares?

—Aquí he nacido y aquí hubiera deseado morir —repliqué—, pero Dios Nuestro Señor lo ha dispuesto de otra manera.

Mi interlocutor me escudriñó con la mirada.

---

[28] y el príncipe, señor, tienen.
[29] a sí misma. Si no ando equivocado, un tema parecido es el que se glosa en
una ópera de Wagner titulada *El Ocaso de los Dioses*.
[30] nada respecto a los episodios de la casa que parecían conocer, pero habiendo observado que no eran.
[31] la situación de la casa, que no era.

—Quizá no. Acerca de esto tenemos también[32] algo que hablar —y apuró su copa de vino—. ¿A cuánto ascienden, si no es indiscreción, las deudas que pesan sobre la finca?[33]

—En total cerca de sesenta mil duros.

El secretario sacó un lapicero y trazó unos guarismos en una tarjeta. Luego se los enseñó al Doctor y le habló al oído. Me pareció oír la palabra *marks*.

—*Das ist nicht zuviel* —murmuró el doctor. Y seguidamente, dirigiéndose a mí—. La figura de Don Felipe interesa extraordinariamente en Alemania. Estamos escribiendo una *Historia completa de la Masonería.*

Volví a repetir que en el archivo de la casa no existía ninguna alusión importante a ese respecto.

—Sabemos, como le he dicho, que los archivos fueron expurgados, debido a varias circunstancias... Nuestro interés estriba sólo en la sala de las Muñecas. Es allí que se conserva el verdadero archivo.

Sin poder refrenarme, me levanté como dispuesto a terminar.

—Me extraña que también conozcan esto. El señor tenía prohibido que se hablara del asunto. Yo no he entrado jamás en la sala de las Muñecas. Hace por lo menos un cuarto de siglo que nadie, ni don Antonio, ha puesto allí los pies.

El Doctor no hizo caso de mi vehemencia y volví a sentarme. Hubo un silencio y añadió después pausadamente.

—Don Antonio de Bearn mantuvo correspondencia, desde 1862 hasta 1866, con los Rosenkreuz de Prusia. En esta fecha rompió con nosotros y con la francmasonería (pues hasta la guerra del 70 marchamos unidos) y fue tildado de sospechoso y, como es natural, vigilado. No se trataba por su parte de una ruptura violenta, y digo «por su parte» porque en la masonería las defecciones no se olvidan. Voy a leerle un fragmento de la última carta, fechada en 8 de enero de 1866. Dice así: «...He decidido borrarme de sus organizaciones. No me cuenten como un enemigo, sino como un desilusionado. Admiro en ustedes una fe que no comparto. Estén tranquilos respecto a

---

[32] *Falta* también.
[33] sobre Bearn?

los "secretos" a mí confiados. Hoy mismo quedan encerrados en la sala de las Muñecas, junto a las colecciones y a la correspondencia del perverso y diabólico Don Felipe, cuya alma se halla probablemente en el Limbo. "Silencio para lo que no entendemos", como dicen en Cataluña. Mientras yo viva, nadie, ni yo mismo, volverá a entrar allí, pero no me decido a destruir ningún documento porque lo que ahora es aún chismografía constituirá tal vez la historia de mañana, suponiendo que mañana no presente problemas más acuciantes. No debo disponer del porvenir. Después de mi muerte, estoy seguro que don Juan Mayol, hoy seminarista y con el tiempo, Dios mediante, capellán de la casa, sabrá obrar en conciencia.» Como usted ve —prosiguió el doctor—, se trata de la postura de un escéptico que rehúye toda responsabilidad y toda determinación: lo que más se persigue en nuestro credo. Pudo averiguarse que Don Antonio había regalado su emblema masónico a una aldeana de estos lugares, en vez de devolverlo, como era su deber. Bueno... la ninfa ya... —aquí el doctor, que se hallaba algo excitado, lanzó una carcajada y pareció que iba a añadir algo, pero se retuvo y prosiguió—. Al príncipe, como decía, le interesa Don Felipe, figura sumamente compleja y relacionada con varias cortes de principios de siglo. El profesor Freud, de Viena, joven discípulo de Charcot, ha acudido también a Su Alteza para inquirir datos acerca de este desconcertante Bearn, que mantuvo al mismo tiempo relaciones amorosas con la reina María Luisa de España y muy amistosas con el entonces apuesto Don Manuel de Godoy.

Enrojecí, pero guardé silencio.

—Poseemos algunas cartas íntimas del Príncipe de la Paz —siguió— en que se alude a los motivos por los cuales Don Felipe se vio obligado a separarse del Ejército, retirándose a esta finca, y contamos también con la correspondencia de don Antonio, cuya última carta acabo de leerle. Sabemos, pues, de buenas fuentes que el verdadero archivo no es el que usted conoce a fondo —y subrayó la palabra—, sino el que se halla en la sala de las Muñecas. De manera, señor cura...

El Secretario le dijo algunas palabras en alemán y el Doctor varió el rumbo de su discurso.

—¿Usted asegura —me preguntó— que el difunto Señor no

entraba en la sala de las Muñecas desde hace un cuarto de siglo?

—Tal es mi convicción[34].

—*Sher gut*. Sobre esta base, tengo que hacerle una proposición en nombre de Su Alteza: nosotros podemos adquirir esta finca, que de hecho pertenece a los acreedores y nombrarle a usted administrador vitalicio, ya que tanto siente dejarla...

—A cambio de que yo les entregue la sala de las Muñecas. —el corazón me latía con fuerza—. Señor Doctor, aparte de otras consideraciones, Bearn, aunque hipotecado, pertenece *de jure* a los sobrinos, que pueden rescatarlo...

—Usted sabe que no tienen dinero. Estamos enterados de todo. Sin embargo, si prefiere que nos entrevistemos con los sobrinos, no hay inconveniente[35]. Considere que las proposiciones que acabo de hacerle a usted se las puedo hacer a ellos, lo cual acaso simplificara el asunto, pues aceptarían.

Era cierto. Inconsciencia, frivolidad y codicia, trabajando de consuno, harían que doña Magdalena entregara alegremente *et d'un coeur leger,* como hubiera dicho el Señor, las intimidades de Bearn a las logias masónicas. Me di cuenta del enorme peligro y comprendí que era necesario ganar tiempo, evitando a todo trance romper las negociaciones.

—Su proposición —repuse— es tan generosa que me coge desprevenido. No es necesario que se molesten en visitar a los sobrinos, pues he de tener el mismo gusto que ellos en servirles —mis visitantes se miraron con una sonrisa que fingí no ver—, pero me hallo tan turbado que ruego me concedan algunas horas para reflexionar.

A renglón seguido insinué que, caso de llegar a un acuerdo, sería conveniente formalizar un contrato escrito, y se ofrecieron en el acto a depositar una fuerte suma, como fianza, en casa de un notario. Supe hacerme el cazurro y aproveché la emoción que realmente me embargaba para fingir el atolondramiento del pez ante el anzuelo. Ellos me tomaron por un lugareño avaricioso y así, sin comprometerme, les di la sensación de que aceptaba, transportado, sus proposiciones. De tal

---

[34] convicción. Ni toleró nunca alusión alguna al asunto.
[35] inconveniente ninguno. Considere.

modo se lo creyeron[36], que no se les ocurrió, como yo esperaba[37], pedir que selláramos la puerta de la sala de las Muñecas hasta tanto que formalizáramos el contrato.

—Tiene usted hasta mañana por la mañana para decidirse —condescendió el doctor, que me juzgaba decidido—. Volveremos por su respuesta a las diez en punto.

—Tendré sumo gusto —les dije—. De noche no es posible examinar los documentos. Mañana con buena luz, nos haremos cargo de cuanto allí se encierra. Ahora, puesto que no es excesivamente tarde, pienso que podríamos apurar otra botella, si les parece.

Se deshicieron en amabilidades, pues creyeron que mi proposición venía a ser una especie de brindis o ratificación de lo tratado. No eran, además, insensibles al generoso mosto de Binisalem, acerca del cual extremaron sus elogios. Yo llevé mi hipocresía hasta alabarles la cerveza negra de su país. La conversación discurrió en medio de una falsa cordialidad de la que aún ahora me avergüenzo. ¿Quién ha dicho que las gentes del norte son siempre lacónicas y reconcentradas? Mis visitantes bebieron más de la cuenta, y yo, para animarles, les imité, si bien con moderación. En ningún momento dejé de ser dueño de mí, y Dios quiso, para su mayor gloria y bien de la Iglesia, que un lugareño inexperto triunfara aquella noche de dos personajes, historiadores reputados y confidentes de Bismarck. Conservo, sí, un recuerdo algo confuso de lo que el vino, o tal vez la alegría de suponer que me tenían en sus redes, inspiró a mis interlocutores. Según ellos (y sabe Dios el consuelo que tales afirmaciones llevaron a mi ánimo), don Antonio había roto sus relaciones con las logias a principios de 1866. Suponiendo que hubiera ingresado en ellas hacia 1862, época en que, según mis visitantes, empezó su correspondencia con los Rosenkreuz, resultaría que sólo se halló afiliado a la secta durante cuatro años escasos. Tales conclusiones coincidían con lo que un día me dijera el señor: «He sido masón, pero por poco tiempo.» Intenté averiguar si el Dr. Wassmann conocía la historia

---

[36] creyeron todo, que.
[37] como yo temía, pedir.

de doña Xima y si ella anduvo también en tratos con los Rosenkreuz. El Doctor lanzó una risotada.

—¡Naturalmente que sí! Era la querida de Napoleón III, gran amigo de Prusia. Por cierto, que hace poco[38] estuvo en Mallorca con una misión reservada.

Miró a su compañero con ironía. Yo experimenté un sobresalto.

—¿Una misión reservada?

—Tan reservada... que habrá usted de permitirme que me la reserve[39].

—¿Es que Doña Xima pertenece todavía a la secta?

—No precisamente a los Rosenkreuz, pero sí a los francmasones.

—¿Y hay quien confía misiones a una loca? —insistí para ver si se explayaba. Pero el Doctor no había perdido la cabeza y repuso sonriendo:

—No falta quien piense que a veces los locos...

—Ahí tiene usted a los iluminados, por ejemplo —exclamó el Secretario.

—O a los estilistas, que hoy llamamos catatónicos.

—O a los *travestis,* que también llenan su cometido.

Prescindían de mí y se lanzaban las frases el uno al otro como si fueran pelotas. Toda su grave prosopopeya había desaparecido.

—¿Los *travestis?* —pregunté.

—O los capitanes que se dedican a vestir muñecas.

—O a enamorar reinas —añadió el Doctor.

—O a...

No dejé terminar la frase y cogí al Secretario por las solapas. El Doctor me abrazó riendo, en parte para sujetarme, en parte para quitarle importancia al altercado.

—Es usted fuerte, señor cura —dijo palpando mis brazos.

—Ustedes perdonen —murmuré confundido.

El incidente me había turbado[40]. Intenté hacer un acto de

---

[38] hace poco tiempo estuvo.

[39] *Aparte.* Y sobre rieron, un poco embriagados, con aire de complicidad. *Aparte.* —¿Es que.

[40] turbado, pues era la primera vez que sentía surgir en mí a la bestia que llevamos dentro. Intenté.

contrición, pero no lograba serenarme. Durante un momento se me representó mi existencia estéril y aherrojada y, sintiéndome dotado de facultades que no es muy común encontrar reunidas (inteligencia, fuerza, juventud, cultura: de tal modo me tentaba el demonio), me dije que no era justo el sacrificio de toda mi vida y, en mi desesperación, dudé de Dios y de mi bienhechor. Creo que liarme a golpes con mis visitantes me hubiera producido un intenso placer físico, pero incluso este placer, al alcance de cualquier jayán, me estaba vedado. «¿Por qué», me dije, «ya que no poseo un nombre de caballero, no he de ser un mozo de mulas?» Gañán de Bearn. En ocasiones he podido notar que las mujeres me miraban sin desdén. Aquella desventurada que tú sabes, me asediaba a cartas ardientes. Y sin embargo, esa terrenal hermosura que en ellas se me atribuía no pasa de ser la de un gañán. Por todos los caminos de Mallorca pueden verse aldeanos con los ojos oscuros, el pelo rizado y el aire cerril que me caracteriza. Si el rostro es el espejo del alma, yo he debido ser uno de ellos: un hombre como Tomeu, que nació y morirá entre estas montañas... Tales fueron los pensamientos que me embargaron. A partir de aquí mis recuerdos terminan de embrollarse. Las frases del Dr. Wassmann y su secretario eran incoherentes, pero en tales incoherencias se involucraban insinuaciones que me estremecían.

Tan pronto se marcharon corrí a despertar a Tomeu y después de encender una hoguera, nos dirigimos a la sala de las Muñecas por el oratorio y la escalerilla secreta que de él arranca. Mientras subíamos, el muchacho estaba pálido. Puedo afirmar que nunca he llegado a conocer aquella estancia, tal prisa nos dimos en arrojar al fuego cuanto en ella se encerraba: muñecas, papeles y cartapacios. En poco más de media hora el fuego devoró todo un universo a cambio del cual el príncipe de Bismarck me hubiera asegurado el usufructo de Bearn: lo que más amo en la tierra. Consumado el sacrificio, me he sentido tranquilo en mi completa desnudez, con la conciencia de haber interpretado los deseos de mi bienhechor.

Esta mañana, a las diez en punto, se han presentado los emisarios de Su Alteza. Su continente grave en nada recordaba los desvaríos de horas antes[41]. A mi vez les he recibido fríamente y les he conducido a la sala de don Felipe. Al atravesar el oratorio me he recogido unos segundos para dar gracias a Dios por mi determinación de la víspera. El asombro de mis visitantes ha sido grande al no hallar allí ni un papel. Sacaban los cajones vacíos y abrían los armarios como no dando crédito a sus ojos.

—¿Pero cómo se explica esto, señor cura? Hace sólo nueve horas nos aseguró usted que nadie ha penetrado en esta estancia.¿Qué nombre tendremos que darle a este misterio?

Me permití una ligera ironía:

—En Egipto lo designarían por el «Velo de Isis».

Sus rostros reflejaban una cólera que no tardó en traducirse en apóstrofes. Me acusaban de haberles engañado. Yo he dejado que me maltrataran y una vez vomitadas todas sus injurias, he replicado:

—Cuando anoche aseguré no haber puesto nunca los pies en esta habitación, era cierto. Nada más he de manifestarles.

Ya en el zaguán, el Dr. Wassmann le ha dicho a su secretario, en voz alta, con la evidente intención de que yo le oyera:

—Los suplantadores han destruido las pruebas de su bastardía.

El ilusionista de circo acababa[42] de retirar bruscamente la capa que cubría a un hada[43]: ésta ha desaparecido.

Se esfumaron en una carcajada[44].

* * *

«El Velo de Isis»... Destruida la sala de las Muñecas, en vano intentaré averiguar si existían misterios tenebrosos e inescrutables o si detrás del velo se ocultaba únicamente un muro. El señor había escrito que don Felipe se halla en el Lim

---

[41] de la víspera. A mi vez.
[42] acaba.
[43] que cubría a una bailarina: ésta.
[44] recibirás personalmente una copia.

*Este epílogo está notablemente alterado, mutilado, en la primera edición catalana y en las sucesivas del CN; en OC se restauró de acuerdo con el original.*

bo, pero ¿lo creía en realidad? Ya he manifestado que la ligereza con que tocaba los asuntos graves no debe engañarnos. Lo cierto era que aquel *éclairé*, que no retrocedía ante ninguna audacia mental, no soportaba la idea de un Bearn exonerado del Ejército por su extraño delirio de vestir muñecas. Que don Felipe no era un pobre espíritu lo indica el ruido causado por sus andanzas en las cortes europeas. El enigma de aquella existencia que aún preocupa a los Rosenkreuz y a los discípulos de Charcot se hundió en el olvido eterno. Más trágicas resultan las tinieblas que rodean a mi bienhechor y envuelven a su muerte. Es difícil enjuiciar su figura. Yo mismo, que le he tratado de cerca, he sido frívolo al presentarlo a veces como un epicúreo sin problemas. Aquella existencia feliz, que en horas de amargura he contrapuesto a mi existencia, se vio reducida a quemar su biblioteca y a refugiarse en la ironía. Tuvo en rigor que fabricarse un mundo en las Memorias. En este sentido, las circunstancias no fueron para él más benignas que para conmigo. Hasta qué punto logró sentirse libre entre las contingencias que le rodearon y que le obligaron a amputar, aparentemente, lo más genuino de su ser, es empresa ardua para mi pluma. Ni siquiera me es dado saber si se suicidó. A mi pregunta «¿Confiesa, pues, que no ha querido matarse?» contestó con un gesto negativo que yo interpreté como si se refiriera a la segunda parte de mi interrogación; pero podía referirse también a la primera, que era la afirmación de aquella negación. Es decir, que el señor (y ya no habría manera de saberlo nunca) podía haber negado la negación, lo cual significaría que se había suicidado. Por otra parte, el Dr. Wassmann, al insinuar anoche que los francmasones no le habían perdonado y aludir a misiones especiales de doña Xima, parecía abrir la puerta a otro género de fantasías. ¿Quién llegará a conocer nunca la verdad? El señor ha muerto sin confesarse. Su suerte, quiero decir la de su alma y su envoltura carnal, que han de comparecer un día ante el Supremo Juez, está ya echada. Queda en pie el problema de su espíritu, de este soplo noble y autónomo, destinado a perdurar a través de siglos, como han perdurado las ideas de Platón. Este espíritu él lo ha plasmado en las Memorias. Hace lustros que no vivía sino para redactarlas. Al sentar tamaña afirmación no echo en olvido su gran amor a doña María Antonia, porque la esposa y las Memorias, como habrás visto a lo largo de este relato, vienen a representar lo mismo. Pasan por ellas, ciertamente, otras mujeres, pero él decía que sus aventuras no fueron sino ensayos para la posesión definitiva. («A la felicidad de Filemón, como a la castidad de Hipólito, les faltó la prueba del contraste» ha escrito en el capítulo XXI). En este sentido, el libro, tan escandaloso a fragmentos, constituye en su conjunto un monumento a la esposa. Si lo destruyéramos, destruiríamos el más fiel testimonio del amor conyugal, dando así, en cierta manera, confirmación a las heréticas creencias de que el Mal y el Bien son inseparables. Nada aparece seguro en la personalidad de don Antonio de Bearn. Hay motivos para suponer que prefirió a San Agustín en la primera etapa de su vida que en la segunda. ¿Llegó, sin embargo, a profesar abiertamente tal preferencia? Yo invito a cualquiera, Miguel, a que señale en sus escritos una sola afirmación antidogmática. Positivamente pecó, pero no puede asegurarse que haya muerto fuera del seno de la Iglesia.

Y es bajo esta duda, más honrada a mi juicio que muchas convicciones profundas, que doy fin a mi historia. Por conducto del Padre Armengol, que en Navidad marcha trasladado a ésa, recibirás[45] una copia de las Memorias para que las examines con espacio y las sometas al Señor Cardenal, en el bienentendido de que si el fallo de Su Eminencia fuera adverso a las últimas voluntades del difunto, me reservaría el derecho de acudir a Roma. Caso de que allí desoyeran mi voz, a nadie podría ya apelar sobre la tierra, pero esta misma fatalidad, carente de alternativa, me daría fuerzas para aguardar el fin de mis días en la soledad de un cenobio, aparte de toda actividad humana. *«Adhuc sub judice lis est»*, escribe Horacio en su *Arte Poética*. Después de perder estas tierras de Bearn, con sus secretos graciosos y terribles, después de enterrar el espíritu que mi bienhechor ha querido legarnos en su obra, me quedaría aún el consuelo de confiar algún día en la suprema justicia de Dios.